孙昌武文集

11

道教与唐代文学

中华书局

图书在版编目(CIP)数据

道教与唐代文学/孙昌武著. —北京:中华书局,2019.7
(孙昌武文集)
ISBN 978-7-101-13890-0

Ⅰ.道… Ⅱ.孙… Ⅲ.道教–影响–中国文学–古典文学研究
–唐代 Ⅳ.I206.42

中国版本图书馆 CIP 数据核字(2019)第 092590 号

书　　　名	道教与唐代文学
著　　　者	孙昌武
丛 书 名	孙昌武文集
责任编辑	吴爱兰
出版发行	中华书局
	(北京市丰台区太平桥西里 38 号　100073)
	http://www.zhbc.com.cn
	E-mail:zhbc@ zhbc.com.cn
印　　　刷	北京市白帆印务有限公司
版　　　次	2019 年 7 月北京第 1 版
	2019 年 7 月北京第 1 次印刷
规　　　格	开本/920×1250 毫米　1/32
	印张 17　插页 2　字数 435 千字
印　　　数	1-2000 册
国际书号	ISBN 978-7-101-13890-0
定　　　价	89.00 元

孙昌武文集

出版说明

孙昌武先生，一九三七年生，辽宁省营口市人。南开大学教授，曾在亚欧和中国港台地区多所大学担任教职和从事研究工作。

孙先生治学集中在两个领域：中国古典文学和中国宗教文化。孙先生学术视野广阔，熟谙传统典籍和佛、道二藏，勤于著述，多有建树，形成鲜明的学术特色。所著《柳宗元传论》(人民文学出版社，1982)、《佛教与中国文学》(上海人民出版社，1988)、《道教与唐代文学》(人民文学出版社，2001)、《中国佛教文化史》(中华书局，2010)、《禅宗十五讲》(中华书局，2017)等推进了相关学术领域研究，在国内外广有影响；作为近几十年来中国传统文化研究成果，世所公认，垂范学林。

孙先生已年逾八秩。为总结并集中呈现孙先生学术成就，兹编辑出版《孙昌武文集》。文集收录孙先生已出版专著、论文集；另增加未曾出版的专著《文苑杂谈》、《解说观音》、《僧诗与诗僧》三种；孙先生在国内外学术刊物发表的论文未曾辑入论文集的，另编为若干集收入。孙先生整理的古籍、翻译的外国学者著作，不包括在本文集内。中华书局编辑部对文字重新进行了审核、校订，庶作为孙先生著作定本呈献给读者。

北京横山书院热心襄助文化公益事业，文集出版得其资助，谨致谢忱。

中华书局编辑部

二〇一九年五月

目　录

总　论

一

宗教现象给学术界提出了无数难以破解、也许是永远无法圆满解答的研究课题。其中的一个就是，不管具体的宗教信仰，包括其教理、教义及其实践法门不断暴露出它们是如何的荒诞不经，也不管众多的无神论者对宗教进行过多么深刻有力的揭露和难以辩驳的批判，但许多宗教却一直生存下来并在历史发展中绵延不绝地发挥着巨大作用；而且一个不争的事实是，直到今天这样科学昌明的时代，众多的宗教在群众中仍然具有相当广泛、深刻的影响；而且，宗教观念、宗教感情等等，这些属于"泛宗教"的内容，无论是在历史上还是在现实中，就是对于完全不信教的人，往往也发挥着相当大的作用。

在研究文学发展的历史时，也同样会碰到关于宗教的许多饶有趣味却又难以索解的现象。历史上的许多作家，包括那些伟大的作家，几乎都曾自觉或不自觉地和宗教结下了因缘，有着不同程度的倾心宗教的表现；至少是或多或少地写过涉及宗教内容的作品。如果从简单的批判的立场出发，可以说这是他们的局限、迷误,是他们身上的消极因素。但是,屈原的《九歌》就是在古代楚地巫教迎神、降神歌曲的基础上再创作的;而对天国的向往又为诗人写作《离骚》《九章》等作品提供了多少灵感!可以设想,屈原在生前执着的斗争行动中,以至当他投渊自沉以明志的时候,另一个超越人间的神巫世界的幻想给了他多少鼓舞和支持!魏晋之际是道教兴盛起来的时代,从一代枭雄曹操到人生具有浓厚悲剧意味的嵇康、阮籍,在他们热切地关注现实、发抒对于现世矛盾的深刻感受时,又同样都流露出对神仙世界的钦羡;而且表现那种飞腾、自由的神仙幻想的诗篇构成了他们作品中最为动人的部分之一。类似的例子不胜枚举。人们可以举出无数事例说明宗教迷信如何"毒害"了作家的心灵,对他们的生活和创作造成了怎样消极的作用。但可以设想一下,在中国文学的历史上,如果没有直接的或间接的宗教信仰和宗教观念等方面的表现,没有佛、道二教提供的众多题材、人物、典故、语言等等,没有宗教的幻想、悬想的思维形式和表现方法,将会失去多少有价值或有趣味的内容?将会减少多少动人的光彩?还会有今天我们视为珍贵遗产的从《诗经》的《雅》《颂》到《红楼梦》《西游记》,从古人的游仙诗到元曲里的神仙道化剧这样的艺术成果吗?在文学理论里,"文学起源于宗教说"是有争议的观点,但宗教与文学二者间的相互作用、它们之间的不可分割的关联是不能否认的;二者在历史发展中表现出的有似"孪生"的密切关系也是事实。中华民族本是重理性、重实际的民族,宗教在中华民族的历史上没有如基督教之于欧洲各民族、伊斯兰教之于西亚、北非各民族那样的地位和作用。中国在东汉以前甚至没有形成组织化、制度化的教团宗教,以后的历史发展中也没有任何一个宗教在社会上、在人们的意识中占据绝对的精神统治的地位。但是,从远古以来即已存在的宗教观念、宗教思想和后来从外国传来的佛教、本土形成的道教以及以后输入的各种"夷教"、逐渐发展起来的各种民间宗教,如此等等,在思想意识领域形成相当强大的势力，一直对各个历史时期的社会生活和人们的精神世界发挥着作用，从而对文学也产生了深远影响。这也就成为文学历史中值得认真研究的重要方面。

具体到中国的道教，和文学的发展更有着紧密的关联。近年来，有关佛教与中国文学关系的问题引起了学术界的广泛关注。汉、魏以来，外来的佛教在中土迅猛发展，到了隋、唐时期更臻于极盛，以至有的学者在对思想史的分期中与所谓"经学时期""玄学时期"相并列，把隋、唐时期叫作"佛学时期"。外来的佛教在中土扎根、繁衍，和中土传统相融合，特别发挥了大乘佛教关注人生、重视现实的精神；而中土的宗派佛教更容纳儒、道的某些内容，把这种精神大加发扬。被认为是彻底"中国化"的禅宗和净土宗就是这方面的典型表现。而唐、宋以来，以"禅、净合一"为主要内容的居士佛教盛行，更特别赢得了士大夫阶层以及一般民众的广泛欢迎，对文人的生活和创作也产生了相当深刻的影响。与佛教发展的这种情况相比，道教对文学的影响形态有所不同，但却同样是相当广泛、深入的，在某些方面甚至比佛教所起的作用更为巨大。鲁迅在给许寿裳的一封信里说过这样一段话："前曾言中国根柢全在道教，此说近颇广行。以此读史，有多种问题可以迎刃而解。"[1]近年来，学术界对于道家是否在中国哲学史上占主干地位进行了热烈论争；这也就涉及道教在中国思想史和文化史上的地位问题。姑且不论这些问题的结论如何，也不必纠缠鲁迅写上面那些话的具体背景和本来含义是什么，如仅就文学史的研究而言，道教的影响确实提供了解决许多复杂问题的钥匙。而从目前的实际状况看，学术界对于这方面的认识和重视程度是远远不够的。

道教对文学产生巨大影响，首先是由中土思想传统和道教自身的内容所决定的。范文澜在批评佛教时曾指出："《易经·系辞》

---

[1] 鲁迅《致许寿裳》，《鲁迅全集》第 11 卷，353 页，人民文学出版社，1981 年。

说，'天地之大德曰生'，佛教以涅槃为无上妙境，等于说'天地之大德曰死'（佛教认身体为'毒器'，死是解脱）。"这个论断遭到一些人从不同立场出发的非议。特别是如果具体分析大乘佛教在中土的发展，如此简单地概括全部中土佛教的内容，显然是片面的。但是如果从信仰的终极目标来分析，在说明时再加以必要的限制，范文澜的论断应当说是合乎实际的。佛教修证的终极目标是"涅槃"。无论如何解释，这总是出世的、解脱的境界；从最终达到的结论说，是悲观的、厌世的。这又确如范文澜接着所说的，是"与汉族人传统的文化思想正正相反"[①]的。后来中土的净土信仰追求往生到永生的"极乐""净土"，禅宗讲"明心见性""顿悟成佛"，则都是依照中土传统意识把佛教的思想观念改造了。而相比之下，道教信仰的核心则是对生命的肯定和对永生的追求。法国著名汉学家、道教学者马伯乐（Henri Maspero）论述道教，一再强调其对于"不死的探究"的意义。无论是飞升成仙，还是长生久视，看起来它们十分荒诞，现实中更是不可企及，但其内在精神则是希望生命的永存、人间的欲望得到无限的满足和延续。从这个意义上说，相对于佛教的"死"的说教，道教可以归结为"生的追求"。佛教说佛陀以一大事因缘出现于世，就是要解决人的生死大事。本来，解决人们永远面对、也永远不可摆脱的对于生与死的困惑和苦恼，是所有宗教的主要任务，也是宗教之所以产生和存在的主要根据之一。这也就是著名的美国德裔神学家、比较宗教学家田立克（Paul Tillich）所谓的"终极关怀"。佛教是以出世、解脱的办法来解决这一问题的。相对于佛教，道教解决问题的思路显然积极得多。实际上，人类生存和发展的历史，也正是努力延续自身生命的历史。种族的繁衍是这一努力的一部分；个人生命的延续也是人类不断为之奋

[①]范文澜《中国通史简编》（修订本）第3卷第2分册，558—559页，人民出版社，1965年。

斗的目标。科学的发展，所谓"改造自然"的活动，从根本意义上说，也是要达到这样的目标。这种努力的最明显和直接的成果是医药学的发展，它是用科学的手段来延续人们的寿命。而道教的思路也是和这种努力相通的。不过它所构想的是虚幻的、玄想的前景，采取的是信仰的（迷信的）、基本上是荒谬的（不能否认有些是科学的或所谓"前科学的"）手段。而中国古代道教和医药学（还有原始化学）的交流及其成果，又证明了二者在观念上和追求上确有共通之处。这也正表明，道教在宗教信仰的、歪曲的形式下，表现了中华民族积极、乐观的生命意识。这也是它能够争取群众、在文化史上能够起到重大作用的内在原因之一。

另外，道教教理的客观内涵又颇能体现中华民族的传统意识及其思维的特点，这也是它能够深刻影响于文学的另一个原因。中国人的传统精神在本质上是关注现世、关注人生的，而不欣赏和追求超越的、玄虚的境界。儒家的修、齐、治、平的理想，正心、诚意的修养方式，正集中地体现了这种精神。佛教在中土也被这一精神所充实和改造。最能体现中土意识特征的佛教宗派，无论是天台、华严还是禅、净土，也都表现出强烈的现实精神。先秦道家本来更多关注"形而上"的问题，追求对于"道"的体认与冥合，这表面看态度是偏于消极的；但追求这统合天、地、人"三才"之"道"，根本上又是为了"治世"的。《汉书·艺文志》已明确指出："道家者流，盖出于史官，历记成败存亡祸福古今之道，然后知秉要执本，清虚以自守，卑弱以自持，此君人南面之术也。"①而道教自形成伊始，就表现出强烈的现实品格，以至形成了具有鲜明政治意义和巨大声势的民众运动；后来经过"清整"，逐渐向社会上层发展，与世俗统治相结合，其政治、伦理作用更加明显。至于追求虚无缥缈的神仙

①〔汉〕班固《汉书》卷三〇《艺文志》。本书引用二十五史，均据中华书局排印本。

世界,讲长生不死、白日升仙等宗教幻想,热衷玄想、倾向神秘的思维形式,也曲折地表现了对于人的生命的关切和积极入世、以人力补天功的坚定信念。《隋书·经籍志》论道经说:"推其大旨,盖亦归于仁爱清静,积而修习,渐致长生,自然神化,或白日登仙,与道合体。"①实际上,求仙也好,炼丹也好,在这些荒诞、愚妄的想法和举动的背后,都体现了一种人生和社会理想,表现出一种依靠人的力量来改变自然、超越限制、达到所追求的目的的积极精神。所以道教和它利用为思想渊源的道家,从根源看是纯粹的中土产物,从精神实质看也更体现了中土意识的积极、入世的性格。这是它在中国文化发展中造成重大影响的又一个根本原因。中国思想史上"三教"之所以能够"并立""并用",并且在"并立""并用"中交流、"调和"以至互补、"合一",主要也是因为它们生存在同一思想、文化土壤上,有着共同的精神内涵。在道教信仰和教理的一些基本观念中,这种内涵反映得相当充分。

　　道教的宗教玄想又表现出浓厚的艺术性质,无论是内容还是形式都有和文学艺术相通和相容的特征,这是它对于文学产生重大作用的又一个原因。儒家思想表现出浓厚的泛政治、泛伦理主义的倾向,体现在文艺上则是强烈的教化主义。教化主义会使艺术成为政治、伦理的工具和附庸,从而妨碍文艺独立性的发挥。只要稍稍观察一下中国文学艺术发展的历史,就会看到儒家思想在实践中的这种作用。当然儒家不只给文艺加上了教化主义的桎梏,也给它充实以关注现实与人生的政治、伦理内容和积极的经世济民精神,这成为中国古代优秀文学艺术传统的一部分。但从思维方式和表现形式说,宗教和文学艺术显然有着更多的相通之处。这也是宗教宣传普遍、广泛地运用文艺形式、文艺大量纳入宗教内容的根本原因。又比较而言,外来的佛教随着其在中土的传播,形

---

① 〔唐〕魏徵等《隋书》卷三五《经籍志》。

成了丰富、灿烂的佛教文学艺术，并给文人的生活和创作以巨大、深刻的影响。但受到其特定的宗教内容的制约（比如佛教要求"解脱"，如前面所说这是出世的追求，这就在一定程度上造成了它与作为艺术源泉的现实生活的隔碍），这种影响也就有所局限。就翻译佛典看，其艺术性最强、艺术价值最高的是佛典譬喻和佛传、本生故事，这实际都是在吸收印度民间创作的基础上形成的。大部大乘经如《华严经》《维摩经》等具有相当的文学性，其表现技巧被人们所艳称，但终究是以阐述教理为目的的。在中土创作中，直接表现佛理的所谓"辅教"之作在内容上多具有说教的倾向，表现形式也多流于"程式化"。宣扬道教或受道教影响的文艺创作当然也有相似的情形，但比较之下，却又表现出特殊的长处。由于道教在精神上更关注人生，其艺术表现也更接近现世。例如从描写对象说，相对于佛教里的佛、菩萨以及天神等等完全是超现实的玄想的"人物"，道教里的神仙，特别是那些"地仙""鬼仙""谪仙"等则生存在现实世界里，其行为与现世的人无异，他们往往搬演出现实人生的真实故事。这也是为什么自远古以来神仙幻想就成为文艺表现的重要内容、以后神仙故事也成为各种类型文艺创作重要题材的原因。看看宋元以来的戏剧、小说、民间传说，道教题材的远较佛教的为多；而且如《西游记》这样的取自佛教题材、带有浓厚佛教色彩的作品，其中所写的观音、如来等也带上了道教神仙的特征。再从道教的精神追求看，其中现实和幻想相交织，人、鬼、神共存于同一个奇妙境界里，宗教的狂热促成主观精神的极度膨胀，理智的探索服从于强烈的激情，这样，从一定意义上说，道教自身以其对于生命探求的大胆玄想、对于心灵自由的热烈向往而具有浓重的艺术性，它利用文学艺术来表现也就是顺理成章的事了。

这样，道教和文学产生关联，给文学以重大影响，和它自身内容上、表现形式上的特征有直接和密切的关系。上面分析的三个方面，反映了道教发展中形成的具体特征同时也是道教能够对文学造成巨大影响的重要原因。加之唐代又是中国历史上道教和文学二者的发展同臻于极盛的时代，这也成为二者间的交涉更为密切的重要条件。

但是，宗教意识、宗教信仰等等全部宗教现象，关系到人的观念、意志、欲望、激情以及对于宇宙真理的追求、人生奥秘的终极关怀等，是十分隐秘、复杂、难以索解的。正如本书里将要描述的，许多作家对待宗教包括道教无论是观念上还是实践中，往往表现得十分矛盾，经常是变化无常的；何况是三百年间兴衰变化的漫长时期的历史，状况就更是复杂。这就使得对于有关问题的研究十分困难。但正是这复杂状况，又体现出一代道教影响于文学的巨大、丰富与深刻，而这种影响乃是促成唐代文学辉煌发达、绚丽多彩的重要因素之一。这是研究工作的困难，又是它吸引人的原因之一。从这复杂、矛盾的现象里寻求出某些规律性的东西，不仅对于认识中国古代文学，认识文学与道教以及一般宗教的关系，进而对于了解中国文化史和宗教史都会具有一定的意义。

二

上一节从一般特征方面分析了中国道教和文学的关联，说明了它对于唐代文学造成影响的缘由。而就唐代的具体情况而言，这正是道教发展的全盛期，又是其自身发生巨大转变的时期。"全盛"则表现出极度的繁荣和强大的声势，"转变"又使其内容和形式极其丰富多彩，从而也就使它在整个社会生活和文化发展中占据更加重要的地位，也就不能不对文学创作产生更为重大的影响。

在唐代，道教得到朝廷的特别崇重。在封建专制制度下，朝廷对具体宗教的态度、采取的措施必然影响到全社会，影响到当时意识形态创造者的士大夫阶层。这也是道教得以在唐代思想文化领域包括文学艺术方面产生巨大影响的重要条件。唐朝廷尊崇道教，除了出于一般的信仰和政治上的需要之外，更由于皇室追崇教主老子为祖先，从而使它带上了"御用宗教"的性质。唐皇室李氏本来出身于北周宇文氏府兵六镇的武川镇军阀，有着鲜卑人的血统。把自己的宗族归属到陇西李氏，再进一步把具体家系推及于老子，这在魏晋以来崇重门阀的社会传统中，是提高天潢贵胄身份的手段。这样自唐初，朝野上下即不断制造老子降迹的神话，以坐实皇族李氏为老子后裔的伪说；朝廷并一再下达"尊祖"的诏令。随之道教和道士也备受崇重。贞观十一年(637)朝命"斋供行立至于称谓，道士、女冠可在僧、尼之前"①；乾封元年(666)尊太上老君为玄元皇帝，并立祠堂，置令、丞；上元元年(674)，武后上表，"请令王公以下皆习《老子》，每岁明经，准《孝经》、《论语》策试"②；仪凤元年(676)，令道士隶宗正寺，班在诸王之次③，即把全部道士视同皇室宗属，等等，这都是具有明显政治意图的崇道措施。唐玄宗是著名崇道的帝王，他在位期间把朝廷的崇道活动推向了高潮。开元九年(721)，他迎请道士司马承祯入朝，"亲受法箓"④；十年，诏两京及诸州置玄元皇帝庙一所，每年依道法斋醮⑤；二十一年，"制令士庶家藏《老子》一本，每年贡举人量减《尚书》、《论语》两条策，加《老子》策"⑥；二十三年，玄宗御注《道德经》并修义疏，颁示公卿士庶及释、道二门⑦；二十五年，置玄学博士，每岁依明经举，是即所谓"道

①《道士女冠在僧尼之上诏》，〔宋〕宋敏求编《唐大诏令集》卷一一三。
②〔宋〕司马光编注《资治通鉴》卷二〇二，6374 页，中华书局，1956 年。
③〔宋〕志磐《佛祖统纪》卷三九。
④〔后晋〕刘昫等《旧唐书》卷一九二《司马承祯传》。
⑤〔宋〕王钦若等编纂《册府元龟》卷五三，589 页，中华书局，1960 年。
⑥〔后晋〕刘昫等《旧唐书》卷八《玄宗本纪上》。
⑦〔宋〕王钦若等编纂《册府元龟》卷五三，592 页。

举";同年,令天下诸州于玄元皇帝降诞日皆设斋祭祀。特别是到玄宗统治的后期,对神仙方术的迷信更为诚笃。开元二十九年(741)正月,"上梦玄元皇帝告云:'吾有像在京城西南百余里,汝遣人求之,吾当与汝兴庆宫相见。'帝遣使得之于盩厔楼观山间。夏,闰四月,迎置兴庆宫;五月,命画玄元真容,分置诸州开元观"①。这是由皇帝本人导演的"老君降迹"的骗局。此后,群臣争相效尤,老子降临、灵符出现之类事件层出不穷,各地章奏表贺无虚月。朝廷更不断追加老君尊号。天宝二年(743)称"大圣祖玄元皇帝",八载为"圣祖大道玄元皇帝",十二载为"大圣祖高上大道金阙玄元天皇大帝"。天宝元年置崇玄学,置博士、助教各一人,学生一百人;后改为崇玄馆,置大学士,由宰相兼领。玄宗更广求道士,在内道场经常举行斋醮,并亲自合炼丹药。直到"安史之乱"中逃亡四川,"于利州益昌县山岭上,见混元骑白卫而过,示收禄山之兆,诏封其山为白卫岭,于所现之处置自然观;又于嵩山置兴唐观,成都置福唐观"②。玄宗以后,唐王朝的统治已走向中衰,国是日非,变乱频仍,历朝帝王更祈求宗教的力量为依恃。除武宗外,历朝均佛、道兼崇。宪宗以下诸帝大体都更热衷于神仙之事,并迷信丹药;宪、穆、敬、武、宣诸宗均以服药中毒致毙。到武宗时,崇道再形高潮。他在藩已"颇好道术修摄之事"③,即位之后即迎请道士赵归真等修法箓,于宫中起望仙台,企望长生升仙。他的毁佛即和崇道有着直接关系。朝廷如此崇重道教,甚至许多帝王亲自求仙、炼丹,自会极大地抬高道教和道士们的地位,扩大道教的影响,推动道教的活跃,鼓动起社会上下崇道的潮流一浪高过一浪。在这种社会风气中,文人们必然会受到浸染。

---

① 〔宋〕司马光编著《资治通鉴》卷二一四,6843—6844页。
② 〔唐〕杜光庭《历代崇道记》,《道藏》第11册,4页,文物出版社、上海书店、天津古籍出版社,1987年。
③ 〔后晋〕刘昫等《旧唐书》卷一八上《武宗纪》。

　　唐代道教之所以能在社会生活和文学艺术领域发挥巨大作用，还取决于其自身的发展水平。原始道教形成于民间，组织松散，教理粗陋而纷繁。特别是反映民众的情绪和需求，屡屡成为他们反抗现实的政治斗争的精神支柱和组织形式。经过南北朝时期一批出身于统治阶级上层的道士如寇谦之、陆修静、陶弘景等人的"清整"，道教由原始的分散状态趋于统一，教理随之逐渐充实和系统化，大量道典被陆续制作出来，特有的斋戒符箓制度也形成起来，从而原始道教逐渐演变为"教会道教"、贵族道教。在这一演变过程中，更有两个条件起了重大的作用：一是西汉以来即占思想领域统治地位的儒家思想和外来的佛教相斗争与相交流，成为它自身发展、完善的重要推动力和借鉴；二是它不断向社会上层发展，取得统治阶级的信奉和支持。这样，到了隋、唐时代，在国家统一、文化高度繁荣的社会环境中，更因为朝廷的崇重，道教发展遂臻于极盛。这一时期，道教徒人数激增，完善了出家修道制度；大量宫观建立起来，其规模也扩大了；教理的研究更加深入并系统化；道典完备并被整理、编辑成规模巨大的道藏；金丹道教和神仙道教都得到了长足发展，并开始由重外丹向重内丹的方向转化；道教的斋醮科仪制度也更加条理化和制度化了。特别是朝廷积极推行"三教并用"政策，形成了三者鼎立的局面，从而又推动了道教和儒、佛的进一步的交流和融合；魏晋以来文人间就有结交僧、道的风气。到唐代，文人们有更多的机会接触以至接受道教。

　　另外，道教之所以能够吸引、诱惑人，发挥其对于文坛的重大影响，又和它自身的发展形势有直接关系。在唐代，经过道士们的努力，特别是在统治阶级上层的带动下，金丹道教大为盛行，文人中亦多有热心此道者。就炼丹术自身的历史发展说，经过汉魏以来数百年的实践，到唐代，在安置鼎炉、合炼药物、使用减毒解毒方法等技术方面都积累了许多经验，取得了长足的进步。理论和实践方法著之于图籍，使本来秘密传授的炼丹术向社会广泛公开了。

《石药尔雅》的作者中唐时的梅彪自述"少好道艺,性攻丹术,自弱至于知命,穷究经方,曾览数百家"①。就是说,仅他一个人就见到几百种炼丹书。而据陈国符《道藏源流考》附录五《中国外丹黄白术考论略稿》所集录,唐代丹经书目达百余种之多。今存者有唐初失撰人的《黄帝九鼎神丹经诀》二十卷、张九垓《张真人金石灵砂论》一卷、张果《玉洞大神丹砂真要诀》一卷、陈少微《大洞炼真宝经九还金丹妙诀》一卷、陈少微《大洞炼真宝经修伏灵砂妙诀》一卷、金竹坡《大丹铅汞论》一卷、还阳子《大还丹金虎白龙论》二卷以及题为阴长生注和无名氏注的《周易参同契》二种等;医药学著作则有孙思邈的《千金要方》,也包含有关丹药的资料;还有宋代的《灵砂大丹秘诀》等书,也记载了不少唐代外丹术的内容。从这些著作看,外丹术发展到唐代,已经取得了总结性的成绩,达到了相当高的水平。其在科学史上的价值已有众多的化学史和医药学史的论著加以阐述;科学家们在研究中还做了许多模拟实验,已证明了当时取得的许多成果是有价值的,此不赘述②。就炼丹术的一般发展状况看,唐代取得的突出进展主要有两个方面:一方面是在长期炼丹实践的基础上,试图做出理论上的说明,利用二仪、四象、五行相生之说来解释置鼎合药的道理。从理论自身的主要倾向看,这些说法是先验的、错误的,但内涵中确也具有辩证思维的内容;而这种把实践上升为理论的努力,更标志着实践已达到了某种成熟阶段。另一方面,在实践方面取得的成绩也很显著。道士们炼丹一

---

① 〔唐〕梅彪《石药尔雅序》,《道藏》第 19 册,61 页。
② 关于这方面的情况,参阅袁翰青《中国化学史论文集》,三联书店,1956 年;张子高《中国化学史稿(古代之部)》,科学出版社,1964 年;N Sivin:*Chinese Al-chemy;Prelminary Studies*,Camblidge University Press,1968;张觉人《中国的炼丹术与丹药》,四川人民出版社,1981 年;赵匡华《中国炼丹术》,香港中华书局,1989 年;孟乃昌《周易参同契考辩》,上海古籍出版社,1993年;以及赵匡华、孟乃昌在《自然科学史研究》等杂志上发表的实验报告。

般有师承传授,各自依据不同的道经,重视某类药物,从而形成门派。自魏晋以来,这种门派已见端绪。到唐代,众多的派系终于形成。它们虽然不像佛教的宗派那样有完整严密的理论体系和传承统绪,但各自的内容和特点已很鲜明、突出。如陈少微、张果推重服金和服灵砂,这是重金丹一派;金竹坡、柳泌以铅、汞为至宝大药,这可以称为"铅汞派";还有主张以硫磺和水银合炼的,这是所谓"硫汞派"。派系的形成对推动炼丹学理和技术的进展自然起到一定的作用。这也使得在安置鼎炉、采用药物、合炼方法、解毒方法等方面都取得了更多的进步。当然,不管炼丹术中包含有多少科学成分,取得了多少有益成果,从根本上说它是伪科学或者说是"前科学"。所以它的大繁荣也预示着其必然衰败的命运。

　　唐代统治阶级的热衷与提倡,特别是某些帝王亲自尝试,也是推动炼丹术在社会上广泛流行的重要因素。当然,由于炼丹所需药物多是贵重难得的,需要有相当的经济条件才能进行,这种流行主要是在社会上层。当时被朝廷所崇重的道士多善药术,如张果、李泌、柳泌等。许多高官大僚热衷炼丹。如隋末"群雄"之一的杜伏威,降唐后"好神仙长年术,饵云母被毒,武德七年二月,暴卒"①;玄宗朝的宰相李林甫信仰道教,好丹药,著有《唐朝炼大丹感应颂》一文②;中唐时的昭义节度使李抱真"晚节又好方士,以冀长生。有孙季长者,为抱真炼金丹……凡服丹二万丸,腹坚不食,将死,不知人者数日矣。道士牛洞玄以猪肪谷漆下之,殆尽。病少间,季长复曰:'垂成仙,何自弃也?'益服三千丸。顷之,卒"③;唐末的淮南节度使高骈同样惑于神仙之说,"飞炼金丹,费耗资财动逾万计,日居月诸,竟无其验"④。这只是一些典型例子。晚唐范摅《云溪友议》

① 〔宋〕欧阳修、宋祁《新唐书》卷九二《杜伏威传》。
② 〔宋〕郑樵《通志》卷六七《艺文略·道家·外丹》,793页,中华书局,1987年。
③ 〔后晋〕刘昫等《旧唐书》卷一三二《李抱真传》。
④ 《广陵妖乱态》,《唐代丛书》四集。

记载"纥干尚书泉（应为'臮'），苦求龙虎之丹，十五余稔。及镇江右，乃大延方术之士。乃作《刘弘传》，雕印数千本，以寄中朝及四海精心烧炼之者"①。《新唐书·艺文志·神仙家》著录"纥干臮《序通解录》一卷，字咸一，大中江西观察使"②，可知他确是好道之士，而丹书印至数千本，可知热衷其道者人数之众。1970 年在西安南郊发掘的唐代窖藏文物中，发现了炼丹用的金银铛、银石榴罐和炼丹药物丹砂、石钟乳、紫石英、白石英、金屑、金箔等，地当邠王李守礼旧宅，当是其后人所留遗物。这是证实当时贵族阶层间热衷炼丹的风气的实物③。唐时朝廷又有赏赐朝臣药物、"药金"的习俗。这都显示了丹药在统治阶层上层盛行的情形。至于文人间炼丹服药亦成风气，下面将有具体说明。

　　炼丹所用的基本药物是金、银、汞等贵金属和所谓"五金"（铜、锡、褕、铁、铅）、"八石"（朱砂、雄黄、云母、空青、硫磺、戎盐、硝石、雌黄）④等，大都是有剧毒的。合炼丹药去毒的方法主要是配合药物使之中和、加水稀释、加温促使药物性质发生变化等等。这些虽然在思路上有一定的科学性，但往往并不能从根本上达到消除毒性的目的，至多只是减低毒性、延缓毒副作用的发挥而已。但在唐时，上有朝廷积极倡导，加上道士们大力鼓吹，社会上又已经造成风气，尽管丹药之无效以至由此致毙的事实屡屡验之耳目、传之见闻，长生不死的诱惑却不减其巨大的影响力。道士们更往往把出现中毒症状解释为药物见效，中毒而死则被说成是"尸解"成仙。加之经过历代实践，确也掌握了某些表面上看似乎有效的去毒方法，某些药物又确实有一定的医疗效用，或者一时间毒副作用不显

①〔唐〕范摅《云溪友议》卷下《羡门远》，69 页，古典文学出版社，1957 年。
②〔宋〕欧阳修、宋祁《新唐书》卷五九《艺文志》。
③耿鉴庭《西安南郊唐代窖藏里的医药文物》，《文物》1972 年第 6 期。
④"五金""八石"等有另外的说法，参阅陈国符《中国外丹黄白法考·五金、药五金、八石、七十二石》条，259—260 页，上海古籍出版社，1997 年。

著,以至身体或精神显现出某些良效,就更会诱使人亲加尝试。结果,朝廷上下、士大夫间炼丹服药之风兴盛不衰,许多并不相信道教的人也热衷于此道;有些人更是曾在言论上对丹药进行过冷静地批评,终于难以抵抗其诱惑而蹈前人的覆辙。这样,炼丹服食成为文人生活的重要内容。其对于创作的直接影响是这方面的题材被广泛地表现在作品里;间接的影响(这可能是更重要的)则是作用于文人的精神生活:一方面是激发和引导了他们精神上的某些追求;另一方面服用药物会造成精神上的亢奋状态,也会对创作心态起某种作用。不过这后一方面时过境迁,已难以验证了。

唐代又是外丹术向内丹术转变的时期。从炼丹术发展的内在原因看,这种转变是外丹衰败、破产的结果;从外部条件看,则是由于唐代思想、学术观念正在发生转变,由探讨传统的"天人之际"的课题转而注重人的自身性理问题,道教教理的发展也必须适应这种形势。在这一过程中,也受到儒家和佛教思想的影响。儒家的正心诚意、修身养性之说本来在传统上就是士大夫人生观的基础。在唐代,庶族士大夫阶层在社会上占据了更加重要和主动的地位,他们具有更强烈的个性自觉,孔、孟的修身律己以作贤成圣之说,给了他们自信,成为他们精神上的支柱。而早已传入的大乘佛教发扬其心性说,提出人人可以成佛的普遍的佛性论;特别是新兴的禅宗简洁明快地主张"明心见性""顿悟成佛",也正适应了士大夫阶层的精神需求。儒学和佛教的这种发展形势,表明在这个时代,关注和肯定人的自身内在的价值,寻求发挥主观个性的途径,在一般士大夫间已成为思想潮流。外丹术的衰败,除了上述实践上的破产这一重要原因之外,还由于那种寻求和依靠外物(丹药)的观念,已落后于当时的这一思想潮流。另外,在古代方术里,早有行气、导引、胎息等修炼身心之术,并早已被道教徒所重视。到了隋代道士青霞子苏元朗,乃归神丹于心炼,提倡"性命双修",被认为是内丹术的开创者①。内丹术主张把人的身体当作鼎炉,把自身的精、气、神当作药物,修炼性命,从而达到长生久视的目的。这种内丹术作为宗教修习方法,在以后的发展中进一步被从理论上加以说明,如所谓"同类相从""牝牡化生""丹胎法象"等等,并形成了一定的修炼方式。内丹术本质上是修心之术,是和禅宗的行法基本上相通的。初、盛唐时期的许多道士,在应对皇帝时往往已在有意地避开以至否定丹药,而强调修养道德的重要。这当然有惧怕丹药不效以招祸患的隐情,但显然也是受到总的思想潮流转变的影响,表明外丹术已在逐渐失去地位。到了晚唐五代,外丹术终于衰败,内丹代之而成为炼丹术的主流。内丹思想和禅宗思想一样,一经出现就得到了广大士大夫阶层的欢迎。唐代好道、习道的文人多有注重修真养性而不务外丹的。内丹那种宗教的内心养炼功夫给予文人精神生活和创作的影响虽不同于外丹那样直接,但却是更为深刻的。就道教对于当时文人的作用而言,内丹思想,特别是其所包含的新的心性观念所起的作用是相当大的。锻炼心性,隐逸以求志,放心而外物,成为许多文人理想的人生境界。他们通过作品把这种境界生动感人地表现出来。

　　唐代道教兴盛,建立起众多道观。特别是在两京,规模巨大的道观林立,有的大型道观占地尽坊。当时道观的组织制度更加严密、完善,经戒符箓、斋醮威仪也更加规范和制度化。道观里集中的大量道士中不仅有许多教理精深、法术娴熟的人,而且有些是文化水平和学术素养达到相当水准的人。唐朝廷规定,"道士修行有三号:其一曰法师,其二曰威仪师,其三曰律师。其德高思精谓之

————————

① "内丹"一语见于传为东晋许逊所作《灵剑子·服气诀》,其中说"服气调咽用内丹";而最早提到"内丹"的可靠文献是陈慧思《誓愿文》所谓"借外丹力修内丹",但当时还不是和外丹相对应的内丹观念。关于青霞子苏元朗,或以为是唐人,或以为其所传著作为唐人伪托。参阅卿希泰主编《中国道教史》第二卷,516—518 页,四川人民出版社,1992 年。

炼师"①。又立有"大德""道门威仪"等称号。赐予这些称号主要是
依据学养水平。这无疑也推动了教理的研究。道观里在主持人上
座、观主、监斋"三纲"②之下,众多道士各有职司。大的道观的观主
等往往是朝廷敕命的。早期道教的戒律很简单,直到晋、宋之后,
随着"清整"道教的进展,借鉴佛教的戒律,道教的戒律才充实、完
备起来。到唐代,各级道士的戒条、受戒仪式和方法更加完整和条
理化了。当时各门派的具体做法有所不同。一般说来,在家的道
门弟子即所谓"清信弟子"要受"三归戒"即皈依于经、师、道"三宝"
(这是模仿佛教"三自归"的皈依佛、法、僧);受度出家为道士则受
十戒十四持身品,奉上信物(青丝绳、金钮等)并书写盟文。在敦煌
写卷里保存几件唐人的盟文,可知当时受戒律仪的实况和戒条的
具体内容。更高一级的道士所受戒条更多,授经也更多。戒律反
映了道门内部修炼的内容和方式。而教团和道观内部组织更加严
密,又是与教团道教的官僚化倾向相一致的。唐代道士出家制度
的完备,不只在道教发展中意义重大,有众多出家道士在社会上活
动,对文人生活和文学艺术的影响也是巨大的。

　　道教的兴盛还表现在符箓制度和斋醮科仪更加完善和系统
化,并得以定型。这些都包含有丰富的宗教艺术内容。符箓是道
教施行法术的主要手段之一。所谓"符"是一种云霞烟雾状的篆体
文字,书写天仙地祇名称;"箓"则是召役神吏、施行法术的牒文,其
中记载天曹官属佐吏之名,并以诸符错杂其间。据说这都是原始
天尊化灵应气而成的法言、灵文,可以辅正、驱邪、治病救人、禳灾
祈福等等。道士们利用它们来施行法术。早期道教已使用符箓,
发展到唐代,则更加丰富、复杂化了。关于符箓在当时道门中的位

---

① 〔唐〕李林甫等撰《唐六典》卷四《礼部尚书·祠部》,陈仲夫点校,125页,中
　华书局,1992年。
② 〔唐〕长孙无忌等撰《唐律疏议》卷六《名例》,刘俊文点校,144页,中华书局,
　1983年。

置,张万福《传授三洞经戒法箓略说》卷下《明科信品格》说:"凡人初入法门,先受诸戒,以防患止罪;次佩符箓,制断妖精,保中神炁;次受《五千文》,诠明道德,生化源起;次受《三皇》,渐登下乘⋯⋯"①以下依次受《灵宝》《洞真》等经,还源反真,归于常道。有关道典里列有各个等级的各种符箓的名称。当时符箓作为道士的基本功,广泛被应用于斋戒仪式中。唐代从皇帝、贵臣到一般的士大夫多有受道箓的。斋醮作为道教的祭祷仪式,早期形式也是比较简单、粗陋的,又"黄土涂面,反缚悬头"那种折磨肉体的"涂炭斋"曾流行一时。晋、宋以来逐渐规范化、礼仪化,形成了一整套置坛、设供、焚香、化符、上章、念咒、诵经、赞颂,并配合以禹步、音乐的仪式。这种仪式是吸收了儒家的礼仪制度、佛教的仪轨和中土民间宗教和民间信仰的礼俗而形成的。唐朝廷规定:"斋有七名:其一曰金箓大斋(调和阴阳,消灾伏害,为帝王、国土延祚降福);其二曰黄箓斋(并为一切拔度先祖);其三曰明真斋(学者自斋齐先缘);其四曰三元斋(正月十五日天官,为上元;七月十五日地官,为中元;十月十五日水官,为下元,皆法身自忏督罪焉);其五曰八节斋(修生求仙之法);其六曰涂炭斋(通济一切急难);其七曰自然斋(普为一切祈福)。"②这其中除去"涂炭斋",称"灵宝六斋"。这是当时朝廷实际举行的斋醮种类。这类斋醮不但在道观举行,唐朝内廷也经常举行。更有朝命在一定节期于各地道观举行。

　　这样,朝廷的大力崇重,道教自身的高度发展,二者相互推动,互为因果。结果在唐代,道观大规模地建设起来,道士大量增加,他们的修炼以至一般学养水平普遍得以提高,道教的教理丰富和发展了,其戒条、律仪更加完善和制度化,如此等等,都使得道教的文化内容更加突出了,从而也增强了道教对社会生活和文化层面

①《道藏》第32册,193页。
②〔唐〕李林甫等撰《唐六典》卷四《礼部尚书・祠部》,125页。

影响的力度。有更多的人，包括文人们直接或间接、主动或被动地接触、参与道教活动。而更值得注意的是，道教的法术、律仪虽然是宗教迷信的产物，其中也包含着丰富的文化内涵。比如符箓，有些具有相当的文学性和艺术性；唐、宋道士荐告天神的上章写在青藤纸上，称为"青词"，用的是骈体或诗体韵文，文辞华美，其书写更具有相当的美学价值；斋醮中所用音乐和舞蹈，当然也是特殊的宗教艺术作品。现见于文字记载的，如高宗曾令乐工制作道曲；玄宗于内道场亲教诸道士步虚声韵，并曾命司马承祯、李含光、贺知章分别制作《玄真道曲》《大乐天曲》和《紫清上圣道曲》等。宋代的《玉音法事》记录了唐代流传下来的道谱五十首。还有道教曲辞《步虚词》之类作品，现在仍留存不少。这些都是纯粹的道教文学艺术。它们对一般的文艺创作也产生潜移默化的影响。至于文人们寻访道观，结交道士，接触或参与道教斋醮仪式和斋戒生活，亲自合炼或服用丹药等，也会影响到他们的思想、生活，并在创作中以不同形式、不同方式表现出来。

　　在整个唐代，道教发展的形势是不平衡的。有的时期，如武则天称帝时崇重佛教，道教曾受到一定程度的压抑；而如玄宗统治的后期、武宗朝，则掀起了崇道的热潮。而且从总的形势看，当时佛教的发展客观上又对道教起了一定的抵制作用。特别是新兴的禅宗在士大夫间争取到更大的市场，而禅宗是主张"明心见性"，反对向外"驰求"的。但唐代无疑是中国历史上道教发展最为兴旺、势力最为巨大的时期，也是对文学造成巨大、深远影响的时期。特别是因为唐王朝是个统一、发达的大帝国，朝廷采取一系列崇道措施，其巨大作用遍及全国，波及各个阶层和社会生活的各个方面，对于文学的影响必然是十分巨大的。

三

　　唐代道教在文化领域发挥更为重要的作用,对文人的生活和创作产生前所未闻的巨大影响,除了上述诸条件,还和当时道教自身发展的趋势有直接关系。而这种发展趋势是由中华民族的思想文化传统和其特有的思维方式决定的。

　　考察唐代历史可以发现,人们所艳称的唐代文化的伟大成就,最为突出的实际主要在文学艺术和宗教这两个领域。唐代是道、佛二教发展的极盛时期,又是文学艺术高度发达的辉煌时期。唐代在科技和工艺方面的成就上不及两汉,下不及宋、明;由于"唯唐不重经术",在中国古代学术中居统治地位的经学领域,唐人的成绩有限,其贡献主要在促成了自"汉学"向"宋学"的过渡。而在文学、艺术的各个领域,唐代几乎都创造了继往开来的成就。在极其发达和繁荣的经济、文化环境中,道、佛二教经过六朝时期的高度发展,各自都进入了总结、转折阶段,并进一步凸显出其所固有的文化性格。就道教而言,主要表现在以下几个方面:

　　首先是道教进一步"政治化",从另一个意义上说则是"御用化"了。在唐代,道、佛二教都更紧密地依附于世俗政权,而以道教的表现尤甚。究其根源,这一现象乃是中国传统意识重现实、重伦理的特性必然导致的后果,也是在中土高度统一的专制政治体制下世俗政权和宗教神权长期斗争的结果。如前所述,比起佛教来,道教本来更具有入世的性格。晋、宋时期对道教的"清整",一方面是削弱了原始民间道教所具有的反抗现实体制的性格;另一方面则向社会上层靠拢,随之使它带上了越来越浓重的统治阶级"御用"色彩。在隋王朝建立过程中,道士们已密传符命,为改朝换代制造舆论，从而赢得了隋帝的崇信。隋朝建国后，度道士，修宫观，文帝诏书中说："佛法深妙，道教虚融，咸降大慈，济度群品。"①当时朝廷是佛、道兼崇的。而到了隋末大乱时，道士们又重演故伎，制造"杨氏将灭，李氏将兴"，"将有老子子孙治世"之类谶言。著名道士李淳风称终南山有老君降显，告以"唐公当受天命"②。当李渊起事时，楼观道士歧晖曾发道士八十余人响应。曾受到杨广知遇的王远知，亦向李渊"密传符命"③。到了李唐立国，谎称系出老子，道教更具有了皇室"氏族宗教"的意义，推尊道教则更是顺理成章之举。道士们也更积极地参与政治活动。如李世民和太子建成争夺帝位时，曾密访王远知，远知告以"方作太平天子，愿自惜也"④。这在李世民是寻求道教方面的支持，而道教方面则通过支持李世民而争取统治者加护。后来道教徒不断制造老君降迹的神话，为李唐王朝的神圣性制造舆论，也是为了抬高和巩固自身的地位。高宗、武氏、玄宗各朝，有众多的道士被召请入朝，从历史记载看，不少人宣扬的主要不是法术，而是所谓"安邦治国"的道理。朝廷更给一些著名道士授以高官显爵（其中不少道士任"职事官"）。这后一方面是和对待僧侣的情况不同的，也突出显示了当时道士们的世俗性格。实际上，在政治上被推重，固然提高了道教的地位，扩大了影响，却是对宗教信仰的腐蚀。因为绝对神圣的事物应当是超越的、凌驾于世俗之上的，不应是依附于世俗权力的。然而，正因为道士们以帝王臣民甚至仆从的身份活动在朝廷上下，也使得士大夫有可能和他们广泛结交和交流。

　　其次是道教宗教学术的高度发达，导致其相当严重地"学理

---

① 〔唐〕魏徵等《隋书》卷二《高祖纪》。
② 〔宋〕谢守灏《混元圣纪》卷八，《道藏》第 17 册，854 页。
③ 〔后晋〕刘昫等《旧唐书》卷一九二《王远知传》。
④ 同上。

化"了。唐代的道、佛二教在文化史上的重要成就特别反映在宗教学术方面。当时,道、佛二教培养出众多学养精深的宗教学者,创作出众多的、有相当一部分是具有高度理论价值的著作,规模巨大的佛藏和道藏也在这一时期结成并开始流通。中国的道、佛二藏所包含学术内容之广泛和丰富,在全部世界宗教史上是绝无仅有的。道、佛二教的长期交流和斗争,两教经典相互借鉴,更成为两者学理发达的重要推动力。本来宗教的核心内容是信仰,而信仰需要学理上的论证,这就是宗教的教理、教义,其核心是宗教哲学。学理探讨依靠的主要是理性,而理性本是和信仰相对立的,这是宗教教学中必然存在的内在矛盾。外来佛教的经论包括丰富的理论内容。在中土的文化环境中,这方面更被突出出来。到了隋唐,佛教在发达的六朝义学各学派的基础上,创造出中土各宗派。每个宗派都根据所宗的经、论,各自确立起独特的判教方法,据此发展出各自的宗义即系统的宗义,从而又规定了各具特色的修持方式。道教教理的发展水平一直不及佛教,在许多方面是受到佛教影响,借鉴了佛教而形成起来的。但自晋、宋以来,也出现几位有成就的道教思想家如葛洪、陆修静、陶弘景等。在他们的努力下,无论是神仙道教还是金丹道教,都建立起相当系统、严密的教理体系。道教的教理主要源出道家,唐朝廷又尊崇老子,所以唐时《道德经》和道家的著作受到了特别的重视,研究上也取得了相当大的成果。前面已经提到,高宗时已有朝命令王公以下皆习《老子》;玄宗并御注《道德经》,建崇玄学,实行"道举",更推动了《老子》的研习。天宝元年(742)朝廷下制书,"庄子号为南华真人,文子号为通玄真人,列子号为冲虚真人,庚桑子号为洞虚真人,其四子所著书改为真经"①,更推动了对于道家的研究。据杜光庭《道德真经广圣义

① 〔后晋〕刘昫等《旧唐书》卷九。这道诏令的主要意义在于表明朝廷对道家的态度,实际上如《文子》《庚桑子》并没有流行。这从中唐时柳宗元寻访这些书的困难可以知道。参阅《柳河东集》卷三《辩〈文子〉》《辩〈亢仓子〉》。

序》记载,历代注解《道德经》的有六十余家,其中唐人居半。他所列举的这部分人名、书名为:

> 唐太史令傅奕(注二卷并作《音义》)、唐嵩山道士魏徵(作《要义》五卷,为太宗丞相)、法师宗文明(作《义泉》五卷)、仙人胡超(作《义疏》十卷,西山得道)、道士安丘(作《指归》五卷)、道士尹文操(作《简要义》五卷)、法师韦录(字处玄,注《兼义》四卷)、道士王玄辩(作《河上公释义》一十卷)、谏议大夫肃明观主尹愔(作《新义》十五卷)、道士徐邈(注四卷)、直翰林道士何思远(作《指趣》二卷,《玄示》八卷)、衡岳道士薛季昌(作《金绳》十卷,《事数》一卷)、洪源先生王鞮(注二卷,《玄珠》三卷,《口诀》二卷)、法师赵坚(作《讲疏》六卷)、太子司议郎杨上善(高宗时人,作《道德集注真言》二十卷)、吏部侍郎贾至(作《述义》十一卷,《金钮》一卷)、道士车弼(作疏七卷)、任真子李荣(注上下二卷)、成都道士黎元兴(作《注义》四卷)、太原少尹王光庭(作《契源注》二卷)、道士张惠超(作《志玄疏》四卷)、龚法师(作《集解》四卷)、通义郡道士任太玄(注二卷)、道士冲虚先生殿中监申甫(作疏五卷)、岷山道士张君相(作《集解》四卷)、道士成玄英(作《讲疏》六卷)、汉州刺史王真(作《论兵述义》上下二卷)、道士符少明(作《道谱策》二卷)、玄宗皇帝所注《道德》上下二卷(《讲疏》六卷)即今所广疏矣。①

这份目录并不完全,如李勉之子李约著有《道德真经新注》,今存,序文见《全唐文》卷五一四。但仅从这份目录已可以看出唐人对《道德经》研究风气之盛。当时研究《道德经》并留有著作的主要是道士或道教徒,但也有一般的官僚士大夫。唐人所注《道德经》今存者仍有傅奕《道德经古本篇》二卷、成玄英《老子开题》残一卷(敦

_____

① 《道藏》第 14 册,309—310 页。

煌本，又蒙文通辑有《道德经义疏》）、张君相《道德真经集解》八卷、李荣《道德真经注》四卷、唐玄宗《御注道德真经》四卷（又有十卷本和附外传一卷本）、王真《道德经论兵要义述》四卷、吕岩《太上玄元道德经解》一卷、陆希声《道德真经传》四卷、杜光庭《道德真经广圣义》五十卷等。这最后一部杜光庭的《广圣义》可看作是当时道教徒对《道德经》研究的总结性巨著。唐代出于道教徒之手的对《道德经》的研究，主要内容是关于教理的论证；但其中也有对于道家学说的发挥，例如对"重玄之道"的阐发等等。除了理论上的价值之外，这种学理探讨的做法，理论思辨的形式，更对于一代人的精神世界造成影响。而这种研究除了在学术思想上有所贡献之外，在促使道教自身从内容到形式发生变化方面所起的作用也是值得注意的。

以《道德经》的研究为中心，唐代的道士和道教信徒广泛地探讨了教理、教义、律仪等方面的问题，写出许多著作。这在前面已有提及，此不赘述。但如上所说，理论思维是和信仰所要求的先验性、绝对性相对立的。当宗教经典被当成学术讨论的对象的时候，其神圣性也就大打折扣了。唐代道教已没有早期道教那种痴迷的信仰狂热，正和教理研究的过分发达有关系。而宗教学术性的增强，却正适应了具有高度文化素养的士大夫的要求。对于他们来说，佛教的经论、道教的典籍成了教养上的必读书，它们常常是被当作"世典"即世俗书籍的补充来对待的，即它们往往已不被看作至上的宗教信条，而主要是被当作一般的教养以至玩赏的对象了。这样，道教（佛教也是一样）的高度"学理化"，一方面固然增强了其对于文人的影响，但也表现出逸脱宗教信仰的倾向。结果唐代许多文人对道教的兴趣更多地表现在对其学理的倾服，进而去赞赏和实行道家所宣扬的人生态度和处世方式，这从而也形成了部分人接受道教的特殊途径和方式。

再次，是道教活动的"世俗化"倾向大为发展了。在唐代，佛、道二教的传播有一种共同的趋势,就是一方面教理、教义即其教学方面发展得更为复杂、精致,在相当大的程度上成了脱离群众的高级僧、道的经院学问,另一方面则是宗教活动向社会各阶层和文化各层面更广泛地普及,表现出更通俗、更凡庸的特色。宗教的"世俗化"也是和它应有的神圣性、超越性相矛盾的。因为"世俗化"固然可以使宗教流传得更加广泛、深入,但同时却也使它在相当程度上丧失了作为其根本特征的崇高、神圣的形式和纯粹、神秘的内容,变得大为平庸了。唐代道教正是如此:随着它的势力的扩大和在社会上影响的扩张,其活动增加了大量普通人日常活动的内容,形式上也更加生活化、庸俗化了。众多的道士们走出道观,接触世俗人事,参与世俗活动。在唐代,道教中的鬼神信仰、地狱信仰等民俗信仰相当流行和兴盛;道士们以祈雨、驱魔、消灾、祛病等道术来吸引群众;朝廷也热衷于投龙奠璧、祀祷斋醮等活动;而"自初唐以后,黄白术之流行盛于外丹术"①,即本来被当作重要神仙术的炼丹术,主要被当成合炼黄白即发财致富的手段了。如此等等,都是和道教的宗教修习的根本目标、和六朝道教的神秘而又神圣的形态有相当距离的。而和文人有密切关系的,如宫观成了游观、交际场所,和道士的结交、诗文唱和成了文人的风雅韵事,研习道书成为颐养性情的手段,以至道观变成寄居、习业的地方(这和当时佛寺的情形是类似的)。特别具有典型意义的是,活动在都会的一些女冠形同倡伎,她们居住的女冠观则成了逸乐场所。这种现象在文人创作中被相当充分地表现出来,成为一代文学的特殊内容,下面将会具体讨论。这样,道士参与普通社会生活,道教的活动无论是内容还是形式都带上了更多的世俗特征。这实际是唐代兴旺、繁盛的社会文化生活对于宗教"侵蚀"的必然结果。另一方面也是对于宗教过度"学理化"的倾向的反动:烦琐、深奥的宗教教学脱离

---

①陈国符《中国外丹黄白法考》,299 页,上海古籍出版社,1997 年。

了群众,就要有更通俗、更加群众化的宗教形态来取代它。宗教形式的神圣性、超越性本来是信仰的保证;宗教场所、神职人员的超然地位显示、象征着宗教在精神世界的绝对权威。比起此前的六朝时期,唐代无论是道教还是佛教,在这方面都大为"蜕化"了。然而,宗教被充实以平凡的人生内容,活动形式更加贴近生活,和一般人的生活实际产生更密切的交涉,却又给文人们更多的接触和参与的机会。丰富多彩的更为接近人生的宗教内容,也更适宜于文学的表现。

　　还有一点,道教的"蜕化"培养起人们对它的"欣赏"态度,即对于普通人来说,道教被当作艺术表现和艺术欣赏对象的成分增强了。这可以称之为"美学化"的过程。在中国文化发展的历史上,宗教与文学艺术相互影响和促进本是久已形成的传统。唐代高度发达的文学艺术本来得益于道、佛二教不少。如上所说,人们所艳称的唐代文化,其成就最为突出的是文艺和宗教两个领域。这二者在同一历史时期共同繁荣本是有着内在关联的。可以从二者的本质(如黑格尔指出的,宗教和艺术作为意识形态在本质上有相通之处),从精神史的发展规律(在人类精神史上,宗教和艺术的发展往往是相互促进的)等角度来探讨形成这种共同繁荣的基础。但即使仅观察表面的事实,也可以充分认识到二者相互促进的情形。一方面在文学艺术高度发达的情况下,宗教要利用这一形式作为宣教的工具。就唐代与道教相关的文学创作而言,从神仙传记到游仙诗,从道调音乐到宫观美术,都被作为宣教的重要手段,而它们又具有独立的艺术价值。另一方面,道教的兴盛和普及必然影响文人的思想和生活,道教的观念、题材、"人物"、语言被大量地运用在文人和民间的作品之中。这样,二者在不同层面、以不同方式进行的相互交流和影响,促进了各自的发展,同时又进一步密切了二者的关系。在这一过程中,文学艺术被充实了、丰富了,道教自身的文化水平也提高了,它的文化性格也更为突出了,以至于在一定意义上成了文艺欣赏的对象，即被"美学化"了。例如，唐代宫观的活动和佛寺一样，已经带有浓厚的"艺术"性质：长安道观里的斋醮，形似大规模的乐舞演出；其中上章、步虚的文字都富于文学情趣；道观的建筑和造像、壁画都是艺术作品；等等。又例如，无论是当时道士所传神仙传记，还是文人诗文里表现的神仙传说，也都显现出浓厚的艺术创作的意味。这样，人们对待道教，已或多或少地带有娱乐、欣赏的意味。而宗教活动的这种"美学化"的程度越高，也就必然会吸引更加广大的人群；但当人们以艺术玩赏的态度来对待宗教的时候，信仰心的真挚也就随之降低了。事实是，涉及宗教的文艺创作的独立的艺术价值越高，其纯宗教信仰的意义相对地变得越小。唐代文人和艺术家的许多道教题材的优秀作品具有很高的艺术价值，人们往往已不从宗教信仰的意义上来理解和接受了。这样，道教（佛教也同样）被更大程度地"美学化"，表面上看是宗教影响艺术的扩展，实则是宗教信仰心又一种"蜕化"的表现。

这样，伴随着唐代道教（佛教也是同样）的大繁荣，其发展形势在发生重大的衍变，即迅速地走向"政治化""学理化""世俗化""美学化"。这样在这一时期，道教的世俗性格更加突出了，文化内涵更加丰富了，美学价值也增大了，它对于文学的影响力也随之增强了。结果是，出现了许多好道、求道的文人，文人生活与道教的关系更加密切，有关道教的内容更多、更普遍地被表现在他们的作品之中。文人们对待道教的态度不一，表现有关道教内容的角度不一，其作品的价值更不一样，但总的说来，这一时期文学受惠于道教是多方面的，所取得的成就也是巨大的。

四

道教对唐代文人和文学创作发挥影响，还因为道教在长期发展中积累了一大批"道教文学"典籍，历代又多有文人信仰或赞赏道教，阅读、熟悉道教经典，创作许多宣扬道教信仰或表现道教题材的作品。这便形成传统，给唐代文人创作提供了借鉴。不过"道教文学"作为概念，与一般所谓"宗教文学"一样，内涵模糊。从广义角度说，可以把教内外、道士与文人所创作的反映道教观念、表现道教题材的各类文字都看作是"道教文学"创作。本书讲道教对唐代文人、文学创作的影响，则是从狭义角度看，限于道教经典中那些具有文学价值的作品。这类作品数量亦相当庞大。后世编辑《道藏》，把全部经典分为"三洞""十二部"。"三洞"按传授经典内容和系统划分，即洞真经（上清经）、洞玄经（灵宝经）、洞神经（三皇经）；"十二部"则是按文体划分，即本文、神符、玉诀、灵图、谱录、戒律、威仪、方法、众术、记传、赞颂、章表十二类。如果从文学价值看，各种类别包含的经典大不相同。其中如"本文"类，都是本来意义的道经，但也有些作品如《黄庭经》《真诰》等，具有一定的艺术性；又如"章表"类所收本是斋会上的奏章，其中青词等，某些篇章文采亦颇有可取之处；而"记传""赞颂"两类里则包含更多典型的"道教文学"作品。前者基本是散体，后者是韵文，其中不少作品从文学创作角度看也是相当优秀的。道教发展中这部分作品所取得的文学成就，在整个中国文学历史发展中占有一定的地位，对世俗创作也发挥了相当大的影响。

道教经典中的"记传"一类，文学价值最高的是仙传，还有记述史事、宫观等内容的叙事作品。仙传类作品在正史《隋书·经籍志》里归到《史部·杂传类》，有二十余种，被当作史学著作。其中在文学史上贡献和影响最为重大的当数《列仙传》①和《神仙传》②。此外，晋宋以来，道教上清派大力宣扬神仙信仰，创作出大批仙真传记，如《汉武帝内传》③、《太元真人东岳上卿司命真君传》《清虚真人王君内传》《紫阳真人周君内传》《吴盟真人传》《许逊真人传》《许迈真人传》《杨羲真人传》、《周氏冥通记》(陶弘景)等等，多数已散佚，或在其他文献里存有片断，或内容可据其他作品考见，其中有些在唐代仍存世流传。其中《汉武帝内传》演绎汉武帝与西王母相会传说，情节曲折生动，语言绮丽华艳，篇幅已具有长篇叙事作品的规模，被后世文人广为称赏。又自汉初推崇"黄老之道"，后来道教又奉老子为教主，对老子加以神化，附会有关老子的故事传说，形成《老子变化经》之类作品。这样，魏晋以来盛行撰集多种类型的仙传，体现了道教发展的需要，从文学发展角度看也多有创获。这类作品在唐代仍不断创造出来，如《玄元皇帝圣纪》(尹文操)、

---

① 《列仙传》，葛洪《神仙传·自序》和《抱朴子·论仙》、《隋书·经籍志·史部》总序皆作刘向撰，但南宋陈振孙《直斋书录解题》已指出"似非向本书，西汉人文章不尔也"(《直斋书录解题》卷一二《神仙类》)，宋黄伯思则疑为东汉人伪托(《东观余论》卷下)，明胡应麟认为是六朝人所作(《少室山房笔丛·四部证讹》下)，《四库提要》怀疑"或魏晋间方士为之，托名于向"。余嘉锡《四库提要辨证》主张"此书盖明帝以后顺帝以前人之所作也"；王叔岷则说其文字"自是汉人口吻"，"或有魏、晋间人附益者耳"(王叔岷《列仙传校笺》，台湾《中央研究院》中国文哲研究所中国文哲专刊"，1995 年)。
② 《正统道藏》未收《神仙传》，或怀疑当时已佚。《四库》所收为明毛晋辑本，《提要》判定为"原帙"。今传另有明何允中辑《广汉魏丛书》本。但自唐代梁肃《神仙传论》，有关《神仙传》著录人数所述多有不同，表明该书损益、传承情形值得考究。但今本《神仙传》作为葛洪著作应是没有问题的。
③ 这篇作品的撰人旧题班固、葛洪不一，鲁迅认为是晋以来"文人好逞狡狯，或欲夸示异书，方士则意在自神其教，故往往托古籍以炫人"(《中国小说史略》第四篇《今所见汉人小说》)；又参阅〔日〕小南一郎《中国的神话传说与古小说》，孙昌武译，中华书局，1993 年。

《华阳陶隐居内传》(唐贾嵩)、《神仙感遇传》(杜光庭)、《墉城集仙录》(杜光庭)、《续仙传》(五代沈汾)等。又就体裁看,与佛教同类作品相比较,佛典里的佛传与僧传无论内容还是表现方法都可明确区分为两种不同类型的作品,而道教的神仙传与高道传往往是合一的。这与神仙信仰中的"地仙"观念有关。道教的神仙许多活动在人世间,取凡人的形貌;高道则被视同神仙。佛教典籍里描写的佛、菩萨、天龙八部等全然是超现实的"人物"。对比之下,道教这种仙、道合一的"人物"既体现高度玄想的神秘内容,又富于现实精神和生活气息,成为个性鲜明的、独具特色的一类人物典型。道教的仙传和其他大量叙事作品给后世创作提供了大量题材、素材、"人物"、情节、构想、事典、语汇等等。这类作品为唐代文人所熟悉,他们在创作中广泛加以借鉴,充实、丰富作品的思想内容和艺术表现。

　　道教经典里诗歌体裁的"赞颂"一类中具有更大文学价值的主要是仙歌。早期道教经典《太平经》里已多有使用韵文的歌谣、谚语、口诀等,如《师策文》里的"乐莫乐乎长安市,使人寿若西王母。比若四时周反始,九十字策传方士"①之类。后来结集道经,多使用韵文。早期的如著名的《周易参同契》《黄庭经》都是韵文。这与韵文方便口诵传播有关系,也借鉴了佛教经典多用偈颂、韵散结合的行文体裁。后来结集的洞真部里的《三洞赞颂灵章》、洞玄部里的《上清诸真章颂》、洞神部里的《诸真歌颂》等都是诗歌体的"仙歌"。前面提到的《真诰》本是极富文学意趣的上清派根本经典,其中也穿插收录许多艺术上具有特色的"仙歌"。成书于北周时期的道教类书《无上秘要》里有专门的《仙歌品》;后来宋代的《云笈七签》里则有《赞颂歌》《歌诗》《诗赞词》等品类,所收录的"仙歌"有些是辑自《真诰》等早期经典的。道教大量创作仙歌,除了中国具有发达

─────────────
① 王明《太平经合校》卷三八,62 页,中华书局,1980 年。

的诗歌创作传统、各类著述多应用诗歌形式的客观环境,还和道教科仪有关系。诵经是道教养炼的重要方式,认为可以上达天神,歌颂神章与存神守一、服食丹药、佩戴符箓、沐浴斋戒等一样,乃是虔修的手段。《黄庭经》"上清章"上说:"是曰玉书可精研,诵之万遍升三天。"《无上秘要》里也明确指出"无此歌章,皆不得妄上天纲,足蹑玄斗","衡讽咏者使人精魂和乐,五神谐和,万邪不侵"。如此等等,就是说,唱诵这些歌曲具有宗教修习功能,又起到神灵"自娱乐"的作用①。晋宋以来多有善诗的知识精英参与经典制作,也推动"仙歌"创作的兴盛。这样,诗颂韵语成为道教经典的重要体裁,"仙歌"也成为独具特色的诗歌的一体。许多道教经典与佛典一样文体是韵散兼用的。前面说到《汉武帝内传》《真诰》里的仙真作歌以述情达意,成为相当优美的诗章。今存敦煌唐写本《老子化胡经》十卷,一至九卷为文,第十卷是"玄歌",包括《化胡歌》七首、《尹喜哀叹》五首、《太上皇老君哀歌》七首、《老君十六变词》十八首计三十七首八千余言,分别敷衍化胡故事和老子传说,是具有相当规模的长篇联章仙歌。这样,仙歌在中国诗歌传统滋养下创作出来,它们发挥玄想,创造特殊的情境,点缀以仙事、仙典、仙语,从内容到形式、从语言到艺术手法,都形成鲜明的特色。唐代诗歌创作繁荣,诗人们继承传统,广取博收,旁搜远绍,数量庞大的仙歌也成为他们继承的遗产。

　　魏晋以来,道教相当广泛、深入地影响文人的思想、生活和创作,诸多文人创作的作品可以包括在广义的"道教文学"作品之列。其中散文体裁的主要是志怪小说。鲁迅在《中国小说史略》里专篇论述佛教志怪小说,归纳为"释氏辅教之书"一类。道教的同类作品可称作"道教辅教之书"。属于前道教时期的《山海经》《穆天子传》《汲冢琐语》里记述神怪异闻,叙写生动,可看作是"道教文学"

────────────

①《无上秘要》卷二〇《仙歌品》,《道藏》第25册,48、50、52页。

的先驱。汉魏以来,搜奇记异成为文人们相当普遍的精神追求,道教的神仙传说、仙怪异闻成为他们津津乐道的内容。如干宝《搜神记》、陶潜《后搜神记》、刘敬叔《异苑》、任昉《述异记》、吴均《续奇谐记》等,描写仙灵异人,记叙神怪故事,许多都运笔博瞻丰茂,情节离奇动人,在志怪作品里是相当优秀的作品。如《搜神记》里董永与织女、天上玉女下嫁弦超、韩凭夫妇故事;《搜神后记》里丁令威化鹤、桃花源、白水素女故事;《异苑》紫姑神故事;《续奇谐记》王敬伯故事,等等,都叙事婉转,描摹生动,文笔瑰丽华艳。另如《海内十洲记》①、张华《博物志》等地理、博物类著作,虽然艺术性有限,也为后人创作提供了素材。在"有意为小说"的唐传奇创作中,这些作品提供了丰富的灵感与启发。

在韵文创作方面,文人接受道教影响表现尤为突出。还是从"前道教"说起。许地山曾指出:

> 在神仙说初行的时候,也有一派只以神仙、仙山或帝乡来寄托自己底情怀,不必信其为必有,或可求底。这派可以称为骚人派。骚人思想实际说来也从神仙思想流出,而与道家底遐想更相近。《楚辞》里如"漠虚静以恬愉兮,淡无为而自得";"下峥嵘而无地兮,上寥廓而无天。视倏忽而无见兮,听惝恍而无闻。超无为以至清兮,与太初而为邻",都含着很深沉底道家思想。在《离骚》里充分表现道家化底骚人思想。②

《楚辞》里集中、鲜明地表现神游仙界幻想的篇章当数《远游》,传统上它被列入屈原赋二十五篇之内,近人考订乃是战国晚期作品。它生动地描写出"托配仙人,与俱游戏,周历天地,无所不到"的游仙境界,如:

---

①旧题东方说撰,显系伪托。今人推定为东汉末或六朝人所作。
②许地山《道教史》,138 页,华东师范大学出版社,1996 年。

闻赤松之清尘兮，愿承风乎遗则。贵真人之修德兮，美往世之登仙。与化去而不见兮，名声著而日延。奇傅说之托辰星兮，羡韩众之得一。形穆穆以浸远兮，离人群而遁逸。因气变而遂曾举兮，忽神奔而鬼怪。时仿佛以遥见兮，精皎皎以往来。绝氛埃而淑尤兮，终不反其故都。[①]

从这样的叙写中可以看出，当时赤松、傅说、韩众等仙人形象已经形成，追踪"真人"而"登仙"成为人们的幻想，而仙人的特征则是"离人群""绝氛埃"，解脱人世羁束，在天上自由地翱翔。清人蒋骥认为这篇作品的作者是"质非仙圣，不能轻举，故慨然有志于延年度世之事，盖皆有激之言而非本意也"。这样，在先秦文人的创作里，"登仙"的幻想已经成为寄托现实感慨的手段了。《楚辞》流行广远，后世文人导其流而扬其波，创作取资于神仙和仙界幻想者众多。秦始皇统治晚年，求仙活动达到高潮。他曾"使博士为《仙真人诗》，及行所游天下，传令乐人歌弦之"[②]。这些《仙真人诗》已佚，鲁迅认为"其诗盖后世游仙诗之祖"[③]。曹操熟悉道教，据张华《博物志》说他"又好养性法，亦解方药，招引方术之士庐江左慈、谯郡华佗、甘陵甘始、阳城郤俭，无不毕至；又习啖野葛，至一尺，亦能少少饮鸩酒"[④]。他的《气出唱》《陌上桑》《秋胡行》等，都是描绘游历仙境的幻想的。曹植有《升天行》那样的作品：

乘蹻追术士，远之蓬莱山。灵液飞素波，兰桂上参天。玄豹游其下，翔鹍戏其巅。乘风忽登举，仿佛见众仙。

《乐府解题》说："《升天行》，曹植云：'日月何时留。'鲍昭云：'家事宅关辅。'植又有《上仙箓》与《神游》、《五游》、《龙欲升天》等

---

① 〔宋〕朱熹《楚辞集注》卷五。
② 〔汉〕司马迁《史记》卷六《秦始皇本纪》。
③ 鲁迅《汉文学史纲要》，《鲁迅全集》第9卷，382页。
④ 〔宋〕李昉等《太平御览》卷九三。

篇,皆伤人世不永,俗情险艰,当求神仙,翱翔六合之外,与《飞龙》、《仙人》、《远游篇》、《前缓声歌》同意。"①这里提到的《上仙箓》《神游》《前缓声歌》等已佚。他的《仙人篇》描绘仙人事迹,创造出一幅仙界极乐图画。又刘勰说:"乃正始明道,诗杂仙心。何晏之徒,率多浮浅。惟嵇志清峻,阮旨遥深,故能标焉。"②正始诗坛最有代表性的诗人是嵇康和阮籍,其表现上的重要特点之一就是抒写"仙心",即表现神仙内容。嵇康有《游仙诗》,又有如《兄秀才公穆入军赠诗十九首》《重作四言诗七首》《答二郭三首》《述志诗》等,把隐逸、养生、求仙三者结合起来,把神仙境界现实化了,又把人生境界神仙化了。刘熙载说:"嵇叔夜、郭景纯皆亮节之士……《游仙诗》假栖遁之言,而激烈悲愤,自在言外,乃知识曲宜听其真也。"③阮籍本是愤世嫉俗的人物。他的忧生之嗟词多隐蔽,神仙是其修辞之所用,亦被当作精神之寄托。其《咏怀诗》八十二首,多借神仙之事发抒愤懑,表现浓厚的"列仙之趣"。如第四十"安期步天路,松子与世违。焉得凌霄翼,飘飘登云湄。嗟哉尼父志,何为居九夷",第四十一"生命无期度,朝夕有不虞。列仙停修龄,养志在冲虚。飘飘云日间,邈与世路殊",第七十八"昔有神仙士,乃处射山阿。乘云御飞龙,嘘噏叽琼华。可闻不可见,慷慨叹咨嗟"④,等等,都从不同角度用仙界与尘俗做对比,表达对神仙世界的企羡。到萧统编辑《文选》,把"游仙"进一步确立为一种诗体,选同题诗何劭一首、郭璞七首。何焯评论何劭《游仙诗》说是"游仙正体,弘农其变"⑤。

---

①〔三国·魏〕曹植著,黄节注,叶菊生校订《曹子建诗注》卷二,第62页,人民文学出版社,1957年。
②刘勰著,范文澜注《文心雕龙注》卷二《明诗》,人民文学出版社,1958年。
③〔清〕刘熙载《艺概》卷二《诗概》,54页,上海古籍出版社,1978年。
④〔三国·魏〕阮籍著,黄节注《阮步兵咏怀诗注》,49—50、51、94页,人民文学出版社,1957年。
⑤〔清〕何焯《义门读书记》卷四六,895页,崔高维点校,中华书局,1987年。

所谓"正体",意指他所表现的是游历仙界幻想的传统内容;而郭璞之"变",则在于它们一方面始"会合道家之言而韵之"①,另一方面又"宪章潘岳,文体相辉,彪炳可玩。始变永嘉平淡之体,故称中兴第一。《翰林》以为诗首。但游仙之作,词多慷慨,乖远玄宗。其云:'奈何虎豹姿。'又云:'戢翼栖榛梗。'乃是坎壈咏怀,非列仙之趣也"②。就是说,他(实际上曹氏父子、稽、阮等人已有同样倾向)给游仙题材充实以道家的玄思幻想,又叙写慷慨咏怀的新鲜内容,把士大夫阶层的隐逸观念与神仙幻想和追求相结合,体现更丰富的思想意义和更高的艺术价值。刘勰总结说:

> 江左篇制,溺乎玄风,嗤笑徇务之志,崇盛亡机之谈,袁、孙已下,虽各有雕采,而辞趣一揆,莫与争雄。所以景纯仙篇,挺拔而为俊矣。③

其后如沈约、王褒等著名文人,写作神仙题材作品都取得一定成就。

这样,早自战国神仙思想形成时期,相关内容已成为文人创作的重要题材,如庄子、屈原和《楚辞》一些篇章的作者们已创作出这一题材的优秀作品。道教形成,其传教布道、养炼虔修一直注重利用文学形式,遂制作出大批具有文学价值的经典,其中相当部分可称为"道教文学"作品。另外,在先秦以来的各体文学创作中,许多作家广泛、深刻地接受道教影响,包括那些作为文坛耆宿的大家,大都热衷从事道教题材的创作,留下大量作品,积累起丰富的相关方面的创作经验。这些形成传统,成为唐代文人从事创作可资借鉴的遗产。在新的社会、思想环境之中,有相当一部分人接触、赞

---

① 〔南朝·宋〕刘义庆《世说新语·文学》注引《续晋阳秋》,余嘉锡《世说新语笺疏》,262 页,中华书局,1983 年。
② 〔南朝·梁〕钟嵘著,陈延杰注《诗品注》,38—39 页,人民文学出版社,1962 年。
③ 刘勰著,范文澜注《文心雕龙注》卷二《明诗》。

赏、亲近以至信仰道教，以开阔的心态接受这方面的创作遗产，加以开拓和发挥，创造出更高水准的艺术成果。

五

　　具体研究道教对唐代文人及其创作的影响，还应注意到以下几种情况。

　　首先，道教比起佛教来表现得更为"贵族化"。道教的修炼如炼丹，要有相当的经济条件，其材料非一般贫苦人所能备办；道教所追求的神仙不仅十分神秘和迷茫，而且对于衣食无着的人来说也非生活的急切之需。加之唐王朝把道教视为带有"御用"性质的"氏族宗教"，道士被钦定为皇族宗属，特别使那些御用"高道"的身价和地位远超出一般人之上。而唐代佛教与之相较，特别是由于更加简易的净土法门的兴盛和禅宗的兴起，适应更为广大的社会层面的精神需要，得以在普通民众和士大夫间更加广泛地普及。这也是唐代道观较佛寺数量为少、道士相对于佛教僧侣人数为少的一个原因。唐代两京的著名道士多出入宫廷，活动在朝廷和高官大僚之间。有些本人更被委以高官；有些虽然山林隐遁，如住在两京附近的终南山、嵩山以及著名的道教圣地茅山、麻姑山这样的"洞天福地"，同样受到朝廷或贵族的崇重、加护。例如玄宗朝所尊崇的茅山道士李含光，几度回山，几度应召重新入京，每次都得到更高的荣崇。同时期的著名道士吴筠和李白交好，是有贡献的道教思想家，隐居剡中，名动朝廷，也得到玄宗的征召和器重。一些著名道观则御赐观名，得到朝廷赏赐的大量土地和资财。道教的这种"贵族化"倾向，使得它大为提高了社会地位，发挥更为巨大和广泛的影响。那些活动在社会上层的文人士大夫，也就有机会和著名道士有更多的接触。例如司马承祯、吴筠等在文坛上都广有影响。又唐代公主入道成为一时风俗，著名的玉真公主"入道"后仍热心结交文士，在她周围形成了一个类似文人"沙龙"的群体，在长安及其周围活跃一时。李白得以被玄宗征召，也得力于她的引荐。中、晚唐活动在朝廷周围的道士多是趋附势力、网罗名利之徒。他们和高官大僚相互攀附，规谋私利。道教极力向社会上层扩张，对于其发达、兴盛当然起了相当的作用，但终归对其发展又造成了限制。这也影响到其在文学上的表现。

其次，如上所说，在唐代，宗教信仰的"蜕化"形成趋势，文人们普遍地对宗教缺乏真诚的信仰心。他们倾心于宗教往往是出于精神慰藉、"安身立命"的需要，或只是以"玩赏"的态度寻求精神寄托。这种信仰诚挚心的缺乏使得他们对于不同宗教往往采取随意和融通的态度。唐代的主要宗教是佛、道二教。佛、道二教的教义、修持目标、修持方式等本是有很大差异的，有些观念甚至是相对立的。在六朝时期，佛、道二教之间进行过反复、激烈的斗争。但到唐代，这种斗争的形势缓和多了。这和统治阶级推行"三教齐立"政策有关，也和中土意识多能包容的特征有关；但还有一点也起着不容忽视的作用，就是文人对这两种宗教的接受和运用往往取调和立场，他们更多的是从寻求安慰身心的角度，不加区别地理解、接受佛教和道教的。本来六朝贵族和文人间佛、道兼容已经形成风气。佞佛如梁武帝，早年本来好道，始终热衷于仙术。当时文人如沈约等都是出入佛、道的。到了唐代，朝廷更加积极地推行"三教调和"的政策。当时的士大夫走"觅举求官"的道路，当然必须研习儒典，信守儒经教条，遵循儒家伦理；可他们在生活上、在观念中又往往兼容二教或在二者间游移。结果"三教并用"或"三教调和"就成了当时文人间相当普遍的风习。有些人在一定时期，或出于治国安邦的理想，或有鉴于时政的弊端，甚至会对宗教极度扩张的危害加以激烈批判，但这无碍于他们在另一种场合又鼓吹或信仰宗教。这就造成了文人间宗教观念上的无持操：他们往往对宗教采取一种"自由主义"的、随意的态度。这种现象普遍存在，也正和前面所说的信仰心的淡薄有直接关系。就是说，对于当时的许多文人来说，尽管也读一些甚或相当熟悉佛、道二教的经典，经常与僧侣、道士相往还，以至亲自参加一些宗教修持、炼养之类的活动，但在内心深处却缺乏对于特定宗教的坚定信仰。宗教对这一时期的多数文人来说，往往只是经世理想之外的不同凡俗的生活方式，是解脱个人精神挫折的出路，是一种特殊的文化生活内容。他们对待宗教，与其说是出于理念，不如说更重在情感；与其说是认真求道，不如说更多的是"玩赏"。由此形成了对于宗教的某种超然的、"艺术的"态度。杜甫曾说"余亦师璨可，心犹缚禅寂"，但他又曾求仙访道，也迷恋过丹药。实际上他一生以经国济民、"致君尧舜"为职志，执着地面对人生，绝不是企图逃禅或成仙的人物。白居易也是佛、道并重的，以至学术界对他到底主要是信佛还是好道有过争论。但从他的诗文看，他对佛、道二教哪一个似都没有抱认真的态度。到晚年，他在洛阳香山度过长时期的修道生活，但其实际内容主要是优游自在、诗酒流连，并没有十分认真地参禅或求仙。当然，唐时也有怀抱真挚信仰的人；但作为典型倾向的，是杜甫、白居易这样的情况。而正是这种对于宗教的"若即若离"的立场，却提供了在艺术创作中表现它们的广阔的空间；正是对"三教"兼容并蓄的态度，使得宗教内容得以被自由地发挥，从而也使佛、道二教在艺术上得到了更为丰富多样的表现。例如像李贺、李商隐这样的人，他们都"好道"，甚至在某一时期亲自"入道"，但却很难说他们是抱有真挚信仰的信徒；然而道教又确实给他们提供了丰富的灵感，他们诗歌中表现的神仙世界，他们抒写思想感情所使用的道教的特殊语言和表现形式，具有千古不灭的艺术魅力，富于极高的美学价值。还应当提出，唐人对待宗教的这种矛盾态度，在学术上的影响也是十分深远的。宋人建立理学，正是积极地吸收了佛、道二教教理的有价值的内容,而终于摒弃了信仰的形态。所以唐人的宗教意识对于以后的学术、文化以及文学艺术的发展关系十分巨大。值得注意的是,当宋代的理学扬弃了佛、道信仰的同时,也抛弃了宗教幻想和宗教生活所特有的激情,使得人的精神世界显得贫乏苍白了;与此同时,艺术创作中也失去了一部分生动有趣的内容。这里也表现出唐人和宋人精神世界的差别。

　　还有一点,关系到道教影响于文学创作中的具体表现,即比起作家们对于道教生活和道教信仰的直接描写来,道教对于人的精神生活的间接影响,例如人生态度、生活方式、思维形态、表达方法等方面,显得更为重要,表现上也更为丰富多彩,在创作中也更有价值。唐代道士中有善诗文的,如司马承祯、吴筠;文人中有曾做过道士或出家入道的,如贺知章、戴叔伦、吉中孚、曹唐等,但这类人终究是少数。而像李白、李商隐那样有或多或少"学道"经历的人则比较多;在生活某一阶段曾经"慕道""羡仙"以至迷恋丹药、受过道箓的就更相当普遍了。当时的文人无论是"入道"的还是没"入道"的,往往都会创作出纯粹的道教文学作品。如诗体的《步虚词》,就留存不少;散文里也有一些,如记录斋醮的文字,像李商隐《黄箓斋文》之类。这类作品不能说艺术上毫无可取之处,但其艺术水平一般不高,价值终归是有限的。在思想和艺术上有更大意义、并进一步对于丰富和发展一代文学有所推动和贡献的,是众多作家受到道教影响、并把这种影响融入自己的思想感情后所从事的艺术创作。

　　这类创作中最引人注目、在艺术上最富创造性的是表现神仙和神仙幻想的作品。实际上,对于唐代大多数文人来说,当时发达的道教教理是他们很少关心的;对于道教斋醮、律仪等他们也不见得有多少兴趣。而道教的神仙思想和仙界幻想对他们则普遍有着巨大的吸引力。这有秦、汉以来神仙思想广泛传播的传统在起作

用,同时在文学历史上,魏晋以来"游仙""求仙"题材和大量的神仙
传说一直兴盛不衰,也为后人提供了借鉴。而唐代的道士们和统
治阶层热心"仙术"的实践,更起了推波助澜的作用。不过应当注
意到,在唐代文学里,有关神仙题材的创作在内涵上是大不相同
的。有的如曹唐所写的《游仙》诗,是直接表现和颂扬神仙与神仙
生活的,在对美好仙界的描写里表达了企慕、赞叹之情。但具有更
高的思想艺术意义的,是那些借用神仙题材来抒发个人情志或别
有寓意的作品。这类作品里内含宗教观念的情况也并不一致:有
的带着相当强烈的求道热情(像李颀、李白),有的则主要把神仙题
材作为讽喻和寄托(像沈亚之、李商隐);而在这两种极端的态度之
间,又有各种各样的观念、情感和姿态,使表现神仙题材的作品极
其丰富多彩。而如果深入一步来考察就会发现,神仙思想作为一
种观念对于唐代文人的影响,更远超出对于神仙世界本身的信仰
和追求。神仙本是超现实的、宗教玄想的境界,无论是仙界的还是
人间的神仙(所谓"地仙"),本来都是幻想的存在。但在这些幻想
里,往往体现了人们对于超越现实人生的更为理想的境界的希冀
和向往(这里也包含着对于延续生命和享受人生的强烈愿望)。而
在与这种理想化的神仙世界的对比中,则会意识和体验到现实生
活的污浊和鄙俗,进而引发出对于世间的高官厚禄、荣华富贵的鄙
视和否定,以至对抗现存体制与传统,并努力从中解脱出来。对于
具体作家来说,神仙幻想和追求也可能引向消极,使得他们走向颓
唐、厌世,逃避现实矛盾;但在另外一些人身上,却又会转化为积极
的心态,努力去超脱凡庸,破除传统束缚,以至和现实统治体制相
抗衡,以心灵的自由去鼓舞行动的自由。李白正是这后一类作家
的杰出代表。在这种情况下,神仙题材的表现就会具有强烈的现
实批判意义。这正是唐代优秀作家神仙题材作品思想价值的主要
所在。另外,在艺术上不容忽视的是,神仙表现给发挥艺术想象力
提供了广阔的空间,发展了具有特点的语言运用和修辞方法。本

来要确立宗教信仰，就要利用幻想，利用形象，要借助不受客观实际约束的想象。在中国文学的饥者歌食、劳者歌事、"兴、观、群、怨"的重视反映现实、重视伦理教化的传统中，想象力特别是主观创造性的想象在很大程度上是被限制了的。而神仙幻想这类"无稽"的、"虚幻"的想象，则带给作者思维上的相当程度的自由。至于神仙内容丰富了文学创作的题材、"人物"、语汇、典故等方面，则是更为明显的。当然在具体使用神仙题材和有关表现方法时，许多作者流于刻板、程式化，如描绘神仙和仙境形成一定的模式，运用某些固定的语汇等等。但对于百花齐放的唐代文坛来说，道教的神仙思想确实提供了一些相当有价值的东西。本书将有一部分对于唐代文学创作中的神仙思想和神仙题材加以探讨。

　　道士和道观是唐代文学中关系道教的另一个重要题材。当时文人和道士相交往成为风气；道观则不只是修道场所，更是交际和游憩之地，也是都市中重要的文化生活中心。道士作为宗教职业者，本是社会上一类特殊的人物，他们往往代表着特定的观念、特别的人生方式和生活理想等等；而道观作为宗教修习场所，又有着特定的风景、气氛和活动内容，其景物中也往往体现特定的含义。而在唐代"世俗化"的宗教理念里，从一定意义上说，道士往往被看作现实中的"神仙"，道观就是仙界的象征。作者正是常常带着这样的观念来描绘他（它）们的。道士的人生、道院的景物本是相当狭小的，纯粹的宗教生活必然是枯寂的。所以单纯表现这类题材的作品内容多比较单调，语言也显得贫乏。例如为了表现道士的风格，多用松、鹤、泉、石来陪衬，多使用古代流传下来的神仙典故做比喻，多平板地描写入道、求仙、飞升、养炼等行为。但艺术技巧高超的作者也能利用这类题材抒写情志，在艺术表现上开拓出新局面。所以那些描写道士和道观的优秀作品，不只是丰富了一代文学创作的内容，反映出当时人精神生活的重要侧面，在艺术上也有所创获。本书特别注意到这一方面，并把长安的道观作为特例进行较详细的分析。

唐代炼丹术兴盛。统治阶层相当普遍地热衷于炼丹，服用丹药成为风气。文人们溺于此道的也大有人在。自道教形成后，炼丹即被当作成仙的重要手段之一，成为道士的主要法术。发展到唐代，甚至有些并不信仰道教的人也热心丹药（而对照之下，道教信徒又不一定搞炼丹术），这正反映了丹药影响之巨大。文人中渴慕丹药的人相当多，亲自合炼和服用的人也不少。当然具体情况各种各样。有些是真心实意地笃信并服用丹药的，至死不悟；有的则言行矛盾，言论上相当清醒，可是有时又迷恋而不能自拔；有的只是小做尝试，以游戏态度处之；更多的人只是表示钦羡，并不躬行。这些人对道教的态度更不一致。著名的如韩愈，对道教是坚决取批判态度的，但他以服丹药致死；相反地李白亲自炼丹，但他对丹药的功效似并不完全相信。不论如何，丹药确是当时相当一部分文人生活的重要内容，对一代文坛的影响是巨大、深远的。除了在作品里对相关内容直接表现之外，更重要的是影响到观念、感情以至心理等层面。服食丹药是出于对长生和逸乐的追求，这对于人生观和生活方式都会直接、间接地造成影响；而由于服用丹药产生毒、副作用，对感情和心理状态产生影响也是必然的。这后一方面在有关炼丹术的道典里有明确详细的说明，不过对于具体作家创作心态的作用已难以进行确凿的分析。本书也有专门的篇章讨论有关问题。

总之，在唐代，形势极盛的道教和高度繁荣的文学二者间相互影响，对各自的发展产生巨大、深远的作用。本书的内容主要是讨论道教对唐代文人生活、思想和创作的影响。实际上当时的历史发展中道与文学的关系还有另外许多层面，其中十分重要的还包括文人的活动对道教发挥的作用和影响。仅就本书讨论的前一课题看，这是文化史上的一个场面恢宏多变的独特景观，也成为文学史上具有重大意义的现象。又，本书探讨的只局限于几个具体问题。笔者希望通过对这几个具有一定典型意义的课题的探讨，揭示唐代道教影响文学的大致情况。仅就道教作用于文学这一方面而言，所涉及的问题亦十分广泛和复杂。除了必须搜集和清理道教内外的大量材料之外，理论上更涉及宗教心理学、宗教社会学、文化人类学等众多学科的诸多内容。笔者的工作，实际只是为进一步研究提供一些题目和资料，做些基础工作；同时，也为一般道教史和文学史的研究提供线索。

由于有关研究的基础薄弱，加之笔者道教学术水平的限制，这种探讨只是初步的、简单的，深知错误和不足在所难免。

炼丹术与唐代文学

一　唐代炼丹术的发展

　　据现存的资料,炼丹术战国时期即已产生①。到西汉时期,已发展到相当高的水平。史载汉景帝中元六年(前144)冬十月朝廷制定铸钱伪黄金弃市律②,所谓"伪黄金"就是利用合炼方法制作的。武帝时有方士李少君,"以祠灶、谷道、却老方见上,上尊之……少君言上曰:'祠灶则致物,致物而丹砂可化为黄金,黄金成以为饮食器则益寿……'"③而《汉书》记载淮南王刘安"又有《中篇》八卷,言神仙黄白之术",张晏注谓黄、白即指黄金、白银,可推知《中篇》是一部关于炼丹术的书④。既有了李少君那样的专家,又有《中篇》那样的专书,可以推想当时炼丹术已发达到相当程度,并已开始在统治阶层流行。又赵翼《廿二史劄记》卷三《汉多黄金》条辑

①孟乃昌《中国炼丹术的基本理论是铅汞论》,《周易参同契考辩》,205—224页。
②〔汉〕班固《汉书》卷五《景帝纪》。
③〔汉〕司马迁《史记》卷二八《封禅书》。
④〔汉〕班固《汉书》卷四四《淮南衡山济北王传》。

录《史》《汉》记载赏赐、收藏黄金史料，动辄数千斤至数十万金，实
应为合炼的伪金。后来道教兴起，特别随着它向社会上层发展，炼
丹术被道士们纳为专利，遂成为道教的主要炼养法术之一。在晋、
宋以后的数百年间，道士们进行了大量的炼丹实践，在药物的采
取、药性的认识、合炼器械的制备、合炼技术以及服用丹药的禁忌、
解毒方法等方面，都取得了长足的进步，并开始在士大夫间流行。
六朝著名作家江淹，就写过几首炼丹诗，如《赠炼丹法和殷长史
诗》：

> 琴高游会稽，灵变竟不还。不还有长意，长意希童颜。身
> 识本烂熳，光耀不可攀。方验《参同契》，金灶炼神丹。顿舍心
> 知爱，永却平生欢。玉牒裁可卷，珠蕊不盈箪。譬如明月色，
> 流采映岁寒。一待黄冶就，青芬迟孤鸾。①

殷芸曾为昭明太子侍读，累迁散骑长侍、左长史，这首诗是与之唱
和之作。原作已佚，不能知道是谁赠炼丹法，用"琴高"的典故，应
是一位道士。沈约有《酬华阳陶先生诗》，是写给著名道士陶弘景
的。陶素习丹法，今存《合丹药诸法节度》《集金丹黄白方》《太清诸
丹集要》等专门炼丹著作。沈诗中有"若蒙丸丹赠，岂惧六龙奔"②
的句子。向殷芸等赠丹法的即应是陶弘景之类人物。从这些诗，
可见当时炼丹术已在贵族士大夫间相当广泛地传布。

如果对炼丹术的发展历史加以划分，大体可分为三个阶段。
从战国时期炼丹术形成到南北朝，是早期。早期主要是外丹术，即
用矿物（初期主要是铅、汞及其化合物）合炼供人服用的丹药；隋唐
五代为中期，这时外丹术发展到极盛，并开始向内丹转化。内丹是
依据"天人合一"观念，把人身当作一个小宇宙，以之为鼎炉，来合

---

① 逯钦立辑校《先秦汉魏晋南北朝诗·梁诗》卷三，中册 1564 页，中华书局，
　　1983 年。
② 同上《梁诗》卷六，中册 1637 页。

炼自身的精、气、神。宋代以后为后期，这时内丹已成为炼丹术的主流了。前面所讲的炼丹术指外丹，唐代发展臻于极盛的也是外丹。这也是本篇讨论的主要内容。

唐代炼丹术兴盛的一个重要表现是它在相当程度上向社会公开了，从而得以在更加广泛的社会层面流行。当然所谓流行"广泛"也是有限度的。由于炼丹首先要具备相当的资财，能够施行的主要还是社会上层人士。但比较历史状况就可以清楚地看出：早期炼丹术主要还是在师弟子少数人之间传授的秘术，而到唐时却不但流行于道观，更相当普遍地风行于贵族士大夫间；不但流行于道教信仰者之间，更有许多人热衷于炼丹却完全和信仰无关。晚唐时的范摅在《云溪友议》卷下写道：

> 纥干尚书臬（"臬"之讹），苦求龙虎之丹十五余稔。及镇江右，乃大延方术之士。乃作《刘弘传》，雕印数千本，以寄中朝及四海精心烧炼之者。夫人欲点化金银，非拟救于贫乏，必期多蓄田畴，广置仆妾，此谓贪婪，岂名道术？且玄妙之门，虚无之事，得其要旨，亦恐不成，况乎不得？悉焚《参同契金诀》者，其至言也。①

这位纥干臬是元和年间人，做过河阳节度使，封雁门公②。据陈国符先生考定，刘弘即是《道藏》中所收《悬解录》（又作《玄解录》、《通解录》、《贤解录》等）的作者刘泓，是东晋时的道士。纥干臬是当时众多迷恋炼丹术的权贵之一，他传布《悬解录》，目的是"欲烧炼者留意服外丹中毒"。范摅生平不详，依其作品所涉及的内容可知是晚唐僖宗时人。他自号"五云溪人"，五云溪是若耶溪的别名，他当是乱世隐逸之士。从他的这段记述可知，"唐宣宗大中年间长安及

———————

① 〔唐〕范摅《云溪友议》卷下《羡门远》，69—70 页。

② 参阅〔唐〕林宝《元和姓纂（附四校记）》卷一〇，第二册 1526 页，郁贤皓、陶敏整理，中华书局，1994 年。

四海精心烧炼龙虎（铅汞）者数千人"①。唐代参与炼丹的人数之众，由此可见一斑。本书以下的叙述，主要内容是炼丹术在文人间的影响，正是其广泛流行情形的一个方面。

炼丹术发展史上有两部著作产生了深远的影响，这两部书在唐代文人间也受到广泛重视，被当成研习炼丹术的指针。一部是《周易参同契》，另一部是葛洪的《抱朴子内篇》。《周易参同契》出于东汉，题魏伯阳撰，应是总结当时炼丹术成果的产物②。这部丹书以讲外丹为主，也有后来所谓"内丹"的内容。关于这本书的名称，有各种各样解释。一般以为：参，杂也，同，通也，契，合也；《周易参同契》即以《易经》原理与炼丹术相契合。《易经》本是儒家"六经"之一，把炼丹术附会上《易》理，不但增高了其理论层次，而且在经学统治的传统中，又给予它正大的旗号。《周易参同契》被称为"千古丹经王"，历来研究、注释的人很多，异本亦多。今存《道藏》里的阴长生注本和容字号无名氏注本被认为出于唐代。而这两个注本都是外丹观点的。这也表明了唐以前外丹流行的实际状况。抱朴子葛洪，出身于江南士族，虽然到他这一代家道已经中落，但一生仍奔竞仕途，是积极用世的贵族士大夫的典型。他所作《抱朴子外篇》，是讲儒家经世之道的。他自幼勤读儒书，又好"神仙导养之法"。所著《抱朴子内篇》宣扬神仙、金丹之术，在道教史上占有重要地位，是到他那个时代的道教教理的系统阐述和总结。这《内篇》和《外篇》非同时所作，本各自单行，后来才结集成一本子书。葛洪的这种经历和立场，也成为他吸引后世士大夫的条件之一。唐代的文人们，许多人都读过这两本书。例如李白的《草创大还赠柳官迪》一诗写炼丹过程，就是演绎《参同契》的，这在后面将具体

---

① 参阅陈国符《中国外丹黄白法考》，402—404 页。
② 关于《周易参同契》的作者，历来多有争论。今人孟乃昌考定，原本为汉桓帝或稍早时期的徐从事，时代略后的淳于叔通和魏伯阳分别撰作，今本唐时已基本写定。详见孟著《周易参同契考辩》—《周易参同契通考》，1—67 页。

说明；杜甫有所谓"未就丹砂愧葛洪"①的句子。类似的表明两部书在文人间流行的例子，在唐人诗文里可以发现很多。

《周易参同契》和《抱朴子内篇》两部书的具体观点不尽相同，但有三方面的内容是大体一致的。这三个方面对于道教的进一步发展起了巨大作用，也大大推动了炼丹术的普及，特别是在士大夫间的传播。

第一，这两部书都强调服用丹药可以成仙，起码可以长生健体。《周易参同契》说到炼丹的效用："勤而行之，夙夜不殆，经营三载，轻举远游。跨火不焦，入水不濡，能存能亡，长乐无忧。道成德就，潜伏俟时，太一乃召，移居中洲。功满上升，应箓受图。"②这是说通过炼丹可以神仙飞升。葛洪则更为突出外丹的作用，他说："余考览养性之书，鸠集久视之方，曾所披涉篇卷，以千计矣，莫不皆以还丹金液为大要者焉。然则此二事，盖仙道之极也。服此而不仙，则古来无仙矣。"③所以他又说"九丹金液，最是仙主"④。

神仙观念起源很早，对历代文人具有巨大的吸引力。道教把成仙当作养炼的最终目标，也是它诱惑人的重要原因之一。在《庄子》《离骚》等对后代影响深远的名作里，神仙还是虚无缥缈的幻想；而发展到战国末期、秦汉之际的"方仙道"，则已演化为求仙的法术。但如秦皇、汉武宫廷方士们所宣扬的神仙术，还是少数特选阶层所能企及的专门技术，基本是"帝王的神仙术"。出现了《周易参同契》，特别是《抱朴子》，明确了依靠丹药即可成仙的前景，成仙有路径可循，丹药的诱惑力也随之大为增强了。

第二，这两部书的内容重点在阐述炼丹的具体方法即炼丹术，

---

①〔唐〕杜甫《赠李白》，〔清〕仇兆鳌注《杜少陵集详注》卷一。

②〔汉〕阴真人注《周易参同契》卷上，《道藏》第20册，75页。

③〔晋〕葛洪著，王明校释《抱朴子内篇校释》卷四《金丹》，70页，中华书局，1985年。

④同上卷六《微旨》，124页。

就是说,其中讲的主要是技术,信仰只是另一层次的内容。《周易参同契》称"欲知服食法事,约而不烦"①;《抱朴子》则表明要"愍信者之无文,垂以方法,炳然著明,小修则小得,大为则大验"②。两部书里都相当细致地写出了从炼丹原料、鼎炉制备直到丹药成品、效应等等。现代学者根据书中指示的方法,进行模拟实验,在汞齐、氧化汞、氧化铅、硫化汞等制造方面已取得了相当的成果③。这样,炼丹有了具体方法,就是可学而为之,任何人都可以把握的。成仙或长生的前景本来就让人羡慕,有了如此具体的方法,必然吸引人去尝试。宗教的本质决定了它本来应有超越性和神秘性,而不应是单纯的技术。炼丹被作为一种技术来宣扬,从一定意义上说也是对其宗教性的"侵蚀"。因此也就可能有许多根本不相信道教的人同样热衷于炼丹术。炼丹术从而也就更加广泛地得以流传了。

　　第三,和前两点相关,就是由于这两部书的出现,炼丹术在很大程度上向社会公开了。《抱朴子》里说到"合丹当于名山之中,无人之地,结伴不过三人"④,又要有"明师"传授,又有秘密口诀,表明他那个时代炼丹术在一定程度上还保持着秘密传授的传统。可是实际上,《周易参同契》成书,书中又相当具体地写出了合炼丹药的方法,热衷炼丹的人也就可以把这种书当作教材来使用,合炼丹药也就是一般人均可以实验的了。《抱朴子内篇》也起到了同样的作用。人们即使并不真的相信服用丹药能够成仙或长生久视,也可以用姑且尝试甚或是"游戏"的态度来操作试验。而从发展情况看,如果说在六朝时炼丹术仍保留有较多秘密传授部分,例如在描

①〔汉〕阴真人注《周易参同契》卷中,《道藏》第20册,87页。
②〔晋〕葛洪著,王明校释《抱朴子内篇校释》卷六《微旨》,122页。
③具体内容见于化学史有关论著中,如王琎等《中国古代金属化学及金丹术》,上海科学技术出版社,1957年;张子高《中国化学史稿(理论之部)》,科学出版社,1964年;及前引孟乃昌《周易参同契考辨》等。
④〔晋〕葛洪著,王明校释《抱朴子内篇校释》卷四《金丹》,74页。

述中药物多使用隐名,让人感到一定的神秘性,那么越是到后来,炼丹方法越是被更加具体细致地记述下来,可供人们学习和利用。炼丹术的公开化也大为促进了它的传布。

这样,谈唐代文人和炼丹术的关系,不能不注意《周易参同契》和《抱朴子内篇》这两部书。它们不仅在道教发展史上具有重大价值和里程碑的意义,又颇有文采,表达艺术和语言运用也达到相当高的水准,因此在唐代,这两部书为外丹术士所遵用,并在当时文人间广泛流行。它们的十分重要的意义,就是把炼丹术变成一种任何人都可以把握和利用的实用技术。而把炼丹术与神仙追求更紧密地结合起来,它又成了一种可以实行的神仙术。这无论是作为理论还是作为实践活动的指针,都是具有巨大诱惑力的。这两部书作为它们出现时代的炼丹术的结晶,在炼丹术进一步发展和传播中就起着理论和实践的指导作用。唐代的不少文人熟悉这两部书,许多人是通过这两部书来研习炼丹术的。有的人或许没读过这两部书,但它们所提供的炼丹理论和方法,也在直接或间接地影响、指导着他们的思想和行动。

二　唐时外丹术的兴盛

唐代外丹术的流行,在文人间产生巨大、普遍的影响,还有其自身发展的条件。

本来,"服食求神仙,多为药所误","人生非金石,岂能长寿考"①,外丹术在其长期行用中,已有无数事实证明它从根本上是无益、有害的。有许多人因为服用丹药而丧失了生命;同时常识也告

---

①《古诗十九首》,〔清〕沈德潜《古诗源》卷四。

诉人们长生不死是不可能的。而自汉代以来，在思想界占统治地位的古代儒家思想传统又富于理性主义精神，在《史记》《汉书》等史书中记载秦皇、汉武的求仙活动都取批判态度；在王充的《论衡》里更专门设有《道虚》一篇，大力批驳了当时正在流行起来的修道求仙、"飞升""尸解""延年度世"之说。大体和道教同时兴盛起来的佛教，其基本教义也是和道教神仙思想相对立的。然而尽管如此，在隋唐时期的几百年间，外丹术却一直兴盛不衰。就其在社会更广泛层面（当然主要还是在社会上层）的传播说，更达到了空前的程度，在文人间也产生了前所未有的影响。这种状况的形成，自然得力于本书序言中已经提及、后面还将讲到的帝王的提倡，而炼丹术自身发展中取得的"进步"也是重要原因。

首先，自两汉以来，炼丹术士和后来的道士们造出了许多丹经，据考早期的如《三十六水法》《太清金液神丹经》《黄帝九鼎神丹经》等均出于西汉或东汉初[①]。到唐代，随着炼丹术的兴盛，更有大量丹经被制造出来，前面已列举过一些名目。中唐时的梅彪作《石药尔雅》，在序言中说："余西蜀江源人也，少好道艺，性攻丹术，自弱至于知命，穷究经方，曾览数百家论功者。"[②]可见当时流传丹经之多。这众多丹经的主要内容是指示合炼"方法"的，对炼丹的原理、过程、效用等问题也在理论上进行了比较充分、精密的说明和论证。在这方面，《周易参同契》以《易》理附会丹药、炉火之事的做法起了导夫先路的作用。后来的丹书基本是依据"五行生克""阴阳相需""雌雄交媾""乾刚坤柔"等观念，来说明药物配合、炉火运用以及"七返九还"（"还丹"）的道理。本来这些理论基本上是出于主观臆造，是不符合客观实际的。但在其谬误的体系中也包含有某些合理的、有价值的内容。如《史记》记载汉武帝时李少君炼丹

---

① 参阅陈国符《道藏经中外丹黄白法经诀出世考》，《中国科学技术史探索》，309—355页，上海古籍出版社，1982年。
② 《石药尔雅·序》，《道藏》第19册，61页。

砂为黄金,是以之为饮食器物,认为使用它们可以延年益寿以至不老不死;后来则服用合炼出的丹药,被当作求仙以度世的主要手段。认为服用丹药对人体发挥作用的基本思路是"假求于外物以自坚固",其根据是"五谷犹能活人,人得之则生,绝之则死,又况于上品之神药,其益人岂不万倍于五谷耶?"①《周易参同契》上已说过:"巨胜尚延年,还丹可入口。金性不败朽,故为万物宝。术士服食之,寿命得长久……金砂入五内,雾散若风雨。熏蒸达四肢,颜色悦泽好。鬓发白变黑,更生易牙齿。老翁复丁壮,耆妪成姹女。改形免世厄,号之曰真人。"②这种观念和由之决定的做法当然是错误的,但却并不是全无"道理"的。现代医学用含铁、含钙的化合物来给人体补铁、补钙,也可以说是"假求于外物以自坚固"的办法。就"还丹"理论而言,古代人看到一些铅、汞等矿物或金属坚固不销蚀,但有剧毒不能直接服用,所以设想用配合药物来合炼的方法提取其精华。一遍(称为"转"或"返")不成,再作多遍、"九转","九"为数之极,合炼无数遍,制成"灵丹"。这和现代医学中制造和使用一些无机盐类的药物在道理上是有共通之处的。事实上炼丹实践中合成的某些丹药,确实具有一定疗效,以至如今仍作为药物在使用。炼丹术这种"假求于外物以自坚固"的理论的"合理""内核",是它长盛不衰的重要原因,也是它会引人入胜的地方。此外,延长生命本是人的本能愿望。作为道教哲学基础的道家学说把天、地和人的生命与"道"相"合一",因此相信人生有"深根固柢、长生久视之道"③,从而认为人体这个小"宇宙"可以和外部世界大宇宙"合一"而得到"永生"。这种基于"天人合一"观念的对于永生的追求在思维逻辑上也是有"合理"之处的。人类自诞生以来就在为延续寿命而做出各种各样的努力,这也是促进科学特别是医药学形成

---

① 〔晋〕葛洪著,王明校释《抱朴子内篇校释》卷四《金丹》,71 页。
② 〔汉〕阴真人注《周易参同契》卷上,《道藏》第 20 册,76 页。
③ 《老子》。

和发展的主要推动力。而且人类在这方面的努力确实在不断地取得成果。炼丹术的理论思路在大方向上也是与这种努力有共同之处的。特别是应当承认,在对丹药的信仰的背后,表现了对于人力战胜天工的强烈信念。唐人所注《周易参同契》上说:"累垣立坛宇,朝暮敬祭祀,鬼物见形象,梦寐感慨之。心欢意悦喜,自谓必延期,遂以夭命死,腐露其形骸。"①这反映的当然也是唐时人的观点。这段话是为了提倡外丹,明确地对于祀祷鬼神的迷信行为进行批判,反映了否定迷信外力、相信人的"自力"的积极精神。这样,道教外丹术在观念上又表现出强烈的肯定生命、追求生命永存的观念和以人力实现这种愿望的信念和意志,这是富有积极思想内涵的。因而随着炼丹术长期发展所形成的理论体系虽然整体上是谬误的、反科学的,其所追求的目标也是不可能实现的,但其中又有着合理的、具有积极意义的因素。另外还应当注意到,把炼丹术总结为理论形态并把这种理论不断加以发展,这一事实本身也提高了其存在的价值。炼丹术发展到唐代在理论建设上做出的努力及其取得的成果,是它得以存续和造成巨大影响的重要条件。

其次,从唐代炼丹术的具体发展状况看,一方面,经过数百年的实践和改进,确已取得不少有价值的积极进展。如上所说,炼丹方法基本上是根据一套先验的理论(在道教中这又成为宗教的信条)设计的,是反科学的;但合炼药物本是实践活动,服用丹药更是对其效用的直接检验,长期的、反复的这类实践必然会在一定程度或一定范围内"修正"其理论而取得积极、有益的成果。另一方面,面对众多的中毒死亡的事实,在理论上也需要提出更有"说服力"的辩护。就前一方面说,唐代炼丹术在几百年的反复实验中,已经付出不知多少沉重的代价,积累了大量的实际经验。特别是在对药性的认识和"杀毒"方法等方面,总结出许多较为正确的认识,并

①〔汉〕阴真人注《周易参同契》卷上,《道藏》第 20 册,75 页。

探索出多种有一定效用的解毒手段。唐代的张九垓在《张真人金石灵砂论》里指出："金生山石中，积太阳之气，薰蒸而成，性大热，有大毒，旁蒸数尺，石皆尽黄，化为金色，况锻炼服之者乎？……若以此金做粉屑服之，销人骨髓，焦缩而死也。"①这表明他已明确意识到黄金这种金属矿物是有剧毒的。这类记述在唐代丹经里留有很多。采用合炼方法的主要目的之一就是去毒。虽然实践证明当时采取的方法基本不能全都消除毒性，能做到的只是降低毒性或延缓其发作而已，但总还是把危险和损害减小了。有一部名为《真元妙道要略》的道典，题为三国时的郑思远撰，其中引用了唐、五代人语，当出于北宋，其卷一列举"错修铅汞、损命破家"的"伪法"三十余种，如"有用凡朱、汞、铅、银取抽台水银，号为天生牙，服而死者；有用硫磺炒水银为灵砂，服而头破背裂者"②等等。这些经过实践得出的教训，总会使道士们不去莽然服用或让别人去服用合炼出的药物，而更加重视丹药的实际效验。唐时的外丹术又已总结出一批具有一定实效的解毒方法，如所谓"伏""炼"③等等，具体做法包括配合药料以使药物发生化合作用、加温促进药物的分解或中和、加水稀释以减低毒副作用，以及在服用剂量上加以控制等。此外还制造出一些专门去毒的药剂，如所谓"消毒灰"④。这都是相对"科学"的方法，应是收到了一定的效果的。加之有些丹药一时间确能取得某一方面的效验，而同时毒副作用并不明显或暂时没有显露，就更会诱使人去冒险尝试。这实际上也表明炼丹术中具有一定的科学因素，经过长期的探索和实验也已取得了一些科学

①〔唐〕张九垓《张真人金石灵砂论》，《道藏》第19册，5页。
②〔三国〕郑思远《真元妙道要略·黜假验真镜第一》，《道藏》第19册，291页。
③参阅陈国符《中国外丹黄白法考》，其中对具体做法有详细考辨。
④《太清经天师口诀·度灾灵飞散法第一》："次作消毒灰法：用牛屎灰、理石（陈国符谓即石棉）灰，分等，取磁石碎之，用东流水熟煮，取汤，将淋二灰，得汁。此灰能消金毒银毒，是名消毒灰也。"《道藏》第18册，789页。

成果。尽管这种成果有限，但总会增强其影响力。而众所周知，在科学史上，炼丹术乃是现代化学的前身。另外，为了替大量中毒死亡的现象做辩解，道典中又发挥了所谓"尸解"的观念。西汉桓谭对答"圣人何不学仙而令死邪"的疑问已说过："圣人皆形解仙去，言死者，示民有终也。"①《太平经》则已明确提到"尸解分形""尸解仙人"②观念。王充直接批判过所谓"尸解"的愚妄③，亦证明当时这一说法是多么流行。六朝道教在对神仙的分类时更发挥了这一观念。葛洪是一代神仙思想的总结者，他区分神仙为天仙、地仙、尸解仙。六朝道经《元始无量度人上品妙经》里说，"世人受诵，则延寿长年，后皆得作尸解之道，魂神暂灭，不经地狱，即得反形，游行太空"；唐道士李少微注解中说："按上经，尸解有四种：一者兵解，若嵇康寄戮于市，淮南托形于狱；二者文解，若次卿易质于履，长房解形于竹；三者水火炼，若冯夷溺于大川，封子焚于火树；四者太阴炼质，视其已死，足不青，皮不皱，目光不毁，屈申从人，亦尸解也。肉皆百年不朽，更起成人。"④这是唐时道教徒对"尸解"的进一步的发挥。文人的看法如段成式说："人死形如生，足皮不青恶，目光不毁，头发尽脱，皆尸解也。白日去曰上解，夜半去曰下解，向晓、向暮谓之地下主者……"⑤把死亡，包括水火刀兵之死视为尸解成仙，也就不再有对它的恐惧。把服药中毒说成是药性发作，直到中毒而死却认为是尸解，这虽然难于令所有人信服，但对迷信其道的人是会有说服力的。

---

①〔汉〕桓谭《新论·辨惑第十三》。

②《太平经合校》卷一○一《善仁人自贵年在寿曹诀第一百八十二》下册，553页。

③〔汉〕王充《论衡》卷七《道虚篇》，112页，上海人民出版社，1974年。

④《元始无量度人上品妙经四注》卷一，《道藏》第2册，196页。

⑤〔唐〕段成式《酉阳杂俎》前集卷二《玉格》，16页，方南生点校，中华书局，1981年。

　　再次，与前一方面相联系，到唐代，丹药在医疗上被更广泛地应用，从而对于促进其发展、扩大其影响也起了一定的作用。这是历史上宗教"伪科学"与科学在发展中交互影响和促进的例子。唐代的许多炼丹术著作在记载丹药的制备和效用时常常讲到其医疗上的效果；一些医药学方面的著作则把某些矿物和丹药当作医治疾病的药物来记载。如著名道士也是医学家的孙思邈，在其《千金方》和《太清丹经要诀》里就分别记载了多种可用作医药的丹药的制备及其具体疗效。独孤滔的《金石簿五九数诀》《丹方鉴源》等道典实际也应看作是关于金石药物的专著，它们在当时是被炼丹家当作炼丹术的指导经典的。晚唐沈知言撰《通玄秘术》（今本一卷，原序称三卷），其序中谓从道士马自然处得"采补延生"之术，又于故友郑公处得"神丹诸家秘要，皆是济世治疗人间一切诸疾、延驻之门，并制伏五金八石，点变造化，辟除寒暑，绝粒休粮，或箭镞入肉……点摩丹药其镞自出"①。书中记录丹药二十余种，如郑氏三生丹、青花丹、太阳流珠丹等等，有的即当是有上述疗效的。这样，在唐代，社会上，有部分丹药被应用于医疗疾病，这也会对促进炼丹术的流行起一定作用。如直到今天仍在使用的医药升汞（"粉霜""水银霜"，即 $HgCl_2$）、甘汞（"轻粉""水银粉"，即 Hg_2Cl_2）、砒霜（"媲霜"）等，都是唐时行用起来的。

　　再有一点对炼丹术的发展也起了重要作用，就是所谓"黄白之术"的兴盛。这本是外丹术的一个分支，即合炼黄、白，制造金银。起初如《史记》所记载，制造出来的金银本是用来做饮食器的，认为使用它们可得长生。如上所述这也并非全无"道理"：使用某些金属器物，确实会使该金属的微量元素进入人体。但后来设法通过合炼制造金银，则主要是为了发财致富。这样制造出来的金银，实际是具有金银色泽的合金。人们通过实践已逐渐认识到它们不同

---

① 〔唐〕沈知言《通玄秘术序》，《道藏》第 19 册，356 页。

于真的金银,因而称之为"药金""药银"。葛洪的《抱朴子内篇》里已有专门的《黄白》一篇,其中记载他的老师郑隐的话说:"及欲为道,志求长生者,复兼商贾,不敦信让,浮深越险,乾没逐利,不吝躯命,不修寡欲者耳。至于真人作金,自欲服饵之致神仙,不以致富也。"[①]这些话表明,在当时通过合炼黄白以致富已成气候。葛洪更记载了一些合炼黄白的具体做法,从中可以知道当时已经炼制出黄色的坤黄铜,即是一种"药金"。隋代的苏元朗在《宝藏论》里已记载了二十种药金:

> 雄黄金、雌黄金、曾青金、硫黄金、土中金、生铁金、输石金、砂子金、土绿砂子金、金母砂子金、白锡金、黑铅金、朱砂金、熟铁金、生铜金,以上十五件;唯只有还丹金、水中金、瓜子金、青麸金、草砂金等五种是真金,余外并是假。[②]

大约出于唐人的《铅汞甲庚至宝集成》卷四也记录了同样的文字,谓出于《本草金石论》[③]。《宝藏论》同时还记录了药银十七种。唐人的笔记小说里也记载着不少药金、药银的名目。唐人金陵子《龙虎还丹诀》一书中还记录了不少"黄白丹方"如"金花还丹方""黄花丹阳方"等。例如其"点丹阳方",就是以砒黄、雌黄、胡同律、盐飞炼而成"卧炉霜"(砒霜),再用以点化"丹阳"(铜),形成铜、坤合金坤白铜,这是一种很像真银的"药银"[④]。成书于中唐前的《太古土兑金》也保存了弧刚子关于点化五金的资料。这都表明当时药金、药银制作的高度水平及其流行之广泛。那些伪金、银有意无意间被视同真的金银,成了财物,在社会上流通。"黄白之术"从而也就脱离了宗教目的,而成为方士们敛财或邀宠的手段。甚至朝廷也

---

①〔晋〕葛洪著,王明校释《抱朴子内篇校释》卷一六《黄白》,286页。
②〔隋〕苏元朗《宝藏论》已佚,见《重修政和证类本草》卷四《金银》条。
③〔唐〕清虚子《铅汞甲庚至宝集成》卷四,《道藏》第19册,266页。
④《龙虎还丹诀》卷上,《道藏》第19册,111—113页。

利用道士所制造的药金、药银,作为国库的补充。黄白术的兴行乃是唐代炼丹术的一大特色,后来则发展为一种骗术。宗教的法术成了"制造"伪金银的方术,也是道教蜕变的表现。陈国符说:"即在唐代外丹术兴盛之时,当时道士烧炼外丹,名为求长生,究其实质,已变为制造黄白,以规财利。盖求长生,结果足以丧生,而治黄白,反可以得财利。二者相较,利弊悬殊,故发展之方向,自然移向此方面也。"①在当时,这确实又是炼丹术诱人的一个重要方面。

唐代出现的大量丹经,在一定意义上是对炼丹术成果的总结,在推动它的进一步发展方面也起了一定作用。如前所说,道教的法术本来是秘密传授的,但从西汉时期出现古丹经,以至写出了《周易参同契》那样的总结性著作,炼丹作为"技术"逐渐被公开了,从而使它们可能为更多的人所了解和掌握。中唐的梅彪于元和年间所著丹药专著《石药尔雅》二卷,其中《载诸有法可营造丹名》一篇记录丹药七十种,有太一金丹、太一玉粉丹、太一金膏丹、太一小还丹、还魂驻魄丹等;接着《释诸丹中有别名异号》一篇所记录为前列丹药的别称;再下面则是《叙诸经传歌诀名目》,列出当时丹经歌诀约百种。其中有些是前代的如《太清经》《抱朴子金丹经》等,更多的应是当代的。因为这些书多数已经佚失,今已不可确考其真实面目,但在唐时它们曾经流行则是可以肯定的。其中还有《论诸大仙丹有名无法者》一篇,记载的金丹如黄帝九鼎丹等,则是不知合炼方法的。这又从侧面证明前述"可营造"者的确是当时实际流行的②。唐代丹经的名目除了道教经典里所记载的之外,普通史书中也记载了一些,如《新唐书·艺文志》著录有《烧炼秘诀》一卷、《龙虎通玄诀》一卷、《龙虎乱日篇》一卷、《太清真人炼云母诀》二卷,郑樵《通志·艺文志》著录《龙虎篇》一卷、《黄帝神灶经》三卷、

①陈国符《道藏源流考》下册,392页,中华书局,1963年。
②〔唐〕梅彪《石药尔雅》卷下,《道藏》第19册,64—66页。

《丹经要诀》一卷等。陈国符在《道藏源流考》里也曾对古外丹文献加以考证、著录。这类书大多已亡佚,但今存于《道藏》里的仍有不少。出于唐代的,如前已提到的《太清石壁记》(本隋苏元朗著,今本为唐乾元年间楚泽先生重编)、《石药尔雅》、独孤滔《丹方鉴源》,还有陈少微撰《大洞炼真宝经修伏灵砂妙诀》《大洞炼真宝经九还金丹妙诀》、张果撰《玉洞大神丹砂真要诀》、金陵子述《龙虎还丹诀》、金竹坡撰《大丹铅汞论》,以及唐人撰而佚名的《阴真君金石五相类》、《金石簿五九数诀》等,都包含值得研究的内容。这也都表明了当时炼丹术是多么兴盛。应当指出的是,当时道士间秘密传授炼丹术的人仍有不少,因而可以设想有更多的相关资料并没有流传并记载下来。

以上几个方面表明了唐代炼丹术发达的情况,从中也可看到促成其在社会上兴盛并广为流传的原因。

三 唐统治阶层热衷于炼丹术

唐代的外丹术在社会上层特别流行。在皇室贵戚间,在官僚士大夫以及文人中亦特别流行。从客观条件上讲,置备炼丹药物、器材、场地等等,不是轻易可以办到的,必须具备一定的经济条件,而唐代兴旺发达的社会经济替统治阶层积累了大量可供挥霍包括用来炼丹的财富。唐代兴盛的社会形势,又使统治阶层养成了追求逸乐、享受人生的风气。丹药的功效,无论是虚构的还是实际的,则正可以满足这种要求。当时人们迷恋或尝试炼丹,有的是出于不同程度的信仰心,有的则全然与信仰无关,只是为追求长生不死或声色之乐而已。

唐代的许多皇帝迷恋丹药。历史上秦皇、汉武是以迷信神仙术著称的。秦始皇热衷求仙药，汉武帝有可能接触炼丹术，但他们都没有躬自炼丹或服用丹药。唐代的几位帝王却亲自炼丹或服用金丹，而有的却并不信仰道教。唐代皇室对丹药的迷恋是中国历代王朝中最为严重的。他们的躬行、提倡，对于推动一代风气起了巨大作用。而对丹药的推重也是朝廷崇道的具体原因之一。

唐太宗的宗教观念本是十分淡薄的。他在群雄割据和宫廷纷争中得天下，对于现实的经世治民之道有清醒的认识。但他又优容佛、道，主要是出于政治目的，并不是出于真挚的信仰。这有他的许多言论和行动可以证明，此不具述。可是他晚年却服用金石药。时有"张道鹤，平棘人，少游名山，得服食之术。后居人间，每每饵金膏。太宗贞观十九年，车驾次平棘，幸其庐，赐以衣服，时六百四十六岁"①。这应是太宗热衷丹药的具体事例之一。史载贞观二十一年（645），高士廉死，太宗临丧，长孙无忌迎谏于马前："陛下饵金石，于方不得临丧，奈何不为宗庙苍生自重……"②太宗乃入于东苑，南望而哭。按丹经即这里所谓的"方"，感情激动是服丹药的禁忌。可知当时太宗确实在服用"金石"，而且是朝臣人尽知之的。如后面将要说到的，太宗不但服用道士的丹药，晚年更接纳天竺术士，在宫廷合炼外来的丹药。可见他一时对之迷恋之深。

唐高宗晚年也同样热衷丹药。他曾"令广征诸方道术之士，合炼黄白"③。开耀元年（681）"以服饵，令太子监国"④。就是说，"服饵"竟是他脱离朝政的直接原因。在这一时期，他广征道士王远知、潘师正、田游岩等，即应和求丹药有关。时有"刘道合，宛丘人，为道士。高宗令合还丹，丹成而上之。咸亨（670—674）中卒，唯有空皮，而背上开折有似蝉蜕。高宗闻之曰：'刘师为我合丹，自服仙

---

① 〔宋〕王钦若等编纂《册府元龟》卷九二八，10951页。

② 〔宋〕司马光编著《资治通鉴》卷一九八，6244页。

③ 〔后晋〕刘昫等《旧唐书》卷一九一《叶法善传》。

④ 〔宋〕司马光编著《资治通鉴》卷二〇二，6403页。

去。'其所进者,亦无异"①。这也是高宗热衷丹药的一例。他相信刘道合是尸解成仙了。

武后崇佛,她有意识地利用"释氏开革命之阶",而晚年却显著地倾向道教②。这当和她希求长生不老有关。她曾使用"万岁通天""久视""神龙"等年号,正反映了她倾心道法的心态。她所信重的佞臣张昌宗作威作福,坐赃下狱,她曾问宰相:"(张)昌宗有功乎?"杨再思答:"昌宗合神丹,圣躬服之有验,此莫大之功。"③遂赦昌宗罪。可知她曾服用张昌宗进献的丹药。又张鷟记载:"周圣历年中,洪州有胡超僧出家学道,隐白鹤山,微有法术,自云数百岁。则天使合长生药,所费巨万,三年乃成。自进药于三阳宫,则天服之,以为神妙,望与彭祖同寿,改元为久视元年(700)。放超还山,赏赐甚厚。服药之后三年而则天崩。"④胡超也是则天当时宠重的道士之一。

玄宗是历史上著名的崇道皇帝,早年就热心丹药。睿宗先天元年(712)为太子,在和太平公主一党斗争中,结交王琚。王琚本好"玄象合炼之学"⑤,玄宗初见时问:"君有何艺,可以与寡人游?"答称:"能飞炼,诙嘲。"⑥这成为二人结交的原因之一。他后来崇信的道士张果,以神仙骗术惑人,也以善金丹术著称,前面已提到他有炼丹著作多种。他曾于开元二十二年(734)向朝廷进《服丹砂诀》一卷⑦。又《全唐文》卷三三四收有刘知古《进日月玄枢论表》及《日月玄枢论》,《郡斋读书志》卷一六云:"《日月玄枢论》一卷,右唐

①〔宋〕王钦若等编纂《册府元龟》卷九二八,10951页。
②饶宗颐《从石刻论武后之宗教信仰》,504—531页,《饶宗颐史学论著选》,上海古籍出版社,1993年。
③〔宋〕司马光编著《资治通鉴》卷二〇七,6572页。
④〔唐〕张鷟《朝野佥载》卷五,赵守俨点校,117页,中华书局,1979年。
⑤〔后晋〕刘昫等《旧唐书》卷一〇六《王琚传》。
⑥〔宋〕司马光编著《资治通鉴》卷二一〇,6675—6676页。
⑦〔宋〕郑樵《通志》卷六七《艺文略第五·道家·外丹》,792页。

刘知古撰,明皇朝为绵州昌明令。时诏求通丹药之士,知古谓神仙大药,无出《参同契》,因著论上于朝。"则玄宗曾有诏天下求丹药,并接触过《参同契》。后来李邕为刘知古书碑,张说为作《三教铭》(知古兄学儒,弟奉佛),可见他所受到的荣崇。一般认为玄宗在位的前期,其崇道具有一定的现实政治目的,越到晚年则越陷入更深的迷信之中。而事实是他从早年起即已热心于丹药。史书上又记载:"玄宗御极多年,尚长生轻举之术,于大同殿立真仙之像,每中夜夙兴,焚香顶礼天下名山,令道士、中官合炼、醮祭,相继于路。投龙奠玉,造精舍,采药饵,真诀仙踪,滋于岁月。"①他不仅让孙甑生、罗思远、姜抚等人炼丹,而且亲自操作合炼。到晚年他对丹药的迷恋更加深了。天宝三年(744)正月他曾对宰相说:"朕比以甲子日,于宫中为坛,为百姓祈福。朕自草黄素置案上,俄飞升天,闻空中语云:'圣寿延长。'又朕于嵩山炼药成,亦置坛上……"②太子、诸王、宰相遂上表称贺。这表明他曾亲自在嵩山炼丹。肃宗李亨为太子时,有《贺内道场灵异表》,其中有"灵丹神合,秘药天成,聿修增坛,奉以行事"的话;玄宗则下《答皇太子等表贺内道场灵异手诏》③。不知道是否即是天宝三载那次的贺表之一。直到老年,他在这方面的兴趣一直持续不衰。"安史之乱"后回到长安,他仍然热衷于炼丹,肃宗曾进献金灶。他有《赐皇帝进烧丹灶诰》,说:"吾比年服药物,比为金灶,煮炼石英,自经寇戎,失其器用。前日晚际,思欲修营,一昨早朝,遽闻进奉。"④但值得注意的是,玄宗对服用丹药又是慎重的,后来的李德裕曾说"高宗朝刘道合、玄宗朝孙

①〔后晋〕刘昫等《旧唐书》卷二四《礼仪志四》。
②〔宋〕司马光编著《资治通鉴》卷二一五,6863 页。
③〔清〕董诰等编《全唐文》卷四五,500 页;卷三二,355 页,中华书局影印本,1983 年。
④〔清〕董诰等编《全唐文》卷三八,411 页。

甑生,皆成黄金,二祖竟不敢服"①。这又反映了当时炼丹实情的另一面:尽管那么热衷于演练操作,有的人对服用又是比较理性的。

宪宗"季年锐于服饵,诏天下搜访奇士,宰相皇甫镈与金吾将军李道古挟邪固宠,荐山人柳泌及僧大通、凤翔人田佐元,皆待诏翰林"。李道古本人就是热衷于丹药的。其时起居舍人裴潾谏诤说:"伏见自去年以来,诸处频荐药术之士,有韦山甫、柳泌等,或更相称引。迄今狂谬,荐送渐多。"②可见当时炼丹术之被重视,以及道士们在朝廷活跃的情形。宪宗曾"诏泌居兴唐观炼药";又派他到台州为刺史,朝官谏止,不听。后来他终于因"服金丹,多躁怒,左右宦官往往获罪,有死者,人人自危;(元和十五年正月)庚子,暴崩于中和殿。时人皆言内常侍陈弘志弑逆"③。这样,嗜丹药是他被弑的重要诱因。宪宗在中、晚唐诸帝中以英武称,他在位的元和一朝,中衰的王朝颇有振作气象,削藩战争取得了巨大成功。但他却相当地迷信,迎佛骨,嗜丹药,至身死而不悟。而他被弑身亡的这一结局,对唐王朝以后的命运影响至巨。丹药的祸患则是造成这一后果的重要因素。

"穆宗即位,柳泌等诛……既而自惑,左右近习稍稍复进方士"。时有处士张皋进谏,中有"更蹈前车,自贻后悔","纷纭窃议,直畏忤旨"等语④。可知穆宗忘记了宪宗的前车之鉴,同样热心炼丹术并因此致毙。

敬宗十六岁即帝位,昵嬖群小,对神仙方术亦十分迷恋。宝历元年(825),"遣中使往湖南、江南等道及天台山采药。时有道士刘从政者,说以长生久视之道,请于天下求访异人,冀获灵药。仍以

---

① 〔后晋〕刘昫等《旧唐书》卷一七四《李德裕传》。
② 同上卷一七一《裴潾传》。
③ 〔宋〕司马光编著《资治通鉴》卷二四〇,7754 页;卷二四一,7777 页。
④ 〔后晋〕刘昫等《旧唐书》卷一七一《裴潾传》。

从政为光禄少卿,号升玄先生"①。又命兴唐观道士孙准合炼"长生药",并崇信道士周息元、赵归真等。李德裕有《谏敬宗搜访道士疏》,其中说"倘陛下睿虑精求,必致真隐,惟问保和之术,不求药饵之功,纵使必成黄金,止可充于玩好……"②敬宗也服用丹药,终于致死。

武宗灭佛,有道士赵归真等在背后唆使。他也是著名的崇道帝王,颇"服食修摄,亲受法箓"③。《剧谈录》卷下《说方士》条记载:"武宗皇帝好神仙异术,海内道流方士多至辇下,赵归真探赜玄机,善制铅汞……"武宗以好神仙著名,而道士们得以施其计,也是利用了他对丹药的迷信。武宗晚年"饵方士金丹,性加躁急,喜怒不常","自(会昌五年)秋冬以来,觉有疾,而道士以为换骨"④,最后旬日不能言,中丹毒而死。

宣宗即位,诛杀赵归真等。但他自己又重蹈金丹丧命的覆辙。到了晚年,"饵方士药,已觉躁渴,而外人未知,疑忌方深",终于以"饵医官李玄伯、道士虞紫芝、山人王乐药,疽发于背"⑤,不治而死。据记载,宣宗所服的是玄伯所烧炼的"伏火丹砂"⑥。

上述各朝皇帝,如武宗是笃信道教的,曾亲受道箓,即意味着入道做了道士;宪宗的宗教观念亦较为诚挚,但他是佛、道兼重的;而如太宗,宗教意识本来很淡薄,对待佛、道二教虽均表优容,则主要是出于"利用"。但不管具体态度如何,整个唐代朝廷对待道教一般是崇重的。而几位特别宠重、亲信道士的帝王在心态上有共同点,就是企图获得长生不老的金丹。一朝的帝王,在人间的地位

①〔后晋〕刘昫等《旧唐书》卷一七上《敬宗纪》。
②〔清〕董诰等编《全唐文》卷七〇一,7196页。
③〔后晋〕刘昫等《旧唐书》卷一八上《武宗纪》。
④〔宋〕司马光编著《资治通鉴》卷二四八,8020—8021页。
⑤〔宋〕司马光编著《资治通鉴》卷二四九,8069、8075页。
⑥〔唐〕裴庭裕《东观奏记》卷下,130页,田廷柱点校,中华书局,1994年。

无限崇高,生活的欲望也得以无限满足,因而也就越是珍惜生命,越是要想方设法来实现长生久视的幻想。这也就是为什么不论有多少朝臣言辞激烈地进谏,也不论有多少前车之鉴,后来人在迷恋丹药上还是执迷不悟地重蹈前人的覆辙。

帝王的行为成了臣下的表率。朝廷的带动发挥出巨大的影响力。有唐一代在朝廷亲贵间以至一般的官僚士大夫中,炼丹服药形成兴盛不衰的风气。这方面的详细情况下面将逐步论及。

四 唐代炼丹术向社会扩散

炼丹术形成于道教出现以前,而且不但中国有,外国也有。古代中、外炼丹术的相互影响和交流是文化交流历史上的一个重要内容,已有许多专门研究,此不赘述。在道教形成以后,道士们即极力把炼丹术据为专利,成为教内养炼的主要法术之一。如前面已指出的,虽然从汉代起即有丹经流传,但在相当长的时期内,道士们极力使炼丹术成为教内相传的秘术,外界的了解也就有限了。可是发展到唐代,由于道教更加广泛地流行,有更多的道士活动在社会上下,加上帝王和贵族们对于炼丹术的大力提倡,又有更多的丹经问世,这种本来是密传的法术也就随之向社会普及,炼丹术从而广泛流行于贵族士大夫间。当然,如前所述炼丹需要相当的经济条件,不是一般贫苦民众所可尝试的。所以所谓炼丹术在社会上的"普及"主要还限于社会上层。不过在唐代炼丹术吸引了更多的人,有更多的人亲加尝试,则是当时社会的重要现象。这实际也成为推动唐代道教发展的重要因素之一:因为许多人是惑于丹药而亲近道教的。另外,值得注意的是,炼丹术又不只在道教信徒间流行,有些反对道教的人也服用丹药。这也成为炼丹术发展上的重要现象。著名的例子如韩愈,本是一代辟佛、道的健将，却以服用金丹而致毙①。与服用丹药相关的，还有服食矿物药的风气。唐时朝廷往往赐予臣下石钟乳等药物，地方官则进贡这类药物以邀荣宠②，亦可见这类服食风气流行的程度。

————————————

① 关于韩愈的死因，李翱《韩公行状》（《李文公集》卷一一）、皇甫湜《韩文公神道碑》（《皇甫持正文集》卷六）、《韩文公墓铭》（同上）均未加说明。只是白居易《思旧》诗中说到"退之服流黄，一病迄不痊"（《白氏长庆集》卷三二）。但自宋方崧卿（洪兴祖《韩文公年谱·元和十年》附录《增考》）到清钱大昕（《十驾斋养新录》卷一六《卫中立字退之》条）都力辩白所指"退之"为卫中立而非韩愈。其主要根据有三：一是韩愈曾作有《李于墓志》，痛陈丹药之害。二是韩愈自言寿出于其伯兄会，《行状》里记载他曾说过伯兄"晓方药，食必视《本草》"，年止于四十二。某疏愚，食不摘禁忌，位为侍郎，年出伯兄十五岁矣。如又不足，何而足"的话，又张籍的《祭退之》诗，亦写到"公有旷达识，生死为一纲"等等，可见他深知止足，不失大节。三是白诗所列举诸人品不能与韩愈并列。但韩愈晚年白袁州归朝过随州即有寄刺史周君巢诗，中有"金丹别后知传得，乞取刀圭救病身"之句（《寄随州周员外》，《韩昌黎集》卷一〇），这是他晚年曾好丹药的有力证据（宋朱翌《猗觉寮杂记》已指出）。就是《李于墓志》里，也提到友人孟简曾给他"秘药一器"（《故太学博士李君墓志铭》，《韩文公集》卷三四）。这些均可证韩愈并非完全不为丹药所惑，白诗里的"退之"即是韩愈，这一点不必为贤者讳。实际上这正是明知丹药之害而身受其弊的典型例证，表明了在丹药盛行情况下造成一些人的矛盾心态。详考参阅罗联添《韩愈研究》128—134 页，台北学生书局，1981 年增订再版。

② 玄宗朝苑咸有《谢赐药金盏等状》，中云："右内给事袁思艺奉宣圣旨，赐臣药金盏一匙，并参花蜜余甘煎及平脱合二，兼令中使辅朝俊亲授昨所赐金方法者……"（《全唐文》卷三三三，3372 页）又有《谢赐药金状》，中云："右内给事袁思艺至，奉宣圣旨，赐臣江东成金二挺，若服之后，深有补益，兼延驻者……"（同上；同文又见卷六九三，署名元锡，题为"又谢赐药金状"）当时受赐者当不止一人。刘肃《大唐新语》卷七记载"端午日，玄宗赐宰臣钟乳。宋璟即拜赐，而命医人炼之"。德宗朝吕颂有《降诞日进光明砂等状》二首，其一云："前件光明砂丹等，金丹上品，著在仙经，愿因不朽之姿，永固长生之寿。"（《全唐文》卷四八〇，4910 页）后者有云："前件光明砂丹等，管内所出，服饵所尚……"（同上）吕颂任职已不可考。这些材料可见当时朝廷的一般风气。

柳宗元有一篇《零陵郡（据考应为"连山郡"之讹）复乳穴记》，开头就说"石钟乳，饵之最良者也"，其中写到连州向朝廷进贡的方物就是石钟乳。在《元和郡县图志》和两《唐书·地理志》所记载的各地贡赋中也有这类材料。一般的贵族士大夫和文人迷恋或服用丹药的情况后面将多有涉及，这里先举出一些特殊的例子，可见其在社会上普及的情况。

　　1970年10月西安南郊出土大批唐代医药文物，其中有丹砂、钟乳石、紫石英、白石英、琥珀等，还有炼丹器、温药器、研药器等，据推断这批文物的时代下限应在盛唐晚期（约8世纪中），初步认定出土地点为玄宗堂兄邠王守礼府邸，这个窖藏可能是邠王后人的遗物①。这是当时一般贵族从事炼丹的实证。丹药本是用来求长生的，却又按照中土殡葬的习俗，拿炼丹器物和药品给死人做陪葬，正反映当时贵族士大夫间合炼和服用丹药风气之盛。但设想死人仍需要丹药，则已和道教信仰无关了。

　　值得注意的是唐时某些和尚也开始炼丹。前面引述宪宗时的僧大通，和柳泌一样善于炼丹，就是一个显著的例子。又如《太平广记》卷七三《崔玄亮》条记载：

　　　　唐太和中，崔玄亮为湖州牧，尝有僧道闲，善药术……乃遣崔市汞一斤，入瓦锅，纳一紫丸，盖以方瓦，叠炭埋锅，鞴而焰起。谓崔曰："只成银……"……此则神仙之术，不可厚诬。

这里炼成的是药银。这个故事表明，像道闲那样的和尚同样热衷于"神仙之术"。又《太平广记》卷九六《嘉州僧》条记载：

　　　　利州广福禅院……长老灵贵主掌，以安僧众，经数年矣。灵贵好烧炼，忽一日，取僧众小便以大镬炼而成霜，秽恶之气，

①参阅《文物》1972年第6期陕西省博物馆文管会写作小组《从西安南郊出土的医药文物看唐代医药的发展》、耿鉴庭《西安南郊唐代窖藏里的医药文物》。

　　充满衢路……

这里是用人尿提炼碱性物质，僧院则成了合炼之处。又《太平广记》卷一二四《韦处士》条所记是五代时事：

　　　韦承皋者，伪蜀时将校也。有待诏僧名行真……人谓其有黄白之术也……

后来韦曾和行真一起炼药。这里的僧侣所习为"黄白之术"，显然是以规谋钱财为目的的。由此也可窥知炼丹术吸引僧侣的原因。

　　部分和尚参与炼丹，是当时佛、道交流和融合的又一个具体表现，也表明了炼丹术广为流行的程度。

　　再有一点值得注意的是，在唐代繁荣的国际交流的环境下，外国的长生术包括方药也大量传入中土。太宗时，于天竺"得方士那罗迩娑婆寐，自言寿二百岁，云有长生之术。太宗深加礼敬，馆之于金飙门内，造延年之药。令兵部尚书崔敦礼监主之，发使天下，采诸奇药异石不可称数。延历岁月，药成，服竟不效。后放还本国"[1]。这里制药要用"奇药异石"，可知是金石药。早在唐时，就有人认为太宗是因为服用了那罗迩娑婆寐的长生药而丧生的[2]。

　　高宗时"又有胡僧卢伽阿逸多，受诏合长年药，高宗将饵之。（郝）处俊谏……高宗纳之，但加卢伽为怀化大将军，不服其药"[3]。这里说是"合长生药"，则指的是炼造。但高宗终于未敢亲加尝试。

　　玄宗初年，曾拟派遣监察御史杨范臣偕胡人到师子国求灵药，

──────────

①〔后晋〕刘昫等《旧唐书》卷一九八《西戎传》。
②同上卷八四《郝处俊传》，处俊谏高宗说："昔贞观末年，先帝令婆罗门僧那罗迩娑婆寐依其本国旧方合长生药。胡人有异术，征求灵草秘石，历年而成，先帝服之，竟无异效。大渐之际，名医莫知所为。时议者归罪于胡人，将申显戮……"又卷一四《宪宗本纪》："（元和五年）八月……乙亥……李藩对曰：……文皇帝服胡僧长生药，遂致暴疾不救……"
③同上卷八四《郝处俊传》。

以其论谏而罢。当时正是玄宗积极求治的在位早期①。

中国的炼丹术传入阿拉伯和西欧,作为具有科学内容的成果,是中国对世界文化的贡献,此不具述。从以上情况可以表明,在唐前期国际经济、文化交流十分活跃的局面下,外国的炼丹术也传入中国并得到朝廷的重视。上述三例都是关于南亚的。印度佛教的密法里也包括炼丹术,上述"胡僧"或"胡人"所传,或许即是印度的丹药②。

在社会上活跃的外国或边疆少数族人更有很多习丹药的。这其中有许多应是阿拉伯人。而阿拉伯正是古代炼丹术相当发达的地区。如《广异记》上记载有"石巨者,胡人也,居幽州,性好服食。大历中,遇疾百余日,形体羸瘦,而神气不衰……化一白鹤飞去"③。名"石巨",应是石国人;石国都城柘支,即今乌兹别克斯坦的塔什干,那里正是东、西交流的孔道。像石巨这样的人应还有不少。正是通过这些人,中、外炼丹术得以交流,传入了一大批外来药物。唐代本草书里有不少这方面的记载。当时还出现了专门记录外来药物的专书如《海药本草》。这样在唐代,"外丹黄白,常用由西域输入之药物"④。如晚唐时的皇甫枚记载,九华山道士赵知微于"山中炼丹须西土药者,乃使(弟子)玄真来京师"⑤购买。

前面已经提到过,唐时炼丹术和医药学有密切关系。一些丹

---

① 〔宋〕司马光编著《资治通鉴》卷二一一:"有胡人……欲往师子国求灵药及善医之妪,置之宫掖。上命监察御史杨范臣与胡人偕往求之,范臣从容奏曰……上剧自引咎,慰喻而罢之。"6718 页。

② 参阅冯家升《炼丹术的成长及其西传》,李光璧、钱君晔编《中国科学技术发明和科学技术人物论集》,120—142 页,三联书店,1957 年;孟乃昌《周易参同契考辩》,195—303 页。

③ 〔唐〕戴孚《广异记·石巨》,8 页,方诗铭辑校,中华书局,1992 年。

④ 陈国符《道藏源流考》下册,397 页。

⑤ 〔唐〕皇甫枚《三水小牍》卷上《赵知微雨夕登天柱峰玩月》,1 页,中华书局,1958 年。

药被用作治病的医药,对炼丹术的普及起了推动作用。使用最多的是金、石矿物药。如"广管泷州山中出紫石英,其色淡紫,其质莹彻,随其大小,皆五棱,两头箭镞。煮水饮之,暖而无毒,比北中白石英,其力倍矣。泷州又出石斛,茎如金钗股,亦药中之上品"①。石英是魏晋以来所服用的"五石散"的主要成分,也是炼丹使用的"八石"之一。食用云母、石英等以达到强身健体的目的,多见于唐人诗文。但这还不是合炼的丹药。另有不少丹药在唐代是通行的药物。孙思邈作为道士,当然也热心于神仙之说,他说:"余历观远古方书,金云身生羽翼、飞行轻举者,莫不皆因服丹。每咏言斯事,未尝不切慕于心。"②而他的《千金方》里收录了不少金石药,却是"意在救疾济危"③的。前面说到宣宗服丹药,"(东头医官李)玄伯烧伏火丹砂进之,以市恩泽,致上疮疾,皆玄伯之罪也"④。这表明朝廷御医也用丹药来治病。李玄伯是把丹药当作市宠的手段了。丹药在医疗上的应用也成为其流行的推动力。

　　这样,炼丹术的形成本来无关于道教,后来被道教纳为重要法术而更加发展起来;到了唐代,随着道教的兴盛又向社会扩散。结果当时不只道教信徒炼丹,和道教相并立、抗衡的外来佛教的和尚也炼丹;不只本土的炼丹术蓬勃发展,外国的炼丹术也大量输入并被重视;丹药已不单纯用于宗教养炼,还用作普通的医药。唐时炼丹术如此普及,正说明了它对于社会的普遍的吸引力。当时道教的发展就是这样与炼丹术的流行相互推动、促进的。

———————

① 〔宋〕钱易《南部新书》戊卷,45—46 页,中华书局,1958 年。
② 〔宋〕张君房辑《云笈七签》卷七一《太清丹经要诀序》,《道藏》第 22 册,492 页。
③ 同上。
④ 〔唐〕裴庭裕《东观奏记》卷下,130 页。

五　丹药的"效验"和诱惑

　　丹药之所以在社会上广泛流传,和它有着一定的"效验"——当然多数是表面的、暂时的——有关系。而这又是和前面提到的唐代炼丹术的"进步"相关联的。这些"效验"被当作丹药成效的证明,成为它诱惑人的力量。有关这方面的情况,也表明了当时服习炼丹术的人们的精神状态。

　　合炼丹药的金属、矿物本来多是有剧毒的;丹药的毒、副作用又是显而易见的。自古以来有过无数丹药害人致死的事实验之于人们耳目。唐人已清楚认识到"五金尽有毒,若不炼令毒尽、作粉,假令变化得成神丹大药,其毒若未去,久事服饵,小违禁戒,即反杀人"①的事实。这也就促使炼丹术士们努力去研究去毒的方法。《雁门公妙解录序》说:"余少抱其(《全唐文》作'甚')疾,专意修养,至于金石服饵,亦尝勤求……偶见九宵君告刘泓《丹药要诀》……故抉其要语……虽未达金液保身之卫,当必免毒丹伤命之虞。"②这部书又名《辨金石药并去毒诀》,重点是说明避免丹药中毒方法的。从这一情况可以清楚看到当时人在服用丹药时避免毒、副作用的自觉和努力。也正是通过这方面的努力,取得了不少有价值的药物化学的成果,其中有些在现在看来也是有一定科学价值的。唐时的许多丹经都着重记载去毒方法。特别如孙思邈这样的人,本是伟大的医药学家,在医学思想和医药学方面做出了极其巨大的贡献。他作为道教徒,精于养炼,《续仙传》上说他早年"隐于太白

---

①《黄帝九鼎神丹经诀》卷九《明用金银善恶服炼方法》,《道藏》第 18 册,821 页。
②《道藏》第 19 册,365 页。

山学道，炼气养形，求度世之术，洞晓天文推步，精究医药"；宋范成大《吴船录》《峨嵋山牛心亭记》里记载这里是他的隐居处，到宋时还留有"孙仙人炼丹灶"。他过录了不少有关炼丹的书①。他曾说道："比来握玩，久而弥笃，虽艰远而必造，纵小道而亦求……岂自眩其所能、趋利世间之意？意在救疾济危也。所以撰二三丹诀，亲经试炼，毫末之间，一无差失，并具言述，按而行之，悉皆成就。"②他本是具有相当科学意识的人，又十分注意实践效果，所写作的丹书，可以推测会是有一定的合理内容的，可惜这些书多已不存。唐时人在炼丹术上的这种努力，在抵消其消极后果、发挥其积极作用（尽管是暂时的、表面的）方面还是有成效的。

　　服用某些丹药对于身体产生的效用，从积极的方面看，主要在祛病和强身。当然，这大多也只是暂时的、表面的效果，但因此却造成了丹药的强大的诱惑力。唐初著名的道士李淳风（也是著名的天文学家）曾说修炼仙真的结果可分为三等："上等著功者：第一等者修身慎行，谨言无妄，修炼真心，好乐经典，读诵立功，香火连宵，与人治患，更遇六甲神符，服而年深，且得不死，人中之仙矣；再修得遇仙师，授此图经，方以履步纲斗，亦得为真人神仙；第二等者，好炼金石，以为真至之药，效人疾病，坚身理藏，服饵于山间林薮，亦远万寿，百年不死，死后亦不为下鬼，便得托生，受其本福；第三等，志心好道……补为真人者多矣……"③他在这里把"好炼金石"以祛病强身放在了修炼的重要位置上。文人中典型的例子如卢照邻，他是"因染风疾去官，处太白山中，以服饵为事"的④。他的

①这些书见于《通志》卷六七《艺文略·道家·外丹》类的有：《黄帝神灶经》三卷、《烧丹秘诀》一卷、《丹经要诀》一卷、《龙虎通玄诀》一卷、《龙虎乱日篇》一卷等。
②〔清〕董诰等编《全唐文》卷一五八《太清丹经要诀序》，1618 页。
③〔唐〕李淳风《太元金箓金锁流珠引序》，《全唐文》卷一五九，1632 页。
④〔后晋〕刘昫等《旧唐书》卷一九〇上《文苑传》。

《与洛阳名流朝士乞药直书》说：

> 　　幽忧子学道于东龙门山精舍，布衣藜羹，坚卧于一岩之
> 曲。客有过而哀之者，青囊中出金花子丹方相遗之，服之病
> 愈。视其方，丹砂二斤；谷楮子则山中可有，丹砂则渺然难致。
> 昔在关西太白山下，一隐士多玄明膏，中有丹砂八两。予时居
> 贫，不得好上砂，但取马牙颜色微光净者充用。自尔丁府君
> 忧，每一号哭，涕泗中皆药气流出，三四年羸卧苦嗽……若诸
> 君子家有好妙砂，能以见及，最为第一；无者各乞一二两药值，
> 是庶几也……①

他所得药方主要成分是丹砂，这应是"金砂派"②的丹药。这段话对
服用丹药的说明十分生动：既指出了它的"效用"，也说明了毒、副
作用，还有对于合炼原料的要求等。显然对卢照邻的病，服用丹药
暂时是起了作用的，所以使他更加坚信不疑，坚持服用，直到最后
成了牺牲品而不悟。又独孤及在《唐故浙江东道节度掌书记越州
剡县主簿独孤丕墓志》里说："（独孤丕）尤好黄老之道与脉藏荣卫
之数，奉之以为卫生之经，每饵药炼气，谓丹砂可学……"③这里是
把"黄老之道"和"脉藏荣卫之数"并列，都被当作"卫生之经"，并据
以"饵药服气"、学炼丹术的。皮日休《游毛公坛》诗则说："次到炼
丹井，井干翳宿莽。下有蕊刚丹，勺之百疾愈。凝于白獭髓，湛似
桐马乳。黄露醒齿牙，碧黏甘肺腑。"④这里所宣扬的"蕊刚丹"显然

---

① 〔唐〕卢照邻著，任国绪笺注《卢照邻集编年笺注》，435—439 页，黑龙江人民
　出版社，1989 年。
② 唐代的金丹道教有不同的派别，相互攻讦，又相互影响。占主要地位的是
　重黄金、丹砂的一派，如陈少微、张果等都极力推重服金或灵砂；另一派
　以铅汞为至宝大药，张竹坡、柳泌即属于这一派；还有主张用硫磺与水银
　合炼的。
③ 〔清〕董诰等编《全唐文》卷三九二，3990 页。
④ 〔清〕彭定求等编《全唐诗》卷六一〇，7037 页。

是钟乳类的丹药，诗人也相信它的作用能使"百疾愈"。诗中写的"毛公"传为中唐时著名道士。

以丹药来却老延年，是服用它们的又一个目的。许多丹经宣扬服丹药可以延年。诗人李颀是喜好丹砂的。王维在给他的诗里说：

> 闻君饵丹砂，甚有好颜色。不知从今去，几时生羽翼……①

显然，在当时的传闻中以为李颀"好颜色"是服用丹药之效。中宗朝的薛曜说过："夫金石之性，坚刚而急烈，又性清净而恶滓秽，凡服乳石讫，即须以意消息……今验所见年少服者，得力速，兼无病患……"②这是说年轻人服用效果更佳，而这是见之实事的。当时朝廷在节日往往赐给大臣以丹药材料。如宋璟的故事："端午日，玄宗赐宰臣钟乳。宋璟既拜赐，而命医人炼之。医请将归家炼。子弟谏曰：'此乳珍异，他者不如，今付之归，恐招欺换。'……"③这里所谓"珍异"，应是指其质地良好，效用不比寻常。据说颜真卿服用丹药取得了很好的强身效果："颜鲁公尝得方士名药，服之，虽老，气力壮健如年三四十人。至奉使李希烈，春秋七十五矣。临行，告人曰：'吾之死，固为贼所杀，必矣。且元载所得药方，亦与吾同，但载贪甚，等是死，而载不如吾。吾得死于忠耶！'……鲁公曰：'老夫受箓及服药，皆有所得……'"④从这段记载看，著名宰相元载也曾服丹药。中唐时有关于李程和李石的逸事：据说"李司徒程善谑……又与（李）石话服食云：'汝服钟乳否？'曰：'近服，甚觉得

_____

① 〔唐〕王维《赠李颀》，〔清〕赵殿成笺注《王右丞集笺注》卷二。
② 〔唐〕薛曜《服乳石号性论》，《全唐文》卷二三九，2425页。
③ 〔唐〕刘肃《大唐新语》卷七，123页，古典文学出版社，1957年。
④ 周勋初校证《唐语林校证》卷六《补遗》，523—524页，中华书局，1987年。

力。'司徒曰：'吾一不得乳力。'盖讥其作相日无急难之效也"①。这
里是以"乳"作"汝"的谐音，可知服钟乳石是"得力"的。文宗朝曾
得到宠信的"郑注……尝以药术干徐州牙将，牙将悦之，荐于节度
使李愬。愬饵其药颇验，遂有宠……"②李愬是宪宗朝平定淮西、直
捣蔡州的名将。郑注之得到进用，显然和精于"药术"有关系。沈
亚之在给卢从史的信里，说到一个"方士李元戢者……言能化黄
金、反童齿，今一郡大惑，下自豪吏，尽欲德之"③，也可见当时社会
上把"化黄金"和"反童齿"当作丹药的主要功能。白居易曾在庐山
炼丹，也主要是出于延年益寿的动机。他没有炼成金丹，但他后来
长期服用"云母散"之类的矿物药。章孝标《赠匡山道者》诗说："尝
闻一粒功，足以返衰容。"④也是说这位"道者"的丹药有却老返衰的
作用。晚唐诗人许棠说过这样的话："往者未成事，年渐衰暮，行卷
达官门下，身疲且重，上马极难。自喜得第来筋骨轻健，揽辔升降，
犹愈于少年。则知一名乃孤进之还丹。"⑤这是把"得第"比喻为"还
丹"，也从侧面表明当时人对丹药具有返老还童之效的观念。丹药
的这种"效验"，尽管一般是表面的、暂时的，对于促进它的流行却
是起了作用的。

　　丹药的另一种吸引力，是它在"男女之道"上的效应。这又和
道教的"房中术"有关系。唐代贵族士大夫间风气浮薄，许多人耽
于声色之乐，药力被特别借重。高宗时人苏游说："若夫汞者，五行
之秀气，二仪之纯精……可以坚实骨髓，羸体变而成刚；可以悦泽
肌肤，衰容返而为少；至于男女之道，房室之间，姬媵数百，取御之
仪，俄顷亦具。避鬼除邪，蠲疴去疾……上药养命，中药养性，下药

①周勋初校证《唐语林校证》卷六《补遗》，602页。
②〔宋〕司马光编著《资治通鉴》卷二四三，7825—7826页。
③《与潞州卢留后书》，《全唐文》卷七三五，7589页。
④〔清〕彭定求等编《全唐诗》卷五〇六，5750页。
⑤周勋初校证《唐语林校证》卷七《补遗》，677页。

去病……"①这是单纯强调"汞"的作用,是"铅汞派"的观点,其中明确说到汞之用于"男女之道"有特别的功效。中唐时有韦山甫其人,"以石留黄济人嗜欲,多暴死者。其徒盛言山甫与陶贞白同坛受箓以神之。长庆二年,卒于余干。江西观察使王仲舒遍告人:山甫老病而死,速朽,无少异于人者"②。像韦山甫这样得以售其技,就在其"济人嗜欲"的欺骗性。前面已经提到韩愈以服用丹药致毙的公案,宋人已经指出,坚定地反对佛、道的韩愈之所以终于蹈中丹药之毒的覆辙,就是因为不能"屏去粉白黛绿之辈,或者用以资色力"③。陈寅恪对于韩愈服硫磺一事,也是"宁信其有",而主要理由就是"当时士大夫为声色所累,即自号超脱,亦终不能免",并认为这是和"唐代士大夫阶级风习至相符会"④的。韩愈可说是以丹药济色欲而终于致毙的典型例子。

唐代"黄、白之术"发达,合炼所谓"药金""药银"。药金的成分主要是铜锌合金,有光泽如真金,药银则是砷白铜之类。当时确颇有些人以此致富。太宗朝大臣、后来以谋逆被诛的张亮结交方术之士,其中有公孙常者,即"自言有黄白之术,尤与亮善"⑤。《广异记》里记载了成弼的故事:说隋末有道士居太白山炼丹,成弼为侍者,后以家艰辞去,得丹十粒,一粒化赤铜十斤为黄金。后来他贪求不得,杀了道士,因而多得丹,多变黄金。家即殷富,为人所告。唐太宗问之,召令造黄金,授五品官,"要尽天下之铜尽乃已。弼造金,凡数万金而丹尽。其金所谓'大唐金'也,百炼益精,甚贵之。

①《三品颐神保命神丹方叙》,《全唐文》卷一八九,1914 页。

②周勋初校证《唐语林校证》卷六《补遗》,590—591 页。

③〔宋〕葛仲胜《丹阳集·韩退之作李于墓志》,参阅陈友琴《白居易诗评述汇编·姚宽〈西溪丛语二则〉》,83—86 页,科学出版社,1958 年。

④陈寅恪《白乐天之思想行为与佛道关系》,《元白诗笺证稿》,326—327 页,上海古籍出版社,1978 年。

⑤〔后晋〕刘昫等《旧唐书》卷六九《张亮传》。

弼即艺穷而请去,太宗令列其方,弼实不知方",谓其诈,遂斩之①。
同书又有开元年间高五娘事:高"再嫁李仙人。李仙人,即天上谪
仙也。自与高氏结好,恒居洛阳,以黄白自业,高氏能传其法"。后
被召还天上,告高氏说:"我去之后,君宜以黄白自给,慎勿传人,不
得为人广点炼,非特损人,亦恐尚不利前人。""高氏初依其言,后
卖银居多,为坊司所告。时河南少尹李齐知其事,释而不问,密使
人召之,前后为烧十余床银器。李以转闻朝要。不一年,高及李皆
卒,时人以为天罚焉。"②这类小说家言,虽事实不可尽信,但所述背
景是真实的。徐铉《稽神录》记载,明经李生在去长安途中,遇道
士,学得黄白之术,"方常药草数种而已……从子智修为沙门,李以
数丸与之。智修后游钟离,止卖药家,烧银得二十两以易衣……"③
又文宗时的道士翟法言"尤务拯人疾苦,炼黄白,遇穷者施之"④。
这则是利用炼丹以营生了。晚唐赵耐庵说:"世有术士能干汞母砂
而成真银。自古至今,所有丹士隐秘不传,于世罕有之矣。能此术
者,亦几希矣。予平昔自贫而怜贫,得义而重义,某得遇丹师仙传
干汞之术,名灵砂浇淋涌泉长生匮药灵法妙径(经),截然不繁,指
日而成百千万两,皆出于此。母多则子多,田多则禾多也。"⑤这是
制造药银而脱贫致富了。这样合炼出来的具有金属色泽的化合物
即所谓"药金""药银"多种多样,在炼丹书里有详细记载,也表明当
时流行的广泛。而且当时人已认识到"药金""药银"并不是真的
金、银。如"唐孟铣,平昌人也……累迁凤阁舍人。时凤阁侍郎刘
祎之卧疾,铣候问之。因留饭,以金碗贮酪。铣视之,惊曰:'此药

①〔唐〕戴孚《广异记》,159—160页。
②同上,10页。
③〔宋〕李昉等编《太平广记》卷八五《李生》条,552页,中华书局,1961年。
④《历世真仙体道通鉴》卷四〇,《道藏》第5册,338页。
⑤〔唐〕清虚子《铅汞甲庚至宝集成》卷一《涌泉柜法丹序》,《道藏》第19册,
　247页。

金,非石中所出者。'袆之曰:'主上见赐,当非假金。'铣曰:'药金,仙方所资,不为假也。'袆之曰:'何以知之?'铣曰:'药金烧之,其上有五色气。'遽烧之,果然……"①这说明当时已知道鉴别药金的方法:药金加热则分解出气体。而值得注意的是,这则故事里的药金正是朝廷赏赐之物。黄白术流行后,有人更借以行骗。如薛用弱《集异记》记载的刘元迵,"狡妄人也,自言能炼水银作黄金……"②同书还记载,元和中王屋山小有洞天方士王四郎作金,色如鸡冠,五两可市二百千,称为"王四郎金","西域胡商专此伺买,且无定价"③。又"田佐元,凤仪虢县人,亦自言有奇术,能变瓦砾为黄金,自白衣授本县令。其余皆递相荐引,罔上惑众"④。而牛僧孺《玄怪录》记载,元和二年(807)隐居华山的党超元救一修炼得道之狐,狐以"药金五十斤"为"赠谢",且告以"此金每两值四十缗,非胡客勿示";"即日携入市,市人只酬常价。后数年,忽有胡客来诣曰:'知君有异金,愿一观之。'超元出示,胡笑曰:'此乃九天液金,君何以致之?'于是每两酬四十缗,收之而去"⑤。可知当时市面上也流通这类"药金",而且人们已经知道它们不同于真金,因此和真金不是等价的;又胡商对这种炼制的伪金特别有兴趣,大概在域外也已流通。这样,在唐代,黄白术吸引了不少妄想发财致富的人。甚至朝廷内库里也贮有大量药金,用为赏赐和各项支出,以至依靠它来解决财源问题。玄宗朝蜀州开元观道士辅神通,据传从神仙那里得黄白术,"蜀州刺史奏神通晓黄白,玄宗试之皆验。每先以土锅煮水银,随帝所请,以少药投之,应手而变。帝求得其术,会禄山之乱

---

①〔宋〕李昉等编《太平广记》卷一九七《孟铣》,1479页。

②同上卷三〇八《刘元迵》,2439页。

③同上卷三五《王四郎》,224页。

④〔宋〕王钦若等编纂《册府元龟》九二二,10891页。

⑤〔唐〕牛僧孺编《玄怪录》,110页,程毅中点校,中华书局,1982年。

乃止"①。这也可见当时朝廷对黄白之术的热衷。在唐代,合炼黄白实际已是炼丹术的主要内容之一。这也是炼丹术的"蜕化":人们热衷于"合炼黄白",往往和宗教的养炼已没有关系了。

　　当然,当时想通过服用丹药以求神仙飞升、长生不死的人也不是没有。如韩翃诗所说:"玉粒捐应久,丹砂验不微。坐看青节引,要与白云飞。"②这是说绝粮而服丹砂会神仙飞升,这表现的是真诚的宗教观念。又如前面提到的"石巨者,胡人也,居幽州,性好服食。大历中,遇疾百余日,形体羸瘦,而神气不衰……化一白鹤飞去……长史李怀仙召其子,问其事,具答云然。怀仙不信,谓其子曰:'此是妖讹事,必汝父得仙,吾境内苦旱,当为致雨。不雨杀汝。'……其日大雨,远近皆足。怀仙以所求灵验,乃于巨宅立庙,岁时享祀焉"③。这也是说服丹药得以飞升成仙,并有事实加以"验证"。这当然是骗术,但在推动信仰上却起了作用。也有许多记载是说明丹药无益的。隋末唐初的诗人王绩已经明确说过:"回头寻仙事,并是一空虚。"④"相逢宁可醉,定不学丹砂。"⑤唐人更经常说到"金丹玉醴,罕见长生,一叶三丸,徒云却死"⑥;"空煎玉釜,却死无征,徒炼金丹,还年莫验"⑦;"方且煎香玉釜,炼丹金灶。莫驻松子之龄,遽启滕公之室"⑧之类的话。人不可能不死,这一不可否定的事实是对神仙不死之说和丹药诱惑的简单有力的批驳。

---

① 〔唐〕戴孚《广异记》,15 页。
② 〔唐〕韩翃《赠张道者》,《全唐诗》卷二四四,2738—2739 页。
③ 〔唐〕戴孚《广异记》,8 页。
④ 〔唐〕王绩《田家三首》之一,《王无功集》卷中。
⑤ 《赠学仙者》,同上。
⑥ 周绍良主编《唐代墓志汇编》上册《永徽一〇七·□君墓志铭并□》,200 页,上海古籍出版社,1992 年。
⑦ 同上,《仪凤〇〇八·大唐故常州江阴县丞贾府君墓志铭并序》,631 页。
⑧ 同上,《开元三一三·大唐故朝散大夫行申州长史上柱国刘府君墓志铭并序》,1373 页。

　　正因为丹药有以上所述的"效验"，就不但得到朝廷崇重，在有条件的贵族士大夫间也就特别风行。前面提到隋末"群雄"之一的杜伏威后降唐，他"好神仙长年术，饵云母被毒，武德七年二月暴卒"①。太宗朝的名将"尉迟敬德累迁开府仪同三司，贞观末年，笃信仙术，飞炼金石，服药，饵云母粉，静居闲处，修理池台，尝奏清商乐一部，厚自奉养，不与外人交通"②。又"唐若山，鲁郡人也，唐睿宗先天中，历官尚书郎，连典剧郡。玄宗开元中出守润州，颇有惠政，远近称之。若山常好长生之道，弟若水为衡岳道士……若山素好方术，所至之处，必会炉鼎之客，虽术用无取者，皆礼而接之，家财殆尽，俸禄所入，未尝有余，金石所费，不知纪极，晚岁尤笃志焉……"③著名宰相张说及其子张均曾服丹药，他对房琯说："某夙岁饵金丹，未尝临丧。"④玄宗朝的李林甫也迷信丹药，作有《嵩阳观纪圣德感应颂》，是歌颂朝命道士孙太冲于嵩阳观炼丹的，其中说："俾太乙启炉，陵阳传火，积炭于庑下，投药于鼎中……神丹一御，与天无极。且夫宏化至道，先烈也；还风太初，昌运也；异人委质，圣感也；灵药荐寿，天符也。此四者，皇图帝载所未闻也……"⑤另一位玄宗的宰相萧嵩也"性好服饵"⑥。中唐时的昭义节度使李抱真"晚节又好方士，以冀长生。有孙季长者，为抱真炼金丹……凡服丹二万丸，腹坚不食。将死，不知人者数日矣，道士牛洞玄以猪肪谷漆下之，殆尽。病少间，季长复曰：'垂上仙，何自弃也？'益服三千丸。顷之，卒"⑦。这段记述生动地写出了对丹药至死执迷

---

①〔宋〕欧阳修、宋祁《新唐书》卷九二《杜伏威传》。
②〔宋〕王钦若等编纂《册府元龟》卷九二八，10951页。
③《历世真仙体道通鉴》卷三五，《道藏》第5册，300页。
④〔宋〕赞宁《宋高僧传》卷九《义福传》。
⑤〔清〕董诰等编《全唐文》卷三四五，3507—3508页。
⑥〔后晋〕刘昫等《旧唐书》卷九九《萧嵩传》。
⑦同上卷一三二《李抱真传》。

不悟的情形。而"长安风俗,自贞元侈于游宴,其后……或侈于服食,各有所蔽也"①。中唐时期正是社会上奢靡成风的时候,服食正和这种风气相配合而兴盛一时。以上所举都是权贵大臣迷恋丹药的例子。

人们往往艳称唐王朝的兴旺发达、文化上的巨大成就,但统治者在志得意满之余,确实干了不少倒行逆施、荒唐无益的事。像大施炼丹就搞得一片乌烟瘴气,耗费了大量人力、物力,所造成财物上的糜费和民众的劳损是难以计算的,对于社会造成的直接、间接的恶果也实在无法估量。

六　唐代文人间炼丹和服丹药成为风气

唐时的文人并不都是大富大贵的,不是每个人都负担得起炼丹和服用丹药的繁费,更不是每个人都同样地迷信丹药。但文人接近或自身就活跃在社会上层,加之他们一般都精神敏锐、生命意识更强烈,在道教及其外丹术盛行的情况下,一些有条件的人就会亲自去尝试。有些人或许只是出于游戏的态度。另一些没有躬行的也会接触这方面的事实而有所感受。这样,丹药就成为唐代文坛生活的一部分,从而也为一代文学创作增添了特殊的题材和内容。当然当时也有相当一部分人是保持了清醒的批判态度的。而这不同的态度又正显示了当时人们精神境界的活跃,体现在作品里则表现出有关思想观念的丰富多彩。文人们出于不同观念对于丹药的关心、倾心,是其他时代从来没有见到过的现象。下面提出一些著名文人做例子,也可显现唐时文坛状况的重要侧面。

---

① 〔唐〕李肇《唐国史补》卷下,60—61页,古典文学出版社,1957年。

　　前面已经说到"初唐四杰"之一的卢照邻体弱多病，热衷于求取和服用金丹。他曾从学于著名道士孙思邈，其炼丹术应是达到了相当的水平的。他深罹药毒之苦，有关内容在作品里有痛切的表现。他最后投水自沉而死，当和丹药无效、不堪其苦有直接关系。

　　前面还提到盛唐时的李颀，王维赠诗里直接说到他"饵丹砂"。他的诗"发调既清，修辞亦秀，杂歌咸善，玄理最长……故其论数家，往往高于众作"①，明显表现出道家的影响。他对神仙长生之说十分热衷。时有东岳女道士焦炼师，据称千岁，在朝野颇有声望。他的《寄焦炼师》诗说：

　　　　得道凡百岁，烧丹惟一身。悠悠孤峰顶，日见三花春。白鹤翠微里，黄精幽涧滨。始知世上客，不及山中人。仙境若在梦，朝云如可亲。何由睹颜色，挥手谢风尘。②

可知这位焦炼师也以炼丹术著名，他对之表示无比企羡。他还进谒著名道士张果，有诗说：

　　　　先生谷神者，甲子焉能计。自说轩辕师，于今几千岁……二仪齐寿考，六合随休憩。彭聃犹婴孩，松期且微细……③

张果也是以炼丹术闻名的。李颀结交的外丹道士还有不少。如他的《题卢道士房》写到的卢道士，是"空坛静白日，神鼎飞丹砂"④；又《送王道士还山》诗里的王道士，本是"出入彤庭佩金印，承恩赫赫

---

①〔唐〕殷璠《河岳英灵集》，李珍华、傅璇琮《河岳英灵集研究》，173 页，中华书局，1992 年；〔元〕辛文房《唐才子传》卷二转用此文，《四库》等本"家"上有"道"字，参阅傅璇琮主编《唐才子传校笺》第 1 册，357 页，中华书局，1987 年。
②〔清〕彭定求等编《全唐诗》卷一三二，1339 页。
③同上卷一三二，1340—1341 页。
④同上卷一三二，1346 页。

如王侯"的御用道士,也"心穷伏火阳精丹,口颂淮南万毕术"①。李颀在文坛上交游颇广,开、天间的著名诗人如王昌龄、崔颢、綦毋潜、岑参、王维等都和他有密切的交谊。他对丹药的态度应在朋辈中有一定影响,并应有一定的代表性。

薛据素有文学之名,活跃在天宝诗坛,和杜甫、王维、王昌龄、高适、岑参、韦应物、储光羲、刘长卿等一时文坛名流相友善,与杜甫等人同登慈恩寺塔赋诗唱和,是天宝年间长安文坛上的佳话。他"初好栖遁,居高炼药,晚岁置别业终南山下老焉"②。他有《出青门往南山下别业》诗,其中说"弱年好栖隐,炼药在岩窟。及此离垢氛,兴来亦因物。末路期赤松,斯言庶不伐"③。这首诗见于《河岳英灵集》,可知为天宝十二年(753)前所作,自述合炼丹药的经历。他后来一直怀抱着执着的神仙幻想。

唐诗人中与道教关系密切者无过于李白。他开元末年已和元丹丘偕隐于嵩阳,并结识了适在其地的焦炼师,又曾随元丹丘拜访随州道士胡紫阳。在其《颍阳别元丹丘之淮阳》诗里,他已说到"当餐黄金药,去为紫阳宾"④,可知这时他已倾心丹药。天宝初,他和道士吴筠隐剡中,《天台晓望》诗又说"攀条摘朱实,服药炼金骨。安得生羽毛,千春卧蓬阙"⑤。这是设想服用丹药。以后被谗去朝,又从北海高天师受道箓于齐州紫极宫,即取得了道士资格,有《奉饯高尊师如贵道士传道箓毕归北海》诗。大概在这个时候他写了《草创大还赠柳官迪》诗。所谓"草创大还"是指成就"还丹",诗中具体描述了合炼丹药的情形:

> 天地为橐籥,周流行太易。造化合元符,交媾腾精魄。自

---

① 〔清〕彭定求等编《全唐诗》卷一三三,1351 页。
② 傅璇琮主编《唐才子传校笺》第 1 册,310 页。
③ 〔清〕彭定求等编《全唐诗》卷二五三,2853 页。
④ 〔唐〕李白著,〔清〕王琦注《李太白全集》卷一五,中华书局,1977 年。
⑤ 同上卷二一。

然成妙用,孰知其指的。罗络四季间,绵微无一隙。日月更出
没,双光岂云只?

这里所讲的是自然还丹理论,即天地化易,阴阳合和,成就妙用。
以下写药物在鼎炉中合炼时合于宇宙变化的形态:

> 姹女乘河车,黄金充辕轭。执枢相管辖,摧伏伤羽翮。朱
> 鸟张炎威,白虎守本宅。相煎成苦老,消烁凝津液。仿佛周窗
> 尘,死灰同至寂。铸冶入赤色,十二周律历。赫然称大还,与
> 道本无隔……①

这里"姹女"谓真汞;"河车"指铅。这一段前四句是说以水银、铅相
配合,再加以黄金。这正是当时盛行的张果一派道士的做法。次
四句里"朱鸟"还是比喻丹砂;"白虎"比铅,是形容给鼎炉加热,烧
炼而成丹药。以下讲已经凝结的药物再加捣冶,成就还丹②。这首
诗描写了合炼丹药时鼎炉变化的具体情况,应得自诗人亲自炼丹、
观察丹灶的体验。而据孟乃昌的考证,全诗用典则出于《周易参同
契》,可知诗人对这部丹经大有研究③。他还有《秋日炼药院镊白发
赠元六兄林宗》等诗,都是直接写炼丹的。炼丹是李白道教生活的
重要内容,对他的精神和创作都产生了巨大的影响。这方面是值
得深入研究的。

杜甫也曾热衷于丹药。他晚年所写的《风疾舟中伏枕书怀三
十六韵奉呈湖南亲友》一诗中说:

> 葛洪尸定解,许靖力难任。家事丹砂诀,无成涕作霖。④

由此可见他迷恋丹药是有家庭渊源的,以至直到晚年还为在这方

---

① 〔唐〕李白著,〔清〕王琦注《李太白全集》卷一〇。
② 关于丹药名称参阅黄兆汉编《道藏丹药异名索引》,台湾学生书局,1989 年。
③ 参阅《〈周易参同契〉通释》,《周易参同契考辩》,110—112 页。
④ 〔唐〕杜甫著,〔清〕仇兆鳌注《杜少陵集详注》卷二三。

面无所成就而表示遗憾。特别是在李白被斥出京后,他们一起和高适有梁、宋之游,当时正是李白热衷于求仙访道的时候。他和李白的亲密往还,也助长了他对丹药的兴趣。他们一起渡黄河、登王屋山,拜访华盖君,至小有清虚洞天。值华盖君已死,二人又同往齐州,其时李白有受道箓之事。第二年,二人又一起到东蒙山拜访董炼师。当时他们的目的也包括寻访炼丹术。他对丹药的兴趣,此后还屡屡形诸篇咏①。不过杜甫虽曾热衷炼丹,但显然已自觉到并无成效,所以诗里有"岂辞青鞋胝,怅望金匕药……妻子亦何人,丹砂负前诺"②的慨叹。杜甫对丹药和道教的态度,是他复杂的宗教信仰的值得注意的内容。他和李白向称盛唐诗坛的双璧,而二人不同程度地都倾心炼丹术,正反映了文坛的风气。

大历、贞元年间的文人,包括"大历十才子"③,一般都亲近佛、道。这也是当时文坛的一个特征。其中许多人对外丹表现出相当的热情。如钱起的《登覆釜山遇道人二首》诗说:

> 花间炼药人,鸡犬和乳窦。散发便迎客,采芝仍满袖。④

又《过瑞龙观道士》诗说:

> 不知谁氏子,炼魄家洞天。鹤待成丹日,人寻种杏田。⑤

这都表现他和炼丹道士的交往,并流露出对丹药的浓厚兴趣。他

---

① 郭沫若《李白与杜甫》一书中《杜甫的宗教信仰》一节按年代列举了杜甫诗中表现对丹药热衷的例子计十五篇,说明他"从年轻时分一直到他临终,都在憧憬葛洪、王乔,讨寻丹砂、灵芝……"183—185 页,人民文学出版社,1971 年。
② 〔唐〕杜甫《昔游》,〔清〕仇兆鳌注《杜少陵集详注》卷二〇。
③ 据《新唐书》卷二〇三《文艺传下》,"大历十才子"系指卢纶、吉中孚、韩翃、钱起、司空曙、苗发、崔峒、耿湋、夏侯审、李端十人;后出文献所列举有所不同,或把郎士元、李益、李嘉祐、吉珛、冷朝阳等人包括在内。这是表现一时文坛风气的含混的概念。
④ 〔清〕彭定求等编《全唐诗》卷二三六,2619 页。
⑤ 同上卷二三八,2660 页。

还有诗说：

倾思丹灶术，愿采玉芝芳。傥把浮丘袂，乘云别旧乡。①

彩云不散烧丹灶，白鹿时藏种玉田。幸入桃源因去世，方期丹诀一延年。②

这更直接表示要求取丹方了。

李端自述"余少尚神仙，且未能去，友人畅当以禅门见导，余心知必是"③。他在《游终南山因寄苏奉礼士尊师苗员外》诗里也表示了"愿得烧丹诀，流沙永待师"④的愿望。

皇甫冉的《题蒋道士房》诗说：

闻道昆仑有仙籍，何时青鸟送丹砂。⑤

当然，这样的诗或许只是一时应酬语，不一定是十分认真的。但总流露出对丹药的兴趣，表明诗人对丹药有所接触。卢纶、耿湋、戎昱等也都有诗写到炼丹的内容。

可确切知道亲自服用过丹砂的有朱放。他和天台道士潘清"为尘外之交"⑥，曾"卜隐剡溪、镜湖间，排青紫之念，结庐云卧，钓水樵山"⑦，大历中，嗣曹王李皋镇江西，辟为从事，作《别同志》诗，中有"唯有白云心，为向东山月"句，"扁舟告还"。皇甫冉《卖药人处得南阳朱山人书》诗说：

卖药何为者，逃名市井居。唯通远山信，因致逸人书。已

①〔唐〕钱起《夕游覆釜山道士观因登玄元庙》，《全唐诗》卷二三八，2664 页。
②〔唐〕钱起《题嵩阳焦道士石壁》，同上卷二三九，2671 页。
③《书志赠畅当序》，同上卷二八五，3255 页。
④同上卷二八六，3278 页。
⑤〔唐〕皇甫冉《题蒋道士房》，同上卷二五〇，2821 页。
⑥〔唐〕独孤及《唐故扬州庆云寺律师一公塔铭》，《毗陵集》卷九。
⑦傅璇琮主编《唐才子传校笺》第 2 册，343 页。

报还丹效,全将世事疏。秋风景溪里,萧散寄樵渔。①

看起来朱放炼丹是取得了"效验"的。

严寀与李端、韦应物等人交好,他在吉州刺史任上入道,戎昱赠诗里说他"金箓封仙骨,灵津咽玉池","风过鬼神延受箓,夜深龙虎卫烧丹"②,则他显然也是炼过丹的。

钱起《哭常征君》诗是悼诗人常建的,其中说:

> 万化一朝尽,穷泉悲此君。如何丹灶术,能误紫芝焚……③

常建晚年曾过隐逸生活,从这首诗看,他生前显然也曾炼过丹。

中唐时丹药在文人士大夫间流行更盛。这也反映了一代士风的特征。白居易的《思旧》诗说:

> 闲日一思旧,旧游如目前。再思今何在?零落归下泉。退之服流黄,一病讫不痊。微之炼秋石,未老身溘然。杜子得丹诀,终日断腥膻。崔君夸药力,经冬不衣绵。或疾或暴夭,悉不过中年。唯予不服食,老命反迟延……④

这里"退之"即韩愈⑤,"微之"即元稹,"杜子"或以为指杜元颖,"崔君"即崔玄亮,都是一时知名之士,而皆以服丹药致毙。韩愈的《故太学博士李君墓志铭》则是描述丹药之害的名文,其中列举说:

> 太学博士顿丘李于,余兄孙女婿也……初,于以进士为鄂岳从事,遇方士李泌,从受药法,服之,往往下血。比四年,病

---

①〔清〕彭定求等编《全唐诗》卷二五〇,2826—2827 页。

②〔唐〕戎昱《送吉州严使君入道二首》,同上卷二七〇,3012 页。

③同上卷二三八,2653 页。

④〔唐〕白居易著,朱金城笺注《白居易集笺校》卷二九,第 4 册,2023 页,上海古籍出版社,1988 年。

⑤关于此诗中的"退之"所指,历来有争论,或以为指卫中立。参阅前引朱校。

益急，乃死。其法以铅满一鼎，按中为空，实以水银，盖封四际，烧为丹砂云。余不知服食说自何世起，杀人不可计，而世慕尚之益至，此其惑也。在文书所记及耳闻相传者不说，今直取目见亲与之游而以药败者六七公，以为世诫：工部尚书归登，殿中御史李虚中，刑部尚书李逊，逊弟刑部侍郎建，襄阳节度使、工部尚书孟简，东川节度、御使大夫卢坦，金吾将军李道古，此其人皆有名位，世所共识……①

这同样是一些知名人物。接下来，作者详细描写了诸人中药毒所受之苦，并致慨于这些人至死不悟的可悲。这段文字中的"其法以铅满一鼎"一节正是铅汞一派合炼的具体方法，可知韩愈对于炼丹是相当熟悉的。

这两篇文字列举出中毒而死的一系列人物，他们的情况应是当时士大夫间人所共知的。由此可见当时丹药流行之广和为害之剧。这些人的宗教信仰情况这里无暇详考，但其中多数人并非严格意义上的道教徒则是可以肯定的。就是说，如前面已提出的，在当时的环境下，服用丹药常常无关于信仰，而是单纯出于求长生、祛疾病以至纵欲的目的。丹药为害的例子当时比比皆是，后果极其悲惨。如"韩藩端公自宣幕退居钟山，因服附子、硫磺过数，九窍百毛穴皆出血，唯存皮骨。小敛莫及，但以血褥举骨就棺而已"②。这比韩愈描写得更为形象、具体。可是虽然人们已经亲见或亲闻这样的惨剧，许多人仍蹈覆辙而执迷不悟，正可见丹药流行之盛和诱惑之大。

韩愈和白居易本人的情形也颇有典型意义。从上引他们的文字看，可知他们对丹药之害均有相当清醒的认识。可是他们本人又都有炼丹或服药的经验。如前所述，韩愈本人就是中药毒而死

①〔唐〕韩愈《韩昌黎集》卷三四。
②〔宋〕钱易《南部新书》己卷，61 页。

的。又如许多人指出的,对于他来说,迷恋丹药的重要原因是企图用以济"嗜欲"。五代时的陶穀说:

> 昌黎公愈晚年颇亲脂粉。故事:服食用硫磺末搅粥饭啖鸡男,不使交,千日烹庖,名火灵库,间日进一只焉。始亦见功,终致绝命。①

这是小说家言,不足凭信;但反映的社会现象当是真实的,而且韩愈家里确实蓄养女乐,他又确实以服硫磺而殒命。当时一些贵族士大夫热衷丹药,确也滋长了社会上的奢靡之风。

白居易的宗教思想本来比较驳杂。他自早年就喜读佛、道书。他有《予与故刑部李侍郎早结道友以药术为事,与故京兆元尹晚为诗侣有林泉之期,周岁之间,二君长逝,李住曲江北,元居升平西,追感旧游,因贻同志》诗,其中说:

> 从哭李来伤道气,自亡元后减诗情。金丹同学都无益,水竹邻居竟不成……②

这里的"李侍郎"就是前引韩文中服药致死的李建,"元尹"指元宗简。白居易早在元和三年(808)即有《题李十一东亭》诗,"李十一"也是李建,那么所谓"早结道友,以药术为事"即应是元和初年在长安时事。至元和十年贬江州,他更结识了许多道士如郭虚舟炼师、毛仙翁、韦炼师、萧炼师、王道士等。他虽然明确说过"吾学空门非学仙"③的话,在《新乐府》里也有揭露求仙愚妄的如《海漫漫》那样的篇章,可是他这时却对合炼丹药表现得十分热衷。他在后来所写的《同微之赠别郭虚舟炼师五十韵》一诗里,追述在庐山从郭受《参同契》事,这部丹经是他认真研习过的:

---

① 〔宋〕陶穀《清异录》卷二,《宝颜堂秘笈》本。
② 〔唐〕白居易著,朱金城笺注《白居易集笺校》卷一九,第3册,1278页。
③ 〔唐〕白居易《答客说》,同上卷三六,第4册,2541页。

　　我为江司马,君为荆判司。俱当愁悴日,始识虚舟师。师
年三十余,白皙好容仪。专心在铅汞,余力工琴棋……授我
《参同契》,其辞妙且微。六一闷扃镝,子午守雄雌。我读随日
悟,心中了无疑。黄芽与紫车,谓其坐致之。自负因自叹,人
生号男儿。若不佩金印,即合黪玉芝。高谢人间世,深结山中
期。泥坛方合矩,铸鼎圆中规。炉橐一以动,瑞气红辉辉。斋
心独叹拜,中夜偷一窥。二物正歼合,厥状何怪奇。绸缪夫妇
体,狎猎鱼龙姿……①

这里写的是他根据《参同契》进行炼丹实践的体验。"六一"即六一
泥,是炼丹时封闭炉釜的黏合物;"雄雌"指铅和汞;"黄芽"又称"黄
精",与"紫车"均为铅、汞在土釜里反应所生成的产物,也即是"还
丹"的成果。白居易在江州时作的《送毛仙翁》诗中又说:

　　惟余负忧谴,憔悴溢江壖……我师惠然来,论道穷重
玄……丹华既相付,促景定当延。玄功曷可报,感极惟勤
拳……②

可知白居易也从毛仙翁处学过丹法。毛仙翁在当时也是知名人
物,后来杜光庭编《毛仙翁赠行诗》,其中有包括署名韩愈、元稹、刘
禹锡、裴度等在内的许多一时知名人物的诗文,被收入《唐诗纪
事》,为其八十一卷,后人或多以为伪托。但一概而论是不妥当的,
本书下面还将有说明。白居易在《浔阳岁晚寄元八郎中庚三十二
员外》诗中说:"阅水年将暮,烧金道未成。丹砂不肯死,白发自须
生。"③可见他炼丹并没有成功,似乎也不曾服用丹鼎合炼的金丹玉
液。离开浔阳后,他转徙于长安、杭州、洛阳、苏州,虽然一直很关
心炼丹事,但似始终没有服用金丹类药物。他更有作品一再对之

①〔唐〕白居易著,朱金城笺注《白居易集笺校》卷二一,第 3 册,1408—1409 页。
②同上卷三六,第 4 册,2496 页。
③同上卷一七,第 2 册,1061 页。

表示否定,如"朱砂贱如土,不解烧为丹","白发逢秋王,丹砂见火空。不能留姹女,争免作衰翁",等等①。他早年所写的《梦仙》诗已说道:"神仙信有之,俗力非可营。苟无金骨相,不列丹台名。徒传辟谷法,虚受烧丹经。只自取勤苦,百年终无成。"②他的作品里有些写到服药,所服限于"云母散"之类的矿物药③。白居易和韩愈对待宗教的态度不同,但都表现出相当理性的批判精神,这和他们同样热心于经世的人生观直接相关联。然而两个人又都不能完全抵御丹药的诱惑。韩愈以辟佛、道闻名于世,却中丹药之毒而死;白居易周流三教,虽然并不相信神仙不死之说,却也尝试过炼丹。

　　元稹也曾亲自合炼并服用丹药,见上引白居易《思旧》诗。他自己的作品里也经常明白地表达对于炼丹术的热衷。如早年所作《开元观闲居酬吴士矩侍御四十韵》④,已描写他在道观中居住的体验,表现出求道的热情。和白居易一起在庐山炼丹的郭虚舟,元稹以前在荆州就已经结识。他有《和乐天寻郭道士不遇》诗,中有"方瞳应是新烧药,短脚知缘旧施春"⑤之句,显然也羡慕郭虚舟的炼丹术。他也和白居易一样,在诗文里经常对虚无缥缈的神仙之说表示怀疑和批评,但又同样地热衷于丹药。

　　李贺写过不少神仙题材的诗,但其《苦昼短》诗却明确地揭露

---

① 〔唐〕白居易《自咏》,朱金城笺注《白居易集笺校》卷八,456 页;《烧药不成命酒独醉》,同上卷三三,2312 页。
② 同上卷一,第 1 册,11 页。
③ 《早服云母散》:"晓服云英漱井华,寥然身若在烟霞。药销日晏三匙饭,酒渴春深一碗茶……"同上卷三一,第 4 册,2161 页;《戒药》:"早夭羡中年,中年羡暮齿。暮齿又贪生,服食求不死。朝吞太阳精,夕吸秋石髓。徼福反成灾,药误者多矣。以之资嗜欲,又望延甲子。天人阴骘间,亦恐无此理……"同上卷三六,第 4 册,2476 页。
④ 〔唐〕元稹《元氏长庆集》卷一〇。
⑤ 同上卷二一。

了丹药之无益,其中说:"何为服黄金,吞白玉? 谁是任公子,云中
骑白驴? 刘彻茂陵多滞骨,嬴政梓棺费鲍鱼。"①可是他和道士也有
交往②,并尝试过炼丹。他的《南园十三首》之十二说:

> 松溪黑水新龙卵,桂洞生硝旧马牙。谁遣虞卿裁道帔,轻
> 绡一尺染朝霞。③

这首诗历来未得确解。这里"生硝旧马牙"指马牙硝即十水硫酸
钠,俗称"芒硝",是唐代炼丹术士所制得的供炼丹使用的药物④;
"龙卵"未详,按诗意应是药物隐名。虞卿指三国时"穷愁著书"的
虞翻,他曾注过《周易参同契》;又据《神仙传》,他正是《周易参同
契》古本作者之一魏伯阳的弟子。他本是外丹术士,其所注书唐代
仍在流传,为陆德明著《经典释文》时所引用⑤。联系李贺这首诗的
前两句,可知所写为炼丹事。

　　亲自合炼过丹药的还应提到刘商。他是大历、贞元间人,曾在
汴、滑军幕供职。他是诗人,存诗较多,近百首,也是画家。从诗作
看,他本是出入佛、道的。但他更"好神仙,炼金骨"⑥,热心于炼丹
术。他"性耽道术,逢道士即师资之,炼丹服气,靡不勤功。每叹光
阴甚促,筋骸渐衰,朝驰暮止,但自劳苦。浮荣世宦,何益于己! 古
贤皆隳官以求道,多得度世。幸毕婚嫁,不为俗累,岂劣于许远游
哉! 于是以病免官入道,东游,及广陵"⑦。武元衡在《刘商郎中集

---

①叶葱奇疏注《李贺诗集》,219—220 页,人民文学出版社,1959 年。

②有《绿章封事》诗,题下注:"为吴道士夜醮作。"同上,31 页。

③同上,71 页。

④参阅孟乃昌《汉唐消石名实考辨》,《自然科学史研究》1983 年 2 期。

⑤〔唐〕陆德明《经典释文》卷二《周易音义》开头注释《周易》的"易"字说:"盈
只反。此经名也。虞翻注《参同契》云:'字从日下月。'"19 页,中华书局,
1983 年。

⑥傅璇琮主编《唐才子传校笺》第 1 册,263 页。

⑦〔五代〕沈汾《续仙传》卷中,《道藏》第 5 册,87 页。

序》里说:"晚岁摆落尘滓,割弃亲爱,梦寐灵仙之境,逍遥玄牝之门,又安知不攀附云霓,蜕迹岩壑,超然悬解,与漫汗游乎无间邪?"①所谓"玄牝之门"即研习外丹。《周易参同契》的开头就说:"乾坤者,《易》之门户,众卦之父母……牝牡四卦,为橐为籥……"按唐人注,"乾坤""牝牡"即"阴阳""雌雄"②,是表示炼丹原理的。后人更附会他"冲虚而去"。

又有施肩吾,元和十五年(820)进士,隐于洪州西山,传说他终于"仙去"③。张籍、徐凝等与之交好。张有诗《送施肩吾东归》说:"知君本是烟霞客,被荐因来城阙间。世业偏临七里濑,仙游多在四明山……"④描写他热衷于求仙访道的风标。他栖心玄门,养志林壑,其作品是明显表现重"内功"的,曾对服食加以批判。他在《养生辩疑诀》一文中说:"且神由形住,形以神留,神苟外迁,形亦难保。抑又服饵草木金石,以固其形。而不知草木金石之性,不究四时逆顺之宜,久而服之,反伤和气。远不出中年之内,疾害俱生……吾自童年至于暮齿,见学道之人已千数矣。服气绝粒者,驱役考召者,清静无欲者,修仙炼形者,如斯之流,未有不闻其死者也……"⑤这反映的是当时正在流行起来的内丹观念。但他也并不完全否定丹药。他有《洗丹砂词》说:

　　千淘万洗紫光攒,夜火荧荧照玉盘。恐是麻姑残米粒,不曾将与世人看。⑥

----

①〔清〕董诰等编《全唐文》卷五三一,5389 页。
②〔汉〕阴真人注《周易参同契》卷上,《道藏》第 20 册,65 页。
③施肩吾,自号栖真子,睦州分水人,曾隐于洪州西山学仙。据传宋代亦有道士名施肩吾,同样隐于洪州西山,但号华阳子,即《西山群仙会真记》的作者。文献中往往把二者相混淆。
④〔清〕彭定求等编《全唐诗》卷三八五,4339 页。
⑤〔清〕董诰等编《全唐文》卷七三九,7635 页。
⑥〔清〕彭定求等编《全唐诗》卷四九四,5597 页。

又《自述》诗说：

> 箧贮灵砂日日看，欲成仙法脱身难。不知谁向交州去，为谢罗浮葛长官。[1]

这里的"葛长官"是指作《抱朴子》的葛洪，《抱朴子内篇》是主张金丹为"仙道之极"[2]的。徐凝有赠诗说：

> 紫河车里丹成也，皂荚枝头早晚飞。料得仙宫列仙籍，如君进士出身稀。[3]

"紫河车"即前引白居易诗中的"紫车"，是外丹烧炼的"仙液"。李白《古风》四："吾营紫河车，千载落风尘。""皂荚"是炭水化合物，可燃，是烧炼的燃料。这些诗句表明他热衷丹药并且是亲自实践过的。

众多诗人留下了访问道院、结交道士的作品，其中亦多表现出对于丹药的兴趣。如刘言史的《题茅山仙台药院》诗说："愿得青芽散，长年驻此身。"[4]许浑《茅山赠梁尊师》诗则说："幸承仙籍后，乞取大还方。"[5]他们显然都曾热心地求取丹药。章孝标也同样，他有《道者与金丹开合已失因为二首再有投掷》诗，记述从道士求药事，中有"凡材难度世，神物自归空。惆怅流年速，看成白首翁"[6]的慨叹。殷尧藩《中元日观诸道士步虚》诗则说："傥赐刀圭药，还留不死名。"[7]当然这样热心求取不一定亲自尝试，但受到诱惑是肯定的。

---

①〔清〕彭定求等编《全唐诗》，5597—5598 页。
②〔晋〕葛洪著，王明校释《抱朴子内篇校释》卷四《金丹》，70 页。
③〔唐〕徐凝《回施先辈见寄新诗二首》之二，《全唐诗》卷四七四，5386 页。
④同上卷四六八，5322 页。
⑤同上卷五二九，6047 页。
⑥同上卷五〇六，5750 页。
⑦〔清〕彭定求等编《全唐诗》卷四九二，5566 页。

晚唐的陆龟蒙也曾有合炼丹药的经历。他的《秋日遣怀十六韵寄道侣》诗说：

> 尽日临风坐，雄词妙略兼。共知时世薄，宁恨岁华淹。且把灵方试，休凭吉梦占。夜然烧汞火，朝炼洗金盐……①

又《四月十五日道室书事寄袭美》：

> 一掬阳泉堪作雨，数铢秋石欲成霜。②

这都是自述炼丹情形的。"秋石"又称"礜石""青鸟"，即砷黄铁矿石③，炼丹时作为药物使用。很可能皮日休和他有着同样的兴趣。其《自遣诗三十首》之二十九又说：

> 贞白求丹变姓名，主恩潜助亦无成。侯家竟换梁天子，王整徒劳作外兵。④

梁朝著名道士陶弘景死后，梁武帝谥"贞白先生"。他曾隐于华阳句曲山学道，以"隐居"代名。他"既得神符秘诀，以为神丹可成，而苦无药物，（梁武）帝给黄金、朱砂、曾青、雄黄等。后合飞丹，色如霜雪，服之体轻。及帝服飞丹有验，益敬重之"。当初梁武帝萧衍篡齐，"及闻议禅代，弘景引图谶数处，皆成梁宋，令弟子进之。武帝既早与之游，及即位后，恩礼愈笃，书问不绝，冠盖相望"⑤。这样，他以高道身份，帮助萧衍夺取帝位。至天监七年（508）他更名王整，官称外兵（外兵参军），潜遁南岳。后来侯景叛乱，萧衍饿死台城，梁朝终于覆灭。陆龟蒙的这首诗是借陶贞白来自比，以抒写自己乱世中无力扭转乾坤的感慨的，从中也透露出他对炼丹的嗜

---

①〔清〕彭定求等编《全唐诗》卷六二三，7166页。

②同上卷六二五，7182页。

③参阅黄兆汉编《道藏丹药异名索引》，235、388—389页。

④〔清〕彭定求等编《全唐诗》卷六二八，7209页。

⑤〔唐〕李延寿《南史》卷七六《陶弘景传》。

好。皮日休《奉和鲁望四月十五日道室书事》诗有句曰："松膏背日凝云磴,丹粉经年染石床。剩欲与君终此志,顽仙唯恐鬓成霜。"①在嗜好丹药方面,陆和好友皮日休二人显然志趣相同。

　　此外应当注意的是,唐人的碑志也留下了许多关于士大夫热心炼丹的材料。如天宝年间的《唐故李府君墓志铭》所写的李某,家世学道,高蹈不仕:

> 好习清虚,长游山水,时学坐亡立死,飞九转之神丹……②

元和年间崔笪所作《唐故朝散郎守珍王府录事参军飞骑尉乘府君墓志铭》,碑主乘著,父考鹤,做过县令:

> 公素薄名利,式罕知音,蹑先高趴,挂冠远引,烧丹饵术,契玩情性……③

长庆年间梁匡尧所作《唐故朝请郎行抚王府功曹参军平原郡俱府君墓志铭》,碑主俱海,也是学道世家:

> 列考玉,隐于衡门,志穷药术,栖神于素简之书;心慕长生,炼质托金丹之妙……④

会昌年间郑或所作《唐故处士张公墓志铭》,碑主张从古,是个处士:

> 公性沉净,号药术,乐山水,于天坛学道,得绝粒休粮、龙虎还转服饵之术……⑤

咸通年间人谢梦锡自制《唐故朝请大夫慈州刺史柱国赐绯鱼袋谢

---

①〔清〕彭定求等编《全唐诗》卷六一三,7077 页。
②周绍良主编《唐代墓志汇编》下册,1626 页。
③同上,2049 页。
④同上,2058 页。
⑤周绍良主编《唐代墓志汇编》下册,2224 页。

观墓志铭》说：

> 吾生慕云鹤，性耽烟霞，秘籍仙经，常在心口，药炉丹灶，不废斯须。①

如此等等，也都表明当时丹药在士大夫间广泛流行的情形。

七　文人好道者不必嗜丹药

一般说来，隐逸、好道、嗜丹药这些行为往往是相互联系的，但实际表现却复杂得多。在唐代，隐逸常被当作士人求进的捷径，成为进身的方便手段。所以隐逸者不一定好道，这有众多的材料可证，不必赘述；而好道者也不一定嗜丹药。如前所说，外丹术固然是道教信仰中的一部分内容，作为"技术"又广传于道教之外。由于金丹的危害已被不少人所认识，一些人对服用金丹可以长生久视、神仙飞升之类的妄说已不再真的相信。更有些士大夫之好道，与其说是信仰，不如说是在追求一种高蹈绝尘的、自由自在的人生方式，是实践一种解脱现世羁束的、不同于流俗的生活理想，寻求一种解脱现实矛盾的心理上的慰藉。正是文人们的这种精神追求，体现为一种人生观念与生命境界，表现在作品里，形成一批富于超逸简淡的情趣的、独具特色的作品。

例如贺知章，本是生性夷旷、雅好文辞的人，和喜仙好道的李白同气相求，曾对李白加以扬誉、引荐。到垂老之年的天宝二年（743）"十二月二十日，太子宾客贺知章请为道士，还乡，舍会稽宅为千秋观"②，玄宗"有诏赐镜湖剡川一曲。既行，帝赐诗，皇太子、

---

① 周绍良主编《唐代墓志汇编》下册，2428 页。
② 〔宋〕王溥《唐会要》卷五〇《尊崇道教·杂记》。

百官饯送"①。当时朝政腐败,国是日非,他又年已垂暮,"入道"显然和时代的局势与个人具体处境有关。他离开长安还乡是在次年,玄宗有《送贺知章归四明》诗,应制奉和的有李适之、李林甫等三十六人②。无论是贺本人留存的作品,还是这批赠诗,都看不出贺有喜好外丹的迹象(只有辛替否诗里说"术妙焚金鼎,丹成屑琼蕊",是一般的赞扬应酬之语)。人们把他比拟为汉宣帝时毅然辞官退隐的疏广、疏受兄弟,称赞他"早年常好道,晚岁更遗荣"(李璡)、"功遂知身退,心微觉道成"(席豫)、"以兹敦雅俗,全化尽归真"(郭虚己)等等。李白也留有《送贺宾客归越》一首:

　　　　镜湖流水漾清波,狂客归舟逸兴多。山阴道士如相见,应写《黄庭》换白鹅。③

这里把他说成是"狂客",比喻为在山阴浪迹娱情于佳山水之中的王羲之。贺知章存诗十余首,甚至没有一语涉及神仙之事。倒是他表现江湖放浪之趣的作品如著名的《回乡偶书二首》,写得浑朴真率,至情动人。他的隐居入道,主要应是全身韬晦之计,也是年高自求颐养之地。

　　顾况也是一位终于"入道"的著名诗人。他别号"华阳真人","素善于李泌,遂师事之,得其服气之法,能终日不食"④;贞元初年,李泌为相,他已五十多岁,始由校书郎迁著作郎。范文澜分析说:"李泌是唐中期特殊环境中产生出来的特殊人物。他经历唐肃宗、唐代宗、唐德宗三朝,君主尽管猜忌昏庸,他都有所补救和贡献,好

---

①〔宋〕欧阳修、宋祁《新唐书》卷一九六《贺知章传》。
②诗见〔宋〕孔延之编《会稽掇英总集》卷二;《全唐诗》只收李林甫、李白二首;余录入陈尚君辑校《全唐诗补编》中册《全唐诗续拾》卷一一一卷一五。下引诗见卷一二,824—837 页。
③〔唐〕李白著,〔清〕王琦注《李太白全集》卷一七。
④傅璇琮主编《唐才子传校笺》第 1 册,643 页。

佞尽管嫉妒加害，他总用智术避免祸患。他处乱世的主要方法，一是不求做官，以皇帝的宾友自居，这样，进退便比较自如；二是公开讲神仙、怪异，以世外之人自居，这样，不同于流俗的淡泊生活便无可非议。"①李泌乃是进入神仙传的人物，也是唐代士大夫好道的一种典型。顾况应是与他同气相求的。从顾况的作品看，他本是十分关心民瘼的人，他说："理乱之所经，王化之所兴，信无逃于声教，岂徒文采之丽耶？"②他的创作也颇能实践这种观念，如代表作《上古之什补亡训传十三章》，即在有意识地发扬《诗经》以来的讽喻传统，是后来白居易等人的"新乐府运动"的先驱。他由于"不能慕顺，为众所排，为江南郡丞。累岁脱縻，无复北意，起屋于茅山，意飘然若将续古三仙"③。他是因为作诗讥嘲权贵而被贬为饶州司户的。他后来在茅山受道箓，韦夏卿有《送顾况归茅山》诗，有注说"著作已受上清毕法"，中又有"圣代为迁客"之慨叹④。上清派的道法本是不重外丹的。从他的作品看，也只是偶尔提到金丹，而且也仅仅是门面语，看不出他自己做过尝试。另外，他和僧人也结交甚多，对佛理，包括禅也有相当的理解。这从其所作诗如《独游青龙寺》《归阳萧寺有丁行者能修无生法忍担水施僧况归命稽首作诗》等可以看得很清楚。如此在观念中统合禅与道，也是由于他对待宗教的立场重在人生践履，实际上缺乏信仰的纯真和坚定。他显然也是被现实所迫而遁入道门的。

张志和是另一个著名的隐沦之士。资料上并不见他入道的记载，但他的著作被收入《道藏》，事迹被收入《续仙传》。传闻他最后化鹤飞升，历来被视为高道。他的好道有家族传统。其"父游朝，清真好道，著《南华象罔说》十卷，又著《冲虚白马非马证》八卷"。

①范文澜《中国通史简编》(修订本)第3编第1册，137—138页。
②〔唐〕顾况《悲歌序》，《全唐诗》卷二六五，2942页。
③〔唐〕皇甫湜《唐故著作佐郎顾况集序》，《全唐文》卷六八六。
④〔清〕彭定求等编《全唐诗》卷二七二，3057页。

而他本人"年十六游太学,以明经擢第,献策肃宗,深蒙赏重,令翰林待诏,授左金吾卫录事参军,仍改名志和,字子同。寻复贬南浦尉。经量移,不愿之任,得还本贯。既而亲丧,无复宦情,遂扁舟垂纶,浮三江,泛五湖,自谓'烟波钓徒'。著十二卷,凡三万言"①。《新唐书·艺文志》著录其著作三种:《太易》十五卷,《玄真子》十二卷,又《玄真子》二卷,或以为后二者重出;今存《玄真子》(或称《玄真子外篇》)一卷,已非全帙,分三篇,曰《碧虚》《鹥鹭》《涛之灵》,原造化、有无、方圆、大小诸理,其旨归于道家虚无之说。他退官后度过江湖隐逸生活,所存诗作如《渔父歌》等,也主要表现那种超然高蹈的情趣。他本立性孤峻,诙谐辩捷,放浪江湖自有其不得已的苦衷。晚唐名相李德裕称赞他"渔父贤而名隐,鸱夷智而功高,未若玄真隐而名彰,显而无事,不穷不达,其严光之比软! 处二子之间诚有裕矣"②,显然也是把他看作隐遁以求全的才智之士的。

　　前面讲到"大历十才子"大抵喜与僧、道交游,有些人明显地对丹药表示热衷。但其中也有的人虽然好道,却并不相信外丹。如戴叔伦,晚年罢容管经略使,表请为道士,未几卒。他生平也多与僧侣结交,有"用世空悲闻道浅,入山偏喜识僧多"③之句。他写过些涉及神仙、道术之类的诗,但提及丹术的只有一处,即《游清溪兰若(兼隐者旧居)》诗里的"丹灶久闲荒宿草,碧潭深处有潜龙"④一句,表现的是隐居者的丹灶已被毁废的景象。他的诗对于僧、道往往同样地加以表现,主要是描写他们超逸放浪的情致。他的最后入道,当是因为年老多病,显然并没有更真挚的信仰上的理由。

　　唐代还有一些文人曾经入道为道士,后来又还俗而出仕了。

---

①〔唐〕颜真卿《浪迹先生玄真子张志和碑铭》,《全唐文》卷三四〇,3447 页。
②〔唐〕李德裕《玄真子渔歌记》,《李卫公会昌一品集·别集》卷七,《国学基本丛书》本。
③〔唐〕戴叔伦《寄孟郊》,《全唐诗》卷二七三,3093 页。
④同上,3091 页。

如"大历十才子"之一的吉中孚,"自仙官入仕"①,还俗后,官至"翰林学士,户部侍郎判度支"。他今只存诗一首,但司空曙、卢纶、李端、李嘉祐、韦应物等一时名流和他有不少往还酬答之作。从中可以看出他"神骨清虚,吟咏高雅,若神仙中人也"②的丰采,颇显示出道家的飘逸之趣;但从这些诗里同样可以看出,他和外丹术没有什么关系。

　　中唐时有韦渠牟,"年十一,尝赋《铜雀台绝句》,右拾遗李白见而大骇,因授以古乐府之学"③,他出家为道士,又为僧,已而复冠,出仕,是唐代士大夫"周流三教"的代表人物。像他这样的人,也曾寄迹方外,但显然并没有坚定的信仰,对炼丹也不会有什么兴趣。附带还可以提到为他写文集序的权德舆,本是对一代政坛和文坛均有相当影响的人物,他对于佛、道也均表热衷并都习养有得,同样体现了当时士大夫"周流三教"的风尚。他写过许多涉及释、道的诗文。他一方面热心习禅,是正在兴盛起来的洪州宗马祖道一的门弟子,作有表扬洪州禅的著名文字《唐故洪州开元寺石门道一禅师塔铭》;同样又写了不少宣扬道教的文章,如为吴筠写过碑文和文集序。在文集序里,他称赞自陶弘景到吴筠五代相传,"皆以阴功救物,为王者师";而赞扬吴筠,则主要写他"以禽鱼自况,薮泽为乐"的风格和"泊然以微妙,卓尔而昭旷"④的诗文。他又有诗说"应物智不劳,虚中理自冥。岂资金丹术,即此驻颓龄"⑤,明确表示他注重道教对于精神颐养的意义而并不相信外丹。他的情况是颇

①〔唐〕卢纶《送吉中孚校书归楚州旧山》题下注,《全唐诗》卷二七六,3124页。
②傅璇琮主编《唐才子传校笺》第 2 册,18 页。又李端《送吉中孚拜官归楚州》:"才子神骨清,虚疏眉眼明。貌应同卫玠,鬓且异潘生。"《全唐诗》卷二八四,3234 页;卢纶《送吉中孚校书归楚州旧山》:"名高闲不得,到处人争识。谁知冰雪颜,已杂风尘色。"同上卷二七六,3124 页。
③《右谏议大夫韦君集序》,《全唐文》卷四九〇,5000 页。
④《中岳宗元先生吴尊师集序》,《全唐文》卷四八九,4999 页。
⑤《与道者同守庚申》,《全唐诗》卷三二〇,3610 页。

有典型性的。

　　无论是在唐代道教史还是在文学史上，曹唐都是有名气、有贡献的人。他初为道士，大中年间举进士，咸通中为诸府从事。他以写作游仙诗而闻名于诗史，今存《小游仙诗》九十九首；又作有《大游仙诗》五十篇，今存十七首。这些作品所述仙境和神仙传说，多取自古代神话和六朝志怪，"盖本颜延之为织女赠牵牛诗，而曼衍及诸女仙，各拟赠答"①。这些诗主要以奇丽的设想描绘神仙世界的缥缈景象和仙人间或仙凡间的交谊或爱情，实际是寄托人世间的感情，而绝不涉及外丹方面的内容。有些诗如《小游仙诗》第九首：

　　　　武帝徒劳厌暮年，不曾清净不精专。上元少女绝还往，满灶丹成白玉烟。②

这反而是致讽于迷信丹药的愚妄的。

　　像上面举出的这些人，终于入道的也好，曾做道士后来还俗的也好，都是有过道教养炼生活经历的。但他们都不相信丹药，或起码不重丹药。六朝时期的上清派道士已不重丹药和符箓，到唐代，这一倾向在信仰道教的知识阶层中更加发扬起来。在当时炼丹术十分兴盛、外丹在贵族士大夫间广泛流传的情况下，出现了这种相抗衡的潮流，已经预示着外丹术终于走向破产的前途。超越外丹而主要倾心于神仙幻想和超逸的人生境界，追求一种高蹈绝尘、不同流俗的生活理想，这在宗教观念上又表现为一种"复古"倾向，即好像又恢复到屈原、庄子所向往的神仙境界中去了。但这应当说是古代神仙追求的"否定之否定"。在唐代道教里发展起来的不重外丹而重内功的倾向，已是"心性"探讨成为整个思想意识领域关

---

①《四库全书总目》卷一五一《集部·别集类·曹祠部集》二卷，中华书局，1965 年。
②〔清〕彭定求等编《全唐诗》卷六四一，7346 页。

注的核心、精神史的发展发生根本演变的具体体现，这在下面谈到内丹时将细致讨论。一些"好道"甚至"入道"的士大夫不相信外丹（这包括一些亲自参与炼丹实践的人）以至否定外丹，正是这种潮流的反映。

实际上，在道教及其炼丹术极度兴盛的局面下，许多文人的观念和行为往往是矛盾的。某个人在一生中不同时期所取态度可能不一样，面临具体处境内心也可能有矛盾。例如白居易就是典型例子：他受到时代风气的影响，也曾热衷于丹药并长时期地、执着地亲自访求、合炼，但他内心里却又时时对之怀疑、否定，在作品中对迷恋丹药的愚妄不断加以批判。白居易这样的人不是少数。在这类人的观念里，金丹的效果往往变成一种幻想，成为可望而不可即的寄托；合炼丹药则只是姑妄为之的"游戏"或虚无缥缈的追求。在他们的作品里，写到服丹成仙、道士炼丹以及有关炼丹的生活场景等等，多只是具有象征意义的表现，这些题材往往只体现某种意念或美学观念，而不再有真实的、信仰的意义。

八　唐代文人对丹药危害的批判

上面说到唐代文人中有些人对丹药的危害已有相当明确的认识。也有些人对丹药之害进行了尖锐的批判。这其中确有特立独行之士的远见卓识，但也有些是反映个人矛盾言行的一时看法。可如果考虑到当时朝廷和一般士大夫对丹药的崇重所带动起来的几乎使举世皆迷的强大潮流，这些批判确实显得难能可贵，在当时文坛上以至整个思想史上都具有相当的意义。

隋末唐初的王绩本以隐逸知名于世。他对《庄》《老》《周易》都有着浓厚的兴趣。他山居中采过药，描写采药情形时曾说到自己

"行披葛仙经,坐检神农帙"①。"葛仙经"是指葛洪所著宣扬外丹神仙之术的《抱朴子内篇》。葛洪书里的长生药物既有金丹,也有芝术之类的草药,王绩所重视的显然是后者。"神农帙"则是《本草》之类的药书。所以他的《赠学仙者》诗说:

> 采药层城远,寻师海路赊。玉壶横日月,金阙断烟霞。仙人何处在,道士未还家。谁知彭泽意,更觅步兵那。春酿煎松叶,秋杯浸菊花。相逢宁可醉,定不学丹砂。②

他服用植物药,注意养生术,而对丹砂坚决地加以屏弃。道教所重方药,大体有三类,除了合炼的金石药之外,还有芝、术之类的植物药即草药和云母、石英之类的矿物药。道教所提倡的外丹,专指经过人工合炼的第一类。合炼被道士们恃为秘传的专门技术。实际上后两类在医疗上有着更重要的价值。唐代的某些道士以至"好道"者或隐逸之士所好方药多为后两类,特别是植物药一类,从而在医药史上做出了贡献。王绩就属于这后一类人。

"四杰"之一的王勃体弱多病,他也热心研究医术,曾以"虢州多药草,求补参军"③。他又曾从曹元学医道,在所作《黄帝八十一难经序》中说:"曹夫子讳元,字真道,自云京兆人也。盖授黄公之术,洞明医道,至能遥望气色,彻视腑脏,洗肠刳胸之术,往往行焉。浮沉人间,莫有知者。勃养于慈父之手,每承过庭之训,曰:人子不知医,古人以为不孝。因窃求良师,阴访其道……勃受命伏习,五年于兹矣,有升堂睹奥之心焉。近复钻仰太虚,导引元气,觉滓秽都绝,精明相保,方欲坐守神仙,弃置流俗……"④从这些文字看,他研习医道,兼及于导引等方术,而并不涉及外丹。他的作品里也极

---

①〔唐〕王绩《采药》,《王无功集》卷中,《丛书集成初编》本。
②同上。
③〔宋〕欧阳修、宋祁《新唐书》卷二〇一《文艺传》。
④《初唐四杰文集》卷四,《四部丛刊》本。

少有写到炼丹内容的（如《秋日仙游观赠道士》诗中的"雾浓金灶静，云暗玉坛空"，则只是一般景物的描写）。

中唐时"古文"的倡导者、对于推动"古文运动"做出重要贡献的梁肃是佛教信徒。他反对神仙不死之说，因而也反对"符箓药术"，他在《神仙传论》中说：

> 彼仙人之徒，方窃窃然化金以为丹，炼气以存身，觊千百年居于六合之内，是类龟鹤大椿，愈长且久，不足尚也。噫，后之人迷为所惑，不思老氏"损之"之义，颜子"不远"之复，乃驰其智用，以符箓药术为务，而妄于灵台之中，有所念虑；其末也谓齿发不变，疾病不作，以之为功，而交战于夭寿之域，号为道流，不亦大哀乎！按《神仙传》凡一百九十人，予所尚者，唯柱史、广成二人而已，余皆生死之徒也。因而论之，以自警云。①

梁肃对佛教天台教学素养深厚，天台禅观也为他批判神仙长生之说提供了依据。按照般若空观，生命"长且久"地永存是"不足尚"的。他揭露世间所传神仙本为"生死之徒"，批评对他们的迷信。他的这种做法，可看作是宗教唯心主义内部斗争促进思想进展的例子。

中唐时期的柳宗元是进步思想家，在自然哲学方面坚持唯物主义立场。他主张"统合儒、释"，思想理论中对佛说多有汲取，而对道教的方术则取清醒的批判态度。他三十三岁贬永州，未老先衰，一直体弱多病，因而也十分重视养生，多年亲自种植药草，研习医术。但他绝不相信丹药。他曾为道士张因写过墓志，这个人是他父亲柳镇的朋友，出家到长安的著名道观东明观做了道士，后死在封州。在这篇文章里，柳宗元批评道教徒"亏恩坏礼，枯槁憔悴，隳圣图寿，离中就异。欻然与神鬼为偶，顽然以木石为类"②。他显

---

① 〔清〕董诰等编《全唐文》卷五一九，5277—5278 页。
② 〔唐〕柳宗元《东明张先生墓志》，《柳河东集》卷一一。

然不相信神仙长生那一套。他还写过《答周君巢饵药久寿书》。周嗜丹药,韩愈曾有诗请求他指点门径,中有"金丹别后知传得,乞取刀圭救病身"①之句。但柳宗元在给他的信里,不但反对为"私其筋骨"而服食,而且提出:"生人之性得以安,圣人之道得以光,获是而中,虽不至耇老,其道寿矣",而"他人莫利,己独以愉,若是者逾千百年,滋所谓夭也"②。这是对于人生价值的具有积极意义的看法。他的姐夫崔简历任饶、连、永州刺史,也是"悍石是饵,元精以渝"③,终因服用丹药而致死。在其生前,柳曾写有《与崔饶州论石钟乳书》,对他加以批评。顺便指出,柳宗元反对神仙方术是相当彻底的,如对服气之术(这是由古代的呼吸吐纳之术发展起来的方术,也是道教所重视的养炼方法),也同样给以否定。他到永州时,认识了同样贬谪在那里的原睦州刺史李清臣,李得气诀,习服气,同是"谪吏"的吴武陵"先作书道天地日月黄帝等,下及列仙方士皆死状,出千余字,颇甚快辩"④,加以劝止;柳又继续作书加以批判,指出服气之术有害而无益。柳宗元对道教方术的清醒的理性态度,是由他自然哲学唯物主义世界观的根本立场决定的,是他坚持批判一切先验的迷信行为的成果。

韩愈主张"儒学复古",以辟佛、道相号召,成为一时间思想文化界反对宗教迷信的领袖。他本人写过《谢自然》诗,对神仙飞升的妄说加以揭露和讥嘲;也写过《李于墓志》那样的尖锐批判丹药之害的作品,表明他在理论观念上是相当清醒的。但如上所说,他晚年却言不顾行,终于没能摆脱丹药的诱惑,身受其害,贻笑后人。这种矛盾的表现是具有相当的典型性的,也正表明了当时丹药影响之浩大和危害之广远。不过从总的趋向看,韩愈提倡"儒学复

①〔唐〕韩愈《寄随州周员外》,《韩昌黎集》卷一〇。
②〔唐〕柳宗元《答周君巢饵药久寿书》,同上卷三二。
③〔唐〕柳宗元《祭姊夫崔使君简文》,《柳河东集》卷四一。
④《与李睦州论服气书》,同上卷三二。

古"，在摧陷廓清对佛、道的迷信方面是起了巨大作用的。中唐时期思想界有一股批判宗教的潮流，其中韩愈及其友人和后学贡献尤大。在这方面，不能不承认韩愈的作用。

如张籍，是韩愈的朋友，二人年辈相仿，但历来被列入"韩门弟子"之中。从他的文字看，对韩愈确是执礼甚恭。这也表明了韩愈的地位和影响。他有《学仙》诗：

> 楼观开朱门，树木连房廊。中有学仙人，少年休谷粱。高冠如芙蓉，霞月披衣裳。六时朝上清，佩玉纷锵锵。自言天老书，祕覆云锦囊。百年度一人，妄泄有灾殃。每占有仙相，然后传此方。先生坐中堂，弟子跪四厢。金刀截身发，结誓焚灵香。弟子得其诀，清斋入空房。守神保元气，动息随天罡。炉烧丹砂尽，昼夜候火光。药成既服食，计日乘鸾凤。虚空无灵应，终岁安所望。勤劳不能成，疑虑积心肠。虚赢生疾疹，寿命多夭伤。身殁惧人见，夜埋山谷旁。求道慕灵异，不如守寻常。先王知其非，戒之在国章。①

这首诗对学神仙、服金丹之害，描写得相当细致，揭露得相当深刻。诗的最后更明确指出这种神仙虚妄之事是和"先王"之教即中土传统相违背的。韩愈的另一个友人卢仝也有诗说道：

> 莫合九转大还丹，莫读三十六部大洞经。闲来共我说真意，齿下领取真长生。②

这也是对道教的外丹术明确表示否定的。

李贺命途坎坷，体弱多病，精神世界颇倾向神秘，作品多表现神仙幻想。前面提到他尝试过炼丹。但他又明确地否定金丹，《苦昼短》诗说：

---

① 〔清〕彭定求等编《全唐诗》卷三八三，4298 页。
② 〔唐〕卢仝《忆金鹅山沈山人二首》，《全唐诗》卷三八八，4381—4382 页。

　　　　飞光飞光,劝尔一杯酒。吾不识青天高,黄地厚。唯见月
　　　寒日暖,来煎人寿。食熊则肥,食蛙则瘦。神君何在,太一安
　　　有! 天东有若木,下置衔烛龙。吾将斩龙足,嚼龙肉,使之朝
　　　不得回,夜不得伏。自然老者不死,少者不哭。何为服黄金,
　　　吞白玉? 谁是任公子,云中骑白驴? 刘彻茂陵多滞骨,嬴政梓
　　　棺费鲍鱼。①

他的《官街鼓》等作品,同样揭露求仙的愚妄。李贺否定金丹是和
他反对神仙术的立场相一致的,本书后面将有专节论及。历来注
解者认为他的这一题材的作品是讽刺宪宗求仙的。这也典型地表
明了当时文人批判炼丹术的政治意义。

　　中唐时一代名相裴度不喜丹药。他曾"为门下侍郎,过吏部选
人官,谓同过给事中曰:'吾徒侥幸至多,此辈优与一资半级,何足
问也? 一皆注定,未曾限量。'公不信术数,不好服食,每语人曰:
'鸡猪鱼蒜,逢着则吃;生老病死,时至则行。'其器抱弘达,皆此
类"②。裴度在宪宗朝力主削藩,领兵平定淮西,功业卓著。在平淮
西之役中,他任命韩愈为行军司马,二人在思想观点上当是有相契
合之处的。他的人生态度对于成就其功业大有关系。

　　王仲舒也是韩愈的友人,他同样也不信丹药。时有"韦山甫以
石流黄济人嗜欲,故其术大行,多有暴风死者。其徒盛言山甫与陶
贞白同坛受箓,以为神仙之俦。长庆二年卒于余干,江西观察使王
仲舒遍告人曰:'山甫老病而死,死而速朽,无小异于人者。'"③"石
流黄"即"石榴黄",又称黄英、雌黄,三硫化二砷,是一种柠檬黄色、
半透明的矿物,有毒,能入药。这里的韦山甫以"济人嗜欲"来施其
骗术,并号称是陶弘景的同学,"其术大行"即广有市场,王仲舒利

────────────────
①叶葱奇疏注《李贺诗集》,219—220 页。
②〔唐〕赵璘《因话录》卷二,80—81 页,古典文学出版社,1957 年。
③〔唐〕李肇《唐国史补》卷中,46 页。

用他终于不免一死这一事实来加以揭露。

　　中唐时期的另一位名相李德裕亲近道教并亲受道箓。他为相的武宗一朝正是朝廷崇道处于高潮的时代。他有《遥伤茅山县孙尊师三首》《尊师是桃源黄先生传法弟子，尝见尊师称先生灵迹，今重赋此诗兼寄题黄先生旧馆》诗，可以知道他和茅山派十六代宗师孙智清的密切关系。孙智清是黄洞元的弟子，武宗朝曾应召入京修"生神斋"，赐号"明玄先生"。他为敬宗探求炼丹术士进谏说：

> 臣又闻前代帝王，虽好方士，未有服其药者。故《汉书》称黄金可成，以为饮食器则益寿；又高宗朝刘道合、玄宗朝孙甑生，皆成黄金，二祖俱不敢服。盖以宗庙社稷之重，不可轻易，此事炳然，具载国史。以臣微见，倘陛下睿虑精求，必致真隐，惟问保和之术，不求药饵之功。纵使必成黄金，只可充于玩好……①

他在《方士论》一文中批评秦皇、汉武"以神仙为奇，以方士为玩，亦庶几黄金可成，青霄可上"。他又写道："尝于便殿（对武宗）言及方士皆诡谲多诞，不可信也。上曰：'吾知之矣。宫中无事，以此遣闷耳。'"②武宗是真正相信长生之术的，这里李德裕故作回护之词。这种说法正和他前疏说高宗等未服过金丹一样。而他强调金丹只可"充于玩好"，也是一种具有典型意义的态度。他又有《玄真子渔歌记》，其中说到自己"与玄真子有旧"，"梦想遗迹"。玄真子即张志和。他称赞作为隐士的张志和是"渔父贤而名隐，鸱夷智而功高，未若玄真隐而名彰，显而无事，不穷不达，其严光之比欤！"③这也表明他对道教的理解。

　　如前所指出，唐代文人中有的对丹药的态度是矛盾的，如已经

---

①〔唐〕李德裕《谏敬宗探访道士疏》，《李卫公会昌一品集·别集》卷五。
②〔唐〕李德裕《方士论》，《李卫公会昌一品集·外集》卷三。
③〔唐〕李德裕《玄真子渔歌记》，《李卫公会昌一品集·别集》卷七。

提到的韩愈和白居易(他们的具体情况并不相同)。这又特别反映
了人的理念和情感之间的矛盾,嗜欲之难以抵抗。但也有些人,颇
能迷途而知返。如晚唐的司空图。他为避乱隐居王官谷,和佛、道
广有交游。他曾服用丹药,可是终于觉悟到它的无益,所以他有
诗说:

> 闲身事少只题诗,五十今来觉陡衰。青秫偶叮非养望,丹
> 方频试更堪疑。①

他亲身实践之后,终于对丹药表示怀疑了。

唐彦谦的《赠窦尊师》诗也说:

> 我爱窦高士,弃官仍在家。为嫌句漏令,兼不要丹砂。②

这是赠道士的诗,称赞对方鄙弃官禄而隐逸。陶弘景晚年为得到
丹砂而求为句漏令,诗里说窦尊师不像陶弘景那样迷恋丹药。

九　丹药的困惑及其影响

　　从以上的描述,可以基本明了唐时道教炼丹术和丹药在社会
上与文人间流行的情况。由于道教的兴盛,加上统治阶级的大力
提倡和推动,当时文人中确有相当一部分人热心于此道,不少人甚
至为之丧失了性命。炼丹术从根本上说是宗教观念指引下的伪科
学(从另一个角度也可称之为"原始化学"),在相当长期的行用中
又有众多事例在证明其危害和悖谬。所以唐时已有不少人对它采
取怀疑和否定的态度。但尽管人们的态度、看法分歧很大,炼丹术

---

①〔唐〕司空图《五十》,《全唐诗》卷六三二,7250页。
②同上卷六七二,7682页。

和丹药在当时确乎成为文人们相当普遍关注的社会现象，以至成了某些人生活的一部分内容。这样也就必然反映在文学创作之中。当然，具体作品表现的角度、态度、观点会很不相同。但唐代文人的作品那样频繁地表现炼丹题材，是历史上其他时代的文学创作所不见的。就具体作品而言，这方面的内容有的是在描写寻访道院、结交道士等涉及道教题材的内容时连类而及，也有直接抒写个人合炼或服用丹药的体验的，如李白的《草创大还赠柳官迪》之类。还有如前面提到的张籍《学仙》诗、李贺《苦昼短》那样的作品，是从批判的立场抨击丹药之害的。如此等等。而且值得深入探讨的是，炼丹术和丹药对于文人和文学创作所起的作用，除了作品中那些直接的表现之外，对作家的精神世界也必然造成影响。这种间接的影响是无形的，但作用却不可低估。

从上面的介绍中又可以认识到，相信外丹的功效虽然是荒诞的迷信，但其观念的深处，却又内含着一种肯定生命、追求生命长存的积极意识和对于人力可以战胜"天命"或"自然"的信念。炼丹和服用丹药，从一定意义上说正是这种意识和信念的实践。不管在理念和行为上表现得多么荒唐、愚妄、没有理性，但希望并相信依靠个人的力量、通过炼丹这种具体"作为"可以长生久视，度世升仙，这总是生命意识的强烈表现，是追求超越、追求永恒、追求人生价值的无限实现的努力。相信炼丹术和丹药，客观上又会助长神仙幻想。而神仙幻想是唐代文学的重要内容，表现出多方面的意义，这在下面将会论述。就唐代的现实状况而言，当时有些人或参与炼丹，只是聊作尝试，或如李德裕所谓仅仅是"充于玩好"，并不是绝对地相信；当然不可否认也有些人确曾认真地炼丹、服药，把丹药当作或度世成仙、或长生强身、或制造金银等等的手段；而更多的人则仅仅视丹药为某种幻想的寄托，实际上抱着怀疑、观望的态度，在作品里则是利用这一题材表现个人的意念。如此等等，不论具体情况如何，炼丹术和丹药在观念上总给人提供了现世之外的另外一个世界的幻想,起码给人一种希冀或暗示,让人们幻想生命可以无限制地延续,幻想能够超越不可改变的自然规律,从而鼓励人做出知其不可为而为之的追求和努力。这样,不论思路如何谬误,做法如何荒唐,也总算是解脱人生的主客观限制、争取肉体上和精神上的绝对自由的努力。正因为有着这样的意义,对于许多唐代作家涉及丹药题材和表现神仙幻想的诗文就应当具体分析,不可简单地看作是迷信、愚妄而一概加以否定。有关这一方面,下面在讨论神仙思想时将具体论及。

在具体作家的创作中,涉及炼丹和丹药的题材,往往又被赋予了另外具有积极意义的内涵。李白在这方面表现得最为杰出,也具有相当的典型性。他入京被斥放还,曾度过一段更狂热的求仙访道生活。独孤及《送李白之曹南序》对他这一时期的面貌这样加以描写:

> 曩子之入秦也,上方览《子虚》之赋,喜相如同时。由是朝诣公车,夕挥宸翰。一旦樸被金马,蓬累而行,出入燕、宋,与白云为伍。然则适来时行也,适去时止也。彼碌碌者徒见三河之游倦,百镒之金尽,乃议子于得失亏成之间。曾不知才全者无亏成,志全者无得失,进与退,于道德乎何有?是日也,出车桐门,将驾于曹,仙药满囊,道书盈箧,异乎庄舄之辞越,仲尼之去鲁矣。送子何所,平台之隅,短歌薄酒,击筑相和。大丈夫各乘风波,未始有极,哀乐且不足累上士之心,况小别乎?请偕赋诗,以见交态。①

这里形容李白是"仙药满囊,道书盈箧",表明炼丹、求仙是他当时生活的主要内容之一。独孤及在这里论其仕途失意的得失成亏,不但拿他和富贵不忘旧国的庄舄作比,还用来和迟迟去鲁的圣人

①〔清〕董诰等编《全唐文》卷三八八,3943页。

孔子作比,称颂李白是体现了另外一种"道德"的"大丈夫"。就是说,李白的炼丹、求仙行为,他的生活追求,被看成不同于孔子等人、超越这些人的另一种理想的人生境界。李白的《题随州紫阳先生壁》一诗更明白表示:

> 神农好长生,风俗久已成。复闻紫阳客,早署丹台名。喘息飡妙气,《步虚》吟真声。道与古仙合,心将元化并。楼疑出蓬海,鹤似飞玉京。松雪窗外晓,池水阶下明。忽耽笙歌乐,颇失轩冕情。终愿惠金液,提携凌太清。①

同样,在《题嵩山逸人元丹丘山居》诗中说:

> 自矜林湍好,不羡市朝乐。偶与真意并,顿觉世情薄。尔能折芳桂,吾亦采兰若。拙妻好乘鸾,娇女爱飞鹤。提携访神仙,从此炼金药。②

这样,他要"炼金药"而求得另外一种理想的生活,这种生活是和"市朝""世情"全然不同的。正是在这样的意义上,从李白的那些表现访道、炼丹、求仙的作品中,可以看到一代天才人物批判现实的斗争精神和他的内心世界的痛苦挣扎,体会到诗人境界的高洁和不同流俗。当然不是唐人所有涉及炼丹题材的作品都会达到这样的境界,也不是这一题材的创作都表现出同样积极的思想倾向。有些作品宣扬炼丹术和丹药的功效,消极观念也是很明显的。但许多人的涉及炼丹和丹药的作品,其意义确实远远超出了题材本身而被赋予了更深刻、积极的含义。这样在唐代,在作家们的艺术创作自觉性大为提高的情况下,对于他们中的不少人来说,炼丹作为题材已成为表达主观思想感情的手段。在具体创作中,炼丹这一道教养炼行为,已在相当程度上带上了浓厚的隐喻意义和审美

---

① 〔唐〕李白著,〔清〕王琦注《李太白全集》卷二五。
② 同上。

意味。这从前面列举的作家和作品已可以看出来。

同时，涉及这一题材的作品在内容上有些也值得玩味，艺术上也具有一定创意，还有那些表现炼丹不成的苦恼，或抒写对于丹药的矛盾和失望的心情。这些作品往往通过丹药影响个人生活和思想感情的现实感受，曲折地反映出某些人生体验和精神苦闷。如王昌龄有《就道士问〈周易参同契〉》一诗，显然是表现自己对炼丹术的追求的，诗曰：

> 仙人骑白鹿，发短耳何长。时余采菖蒲，忽见嵩之阳。稽首求丹经，乃出怀中方。披读了不悟，归来问嵇康。嗟余无道骨，发我入太行。①

王昌龄曾见过焦炼师，并"拜受长年药，翩翩西海期"②，表明他曾对丹药相当迷恋并认真追求过。但显然并没有取得效验，或者没敢服用。这首诗写他向道士求教《参同契》，但终于不能解悟，无可奈何地觉悟到自身缺乏"道骨"，成仙无路，只好浪迹人间，感到深深的失望和苦恼。

又如杜甫著名的《赠李白》：

> 秋来相顾尚飘蓬，未就丹砂愧葛洪。痛饮狂歌空度日，飞扬跋扈为谁雄？③

这是他和李白一起求仙访道、在东鲁离别后所写的诗。传统的解释认为这首诗"赠语含讽，见朋友相规之义"④。但其实际内涵是更为深刻的。他们曾一起求访丹药，未果。这样，既已在社会上失去了地位，连神仙幻想也破灭了。在这短短的四句诗里，杜甫写出了

---

① 〔清〕彭定求等编《全唐诗》卷一四一，1431 页。
② 〔唐〕王昌龄《谒焦炼师》，同上卷一四二，1440 页。
③ 〔唐〕杜甫著，〔清〕仇兆鳌注《杜少陵集详注》卷一。
④ 〔唐〕杜甫著，〔清〕仇兆鳌注《杜少陵集详注》卷一，仇兆鳌评语。

友人未能飞升出世、只得以佯狂寄托愤慨的悲哀。诗人不仅抒发了对友人沦落命运的同情，写出了时代矛盾冲击下的一代才人的典型命运，而且抒发了自身求索无路的痛苦。

前面说过，白居易有相当一段时期曾热心炼丹术，但没有成功，也没能服用。他也有不少作品表达炼丹无成的矛盾心情。他本是理性观念相当强烈的人，炼丹是他一时的精神寄托。他内心矛盾，从而也就十分深刻地表现了现实压迫下的精神失落和苦恼。他往往善作解脱语，失望之后进而抒发乐天安命的闲适之情。但他的闲适乐天总给人以"长歌之悲，甚于恸哭"的感觉。如《烧药不成命酒独醉》诗：

> 白发逢秋王，丹砂见火空。不能留姹女，争免作衰翁。赖有杯中绿，能为面上红。少年心不远，只在半酣中。①

这首诗是诗人于开成二年（837）六十六岁在洛阳任太子少傅分司时所作，可知他一直到这把年纪仍在试炼丹药。早在庐山时烧药不成，他已意识到丹药的愚妄，但却一直没有放弃这方面的试验。这总反映了他内心中的某种追求或希冀。这首诗有感于烧药不成的事实，抒写人生衰老、青春难再的悲哀，结果只好借酒浇愁，流露出深切的长歌之痛。

刘禹锡有和诗《和乐天烧药不成命酒独醉》：

> 九转欲成就，百神应主持。婴啼鼎上去，老貌镜前悲。却顾空丹灶，回心向酒卮。醺然耳热后，暂似少年时。②

这里表达了和友人诗大体相同的意境，写出炼丹失败后到酒醉里寻求寄托的内心苦闷。"暂似少年"正暗示了青春不再、年命难改，旷达之中内含着深刻的悲凉。他和友人是同声相应、同气相

---

① 〔唐〕白居易《白氏长庆集》卷三三，2312 页。
② 〔清〕彭定求等编《全唐诗》卷三五八，4038 页。

求的。

前面曾提到章孝标《道者与金丹开合已失因为二首再有投掷》诗：

> 木钻钻磐石，辛勤四十年。一朝才见物，五色互呈妍。七魄憎阳盛，三彭恶命延。被他迷失却，叹息只潸然。

> 阴阳曾作炭，造化亦分功。减自青囊里，收安玉合中。凡才难度世，神物自归空。惆怅流年速，看成白首翁。①

这是说像用木钻钻磐石一样艰难、持久地炼丹四十年，得到的金丹却开盒已失，事实大概是合炼的药物发生化学变化而挥发了。诗人抒写了失望、怅惘的痛切心情。这两首诗的构思是具有象征意味的：神丹不可得，也就意味着生命不可永续，这是人类所面临的永远不可解决的矛盾，也是每个人命运的不可摆脱的悲哀。

张祜有《硫黄》诗：

> 一粒硫黄入贵门，寝堂深处问玄言。时人尽说韦山甫，昨日余干吊子孙。②

韦山甫事已见于前节，他以硫磺济人嗜欲的行径哄传一时，但自己却终于不免一死，给世人留下了笑柄。这简短冷峻的诗篇致讽权贵对于丹药的迷信，揭示了富贵不能久恃、嗜欲不可能满足的现实规律。这是从旁观的角度来揭露迷恋丹药之后果的。

还有如李咸用的《喻道》：

> 汉武秦皇漫苦辛，那思俗骨本含真。不知流水潜催老，未悟三山也是尘。牢落沙丘终古恨，寂寥函谷万年春。长生客

---

① 〔清〕彭定求等编《全唐诗》卷五〇六，5750 页。
② 同上卷五一一，5848 页。

待仙桃饵,月里婵娟笑煞人。①

胡曾《瑶池》:

> 阿母瑶池宴穆王,九天仙乐送琼浆。漫矜八骏行如电,归
> 到人间国已亡。②

这都是讽刺统治者迷恋仙药而丧生、误国的。这种作品不只在破除对丹药的迷信,更具有鲜明的现实批判意义。

丹药对于唐代文人的作用还有一个方面,就是炼丹的过程和服用丹药之后所造成的精神上的变化,必然影响到他们的心态和创作。从事炼丹,特别是服用合炼成的丹药,心理上必然会有许多矛盾:恐惧、不安、希冀……种种感情相互交织;丹药又具有相当大的毒、副作用,服用后会直接作用于人的精神。虽然现在对古代具体作家服用丹药的后果作病理上的分析已然是不可能了,不过做出推测是可能的。例如《玄怪录》记载有“杜巫尚书年少未达时,曾于长白山遇道士贻丹一丸,即令服讫。不饮食,容色悦怿,轻健无疾。后任商州刺史,自以既登太守,班位已崇而不食,恐惊于众。于是欲去其丹,遇客无不问其法。岁余,有道士至,甚年少,巫询之。道士教以食猪肉,仍吃血”,这样才把金丹吐了出来③。这是说杜巫服用丹药后曾暂时产生了某种效用;但后来他又极力去丹,当是为其毒、副作用所苦。这是服用丹药状况的具体事例。《太清石壁记》说到“服丹人消息法”:

> 凡人服丹,宜平明空腹、净漱口、洗手,面向东服一丸,每朝如此,不可更加。皆须枣裹之,亦如蜜咽之,白饮清酒水送之并得。服丹之时,慎黍米、牛肉、羊肉、血羹、白酒、煮面、鲤

---

① 〔清〕彭定求等编《全唐诗》卷六四六,7415 页。
② 同上卷六四七,7427 页。
③ 〔唐〕牛僧孺编《玄怪录》,120 页。

鱼脍等，并不得犯。凡服丹十五日已来，当觉有异之势，或有遍身微肿，手足顽楚，四肢不遂，肉里疮痛如虫行，此人犹有冷风故也；或有呕逆、口中吐水、多涕唾者，此人犹有腹内脾肺间病故也；或有头痛、目眩、唇干、面热、眼中泪出、鼻内水流，此人犹有热风故也；或有手足烦燥，胸脊疼痛者，为五劳七伤；或有大小便微痢、脓血不止、泄出诸虫，此人有三焦之疾故也。或不觉有异者。但有前应，并勿怪之。此药气流通、得神药力病动之状……①

这类记载在道经里不少。其中多是在为服用丹药后产生的毒、副作用辩解，但却相当具体、形象地描写了中毒的症状。这些症状在丹经中是当作"药气流通"的正常效验来加以解释的，正如丹药中毒而死被说成是"尸解"一样。另外服药更有很多禁忌，如不得吃羊肉、鲤鱼及臭味污秽之物等等。前述道士让杜巫吃猪肉、猪血，就是为了破解丹药的作用。服用丹药后精神更不能激动。如前面第三节讲到高士廉死，太宗以"饵金丹"不能临丧；又《明皇杂录》记载："（僧义福葬礼）张（均）谓房（琯）曰：'某宿岁饵金丹，尔来未尝临丧。'"②这是因为服用丹药后本来精神已失去平衡，受到激动则会发生危险。这样，丹药的毒、副作用会造成精神上的某些严重变态症状，如亢奋、焦躁、敏感等等，这都会作用于作家的心理，影响到他们的创作。鲁迅先生曾精辟地分析过魏晋时期的文人和药及酒的关系。当时文人们所服用的主要是金石散，这种矿物药作用于作家们的精神，进而影响整个文坛的风气和创作实践。文学作品本是精神的创造，作者的任何精神变化都会在创作中表现出来，这是显而易见的道理。可以推测，李颀"性疏简，厌薄世务"，其创

---

① 《道藏》第 18 册，774 页。
② 〔唐〕郑处诲《明皇杂录·补遗》，42 页，田廷柱点校，中华书局，1994 年。

作"发调既清……玄理最长"①,应与他嗜丹药有关系。从这个角度看,唐人创作风格丰富多彩,丹药也应该说是促成这种局面的一个因素。

当然从总的情况看,丹药对人的危害是难以估量的。有人曾指出,像唐宪宗、唐武宗,在当时的情况下都算是有雄才大略的君主,他们都是在事业有成的情况下中毒而死的。假如他们能多活若干年,晚唐历史也许会是另一番面貌。这种设想对于历史研究当然是毫无意义的;不过却可以使我们更深切地认识到丹药为害的后果。在文坛上,许多文人直接或间接地身受丹药之害,以至死于丹药,也使我们看清这一点。炼丹题材的作品更有不少是宣扬迷信或消极意识的。在唐代,本来在宗教发展史上已算是落后于时代的外丹术,在一代文人间却造成如此之大的影响,也又一次使我们看到贪欲和迷惑结合在一起会形成多么大的力量,产生多么严重的后果。但如上所述,炼丹术的兴盛,有关题材被纳入创作中,无论是作品内容还是艺术表现又都演化出有一定价值的成果,充实了当时的创作内容和方法,有些艺术成果甚至是相当卓越的。这也是充满矛盾的思想意识发展史的有趣现象,是值得后来人认真研究的。

十 外丹术破产——向内丹转化

丹药之无益、有害,自炼丹术出现即已在不断被无数事实所验证。到隋唐时期,炼丹术极度兴盛,同时也就更加暴露了它的危害性和欺骗性。"尸解"之类的辩护显然是难以让人信服的。只是由

---

① 傅璇琮主编《唐才子传校笺》第 1 册,356—357 页。

于"长生不死""济人嗜欲"之类的诱惑力太大了,使得一些人甘愿冒险去重蹈覆辙,直到后来炼丹术虽危如悬丝却仍绵延不绝。而从总的形势看,在唐代,新兴的内丹术已在不断发展,到晚唐五代外丹术终于破产而被取代了。

丹药的危险和危害本来是很明显的。道士们不断探求解毒的方法,也正是因为看到了这一方面。如中唐时的《悬解录》已经明确指出:

> 夫学炼金液还丹并服丹砂、硫黄,并诸乳石等药,世人苦求得之,将为便成至药,不得深浅,竟学服饵,皆觅长生不死者也。并不悟金丹并诸石药各有本性,怀大毒在其中,道士服之,从羲、轩已来,万不存一,未有不死者。[①]

这里说服用丹药"未有不死者",对于以炼丹为重要法术的道士们来说,是十分痛苦和无奈的结论,实即承认丹药是无益、有害的。这样,道教寻求度世成仙、长生久视以至合炼黄白、发财致富的一个重要法术也逐渐被剥夺了。而从整个思想史发展的大势看,人的"心性"问题正在成为人们关注的重心。道教中内丹说兴起而取代外丹术,乃是思想史形势演变的结果。

中国自古就有行气、导引、胎息等方术。道教在其形成、发展的过程中也吸收了这些内容。作为道教发展中的关键人物的抱朴子,把道教教理和修炼方式加以总结,使其达到了前所未有的高水平。他本是提倡金丹道教的,但他同样十分注意服气、导引、行气、存思等"内功"[②]。不过在金丹道教盛行的情况下,这类"内功"不被特别看重,内丹思想也不能发达。

中国的思想、学术由主要探讨"天人之际"的"汉学"转变为主

---

① 〔宋〕张君房辑《云笈七签》卷六四,《道藏》第22册,448页。
② 参阅胡孚琛《魏晋神仙道教——抱朴子内篇研究》,281—296页,人民出版社,1989年。

要探讨"性理"问题的"宋学",经历了一个漫长的过渡期。本来,在中国思想文化传统中占据主导地位的儒学,其关心的主要方面在人与社会的关系,其理论思想的内容主要是为统治阶级服务的政治哲学和伦理学说。而"天、人"关系正是人际关系的抽象的、具有神学意义的表现。相对说来,在中国传统学术中,对人的内在本性的研究并不被重视。当然,思孟学派、荀子以至董仲舒等对"人性"问题也都做过有价值的论述。但真正关注并促进了对于人的"心性"的探讨的,是外来的佛教和后来在本土发展起来的道教。因为宗教的首要作用在求具体个人的得救,从而也就必须探讨人的本性是否可以得救和如何得救的问题。在这方面,外来佛教的"心性"说(特别是原始佛教即已形成的"心性本净"说和大乘佛教的"众生悉有佛性"说)对中土人士在这一领域的探讨起了开拓和促进作用;道教在借鉴佛教思想的基础上,在这方面又有所发挥,特别是在实践养炼方面,更增加了不少新的内容和方法。

汤用彤论述中国思想发展的大势,曾指出:"就中国思想之变迁前后比较而言,则宋学精神在谓圣人可至,而且可学;魏晋玄谈盖多谓圣人不可至不能学;隋唐则颇流行可至而不能学(顿悟乃成圣)之说。"他认为在这一发展过程中,与中土传统不同的印度(佛教)传统的"圣人可学亦可至"学说起了重大作用,而刘宋时期的竺道生的佛性新说("人可成圣""顿悟成佛"等)则作了"二说之调和";谢灵运著《辩宗论》更"采生公之说,分别孔释,折中立言以解决此一难题,显示魏晋思想之一转变,而下接隋唐禅门之学"①。汤用彤对思想史脉络的这种分析是抓住了关键、相当深刻的。事实上如谢灵运等人已常常说到"六经典文,本在济俗为治耳。必求性

①汤用彤《谢灵运〈辩宗论〉书后》,《汤用彤学术论文集》,288—294页,中华书局,1983年。

灵真奥,岂得不以佛经为指南邪?"①这就直接表明了当时人利用佛说来解决心性问题的自觉。自六朝到隋唐时期,中国佛教进行了长期的佛性"本有"还是"始有"、"性起"还是"性具"的争论,把对这一领域的讨论不断引向深入。而佛性问题本质上是人性问题。到了唐初,终于出现了新型的、完全中国化的佛教宗派禅宗。这一宗派以"明心见性"为宗旨,被称为"心的佛教"。

　　道教的养炼本以"长生久视""得道成仙"为目的。在其发展中,受到大乘佛教的普遍的佛性说的影响,形成了"人人可以成仙"的新神仙思想。但是在以后的一段时期,这一思想没有得到充分发挥②。其重要原因,即在于道教在"清整"过程中严重地贵族化了;再一个原因是外丹术自身所造成的限制:合炼丹药要有相当复杂的条件,炼丹术又要经过秘传,这就使它成为少数人的"专利"。在这种情况下,佛教心性学说的传入和发展成为进一步推进中国思想史发展包括道教内丹思想发达的重要动力。北周时编成的《无上秘要》卷四二引《洞真太上隐书经》已经说:"夫仙者心学,心诚则成仙。"③学道首先要心诚,这本来是对道徒的基本要求;但说只要"心诚"就能"成仙",就把求仙变成为单纯的内心修养和转变功夫了。这显然是受到佛教心性说影响所形成的新观念。当然,佛、道二教几乎同时开始关注心性问题,则是思想史发展的形势决定的,而二者间的相互影响也是必然的。

　　在文献里,"内丹"之名初见于佛教著名和尚南岳慧思的《立誓

---

①〔南朝·宋〕何尚之《答宋文帝赞扬佛教事》,〔南朝·梁〕僧祐《弘明集》卷一一。

②参阅〔日〕小南一郎《〈神仙伝〉——新しい神仙思想》,《中国の神話と物語り》,234—235 页,岩波书店,1984 年;孙昌武中译本《中国的神话传说与古小说》,230—231 页。

③《道藏》第 25 册,140 页。

愿文》。其中说"藉外丹力修内丹,欲安众生先自安"①。这位被天台宗立为祖师的和尚在佛教禅学发展中做出了重要贡献,他树立新的禅观也借用了道教的概念。到了隋代道士青霞子苏元朗则"似已专主内丹"②。他更系统地借用外丹概念发挥内丹思想,他说:

> 身为鼎炉,心为神室,津为华池⋯⋯自形中之神,入神中之性,此谓归根复命,犹金归性物,而称还丹也。③

这是主张把己身当作鼎炉,而己身中的精、气则被当成药物,再以神为应用,在身体中修炼而形成内丹。苏元朗的时代大体和佛教禅宗兴起的时期相当。禅宗提倡所谓"明心见性"的法门,力图扫荡佛教产生以来长期积累起来的堆积如山的经论,否定繁难的戒律和历劫的修持,转而求之于人对于自性清净的觉悟,从而实现了佛教的一大转变。这实际也是在宗教形式下对于人性的肯定,体现了人的主体意识的加强,从而促成精神史上的重要进展。道教内丹思想的形成和发展也表现为同一种潮流。同样,自中唐时期开始的儒学自"汉学"向"宋学"的转化,也是这一潮流的一部分。

在推动内丹思想的发展中,一批道教思想家起了重要作用。事实上,尽管唐代外丹术兴盛一时,但在当时道教教理发展中,对社会产生更大影响的,主要是提倡存神、服气而不重符箓、斋醮和丹药的一批上清派道士。从王远知、潘师正到司马承祯、李含光等受到朝廷礼重、在社会上具有更大影响的,都属于这一派人。这些人都有相当的学养,活跃在士大夫中间。他们颇能领会和反映社会思想潮流的变化。他们虽然还没有直接使用"内丹"的提法,但其重视个人心性养炼的理论正是与内丹观念相符合的。实际也正

---

①《南岳思大师立誓愿文》,《大正藏》卷四六,791页。
②陈国符《中国外丹黄白术考论略稿》,《道藏源流考》下册附录五,391页。
③参阅卿希泰主编《中国道教史》第2卷,516—520页。

是在他们的推动下,内丹思想才迅速发展并被系统化了。

唐初著名道士王玄览曾遍研释、道,在其弟子所辑语录《玄珠录》里记载他的看法:"一切众生欲求道,当灭知见;知见灭尽,乃得道矣。"这就把得道的关键归之于个人的内心认识了。他还提出"坐忘养",认为它高于"形养";"坐忘养舍形入真"①,从而真正得道。"炼丹"正是典型的"形养"。初唐有天师胡惠超,"(天)后临问仙事,天师止陈道德帝王治化之源,后大喜,又欲留于都下,委以炼丹之事。天师辞请还山修炼……天师乃于洪崖先生古坛之际炼丹,首尾三年。降诏趣召诣阙,至则馆于禁中。天师辞归,固留不许,天师一朝遁去……"②大概这位天师是惧怕丹药无效或有害、受到罪责而"遁去"的,但他对武后只讲"治化之术",正反映了当时道教发展的倾向。司马承祯活动在武后到玄宗朝,一时闻名于朝野,玄宗曾亲从受道箓;其弟子众多,显赫者有李含光、薛季昌等人。他本是"有服饵之术"的,但当睿宗问以阴阳术数之事时,他却回答说:"经云:'损之又损之,以至于无为。'且心目一览,知每损之尚未能已,岂复攻乎异端而增智虑哉?"③在这里他竟直接把术数视为"异端",而大讲道家哲学以为治国之要。他特别提倡"安心""坐忘"之法,以期达到"神与道合"的目的。在《坐忘论》里,他提出修道有七个层次,即信敬、断缘、收心、简事、真观、泰定、得道④。这种修仙方法,也已和禅宗的"安心""守心"的法门十分相似。另一位闻名于玄宗朝的道士吴筠,师事潘师正,传上清经法。其《神仙可学论》批评那种认为神仙乃禀受异气自然而成、非修炼可致的观点,也反对独以嘘吸为妙、屈伸为要、药饵为事、杂术为利的只重"养形"的一派。玄宗曾问他"神仙修炼之事",他回答说:"此野人

①《道藏》第 23 册,622、628 页。
②《历世真仙体道通鉴》卷二七《胡惠超传》,《道藏》第 5 册,259 页。
③〔唐〕刘肃《大唐新语》卷一〇,163 页。
④〔清〕董诰等编《全唐文》卷九二四,9625—9632 页。

之事,当以岁月功行求之,非人主所宜适意。"①他提出要"虚凝淡漠怡其性,吐纳屈伸和其体",守静去燥,忘情全性,形神俱超,这样"虽未得升腾,吾必知挥翼丹霄之上矣"②。这在精神上也是和禅宗的"明心见性"之说相通的。他的《神仙可学论》还提出"远于仙道"的七条,其第六条批评"闻大道可以羽化,服食可以延年,遂汲汲于炉火,孜孜于草木,财屡空于八石,药难效于三关",认为这是不知"金液待诀于灵人,芝英必滋于道气,莫究其本,务之于末,竟无所就"③。这就更是对外丹的直接抨击了。如司马承祯、吴筠等一批道士,后来都被修《旧唐书》的史官们列入《隐逸传》,而和重金丹、方术的张果、叶法善一派道士相区别。更值得注意的是,张果也著有《气诀》一卷、《休粮服气法》一卷④,是"兼修内、外丹"⑤的。又关于神仙张氲的传说也是有象征意义的,据说他"寓洛阳给事李峤家凡十三年,词人逸客争相求见,明皇开元七年屡召,辞不获,乃来见于湛露殿……王守礼尝问曰:'淮南鸡犬皆仙去,有之乎?'氲曰:'学道求仙,如同睡异梦,父子夫妇莫相及也。'守礼曰:'神丹可饵,黄金可成乎?'氲曰:'富贵声色,伐性之斧;点化烹炼,天命之斤;草木金石,腐肠之药,不可学也。'"⑥实际这也是否定了金丹的。

到武宗朝,崇道又形成了一个高潮。而晚唐诸帝王服用丹药更是相习成风,这在前面已提到过。但武宗朝著名道士邓延康,据郑畋《唐故上都龙兴观三洞经箓赐紫法师邓先生墓志铭》记载:"昭肃皇帝(武宗)幸兴唐观,访先生修真之道……上(宣宗)嗣位,尔时于内殿访其玄言,第以《道德》、《黄庭》、《西升》经旨应对,若丹砂、

---

①〔后晋〕刘昫等《旧唐书》卷一九二《隐逸传》。
②〔清〕董诰等编《全唐文》卷九二六,9651 页。
③同上卷九二六,9650 页。
④〔宋〕郑樵《通志》卷六七《艺文略第五·道家》。
⑤陈国符《道藏源流考》下册,391 页。
⑥《历世真仙体道通鉴》卷四一,《道藏》第 5 册,335—336 页。

硫黄之事，置而不论。居常惟食元气，微饮旨酒，熊经鸟伸而已……"①即使是在帝王们对丹药仍然十分迷恋的情况下，有些道士也已不再利用丹药惑人了。

实际是丹药流行越广，其造成的危害也越显著，也就必然导致其最后的衰败。晚唐五代的杜光庭是新一代道教教理的组织者。他的修道论也是强调清心寡欲，舍恶从善，以心性修养为主的。他说，成仙之道数百，非一途所限，有飞升、隐化、尸解、鬼仙等各种情况。他特别强调"修道者，在适而无累，和而常通"，提出"仙者心学，心识则成仙；道者内求，内密则道来"②。这些说法也表明，内丹术和内丹思想的发展一直受到佛教特别是正在兴盛的禅宗的影响，带有浓厚的"三教调和"的色彩。

从思想史发展的总的形势看，对心性理论的重视和探讨，佛、道二教比儒学先行了一大步。唐代儒学的主要成就，一是唐初对于前代的成就做了总结，统一了南、北学风，当时编定《五经正义》和《五经定本》等主要就是这方面的工作；再是到中唐啖助、赵匡、陆质等人的"新《春秋》学"和韩愈、李翱等人倡"儒学复古"，开始注意到"性理"问题，并提倡"通学"之风，这已表现出浓厚的"三教合流"色彩，成为"宋学"的萌芽和准备。到了宋代，终于形成了新儒学，实际是围绕着"性理"问题这一核心，融合了儒、佛、道三家学理，把思想学术转变到新的方向上来。从思想发展的脉络看，在这一转变中，佛教的禅宗和道教的内丹术无疑是做出了重要贡献的。无论是讲"明心见性"，还是讲"内功"，实质都是把心性问题作为探讨的中心课题。从这个角度看，外丹术向内丹的转变是符合思想发展的大方向的。由此也可以了解道教内丹思想在整个思想学术史上的地位和意义。

----

①〔清〕董诰等编《全唐文》卷七六七，7982 页。
②〔唐〕杜光庭《墉城集仙录》卷一，《道藏》第 18 册，166—167 页。

　　而唐代许多文人对外丹的怀疑和批判，也对道教史的这一演变起了推动作用；内丹的一些观念影响到他们的创作，例如在作品里自觉或不自觉地表现精神养炼的题材和主题，强调个人心性的修养和抒发，也都与正在兴起的内丹观念相呼应。这些也为文学创作增加了新的内容。而这一方面又与禅宗的发展相关联，但这已是另外一个值得研究的课题了。

神仙术与唐代文学

一 神仙信仰、神仙术、神仙美学

谈到道教对于文学的影响，神仙信仰、神仙术是十分重要的方面。神仙思想不仅是道教的，也是中国思想传统中具有独特意义的重要内容之一。其特殊的内涵成为它受到广泛欢迎并在思想史、文化史上产生长远而深刻影响的根本原因。而文学中神仙的表现更是源远流长。想象和幻想本是文学创作的权利和特长，历代众多的作家出于不同的原因热衷于神仙信仰，在作品中表现神仙幻想，不但创作出众多反映这一题材的杰作，神仙信仰、神仙术更广泛地影响到文人生活和创作的诸多方面。

道教从形成伊始，就把求仙、成仙当作养炼的目标。道教的特质在其神仙思想中鲜明地反映了出来。而道教发展中形成的仙人、仙境、仙化（成仙）、仙游以及仙、凡交通等内容，更以其幻想的大胆、表现的奇丽引起人们的热烈企羡和向往。神仙信仰因而也成为推动道教传播的重要原动力。有关神仙的题材成为各类艺术常见的表现内容，被赋予了独立的审美意义。神仙从而成为一种美学理想。唐代是道教发展的极盛时期，随着其在社会上的广泛传播和影响的扩大，神仙信仰也更广泛地普及开来。兴盛的唐代道教本自有其发展上的特色，这当然也制约着文人的道教理解和艺术表现。这样，唐代的神仙美学和其他时代相较也有着自己的特点，形成了文学创作上一道独特的风景。

按闻一多的说法，"神仙是随灵魂不死观念逐渐具体化而产生的一种想象的或半想象的人物"，"乃是一种宗教的理想"①。"仙"古作"僊"。据《说文》："僊，长生遷去也。从人；䙴声。"又奥、遷、䙴通，"奥，升高也"②。可见仙人本来的特征有二：一是《老子》所谓"长生久视"，"视，活也"③；再是上升、飞升。就是说，仙人是永生不死（超越了时间）又能自由飞翔（超越了空间）的。早在上古传统中就有关于不死的理想。这有《山海经》里"不死之国""不死之药"④等传说的记述可以证明。关于仙人形象的滥觞，庄子的描述是具有代表性的："藐姑射之山，有神人居焉，肌肤若冰雪，绰约若处子，不食五谷，吸风饮露，乘云气，御飞龙而游乎四海之外。"⑤《庄子》书上写到"神人""真人""圣人"等，实际都具有后世仙人的品格。在屈原的《离骚》和据考为战国末期人所作的《远游》等作品里，也生动地描写了神仙幻想的境界。特别是《远游》，朱熹评论说："于是作为此篇，思欲制炼形魂，排空御气，浮游八极，后天而终，以尽反复无穷之世变。虽曰寓言，然其所设王子之词，苟能充之，实长生久视之要诀也。"文中曰：

---

①闻一多《神仙考》，论文集《神话与诗》，《闻一多全集》第 1 卷，159、161 页，生活·读书·新知三联书店，1985 年。

②〔清〕朱骏声《说文通训定声》"屯部"第十五，821 页，中华书局，1984 年。

③见《吕氏春秋》卷一《孟春纪·重己》"无贤不肖，莫不欲长生久视"高诱注。

④袁珂校译《山海经校译》，259、226 页，上海古籍出版社，1985 年。关于《山海经》成书，一般认为《山经》形成于战国初期和中期，《海经》则或迟至秦到西汉初。

⑤〔清〕王先谦《庄子集解》卷一《逍遥游第一》。

> 悲时俗之迫扼兮,愿轻举而远游。
> 质菲薄而无因兮,焉托乘而上浮?

这是表现诗人成仙的愿望,下面写到游仙的幻想:

> 闻赤松之清尘兮,愿承风乎遗则。
> 贵真人之休德兮,美往世之登仙。
> 与化去而不见兮,声名著而日延。
> 奇傅说之托星辰兮,羡韩众之得一。
> 形穆穆以浸远兮,离人群而遁逸。
> 因气变而遂曾举兮,忽神奔而鬼怪。
> 时仿佛以遥见兮,精皎皎以往来。
> 超氛埃而淑邮兮,终不反其故都……①

从这样的描写也可以知道,当时如赤松、韩众等仙人的传说已经形成并已相当流行。

延长寿命以至达到不死,乃是人类的一种幻想和愿望。但这一观念在中国历史上得到了突出的、独特的发展。在这一发展中,道教起了重大作用。从所谓"终极关怀"的角度看,"道教希望成'仙',是以成'仙人'为目的的宗教"②。道教形成初期的所谓"原始道教"五斗米道、太平道,当然有其社会的、政治的内容和追求,但神仙观念已是构成其宗教意识的核心。后来道教在发展中,一直把"成为"神仙作为目标。而其所设计的养炼、斋仪等,从根本上说不过是达到这一目标的手段。从无神论的立场看,神仙观念、神仙追求等固然是愚妄的幻想和迷信。但这一观念及其引发的行为的价值和意义却是不可低估的。著名的英国科学家、中国科学史研究的泰斗李约瑟教授在其名著《中国科学技术史》中曾精辟地指

---

①〔宋〕朱熹《楚辞集注》卷五《远游》。
②《吉冈義豊著作集》第 4 卷,6 页,五月书房,1989 年。

出:"道教思想从一开始就迷恋于这样一种观念,即认为达到长生不老是可能的。我们不知道在世界上任何其他一个地方有与此近似的观念。这对科学的重要性是无法估量的。"①日本道教学者窪德忠又说:"自公元前四世纪至今,中国人一直无限向往神仙。这恐怕有下列几个原因:神仙能永远年轻不死,即不老不死;神仙能实现凡人可望而不可得的一切愿望;神仙能永远享受现世的快乐等等。正因为神仙能即刻实现人类的一切梦想,所以在人们心目中神仙成了实现人类梦想的偶像。"②应当肯定,神仙思想在思想史、文化史上是有巨大的意义和价值的;而神仙追求作为道教的核心内容,成为它吸引人的主要因素,其影响于历代思想、文化也是相当巨大的。

神仙思想的一个带有根本性质的转变,也是其重大发展,发生于战国后期和秦、汉时代,《史记》上记载:

> 自(齐)威、宣、燕昭使人入海,求蓬莱、方丈、瀛洲。此三神山者,其传在勃海中,去人不远。患且至,则船风引而去。盖尝有至者,诸仙人及不死之药皆在焉。其物、禽兽尽白,而黄金、银为宫阙。

这表明,在《山海经》里作为传说事物的"不死之药",到这时被当成是现实可求的了。因而"及至秦始皇并天下,至海上,则方士言之不可胜数"。结果他大举求仙,派徐市赍童男女入东海求仙人,使韩终、侯公、石生求不死之药等。到汉代,汉武帝宫廷里更集中了大批方士,如李少君、齐人少翁、栾大等,这些人自称能与神仙交通,且掌握成仙的法术。其中如李少君,"以祠灶谷道却老方见上",他对武帝说:

---

①〔英〕李约瑟《中国科学技术史》第二卷,154 页,科学出版社、上海古籍出版社,1990 年。
②〔日〕窪德忠《道教史》,萧坤华译,52 页,上海译文出版社,1987 年。

祠灶则致物，致物而丹砂可化为黄金，黄金成以为饮食器
则益寿，益寿而海中蓬莱仙者乃可见，见之以封禅则不死，黄
帝是也。臣常游海上，见安期生，安期生食巨枣大如瓜。安期
生仙者，通蓬莱中，合则见人，不合则隐。①

这是武帝依赖方士求仙的一例。李少君已把炼丹和封禅当作重要
的神仙术。如上一章所述，炼丹术在后来兴起的道教中得到了特
殊发展；而封禅被当作求仙手段，则表明了这时的神仙术的御用性
质。当时的方士把许多方术都当作神仙术。如《淮南子》上说："今
夫王乔、赤松子，吹呕呼吸，吐故内新，遗形去智，抱素反真，以游玄
眇，上通云天。今欲学其道，不得其养气处神，而放其一吐一吸，时
诎时伸，其不能乘云升假，亦明矣。"②这样，当时人相信，可以运用
各种方术达到成仙的目的，从而成仙变成了可以操作的"技术"。
这在古代神仙思想的发展、传播的历史上是个巨大的进展。仙人
不再是幻想、传说、可望而不可即的超然的存在，而是人生可以实
现的现实目标；而且既然是"技术"，就给更广泛地运用提供了前
提。由肯定神仙的存在到追求成为神仙、相信可以成仙，由神仙幻
想发展出神仙术，也就打破了人间和仙界的界限，在使神仙降落到
人间来的过程中大大前进了一步。不过也应当承认，神仙术既然
被当作是一门技术、方术，其宗教的神秘性也就大打折扣了，这一
点对后来道教的发展也产生了相当的影响。

早期掌握神仙术的是方士，所以这种道术又称为"方仙道"；而
利用方士求仙的则主要是秦皇、汉武等帝王和贵族们。《史记》《汉
书》上所记载的这方面的材料正表明了这种神仙术的贵族性质。
当神仙术被纳入道教为主要法术，其内容和性质又进一步发生变
化。最初对道教神仙术做出总结的是葛洪，他在《抱朴子内篇》里

---

①以上均见《史记》卷二八《封禅书》。
②〔汉〕刘安《淮南子》卷一一《齐俗训》。

所提出的几个有关神仙的观念,无论在道教史上还是在思想史上意义都是相当重大的。首先,虽然他所主张的本质上仍是贵族的神仙术,对成仙又做出了种种限制,但他特别强调宗教信仰在实现成仙目标上的重要性。他说:

> 夫求长生,修至道,诀在于志,不在于富贵也。苟非其人,则高位厚货,乃所以为重累耳。①

他以汉武帝为例,说他以帝王之重,享国岁久,但思劳万机,兼不供尾闾之泄,终于不能成仙。这就一方面突出了宗教信仰的作用(当然也有突出宗教信徒地位的意义),另一方面把成仙的前景向更广大的人群普及了。形成这种具有革新意义的神仙观念,也是受到了当时正在流行起来的大乘佛教普遍的佛性说的影响。其次,他突出强调"地仙"的地位。先秦的神仙还是"异类",仙界则完全是不同于人间的另外一个世界。但秦汉时的方士自身已表现出某种神仙的性格。在宋玉《高唐赋》、《史记·封禅书》的记载里,燕人羡门高已能"形解销化,依于鬼神之事",但他终归还是"方仙道"。但到司马相如《大人赋》、《汉书·郊祀志》等记载里,则已是仙人了②。先秦的神仙居住在西极昆仑或东海仙岛那样的神秘的世外,到汉代则已活动在人间了。"僊"字演变为"仙"是在汉代。刘熙《释名》解释说:"老而不死曰仙。仙,迁也,迁入山也。故其制字,人旁作山也。"③如此认为仙人居住在山岳,和古代山岳信仰有关,从而也形成了道教中的洞天福地之说。这已和仙人飞翔在空中或活动在昆仑、蓬莱的观念不同。生活在人间、形迹与一般凡人无异的神仙被称作"地仙"。葛洪说:

---

① 〔晋〕葛洪著,王明校释《抱朴子内篇校释》卷二《论仙》,17页。
② 参阅〔日〕大渊忍尔《初期の仙说》,《初期の道教——道教史の研究其の一》,440—443页,创文社,1991页。
③ 〔汉〕刘熙《释名》卷三《释长幼》。

> 按《仙经》云：上士举形升虚，谓之天仙；中士游于名山，谓
> 之地仙；下士先死后蜕，谓之尸解仙。
>
> 其经曰：上士得道，升为天官；中士得道，栖集昆仑；下士
> 得道，长生世间。①

本来在先秦的观念里，仙人大体有三类：一种是传说中的"圣人"，
如黄帝、神农、巫咸等；第二种是"体道"的人物，如《庄子》中所说的
至人、神人、圣人②；第三类是住在仙界的、超世的仙人，如西王母、
东王公、麻姑、蓬莱仙人等。而到汉代，一大批活动在人间的仙人
出现了，他们是更受人们欢迎的。当时集成的《列仙传》记载了很
多这类人物，其中不但有介子推、王子乔、箫史这样上代的历史或
传说人物，更有东方朔、刘安之类当代人物③。至于"尸解"观念，上
引《史记》所谓"形解销化"即是，它是对成仙方式的一种解释（实际
也是对仙人死亡的辩解）。尸解成仙者应即是地仙。承认地仙的
存在，人与仙的界限进一步打破了。葛洪是特别强调金丹的作用
的。他说：

> 凡服九丹，欲升天则去，欲且止人间亦任意，皆能出入无
> 间，不可得之害矣……金液太乙所服而仙者也，不减九丹
> 矣……若服半两，则长生不死，万害百毒，不能伤之，可以畜妻
> 子，居官秩，任意所欲，无所禁也。若复欲升天者，乃可斋戒，
> 更服一两，便飞仙矣。④

---

① 〔晋〕葛洪著，王明校释《抱朴子内篇校释》卷二《论仙》、卷四《金丹》，20、
　76 页。
② 参阅杨成孚《〈庄子〉至人·神人·圣人异名同实论》，《南开学报》（哲学社会
　科学版）1996 年第 5 期，54—62 页。
③ 《列仙传》题刘向撰，宋人已疑其为后人伪托，或以为出于东晋、南北朝。王
　叔岷认为"是书即非向撰，亦不致全晚至魏、晋也"，参阅所著《列仙传校笺》
　序言，3—6 页，台湾"中央研究院"中国文哲研究所筹备处，1995 年。
④ 〔晋〕葛洪著，王明校释《抱朴子内篇校释》卷四《金丹》，76、82—83 页。

按这样的说法,地仙是任意来往人间的,而且可以随意决定是升天还是留在世上"畜妻子,居官秩",享受人间的荣华富贵。这就允诺人可以随意选择所向往的生存期限和生活方式。再次,如前所说,葛洪特别强调金丹的效用,他说:

> 余考览养性之书,鸠集久视之方,曾所披涉篇卷,以千计矣,莫不皆以还丹金液为大要者焉。①

他当然也承认导引、服气、服饵、存想、房中诸术在养炼中的作用,但却否定祭祀、咒术的效用。这表明他的神仙术的强烈的技术性质,相应地则具有一定的和宗教性相对立的实践理性色彩。葛洪的神仙思想还有其他丰富的内容,如对伦理道德的重视等,此不具述。总之,按葛洪的思路,神仙已经被大为"人化"了,它表现为一种特殊的、具有特种能力的人,而且是一般人通过一定的方法和途径可以养成的。因此也强化了道教特别注重养炼技术(例如炼丹术)的特征。道教向人们具体指出了养炼成仙的技术和方法,这也是它具有诱惑力的原因之一。

相信存在超越的、不死的神仙和另外一个神仙世界,进而相信人可能成为神仙,更进而设计出以各种各样的方法达到成仙目的的神仙术,这些从根本观念上和实践上显然都是荒诞的、愚妄的,更有无数事实证明是不可能实现的。但道教所宣扬和实行的神仙术确又并非毫无成果,其中确实包含不少属于原始科学的因素:例如通过炼丹实践发展了原始化学,这是现代化学的滥觞;而服饵、导引等方术中则包括许多医药、养生学方面的内容。只不过这些成果被错误的宗教教条所限制,并被利用来实现谬误的宗教目的了。而且把那些有科学价值的成果按宗教目的加以解释和发挥,比如由于看到导引、服饵的某些保健效果就相信可以用来实现永

---

① 〔晋〕葛洪著,王明校释《抱朴子内篇校释》卷四《金丹》,70 页。

生,这在思维逻辑上也是错误的。而且,神仙思想和执着的神仙追求作为一种观念又不是全然没有意义和价值的。爱惜生命,可以说是人类的本能;希望长生,也是人与生俱来的愿望;由追求延续生命到希望"长生久视",也是人的本能意愿的合乎逻辑的发展。神仙思想的深层意识正是对于生命的热爱和对于无限延续生命的强烈愿望。这种对于不死的追求,对于永生的信念,也成为对于平凡人生的巨大激励和鼓舞。所以,道教的神仙思想在宗教信仰的荒诞形式下,正集中、典型地反映了中土思维重人生、重现实的品格。这也是它所以能长久地吸引广大民众的根本原因之一。《易·系辞》上说"天地之大德曰生",《孝经》上说"天地之性人为贵"。神仙思想和神仙追求也是在宗教形式下发挥了中土这一重视人生、重视生命的意识。著名的德国宗教社会学家马克斯·韦伯(Max Weber)论及道教,特别重视"道教的长生术",他说:"中国人对一切事物的'评价'(Wertung)都具有一种普遍的倾向,即重视自然生命本身,故而重视长寿,以及相信死是一种绝对的罪恶。因为对一个真正完美的人来说,死亡应该是可以避免的。"①马克斯·韦伯对于中国学术是所谓"伟大的外行",他对于中国思想和宗教的许多看法却往往是一语中的的。法国著名的中国学学者、道教学者马伯乐(Henri Maspero)在其名著《道教》一书中给道教下定义说"道教是引导信徒得到永生(Vie Eternelle)的救济的宗教",他特别突出道士们对于"不死的探究"的意义②。在神仙思想和神仙追求中表现出的强烈的生命意识和实现这一观念的不屈的努力,乃是中国人精神史上的有积极意义和重大价值的内容;如果说道教集中体现了中国本土宗教传统的特质,这些特质在其神仙信仰

①〔德〕马克斯·韦伯《儒教与道教》,216 页,洪天富译,江苏人民出版社,1995 年。

②〔日〕川勝義雄《道教:不死の探究》第一章《中国六朝時代人の宗教信仰における道教》,9—51 页,東海大学出版会,1966 年。

和神仙术中被集中地体现出来。

　　神仙无论是作为观念还是作为信仰，深入到人们的意识之中，就会被以文艺形式表现出来。而且由于仙人、仙界及其所涉及的一切事物所具有的特异、美好的形象，构成这些形象又使用了大胆的想象和绮丽的幻想，特别是这些形象更具有超越现实的一切限制（包括专制国家和传统意识束缚）的内容，这就不但适宜于文学艺术的表现，更吸引文人们利用它们作为题材来表达一定的思想感情。这样，神仙题材和神仙形象就被纳入文学作品之中，其所表现的意义也远超出宗教范围之外了。道教要利用文艺形式来做宣传，道典中包含有丰富的文学成分，其中不少就是神仙题材的文学作品。这成为真正意义上的宗教文学。文人们也创造了许多道教和神仙题材的作品。不过文学创作的宗教意义依据情况却很不相同。有在不同程度上反映信仰内容、含有宗教观念的，也有纯粹以神仙和神仙世界为象征来表达另外的喻义的。在对于具体作家、具体作品的分析中更会发现，相关文学现象往往相当复杂、矛盾，很难弄清其中所表现的真正内涵。历史上更有许多杰出的作品是把神仙世界当作与污浊现世对立的另一个美好境界来描绘的。这样，神仙题材、神仙形象等等在文学创作中就具有了独立的美学意义和价值。作品中描绘的神仙往往具有丰富的美感内容，成了审美对象，于是产生了本章题目中所谓的"神仙美学"。

　　道教经典中所包含的许多具有文学价值的作品，在一般的文学史著作里很少涉及。如《真诰》《周氏冥通记》等关于灵媒通神和神仙降临的记载，想象奇特，描述细腻而生动，宛如神话小说；而大量的仙歌中更不乏优美的诗篇，如《灵宝谣》（出《灵宝要略》）、《巴谣歌》（出《茅盈内传》）等，都曾被当作古诗收入诗集①；而北周编集的《无上秘要》里有《仙歌》一品，是所谓"仙歌"的结集，等等。这些

————————

① 二诗收入〔清〕沈德潜《古诗源》卷一《古逸》部分。

均未见一般文学史论及。

在文学史上，隋唐以前已经出现大量有关神仙题材的作品，它们在历代文学创作中占有相当大的比例，取得了一定成就，逐渐形成具有独特内容和艺术手法的文学传统。前面已指出，《楚辞》里如《离骚》《远游》等已利用巡游天界的描写来抒写理想和愤懑，这是体现这些作品的浪漫主义精神的有效手段。后来的赋家祖述屈原，以"辞令见称"，作品成就当然难于和屈赋相比，但如宋玉的《高唐赋》《神女赋》、司马相如的《大人赋》、刘向《九叹》中的《远逝》《远游》、王褒《九怀》中的《昭世》《思忠》等，都利用神仙描写来表现各自的内容。而神仙题材以其富于想象和幻想的特点，更为适合诗歌的表现。汉代乐府民歌如《王子乔》《长歌行》《善哉行》《董逃行》等，已多有描写神仙和仙界的。随着道教的发展，魏晋以后，神仙特别是游仙更成为诗人们习用的题材。在五言诗创作中具有开拓之功的"三曹"父子都写过神仙题材的诗，他们的作品拓宽了利用神仙题材来抒写情志的传统。其中曹丕、曹植已有典型的游仙题材的作品。后来到晋代的何劭，特别是郭璞，更使用"游仙"为题目进行创作，取得了特殊成就，以至萧统编辑《文选》把"游仙"列为诗歌的单独一类，从而对这类诗的写作起了推波助澜的作用。嵇康、阮籍以及后来的傅玄、成公绥、张华、陆机，直到王褒、庾信，也都创作有神仙题材的作品。在魏晋南北朝诗坛上，神仙题材的创作取得了不容忽视的成绩。这一时期的散文创作中，神仙题材的作品也占有相当的比重。其中有些如《神仙传》《紫阳真人内传》《汉武帝内传》《真诰》等，都被收入《道藏》，实际是内容独特、具有相当艺术水准的叙事作品；而在如《搜神记》这样的作品里，也包含部分神仙内容的篇章。这样，丰富多彩的神仙题材构成了魏晋以来文学创作的重要内容。

具体考察使用神仙题材的作品与道教的关系，情况很不相同。其中有一部分作品显然是在道教的影响下创作的，有的甚至是反映、宣扬道教信仰的;有的作品有关神仙的内容只是作者的表现手段,有时所描写的神仙和神仙世界只具有某种象征或比喻的意义。但无论具体情况如何,创作中涉及神仙的独特的意念、题材、形象(仙人、仙界景象、仙药等)、典故、语汇以及一般的表现手法等等,已形成一种创作上占有相当地位的传统。例如写作"游仙"作品的作者,在对神仙的信仰方面态度当然不会相同,但他们描写类似的题材,使用相似的表现手法,即表明神仙美学的传统已经形成并在起作用。这也是这一时期文学中的独特创获。唐代文人们在新的条件下继承并发扬这一传统,创造出更大的成就。

二 唐代道教神仙思想的新发展

神仙思想受到唐代文人的特别欢迎,有关题材的创作取得了更大成就,除了文人们积极继承传统等条件之外,还与道教自身的发展,特别是其神仙思想的新发展有很大的关系。总的说来,由于道教在唐代发展到极盛阶段,神仙信仰更广泛地流行于社会上下并表现出新的内容和形态。神仙与丹药一样,本是道教中最能吸引人、迷惑人的部分。对于心灵敏感的文人们,神仙信仰具有诱惑力是很自然的。但另一方面,在神仙信仰产生的同时,即已出现否定神仙存在、怀疑神仙可成的观念。例如写过神仙题材的诗的曹丕已问到"寿命非松乔,谁能得神仙?"[1],曹植则慨叹"虚无求列仙,松子久吾欺"[2]。唐太宗更曾明确表示过:"神仙事本虚妄,空有其名,秦始皇非分爱好,遂为方士所诈……汉武帝为求仙,乃将女嫁

①〔三国·魏〕曹丕《芙蓉池作诗》,逯钦立辑校《先秦汉魏晋南北朝诗·魏诗》卷四,上册,400页。
②〔三国·魏〕曹植《赠白马王彪诗》,同上卷七,上册,454页。

道术人,事既无验,便行诛戮。据此二事,神仙不烦妄求也。"①他还有诗说:"不似秦楼上,吹箫空学仙。"②这用的是秦穆公女弄玉的典故,他显然是对其升仙传说取否定态度的。唐太宗的这种富于理性色彩的认识,正代表了时代的一般倾向。神仙信仰的动摇,必然迫使神仙观念发生转变。这种转变表现为两个方面:一方面是对神仙的认识发生新变:神仙的形貌更接近现世人生,成仙途径更为简易。特别是随着外丹术的衰败,注重心性养炼的神仙术更为发达。另一方面,神仙观念更加世俗化、艺术化,神仙作为单纯审美对象的意义更被突出起来。就是说,在许多人的观念里,神仙已丧失了信仰上的意味,往往只是作为艺术表现对象而被欣赏了。

　　神仙观念的新变突出表现在人们的观念和态度上。在唐代,晋、宋以来那种对于神仙的诚挚的信仰心不见了,随之也不再有像《周氏冥通记》里的周子良那样不惜"弃世"而求仙的极端的、愚妄的行动。唐代的道士们仍在热心宣扬神仙之说,其中不少人甚至还以"神仙"面貌出现,但他们往往和普通人一样活动在社会中、文坛上,他们和世俗人的关系基本已是平等的交往。他们身上已大大剥落了超然世表的神秘光彩。他们也已不再像《真诰》等道典所记录的灵媒那样和仙人交通,也不再利用"降神"之类的神秘方式宣扬来自仙界的"启示"。唐代最为著名的一批道士如王远知、潘师正、司马承祯、吴筠、李含光等都出入宫廷,对帝王侈谈经世治国的道理。不论他们如何自高身价,其在朝廷中的地位实际等同于御用的侍臣。如下面将要讲到的,许多道士和文人结交,成为文坛上的活跃分子,乃是披着道服的文人。司马承祯指出:"生死动静邪真,吾皆以神而解之,在人谓之仙矣。在天曰天仙,在地曰地

---

①《太宗纪上》,〔后晋〕刘昫等《旧唐书》卷二。
②《三层阁上置音声》,〔清〕彭定求等编《全唐诗》卷一,16 页。

仙。"①他又说："人生时禀得虚气,精明通悟,学无滞塞,则谓之神。宅神于内,遗照于外,自然异于俗人,则谓之神仙。故神仙亦人也。"②如此明确地提出"神仙亦人",正显示了神仙观念的重大转变。随之,对于谁能成仙、如何修仙也就必然有全新的认识。

上一章的最后讨论晚唐内丹思想的发展,指出与当时整个时代思想学术的动向相关联,特别是和新兴起的重视"心性"的佛教禅宗有着密切关系。本来"地仙"观念的出现,已把超越的神仙降落到人间,同时也给平凡人修炼成仙开拓出广阔的前景。但在魏晋南北朝时期,神仙是超越的、神秘的存在,和平凡人之间有着绝对的界限。可是承认"神仙亦人",它的神秘性就大为降低了,养炼成仙必然也更加简易了。

唐初的成玄英被太宗所重,是开一代道门风气之先的道教学者。他指出："妙体真空,达于违顺,不与动争,故能合至理之自然,契古始之极道。"③这样,他认为静心守一,体道契真,就会长生成仙。另一位唐初著名的道教思想家王玄览被武则天所信重,其著作中明显地杂有佛家之学。他则说"恬淡是虚心,思道是本真,归志心不移变,守一心不动散"④,以为这样就能修得常道,不变不死。这都是把守静去欲作为修道和成仙的关键了。这样,成仙就决定于人的主观修养功夫。这种观念在唐代主要道教思想家司马承祯、吴筠、施肩吾、杜光庭等人那里得到了更充分的发挥,成为当时道教思想的重要潮流。如司马承祯在所著《天隐子》《坐忘论》《太上升玄经注》等著作里,宣扬安心、坐忘之法。他说："夫道者,神异之物,灵而有性,虚而无象,随迎莫测,影响莫求,不知所以不然而

---

① 〔唐〕司马承祯《天隐子·神解》,《道藏》第 21 册,700 页。
② 〔唐〕司马承祯《天隐子·神仙》,同上,699 页。
③ 蒙文通辑校《道德经义疏》"是谓配天,古之极"疏,四川省立图书馆,1946 年。
④ 〔唐〕王玄览《玄珠录》卷下,《道藏》第 23 册,629 页。

然之。"然而如此"神异"之道,只要"神与道合,谓之得道"①。他由这种"安心""坐忘"以得道的观念,进一步发挥出"神仙可学论"。如前已指出,抱朴子即曾大力宣扬"仙可学致"的观念②,但他同时又特别强调修道成仙的艰难。而司马承祯则说"凡学神仙,先知简易","神仙亦人也,在于修我虚气,勿为世俗所论折;遂我自然,勿为邪见所凝滞,则成功矣"③。他又把学仙过程分为五个渐门:斋戒、安处、存想、坐忘、神解。到了"神解"的阶段,则"心、定、闲、慧,四渐通神","在人谓之仙矣"。这种突出"简易"的神仙论,曲折地表现了对人性的信心,客观上则反映了当时重视现世的思想潮流。吴筠是活动在开元年间的另一位在士大夫间广有影响的道教思想家。他有一部著作的名称就直接叫作"神仙可学论"。他批判那种认为神仙乃禀受异气自然而成、非修炼可致的观点,也反对"独以吸嘘为妙,屈申为要,药饵之事,杂术为利"的重视"形养"的一派,他所提出的具体养炼方法是"虚凝淡漠怡其性,吐纳屈伸和其体",修炼精、气、神,做到忘情全性,形神俱超,这样,"虽未得升腾,吾必知挥翼丹霄之上矣"④。这种神仙观和司马承祯的一样,都可以显见禅宗"明心见性"观念的痕迹。杜光庭是晚唐五代著名的道教思想家。他也是儒士出身,咸通年间举九经不第,遂入天台山学道。后得僖宗召见,为内供奉;黄巢之乱,随僖宗入蜀;后留事前蜀王建、王衍,先后赐号广成先生、传真大师。他著述甚多,是一代教理集大成的组织者和总结者。在修仙方法上,他强调清心寡欲,舍恶从善。他说:"仙者,心学,心识则成仙;道者,内求,内密则道来;真

①〔唐〕司马承祯《坐忘论·得道第七》,《全唐文》卷九二四,9631—9632 页。
②嵇康《养生论》中提出神仙虽有,但"特受异气,禀之自然,非积学所能致也"。葛洪的"仙可学致"思想是总结了道教教理的新发展提出的。参阅《抱朴子内篇》的《论仙》《对俗》等篇。
③《天隐子》《简易》《神仙》,《道藏》第 21 册,699 页。
④〔唐〕吴筠《神仙可学论》,《全唐文》卷九二六,9651 页。

者,修寂,洞静则合真;神者,须感,积感则灵通。常能守一,去仙近矣。"这样,他认为修心就是修道。他又提出神仙之道数百,非一途所限,非一法所拘,有飞升、隐化、尸解等各种各样的神仙。他则特别强调立功不休、为善不倦,死后成为"鬼仙","魂神受福"。他要求修仙的人积功累德,说"修道者,在适而无累,和而常通,永劫无穷,济度一切,此之长生,乃可为重。长生难得,由忠孝仁义;忠孝仁义立者,功及于物,生自可延。无此德者,独守山林,木石为偶,徒丧一生,后方堕苦"①。这更表现出明显的"三教调和"色彩。他的整个思想具有明显的纳儒入道的倾向,并明确表示不赞成高蹈远隐的出世生活。

以上举出唐代几位具有代表性的、有影响的道教思想家的看法,可以了解一种具有新内容和新形式的神仙观念已经形成,相应地神仙术也发生了巨大变化。这种新的神仙观念和神仙术在内容上具有更为强烈的"三教调和"倾向。本来自魏晋以来,道教在发展中即不断地与儒、佛交流和融合,到唐代这一过程基本完成了。所谓"三教调和",实际是以儒家思想为基础与核心,在"调和"过程中儒家的传统的政治、伦理内容更多地被佛、道所吸取。在上述唐代著名道士的观念里,儒家的伦理道德也是修仙的主要成分。在修仙方法上,则更重视对修真养性即主观心性的修养功夫。这种方法特别和中土传统中儒家思、孟学派的"正心诚意""致诚返本"之说相通,内在精神更和当时正在兴起的佛教禅宗的"修心""见性"的理论相一致,也是对道家"心斋""坐忘"观念的发挥。这样带来的直接后果是,神仙思想被在很大程度上世俗化、"人生化"了。从而它也就可以在不同的层次上(从真诚的求仙到对神仙的"欣赏")、出于不同的目的(从真诚地求度世到一时的"消遣")而被广大的知识阶层所接受。随之而来的,则是信仰的真挚程度降低了,

---

①〔唐〕杜光庭《墉城集仙录》卷一,《道藏》第18册,166—167页。

求仙活动中已很难见到六朝时期表现出的那种狂热了。这种新的神仙思想对当时兴盛的金丹道教也产生了相当大的抵制作用。和外丹术相对立的内丹思想的发展,与这种新的神仙思想也有着内在的联系。

神仙观念和神仙术越是接近人生实际,也就越容易被普通人所接受。它成为一种平凡人可以实践的教养方式,人们某种理想的寄托或者是用来安顿身心的手段,甚至成为单纯的玩赏对象。这样,它也就会更普遍、更深入地进入文艺领域,凸显其艺术欣赏的意义。这是在分析唐代文人普遍的神仙追求和他们的作品中大量表现神仙内容时所应注意到的。

从内在精神上考察唐代文人所接受的道教神仙思想的内容,首先应注意到它的强烈的生命意识。唐王朝的前期国家在久经分裂后归于统一,迅速地兴旺发达起来,社会上昂扬着乐观向上的气氛,无论是佛教还是道教都被这种思想潮流所影响。唐中期后,虽然社会走向衰败,但昔日的光辉仍给人希望,引人向往。道教在这样的时代条件下发展,其神仙思想所体现的生命意识也就得到了突出的发挥。著名道士司马承祯曾明确指出:"夫人之所贵者,生也;生之所贵者,道也。"①这就把"生"和道教所求之"道"统一起来。不管信仰如何,神仙观念中表现的这种生命意识,总会给文学创作注入特殊的活力。可以拿白居易的名作《长恨歌》为例,这篇作品的主题和思想价值长期引起人们的争论,特别是作者对李、杨爱情的态度是讽刺还是同情,评论者们更有着截然对立的意见;至于白居易和佛、道二教的关系,更是学术界长期讨论的课题,下面还将讲到②。清人赵翼就曾坚持方士求仙事实上之不可能,因而说"此必无之事,特一时俚俗传闻,易于耸听,香山竟为诗以实之,遂成千

---

① 《坐忘论序》,《全唐文》卷九二四,9625 页。
② 参阅陈寅恪《白乐天之思想行为与佛道关系》,《元白诗笺证稿》,321—331 页。

古耳"①。沈德潜是主张《长恨歌》"讥明皇之迷于色而不悟"的,他先是把方士求仙的情节落实了,然后诘问:"而信其果为仙人也,天下有妖艳之妇而成仙人者耶?"②这些都是出于道学立场的迂腐看法。平心而论,不论李、杨关系的实情如何,诗中表现了对二人爱情的同情是客观事实,而这一内容正是运用神仙传说来突出地加以展现的。而如从美学角度来分析,就更会发现神仙情节构思的杰特不群。陈寅恪说:"若依唐代文人作品之时代,一考此种故事之长成,在白《歌》陈《传》之前,故事大抵尚局限于人世,而不及于灵界,其畅述人天生死形魂离合之关系,似以《长恨歌》及《传》为创始。"白《歌》据以创作的陈《传》本来出于传说,所以"灵界"故事或许不是陈、白所独创;但经过他们的生动描摹、发挥,赋予了更高的艺术价值则是肯定的。陈寅恪接着说:"此故事既不限现实之人世,遂更延长而优美。然则增加太真死后天上一段故事之作者,即是白陈诸人,洵为富于天才之文士矣。虽然,此节物语之增加,亦极自然容易,即从汉武帝李夫人故事附益之耳。"③这里强调了陈、白使故事超出"现实之人世"的才能,又指出其对于前人的借鉴。而从作品实际看,《长恨歌》后面一大段关于杨玉环在仙境的情形的叙写,无论是构思还是写法,都已大大超越了古代流传下来的汉武帝李夫人的传说。它的描摹极其优美,述情极其感人,确乎表现出诗人运用笔墨的天才。而如探讨整个作品的成就,就会发现这"灵界"情节的意义:人世间破灭的爱情,只能在仙界延续;在仙界里,再没有任何力量可以阻隔或破坏这真挚的爱情了。这样,在神仙世界里,人间的真情得到了寄托,爱情从而获得了永恒的生命。这虽然是虚幻的艺术幻想,但包含着对人生的肯定、对爱情的讴

歌。从而,神仙传说不只给《长恨歌》增添了曲折、生动的情节,更丰富、深化了它的主题。如果缺少了这一部分,《长恨歌》也就全然失去了现在所具有的艺术魅力。这是道教的生命意识赋予题材以新的意义的典型例子。

其次,幻想中的神仙世界的自由、美好景象,往往被文人们当作理想生活的象征来表现。在神仙观念中本来存在着一个重大的内在矛盾:一方面意识到有生必有死的悲哀,从而肯定"生"的渺小;另一方面又追求和相信"生"的无限和永恒。但在唐人的文学创作里,矛盾的前一方面常常是被淡化了,而后一方面则被突出地表现出来。这也可以说是当时的文学创作对于神仙观念的提炼和扬弃。这在李白这样的诗人的创作中表现得十分明显:他深刻体会到现实的压抑和束缚,现世的人生境遇激发起他的不可排遣的愤懑和忧患,所以他求仙访道,热烈地向往神仙世界,对神仙术表现出极大的热忱;但对于他来说,缥缈的仙境终究是美好的幻想,求仙则只是解脱人生困境和羁束的精神寄托,他笔下的神仙实际是自身佯狂傲世的人格的写照;他描摹的神仙世界,又是和诗酒流连的浪漫生活、和个人主观情志的高度张扬、和追求人生欲望的无限满足相一致的。因此,他所歌唱的神仙生活也就不是清幽枯寂的,而是更加自由、更加美好,与污浊的现世截然不同的另一种人生境界。这样,虚幻的神仙幻想转化为乐观地肯定人生、肯定个性的现实意识,从而使得他的作品不仅以其内在的热情感动了无数后来人,其强烈的现实意义更具有思想史上的价值。晚唐诗人韦庄曾有一首诗说:"满耳笙歌满眼花,满楼珠翠胜吴娃。因知海上神仙窟,只似人间富贵家……"[①]这首诗的境界并不高,但它却表现出当时人对于神仙境界的一种具有重要意义的想法,从侧面反映了唐人对于神仙的新观念:不是把人间的荣华富贵比喻为神仙世

① 〔唐〕韦庄《陪金陵府相中堂夜宴》,〔清〕彭定求等编《全唐诗》卷六九五,8018 页。

界,而是形容神仙世界有似繁华逸乐的人世。在这种比喻里,人世被当作主体了。当初燕、齐方士们所宣扬的仙境在虚无缥缈的蓬莱海岛,早期道教的神仙多居于远离尘嚣的"洞天福地",仙人们完全超脱"凡情",他们的性格是超越的,生活是清虚宁静的,完全与人世隔绝;而仙界之美好,又是任何人世的繁华所不可企及、不能比拟的。魏晋以后,神仙观念中肯定人生的方面在不断地被发扬、突出。结果到唐代,出现了韦庄这种具有典型意义的比喻:说"海上神仙窟"像似"人间富贵家",言外之意人间的富贵生活是远胜于仙界的。这也正反映了当时人肯定现实人生的乐观态度。唐代文学表现的神仙观念和神仙生活具有这样新的思想内涵,使得这一时期文学中涉及神仙题材的作品增强了肯定人生的现实精神。而从道教神仙信仰的角度看,则显示出神仙观念在很大程度上被"美学化"了。

再进一步,在某些唐代文学创作中,有关神仙境界的事物有时竟单纯地成为人间享乐的比喻。例如唐人作品中常常把登科第说成是入"仙籍",把美女直喻为"仙人",把游冶叫作"游仙",富贵荣华的享乐被等同于神仙生活,等等。这样的"神仙"在观念上已完全被"现实化"了。当时许多人热衷于寻仙、学仙、求仙、游仙、成仙,往往已和信仰无关,神仙世界所代表的往往是巨大的财富、逸乐的生活。仙界不再是神秘的、可望而不可即的另一个世界,实际只是更为幸福和快乐的人生而已。特别值得提出的对于文学创作具有特殊意义的是,在对女性和人间情爱的态度和行为上,道教和儒家、佛教有着很大的不同。法国道教学者 Catherine Despeux 指出:"在中国儒教、佛教、道教三种基本教义之中,道教在观念上对女性最抱善意。"①儒家和佛教虽然所持理由和角度不同,基本是采取禁欲立场的。儒家讲"克己复礼",自然要求人克制欲望;佛教对

---

① 〔法〕Catherine Depeux(戴思博):*Immortelles de la Chine ancienne:Taoi'sme et alchimie féminine*. *Collection Destins de femmes*. Puiseaux:Pardès.〔日〕門田真知子日译本《中国女性道教史女のタオイスム》,13 页,人文书院,1996 年。

"色欲"更是从根本上加以否定,对女性也是轻贱的。相比之下,道教
虽也要求超脱"凡情",修真养性,但在其阴阳一体的宇宙观中,女性
的地位和作用是被肯定的。在早期道教里,"房中术"曾被当作重要
的修炼方术;女仙更一直是神仙体系当中的重要部分。六朝道典里
有许多女仙降临和世人结交的故事①。爱情本是所谓文学的"永恒
的主题"。儒家和佛教的立场客观上造成了对于表现这一主题的
限制,而道教则提供了广阔的表现空间。传说中男、女仙人和仙、
凡之间的交往和爱情,形成了许多生动、奇异的故事,成为文学创
作的绝妙的题材。在唐代,许多艳冶的女道士以及她们在士大夫
间的活动,更成为文坛上一种特殊的风景。所有这些情况,也更使
得神仙思想容易被纳入当时文人的视野,成为文学创作的内容。

　　这样,在唐代,在道教发展极其兴旺的背景下,传统的神仙观念
和神仙术都在发生变化。在这种环境中,道教及其神仙信仰对于作
家思想、生活的影响也表现出与此前不同的新内容和新特点。在创
作领域,神仙思想和神仙术开阔了作家艺术表现的领域,在创作的主
题、题材、构思、形象到情节、语言和表现方法等诸多方面都造成了更
加广泛和深刻的影响,从而给百花齐放的唐代文坛增添了有价值、有
意义的成分,对于一代文学的丰富和发展起着积极作用。

三　唐代统治者的求仙活动

　　如前所说,文学创作中使用神仙题材与作者的信仰如何并没

①关于女仙的意义,参阅〔日〕小南一郎《西王母与七夕文化传承》,《中国的神话
　传说与古小说》,1—128 页。关于性爱在道教教理中的地位,参阅梁归智
　《论中华道教文化的"神仙情结"》,李裕民主编《道教文化研究》第 1 辑,78—
　90 页,书目文献出版社,1995 年。

有绝对的关系。但有关神仙的内容被广泛地表现在文学作品之中，却和道教及其神仙信仰被大肆传播的形势直接相关联。信仰是构成宗教的核心；神仙信仰是道教教理的主要内容。唐代文学中丰富多彩的神仙表现，归根结底还是和当时道教的发展状况有关，受到当时弥漫社会上下的神仙信仰和神仙崇拜潮流的影响。而在中国古代专制制度下，统治者的态度和行为对于推动思想、宗教潮流起着重大作用。

在唐代，国家对宗教的管制更加严密和法制化了。本来，原始道教经过"清整"以后，其宗教神权再次降格而更彻底地依附于皇权了。这固然在一定意义上使道教的权威和势力大为降低：因为这样一来，无论某个时代、某个皇帝如何尊崇、信仰道教，实际都改变不了它隶属于现实统治体制的从属性质和附庸地位；但又正是由于得到国家政权的大力支持和扶助，道教取得了"法定"的崇高地位，也就大有助于它的传播并扩大影响。当时佛教的情况也是同样。这样，在唐代，在国家专制体制更加完善的情况下，王权和宗教神权结成了更为巩固、有效的相互支持、相互辅助的关系。同历来的情形一样，二者间当然也存在着矛盾。佛教与世俗政权的矛盾有时甚至会发展到极端尖锐的程度。典型的例子如历史上"三武一宗"的"毁佛"，朝廷曾利用强权给佛教以毁灭性的打击。这也证明了在中国的现实条件下，宗教信仰的力量在王权面前有时是微不足道的。但这类事实同时却又清楚地显示了这样一个道理：如果统治者尊信、推崇某一宗教，同样也会给它的发展以有力支持，而且可以帮助它把影响扩展到社会各个阶层和社会生活的各个方面。道教与世俗政权的矛盾，从来没有发展到如佛教在历史某些时期那样尖锐的局面。这也和道教是本土宗教，本来扎根于中国传统伦理的性质有关系。而唐代统治者对道教的推崇更是一贯的，从而成为其发展、兴盛的巨大推动力。神仙信仰和神仙术作为道教的主要的、又是历来受到群众欢迎的内容，在唐代得到朝廷的大力宣扬和提倡,这对推动它们的传播,扩大它们的影响是起了关键作用的。

历史上有一些崇道的帝王,如北魏的太武帝、北宋的徽宗,都曾热衷于道教信仰,对道教的发展起过重大作用。但唐王朝的崇道又有其特点。一是唐代统治者把崇道作为基本国策,一直积极地推行这一政策,直到这个朝代的终结。李唐王朝自称是道教教主李氏的宗枝,从而使道教具有了"御用"性质,道教也就得到了一面正大的、不容动摇的旗号,道士和道教在朝廷中、社会上也取得了特殊的、稳定的地位。即使如武后曾利用佛教作为篡夺政权的手段,却同样也要优容并尊崇道教。二是,唐代某一帝王对于佛教和道教的态度有时畸轻畸重,但儒、道、佛三教并重又是一贯的。这种"三教齐立"的政策一方面促进了它们各自的发展,一方面又推动了三者的交流与融合。而值得注意的是,三教兼容政策的实际影响是十分复杂的:并列地推崇三教,正表现了对某一具体宗教缺乏诚挚、坚定的信仰;而抹杀、混淆三者间的差别和矛盾,又给对三者的自由理解及其各自的弘传留出了广阔的空间。白居易可作为体现这种倾向的典型例子,他有诗说:

> 大抵宗庄叟,私心事竺乾。浮荣水划字,真谛火生莲。
> 梵部经十二,玄书字五千。是非都付梦,语默不妨禅。①

又说:

> 本是无有乡,亦名不用处。行禅与坐忘,同归无异路。②

诗句下有注云:"道书云'无何有之乡',禅经云'不用处',二者殊名而同归。"就是说,禅与道二者无论是实际修养,还是终极目的,都是被白居

---

①〔唐〕白居易《新昌新居书事四十韵因寄元郎中张博士》,朱金城笺注《白居易集笺校》卷一九,第 3 册,1270 页。
②〔唐〕白居易《睡起宴坐》,同上卷七,第 1 册,373 页。

易等同视之的。这代表了唐人对于佛、道二教关系的具有典型意义的理解。这种理解的现实作用是十分重要的。正是基于这样的理解，文人们才有可能"出入三教"而毫不感到隔碍。所以在唐代，一个人求仙访道，合炼丹药；同时又信佛参禅，追求解脱；而在仕途上又积极地"求举觅官"，热心于经世济民，这是平常的、毫不显得矛盾的事。这样一来，人们也就可以依据自己个人的理解、从不同的目的出发、按不同的角度来接受神仙观念，从事学仙、求仙之类活动了。

　　唐代帝王提倡神仙崇拜形成了一时风尚，对于整个社会起着表率作用。这是和他们提倡外丹的情形相似的。朝廷的神仙崇拜主要包括两方面的内容：一类是祀祷神仙，以求福佑，这其中往往带有政治上的目的。这从唐朝廷与楼观道士的关系中可以清楚地看出来。唐王朝开国的高祖和太宗的宗教观念本是很淡漠的。高祖晚年曾拟沙汰僧、道；又如上面所指出的，唐太宗曾一再表明自己是认识到神仙虚妄，成仙不可能的[1]。但从唐朝建立伊始，就大力崇重楼观道教。这当然也和楼观道士诏媚新朝的立场有关系。周至县楼观道士歧晖早在隋义宁元年（617）就曾预告唐公（李渊）平定天下，并改名歧平定，又发道士八十余人接应反隋的唐军，唐公也曾遣使至楼观祈愿；唐王朝建立后的武德二年（619），朝廷即营修楼观；三年，更改名为宗圣观，高祖临幸，作《大唐宗圣观记碑》，其中首先明确了"启族承家，鼻于柱史"[2]的关系，从而开创唐王室尊崇老子为祖先的先例。后来太宗、高宗、武后均敕命据说是

----

①应当注意，有关唐室建立中神仙预言的传说，如高祖起兵后太上老君命霍山神降临帮助以及武德元年晋州浮山县羊角山太上老君显现告高祖得天下的传说，均是后出或后来经过文饰形成的。这也体现了后来兴盛的太上老君信仰在当时的实际政治作用。

②《宗圣观记》，陈垣编纂《道家金石略》，47页，文物出版社，1988年。该记又见吴玉搢《金石存》卷一二等金石书。《全唐文》卷一三三陈叔达《大唐宗圣观铭》为节略。

尹喜后代的尹文操为宗圣观主。随之也就捏造和流传出许多关于太上老君加护唐王朝的传说,并兴起对老君的祭祀。这种作为"告虔报本"之礼的神仙崇拜的现实目的是很明显的①。《唐六典》里规定朝廷"国忌日"举行的斋醮仪式,以及命朝官、道士到名山投龙奠璧之类的活动,都属于这种性质。这种神仙崇拜,信仰的意味很淡薄,但是对形成一种社会风气是起作用的。

另一类求仙活动则出自对神仙的不同程度的信仰和迷恋。虽然他们是否真的相信神仙可成,仍然大可怀疑,但表现出比较强烈的信仰心则是事实。这其中按具体目的又可分为两类情况:一种是好"仙术",常常连带也及于丹药;另一种则主要是希冀长生不死或神仙飞升。

唐高宗尊崇道教,礼接道士,建立宫观,东封泰山。他晚年多病,又受制于武后。滋生起较强烈的宗教观念,应和他自身的这种状况和处境有关。

武后曾利用"释氏开革命之阶",把推崇佛教当作篡夺政权的一种手段。但到晚年,却又更重视长生久视之术,屡屡活动于嵩山、缑岭等道教圣地,并作《升中述志碑》《升仙太子碑》《游仙篇》等道教内容的文字。近年于嵩山峻极峰顶发现金简一枚。上有"大周国主武曌,好真道、长生神仙,谨诣中岳嵩高山门,投金简一通……",就是她崇道活动的实证②。武后曾以佛教词语的"金轮皇帝"为尊号,到晚年则使用"久视"等道教色彩浓厚的词语为年号了。这也透露出她这一时期的精神追求。正是这种精神追求,促成了她晚年宗教观念的转变。

唐玄宗是著名的崇道帝王。他早年曾"改集仙为集贤殿,是其

①参阅〔日〕爱宕元《唐代楼观考》,〔日〕吉川忠夫《中国古道教史研究》,275—322页,同朋舍,1993年。

②参阅饶宗颐《从石刻论武后之宗教信仰》,《饶宗颐史学论著选》,504—528页。

初心不信神仙也"①。但对道教的迷信随着他年事渐高、在位日久而加深。特别是他在位的后期,精神衰朽,更加迷恋神仙道术。从他尊礼张果一事可窥知他观念转变的具体情形。据《明皇杂录》记载,张果本隐于恒州条山,常往来汾晋间,时人相传他有长年秘术,自言已数百岁,唐太宗、高宗、武后屡征之不起。开元二十三年(735)玄宗遣使召至东都,"问以方外之事,皆诡对之","累试仙术,不可穷纪"。这些所谓"仙术",包括返老还童之术,还有解毒的仙方等。"玄宗方信其灵异,谓(高)力士曰:'得非真神仙乎?'"遂下诏褒崇,授银青光禄大夫,赐号通玄先生②。由此可见,玄宗相信这类"真仙"的意图是明确的,主要是为了祈求和利用"仙术"。在同书里记载的道士还有叶法善、李遐周、孙甑生等,同样也都以善"道术"而著称。据传叶法善有"死而复生"的能力。玄宗尊礼的道士著名者还有司马承祯、吴筠、李含光等。其中很多是上清派道士。玄宗也希望依靠他们来求仙。如他的《命李含光建茅山坛宇敕》说:

> 炼师李含光,道高紫府,学总《黄庭》,贲然来思,式敷至妙。既而属念茅岭,言访真经,近出咸秦,远游方外。朕载怀仙境,延伫勤修,将使九有之人,同归玄教,三清之众,俯鉴遵行……③

这里直接表明了他对仙境的神往。玄宗即位之初,曾屡次颁发限制佛、道的诏令,反映他当初对待宗教颇具理性精神。这种精神也是和他在位早期励精图治的努力相一致的。到了在位后期,却逐渐地沉溺于神仙幻想之中,并亲自捏造那些神仙降临的神话。然

---

① 〔宋〕司马光编著《资治通鉴》卷二一四,6808 页。
② 〔唐〕郑处海《明皇杂录》,31—32 页。《资治通鉴》卷二一四记载召张果在开元二十二年。
③ 〔清〕董诰等编《全唐文》卷三六,395 页。

而就是在这一时期,他的信仰心的诚挚程度仍是大可怀疑的。可是他以帝王之尊大力推崇神仙术的言行,助长了社会潮流,作用是很深远的。

就唐朝廷宗教活动的实际发展状况而言,虽然初、盛唐时期尊崇佛、道都有相当热烈的表现,但到中、晚唐,信仰的因素显然是更加浓重了。这和当时政治日趋衰败、国势日渐低落、统治者整个精神状况趋于衰颓有关系。就这一时期朝廷崇道的内容说,则明显地由重视道术转而更加真挚地求仙了。帝王们把现世的失望转化为对来世的幻想和祈求。另外,这一时期,世风浮靡、世道衰败更促进精神的颓废,统治者也就更加热衷追求官能上的享乐,并期望把这种生活延续到永久。宪宗"晚节好神仙,诏天下求方士。宗正卿李道古先为鄂岳观察使,以贪暴闻,恐终获罪,思所以自媚于上,乃因皇甫镈荐山人柳泌,云能合长生药。(元和十三年十月)甲戌,诏泌居兴唐观炼药"①。宪宗是真诚地希望成仙不死的,终以服丹药中毒致毙。他本是建立"中兴"大业的"英主",可是在宗教信仰上却表现得相当愚妄。对佛教是如此,对道教的神仙信仰也是同样。

敬宗蹈宪宗的覆辙,即位之初的宝历元年(825)就"遣中使往湖南、江南等道及天台山采药。时有道士刘从政者,说以长生久视之道,请于天下求访异人,冀获灵药,仍以从政为光禄少卿,号昇玄先生"②。敬宗也是相信神仙长生之说的。

在唐诸帝中,武宗崇道是最为真挚、行动也是最为极端的。他的宗教追求以求仙为主要内容。他在藩时即好道术修摄之事。即位后废佛崇道,对佛教打击甚力。这一措施有限制佛教在经济上的扩张等背景,但信仰上的原因和道士们的怂恿也起着重要作用。

---

① 〔宋〕司马光编著《资治通鉴》卷二四〇,7754页。
② 〔后晋〕刘昫等《旧唐书》卷一七上《敬宗纪》。

在日本学僧圆仁的求法记录里，有当时得自亲闻的关于这方面情况的记载：

> 道士赵归真等奏云："……太上老君闻生中国，宗乎大罗之天，逍遥无为，自然为化，飞炼仙丹，服乃长生，广列神府，利益无疆。请于内禁筑起仙台，练身登霞，逍遥九天，康福圣寿，永保长生之乐云云，皇帝宜依。"敕令两军于内里筑仙台，高百五十尺。(会昌四年)十月起首，每日使左右神策军健三千人，搬土筑造……(会昌五年)三月三日，筑台成就。进仙台，人君上台；两军中尉、诸高班、道士等随皇帝上……便有敕，令道士七人于台上飞炼求仙……①

武宗显然是真诚地相信神仙飞升的。

继承武宗的宣宗恢复了佛教，但他"晚岁酷好仙道。广州监军使吴德励……为上说罗浮山人轩辕集医整，上闻之甘心焉，驿召轩辕集赴京师"②。后以谏官论谏，留岁余，放归。则宣宗所重似在方术，且沉溺不算很深。

五代时的吴越国主高骈"既好神仙，性复多诞，每称与玉皇及群仙书札来往，时对宾客，或彩笺以为报答"③。这是唐末分裂政权崇道教、好仙术的典型例子。

从总的情况看，唐诸帝尊崇神仙术是相当普遍、热烈的，然而抱有真诚信仰的、真正相信和追求长生久视、神仙飞升的则只有宪宗、武宗等个别人。一般情况是，在宗教意义上，主要是重视道教的法术，例如求雨、祛病或一般地求福佑、保平安；在现实意义上，祭祀神仙的斋醮活动等作为宗教礼仪，则被当作"致治"的辅助手

---

① 〔日〕圆仁《入唐求法巡礼行记》，顾承甫、何泉达点校，180—182页，上海古籍出版社，1986年。
② 〔唐〕裴庭裕《东观奏记》卷下，128页。
③ 〔宋〕钱易《南部新书》壬卷，113页。

段。与此相对应,这时活动在朝野自称或被认为是"仙人"的,大多
是形同凡人的道士,已没有早期传说中的仙人那种神秘、超越的品
格。这都表现出当时朝廷的神仙观念和神仙追求的现实目的显然
更重于纯宗教的目的了。而朝廷对神仙术大力推崇,作为表率大
肆进行求仙活动,必然会影响到社会各层面。结果,尽管信仰的真
诚程度大可怀疑,神仙追求、神仙术作为一种风尚却在社会上,特
别是官僚士大夫间广泛流行开来。

四　唐代道士的新形象

道教的道士作为宗教职业者,具有世俗的和超世俗的双重品
格:一方面他们是求道者、学道者、修道者;另一方面他们又是得道
者,是道教教义的体现者。早期的方士具有浓厚的神仙品格。唐
代也颇有些道士自高身价,宣扬已得道成仙(如张果、轩辕集等
人)。但如上面已指出的,这一时期一般道士的形象已发生了很大
的变化。他们出入朝廷,结交文人士大夫,其行为已大体与平常人
无别。道士的新形象直接体现了道教面貌的改变,也具体反映了
当时神仙观念的变化。

神仙本是超越的存在,是完全脱离自然力和社会规则的束缚
的。他们的形象也应该是神奇不凡的。"或竦身入云,无翅而飞;
或驾龙乘云,上造天阶;或化为鸟兽,游浮青云;或潜行江海,翱翔
名山;或食元气;或茹芝草;或出入人间则不可识,或隐其身草野之
间"①。总之,神仙原本是属于与人世间全然不同的另外一个世界
的。汉魏六朝时期的著名道士如魏伯阳、张道陵、于吉、左慈、李八

---

① 〔晋〕葛洪撰,胡守为校释《神仙传》卷一〇《彭祖》,16 页,中华书局,2010 年。

百、葛玄等人，就是这样神奇不凡的神仙。他们都具有神秘的、超自然的升空飞行、长生久视等能力：掌握禁咒、祈禳、占卜、预言、气禁之类方术，还有隐形、变化、分形、潜遁、通神等法术，更不畏寒暑、不饮不食、蹈汤入火等。这完全是"超人"的一类。值得注意的还有他们和世俗统治者的关系：他们作为神仙是不受世俗政权管束的。具有象征意义的是如《汉武帝外传》所表现的：汉武帝以帝王之尊，但因为陷于世情的贪秽污浊，也不能成仙；他在西王母、上元夫人等神仙面前显得那样渺小、无能和卑微。他求仙不成的事实，恰和《神仙传》里描写的那些成了仙的平凡人形成鲜明的对比。这反映了早期道教和世俗统治的关系。原始道教本来带有反抗现存体制的性格，曾经成为动员群众反抗现实统治的原动力；后来在很长一段时期，道士们仍极力保持其方外的超然的地位。他们多居于远离尘嚣的"洞天福地"，如早期的茅山道士那样；有些人即使被朝廷征召，也以帝王师的姿态出现，如北魏的寇谦之。但葛洪已提出"上士得道，升为天官；中士得道，栖集昆仑；下士得道，长生世间"①，即已把一部分神仙下降到人间。后来随着"地仙"观念的出现，更多的神仙游行于世间，形貌也逐渐等同于凡人了。即神仙被"世俗化""人性化"了。那些"地仙"实际已被纳入现世统治体制之中，道士们自然更要降格以求。他们随顺世俗，屈从于现实统治权威，则是顺理成章、心安理得的事。另外，到唐代，中央集权的国家对宗教管束更加强化，相应地在法制上也限定了道士的地位。他们基本上已成为替现行政权服务的宗教职业者。尽管他们中的一些人仍自视或被认为是"神仙"，但他们自诩的那种超越的、神秘的性格与其说被作为事实来信仰，不如说是自身的幻想或外界给予的荣宠和名号。此外，相对于早期道教的主持者"祭酒""天师"与"道民"的师、弟子关系，到唐代，道士们的权威一般也大为降低了。

---

① 〔晋〕葛洪著，王明校释《抱朴子内篇校释》卷四《金丹》，76 页。

众多道士在社会上活动,和士大夫结交,实际是平等的交友。比如吴筠,是著名道士,在李白应召入京前,二人曾同隐会稽剡中,是所谓"道友"的关系。后来修史的人把他和王远知等道士们列入《隐逸传》,是有一定道理的。此外,从道士们自身的状况看,他们中有相当一部分人具有较高的文化水平,许多人通儒术,能文章,或具有其他方面的艺能,其中有些人甚至主要是以这些能力、而不是以道术称胜。道士阶层的这些新变化,对于扩大他们在士大夫间的影响,对于文人中形成对于道教和道士的新态度也起了重要作用。

　　和道士们变化了的面貌相应,唐代道士居住的道教宫观的性质和活动也有很大的改变。由于道教的兴盛,各地建设起大量规模不等的宫观,形成了更加完善的宫观建制和制度。两京敕建的许多道观更是宽敞宏丽,聚集了众多道士。早期道民活动的"治"和晋宋以来的道馆,无论是数量还是规模,都不能和这一时期相比。重大的不同还表现在唐代的道观已不再具有六朝时期那样的封闭性质。它们除了作为宗教活动的基地之外,同时更带有文化和社交中心的功能。这样,道观及其中的活动就增加了文化方面的内容。在古代社会的具体条件下,无论城乡,公众集中活动的场所是稀少的。就唐代的情况说,和寺庙一样,众多的道观也是民众进行文化、经济以及一般社会活动的场地。士大夫阶层不但在这里结交道士,问道寻仙,从事宗教活动,更览奇探胜,交朋结友,这里成了游览、交际和进行各种世俗活动的方便场所。这样的宫观制度也影响到道士的生活、活动,他们不得不更努力提高文化方面的素养,更积极地参与各种世俗活动,密切与一般民众和士大夫的关系。

　　可以考察几个具体例子。

　　田游岩,新、旧《唐书》均有传。永徽年间补太学生,后罢归,优游山水二十年。调露中,高宗幸嵩山,遣侍中薛元超慰问其母。高宗召见时问:"先生养道山中,比得佳否?"游岩答说:"臣泉石膏肓,烟霞痼疾,既逢圣代,幸得逍遥。"①高宗将就行宫,授崇文馆学士;文明中,进授朝散大夫、太子洗马。垂拱中,坐与裴炎结交,特放还山。蚕衣耕食,不交世务,唯与韩法昭、宋之问为方外交。陈子昂有赠诗。《全唐文》卷一六〇有薛俨《责田游岩书》。

前已介绍过的司马承祯活动于武后至玄宗朝,也出身于士族。祖晟,隋亲侍都督;父仁最,唐襄、滑二州长史②。可以推测他也曾受到士族家庭的传统教育。他早年无意仕进,二十一岁为道士,于嵩山师事潘师正,传授经法,遍游名山,后居于天台山,自号"白云子"。这个称呼,取自《庄子·天地》篇"天下无道,则修德就闲,千岁厌世,去而上仙,乘彼白云,至于帝乡",可见其心志。武后闻名,召之入都;及将还,遣麟台正字李峤等饯之洛桥。今存李峤《送司马先生》(《全唐诗》卷六一)、宋之问《送司马道士游天台》(同上卷五三)、薛曜《送道士入天台》(同上卷八〇)等诗,就应是这次饯送的作品。景云二年(711),睿宗迎入京,问以阴阳术数,他回答说:"《道经》之旨:'为道日损,损之又损,以至于无为。'且心目所知见者,每损之尚未能已,岂复攻乎异端,而增其智虑哉!"又说:"国犹身也。老子曰:'游心于淡,合气于漠,顺物自然而无私焉,而天下理。'《易》曰:'圣人者与天地合其德。'是知天不言而信,不为而成。无为之旨,理国之道也。"③他在这里利用道家学说讲"理国之道",明确反对阴阳术数的"异端"之说,使睿宗大为称赏,"乃赐宝琴、花帔以送之"④。"中朝词人赠诗者百余首"⑤,"散骑常侍徐彦伯撮其美者三十一首,为制序,名曰《白云记》,见传于代"⑥。玄宗开元九

---

①〔后晋〕刘昫等《旧唐书》卷一九二《田游岩传》。
②〔唐〕卫凭《唐王屋山中岩台正一先生庙碣》,《全唐文》卷三〇六,3108 页。
③〔后晋〕刘昫等《旧唐书》卷一九二《司马承祯传》。
④〔宋〕钱易《南部新书》庚卷,80 页。
⑤〔唐〕李渤《王屋山贞一司马先生传》,《全唐文》卷七二一,7318 页。
⑥〔唐〕刘肃《大唐新语》卷一〇《隐逸》,163 页。

年(721)再次召请入都,并亲受法箓,翌年回天台,玄宗有《王屋山送道士司马承祯还天台》诗。十五年又应召进京,诏命选王屋山形胜之地筑观以居之,至二十三年于其地去世。玄宗赐银青光禄大夫、贞一先生。他著有《天隐子》《坐忘论》《服气精义论》《天地宫府图并序》《修真精义杂论》《上清侍帝晨桐柏真人真图赞》《上清含象剑鉴图》《茅山贞白先生碑阴记》《素琴传》等多种,其中有些富于文学性质;亦能诗,今存《答宋之问》一首(《全唐诗》卷八五二);又善书法,自为一体,号"金剪刀书",曾用这种书体书写《道德经》,校勘文字,成五千三百八十言的钦定本。当时朝野高官大僚、文人词客多与之交往。今存沈佺期、崔湜、张说、张九龄等人的赠诗。李白在开元十三年出三峡,游洞庭,值司马承祯南游衡山和茅山,二人于江陵相见。后来李白回忆:"余昔于江陵见天台司马子微,谓余有仙风道骨,可与神游八极之表,因著《大鹏遇稀有鸟赋》以自广。"①李白当时是游行四方以求进的青年学子,这次会面对他的前程应有一定的影响。传说中又有一段他和卢藏用交往的逸事:

> 卢藏用始隐于终南山中,中宗朝,累居要职。有道士司马承祯者,睿宗遣至京,将还。藏用指终南山谓之曰:"此中大有佳处,何必在远?"承祯徐答曰:"以仆所观,乃仕宦捷径耳。"藏用有惭色。②

这个故事除了反映当时许多士人隐居求道的虚伪之外,司马承祯对这种风气的讥嘲也表现了他的为人态度及见解的机智。他的代表著作阐明"修道阶次,兼其枢翼"的《坐忘论》,题目显然取自《庄子·大宗师》"隳肢体,黜聪明,离形去知,同于大通,此谓'坐忘'"。在序言里,他把修道方法"约著安心坐忘之法"③,其思想显然受到

---

① 〔唐〕李白《大鹏赋》,〔清〕王琦注《李太白全集》卷一。
② 〔唐〕刘肃《大唐新语》卷一〇,162—163页。
③ 〔清〕董诰等编《全唐文》卷九二四,9626页。

庄、禅的影响。日本道教学者神本淑子指出："《坐忘论》的修道论
是以道家思想为根底，吸取了隋唐佛教特别关注的安'心'方法，又
强调了道教的独特性和优越性。这可以说是了解则天到玄宗朝的
唐代道教的绝好资料。"①像司马承祯这样的人，作为著名道士，也
合炼过丹药②，但实际应看作是披着"神仙"外衣的文人。他也成为
当时文人和道教接触、交流的桥梁。不只是他所代表的教义和法
术等，他的才能、个性、风貌也都给当时的道教输入了一股新风。
到中唐时，元稹有《惭问囚》诗，题下有注："蜀门夜行忆与顺之在司
马炼师坛上话出处时。"可知王屋山上的司马承祯道坛到中唐时仍
是文人游历之处，诗曰：

> 司马子微坛上头，与君深结白云俦。尚平村落拟连卖，王
> 屋山泉为别游。各待陆浑求一尉，共资三径便同休。那知今
> 日蜀门路，带月夜行缘问囚。③

这也表现了司马承祯对于文坛的深远影响。

　　如果说司马承祯主要是以道士面貌出现的，那么张果则真的
被当成"神仙"了。按胡三省的看法，张果是诱使玄宗相信神仙之
事的关键人物。他"自言有神仙术，诳人云尧时为侍中，于今数千
岁；多往来恒山中，则天以来，屡征不至。恒州刺史韦济荐之，上遣
中书舍人徐峤赍玺书迎之。（开元二十二年二月）庚寅，至东都，肩
舆入宫，恩礼甚厚……（八月）张果故请归恒山，制以为银青光禄大
夫，号通玄先生，厚赐而遣之"④。这位以神仙面貌出现的道士到东

---

①〔日〕神本淑子《司馬承禎〈坐忘論〉について—唐代道教における修養論》，
　《東洋文化》第六二号，213—242页，1982年。
②〔唐〕张玄德《丹论诀旨心鉴·明辩章第二》："余曾嵩山见司马希夷修大丹，
　喜乃问访之。"《道藏》第19册，341页。
③〔唐〕元稹《元氏长庆集》卷一七。
④〔宋〕司马光编著《资治通鉴》卷二一四，6805、6808页。

都的时候,也是"公卿皆往拜谒,或问以方外之事……"①受到官僚
士大夫们的欢迎。现存李颀的《谒张果先生》诗一首说:

> 先生谷神者,甲子焉能计。自说轩辕师,于今几千岁。寓
> 游城郭里,浪迹希夷际。应物云无心,逢时舟不系。餐霞断火
> 粒,野服兼荷制。白云净肌肤,青松养身世。韬精殊豹隐,炼
> 骨同蝉蜕。忽去不知谁,偶来宁有契。二仪齐寿考,六合随休
> 憩。彭聃犹婴孩,松期且微细。尝闻穆天子,更忆汉皇帝。亲
> 屈万乘尊,将穷四海裔。车徒遍草木,锦帛招谈说。八骏空往
> 还,三山转亏蔽。吾君感至德,玄老欣来诣。受箓金殿开,清
> 斋玉堂闭。笙歌迎拜首,羽帐崇严卫。禁柳垂香炉,宫花拂仙
> 袂。祈年宝祚广,致福苍生惠。何必待龙髯,鼎成方取济。②

李颀是道教信徒,他以夸饰的称颂之词来描摹张果的"神仙"面貌,
记录了他受到朝廷尊崇的盛况。而最后写到张果"祈年""致福"等
为朝廷"服务"的行为,则透露出这位"神仙"的实际地位和世俗
性格。

叶法善,《旧唐书》卷一九一有传,谓"自曾祖三代为道士,皆有
摄养占卜之术";《太平广记》卷二六"叶法善"条谓其"四代修道,皆
以阴功密行及劾召之术救物济人"。《旧唐书》记载:"显庆中,高宗
闻其名,征诣京师,将加爵位,固辞不受。求为道士,因留在内道
场,供待甚厚。时高宗令广征诸方道术之士,合炼黄白。法善上
言:'金丹难就,徒费财物,有亏政理,请核其真伪。'帝然其言。"③据
说当时东、西两京从其受道箓者文武、中外、男女弟子千余人。中
宗复位,武三思柄国权,法善频察妖祥,保护中宗、相王及玄宗,为
三思所忌,窜于南海。迨平韦后,相王立为睿宗,后来玄宗继统,法

---

①〔唐〕刘肃《大唐新语》卷一〇《隐逸》,162 页。

②〔清〕彭定求等编《全唐诗》卷一三二,1340—1341 页。

③〔后晋〕刘昫等《旧唐书》卷一九一《叶法善传》。

善始召还。至开元八年命终。可知他也是热衷世事并亲自参与政治活动的人物。叶法善的事迹在唐时已广为流传。大约在唐末，现出了署名刘谷神所著《叶法善传》①，今存《道藏》本《唐叶真人传》以及《太平广记》的记载即应是所从出。敦煌写卷 S. 6836 号拟题为"叶净能诗"的卷子，描写道士叶净能的事迹，据考即是把有关叶法善的传说加以捏合而创作出来的②。这篇出于民间的作品共十个故事，内容大体上写他降妖、治病、降雨等灵迹和以法术引导玄宗到蜀郡观灯、游月宫等。这表现的是当时民众间心目中道士的观念，从中也清楚地反映了人们所注重的不是道教的金丹、仙术等等，而是一般的灵验救济之术。

上面已经提到的吴筠是另一位活动在玄宗朝的著名道士。在他的身上，更典型地显示出唐代一种新型道士的特色。他本是儒士出身，少通经，善属文，早年"笃志于道，与同术者隐于南阳倚帝山"③，后又隐于剡中。玄宗闻其名，遣使征之，他遂请度为道士，于嵩山从冯齐整受正一之法。玄宗曾问以神仙修炼之事，他答称："此野人之事，当以岁月功行求之，非人主之所宜适意。"他"每与缁黄列坐，朝臣启奏，筠之所陈，但名教世务而已，间之以讽咏，以达其诚"④。他的关于道教教理的思想集中表现在《神仙可学论》《纲论》等著作中。如文题所表明的，他特别强调"神仙可学"。这正是

———————————

①〔宋〕欧阳修、宋祁《新唐书》卷五九《艺文志》。

②参阅〔日〕游佐昇《葉法善と葉净能——唐代道教の一側面》，《日本中国學會報》第三十五集，152—166 页，日本中国学会，1983 年。《旧唐书》卷五一《后妃列传》有叶净能，在中宗死后以参与韦、武一派被杀。《叶净能诗》里的"叶净能"可能是借用了他的名字，待考。

③此据〔唐〕权德舆《唐故中岳宗元先生吴尊师集序》，《权载之文集》卷三三。此文为关于吴筠生平的原始材料。又有《吴尊师传》，收入清长沙叶氏藏嘉庆辑刻本。《四部丛刊》《权载之文集》录入《补遗》。但该文与前文记述多有矛盾，且传出情形不明，似不足为据。

④〔后晋〕刘昫等《旧唐书》卷一九二《隐逸传》。

唐代道教神学的新课题。学仙的方法,他主张通过"心性"修养和肉体(性气)养炼并重。注重"炼形"本是道教仙术的应有之义;他的贡献特别表现在"心性"学说方面。"这之中,他认为'心'的修养乃是以'阳和之气'征服'阴尸之气',从而使'情'返'性'。由于和宋学有关联,这一点特别引人注目"①。吴筠在剡中结交的"文士"之一,就有"自爱名山入剡中"的李白。李白被征召入京和他大体同时,他的举荐应起一定作用②。后来李白遭疏忌,被放还山,作《下途归石门旧居》诗,就是为告别吴筠而作。其中说:

> 吴山高,越水清,握手无言伤别情。将欲辞君挂帆去,离魂不散烟郊树。此心郁怅谁能论,有愧叨承国士恩。云物共倾三月酒,岁时同饯五侯门。羡君素书尝满案,含丹照白霞色烂。余尝学道穷冥筌,梦中往往游仙山。何当脱屣谢时去,壶中别有日月天。俛仰人间易凋朽,炉峰五云在轩牖。惜别愁窥玉女窗,归来笑把洪崖手……挹君去,长相思,云游雨散从此辞。欲知怅别心易苦,向暮春风杨柳丝。③

诗中抒写惜别之意,充分表现了二人间的真挚友情。李白在这里表达的与吴筠的关系,是求道同志的关系。吴筠后居于朝廷专门建筑的道院,天宝末年,求还茅山,许之。既而中原大乱。权德舆评论说:江淮多盗,乃栖隐匡庐,东游会稽,逍遥泉石,继续与文士交游。其时他更以诗名,"属词之中,尤工比兴。观其《自古王化

---

① 〔日〕神本淑子《吴筠の生涯と思想》,《東方宗教》第四五号,33—51页,1979年。

② 此见《旧唐书》卷一九〇下《文苑传下》本传。《新唐书》以为荐李白者为贺知章,盖本之乐史《李翰林别集序》(〔元〕萧士赟补注《李太白全集》附录)。詹锳以为:"考太白有别内赴征三首,则其西入京师,乃应召而至,非浪游也。疑当时吴筠荐之于先,贺知章复言之于后……"《李白诗文系年》,36页,作家出版社,1958年。

③ 〔唐〕李白著,〔清〕王琦注《李太白全集》卷二二。

诗》与《大雅吟》、《步虚词》、《游仙》、《杂感》之作，或遐想理古以哀世道，或磅礴万象用置寰枢，稽性命之纪，达人事之变，大率以啬神挫锐为本。至于奇采逸响，琅琅然若戛云璆而凌倒景，昆阆松乔，森然在目，近古游方外而言六义者，先生实主盟焉"①。大历七年（772），颜真卿为湖州刺史。他本热衷道教，多招集文士，为诗酒之会。吴筠是参与者之一。今存有《中元日鲍端公宅遇吴天师联句》诗，合作者有严维、鲍防、谢良辅、杜弈、李清、刘蕃、谢良弼、郑概、陈元初、樊珣、丘丹、吕渭、范淹和吴筠本人计十四人；又《登岘山观李左相石尊联句》诗，合作者为颜真卿、刘全白、裴循、张荐、强蒙、范缙、王纯、魏理、王修甫、颜岘、左辅元、刘茂、颜浑、杨德元、韦介、皎然、崔弘、史仲宣、陆羽、权器、陆士修、裴幼清、柳淡、释尘外、颜颙、颜须、颜顼、李崿和吴筠二十九人②，均为一时名士。吴筠有文集名《白云集》，二十卷，已佚；《全唐诗》里存诗一卷，《全唐文》里存文二卷，《全唐诗外编》录有佚作。和他唱和的重要诗人还有韦应物等。

开元年间有道士张氲著名于时。张说有《洪崖先生传》记其事，《新唐书》谓为"唐初人"③。《玄品录》卷五记载其事迹。《历世仙真体道通鉴》卷四一有传曰："张氲……一名蕴，字藏真……生于唐高宗永徽四年四月十六日……工琴书，善长啸，好黄老方士之说……常乘青驴，从五童，入灵夏，访昆仑，游终南、泰华，往来青城、王屋、太行之间，与叶、罗二天师为侣，每究金丹华池之事、易形炼化之术，人莫能究其妙……已而寓洛阳给事李峤家，凡十三年，词人逸客争相求见。明皇开元七年，屡召，辞不获，乃来见于湛露殿……尝注《老子》、《周易》、《三礼》、《穀梁》，又著《高士传》十卷，

《神仙记》二十卷、《河东记》三十卷、《大周昌言》十言，皆未行世……"①可知他通儒、道、仙，有广泛的学识，并和文人们有密切关系。张氲后来被南宋形成的净明道奉为祖师。

中唐时有道士施肩吾②，睦州人，元和十五年（820）进士。他在《与徐凝书》中说："仆虽幸忝成名，自知命薄，遂栖心玄门，养性林壑。"③后来他隐于洪州西山，有《西山集》十卷、《闲居诗》百余首。今《全唐诗》里存诗一卷，风格以"奇丽"称。值得注意的是《全唐诗》编者并没有把他的作品编在道士一类人中。这是一位道士诗人，和一代文人结交颇广。张籍有《送施肩吾东归》《赠施肩吾》诗，前诗说：

> 知君本是烟霞客，被荐因来城阙间。世业偏临七里濑，仙游多在四明山。早闻诗句传人遍，新得科名到处闲。惆怅灞亭相送去，云中琪树不同攀。④

从中可知施肩吾的诗才文名。他终于不求科名而"仙游"，应是出于对仕途的失望。这也是在当时具有典型意义的"入道"文人的命运。徐凝的《回施先辈见寄新诗二首》中则说"料得仙宫列仙籍，如君进士出身稀"⑤。他还有给李建以及其他不知名的许多人的唱酬诗。在入道以后，他在文坛上仍是相当活跃的。

---

① 《道藏》第 5 册，335—336 页。
② 此施肩吾，自号栖真子，与北宋同名施肩吾号华阳子者非同一人。后者活动在 10 世纪下半叶至 11 世纪初，传钟离权、吕洞宾的金丹道，作有《钟吕传道集》《西山群仙会真记》《华阳真人秘诀》等。宋代以后著述里往往把两人相混。参阅卿希泰主编《中国道教》第一卷，301—303 页，知识出版社，1994 年。或以为北宋施肩吾本无其人，为当时道上依托捏造，见傅璇琮主编《唐才子传校笺》第 5 册，312—314 页。
③ 〔清〕董诰等编《全唐文》卷七三九，7632 页。
④ 〔清〕彭定求等编《全唐诗》卷三八五，4339 页。
⑤ 同上卷四七四，5386 页。

　　前面一再提到的晚唐道士杜光庭是道教史上的重要人物,是一代教理的总结者,又是具有相当水平的文人,著有《广成集》《太上老君说常清静经注》《道门科范大全集》等二十余种。特别是所著《道德真经广圣义》乃是到唐代道教内部对于《道德经》研究的集大成之作。他年轻时勤奋好学,博极群书,后来他回忆说:"余初学于上庠,书籍皆备,一月之内,分日而习。一日诵经书,二日览子史,三日学为文,四日记故事,五日燕闲养志。一月率五日终始,不五七年经籍备熟。"①可见他学养的广博。懿宗朝应九经举,不第,乃弃儒学道,是司马承祯下五传弟子②。后郑畋荐于朝,僖宗召见,简充麟德殿文章应制,"为道门领袖,当时推服,皆曰:学海千寻,辞林万叶,扶宗立教,海内一人而已"③。中和元年(881)随僖宗避黄巢之乱入蜀,遂留成都,后事前蜀。他才名为世所称,广泛结交士大夫。今存有乾宁间宰相孙偓所赠诗:

　　　　蜀国信难遇,楚乡心更愁。我行同范蠡,师举效浮丘。它日相逢处,多应在十洲。④

又有张令问存诗一首。他与著名诗僧贯休也有密切的关系。他所辑撰的《道教灵验记》《神仙感遇传》《墉城集仙录》等,集录、宣扬神仙传说,是重要的仙传和神仙应验类作品,具有相当的文采和艺术性。这些作品作为宗教文献当然是宣扬道教的,但也可看作是特殊一类的传奇小说,在文学史上具有一定的价值。这也表现出他的文人特色。

　　唐代道士中还有孙思邈那样的医学家、李筌那样的深通军事学的人,也有如柳泌那样欺世惑人、钻营求官的宵小之徒,各种各

①〔宋〕吕太古集《道门通教必用集》卷二,《道藏》第 32 册,8 页。
②司马承祯—薛季昌—田应虚—冯惟良—应夷节—杜光庭。
③《历世真仙体道通鉴》卷四〇,《道藏》第 5 册,330 页。
④〔唐〕孙偓《寄杜先生诗》,〔清〕彭定求等编《全唐诗》卷六八八,7905 页。

样。另外还应当指出,当时除了活动在社会上层的这些"高级"道士之外,当然还有众多的普通道士活跃在民间。他们的活动在当时的文献如《广异记》之类著作里多有记述。这些人主要以治病、辟邪、驱魔、禁咒、祈雨、预言等法术以及举行斋会、打醮等仪式为生。他们很少把握高深的教理,也不宣扬或施行艰难的养炼技术,实际已形似巫觋了。更有些道士歌酒流连,风流倜傥,度过逍遥自在的生活,如张籍所描写的罗道士:

> 城里无人得实年,衣襟常带臭黄烟。楼中赊酒唯留药,洞里争棋不赌钱。闻客语声知贵贱,持花歌咏似狂颠。寻常行处频逢见,世上多疑是谪仙。①

总之,在唐代,不论是哪一类道士,其行为、学养、活动都更接近现实人生了。特别是有相当一部分本人就出身于士大夫阶层,和文人们又保持着密切的关系,自然体现出丰富多彩的文化性格。在两京和一些大都会里,道士已是社会文化生活里相当积极、活跃的成员,并在其中发挥着相当的影响。

唐代道士性格和形象的变化,具体体现了当时道教发展形态的变化,也反映了这一时期神仙观念的演变。而在道教和道士的面貌发生重大转变的形势下,文人们对待它们的态度及其在作品中的表现发生变化,也是必然的。

五　神仙观念的世俗化

在整个道教趋向世俗化的同时,神仙观念也在脱卸其神圣、超

---

① 〔清〕彭定求等编《全唐诗》卷三八五,4343—4344 页。

然的性质而逐渐地世俗化了。这突出表现在唐代文人的意识中：神仙在很大程度上已转化为一种幻想，或是一种美好的理想，一种人生的境界。

抱朴子发展了"地仙"观念，这是活动在人间、形貌完全等同于凡人的神仙。这就把超越的"仙"下降为"人"了，不过是非凡的"人"。在唐代，这种观念更为流行。如李频的《游四明山刘樊二真人祠，题山下孙氏居》诗：

> 久在仙坛下，全家是地仙。池塘来乳洞，禾黍接芝田。起看青山足，还倾白酒眠。不知尘世事，双鬓逐流年。①

这里描写的孙氏显然并不是道士，而是学道或隐逸之士，作者说他全家是"地仙"，把他的山居隐逸生活表现为神仙生活。白居易《酬别微之》诗说：

> 且喜筋骸俱健在，勿嫌须鬓各皤然。君归北阙朝天帝，我住东京作地仙……②

白居易晚年在洛阳度过亦官亦隐的生活，他夸耀自己就是一个"地仙"。又如韩偓《赠孙仁本尊师》诗：

> 齿如冰雪发如鬒，几百年来醉似泥。不共世人争得失，卧床前有上天梯。③

这里写的是道士，也被写成"地仙"的形象，实际描写的却是玩世不恭的醉翁。

唐代更为流行的还有"谪仙"观念。仙人由于在仙界有罪责，受到处罚而被贬降到人间，是为"谪仙"。这也是泯没"人"与"仙"的界限的观念。这种观念六朝以来已经流行，在仙传里即有许多

---

① 〔清〕彭定求等编《全唐诗》卷五八九，6836 页。
② 〔唐〕白居易著，朱金城笺注《白居易集笺校》卷二八，第 3 册，1934 页。
③ 〔清〕彭定求等编《全唐诗》卷六八〇，7795 页。

"谪仙"故事。这种"谪仙"也是形貌完全等同于"人"的神仙。唐代传奇小说中的"谪仙"传说,下面还将专门论述。众所周知李白曾被贺知章称为"谪仙人",他自己也觉得这是值得骄傲的美称。他的这一绰号流传士林,杜甫在《饮中八仙歌》里特别提出来加以表扬。再如白居易有友人吴丹,是他的"同年"进士,后来担任过饶州刺史。白居易《故饶州刺史吴府君神道碑铭》里说他"既冠,喜道书,奉真箓,每专气入静,不粒食者累岁"①。白居易早年既已和他结交②,后来好道也应受到他的影响。其《酬吴七见寄》诗即把他称作"谪仙":

> 君住安邑里,左右车徒喧。竹药闭深院,琴罇开小轩。谁知市南地,转作壶中天。君本上清人,名在石堂间。不知有何过,谪作人间仙。常恐岁月满,飘然归紫烟。莫忘蜉蝣内,进士有同年。③

这是把好道的士大夫当成"谪仙"了。

人们称赞某些道士,也常用"谪仙"一语。如晚唐的李咸用《送李尊师归临川》诗:

> 蟠桃一别几千春,谪下人间作至人……④

又李群玉有《谪仙吟赠赵道士》,陈陶有《谪仙词》,同样是把现世的"人"称赞为"谪仙"。

神仙在观念中被下降到人间,是和当时道教发展的整个形势相关联的。特别是由于"三教调和"观念的流行,宗教修持在一定程度上与一般的道德修养、与某种特定的生活方式相等同了。道

---

①〔唐〕白居易著,朱金城笺注《白居易集笺校》卷六九,第 6 册,3700 页。

②参阅朱金城《白居易研究》,83—84 页,陕西人民出版社,1987 年。

③〔唐〕白居易著,朱金城笺注《白居易集笺校》卷六,第 1 册,350 页。

④〔清〕彭定求等编《全唐诗》卷六四六,7410 页。

教的养炼和儒家的修身、佛家的禅定相沟通,出世的神仙理想也就必然被"世俗化"了。权德舆活动在贞元、元和朝,是一代文宗,他的《卧病喜惠上人李炼师茅处士见访因以赠》诗说:

> 沉疴结繁虑,卧见书窗曙。方外三贤人,惠然来相亲。整巾起曳策,喜非车马客。支郎有佳文,新句凌碧云。霓裳何飘飘,浩志凌紫氛。复有沉冥士,远系三茅君。各言麋鹿性,不与簪组群。清言出《象》《系》,旷迹逃玄缥。心源暂澄寂,世故方纠纷。终当逐师辈,岩桂香盦芬。①

在这里,道教的炼师、佛教的僧人、在家修身的处士同样被当作"方外""贤人",其品格是被等同看待的。他的《与道者同守庚申》诗又说:

> 释宗称定慧,儒师著诚明。派分示三教,理诣无二名。吉祥能止止,委顺则生生。视履苟无咎,天佑期永贞。应物智不劳,虚中理自冥。岂资金丹术,即此驻颓龄。②

这里表现的也是典型的"三教合一"观念。古代的所谓"三教合一",实际是以儒家观念为主体,其关键在修身养性功夫的一致。这样,佛、道的超越的宗教追求也就降落到现实的人生境界中来。人们熟知在留存至今的宋代以后的古迹中,有不少儒、佛、道的圣、佛(菩萨)、仙同被供奉的现象,如大足石刻里的"三教同堂"造像就是著名例子。实际早在唐代大历六年(771)资州刺史叱干某已刻有《三教道场文》③。在这种"三教合一"的潮流中,道教的神仙观念已在很大程度上被纳入世俗伦理的轨道。而相应地,神仙超世、飞升、长生久视之类的设想则被"淡忘"了。

---

① 〔清〕彭定求等编《全唐诗》卷三二〇,3605 页。
② 〔清〕彭定求等编《全唐诗》卷三二〇,3610 页。
③ 〔清〕王昶《金石萃编》卷五六。

中唐时有四川果州女子谢自然"升仙"一事,曾被传说得沸沸扬扬。当时韩愈曾作《谢自然》诗加以讽刺。后来这位"女仙"又"降临"人间,实际是飞升的骗局破产了。然而著名道士杜光庭在《历代崇道记》里却说:"贞元十年混元潜使金母累降于果州金泉山,授炼炁之术,付女真谢自然,修习功成,以其年十月十六日白日上升。后三月乃归,谓刺史李坚曰:'天上有玉堂最高,老君居焉。壁上皆题神仙之名,时注脚下云在人间,或为帝王,或为宰辅。'"①这是道教内部对谢自然"返回"世间的解释:人间的帝王、宰辅等被说成是仙界中人。这比所谓的"地仙"观念更进了一步:"地仙"还是混迹于人世的神仙,而这里是说现世的人本来就是神仙。所以罗隐《送程尊师之晋陵》诗说:"莫见时危便乘兴,人间何处不桃源。"②《送程尊师东游有寄》诗又说:"劝君莫忘归时节,芝似萤光处处生。"③人世间在这里被直接当作仙境了。

晚唐的康骈《剧谈录》里有《玉蕊院真人降》一节,清楚地反映了"女仙"观念的变化。故事是说元和年间,唐昌观有玉蕊花,当春季盛开时寻玩者相继,"忽一日,有女子年可十七八,衣绿绣衣,乘马,峨髻双鬟,无簪珥之饰,容色婉约,迥出于众。从以二女冠、三小仆,仆者皆丱头黄衫,端丽无比。既下马,以白角扇障面,直造花所,异香芬馥,闻于数十步之外。观者以为出自宫掖,莫敢逼而视之。伫立良久,令小仆取花数枝而出。将乘马回,谓黄冠者曰:'曩者玉峰之约,自此可以行矣。'时观者如堵……须臾尘灭,望之已在半空"。这个传闻在长安流传很广,当时的文人严休复、元稹、刘禹锡、白居易都据以写了《闻玉蕊院真人降》诗。这是一个新型的神仙降临故事。如仅从表现形式看,仍是传统的神仙降临情节。但这里描写的形象及其含义却已和六朝时期《真诰》之类道

①《道藏》第11册,5页。
②〔清〕彭定求等编《全唐诗》卷六六三,7597页。
③〔清〕彭定求等编《全唐诗》,7599页。

典中表现的女仙降临故事全然不同了。其中所叙述的,应是贵妇或倡优女子到道观游览赏花情事;而更重要的是事件的传说者和诗歌的写作者完全以欣赏的态度来对待,已全然不见宗教意味。如果分析一下诗人的诗,就更可以看出其中表现的"女仙"在观念上已完全"世俗化"了。如元稹诗说:"弄玉潜过玉树时,不教青鸟出花枝。的应未有诸人觉,只是严郎卜得知。"白居易诗说:"嬴女偷乘凤下时,洞中潜歇弄琼枝。不缘啼鸟春饶舌,青琐仙郎可得知。"[①]这里用的仍是秦穆王小女弄玉的典故,但表现的不再是她吹箫引凤、夫妇飞升的成仙传说,而是多情女子对爱情的向往和专注。

　　"女仙"观念的转化特别表现在张𫚒《游仙窟》那样的作品里。这部传奇小说用的是自叙体,这本是文艺创作习用的强调内容写实性的手法。故事说作者奉使河源,途经神仙窟,与在其中的十娘、五嫂等相遇,极尽谐谑调笑,后经五嫂为介,与十娘结合,一宿而别。这实际表现的是当时士大夫狎妓的情形。妓女在这里被当成了女仙,而狎乐之所则被称为"仙窟"。这虽然用的也是六朝以来流行的仙、凡在洞窟中相遇的情节,但如果和刘晨、阮肇入天台遇二仙女的故事相比,无论是主题还是情节都大为不同了。六朝时期的这类故事带有明确的宗教寓意:仙女是超然的存在,仙界是宗教幻想中的理想境界;而在这里人间的逸乐被当成仙境,美丽的妓女被当成女仙。在这样的表现里,女仙只是一种隐喻,完全失去了神圣的、神秘的性格。以至唐人习惯上就把妓女比作神仙,把狎邪之游叫作"游仙"。如蒋防的《霍小玉传》,就是把作为妓女的女主人公霍小玉比为神仙,在媒人鲍十一娘向李益介绍她时说"有一仙人,谪在下界"等等;作者形容她和李益幽会,也比喻说"以为巫

---

① 〔唐〕康骈《剧谈录》,38—40页,古典文学出版社,1958年。

山、洛浦不过也"①。这种看似是对神仙的亵渎的比拟,正曲折地透露出当时人神仙观念的"蜕化"。

　　唐人更经常用"神仙"来形容美女,这当然也和当时"女仙"观念的变化有关。沈既济《任氏传》里的任氏是女妖,其中形容任氏之美,用男主人公韦崟的内妹作比,说她"秾艳如神仙,中表素推第一"②。李公佐的《南柯太守传》说主人公到了大槐安国,有仙姬数十娱乐,而突出形容金枝公主,也说她"俨若神仙"③。这样,"神仙"成了单纯的形容语。元稹的《莺莺传》,据考是写他本人早年恋爱情事,其中描写崔莺莺来到张生处说,"且疑神仙之徒,不谓从人间至矣"④。而他的《会真诗》所写为同一事⑤,"真"即是仙真之意,其中描写道:"绛节随金母,云心捧玉童……乘鸾还归洛,吹箫亦上嵩"⑥等等,也是把女子比作神仙。薛调的《无双传》也是一个哀婉动人的爱情故事,主人公王仙客从窗隙间初见无双,是"姿质明艳,若神仙中人"⑦。皇甫枚的《飞烟传》同样写男女爱情,主角赵象爱上了邻人的侍妾飞烟,他作诗以通心曲说:"一睹倾城貌,尘心只自猜。不随萧史去,拟学阿兰来。"这则是把对方比作与萧史同时升仙的秦穆公女弄玉和六朝时的女仙杜兰香了。而飞烟赋诗答复里也有"沉沉良夜与谁语?星隔银河月半天"之语,则是把二人的关系比作天上的牛郎和织女。后来门媪介绍飞烟与赵象相见,问"赵郎愿见神仙否?"⑧陈寅恪先生指出:"六朝人已侈谈仙女杜兰香萼绿华之世缘,流传至于唐代,仙(女性)之一名,遂多用作妖艳妇人,

①鲁迅校录《唐宋传奇集》卷二。

②同上卷一。

③同上卷三。

④〔唐〕元稹《莺莺传》,《太平广记》卷四八八,4014 页。

⑤参阅卞孝萱《元稹年谱》,57—59 页,齐鲁书社,1980 年。

⑥〔唐〕元稹《莺莺传》,《太平广记》卷四八八,4016 页。

⑦鲁迅校录《唐宋传奇集》卷四。

⑧〔唐〕皇甫枚《三水小牍·逸文》,45—50 页。

或风流放诞之女道士之代称,亦竟有以之目倡伎者。"①这样,在当时人的意识里,神仙已等同于美人。这都曲折地反映出当时"神仙"的本来意义已改变了。

"神仙"这个概念甚至被直接当作一种标格、境遇的美称。刘㻋是天宝年间人,其《隋唐嘉话》上说:

> 高宗承贞观之后,天下无事,上官侍郎仪独持国政,尝凌晨入朝,巡洛水堤,步月徐辔,咏诗云:"脉脉广川流,驱马历长州。鹊飞山月晓,蝉噪野风秋。"音韵清亮,群公望之,犹神仙焉。②

这是说上官仪的风神气度犹如神仙。中唐时镇宣武的李勉之子兵部员外郎约,"雅度玄机,萧萧冲远,德行既优,又有山林之致,琴道、酒德、诗调皆高绝,一生不近粉黛,性喜接引人物,不好俗谈",赵璘是他的亲属,"每闻长属说其风格容仪,真神仙也"③。这是用"神仙"来形容人的姿容、风貌的超脱不俗。又中唐时朝廷叙官重内轻外,有班景倩自扬州采访使入为大理少卿,路过汴州,刺史倪若水饯送他说:"班公是行若登仙……"④这是比喻对方前程美好若神仙。神仙观念在这些例子里已完全脱落了神秘的、超世的意味。这样,"神仙"被等同于某种标格、风采,或成为用来形容美好的人或事的修饰语,在这种情境里,这个概念已经从根本上消失了本来的神圣、神秘的内涵。

当神仙观念被充实以更丰富、直接的现实人生内容的时候,它作为文学表现的题材也就有了更广阔的空间。

---

①陈寅恪《元白诗笺证稿》第四章《艳诗及悼亡诗》附录《读〈莺莺传〉》,107 页。
②〔唐〕刘㻋《隋唐嘉话》卷中,程毅中点校,32 页,中华书局,1979 年。
③〔唐〕赵璘《因话录》卷二,80 页。
④〔宋〕欧阳修、宋祁《新唐书》卷一二八《倪若水传》。

六　唐代"入道""学仙"的文人

　　在整个唐代道教教团的性格和面貌发生巨大变化的潮流之中,出现了一批文人型的道士。另一方面,在朝廷大力崇道、道教极其兴盛以及前述道教教团的组成和活动均有所变化等条件促成之下,唐代文人也相当普遍地亲近道教,受到它的影响。文人们接近道教的具体情况又有所不同,大致可以分为三种情形:第一种是真正"入道""学仙"了,即做了道士。唐代颇有些官僚士大夫"弃官入道",文人中也有这一类人。其中有的人经过一段时间又还俗了。第二种是生平中有长短不同的"学道"经历,表现出不同程度的"慕道""羡仙"倾向。第三种是看不出或基本没有表现出对道教的信仰,但和道士有交谊,接触过道教生活,写过有关道教题材的作品。这三类人,如果从信仰角度来比较,一般地说虔诚的程度是逐次递减的。而就具体人的情况而言,也并不是绝对如此。属于第一类的人也并不都是道教的坚定信仰者。如"大历十才子"里的戴叔伦,年老以病不胜,表请为道士;韦渠牟早年曾做过道士,又为僧,"传心印之法于金陵,授谷神之道于华阳……会归三教,盖周流揭厉,无入而不自得焉。终以儒服服素王之道"①,成了出入三教的典型。这类"入道",大体说来与司马承祯所讥讽的走"终南捷径"的隐士属同一类,谈不到有什么坚定信仰。而从事文学创作又有其自身规律,道教对作家、作品的影响又涉及如何表达的问题。所以讨论对于道教的理解和所受影响,不能简单地在三类人中间分别轻重和高下。而这三类人所写的关系道教的作品的水平,更不

―――――――

① 〔唐〕权德舆《唐故太常卿赠刑部尚书韦公墓志铭》,《权载之文集》卷二三。

取决于和道教关系的深浅。

　　但一批文人直接"入道",总是具有重要意义的社会现象,对于文坛所造成的影响更是多方面的。

　　谈到唐代文人"入道"、求仙,首先会想到李白。他早年在蜀中时即开始学道,入京前先后居嵩山、剡溪,已有"谪仙人"的名声。到被朝廷斥逐,其求仙活动更进入高峰期。他曾于青州紫极宫从北海高天师受道箓,又访道安陵,遇盖寰,为造真箓。所以说"出金门后,太白已隶道士籍矣"①。在文学史上,他往往被看作是"道教诗人",是历代文人中深受道教影响的典型。关于他和道教的关系以及所写相关作品,下面另作讨论。

　　唐代知名文人中有些是传说成了"神仙"的。其中最著名的是刘商,在《续仙传》里有传。他是一位有名气的诗人和画家,《全唐诗》里存诗二卷,其中包括传世名篇《胡笳十八拍》。据传他"性耽道术,逢道士即师资之,炼丹服气,无不勤功",后来"以病免官入道,东游,及广陵,于城街逢一道士卖药",道士给他一葫芦,得九粒药,依诀服之,入茅山隐居,成了"地仙"②。但从他的诗作看,多表现林泉隐逸之思,也有描写采药(如《酬睿上人采药见寄》:"玉英期共采,云岭独先过。应得灵芝也,诗情一倍多。"③)和求仙(如《杂言同豆卢郎中郭南七里桥哀悼姚仓曹》:"可怜三语掾,长作九泉灰。宿昔欢游在何处,花前饮足求仙去。"④)情景的,还有些是与和尚唱和的。武元衡在给他的文集写序时说:"晚岁摆落尘滓,割弃亲爱,梦寐灵仙之境,逍遥玄牝之门,又安知不攀附云霄,蜕迹岩壑,超然悬解,与漫汗游乎无间邪!"⑤他晚年隐遁入道的事迹,广传士林,因

①詹锳编著《李白诗文系年》,61 页。
②〔五代〕沈汾《续仙传》卷中,《道藏》第 5 册,87 页。
③〔清〕彭定求等编《全唐诗》卷三〇四,3458 页。
④同上卷三〇三,3454 页。
⑤〔清〕董诰等编《全唐文》卷五三一,5389 页。

此被附会以成仙的传说。

　　类似的情形还有顾况、陈陶等人。

　　顾况是一位颇能关心民瘼的诗人,写过一些抒发民众疾苦的诗,被看作是"新乐府运动"的先驱。他性不谐俗,"词句清绝,杂之以诙谐,尤多轻薄,为著作郎,傲毁朝列,贬死江南"①。他曾和李泌交好。"李泌有谠直之风,而好谈谲神仙鬼道,或云'尝与赤松、王乔、安期、羡门等游处',坐此为人所讥"②。范文澜说"李泌是唐中期特殊环境中产生出来的特殊人物……他处乱世的主要方法,一是不求做官,以皇帝的宾友自居……二是公开讲神仙、怪异,以世外之人自居……可称为封建时代表现非常特殊的忠臣和智士"③。顾况当和李泌有志趣相投之处。李泌的行为也是当时士大夫倾心神仙的一种典型表现。顾况同样性情刚直不阿,皇甫湜在给他的文集作序说:"入佐著作,不能慕顺,为众所排;为江南郡丞,累岁脱糜,无复北意,起屋于茅山,意飘然若将续古三仙……"④这里的"江南郡丞"指饶州司户。显然是仕途失意使他生出出世之想,到茅山受了道箓。韦夏卿《送顾况归茅山》诗说:

　　　　圣代为迁客,虚皇作近臣。法尊称大洞(著作已受上清毕法),学浅忝初真(夏卿初受正一)。鸾凤文章丽,烟霞翰墨新。羡君寻句曲,白鹄是三神。⑤

綦毋诚又有诗说:

　　　　谪宦闻尝赋,游仙便作诗。白银双阙恋,青竹一龙

①〔唐〕李肇《唐国史补》卷中,34 页。
②〔宋〕钱易《南部新书》丁卷,39 页。
③范文澜《中国通史简编》(修订本)第 3 编第 1 册,137—138 页。
④〔唐〕皇甫湜《唐故著作佐郎顾况集序》,《全唐文》卷六八六,7026 页。
⑤〔清〕彭定求等编《全唐诗》卷二七二,3057 页。

骑……①

这些作品都表明他是"谪宦"才求仙的。他全家隐居茅山后,"莫知
所止……或闻有所遇长生之秘术也"②;也有传说他已"得道解化
去"③。顾况之子非熊登第后,也回茅山隐居,"不知所终。或传住
茅山十余年,一旦遇异人,相随入深谷,不复出矣"④。顾非熊在文
坛上也有一定名气。父子同样倾心神仙道教,反映了士大夫间宗
教信仰的家族传统。

陈陶"尝举进士辄下,为诗云:'中原不是无麟凤,自是皇家结
网疏。'颇负壮怀,志远心旷,遂高居不求进达,恣游名山,自称'三
教布衣'。大中中,避乱入洪州西山,学神仙咽气有得,出入无
间"⑤。《江南野录》上记载陶"隐西山,产药物数十种",开宝中一叟
与一炼师入城卖药,"疑其为陶焉,或云得仙矣"⑥。说他成仙也是
后来的传闻之辞。

从上述事例看,当时入道学仙的人相当一部分实际是不满现
实、隐居以求志的。而成仙的传说则是后人制造出来的。但这些
传说确也反映了有关人物性格的某些方面;出现并流传这些传说
则体现了当时人的神仙观念。

唐时另有些倾心神仙的人主要表现为高蹈脱俗、不受羁束的
精神和对于人生适意和意志自由的追求。有的人如贺知章是终于
入道了;但有的人如张志和,并没有入道的明确记录。这些人表现
出具体社会条件下士人精神世界的一种特殊趋向,具有一定的典

①《同韦夏卿送顾况归茅山》,〔清〕彭定求等编《全唐诗》卷二七二,3058 页。
②〔五代〕王定保《唐摭言》卷八《入道》,93 页,古典文学出版社,1957 年。
③〔宋〕李昉等编《太平广记》卷二〇二《顾况》录《尚书故实》,1527 页。
④傅璇琮主编《唐才子传校笺》第 3 册,355 页。
⑤傅璇琮主编《唐才子传校笺》第 3 册,415 页。笺谓陶曾屡入僚幕,又谓避乱
  应在广明年间。
⑥〔宋〕龙衮《江南野录》卷八。

型意义。而值得注意的是,这些人后来也都被收入仙传,被当作神仙看待了。

贺知章进士出身,为太子宾客,迁礼部侍郎兼集贤院学士。他纵诞疏狂,是位特立独行的人物。他十分赏识李白,正因为与之有惺惺相惜之处。天宝三年(744),他表请还乡为道士,一方面是因为年高(八十六岁),另一方面也是看到玄宗朝国是日非,不愿身陷危局。当时玄宗亲自写诗送行,许多朝官奉和①。这正是李白被放出京那一年,李白有《送贺宾客归越》诗:

> 镜湖流水漾清波,狂客归舟逸兴多。山阴道士如相见,应写《黄庭》换白鹅。②

这样一位有声望的文人"入道",在当时的京城中是相当轰动的事。后来杜甫作《遣兴五首》之四,是悼亡的:

> 贺公雅吴语,在位常清狂。上疏乞骸骨,黄冠归故乡。爽气不可致,斯人今则亡。山阴一茅宇,江海日清凉。③

这里也是特别表扬贺知章的"清狂""爽气"。当时那些送贺知章的诗,尽管艺术水准不同,内容上却大体和李、杜一样,主要赞颂贺知章不慕荣禄、乐道安贫的品格,对他的放浪江湖的自由自在表示赞赏。

张志和年轻时也是热衷仕进的人:"年十六游太学,以明经擢第;献策肃宗,深蒙赏重,令翰林待诏,授左金吾卫录事参军……寻贬南浦尉。经量移,不愿之任,得还本贯。既而亲丧,无复宦情。"④

---

① 这批奉和诗存《会稽掇英总集》中,称《送贺监归乡诗集》,但该集中有拟作和伪托,考见陶敏《李白〈送贺监归四明应制〉诗为伪作》,《李白学刊》第2辑,186—193页,上海三联书店,1989年。
② 〔唐〕李白著,〔清〕王琦注《李太白全集》卷一七。
③ 〔唐〕杜甫著,〔清〕仇兆鳌注《杜少陵集详注》卷七。
④ 〔唐〕颜真卿《浪迹先生玄真子张志和碑》,《颜鲁公文集》卷九。

他居于江湖,自称"烟波钓徒",过着自由放浪的生活。颜真卿为湖州刺史,幕府中集中了众多文士,志和也参与其间。虽不见有他入道士籍的记录,但后来也被附会以神仙传说,谓:"真卿东游平望驿,志和酒酣为水戏,铺席于水上,独坐饮酌嘯咏。其席来去迟速如刺舟声,复有云鹤随覆其上。真卿亲宾参佐观者莫不惊异。于水上挥手以谢真卿,上升而去。"①张志和留存作品不多,而著名的《渔父歌》流传千古,其一云:

> 西塞山前白鹭飞,桃花流水鳜鱼肥。青箬笠,绿蓑衣,斜风细雨不须归。

其五:

> 青草湖中月正圆,巴陵渔父棹歌连。钓车子,橛头船,乐在风波不用仙。②

他明确地说"不用仙",是因为自认所度过的优游江湖的生活远优于神仙生活。这也是他的一种"神仙"理解。

所谓"大历十才子"活动在盛极而衰的时代环境下,生活追求和精神世界都比较狭小,多好与僧、道游。如前所说,戴叔伦晚年是"入道"的。吉中孚则"初为道士,山阿寂寥,后还俗"③。李端有《闻吉道士还俗因而有赠》诗:

> 闻有华阳客,儒裳谒紫微。旧山连药卖,孤鹤带云归。柳市名犹在,桃源梦已稀。还乡见鸥鸟,应愧背船飞。④

茅山又称"华阳洞天",吉中孚入道也是在茅山。卢纶又有《送吉中孚校书归楚州旧山》诗,题下注说:"中孚自仙官入仕。"从题目看,

---

①〔五代〕沈汾《续仙传》卷上,《道藏》第 5 册,77 页。
②〔清〕彭定求等编《全唐诗》卷三〇八,3491 页。
③傅璇琮主编《唐才子传校笺》第 2 册,14 页。
④〔清〕彭定求等编《全唐诗》卷二八五,3249 页。

吉中孚后来又回到家乡隐居。诗曰：

> 青袍芸阁郎，谈笑挹侯王。旧箓藏云穴，新诗满帝乡。名
> 高闲不得，到处人争识。谁知冰雪颜，已杂风尘色。此去复如
> 何，东皋歧路多。藉芳临紫陌，回首忆沧波……

接下来写到出京归楚州一路风光，最后说：

> 寥寥行异境，过尽千峰影。露色凝古坛，泉声落寒井。仙
> 成不可期，多别自堪悲。为问桃源客，何人见乱时。①

这首诗共四十四句，或作十一首绝句。吉中孚是众多的游移于世
间和出世间的文人之一，现实环境给他造成了这样的矛盾。卢纶
诗直接表现了这一矛盾。

前面已提到韦渠牟先为道士，后为僧，然后出仕，是士大夫"周
流三教"的典型。他早年曾得到李白的知遇，又师事过李含光，可
知他当年入道应受到所处环境的影响。

阎寀"才为时选，再登宪府，三领大郡（指曾任申州、澧州、汝州
刺史），不乐进取机密，求出为武陵相"②。他任申州刺史应是在建
中初③，申州属淮西节度，正是镇帅李希烈阴谋叛乱的时候。他对
之敷陈王纲，诱以忠节，并把情况上报朝廷，却因此而被贬为韶州
司户参军。贞元七年（788）四月，他以皇帝诞辰请求入道，到武陵
桃源观做了道士，当和这种遭遇有关。董侹碑文记载说，他入道时
朝廷"优诏褒美，赐号遗荣，仍宣付史馆，以尚贤也。朝右词臣，歌
诗颂德者，凡百余首"；又评论说，"圣唐敷道德之教垂二百年，能以
进退出处消息无累者，惟稽山贺君、桃源阎君两人而已"④。他和韦

---

①〔清〕彭定求等编《全唐诗》卷二七六，3124—3125 页。
②〔唐〕董侹《阎贞范先生碑》，《全唐文》卷六八四，7003 页。
③参阅郁贤皓《唐刺史考·淮南道》，第 3 册，1583—1584 页，江苏古籍出版
　社，1987 年。
④〔唐〕董侹《阎贞范先生碑》，《全唐文》卷六八四，7003 页。

应物、李端、司空曙、戎昱等交游,但本人没有留下诗作。弃官入道时百官赠诗,今存戎昱《送吉州严使君入道二首》:

> 闻道桃源去,尘心忽自悲。余当从宦日,君是弃官时。金
> 丞封仙骨,灵津咽玉池。受传三箓备,起坐五云随。洞里花常
> 发,人间鬓易衰。他年会相访,莫作烂柯棋。
>
> 庐陵太守近朣官,霞帔初朝五帝坛。风过鬼神延受箓,夜
> 深龙虎卫烧丹。冰容入镜纤埃静,玉液添瓶漱齿寒。莫遣桃
> 花迷客路,千山万水访君难。①

诗作者对友人的入道表示十分赞赏和向往。

曹唐以游仙诗著名,他早年亦曾为道士。关于他的情况也将另有叙述。

晚唐时的顾云曾和杜荀鹤等学道于九华山,从李昭象的《学仙词寄顾云》诗看,他也曾经入道,诗云:

> 记得初传九转方,碧云峰下祝虚皇。丹砂未熟心徒切,白
> 日难留鬓欲苍。无路洞天寻穆满,有时人世羡刘郎。仙人恩
> 重何由报,焚尽星坛午夜香。②

从这种描写看,顾云曾度过炼丹求仙的生活。

蒋曙出身于名门,"咸通末由进士第署鄂岳团练判官,除虞、工二部员外,改起居郎。黄巢之难,曙阖门无噍类,以是绝意仕进,隐居沉痛。中和二年表请为道士,许之"③,也是弃官入道的一例。

按道教的律仪,传授经戒后接受道箓就算"道门弟子",即成了道士。唐代文人中受道箓的人不少。这正如当时许多人受佛教菩萨戒一样,多是受到风气影响的一时行为。如前引韦夏卿《送顾况

---

①〔清〕彭定求等编《全唐诗》卷二七〇,3012 页。
②〔清〕彭定求等编《全唐诗》卷六八九,7916 页。
③〔宋〕欧阳修、宋祁《新唐书》卷一三二《蒋系传》。

归茅山》诗说"法尊称大洞(著作已受上清毕法),学浅忝初真(夏卿初受正一)",就表示顾况已经接受上清派的《大洞真经》等经典和《太上帝君金虎符箓》等符箓,取得了"洞真法师"的称号;而自己则刚刚受《太上三五正一盟威三元将军箓》,还是初级道士。韦夏卿主要出仕于德宗朝,曾做过京尹等高官,吕温的《神道碑》只说他"志尚幽远,冥搜好古,所居第必有松石之致"①,并没有记载受道箓事。下面将要说到作为一代名臣的颜真卿和李德裕,也都受过道箓。道士邓延康曾"以明威上清之道授……凉公(李)逢吉于夷门"②。"夷门"即汴州,李逢吉于大和二年至五年(828—831)任宣武军节度使,驻节汴州。窦常有《茅山赠梁尊师》诗,其中有"幸承仙籍后,乞取大还方"③之句,显然也曾入道士籍。于鹄《山中访道者》诗说:"曾读上清经,知注长生籍。"④马戴《谒仙观二首》诗说:"我生求羽化,斋沐造仙居。""愿值壶中客,亲传肘后方。"⑤不知道他们是否亲受道箓,但有学仙的经历是肯定的。

以上提到的接受道箓的这些人,多数在一般史料里并不见与道教有什么关系。看起来在唐时亲受道箓,在官僚士大夫间已是一种习俗。由此也可见当时道教的兴盛及其对文坛浸染之深。这种现象也颇能反映出当时的社会意识与社会风气。

从上面所叙述的情况又可以清楚地看出,即使是那些认真入道甚至是被后代看作是"神仙"降临的人,也已缺乏宗教信仰的真挚和狂热。有的人时而入道,时而还俗,则更表明这一点。在当时

---

①〔唐〕吕温《故太子少保赠尚书左仆射京兆韦君神道碑》,《全唐文》卷六三〇,6358 页。

②〔唐〕郑畋《唐故上都龙兴观三洞经箓赐紫法师邓先生墓志铭》,《全唐文》卷七六七,7982 页。

③〔清〕彭定求等编《全唐诗》卷二七一,3032 页。

④同上卷三一〇,3509 页。

⑤同上卷五五六,6447 页。

人们的意识深处,学道、求仙的主要目的多已不是追求超世、出世或者真的相信飞升、尸解或长生久视。对于多数人来说,脱屣世事,入道求仙,往往是因应某种客观形势的解脱之计,或到道教中去寻求精神安慰,或只是为了追求一种更加自由的、无所挂碍的人生境界而已。

七 唐代文人的"羡仙"意识

下面讨论上述第二类人,即在观念上"羡仙"并在生平的一定阶段有过"学道"经历的人的状况。"儒生也爱长生术"[1],长生久视当然是人们所幻想的。唐时士大夫亦相当普遍地"羡慕"神仙生活、向往神仙世界。但这种对神仙的向往基本是出于当时已经大为"世俗化"的神仙观念,并没有多少真挚的信仰为依据。

即以下面将要专门讨论的李贺为例。对于他的诗里表现的神仙信仰的性质,西方学者有不同的看法。以霍克斯为代表的一派人认为,李贺实际上并不真的相信他所描绘的女神的存在,她们只是他的艺术创作的产物,是用来表达主观意念的手段[2];而以薛爱华为代表的另一派人则相反,认为能像李贺那样给女神形象注入如此活跃的生命意识,必然是相信她们的存在的,他的作品正是真诚信仰的流露[3]。宗教心理本是极其复杂的现象。就一个具体人

---

① 〔唐〕刘威《赠道者》,〔清〕彭定求等编《全唐诗》卷五六二,6526页。
② Hawkes D. , *The Supernatural in Chinese Poetry*, The Far East:China and Japan 〔University of Toronto Quarterly Supplements No. 5〕pp. 322—323。
③ Edward H. Schafer, *The Divine Woman, Dragon ladies and Rain Maidens in T'ang Literature*;〔日〕西胁常記日译本《神女——唐代文学における竜女と雨女》,140—141页,东海大学出版会,1987年。

来说,处在不同境况下,信仰心会有所变化(有时是相当巨大的);不同人的情形更会千差万别。只有把握了比较翔实的资料,根据一定的历史背景,再结合具体人的实际情形,才有可能对他的信仰状况做出推测。但实际情况是,就唐代文学的研究而言,依靠现有的资料是很难复原历史的真实情境的,个人的精神面貌就更难以弄清了。

如前所述,在唐时,即使是那些已确实"入道"的人,也不见得是出于诚挚的信仰心。多数人所表现的"羡仙"意识,与其说是出于信仰,不如说是个人向往的一种"外化"境界,或是理想和幻想的表露,或是主观精神的寄托。当然就个别人而言,信仰的因素也不是不存在,有的人或许还是比较虔诚的。

几位更具代表性的作家后面有专节讨论,以下是一般的情况。

"初唐四杰"被看作是新王朝在文学领域的新方向的开拓者。闻一多曾说他们:"通常的了解……是唐诗开创期中负起了时代使命的四位作家,他们都年少而才高,官小而名大,行为都相当浪漫,遭遇尤其悲惨。"①这四位宗教意识都比较强烈,都在一定程度上接受了佛、道二教的浸染,道教神仙思想在他们的作品里都有所表现。唐初,朝廷崇道正在形成热潮。在这种环境下培养起来的"四杰",都写过不少道教题材的诗文,其中不乏对于神仙生活表示热烈向往之情的。如骆宾王即和高宗朝著名的内廷供奉道士李荣交好,写过《代女道士王灵妃赠道士李荣》长篇歌行,下面还将提到。直接表现神仙幻想的,如杨炯的《游废观》:

> 青嶂倚丹田,荒凉数百年。犹知小山桂,尚识大罗天。药败金炉火,苔昏玉女泉。岁时无壁画,朝夕有阶烟。花柳三春

①闻一多《四杰》,《闻一多全集》第3卷,23页,生活·读书·新知三联书店,1982年。

节,江山四望悬。悠然出尘网,从此学神仙。①

这是诗人在游历一个废弃的道观时引发出的"学仙"感想。王勃有《忽梦游仙》:

> 仆本江上客,牵迹在方内。瘵寐霄汉间,居然有灵对。翕
> 尔登霞首,依然蹑云背。电策驱龙光,烟途俨鸾态。乘月披金
> 帔,连星解琼珮。浮识俄易归,真游邈难再。寥廓沉遐想,周
> 遑奉遗诲。流俗非我乡,何当释尘昧?②

这是一首游仙诗,描绘梦幻中的神仙世界。诗人在表现对神仙世界的向往的同时,也道出了终于不能脱离尘俗的苦衷和遗憾。

"四杰"中求道最为热忱的当数卢照邻,他曾向著名道士孙思邈、李荣、黎元兴等学道。从他的《益州至真观主黎君碑》等作品看,他对道教教理具有相当深刻的理解③。他常年多病,备受精神折磨,热衷于炼丹术,前一章里已经说到。神仙世界也成为他精神解脱的出路。他的《于时春也慨然有江湖之思寄此赠柳九陇》诗说:

> 遥闻彭泽宰,高弄武城弦。形骸寄文墨,意气托神仙。我
> 有壶中要,题为物外篇……自哀还自乐,归薇复归田。海屋银
> 为栋,云车电作鞭。倘遇鸾将鹤,谁论貂与蝉。莱洲频度浅,
> 桃实几成圆。寄言飞凫舄,岁晏共联翩。④

他表示希望神仙飞升,又羡慕陶潜为彭泽尉时托意文墨的诗酒放浪生活,这后一方面则是典型的文人意识了。

---

①〔唐〕杨炯《杨盈川集》卷二。
②〔唐〕王勃著,〔清〕蒋清翊注《王子安集注》卷二。
③参阅〔日〕兴膳宏《初唐の詩人と宗教——盧照隣の場合》,〔日〕吉川忠夫编
　《中国古道教史研究》,432—443 页。
④〔唐〕卢照邻著,任国绪笺注《卢照邻集编年笺注》卷一,88—90 页。

如果说"四杰"在文学创作领域开拓了新方向,在宗教观念上也同样是如此。他们都是典型的文章之士,立功扬名是一生企望的目标;宗教观念、出世之想、神仙追求等等,不过是他们仕途失意的一时的精神寄托。时代不允许、他们也不愿意真地超然物表去做神仙中人。

陈子昂是唐代诗文革新的开拓者。他的祖父方庆好道,不乐为仕,隐居于东武山;父亲陈元敬同样居家园以求其志,饵地骨,炼云膏四十余年。有这样的家学传统,子昂早年在蜀中家乡已学神仙之术。他在《晖上人房饯齐少府使入京府序》里曾自述"林岭吾栖,学神仙而未毕"[1]。直到晚年他仍"爱黄、老之言,尤耽味《易》象,往往精诣"[2]。相传他和卢藏用、宋之问、王适、毕构、李白、孟浩然、王维、贺知章、司马承祯结为"仙中十友";他和赵贞固、卢藏用、杜审言、宋之问、毕隆择、郭袭微、司马承祯、释怀一(应为道人"史怀一")、陆余庆又被称为"方外之友"。这些当然是出于后人的拼凑,但确实反映了当时文人好道尚仙的环境和倾向。他作有《续唐故中岳体玄先生潘尊师碑颂》。潘师正是上清派第十一代宗师,于永淳元年(682)去世,王适为其作《体玄先生潘尊师碣》,陈子昂是续之为颂。王文详细地记叙了潘的事迹和所得荣崇,文章开头就说:

> 古称列仙,自黄帝尚矣。或解形默遁,或练气昭升,然业与代殊,古将今远,闻之者不见,见之者不留。世智以局守增疑,神人以密化为贵。故其道弥大,其议弥乖。非理契冥通,精存玄览者,不可得而论已。[3]

这就鲜明地道出了宣扬神仙观念的主旨。而陈子昂所作颂曰:

---

① 徐鹏校点《陈子昂集》卷七,162页,中华书局,1960年。
② 〔唐〕卢藏用《陈子昂别传》,《全唐文》卷二三八,2412页。
③ 〔清〕董诰等编《全唐文》卷二八二,2855页。

　　　观元化兮求古之列仙,得瑶图与金鼎,信元符之自然。神
与道而为一,天与人兮相连,苟精守以专密,必驾景而凌烟。
丹丘不死兮羡门子,黄宫度世兮吾体玄。体玄至德兮洵淑美,
冲心养和保元始。初学茅山济江水,乃入华阳洞天里。道逢
真人升玄子,授以宝书青台旨。今守嵩山玉女峰,云栖穷林今
五纪……①

这同样是宣扬神仙观念并对潘师正"遂解形而遗世,乘白云以上
宾"加以歌颂。他还有《送中岳二三真人序》,作于天册万岁元年
(695),其中说:

　　　嵩山有二仙人,自浮丘公、王子晋上朝玉帝,遗迹金坛,凤
箫悠悠,千载无响。吾每以是临霞永慨,抚膺叹息。常谓烟驾
不逢,羽人长往,去嚣世,走青云,登玉女之峰,窥石人之庙,见
司马子微、冯太和,蜕裳眇然,冥壑独立。真朋羽会,金浆玉
液,则有杨仙翁玄默洞天,贾上士幽栖牝谷。玉笙吟凤,瑶衣
驻鹤,方且迷轩辕之驾,期汗漫之游。吾亦何人,躬接兹赏。
实欲执青节,从白蜺,陪饮昆仑之庭,观化玄元之府,宿心遂
矣,冥骨甘焉。②

这里写了他和司马承祯等人的交往,同样抒发了热烈的神仙幻想。
他还写过《洪崖子鸾鸟诗序》,这篇《鸾鸟诗》相传是晋代的仙人洪
崖子所作,他是一位"地仙"。友人乔偍率文士门属和,陈子昂为其
作了这篇序。这同样是宣扬神仙观念的作品。

　　陈子昂的好友卢藏用"少以辞学著称,初举进士选,不调,乃著
《芳草赋》以见意。寻隐居终南山,学辟谷练气之术"③。卢藏用也

---

①徐鹏校点《陈子昂集》卷五,99—100 页。集中所录《续唐故中岳体玄先生潘尊
　师碑颂》里文的部分是王适《碣》的后一部分,为误录,只有韵文颂为陈子昂作。
②徐鹏校点《陈子昂集》卷七,157 页。
③〔后晋〕刘昫等《旧唐书》卷九四《卢藏用传》。

和司马承祯有交谊。从他为陈子昂所作文集序和传记看，他和陈子昂交好，有着共同的经世志向。对道教神仙思想的热衷也应是他们交谊的基础。

值得注意的是，著名道士司马承祯的活动在文人间曾造成十分广泛的影响。如宋之问与司马承祯有诗唱和，今存有《冬宵引赠司马承祯》《送司马道士游天台》《寄天台司马道士》等。前一首诗中有句曰："此情不向俗人说，爱而不见恨无穷。"①而司马承祯给他的诗中则说"不见其人谁与言，归坐弹琴思逾远"②。可见两人交情之契合无间。沈佺期也有《同工部李侍郎适访司马子微》诗。包括一代名臣张说和张九龄，也都和他有交往。张说《寄天台司马道士》诗说：

> 世上求真客，天台去不还。传闻有仙要，梦寐在兹山。朱阙青霞断，瑶堂紫月闲。何时枉飞鹤，笙吹接人间。③

张九龄是开元年间奉派到南岳衡山祠祷，见到了在那里的司马承祯，有《登南岳事毕谒司马道士》诗：

> 诱我弃智诀，迫兹长生理。吸精反自然，炼药求不死。斯言眇霄汉，顾余婴纷滓。相去九牛毛，惭叹知何已。④

张说和张九龄都是人生态度十分积极的政治家，他们或许并不相信司马承祯所宣扬的神仙之说，但从这些作品看，他们无例外地都表示出对司马承祯的敬意，并受到他的榜样和说教的感发。因此在诗作里流露出赞叹和羡慕之意。

王维以好佛著名于文坛，但他早年有一段时间颇倾心道教，到

---

① 〔唐〕宋之问《冬宵引赠司马承祯》，〔清〕彭定求等编《全唐诗》卷五一，629 页。
② 〔唐〕司马承祯《答宋之问》，同上卷八五二，9636 页。
③ 同上卷八七，955 页。
④ 同上卷四七，566 页。

后来也一直没有割断这一情缘。他写过一些神仙诗。如在他早年
出官山东时，作《鱼山神女祠歌》。这座神女祠祭祀的是著名的天
上玉女智琼，她降临弦超的传说是六朝以来文人们所艳称的人、神
恋爱故事。王维的歌词表现了倾心神秘的心态。又如他的《桃源
行》，也表现了他对神仙生活的特殊理解。这篇作品是演化陶渊明
的《桃花源记》的：

> 渔舟逐水爱山春，两岸桃花夹去津。坐看红树不知远，行
> 尽青溪不见人。山口潜行始隈隩，山开旷望旋平陆。遥看一
> 处攒云树，近入千家散花竹。樵客初传汉姓名，居人未改秦衣
> 服。居人共住武陵源，还从物外起田园。月明松下房栊静，日
> 出云中鸡犬喧。惊闻俗客争来集，竞引还家问都邑。平明闾
> 巷扫花开，薄暮渔樵乘水入。初因避地去人间，更闻成仙遂不
> 还。峡里谁知有人事，世中遥望空云山。不疑灵境难闻见，尘
> 心未尽思乡县。出洞无论隔山水，辞家终拟长游衍。自谓经
> 过旧不迷，安知峰壑今来变。当时只记入山深，青溪几度到云
> 林。春来遍是桃花水，不辨仙源何处寻。①

这首诗改变了原作的情节，说在桃花源里避难的人们成了仙，而陶
渊明所幻想的桃花源则被描绘成仙境了。但他实际描写的却又是
类似人间的生活情景，世外仙境被表现成没有战乱灾殃、和平恬静
的境界。这样，桃花源里的神仙世界实际是一种社会和人生理想
的体现。

王维仕途失意后，在更热衷于佛禅的同时，对于道门生活仍然
经常表示企羡之意。这也是因为佛与道在他的意识里有着共同的
思想基础。当时有一个女道士东岳焦炼师，自称千岁，被朝廷征召
来到长安，士大夫与之往还的很多。王维有《赠焦道士》、《赠东岳

---

① 〔唐〕王维著，〔清〕赵殿成笺注《王右丞集笺注》卷六。

焦炼师》诗,前诗说:

> 海上游三岛,淮南预八公。坐知千里外,跳向一壶中。缩地朝朱阙,行天使玉童。饮人聊割酒,送客乍分风。天老能行气,吾师不养空。谢君徒雀跃,无可问鸿濛。①

这里描写了在宇宙间游行自在、不受羁束的神仙中人的形象,表露了内心中的无限钦羡之意。这样的诗还有《送方尊师归嵩山》七律,其中有"山压天中半天上,洞穿江底出江南"的奇句。王维抒写参禅情趣的作品,描绘的是空寂、闲适的境界,往往体现出与世无争的静谧心境,但涉及道教内容的作品却流露出更积极的生命意识。如《过太乙观贾生房》:

> 昔余栖遁日,之子烟霞邻。共携松叶酒,俱篓竹皮巾。攀林遍云洞,采药无冬春。谬以道门子,征为骖御臣。常恐丹液就,先我紫阳宾。天促万途尽,哀伤百虑新。迹峻不容俗,才多反累真。泣对双泉水,还山无主人。②

这位贾生应是一位入朝供奉的道流,但不幸亡殁,使作者发出大才不为世用的感慨。好佛习禅的王维也热心于神仙之说,是唐代"三教调和"思想潮流的典型表现,也表明神仙思想在文人意识中的实际形态。

　　一生以"致君尧舜"为职志的杜甫,也对道教颇为热衷,并曾亲自求仙访道。在这方面他受到友人李白的一定影响,但他个人主观因素的作用也是不可否认的。李白离京后,道出洛阳,和杜甫相会,二人有梁宋之游。他们曾同登王屋山,拟访道士华盖君,至小有清虚洞天,时华盖君已死。杜甫的《忆昔行》诗说:

> 忆昔北寻小有洞,洪河怒涛过轻舸。辛勤不见华盖君,艮

---

① 〔唐〕王维著,〔清〕赵殿成笺注《王右丞集笺注》卷一一。
② 同上卷一五。

岑青辉惨么么。千崖无人万壑静,三步回头五步坐。秋山眼
冷魂未归,仙赏心违泪交堕……①

可见他当时对神仙术的倾心。后来他和李白于鲁郡再会,又一同
上东蒙山,访道于董炼师和元逸人。他一生创作中表现向往神仙
世界的作品不少②,如《寄司马山人十二韵》:

> 关内昔分袂,天边今转蓬。驱驰不可说,谈笑偶然同。道
> 术曾留意,先生早击蒙。家家迎蓟子,处处识壶公……丧乱形
> 仍役,凄凉信不通。悬旌要路口,倚剑短亭中。永作殊方客,
> 残生一老翁。相哀骨可换,亦遗驭清风。③

这首诗是杜甫在成都时所作。"前叙旧交离合,及山人行迹。后自
叙衰老乱离,而归于向道"④。全诗所言皆神仙家事。此司马氏也
是杜甫年轻时一起学道的人之一。从诗中看,和李白分别后,他学
道的热情并没有完全消失。像杜甫这样热衷世事的人也执着地向
往神仙,表明在当时人的意识里,神仙追求并不是和积极用世的理
想相矛盾的。

唐代不同时期、不同流派的文人有许多都表现出"羡仙"的热
忱。例如前已提到以边塞诗人著称的李颀"慕神仙,服饵丹砂,期
轻举之道,结好尘喧之外"⑤。王维有赠诗说:

> 闻君饵丹砂,甚有好颜色。不知从今去,几时生羽翼。王
> 母翳华芝,望尔昆仑侧。文螭从赤豹,万里方一息。悲哉世上

---

① 〔唐〕杜甫著,〔清〕仇兆鳌注《杜少陵集详注》卷二一。
② 参阅郭沫若《李白与杜甫》,181—185 页。郭沫若按年代先后列举出杜甫追
　求神仙和丹药的诗句,然而其所作结论或可商榷。
③ 〔唐〕杜甫著,〔清〕仇兆鳌注《杜少陵集详注》卷一三。
④ 〔清〕浦起龙《读杜心解》卷五之二。
⑤ 傅璇琮主编《唐才子传校笺》,第 1 册,356 页。

人,甘此膻腥食。①

李颀有《谒张果先生》诗,他当是从张果学过仙的。他的诗描写了张果的神仙风姿,然后说:

> 受箓金殿开,清斋玉堂闭。笙歌迎拜首,羽帐崇严卫。禁柳垂香炉,宫花拂仙袂。祈年宝祚广,致福苍生惠。何必待龙髯,鼎成方取济?②

值得注意的是,诗人最后仍然把“神仙”张果拉回到现实世界中来,把替朝廷“祈年”“致福”当作仙术内容了。

韦应物早年在玄宗朝任三卫郎,其时正是朝廷崇道达到高潮的时候,他也接受了这种环境的影响。后来经过动乱,加上仕途坎坷,就更促使他倾心道法。他有诗说:

> 吾道亦自适,退身保玄虚。幸无职事牵,且览案上书……③

从他另外的诗作看,他特别喜读道典,如说“即事玩文墨,抱冲读道经”(《县斋》),“怀仙阅《真诰》,眙友题幽素”(《休暇东斋》)等等。这里提到的《真诰》,是著名道士陶弘景所整理、辑录,反映上清派神仙思想的集大成经典,主要内容是晋兴宁三年(365)以后南岳女仙魏华存等降临在茅山修道的杨羲、许谧等灵媒的“通灵”记录。韦应物有《学仙》诗二首,就是檃括《真诰·甄命授》里刘伟道和周氏三兄弟学仙的故事,宣扬学仙必须树立专精热诚的态度。从中也可见诗人对这部经典的熟悉程度。顺便提一句,唐代许多作家如白居易、李贺、李商隐、温庭筠等都喜读这部书。韦应物贞元元

---

① 〔唐〕王维著《赠李颀》,〔清〕赵殿成笺注《王右丞集笺注》卷二。
② 〔清〕彭定求等编《全唐诗》卷一三二,1341 页。
③ 〔唐〕韦应物《寄冯著》,《韦苏州集》卷二。

年至三年(785—787)出任江州刺史,治下的庐山乃是佛、道二教圣地①。他在这里结交了茅山道教第十五代宗师黄洞元和另一位道士刘玄和②,有《寄刘尊师》《寄黄尊师》《寄黄刘二尊师》等作品相赠。后诗说:

> 庐山两道士,各在一峰居。矫掌白云表,晞发阳和初。清夜降真侣,焚香满空虚。中有无为乐,自然与世疏。道尊不可屈,符守岂暇余。高斋遥致敬,愿示一编书。③

前面讲阎寀时,曾提到与黄洞元间有交谊。他在朗州的时候,黄洞元住在那里的桃花观。此外,杨衡的《登紫霄峰赠黄仙师》诗里的"黄仙师"也是指黄洞元④。可见黄洞元与当时文人有相当密切的关系。韦应物作为唐诗中高简闲淡一派诗风的代表,其慕道好仙对于他独特创作风格的形成是起了作用的。如他的著名的《清都观答幼遐》诗:

> 逍遥仙家子,日夕朝玉皇。兴高清露没,渴饮琼华浆。解组一来款,披衣拂天香。粲然顾我笑,绿简发新章。泠泠如玉音,馥馥若兰芳。浩意坐盈此,月华殊未央。却念喧哗日,何由得清凉。疏松抗高殿,密竹阴长廊。荣名等粪土,携手随风翔。⑤

清都观即开元观,是长安的著名道观;从诗里看,这位幼遐是宫廷供奉道士。诗中所谓"绿简"指道箓,"粲然"云云即是说他向韦应

---

① 参阅傅璇琮《韦应物系年考证》,《唐代诗人丛考》,309—312 页,中华书局,1980 年。
② 参阅〔日〕砂田稔《隋唐道教思想史研究》第八章《韦应物と道教——真性·〈真诰〉·刘黄二尊师について》,349—363 页,平河出版社,1990 年。
③ 〔唐〕韦应物《韦苏州集》卷三。
④ 〔清〕彭定求等编《全唐诗》卷四六五,5284 页。
⑤ 〔唐〕韦应物《韦苏州集》卷五。

物传授了道箓。这表明韦应物不仅仅是羡慕道士们的清幽生活，更希望身体力行之。他还写过《王母歌》《萼绿华歌》《马明生遇神女歌》等歌颂女仙的作品。其中《王母歌》是演绎《汉武帝内传》故事的。女仙萼绿华则是《真诰》里出现的女仙；《云笈七签》卷九八有《太真夫人赠马明生诗二首》，序文中记述了马明生遇神女故事，卷一〇六又有《马明生真人传》。这些作品都是根据诗人熟悉的道典，发挥艺术想象力创作的。另外，韦应物和佛教僧侣也多有接触，特别是受到禅宗相当深刻的影响。佛与道二者在他那里是没有隔碍的。

　　前面说到大历诗人戴叔伦、吉中孚"入道"事。这一时代有更多的文人表现出"慕道"的热情。如李端，"少尚神仙，且未能去"①；又如钱起《雨中望海上怀郁林观中道侣》诗说：

　　　　山观海头雨，悬沫动烟树。只疑苍茫里，郁岛欲飞去。大块怒天吴，惊潮荡云路。群真俨盈想，一苇不可渡。惆怅赤城期，愿假轻鸿驭。②

从这样的描写里可以看出他和郁林观道士交谊之深厚，诗中真切地抒写了对神仙轻举的神往之情。

　　颜真卿是著名政治家，又是卓越的书法家。他名真卿和字清臣都具有道教意味（杜光庭《墉城集仙录》卷一："食四节之隐芝者位为真卿。"又"清臣"意为"上清天之臣僚"）。他以在"天宝之乱"中起兵抵抗安、史叛军著名，在朝更忠直耿谅、恪尽职守，后来在李希烈叛乱时出使叛军被杀。因为他是道教信徒，传说他是"兵解"升仙了。司马承祯死后，玄宗十分崇重其弟子李含光。李居于茅山，为茅山道教十一代传人，后来又备受肃、代两朝优崇。颜真卿所作《有唐茅山元靖先生广陵李君碑铭》叙述自己和李含光的关

────────

①《书志赠畅当》，〔清〕彭定求等编《全唐诗》卷二八五，3255页。
②同上卷二三六，2609—2610页。

系说：

> 　　真卿乾元二年，以升州刺史充浙西节度，钦承至德，结慕
> 元微，遂专使致书于茅山，以抒诚恳。先生特令韦炼师景昭复
> 书于真卿。恩眷绸缪，足励超然之志。然宗师可仰，望紫府而
> 非遥；王事不遑，寄白云而悠远。洎大历六年，真卿罢刺临川，
> 旋舟建业，将宅心小岭，长庇高纵，而转刺吴兴，事乖夙愿。徘
> 徊郡邑，空怀尊道之心；瞻望林峦，永负借山之记。而景昭泊
> 郭闳等，以先生茂烈芳猷，愿铭金石，乃邀道士刘明素来托斯
> 文。真卿与先生门人中林子殷淑、遗名、韦渠牟尝接采真之
> 游，绪闻含一之德，敢强名于巷党，曷足辨于鸿蒙……①

这里说早在乾元二年(759)他做浙西节度使的时候，已经致书李含
光表示仰慕之意，李命弟子韦景昭复书。这位韦景昭在玄宗朝"羽
仪金箓，颉颃玉绳，藉藉京师，垂二十载"②，也是茅山道教著名道
士。据颜真卿所撰李含光碑铭记载，天宝四年(745)玄宗征李含光
到京，他"尝以茅山灵迹，剪焉将坠，真经秘箓，亦多散落，请归修
葺，乃特诏于杨、许旧居紫阳以宅之……先生以六载到山。是岁，
诏书三至，渥泽频繁，晖映崖谷。初，山中有上清真人许长史、杨
君、陶隐居自写经法，历代传宝，时遭丧乱，散佚无遗。先生捧诏搜
求，悉备其迹而进上之"。这里的"杨、许"指杨羲和许谧，所述为李
含光整理《真诰》事。前面说过，《真诰》作为宣扬道教神仙思想的
主要经典，在中、晚唐文人间相当流行。这和李含光等茅山道士宣
扬这部经典有直接关系。颜真卿自大历三年至六年(768—771)治
抚州三年，那里也是道教兴盛发达的地方，特别是唐代女仙信仰的
中心之一。颜真卿曾说到在这里"麻姑得道于名山，南真升仙于龟

---

①〔清〕董诰等编《全唐文》卷三四〇，3446—3447 页。
②〔唐〕陆长源《华阳三洞景昭大法师碑》，同上卷五一〇，5188 页。

原,华姑鹤翥于兹岭,琼仙妙行,接踵而去"①,是说抚州南城县的麻
姑山相传是女仙麻姑得道之处;"南真"即南岳夫人魏华存,也就是
《真诰》所写降临诸女仙中的主角,据说她是在龟原"剑解"仙化的;
而华姑是天宝年间在抚州井山"上升"的女道士;黎琼仙则是华姑
的"同学弟子",也是颜真卿治抚时认识的仙坛观女道士。颜真卿
描述在抚州接触的道士们的情况说:"今女道士黎琼仙年八十而容
色益少;曾妙行梦琼仙而飡花绝粒;紫阳侄男曰德诚继修香火;弟
子谭仙岩法箓尊严;而史元洞、左通元、邹郁华皆清虚服道,非夫地
气殊异,江山炳灵,则曷由纂懿流光,若斯之盛者矣! 真卿幸承余
烈,敢刻金石而志之。"②他生活在这样的环境里,又有长年慕道的
背景,自然诱发出更强烈的神仙崇拜的热忱。他写出了书法史上
著名的《抚州南城县麻姑山仙坛记》《晋紫虚元君领上真司命南岳
夫人魏夫人仙坛碑铭》《抚州临川县井山华姑仙坛碑铭》三篇文章。
其中详细记叙了三位仙灵的传说,表露出作者慕道尚仙的热情。
这三篇作品也可以看作是一组关于道教女仙传统和抚州当地女仙
信仰实态的系列文章,在道教史上有巨大价值。后来颜真卿治湖
州,广征文士结诗酒之会,参与者中也有好道之士。著名者陆羽之
外,还有晚年的张志和。颜真卿作《浪迹先生玄真子张志和碑铭》,
生动地记叙了张的事迹,描摹他的丰采,并称颂他是"视轩裳如草
芥,屏嗜欲若泥沙,希迹乎大丈夫,同符乎古作者,莫可测也";又写
到他"岂烟波终此身"③,暗示他不知所终。这也成为后来传闻张终
于仙去的依据。

　　李含光在紫阳观的弟子韦景昭有道友窦息。据陆长源所作韦
的碑文,"浙江东、西节度支度判官、检校尚书兵部郎中兼侍御史扶

_____

① 〔唐〕颜真卿《抚州临川县井山华姑仙坛碑铭》,〔清〕董诰等编《全唐文》卷三
　　四〇,3445 页。
② 〔唐〕颜真卿《抚州南城县麻姑山仙坛记》,同上卷三三八,3424 页。
③ 〔唐〕颜真卿《浪迹先生玄真子张志和碑铭》,同上卷三四〇,3448 页。

风窦公曰息，布武区中，栖心象外，与法师声同道韵，理契德源，追往想琴高之祠，传神著务光之传"①。可见窦息与茅山派道教的密切关系。这位窦息就是写作书法史上著名的《述书赋》的唐代大书法理论家。其生平史料记载不详。他在浙江节度府任职，很可能和颜真卿同时，为其下属。如果这一点可以证实，颜真卿与窦息对于书法有着共同的兴趣，亲近茅山道教的态度二人也是一致的。在书法史上，早年天师道对于促进书法的发展曾起了相当大的作用②。司马承祯亦善书法，前面已提到他曾为玄宗书写三体《道德经》。唐代好道的文人如贺知章、张志和亦均善书。直到颜真卿、窦息，仍在发扬这一传统。这也是唐代道教与文人关系中值得注意的现象。

宪宗朝曾为宰相的权德舆时望与文名俱高，也是唐代士大夫调和"三教"的典型人物。他早年在洪州，是洪州禅马祖道一的俗弟子，为道一所作《塔铭》，乃是禅宗史上的重要史料。而他又写过《唐故中岳宗元先生吴尊师集序》③，这是为王颜所编并上献朝廷的吴筠文集所作的序。其中一方面颂扬吴筠的文章，说他"属词之中，尤工比兴"，"近古游方外而言六义者，先生实主盟焉"；另一方面则肯定他所宣扬的神仙思想：

> 至若总论谷神之妙，则有《元纲》篇；哀蓬心蒿目之远于道也，则有《神仙可学论》；疏瀹澡雪，使无落吾事，则有《洗心赋》、《岩栖赋》；修胸中之诚而休乎天均，则有《心目论》、《契形神颂》。其他操章寓书，赞美序别，非道不言，言而可行，泊然

---

① 《华阳三洞景昭大法师碑》，同上卷五一〇，5189 页。
② 参阅陈寅恪《天师道与滨海地域之关系》八《天师道与书法之关系》，《金明馆丛稿初编》，34—39 页，上海古籍出版社，1980 年。
③ 又有《吴尊师传》，收入嘉庆辑刻本《权文公集·补遗》，内容和集序多有不合，且传承不明，应非权德舆作。

以微妙,卓尔而昭旷……①

由此也可见他对吴筠神仙思想的倾心。

刘禹锡是中唐时期著名的革新政治家和具有唯物主义倾向的思想家。但他的思想和创作与佛、道也有相当密切的交涉。在他出官到朗州的时候,更受到当地道教神仙传统的影响。这里也就是前面所说的阎寀入道的地方。唐代道士升仙“灵迹”轰动传闻的有三个人,两个是关于女冠的,即上面写到的抚州华姑和惊动了众多文人的西川南充县谢自然,再一个是朗州武陵桃花源的瞿童。据符载《黄仙师瞿童述》,瞿童于大历四年(769)自辰溪来到武陵,其时黄洞元正在桃花观,他从之服役,多显灵迹,终于在大历八年飞升化去。阎寀应当是知道这一传说的。符载此文作于贞元元年(785),当时他和杨衡、李群、李渤同隐庐山,称“山中四友”②。李渤是著名道士,所作《真系》,整理自茅山真人杨羲至李含光的世系,是道教史上的名著,即作于这一时期③。杨衡有《登紫霄峰赠黄仙师》诗④,也是赠黄洞元的。至“建中元年四月,洞元迁居江州庐山;贞元五年十一月,复迁居润州茅山”。可知所谓“山中四友”在庐山曾与黄洞元交往。后来温造于长庆元年(821)至四年到朗州任刺史,他又作了《瞿童述》。其中说到,他本来认为瞿童传说“怪异可惑”,是不可信的,但他游历沅江,从渔人处得知桃源观道士陈景昕,遂命迎之,陈为俱辩瞿童之事,他终于“用祛后疑”⑤而作了这篇宣扬神仙观念的文字。刘禹锡是在温造之前,于元和元年(806)“永贞革新”失败后贬为朗州司马的。他游历桃源,作了长篇《游桃

① 〔唐〕权德舆《权载之文集》卷三二。
② 参阅傅璇琮主编《唐才子传校笺》第 2 册,598—601 页。
③ 参阅〔日〕吉冈義豊《道藏编纂史》第三章《六朝道经の伝承譜系》四《真系と道経伝授表》,《吉冈義豊著作集》第 3 卷,59—67 页,五月书房,1988 年。
④ 〔清〕彭定求等编《全唐诗》卷四六五,5284 页。
⑤ 〔唐〕温造《瞿童述》,〔清〕董诰等编《全唐文》卷七三〇,7528 页。

源一百韵》纪行诗,诗的开头写观览所见,即生发出对神仙世界的联想:

> 羽人顾我笑,劝我税归轲。霓裳何飘飘,童颜洁白皙。重岩是藩屏,驯鹿受羁靮。楼居迩清霄,萝苇成翠帘。仙翁遗竹杖,王母留桃核。姹女飞丹砂,青童护金液。

接着就写到瞿童事:

> 因话近世仙,耸然心神惕。乃言瞿氏子,骨状非凡格。往事黄先生,群儿多侮剧。謷然不屑意,元气贮肝鬲。往往游不归,洞中观博弈。言高未易信,犹复加诃责。一旦前致词,自云仙期迫。言师有道骨,前事常被谪。如今三山上,名字在真籍。悠然谢主人,后岁当来觌。言毕依庭树,如烟去无迹。观者皆失次,惊追纷络绎。

他如此细致地叙述了瞿童升仙的故事。在传述了瞿童升仙后的灵迹以后,他又抒发感慨说:

> 因思人间世,前路何湫窄。謷然此生中,善祝常期百。大方播群类,秀气肖翕辟。性静本同和,物牵成阻阨。是非斗方寸,荤血昏精魄。遂令多夭伤,犹喜见斑白。喧喧车马驰,苒苒桑榆夕。共安缇绣荣,不悟泥途适。[①]

这样,他把人世间和神仙世界作了对比,然后又表白自己本来"孤贱",以"忠信"立身,却巧言成锦,被罪贬谪,失望之余,发出了"倘复夷平人,誓将依羽客"的志愿。这里的神仙幻想,成为诗人解脱现实压迫的精神安慰。这篇作品也清楚地反映了瞿童升仙传说给予文人的强烈印象和深刻影响。

可以连带提及韩愈相关题材的一篇作品。韩愈是反对佛、道

---

① 〔唐〕刘禹锡《刘宾客文集》卷二二。

的,他的《桃源图》诗是为得到武陵太守所寄的一幅桃源图画而作,其中同样描写了桃花源美丽的景象,但诗的开头和结尾是:

　　　　神仙有无何渺茫,桃源之说诚荒唐……世俗宁知伪与真,
至今传者武陵人。①

他明确地表示反对神仙荒唐之说。从当时瞿童传说流传的情况看,他应是有所为而写的。

　　晚唐时期重要政治家李德裕也是道教信徒。他的妻子刘氏,"中年于茅山燕洞宫传上清法箓",道号致柔②;他的妾名徐盼,大和年间他在滑州刺史任上时病逝,"疾亟入道,改名天福"③,可见他的家庭的宗教气氛。他"世与元真子(张志和)有旧,早闻其名"④。长庆二年(822)至大和三年(829),他出任润州刺史、浙西观察使,茅山正是其属地。他的妻子入道即是在这一时期。他在长庆四年所上《奏银妆具状》中说道:"昨奉五月二十三日诏书,令访茅山真隐,将欲师处谦守约之道,敦务实去华之美。"⑤他所访问的"茅山真隐",就是黄洞元的弟子茅山第十六代宗师孙智清⑥。后来开成元年他除滁州刺史,赴任时路经鄱阳湖,作《望匡庐赋》,其中有"望元师于林麓"句,下注曰:"余受法于茅山,元师(指陆修静)则传法祖师也。"⑦他更有《三圣记》一文,又称《茅山三像记》,文曰:

----

① 〔唐〕韩愈《韩昌黎全集》卷三。
② 〔唐〕李德裕《唐茅山燕洞宫大洞炼师彭城刘氏墓志铭》,河南省文物研究所、河南省洛阳地区文管处编《千唐志斋藏志》下册,1119 页,文物出版社,1984 年。
③ 〔唐〕李德裕《滑州瑶台观女真徐氏墓志铭》,周绍良主编《唐代墓志汇编》下册,2114 页。
④ 〔唐〕李德裕《元真子渔歌记》,《李卫公会昌一品集·别集》卷七。
⑤ 同上卷五。
⑥ 参阅〔日〕砂田稔《隋唐道教思想史研究》第十章《李德裕と道教》,389—415 页。
⑦ 〔唐〕李德裕《李卫公会昌一品集·别集》卷二。

　　　　有唐宝历二年岁次丙午八月丙申朔十五日庚戌，玉清元
　　都大洞三道弟子、正议大夫使持节润州诸军事守润州刺史兼
　　御史大夫充浙西道都团练、观察处置等使、上柱国、赞皇县开
　　国男、食邑三百户、赐紫金鱼袋李德裕，上为九庙圣主，次为七
　　代先灵，下为一切含识，于茅山崇元观南敬造老君殿院，及造
　　老君、孔子、尹真人像三躯。皆按史籍遗文，庶垂不朽。
　　谨记。①

可知他曾正式受箓并得到了道号，孙智清应是传法者。后来他离
开润州，写了《寄茅山孙炼师》《又二首》等诗，孙智清死后，他又写
了《遥伤茅山县孙尊师三首》《尊师是桃源黄先生传法弟子尝见尊
师称先师灵迹今重赋此诗兼寄题黄先生旧馆》诗。后诗曰：

　　　　后学方成市，吾师又上宾（原注：今茅山宫观道士并是先
　　生弟子）。洞天应不夜，源树祇如春（原注：此并述桃源事）。
　　棋客留童子（原注：瞿山童即先生弟子，桃源得仙人棋子，载在
　　传记），山精避直神（原注：先生初至茅山，童子触法坐有声，先
　　生疑山神所为，书符召至之，其灵异如此矣）。无因握石髓，及
　　与养生人。②

这里同样也叙述了瞿童升仙故事，可见其影响之深远。值得注意
的是，李德裕热衷信仰茅山道教，对于当时某些道士所宣扬的金丹
等方术并不赞同。他有《谏敬宗探访道士疏》，其中说敬宗寻访异
人，"所虑赴召者，必怪迂之士，苟合之徒，使物湩冰，以为小术，炫
耀邪僻，蔽欺聪明"，因此自己"三年之内，四奉诏书，未尝以一人塞
诏"③。时有"浙西处士周息元入内宫之山亭院，上问以道术，言识

---

① 〔清〕董诰等编《全唐文》卷七〇八，7265—7266 页。
② 〔唐〕李德裕《李卫公会昌一品集·别集》卷四。
③ 同上卷五。

张果、叶静能。浙西观察使李德裕上疏言息元诞妄,无异于人"①。
他虽然在《黄冶论》里说到"未之学也,焉知无有","刘向、葛洪皆下
学上达,极天地之际,谓之可就,必有精理"②,可是他实际上并不提
倡炼丹术。其《黄冶赋》即明确说到"若乃不务德业,营信秘箓,祈
年永久,以极嗜欲,斯则不由于正道,无益于景福"③。不过应当承
认,他的道教信仰对于武宗一朝的反佛是起了推动作用的;他任地
方官时也采取过一些限制佛教的措施。总的看来,李德裕对道教
的信仰更侧重在精神生活方面。有的学者以为李德裕一生行事和
思想,主导方面应该是儒家,而不是道家,这当然是没有疑问的;但
如果就此而以为他的家庭和他本人一切崇道行为仅仅是受到社会
上道教流行的影响,则可能是把问题看得简单了。宗教心理和政
治、伦理观念、行为是两个范畴的事,在具体人身上表现出的矛盾
是可以理解的现象。这实际上正表明了人的意识的复杂性。

　　中、晚唐时期,随着唐王朝国势衰颓,文人的命运普遍地更加
坎坷,精神上也感受到更大的苦闷和更多的矛盾。著名文人不只
是下面讨论的李商隐,如皮日休、陆龟蒙、杜荀鹤、罗隐等均有倾心
道教的表现,陆龟蒙有《寄茅山何威仪二首》之一说:"年来已奉《黄
庭》教,夕炼腥魂晓吸霞。"④他隐居甫里,筑有道室,依律焚修,有诗
纪事⑤。皮日休和诗则说:"剩欲与君终此志,顽仙唯恐鬓成霜。"⑥
他的《宏词下第感恩献兵部侍郎》诗也说:"分明仙籍列清虚,自是
还丹九转疏。"⑦前面又已说到他们二人同嗜丹药。杜荀鹤称赞罗

---

①〔后晋〕刘昫等《旧唐书》卷一七上《敬宗纪·宝历二年》。
②〔唐〕李德裕《李卫公会昌一品集·外集》卷四。
③同上《别集》卷一。
④〔清〕彭定求等编《全唐诗》卷六二五,7188 页。
⑤〔唐〕陆龟蒙《上元日道室焚修寄袭美》,同上卷六二四,7177 页。
⑥〔唐〕皮日休《奉和鲁望四月十五日道室书事》,同上卷六一三,7077 页。
⑦同上卷六一三,7067 页。

隐说他"猩袍懒著辞公宴,鹤氅闲披访道流"①。可见后者曾度过求
仙访道生活。罗衮的赠诗里也说他"向夕便思青琐拜,近年寻伴赤
松游"②。这时有更多的人到佛、道中求取安慰,或度过山林隐逸生活。

　　但另一方面也应注意到,在当时严重的社会矛盾和现实危机
的推动下,"儒学复古"思潮兴起,对宗教信仰的批判形成了相当大
的势头。这一时期宗教观念中的冲突和矛盾从而也十分突出起
来。在士大夫阶层中,反迷信的理性精神形成巨大的潮流在发挥
作用。就神仙信仰说,如韩愈、白居易等一代文坛领袖都对之进行
过尖锐、猛烈的批判;而如李贺、李商隐等人,虽在创作中积极表现
神仙题材,但信仰的色彩是十分淡薄的。有关情况后面将具体
述及。

　　以上举出一些具体例子,说明唐代士大夫神仙信仰的第二类
人的情况。这些人身上具有不同程度的"慕道""羡仙"的意识,甚
或有过"学仙"的经历。他们写过不少表现神仙题材的作品,对神
仙生活、飞升轻举等表示向往。可是在他们的内心深处,主要只是
限于"慕"和"羡"而已,如六朝时期某些文人那样的真诚的宗教意
趣已经难以见到了(当然不是绝对没有)。此外还有两个现象应当
提到:一是唐时有更多的文人热衷于丹药,这当然也和道教有关
系,但多数人对丹药有兴趣主要是出于强身健体、规谋财利等实际
目的以至是单纯为了玩赏,满足好奇心,并不一定是或基本不是为
了成仙;二是唐时有更多的人弃官隐逸或曾有过隐居经历,在高蹈
绝尘的隐居生活中和僧、道多有交流,但这样做和宗教信仰并没有
关系。唐前期国势兴盛,士大夫出身之路比较平坦,隐逸多是想走
"终南捷径";后来形势逐渐衰微,国是日非,更多的人是隐逸以避
世乱。文献里记载的许多隐逸人物,并没有信仰道教神仙思想的

①〔唐〕杜荀鹤《献钱塘县罗著作判官》,同上卷六九二,7966 页。
②〔唐〕罗衮《赠罗隐》,〔清〕彭定求等编《全唐诗》卷七三四,8386 页。

明确记录。

　　下面分别讨论几位关系道教神仙思想的重要的、具有典型意义的作家。

八　李白——神仙追求及其困惑

　　谈到唐代文人与道教的关系,李白无疑是最为突出的人物。而且从道教给予文学影响的角度看,在整个中国文学的历史上,也是无人出李白之右的。这不只是就影响的深刻、巨大而言,更重要的是李白在这种影响下所创造出的积极成果,是历史上无与伦比的。

　　唐代佛、道二教给予文学艺术发展的巨大影响是显而易见的事实。但这些事实同时又表明了一个规律,即那些以"辅教"为目的或为了宣扬宗教观念而创造的作品,必然带有严重的教条化、程式化倾向,从而其艺术成就也就有所局限;反倒是那些与"信仰"保持一定"距离"的作者,能够利用宗教所提供的材料(从观念到形象,从语言到思维方法等等)创造出优秀的作品。如果说道教的神仙追求本质上是迷信,是愚妄,那么如李白那样的真正的艺术家则有能力化腐朽为神奇。他把对神仙世界的幻想、追求和由此带来的困惑成功地转化为诗思。也就是说,葛洪、陶弘景等道士们经过漫长过程所"创造"的神仙境界,被诗人"艺术化"了,从而使这一宗教题材得到富于优美诗情的表现,取得了独立的艺术价值。

　　李白对道教的兴趣终生不衰。他早年在蜀中即开始学道,出川后周流四方,先后居于嵩山、剡溪学道,表现出一派"仙风道骨",并已经和一代道教宗师司马承祯有所接触;天宝初他和吴筠同隐会稽,吴筠当时已以道术闻名于时,在学道方面两人间是相互影响的。后来吴筠被玄宗征召,他随后也被特征,即与吴筠的推荐有关系。后朝廷为吴筠立观嵩山，传上清派正一之法，为王远知下第五代。李白与另一位被玄宗特殊尊礼的茅山道士李含光也有关系。他有《送殷淑三首》《三山望金陵寄殷淑》诗；又韦渠牟"年十一，尝赋《铜雀台》绝句，右拾遗李白见而大骇，因授以古乐府之学"。李白和殷、韦交往是在天宝末年游江南的时候，这两个人正是李含光的"门人"①。李白和同时期道教领袖的这种交谊，不只表明了他对道教的热衷，更显示了他在道门中的地位。他天宝初入朝，又得力于玉真公主的举荐；而玉真公主是唐代众多"入道"公主中非常著名的一位。据郁贤皓考证，李白曾"二入长安"，在初入长安的开元十八年(730)，已和玉真公主相识，其《玉真公主别馆苦雨赠卫尉张卿二首》即作于其时，张卿为张说子，尚玄宗女宁亲公主。李白后来被玄宗所器重，他有好道的名声也应是原因之一。到他被朝廷斥逐出京，求仙访道的活动更进入高峰期。他曾于青州紫极宫从北海高天师受道箓，又访道安陵，遇盖寰，为造真箓。就是说，他这时形式上也成了真正的道士。他的求仙好道的热情更感染了好友杜甫。他出朝后和杜甫做梁、宋之游，访道求仙是他们二人活动的主要内容之一。这对杜甫的生活和创作也造成了长远的影响。出京后他漫游四方，给人的印象是"仙药满囊，道书盈箧"②，宛如神仙中人。他有诗说："十五游神仙，仙游未曾歇。"③他晚年所作的《金陵与诸贤送权十一序》说：

> 吾希风广成，荡漾浮世，素受宝诀，为三十六帝之外臣。即四明遗老贺知章呼余为谪仙人，盖实录耳。而尝采姹女于江华，收河车于清溪，与天水权昭夷，服勤炉火之业久矣……④

---

① 〔唐〕颜真卿《有唐茅山元靖先生广陵李君碑铭》，〔清〕董诰等编《全唐文》卷三四○，3445 页。
② 〔唐〕独孤及《送李白之曹南序》，〔清〕董诰等编《全唐文》卷三八八，3943 页。
③ 〔唐〕李白《感兴八首》之五，〔清〕王琦注《李太白全集》卷二四。
④ 同上卷二七。

这里"姹女"指汞,"河车"指铅,是说自己曾以铅、汞合炼金丹。文章的最后自称"酒仙翁李白"。他对"谪仙人"的称呼十分满意,在诗里一再提到,如"世人不识东方朔,大隐金门是谪仙"①、"青莲居士谪仙人,酒肆藏名三十春"②等。他的友人如杜甫、魏颢、李阳冰等也都这样称呼他。他的诗风更是飘逸不群,被后人目为"诗仙",作品则被称赞为"天仙之词"。道教的神仙思想对他的生活和创作的影响确实是十分巨大的。

而给他写墓碑的范传正却这样评论说:

> 公以千钧之弩,一发不中,则当摧樨折牙而永息机用,安能效碌碌者苏而复上哉! 脱屣轩冕,释羁缰锁,因肆情性,大放宇宙间。饮酒非嗜其酣乐,取其昏以自富;作诗非事于文律,取其吟以自释;好神仙非求其轻举,将不可求之事求之,欲耗壮心、遣余年也。③

范传正的父亲范伦和李白有交往,两家为"通家之旧",墓碑是他承李白孙女之托作的。他对诗人心迹的理解应是真切深刻的。李白自己也明确地表述过这样的矛盾心情:

> 吁咄哉! 仆书室坐愁,亦已久矣。每思欲遐登蓬莱,极目四海,手弄白日,顶摩青穹,挥斥幽愤,不可得也。④

无论是从言论还是从行动看,李白的神仙幻想和神仙追求都是极其热烈、真挚而持久的,但同样也鲜明地表现出这种幻想和追求中包含的"不可得"的内心矛盾。如此形成的激情转化为诗思,显露出一代天才人物灵魂的痛苦和挣扎,千古以来才能感动无数读者,

---

①〔唐〕李白《玉壶吟》,〔清〕王琦注《李太白全集》卷七。
②〔唐〕李白《答湖州迦叶司马问白是何人》,同上卷一九。
③〔唐〕范传正《唐左拾遗翰林学士李公新墓碑》,〔清〕王琦注《李太白全集》附录。
④〔唐〕李白《暮春江夏送张祖监丞之东都序》,同上卷二七。

而无关这些读者是否真的对神仙有所信仰。而且就是李白自己，在另外一种条件下，也曾一再明确表示："仙人殊恍惚，未若醉中真。"①"贤圣既已饮，何必求神仙？"②就是说，他对于神仙的存在，对于飞升成仙、长生久视之类的说法并没有坚定的信仰心，有时态度还是相当理智的。这样，他受到当时盛行的神仙信仰的浸染是不可否认的，他时时迷惑于神仙幻想也是可以肯定的，但同样应当承认的是，他的求仙行动主要不是出于虔诚的求道心，而是受到现实压迫和刺激后排遣无法解脱的"幽愤"；他对神仙世界的讴歌，则主要是个人心曲的抒发和表露。日本学者松浦友久注意到，"李白诗中也有对道教的求仙、求仙行为的疑问和批判"，他认为，"道教的思考，其在诗歌中易于题材化的游仙、求仙的思考，具有专指'私'的、个人的、对自己的幸福追求的意义"③。就是说，道教及其神仙这一题材，已被诗人转化为诗情，寄托着诗人内心的愤懑和痛苦，深刻地反映着时代矛盾带给他的创伤，从而造成他的诗歌的巨大而永恒的感染力，也使他这方面的行为和创作作为时代精神的一种反映而具有典型意义。

　　李白生活的时代正是唐代道教发展的极盛时期，他幼年成长的蜀中又是传统上道教兴盛的地区。这对培养他倾心道教的心态都起了相当的作用。他的家庭情况已不能得其详。他的父亲"高卧云林，不求禄仕"④，据一般推测大概是个富商，起码不属于传统的官宦世家。这种家庭环境在观念上必然较少儒家传统的束缚，这也成了少年李白吸纳百家杂说、发展自由开阔的思想意识的有利条件。具体分析道教思想在盛唐时期的发展，应注意到两方面

①〔唐〕李白《拟古》之三，〔清〕王琦注《李太白全集》卷二四。
②〔唐〕李白《月下独酌》之二，同上卷二三。
③〔日〕松浦友久《李白诗歌抒情艺术研究》，116—118页，刘维治译，上海古籍出版社，1996年。
④〔唐〕范传正《唐左拾遗翰林学士李公新墓碑》，〔清〕王琦注《李太白全集》附录。

的内容:一方面,求仙访道是张扬迷信,在统治者则是妄图保持现世的荣华享乐于永久。在位后期的玄宗本人在这方面表现得特别突出。李白观念中也不是没有这方面的因素。但另一方面,在唐代那样兴旺发达的时代里,也培养了人们不受现实羁束、追求身心自由的生命意识。在一些人的神仙观念里,正寄托着人们追求超越、追求理想和幻想的实现、要求积极发扬个性、发挥精神自由的意念。特别是在儒学"修、齐、治、平"的经世思想占统治地位的传统中,这种追求更有着某种解放思想、张扬个性的意义。范传正评论李白求仙是所谓"将不可求之事求之",即追求一种幻想的实现,正特别体现了这后一方面。这样,他的许多神仙题材的作品,乃是对于生命、对于某种理想的生活境界、对于精神自由的讴歌,例如:

> 黄河走东溟,白日落西海。逝川与流光,飘忽不相待。春容舍我去,秋发已衰改。人生非寒松,年貌岂长在。吾当乘云螭,吸景驻光彩。①

"逝者如斯"本是人生中永恒的悲哀。对于徒有壮志、才不得施如李白这样的人,悲情则更为深重。他常常如此悲悼时不我待,期望到神仙世界去,让青春永驻。在悲悼人生短暂的背后,表现出人生不能如意、理想不得实现的痛苦;而他又不甘心委顺自然,希望神仙世界给他提供一条解脱困境的出路。又如:

> 昔我游齐都,登华不注峰。兹山何峻秀,绿翠如芙蓉。萧飒古仙人,了知是赤松。借予一白鹿,自挟两青龙。含笑凌倒景,欣然愿相从。泣与亲友别,欲语再三咽。勖君青松心,努力保霜雪。世路多险艰,白日欺红颜。分手各千里,去去何时还。在世复几时,倏如飘风度。空闻紫金经,白首愁相误。抚己忽自笑,沉吟为谁故。名利徒煎熬,安得闲余步。终留赤玉

---

① 〔唐〕李白《古风》之一一,〔清〕王琦注《李太白全集》卷二。

　　舄,东上蓬莱路。秦帝如我求,苍苍但烟雾。①

这首诗另本或按押韵情况分为四首。作为单篇作品分析,可以发现诗人十分细致的心路历程:人生倏忽如飘风,而在这短暂的人生道路上,不仅客观环境多有险艰,主观上更有名利煎熬,如此"安得闲余步"? 即痛切地感受到没有人身和精神的自由。所以要追随仙人而去,"天外恣飞扬",即使帝王求我也绝不反顾。在这首诗里,诗人所登的山峰本是一座现实的山,但却被描写成仙人活动的"仙山"。在李白的不少作品里都表现出同样的观念,即把他所攀登或希望攀登的山表现为仙境。这种想法当然和道教的"洞天福地"的仙境观有关。但在李白的这种构想里,更体现出"离开人的世界去到另外一个世界的观念"②。仙山、仙境实际是他幻想中的理想世界。李白的许多山水诗都表现出对于自然山川的赞美和热爱,而自然山川则被赋予这种"仙山"观念,更体现出特别的思想意义,并使这一题材的作品带上了特殊的奇情异彩。

　　李白有《怀仙歌》说:

　　　　一鹤东飞过沧海,放心散漫知何在。仙人浩歌望我来,应攀玉树长相待。尧舜之事不足惊,自余嚣嚣直可轻。巨鳌莫载三山去,我欲蓬莱顶上行。③

诗人向往海上的仙山,但他所怀恋的不是仙岛上的琼楼玉宇。"致君尧舜"本是古代士人的理想,但在诗人看来,这种经世的事业比起无限自由的仙岛上的神仙生活是不足重的。"尧舜之事"不过是巩固统治的经国事业,他对之表示鄙弃,表明他的人生意识是超越传统、并远超出同时流辈的。

---

①〔唐〕李白《古风》之二〇,〔清〕王琦注《李太白全集》卷二。
②〔日〕小川環樹《唐詩を中心いして》,《小川環樹著作集》第 2 卷,257 页,筑摩书房,1997 年。
③〔唐〕李白著,〔清〕王琦注《李太白全集》卷八。

盛世所激发的重视个性自由的意志使得李白对功名利禄取鄙视态度,跟着形成的是"功成身退"的隐逸意识。他在《代寿山答孟少府移文书》里已表示过"事君之道成,荣亲之义毕,然后与陶朱、留侯浮五湖、戏沧海"的志愿,表明他已经明确意识到,在严密的封建专制体制之下,个人既不可能得到发展才能的广阔天地,也不可能求得发扬个性的自由,只有超脱现世束缚才能真正做到"不屈己,不干人",而幻想的神仙世界就是这样一种出路。所以他的作品中所表现的隐逸意识往往不是消极退避的,而体现出一种不安于命运的精神躁动和抗争。

总之,构成李白神仙观念的基调的,是解脱现实一切束缚的强烈意念,是对于个性自由发展的热烈追求。他强烈地意识到当时的现实体制不允许充分发挥个人的才能,更不可能实现自己的人生理想和生命价值,因此要追求幻想的神仙境界。这构成了李白神仙题材的作品的第一方面的内容。

李白的思想本质上是积极入世的。这也是他所生存的那一时代士大夫精神上的共同特征,也是造成他的为人与为文具有积极价值的重要因素。当然,他的神仙追求有时也流露出消极意味,并且,积极用世和消极出世构成了伴随其一生的不可解脱的内心矛盾。"申管、晏之谈,谋帝王之术,奋其智能,愿为辅弼,使寰区大定,海县清一"①,这是他坚持不渝的志愿,是构成他人生观的基调的观念。然而天宝年间国是日非、大乱将临的时局又注定他的经世志向不可能实现,他在短暂的特召入朝后的沦落境遇更给了他深刻的教训。正是在被放出朝、受到沉重的打击之后,他的求仙活动也表现得更为积极、专注。也是在这一时期,他的神仙观念及其在作品里的表现发生了巨大变化:如果说在前期,他的神仙追求主要表现为主观精神的发扬、对于理想人生和意志自由的向往与追

---

① 〔唐〕李白《代寿山答孟少府移文书》,〔清〕王琦注《李太白全集》卷二六。

求;那么在出长安后,随着理想的破灭,则反映为"被迫"到另一个世界去寻求解脱。特别是随着年事渐长,前途更加暗淡,神仙幻想对于他更常常体现为一种无奈的心灵安慰,幻想中的神仙世界与现实相对比则形成对现状的批判和讥刺。他有《登高丘而望远海》一诗:

> 登高丘,望远海。六鳌骨已霜,三山流安在。扶桑半摧折,白日沉光彩。银台金阙如梦中,秦皇、汉武空相待。精卫费木石,鼋鼍无所凭。君不见骊山、茂陵尽灰灭,牧羊之子来攀登。盗贼劫宝玉,精灵竟何能。穷兵黩武今如此,鼎湖飞龙安可乘。①

这首诗的立意在讽刺天宝末年用兵南诏和西域的穷兵黩武,同时也指斥玄宗求仙的无益。其中特别揭露秦皇、汉武求仙的失败以为教训,反映了诗人对于神仙虚妄的相当清醒的意识。从表面上看,这里反映的观念是和他同时又热衷求仙的实践并在作品里热烈地宣扬神仙幻想相矛盾的。而同时,他这一时期所写的表现神仙题材的诗,又更突出了范传正所指出的"将不可求之事求之"的特点。实际上他是借这一题材来抒发对于现实的强烈的激愤,从而表现出相当强烈的批判意识。可举出名作《梦游天姥吟留别》为例。这篇作品一开头就说:"海客谈瀛洲,烟涛微茫信难求。"表明他本来就是以疑惑的态度来对待所谓仙山和神仙传说的。接下来在"梦游"了一番奇丽的神仙世界之后,美梦终于破灭了,促使他更冷静地思索:

> 忽魂悸以魄动,恍惊起而长嗟。惟觉时之枕席,失向来之烟霞。世间行乐亦如此,古来万事东流水。别君去兮何时还,且放白鹿青崖间,须行即骑访名山。安能摧眉折腰事权贵,使

---

① 〔唐〕李白著,〔清〕王琦注《李太白全集》卷四。

我不得开心颜。①

这样,得出的结论是,世间的荣华富贵和神仙幻想一样,都是虚幻不实的,所以他要和"权贵"所代表的统治集团相决裂,到美好的大自然里去寻求自由的生活。他的《寄王屋山人孟大融》诗又说:

> 我昔东海上,劳山餐紫霞。亲见安期公,食枣大如瓜。中年谒汉主,不惬还归家。朱颜谢春晖,白发见生涯。所期就金液,飞步登云车。愿随夫子天坛上,闲与仙人扫落花。②

这也是表示,自己是因为入朝"不惬"才又去求仙的。而如《古风》中这样的作品:

> 西上莲花山,迢迢见明星。素手把芙蓉,虚步蹑太清。霓裳曳广带,飘拂升天行。邀我登云台,高揖卫叔卿。恍恍与之去,驾鸿陵紫冥。俯视洛阳川,茫茫走胡兵。流血涂草野,豺狼尽冠缨。③

这是用超越的神仙世界和世间的血腥战乱相对照,这种神仙幻想的现实批判意义就更明显了。

杜甫作为李白的挚友,两个人又曾有过共同求仙访道的经历,是十分了解李白心境的人。他描写李白面貌是"出门搔白首,若负平生志。冠盖满京华,斯人独憔悴"④;说他是"才高心不展,道屈善无邻。处士祢衡俊,诸生原宪贫"⑤;又形容他是"飞扬跋扈"⑥,"佯狂真可哀"⑦,如此等等,都不把他当作世外的神仙中人,而把他描

---

①〔唐〕李白著,〔清〕王琦注《李太白全集》卷一五。
②同上卷一三。
③〔唐〕李白《古风》十九,同上卷二。
④〔唐〕杜甫《梦李白二首》之二,〔清〕仇兆鳌注《杜少陵集详注》卷七。
⑤〔唐〕杜甫《寄李十二白二十韵》,同上卷八。
⑥〔唐〕杜甫《赠李白》,同上卷一。
⑦〔唐〕杜甫《不见》,同上卷一〇。

写为积极用世之人、愤世之人，并因此而流露出深刻的理解和同情。当时与李白有交往的人所留下的诗文，以至后人如白居易、李商隐、皮日休等的评论，也往往强调他命运坎坷、不为世容的悲剧人生的一面。这样，从一定意义上说，在李白生命的后期，求仙访道是出于无奈，也是一种实际行动的抗议。他在诗里通过抒写对于超越的、非现实的神仙世界的向往和追求，表达了对于现世环境、体制和人情世态等"不如意"的一切的激愤和批判。这是李白神仙诗的第二方面的内容。这类作品在思想上更加具有社会意义。

　　这样，李白的神仙追求就并不完全是出于坚定的宗教信仰心。随着他的阅历日深，经过更多现实的磨难，信仰心实际上在"淡化"下去。而他的求仙活动和相关题材诗作中所表现的，主要并不是求道的真挚与狂热，而是现实矛盾所触发的内心激情。实际上，已经被无数事实所验证的神仙不可求的道理他是时时意识到的。但正是求仙理想不可能实现这一事实，又带给他更加深刻的、不可解脱的痛苦和哀愁：连幻想的自由和出路都不复存在，这是更为深切的悲哀。抒写这种悲哀，构成他的有关神仙题材作品的又一方面内容。现世不可久居，仙界又不可求，社会已对他杜绝一切出路。李白把这种苦闷和困惑细致地抒写出来，就不只表达出个人人生的无奈，更典型地反映了社会给予有理想的天才人物造成的困境。他天宝元年(742)游泰山时已有诗说：

　　　　清晓骑白鹿，直上天门山。山际逢羽人，方瞳好容颜。扪萝欲就语，却掩青云关。遗我鸟迹书，飘然落岩间。其字乃上古，读之了不闲。感此三叹息，从师方未还。

　　　　平明登日观，举手开云关。精神四飞扬，如出天地间。黄河从西来，窈窕入远山。凭崖览八极，目尽长空闲。偶然值青童，绿发双云鬟。笑我学仙晚，蹉跎凋朱颜。蹉跎忽不见，浩荡难追攀。①

这里写神仙难求，表现的是内心的疑惑和矛盾。同时也明显地道出了：神仙世界固然美好，但却是可遇而不可得的。仙人不见了，象征着理想和前途消失了。这种失落感带给他的，不只是理想，更是幻想破灭的痛苦。他的《古风》里又有诗说：

　　　　太白何苍苍，星辰上森列。去天三百里，邈尔与世绝。中有绿发翁，披云卧松雪。不笑亦不语，冥栖在岩穴。我来逢真人，长跪问宝诀。粲然启玉齿，授以炼药说。铭骨传其语，竦身已电灭。仰望不可及，苍然五情热。吾将营丹砂，永世与人别。②

这是用浪漫手法所写的游仙诗，所描写的山间遇仙同样是"可望不可即"的。神仙幻想也像梦幻一样，倏忽之间即消失不见了。神仙幻想的破灭表现了更深一层的现实失落感。

　　结果到头来人生的追求只能在现实里自求安慰，所以他又有诗说：

　　　　长绳难系日，自古共悲辛。黄金高北斗，不惜买阳春。石火无留光，还如世中人。即事已如梦，后来我谁身。提壶莫辞贫，取酒会四邻。仙人殊恍惚，未若醉中真。

　　　　月色不可扫，客愁不可道。玉露生秋衣，流萤飞百草。日月终销毁，天地同枯槁。蟪蛄啼青松，安见此树老。金丹宁误俗，昧者难精讨。尔非千岁翁，多恨去世早。饮酒入玉壶，藏身以为宝。③

这样，他清楚地意识到不死的理想永远是不可能实现的，所以他要

①〔唐〕李白《游泰山六首》之二、之三，〔清〕王琦注《李太白全集》卷二〇。
②〔唐〕李白《古风》之五，同上卷二。
③〔唐〕李白《拟古》之三、之八，〔清〕王琦注《李太白全集》卷二四。

到酒醉中求得安慰和解脱。这貌似颓唐和达观的表现是内含着无限的悲凉和伤感的。抒写这种矛盾和苦闷是李白神仙诗的第三方面的主要内容。

总观李白有关神仙题材的作品，上述三个层次的内容集中表明了：他的神仙幻想和追求并不是出世的，而是强烈地追求个人生命价值的实现；他不是否定人生，而是热烈地追求个人理想和个性得以发挥的更自由、更广阔的空间。这种锲而不舍的追求，显示出他对于现实世界的叛逆的、批判的性格。因此可以说，李白神仙题材的作品充分发扬了道教神仙思想内涵的积极意义，他个人的求仙活动也同样体现了这种意义。

还应当指出，道教神仙思想对于李白创作的影响，不只表现在那些直接表现神仙题材的诗作里。同样重要的是，他的全部作品中所体现的那种对于追求超越的理想境界的激情，他的对于超脱世网束缚的强烈渴望，他对于生命价值的肯定和执着，以及他的那种自由奔放的、大胆悬想的思维方式等等，都和道教神仙思想有着内在精神上的关联。在这些方面，同样体现出道教神仙思想的间接影响。从这个意义上说，神仙观念是被李白利用多种方式、通过多种构思转化为特殊的诗情了，从而他在艺术上把神仙观念广泛而深刻地向积极方向发挥了。

九　李贺——心造的神仙幻境

如前所说，关于李贺在观念里是否真的相信神仙存在，西方学者间同样有不同的看法，并曾进行过争论。这确是关乎他的思想和创作的关键问题。他到底是虔诚的神仙信仰者？还是借用神仙题材表现自己的意念和情绪？或者他是在二者间摇摆、心存游移？

他的创作是真诚地讴歌神仙和神仙世界的呢，还是另有寓意或寄托？这都是分析和认识李贺有关作品时必须首先解决的问题。但在目前的一般论述里，这样的问题似乎没有给予必要的注意，也没有明确、肯定的答案。

　　李贺接触并熟悉道教及其神仙思想、神仙故事，是毫无疑问的。他处在道教兴盛的时代，特别是他生活的具体环境使他更多地接受道教的熏染。他的家乡福昌县自古以来就是道教兴盛的地方。"女儿山在县西南三十四里"①，而这座女儿山早自葛洪已有记载，谓《仙经》说它是"可以精思合作丹药"的圣山之一，"正神在其山中，其中或有地仙之人"②。李贺有《昌谷诗》，应是早年作品，记叙居住昌谷时外出游览情形。其中有句曰"高明展玉容，烧桂祀天几"，王琦本所录"原注"谓"谷与女山岭阪相承，山即兰香神女上天处也，遗几在焉"；王琦则以为"女山即女儿山也"，是。李贺又写过《兰香神女庙》诗。他的《神弦曲》等描写祀神情景的作品或许就是得自这座神庙祀神的印象。这位兰香神女是否即六朝时期谪在人间、下嫁张硕的天界仙女杜兰香已无法确考。这个问题对于解读李贺的诗关系并不大。李贺曾结交过不少道门人物。例如他在《罗浮山人与葛篇》中称山人为"罗浮老仙"，显然是修道者，二人间应有密切关系。他的《绿章封事》注谓"为吴道士夜醮作"，诗以道士上章为题材，发抒身世之感，也得自他亲自参与醮祭的感受。又如下面将提到的《仙人》那样的作品，也应是他接触某些道士的感想。李贺更和同时代的许多文人一样，曾亲自进行炼养。他的《南园十三首》应是辞奉礼郎归昌谷时的作品。其十一曰：

　　　　长峦谷口倚嵇家，白昼千峰老翠华。自履藤鞋收石蜜，手

---

①〔唐〕李吉甫《元和郡县图志》卷五《河南道一》。
②〔晋〕葛洪著，王明校释《抱朴子内篇校释》卷四《金丹》，85 页。

　　牵苔絮长莼花。①

这里的"嵇家"指嵇康家。史书记载嵇康"恬静无欲,性好服食,常
采御上药……以为神仙者禀之自然,非积学所致,至于导养得理,
以尽性命,若安期、彭祖之伦,可以善求而得也"②。道教传说中则
把嵇康当作神仙,认为他最后被杀是"尸解"("兵解")了③。"石蜜"
又称"石胎""崖蜜",被认为是道教"仙药""石芝"的一种。葛洪说
"石蜜芝,生少室石户中……户上刻石为科斗字,曰得服石蜜芝一
斗者寿万岁"④。这首诗是说自己和习道术者为邻,并身自服食炼
养。也有人认为是"自叹才高不遇,而托叔夜以相况也"⑤。不论如
何理解,这首诗写到作者养炼服食是没有疑问的。又其三:

　　　　竹里缲丝挑网车,青蝉独噪日光斜。桃胶迎夏香琥珀,自
　　课越佣能种瓜。⑥

这首诗不同于李贺的一般风格,清通易解,写的是日常生活。但其
中说到的桃胶、琥珀却同样都是道教的炼养药物。早在葛洪即说
到"桃胶以桑灰汁渍,服之百病愈。久服之,身轻有光明,在晦夜之
地如月出也。多服之则可以断谷"⑦。显然李贺是服用过这种药物
以养生的。再有其十二说:

　　　　松溪黑水新龙卵,桂洞生硝旧马牙。谁遣虞卿裁道帔,轻

---

①〔清〕王琦注《李长吉歌诗汇解》卷一,〔唐〕李贺著,〔清〕王琦等注《李贺诗歌
　集注》,91页,上海古籍出版社,1978年。
②〔晋〕陈寿《三国志·魏志》卷二一。
③《历世真仙体道通鉴》卷三四,《道藏》第5册,295—296页。
④〔晋〕葛洪著,王明校释《抱朴子内篇校释》卷十一《仙药》,198页。
⑤〔清〕姚文燮《昌谷诗注》卷一,〔清〕王琦等注《李贺诗歌集注》,411页。
⑥〔清〕王琦等注《李长吉歌诗汇解》卷一,86页。
⑦〔晋〕葛洪著,王明校释《抱朴子内篇校释》卷十一《仙药》,205页。

　　绡一匹染朝霞。①

此诗首句"龙卵"无考；但次句说到的硝石则是炼丹常用的药物。唐道士陈少微说："马牙硝亦是阴极之精，形若凝水石，生于蜀川。其功亦能制服阳精消化火石之气。"②卢照邻《与洛阳名流朝士乞药直书》中则说道："昔在关西太白山下，一隐士多玄明膏，中有丹砂八两，予时居贫，不得上好砂，但取马牙颜色微光净者充用。"③可见马牙硝是唐代炼丹和服食常用的药物。而对第三句的"虞卿"，旧注以为指《史记》所记战国时的纵横家，但该"虞卿"与"道帔"无涉；实际应是指三国时的虞翻，他曾经撰《易注》十卷；陆德明《经典释文》提到"虞翻注《参同契》"④。虞注书已佚；他注《易》和注《参同契》的关系也已不可确考⑤。如上所指出《参同契》是外丹术的根本经典。这样，这首诗写的乃是采取炼丹药物事。所写不知是自指还是与之相交往的人，起码表明他对于炼丹术是熟悉的。至于李贺对于道教典籍十分熟悉，对于道教活动非常热衷，则有众多的作品表现出来。

　　但他的作品同样表明，他绝不是虔诚的道教徒，更不是坚定的神仙信仰者。一方面，他和其他同时代许多文人一样，往往从经国治世的立场出发，对于宗教采取理性的批判态度。他常常明确表示对神仙的否定，对社会上特别是统治阶层求仙访道的活动给以尖锐的批评。另一方面，他有另外的许多抒发感慨的诗，如《日出行》《苦昼短》《相劝酒》等悲慨人生苦短、时光易逝，《荣华乐》《秦宫诗》《贵公子夜阑曲》等揭露骄奢富贵之好景不长、难以持久，《古悠

---

①〔清〕王琦注《李长吉歌诗汇解》卷一，92 页。

②〔唐〕陈少微《大洞炼真宝经九还金丹妙诀·修金合药品第三》，《道藏》第 19 册，23 页。

③〔唐〕卢照邻著，任国绪笺注《卢照邻集编年笺注》，436 页。

④〔唐〕陆德明《经典释文》卷二《周易音义》"易"注。

⑤参阅孟乃昌《周易参同契通解》，《周易参同契考辩》68—100 页。

悠行《拂舞歌辞》等表现世事沧桑、神仙虚幻等,这些作品无不流露出对于长生久视或超然的神仙世界的怀疑或否定。前一类作品如《马诗二十三首》之二十三:

> 武帝爱神仙,烧金得紫烟。厩中皆肉马,不解上青天。①

这是讽刺汉武帝求仙的,笔调极其冷峻、尖刻。他的这种主题的作品,一般注家认为是影射、指斥唐宪宗的。又如《官街鼓》诗也同样:

> 晓声隆隆催转日,暮声隆隆呼月出。汉城黄柳映新帘,柏陵飞燕埋香骨。槌碎千年日长白,孝武秦皇听不得。从君翠发芦花色,独共南山守中国。几回天上葬神仙,漏声相将无断绝?②

这首诗同样是揭露求仙的愚妄的。他如此一再地对秦皇、汉武的求仙加以讥讽,是针对现实、有为而发无疑,同时也清楚表明了他自己对神仙信仰的态度。同时这类诗也特别表现了他的经世精神和政治上的责任心。唐代众多文人集矢于秦皇、汉武的求仙活动,形成了一种表现模式;李贺的这类诗表明他与同时代的许多人有着共同的理性批判精神,也使用了同样的影射手法。而李贺写这类作品,往往能生发出奇思异想,奇词俊语络绎,在构思、描写和语汇的构造和运用上表现出不同凡俗的风格。如想象官街鼓会"槌碎千年日长白",又如"几回天上葬神仙"的设想等等,都极其警辟而又生动。又有《仙人》一诗:

> 弹琴石壁上,翻翻一仙人。手持白鸾尾,夜扫南山云。鹿饮寒涧下,鱼归清海滨。当时汉武帝,书报桃花春。③

①〔清〕王琦注《李长吉歌诗汇解》卷二,110 页。
②同上卷四,317 页。
③同上卷三,201 页。

这里先是描写一个高蹈的仙人形象,到结尾两句却陡然逆转,写他
谄媚汉武帝,原来是为皇帝御用的宵小之徒。这应是诗人有感于
当时活动在朝廷中的御用道士们的行径而作。诗人对这类"仙人"
表示了极端的鄙视和厌憎,同样显示了他对神仙幻想和神仙追求
的真实态度。李贺的这类作品所表现的经世精神和对政治的关
注,正是他积极、进步的政治观点和热衷于治国安邦的人生观的具
体体现。

但这种对神仙世界的理性批判观念并没有抵消李贺意识中神
仙形象和神仙幻想的存在及其影响。不过这种影响不是引向沉
迷、信仰,而是形成深刻的心理矛盾。中唐日渐深重的社会危机,
给李贺那样有才智的出身于一般士大夫阶层的文人以严重磨难和
巨大压力。他们意识中普遍地积蓄着对于现实的不满和怨恨,内
心存在着不可开解的彷徨和苦闷。李贺本人的特殊经历使他心理
上的矛盾更加深重。他是失意的"王孙",这使他产生了对于时代
的强烈的担当感;但才不得施,前途无望,更形成了严重的失落感。
他又体弱多病,年纪轻轻死亡的阴影就时刻伴随着他。他在性格
上又十分敏感和内向,更强化了他内心的感伤和悲观情绪。他的
作品里经常出现"老"字、"死"字,这成了他不可解脱的"情结"。这
样,对他来说,道教的神仙世界是美好的,却又只是可望而不可即
的幻想,他的理性观念已把这种幻想实现的可能性根本破除了;而
这美丽、奇妙的幻想越是虚幻,不可实现,越是激起他内心的神往,
越是造成他更深切的痛苦和悲哀。结果神仙世界只能是存在他心
里的可望而不可即的幻象。他用生动的诗笔从不同角度、不同侧
面描绘出这幻想中的景象,来抒写和寄托自己的矛盾和悲慨。这
也表现为唐代文人接受道教及其神仙思想影响的一种相当典型的
形态。顺便指出,李贺的好友沈亚之同样热衷道教,熟悉神仙思
想,无论是观念上还是创作上都和李贺极其相似。他们的创作一
个主要是写诗,一个是传奇,但作品中流露的那种倾心神秘的心

态，那种委婉述情的笔法，在精神上却有惊人的相似之处。

这样，如果和李白相比较，"鬼仙"①李贺的神仙题材的作品无论是内容还是风格，就都有相当大的不同。即使从使用题材这一外在层面看，二人间也存在相当大的差异。李白所表现的神仙和神仙世界基本上是传统的。不论其作品所体现的主观思想意图怎样，他所利用的基本还是葛洪、陶弘景以及当代道士们所提供的道教神仙理论和神仙传说的材料；而李贺表现的则多是民俗或民间传说中的神巫、幽灵之类，从而在形象描绘上表现出更加奇诡的特色。从所表达的思想观念看，如果说生活在盛唐时期的李白主要是在神仙幻想里寄托了解脱现实羁束、实现意志自由的超逸高妙的理想，那么处在积衰积弊的环境下、又身处困顿之中的年轻的李贺，更多的是通过神仙描写来抒发自己不满现状、悲悼身世的幽愤孤怀。不管李贺在表面上是多么热衷于神仙境界，也不管他把仙界及其人物描写得多么美好动人，作品形象的真实底蕴却常常是幻想失落的深刻哀恸。他不是在宣扬神仙，更不是在鼓动求仙，他是通过自己所创造的神仙境界来述说心迹。杜牧对他作品的评论是深探心曲的："盖《骚》之苗裔，理虽不及，辞或过之。《骚》有感怨刺怼，言及君臣理乱，时有以激发人意。乃贺所为，无得有是？"②就是说，李贺有些神仙题材的诗所表现的，实际是和屈原一样的对现实的牢骚怨忿。毛先舒说："大历以后，解乐府遗法者，唯李贺一人。设色秾妙，而词旨多寓篇外，刻于撰语，浑于用意。中唐乐府，人称张、王，视此当有郎奴之隔耳。"③这里对具体人的评价或可商榷，但指出李贺诗继承乐府遗意、"词旨多寓篇外"则是中肯的。

---

①〔宋〕严羽著，郭绍虞校释《沧浪诗话校释》，164 页，人民文学出版社，1961 年。

②〔唐〕杜牧《太常寺奉礼郎李贺歌诗集序》，〔清〕董诰等编《全唐文》卷七五三，7807 页。

③〔清〕毛先舒《诗辩坻》卷三，郭绍虞编选《清诗话续编》第 1 册，49 页，上海古籍出版社，1983 年。

　　李贺作品中有些篇章主题思想比较明确、容易了解。这其中，除了上述具有讽世意义的那一部分之外，首先值得注意的，是那些体现强烈生命意识、抒写人生忧患与悲愤的作品。如上所说，在李白那里，神仙和仙境的表现往往是他的超越现世的理想与追求的体现；而在李贺的作品中，更主要的是表露生命自身所具有的"宿命"的痛苦和烦忧。这是和前述他所处的时代、他个人的具体处境直接相关联的。"我当二十不得意，一心愁谢如枯兰。衣如飞鹑马如狗，临歧击剑生铜吼。旗亭下马解秋衣，请贳宜阳一壶酒。"①他所生存的时代已不复是李白活动时期那种高扬着理想精神的盛世局面。他作为李唐王室的疏远宗支，虽然有着强烈的建功立业、力挽时局的意识，又自负具有杰出的才能，但实际处境不只是仕途坎坷，而且体弱多病。这就不只使他形成了对于现实和人生的不可排解的殷忧，更使他形成沉溺幻想、倾心神秘的心境和审美趣味。

　　神仙观念、仙界的幻想激发起诗人对于人生前途和生命意义的思考。仙界虽然美好和长久，但却只是缥缈的幻境，人生是如此短暂，长生久视并不可求。强烈的生命意识所面对的，是冷酷的现实规律。这不可克服的矛盾造成的焦虑和悲哀是深刻而又激烈的。如《苦昼短》一诗：

　　　　飞光飞光，劝尔一杯酒。君不识青天高，黄地厚。惟见月寒日暖，来煎人寿。食熊则肥，食蛙则瘦。神君何在，太一安有？天东有若木，下置衔烛龙。吾将斩龙足，嚼龙肉，使之朝不得回，夜不得伏。自然老者不死，少者不哭。何为服黄金，吞白玉？谁是任公子，云中骑白驴？刘彻茂陵多滞骨，嬴政梓棺费鲍鱼。②

在这里，诗人表达了对神仙虚妄的清醒认识，并对现实中流行的神

①〔清〕王琦注《李长吉歌诗汇解》卷三，213页。
②同上卷三，221—222页。

仙方术给予猛烈的抨击。但他所夸说的制止时光流逝的豪言壮语
却又只是幻想,内心深处仍痛切地感受到生命之无所依托。李白
当年也痛感时不我待,但他主要是慨叹高远的理想不得实现;而到
李贺的时代,则变成整个人生价值破灭的哀愁了。又如他的《浩
歌》诗:

> 南风吹山作平地,帝遣天吴移海水。王母桃花千遍红,彭
> 祖、巫咸几回死。青毛骢马参差钱,娇春杨柳含细烟。筝人劝
> 我金屈卮,神血未凝身问谁? 不须浪饮《丁都护》,世上英雄本
> 无主。买丝绣作平原君,有酒惟浇赵州土。漏催水咽玉蟾蜍,
> 卫娘发薄不胜梳。看见秋眉换新绿,二十男儿那刺促!①

在这里诗人更深刻地意识到,世事沧桑,长生的神仙尚且不能永
存,在如此短暂的人生中,不只是功业难成,任何欢娱也都难以永
续。这种青春的"刺促"感带来的不只是悲哀,更是生命价值的绝
望。体弱多病、又相当神经质的李贺,是会更痛切地感受到人生的
短暂、前景的渺茫的。结果神仙幻想也好,求仙养生也好,不是给
他以希冀,反而会使他更加意识到现实规律的不可逆转。李世熊
说:"唐人已慕之为仙矣,贺自言则曰:'几回天上葬神仙?'又曰:
'彭祖、巫咸几回死?'是谓仙亦必死也。后人既畏之为鬼矣,贺自
言则曰:'秋坟鬼唱鲍家诗。'是谓鬼定不死也。故生死,非贺所欣
戚也。意贺所最不耐者,此千年来挤贺于郁督沉屯中,非死非生,
若魇若兴者,终不能竖眉吐舌,嚏血雪肠于天日之前,是贺所大苦
也乎!"②这就揭示了李贺写到神仙内容时的那种矛盾心境。实际
情况是,幻想的神仙境界激发起李贺更为清醒的生命意识,使他对
人生无力和矛盾的感受更加痛切。这里表现的"宿命"的哀愁有着
相当的典型意义。这也是这些作品艺术感染力之主要所在。

---

① 〔清〕王琦注《李长吉歌诗汇解》卷一,72 页。
② 〔明〕李惟桢《昌谷诗解序》,〔清〕王琦注《李长吉歌诗汇解》卷首。

　　他的再一类神仙题材作品有着一定的隐喻含义。这类作品的主题大体也有踪迹可寻。本来,借题发挥、进行讽喻是文学创作的传统表现手法之一。不过在李贺那里,不是一般传统上的讽刺、影射,而是感情上的某种寄托。他把神仙世界描写得十分神奇瑰丽、窈渺恍惚。他所表现的境界不但多姿多彩,不同凡响,而且情韵遥深,给人深刻的印象。诗人通过这样的艺术境界传达给人们某种意念、体验、感受。这也成为艺术上的特殊表现方式,创造出特殊的风格。主要是这方面的艺术成就,使得李贺在"百花齐放"的唐代诗坛上能够独树一帜,以独特的艺术风貌矗立于大家林立、众壑争流的局面之中。例如名篇《李凭箜篌引》,本是赞颂内廷供奉乐师李凭的高超技艺的,诗人描绘了美丽动人的仙界景象,使用了影射、烘托、形容等多种技巧,凸显出李凭在殿庭内一曲箜篌所造成的惊心动魄的艺术效果。这不只是歌颂了李凭一个人的技艺,也是在张扬艺术自身的魅力,其中也包含着诗人个人艺术创造的自负。又如《天上谣》:

　　　　天河夜转漂回星,银浦流云学水声。玉宫桂树花未落,仙妾采香垂珮璎。秦妃卷帘北窗晓,窗前植桐青凤小。王子吹笙鹅管长,呼龙耕烟种瑶草。粉霞红绶藕丝裙,青洲步拾兰苕春。东指羲和能走马,海尘新生石山下。①

这首诗用的是传统的游仙形式,灵活使用几个神仙典故,描绘出幻想中的天上风景,而最后一结却道出了人世间沧海桑田不可抵御的变化,抒发了对于生命流逝的感慨。在这样的作品里,神仙世界的表现只可看作是隐喻。诗人是在利用这奇诡的神仙境界,来抒写对于人生和世事的思索、感慨。如这首《天上谣》,前面美丽的仙界景象和冷峻的结尾造成强烈对比,正表露出诗人思致的透彻和

————————

① 〔清〕王琦注《李长吉歌诗汇解》卷一,70 页。

悲慨的痛切。李贺的《梦天》《金铜仙人辞汉歌》等作品大体都是如此利用神仙题材的。

李贺还有一类描写神仙或亡灵的作品，其主旨却十分晦涩，难于为人了解。对这类诗，历来注家所做的解说大多只能看作是个人的理解，实际难以得到确切的证明。阅读这些作品立即会发现，诗人写作时确是费了更多的心思，技巧上更为刻意雕琢，它们也更能体现出诗人的独特的艺术风格和表现特色。这种种情况本身已显露了诗人创作时的不平常的心态。这类作品所写的多是女仙或女鬼。其中有西王母这样的道教传统的女神，而更多的是像巫山神女、李夫人、杜兰香（姑且认为"兰香神女"就是杜兰香）、苏小小等传说里的神女或亡灵，还有"不见祀典"的贝宫夫人之类"杂神"。但就是写西王母这样的传统的女仙，在描写上也不同于一般，而是极尽想象夸饰之能事，把情节和形象描摹得极其恢奇瑰丽。他还写过《神弦曲》《神弦》等降神的乐歌，同样把境界表现得十分神秘、绮丽，但又过于深晦。这也是他的诗被称为"鬼仙之词"[①]、被批评"非不奇也，而牛鬼蛇神太甚"[②]的主要理由。应当注意的是，他对这些神仙或亡灵的描绘大都带有浓厚的神巫色彩；他的这类作品所表现的神仙和仙境的具体内容更基本和道教教理无关；基本也没有写到诸如诚心修道、尸解飞升之类道教仙诗的传统内容。一些注家钩玄索隐，指称它们影射什么，往往不得要领，难于令人信服。设想创作的实际情形，诗人也不会在写每一篇作品时都用尽"机心"去刻意影射什么。他写作这类诗，应是依据一时的感受，通过对于仙、鬼之类恢奇荒诞的想象，构想出迷离惝恍的情境，表露自己的心态、情绪和审美感情。退一步说，即使诗人真的有所隐喻，后人仅仅依据作品所留下的印象，也是难以确解的。历代批评

①〔宋〕严羽著，郭绍虞校释《沧浪诗话校释》，164 页。
②〔宋〕张表臣《珊瑚钩诗话》卷一，何文焕辑《历代诗话》上册，455 页，中华书局，1981 年。

家对待这些作品,贬之者斥为"虚妄"①,褒之者说诗人是"师心,故尔作怪"②。实际上褒、贬双方都说出了它们的基本特征,即这些作品刻意表现的主要是诗人主观心灵所创造的一种境界。对于这种心灵创造的产物,人们不能知道其中有无寓意,如果有,这寓意又是什么,作品的情境总是明晰、形象的,它们给人的艺术印象也是鲜明、生动的。这样,这些诗就好像一曲曲无题的乐章,人们不知道它们所讲的"故事"和主题,但可以得到清楚的美感"印象",从中可以了解诗人的"心态"和"情绪",并与之产生共鸣。后人也只能从这些印象中获取艺术感受,给以评价。也正是这样的表现方法,使李贺的这类作品取得了艺术表现上的重大突破和创新:他运用一种具有象征意义的心理表现手法,创造出给人强烈感知印象的情境。这种手法不符合传统"诗教"的要求,也不合风雅比兴、褒贬讽喻的传统写作方法,但它在艺术上是成功的、有感染力的。这种艺术上的独创性,得自李贺杰出的才能,也是他力图超越现实、倾向神秘的精神境界的产物。如果从这样的角度看,那些不可解的诗作又可以发现可解的一面。

这类作品中典型地反映李贺风格特色的,如《苏小小墓》:

> 幽兰露,如啼眼。无物结同心,烟花不堪剪。草如茵,松如盖。风为裳,水为珮。油壁车,夕相待。冷翠烛,劳光彩。西陵下,风吹雨。③

这是演绎南朝名妓苏小小的传说的。乐府里的《苏小小歌》说:"我乘油壁车,郎乘青骢马。何处结同心,西陵松柏下。"④李绅的《真娘

---

①〔元〕范德机《木天禁语》,何文焕辑《历代诗话》下册,746 页。
②〔明〕王世贞《艺苑卮言》卷四,丁福保辑《历代诗话续编》中册,1010 页,中华书局,1983 年。
③〔清〕王琦注《李长吉歌诗汇解》卷一,56 页。
④〔宋〕郭茂倩《乐府诗集》卷八五。

墓》诗序又说嘉兴县前有苏小小墓,风雨之夕,或闻其上有歌吹之
音①。苏小小当是唐时流行的传说人物。李贺根据这些传说加以
组织、点染,创造出亡灵降临的凄清冷艳的情景。开头一句用露珠
比喻泪眼,贴切而又奇僻,立即把读者带入境界;接着的描摹如梦
如幻,但又极其美丽生动;结尾用风雨飘摇烘托亡灵离去的境界。
作品有"苏小小"的传说为背景,又使用了原来乐府民歌的语汇,因
为幽灵本不应有形貌,所以纯用比喻、烘托手法,把情境表现得如
幻如化。又如《帝子歌》:

> 洞庭明月一千里,凉风雁啼天在水。九节菖蒲石上死,湘
> 神弹琴迎帝子。山头老桂吹古香,雌龙怨吟寒水光。沙浦走
> 鱼白石郎,闲取真珠掷龙堂。②

这篇作品是写尧之二女死为湘水神的故事。这本是诗人们乐于表
现的传统题材。但李贺写这一题材,无论是用语还是描写手法都
是背离传统、独出胸臆的。除了"湘神"一句直接点题之外,全篇是
想象中的湘水神迎接娥皇、女英的情境。在冷艳月光映照的一片
"寒水"中,"凉风"吹着"老桂",只听到大雁悲啼、"雌龙怨吟",生动
地描绘出凄清冷寂的帝子降临场面。最后两句用乐府"白石郎,临
江居,前导河伯后从鱼"典故,写江上小神迎接女神以为衬托。王
琦说"此篇全仿《楚辞·九歌》"。有的学者进一步发挥说:"这首诗
的风格和意趣神似《楚辞·湘君、湘夫人》等。屈原借想望神灵,来
抒写他思君爱国的热忱。这首诗的用意也是如此。"③虽然如前面
已提到,李贺的为人和诗作在精神上有和屈原相通之处,但如此具
体坐实一首诗的解释,恐怕是过于"深刻"了。再如《兰香神女庙》:

---

① 〔清〕彭定求等编《全唐诗》卷四八二,5484 页。
② 〔清〕王琦注《李长吉歌诗汇解》卷一,75 页。首句"明月"原为"帝子",从宋本
  校改。
③ 叶葱奇疏注《李贺诗集》卷一,53 页。

　　古春年年在,闲绿摇暖云。松香飞晚华,柳渚含日昏。沙
炮落红满,石泉生水芹。幽篁画新粉,蛾绿横晓门。弱蕙不胜
露,山秀愁空春。舞珮翦鸾翼,帐带涂轻银。兰桂吹浓香,菱
藕长莘莘。看雨逢瑶姬,乘船值江君。吹箫饮酒醉,结绶金丝
裙。走天呵白鹿,游水鞭锦鳞。密发虚鬟飞,腻颊凝花匀。团
鬓分珠窠,浓眉笼小唇。弄蝶和轻妍,风光怯腰身。深帏金鸭
冷,奁镜幽凤尘。踏雾乘风归,撼玉山上门。①

六朝传说中有神女杜兰香,降洞庭包山张硕家,授以神仙飞升之
道。据王琦注:"长吉所称,但云'兰香神女',不连'杜'字。又据
《昌谷诗》下原注,谓昌谷中之女山,即兰香神女上升处,遗几在焉,
与《广记》所载不类。盖另是一人,其庙亦当在女山上。"王琦以为
兰香和杜兰香不是同一女神。就解读这首诗来说,这个问题并无
关紧要。这篇作品当是出自作者访问神女庙的印象。但他主要不
是描写庙堂本身,也不是写现实的祭祀活动。诗从庙的环境写起,
从奇丽神秘的环境联想开来,发挥艺术想象,描绘出美丽神女降
临、众神相会的繁华情景,顺带形容了神女娇妍动人的风貌,最后
以神女归去、庙堂寂寞作结。诗的遣词用语极其奇艳,细节描绘极
尽修饰,恰与美丽神女的题材相应。而整个情境表现得似有若无,
杳渺恍惚,又正显示出仙界的神秘。再看他的《神弦》诗:

　　女巫浇酒云满空,玉炉炭火香鼕鼕。海神山鬼来座中,纸
钱窸窣鸣旋风。相思木帖金舞鸾,攒蛾一唼重一弹。呼星召
鬼歆杯盘,山魅食时人森寒。终南日色低平湾,神兮长在有无
间。神嗔神喜师更颜,送神万骑还青山。②

关于这首诗有无隐喻,历来同样有不同的看法。如取平实的立场,

①〔清〕王琦注《李长吉歌诗汇解》卷四,293—294 页。
②同上,284 页。

这首诗作为降神的乐歌,只是艺术地再现祭祀的场景。从女巫奠酒、祀神开始,写到送神回山,表现了降神的全过程。诗中同样使用了幻想的手法,极尽渲染之能事,把女巫降神的场面写得惊心动魄,给人留下"神兮长在有无间"的强烈印象。

在李贺的创作中,正是后面列举的这一类作品更充分地显示出诗人独特的艺术风格和创作特点。类似的作品还有《神仙曲》《瑶华乐》《巫山高》《神弦别曲》等等。如上所说,李贺特别喜爱这一类题材并创造出一套独特的表现方法。他为之呕尽心血的主要也是这一类作品。如上所述,这类诗大多表现的是女仙或女性亡灵。这除了和唐时道教流行女仙信仰有关之外,更主要的还是因为表现女性能够极尽修饰形容,使诗人得以发挥"绝人远甚"[1]的才力,并使他创造出的情境平添更多的情趣和柔媚。就是说,这种题材符合诗人表达他的特殊诗情的需要。又如上举几篇作品所表现的,它们的主题大多相当隐晦,难以捉摸。即使是题材本身所包含的内容已经明确的,如《瑶华乐》写穆天子游昆仑访西王母,但作者究竟要表达什么意思还是难以弄清楚。读者只能从诗作所提供的具体形象和情境去感受诗人的情绪、感情和审美趣味。但读过这类作品会发现,虽然它们多数表达晦涩,题旨模糊,但形象是鲜明、生动的,给人的艺术印象是强烈的,人们可以清楚地感受到诗人超越现世的幻想、对于美好情境的向往、理想失落的哀愁、倾向神秘的心境等等。这样,李贺所描绘的神灵、幽冥幻境,乃是传达他的内心意念的符号,是他富于诗情的象征。从中可以深刻体会到天才诗人敏感、美好的心灵的追求,它的渴望、焦虑、矛盾、悲慨、幻灭……

李白描绘高蹈超越、奇丽不凡的神仙世界。不管在他的意识中这个世界是不是真实的存在,他总是在努力通过所创造的境界

---

[1]〔宋〕许顗《彦周诗话》,何文焕辑《历代诗话》上册,383页。

表现自己极力超脱现世束缚、实现个人抱负的高远理想和强烈愿望。神仙幻想中体现的那种超越的、自由的精神在鼓舞着他,成了他生命和创作的动力。李贺的情形则全然不同了。神仙世界给他的是不能实现的幻象。这幻象越是神秘和美好,与现实越是形成强烈的对比,就使他产生更大的失落感,他也更加体会到人生和人世的悲哀。结果神仙和神仙幻想只能是存在他心中的幻影,他已清醒地意识到这些幻影的虚妄,更加明确实现这些幻影之绝不可能。这样,神仙幻想造成他意识中具有悲剧意味的"情结",使他终生不能解脱。而他终归又是诗人,他把这种纠结在内心的"情结"通过诗作宣泄出来。也正是这一"情结"激发起他的艺术才能和创造的想象力,心中幻想的神仙境界从而成为他艺术创造的材料。他的诗用各种方式、从不同角度描写出心灵中幻想的仙境、灵界及在其中活动的神仙、亡灵,创造出如梦如幻的超世境界。无论作者的主观意旨如何,这种境界总形成与现实人生的对比,从而带上某种隐喻的意味。而诗人在描绘这种境界时不但显示了高超的技巧,更传送出热烈的感情。这也是这些作品千古以来感动人心的主要原因。范晞文记载:"或问放翁曰:'李贺乐府极古今之工,巨眼或未许之,何也?'翁云:'贺词如百家锦衲,五色炫耀,光夺眼目,使人不敢熟视,求其补于用,无有也。杜牧之谓稍加以理,奴仆命《骚》可也。岂亦惜其词胜……'"[1]这里特别肯定了李贺诗的修辞藻丽,而所谓无"补于用",则正是艺术创作的无用之用。对李贺作品的思想意义亦应从这个角度加以认识。

　　而在艺术上具有重要意义的是,神仙观念所诱发、激励起的丰富的艺术想象力,促使诗人形成独特的艺术构思和一套特殊的表现方法;兼之诗人又具有杰出的锻炼、运用语言和艺术技巧的才能,使他的涉及神仙内容的作品能够塑造出一批特异的神仙和亡

---

① 〔宋〕范晞文《对床夜语》卷二,丁福保辑《历代诗话续编》上册,422页。

灵形象,显现出独特的艺术风貌。比较李白所描写的奇丽壮观、色彩缤纷的理想仙境和豪放自由的神仙生活,李贺则写出了一个个或瑰丽奇谲、或冷艳凄清的神秘的情境;李白的神仙世界从一个侧面集中体现了他的理想和追求,在他所描绘的神仙形象中有他自己的影子,而李贺所表现的则是只存在于幻想中、与人世全然隔绝的另外的神秘境界。这样,李贺的神仙诗创造了独具特色的真正艺术化的神仙世界。从道教影响的角度说,他是以自己的出色才情发挥了道教神仙信仰的审美因素,从而他的作品成为一代神仙美学的独特的表现。也正是这种对待神仙观念的艺术的而非信仰的态度,促使李贺在创作中刻意追求表现上的瑰诡奇特,惊采绝艳,使他能够天纵奇才,惊迈时辈,所得离绝凡近,"绝去笔墨畦径"①,以至形成唐诗中所谓"李长吉体"②。传说他的母亲说他写诗是"要呕出心乃已耳"③,他在写作中力求奇警,极力雕镂,也表明他是把艺术追求当成更重要的目的了。

十　白居易——人间的"神仙"世界

　　在唐代文人中,白居易与道教的关系又有其独特之处。他说自己是"早栖心释梵,浪迹老庄"④,即一生中是佛、道兼重的。在他的身上,一方面特别鲜明地表现出唐代一般士大夫观念中普遍存在的"三教调和"的思想倾向;而另一方面,他对道教和佛教又都有

---

①〔唐〕杜牧《李长吉歌诗叙》,王琦《李长吉歌诗汇解》卷首。
②〔宋〕严羽著,郭绍虞校释《沧浪诗话校释》,54 页。
③〔宋〕欧阳修、宋祁《新唐书》卷二○三《文艺下》。
④〔唐〕白居易《病中诗十五首序》,朱金城笺注《白居易集笺校》卷三五,第 4
　　册,2386 页。

着个人的特殊理解。这种理解对于形成他的人生态度起着相当大的作用，并进而影响到他的创作。在白居易生平中，曾炼过丹，更曾热衷于参禅。以至佛门把他看作是虔诚的居士，纳入到传法统绪之中；道教徒则把他看成"地仙"。而按陈寅恪的看法，他则是"老学者也，其趋向消极，爱好自然，享受闲适，亦与老学有关者也"①。关于佛、道二教在他身上的影响孰轻孰重姑且不论，"老学"在他的观念里占有重要地位是可以肯定的。在中国文化史研究中，道家和道教的关系是个复杂的问题，国内外学术界存在着各种不同的看法。有一种观点认为它们是截然不同的两码事，道教徒奉"太上老君"为宗师，把《道德经》当作根本经典，是出于建立和宣扬宗教信仰的附会和曲解。然而客观地分析，应当承认先秦道家确是道教的重要根源之一，《老子》书中所论之"道"已提供了后来道教作为教义核心而发挥的"道"的基本精神。在道家所主张的天、地、人三位一体而以"道"为本源的观念里，已经包含体"道"进而达到合于"道"的绝对境界的要求，这也给后来道教追求体"道"而成仙提供了理论上和逻辑上的依据。所以道教建立以后，道士们把道家哲学和道教教理相统一，把道家的"道"神秘化而成为精神本体和信仰偶像，就是顺理成章的事。而在唐代文人中，接受道教影响，同时特别重视、接受道家哲学并身体力行之，白居易是一个典型。

　　白居易和李贺大体生活在同一个时代。从大的思想环境看，他开始活动的贞元、元和年间正是具有理性主义色彩的"儒学复古"思潮兴起，士大夫间对于笼罩玄、肃、代各朝的宗教狂热进行反省和批判的时候；就宗教层面说，则这一时期禅与道相互影响、相互交流成为趋势。从他个人的情况说，在人生出处上，他年轻时就确立了"行在兼济，志在独善"的志向，即立下了经世济民、洁己修

----

① 陈寅恪《白乐天之思想行为与佛道关系》，《元白诗笺证稿》，330 页。

身的宏愿,在自身精神追求上,则既习禅又修道,在人生大节上,又是坚持儒家所提倡的积极用世之志的。这也就决定了在他的观念和行动中,宗教的(无论是佛教的还是道教的)出世观念不可能占据主导地位。对于他,宗教行为主要是实现"独善"之志的一种方式,或者是经世志愿不能实现的精神寄托。这样,在他的内心深处,宗教信仰也就不可能认真和虔诚地确立起来。在这一点上,他是和唐代的许多文人相似的。但他在很多情况下却又对宗教表现出相当的热忱。他虽然并不绝对地信仰任何外在的神学权威(对于道教的神仙之说是如此,对于佛教往生净土的许诺也是如此),但他一生中却经常相当热心、积极地参与宗教生活①。对待佛教,他结交僧侣,参禅念佛,对当时流行的禅、净、华严各宗都有相当的了解。对待道教,他同样也热心地结交道友,研习道典,以至访道炼丹。而事实上,正如他在佛、禅中寻求安身立命的精神寄托一样,他也是把道教的神仙幻想还原到现实人生之中,把委顺自然、乐天安命的闲适境界当作"神仙"生活的。在这方面,他对待道教的态度明显受到其佛教观念的影响,特别与他所接受的禅宗思想有密切关联。他所生活的时代,正是禅宗中马祖道一派的"洪州禅"兴盛起来的时期。他本人和洪州一系的禅师有密切接触。例如他曾四次向道一弟子兴善惟宽问道,把心得写成《传法堂碑》,这是禅宗史上的重要文献,其内容表明了他对"洪州禅"有相当深刻的理解。洪州禅主张"平常心是道",认为禅就在人生日用、穿衣吃饭、扬眉瞬目之中,从而使体认心性的禅落实到平凡的生活之中。这种禅观本身就是吸收了老、庄思想的产物。对于白居易这样的在"三教调和"潮流下活动的士大夫来说,把二者加以贯通来理解和应用,乃是顺理成章的事。所以,白居易对道教的理解显然融入

---

① 参阅拙作《白居易と仏教・禅と浄土》,〔日〕太田次男等编《白居易研究講座》第 1 卷《白居易の文学と人生》,181—205 页,勉诚社,1993 年;《白居易与洪州禅》,《诗与禅》,201—220 页,东大图书股份有限公司,1994 年。

了洪州禅的"平常心",即在观念中和实践上极力使平凡的人生转
化为神仙生活,把自己当成人世间的"神仙"。所谓神仙观念的"世
俗化",在他的身上表现得十分突出。

他的《睡起晏坐》一诗说:

> 淡寂归一性,虚闲遗万虑。了然此时心,无物可譬喻。本
> 是无有乡,亦名不用处。行禅与坐忘,同归无异路。

下有注云:"道书云'无何有之乡',禅经云'不用处',二者殊名而同
归。"①所谓"无何有之乡"是体道的绝对境界,在道教信仰中也就是
神仙世界,白居易是把它和"不用处"(即佛教"四禅"境界的最高一
级"非想非非想天")的禅境等同看待的。他所追求的实际是老庄
的"心斋""坐忘",他是把这种境界和禅的"无念""无心"等量齐观
的。这是一种"游心于淡"的心灵的"闲适",也是他理想的一种生
存方式。

他也曾明确、坚定地反对神仙之说,并力陈求仙的愚妄。在他
的《新乐府》中有《海漫漫》一篇,题注即表明是"戒求仙"的,诗云:

> 海漫漫,直下无底旁无边。云涛烟浪最深处,人传中有三
> 神山。山上多生不死药,服之羽化为天仙。秦皇汉武信此语,
> 方士年年采药去。蓬莱今古但闻名,烟水茫茫无觅处。海漫
> 漫,风浩浩,眼穿不见蓬莱岛。不见蓬莱不敢归,童男丱女舟
> 中老。徐福文成多诳诞,上元太一虚祈祷。君看骊山顶上茂
> 陵头,毕竟悲风吹蔓草。何况玄元圣祖五千言,不言药,不言
> 仙,不言白日升青天。②

《唐宋诗醇》评论说:"神仙之说,世主多为所惑,而方士因得乘其蔽
而中之,史策所垂,足为炯戒。宪宗不悟,服柳泌金丹致殒。此诗

---

① 〔唐〕白居易著,朱金城笺注《白居易集笺校》卷七,第1册,373页。
② 同上卷三,第1册,149页。

作于元和初,想尔时已有先见耶?唐室崇老子,一结借矛攻盾,极其警快。"①如果说这首《海漫漫》主要是揭露帝王求仙的愚昧的,那么他的《梦仙》诗则更对一般求仙者进行直接的讽刺:

> 人有梦仙者,梦身升上清。坐乘一白鹤,前引双红旌。羽衣忽飘飘,玉鸾俄铮铮。半空直下视,人世尘冥冥。渐失乡国处,才分山水形。东海一片白,列岳五点青。须臾群仙来,相引朝玉京。安期羡门辈,列侍如公卿。仰谒玉皇帝,稽首前致诚。帝言汝仙才,努力勿自轻。却后十五年,期汝不死庭。再拜受斯言,既寤喜且惊。秘之不敢泄,誓志居岩扃。恩爱舍骨肉,饮食断膻腥。朝餐云母散,夜吸沆瀣精。空山三十载,日望辎軿迎。前期过已久,鸾鹤无来声。齿发日衰白,耳目减聪明。一朝同物化,身与粪壤并。神仙信有之,俗力非可营。苟无金骨相,不列丹台名。徒传辟谷法,虚受烧丹经。只自取勤苦,百年终不成。悲哉梦仙人,一梦误一生。②

这是写一个被神仙幻想所惑、滥行"仙术"而致毙的人的悲剧。诗的后面说到"神仙信有之",但非人力可成,本由先天的"金骨相"所决定,这是传述魏晋以来道教内部的一种说法。白居易用这种退让之辞,实际意思是强调"烧丹""辟谷"之类神仙术的无益。他在生死观上采取委顺自然的态度,所以不相信人会长生不死。这也是他更倾向于佛教的"无生法"的原因。正如他在《赠王山人》诗里所说:

> 闻君减寝食,日听神仙说。暗待非常人,潜求长生诀。言长本对短,未离生死辙。假使得长生,才能胜夭折。松树千年朽,槿花一日歇。毕竟共虚空,何须夸岁月。彭殇徒自异,生

①《唐宋诗醇》卷一九。
②〔唐〕白居易著,朱金城笺注《白居易集笺校》卷一,第1册,10—11页。

死终无别。不如学无生,无生即无灭。①

这同样表明他是不相信人会超离生死而成为神仙的。他在晚年所作的《答客说》一诗更直接表达了类似的观念。他的朋友浙东观察使李师稷告诉他,传闻有海客遭风漂荡东海,见海岛楼台有仙龛一室,在等待白居易前来居住②。这就是把他当成"谪仙"了。他作诗以戏语答之:

> 吾学空门非学仙,恐君此说是虚传。海山不是我归处,归即应归兜率天。③

后来查慎行说这首诗"便可作仙、释优劣论"④,即认为白居易是终于弃道从佛了。白居易到了晚年确实更倾心于佛教的净土和南宗禅。这和他政治上失意后更加追求安顿身心、乐天安命的意识有关,也和他的道教理解有关。

如上所述,自秦汉以来,神仙思想和方士们的方术结合,形成了"神仙术"。这是成仙的"技术",从而使得成仙有具体的方法和路径可循。到葛洪的《抱朴子内篇》,已把这种神仙术总结和阐述得相当系统、清楚。但就葛洪的神仙术来说,显然又包含着信仰和纯"技术"两方面。他强调求"仙道"者要有诚心、对"明师"要虔诚求教等等,这是宗教信仰方面的要求;他又特别重视金丹大药,认为服用金丹即可升仙,而合炼金丹有一定的方法和秘诀,可以学得,这则是单纯人力和技术的问题。葛洪的这种理论一方面推动了道教教理特别是炼丹术的发展,另一方面给炼丹术游离于道教之外开了门径。正是在这样的潮流中,到唐代,许多人只是为了追

---

① 〔唐〕白居易著,朱金城笺注《白居易集笺校》卷五,第 1 册,297 页。
② 〔唐〕白居易《客有说》,同上卷三六,第 4 册,2538 页;《太平广记》卷四八所录《逸史》有详细故事,当是据白诗敷衍而成的传说。
③ 《答客说》,同上卷三六,第 4 册,2541 页。
④ 〔清〕查慎行《白香山诗评》,《查初白诗评》十二种。

求长生、纵欲或合炼黄白而从事炼丹，实际上与道教信仰全不相关了。所以从一定意义上说，白居易对道教的认识和接受，从道教发展史看，一方面是从魏晋以来强调神仙术的道教后退了。他扬弃了神仙术的"技术"方面，而突出强调对于"道"的体认和实践。另一方面，他又把幻想的仙境和神仙生活情景当作现实人生的理想，他所追求的体"道"目标就是实现这种神仙般的人生境界，或者说努力把现世转变为他所设想的神仙世界。这样，他的神仙观念又大为"世俗化"了。曾有人评论说"乐天太好快活，晚年岁月，多付之诗文歌舞中"①。也有不少人批评他中年后更为关注的是现世享乐或是耽溺于乐天安命，不求进取。这确实也有他的大量诗文可以证明。但也应当承认，他在精神上更形消极，自有其不得已的苦衷，内心里也不是没有矛盾；而另一方面，在具体现实环境和条件下，他往往取乐天安命、委顺造化的姿态，把这当作理想的人生境界，又并不单纯是一种自我解脱和安慰，也是体"道"实践的追求。他有诗说：

> 白衣居士紫芝仙，半辞行歌半坐禅。②

这表明他已把佛禅、仙道和诗酒同样当作理想人生的组成部分。这样的诗句，典型地反映了他的神仙观念的现实性和世俗性质。道家和道教崇高的体"道"追求与享受人生的现实态度在白居易身上是统合在一起的。

但是，人的具体境遇所形成的观念上、感情上的矛盾、变化是很复杂的。特别是强大的社会潮流，有时会动摇人的即使是一贯坚持的信念。白居易也曾有过一段认真学习炼丹术的经历。他长庆二年（822）有《予与故刑部李侍郎早结道友以药术为事，与故京兆元尹晚为诗侣有林泉之期，周岁之间，二君长逝，李住曲江北，元

---

① 〔明〕袁宗道《寄三弟》，《白苏斋类集》卷一六。
② 〔唐〕白居易《自咏》，朱金城笺注《白居易集笺校》卷三一，第 4 册，2130 页。

居升平西,追感旧游,因贻同志》一诗。这里的"李侍郎"就是韩愈《故太学博士李君墓志铭》里写到的"为药误"[1]而致毙的李建。白居易又有《题李十一东亭》诗,李十一也是李建,据朱金城考该诗作于元和三年(808)[2],二人"结道友"即应在此时前后。而在此以前的贞元二十一年(805)和元和元年,他又曾较长时期寓居于永崇里华阳观习业[3],并和友人元稹在那里同作《策林》。这种环境必然也会对他产生一定的影响;而居住道观也表明了他当时亲近道教的感情。及至得罪贬浔阳、居庐山,其地是佛、道二教的圣地,加之方被贬黜,现实环境更激发他滋长了宗教观念。在江州这几年间,是他一生中对宗教最为热衷的时期。他更加积极地参禅习佛,同时又认真地学道炼丹。他这时所写的《寻王道士药堂因有题赠》诗说:

> 行行觅路缘松峤,步步寻花到杏坛。白石先生小有洞,黄芽姹女大还丹。常悲东郭千家冢,欲乞西山五色丸。但恐长生须有籍,仙台试为捡名看。[4]

这首诗被认为是他"乞丹服药之始"[5]。他还曾从郭炼师学习炼丹,从之受丹经《参同契》,并亲自操作合炼。他的《同微之赠别郭虚舟炼师五十韵》一诗细致地写了这一段经历:

> 我为江司马,君为荆判司。俱当愁悴日,始识虚舟师。师年三十余,白皙好容仪。专心在铅汞,余力工琴棋。静弹弦数声,闲饮酒一卮。因指尘土下,蜉蝣良可悲。不闻姑射上,千岁冰雪肌。不见辽城外,古今冢累累。嗟我天地间,有术人莫

---

① 〔唐〕韩愈《韩昌黎集》卷三四。
② 朱金城《白居易研究》,37 页。
③ 参阅朱金城《白居易年谱》,33—36 页,上海古籍出版社,1982 年。
④ 〔唐〕白居易著,朱金城笺注《白居易集笺校》卷一六,1013 页。
⑤ 陈友琴《白居易诗评述汇编》,第 84 页,科学出版社,1958 年。

知。得可逃死籍，不唯走三尸。授我《参同契》，其辞妙且微，
六一閟扃锸，子午守雄雌。我读随日悟，心中了无疑。黄芽与
紫车，谓其坐致之。自负因自叹，人生号男儿。若不佩金印，
即合斸玉芝。高谢人间世，深结山中期。泥坛方合矩，铸鼎圆
中规。炉橐一以动，瑞气红辉辉。斋心独叹拜，中夜偷一窥。
二物正诉合，厥状何怪奇。绸缪夫妇体，狎猎鱼龙姿。简寂馆
钟后，紫霄峰晓时。心尘未净洁，火候遂参差。万寿觊刀圭，
千功失毫厘。先生弹指起，姹女随烟飞。始知缘会间，阴骘不
可移。药灶今夕罢，诏书明日追……①

在这里诗人清楚地表明，在被贬黜的境遇中，他一时间曾滋生起
"高谢人间世"的意念，对长生不死也"心中了无疑"而抱有幻想。
诗中描写了丹灶中药物反应的具体情形，表明他是亲自动手操作
过的。但诗的结尾说合炼丹药终于失败了，从而也促使他的幻想
破灭了。清人赵翼总结白居易炼丹的情况说：

> 元和中，方士烧炼之术盛行，士大夫多有信之者。香山作
> 庐山草堂，亦尝与炼师郭虚舟烧丹，垂成而败；明日而忠州刺
> 史除书至。故《东坡志林》谓世间、出世间不能两遂也。观其
> 与虚舟诗……亦可见烧炼时果有阴阳配合之象，所以易动人
> 也。《劝酒》诗云："丹砂见火去无迹。"《不二门》诗云："亦曾烧
> 大药，消息乖时候。至今残丹砂，烧干不成就。"盖自此以后，
> 遂不复留意。《答张道士》云："丹砂一粒不曾尝。"……是香山
> 不惑于服食之说，审矣。乃晚年又有《烧药不成命酒独醉》诗
> 云："白发逢秋王，丹砂见火空。不能留姹女，争免作衰翁。"又
> 与李侍郎结道友，以药术为事，而李长逝，悼以诗曰："金丹同
> 学都无益。"是晚年又尝留意于此，宜陈后山有"自笑未竟人复

---

① 〔唐〕白居易著，朱金城笺注《白居易集笺校》卷二一，第 3 册，1408—1409 页。

吁"之诮也。香山性情,本无拘滞,人以为可,亦姑从之,然终未尝以身试耳。①

这里把和李建结道友定在晚年,考证有误;也不能说白居易对服食之说是全然"不惑"。但总体看来,赵翼的分析是客观的、通达的。白居易对丹药虽然怀疑以至否定、却又怀抱幻想以至热心尝试的矛盾态度,在当时并不仅是发生在他一个人身上的个别现象。这显示了炼丹术诱惑力之强大,和在这种诱惑下人的言行难以一致的矛盾情形。但白居易经过实践,对丹药的幻想破灭了,这对于他进一步否定神仙术是起了作用的。他离开庐山后,写了《思旧》《不如来饮酒》等一系列猛烈抨击丹药之害的作品。特别是前已引述的《思旧》②诗,是唐代揭露丹药之害十分尖锐而深刻的作品之一。他在晚年所作《醉吟先生传》里也说"设不幸吾好药,损衣削食,炼铅烧汞,以至于无所成,有所误,奈吾何! 今吾幸不好彼"。这都表明经过一段炼丹实践,对这种成仙的"技术"的欺骗性有了更清醒的认识。

　　白居易中年后经常服用云母一类药物,这也是道教服饵术的"仙药"之一。葛洪的《抱朴子内篇》有专门的《仙药》一卷,其中也讨论到云母。但这类天然的矿物药(还有植物药如茯苓、地黄、麦门冬等)与合炼的金丹不同。云母又名云英、玄石等,是多种硅铝酸盐。本是炼丹的主要原料之一,如今仍作为坚固肌理、去热解毒的药物(经炮制)使用。白居易就是把它当作强身健体的药物来服用的。他在庐山时所作的《宿简寂观》诗说:

　　　　岩白云尚屯,林红叶初陨。秋光引闲步,不知身远近。夕
　　投灵洞宿,卧觉尘机泯。名利心既忘,市朝梦亦尽。暂来尚如

①〔清〕赵翼《瓯北诗话》卷四,51—52 页。
②〔唐〕白居易著,朱金城笺注《白居易集笺校》卷二九,第 4 册,2023—2024 页。

此,况乃终身隐。何以疗夜饥,一匙云母粉。①

他长期坚持服用云母直到晚年。如大和八年(834)六十三岁所作《早服云母散》:

> 晓服云英漱井华,寥然身若在烟霞。药销日晏三匙饭,酒渴春深一碗茶……②

云母之类的矿物药,当然也有毒副作用。但由于魏晋以来即用作强身药物,唐代又已总结出一套比较适宜的制作和使用方法,白居易应是掌握了这些方法的。这类服饵术和服用金丹不同。

到开成四年(839)白居易六十八岁时,他有《戒药》诗:

> 促促急景中,蠢蠢微尘里。生涯有分限,爱恋无终已。早夭羡中年,中年羡暮齿。暮齿又贪生,服食求不死。朝吞太阳精,夕吸秋石髓。邀福反成灾,药误者多矣。以之资嗜欲,又望延甲子。天人阴骘间,亦恐无此理。域中有真道,所说不如此。后身始身存,吾闻诸老氏。③

这是他经过多年观察和实际经验所得出的清醒认识,也是对以前的迷惑的反省和觉悟。诗里的"太阳精"谓丹砂,"秋石"又名毒砂,礜石,即硫砷铁矿石。他亲眼看到大量被丹药所误的事实,有些受害者又是他的至交好友,所以他再一次写诗著戒。诗的结句"后身始身存,吾闻诸老氏",再次回到老子的教训上来,表明了他重视"老学"的一贯立场。

不相信长生久视、神仙飞升之类谬说,代替那些无谓幻想的是完全着眼于现世的放浪形骸、自由自在的乐天安命生活。赵翼提到的白居易《烧药不成命酒独醉》诗就形象地表示他是如何化解这

---

① 〔唐〕白居易著,朱金城笺注《白居易集笺校》卷七,第 1 册,368 页。
② 同上卷三一,第 4 册,2161 页。
③ 同上卷三六,第 4 册,2476 页。

一矛盾的：

> 白发逢秋王，丹砂见火空。不能留姹女，争免作衰翁。赖有杯中绿，能为面上红。少年心不远，只在半酣中。[①]

这首诗是开成二年(837)六十六岁时所作，表明直到当时他仍试验烧药。但这应是聊作尝试的消遣之举。再一次失败更证明了神仙术的破产，那么还是在现世中任性逍遥更为实际。他又有诗说：

> 莫学长生去，仙方误杀君。那将薤上露，拟待鹤边云。矻矻皆烧药，累累尽做坟。不如来饮酒，闲坐醉醺醺。[②]

这样，昏昏醉酒就成了他的精神寄托了。从这样的角度看，如陈寅恪所说的"老学"确也成为白居易思想观念的核心。所以他晚年任河南尹时的《与诸道者同游二室至九龙潭作》一诗说：

> 喜逢二室游仙子，厌作三川守土臣。举手摩挲潭上石，开襟抖擞府中尘。他日终为独往客，今朝未是自由身。若言尹是嵩山主，三十六峰应笑人。[③]

这是他和道士们一同游历洛阳附近的道教圣地嵩山时所写的。他说将来有一天会成为"独往客"，入山学道，这表明他对于道教徒的清虚自由的生活仍然向往；但他又说现在未是"自由身"，不能来做"嵩山主"，即实际上仍不能割舍现世的享乐生活。由此也可以清楚看出他人生追求的主要所在。他把乐天放浪的人生看得比神仙追求真实得多，也有意义得多。

　　白居易的宗教观念是相当驳杂的。从上面的叙述可以看出，他对待道教的态度和行为本有许多矛盾之处。但是只要是粗略地考察就会发现，在这驳杂和矛盾中却有一贯的脉络可寻：就是他关

---

① 〔唐〕白居易著，朱金城笺注《白居易集笺校》卷三三，第 4 册，2312 页。
② 〔唐〕白居易《不如来饮酒七首》之五，同上卷二七，第 3 册，1900 页。
③ 同上卷二八，第 4 册，1980 页。

注人生,他对宗教的取向是立足于人生实际的。宗教对于他主要是安顿身心的寄托,给他提供了应付现实矛盾的依据。具体到对待道教及其神仙术,他也更重视对教理观念的体认及其在人生践履上的运用,而并不相信虚无缥缈的成仙的前景及其技术。他越是更多地经历宗教幻想的破灭,那种关注现世人生的观念也就更加牢固。无论是佛教,还是道教,对他来说到头来只意味着一种理想的人生境界。

十一　李商隐——作为艺术境界的仙境

　　李商隐同样和道教有相当密切的因缘。与唐代其他一些好道慕仙的文人相比较,他和道教的关系又有着个人的特点,反映在创作中更有独特的表现。

　　李商隐早年曾有过"学仙玉阳东"①的经历,即曾亲自进入道门,从事养炼实践;他后来更和众多道士亲密交往,特别是和女道士的交谊,更引发后人对有关隐情的许多猜测,成了千古以来聚讼纷纭的悬案。这些悬案或许永远得不出定论。他认真研读过道教经典,例如在唐代好道文人间流行甚广的道典《真诰》,他十分熟悉②;他对道教的神仙传说更是非常热衷。这种种方面,表明他倾心道教,特别是对有关神仙信仰的内容保持着持久不衰的兴趣和热情。在这一点上,他和李白、李贺等人的情形相似。而他也和李白、李贺同样,并不是道教及其神仙的坚定的信仰者。从一生的表

---

①〔唐〕李商隐《李肱所遗画松诗书两纸得四十一韵》,〔清〕冯浩笺注《玉溪生诗笺注》卷一。
②参阅〔日〕深澤一沢《李商隐と〈真誥〉》,〔日〕吉川忠夫编《六朝道教の研究》,京都大学人文科学研究所研究报告,春秋社,1998年。

现和创作看,他显然并不真的相信存在一个超越的神仙世界,更不是真的追求成为神仙。而且即使是和李白、李贺相比,他表现得也更富于理性精神。这和他个人的处境和他所处的时代有关系。他活动的晚唐时期,唐王朝已处在一种"夕阳无限好,只是近黄昏"的不可逆转的颓败形势之中。他长期奔波仕途,屈沉下僚,陷身牛、李党争的夹缝中不能自拔。对于像他那样怀抱经世大志的人来说,更关注的是个人的出路和决定个人前途的政治大事,而不是虚无缥缈的神仙幻想和难以验证的神仙境界。而从他所接触的道教本身的发展形势看,到晚唐时期,外丹神仙术正在被内丹养炼术所取代。这一道教史上的重大转变,反映在众多文人的观念中,就是对外在神仙世界的信仰进一步幻灭,六朝以来在很长一段时期让许多人倾心、迷恋的神仙世界基本上失去了吸引力。对李商隐这样聪慧、敏感的文人更是如此。如果说当初神仙幻想、神仙境界还能激发起李白心中那种摇荡心旌的向往追求的热情,又如果说在李贺那里仙人形象和仙界情景还能用来寄托内心的欲念、感情,那么,对于李商隐来说,有关仙人和神仙世界的传说、典故、语汇等等则主要是提供了艺术创作的材料。他在作品中写到有关神仙的内容,基本已没有本来的宗教上的意义,而是一种比附、隐喻、象征。就是说,在他那里,道教中有关神仙的一切,包括仙界情景、仙人传说、仙事、仙语等等,都被当作艺术创作的资料来组合、发挥、运用。他利用这些资料来充实艺术想象,经过重新构思,构造成新的艺术境界。凭着他的杰出的才情,他所创造的仙人形象和仙界风景往往能够十分明晰生动,又带着幻想的杳渺飘忽,无限的瑰丽迷人。而这些大都别有寄托。又由于他在审美上刻意追求深晦,使得后人对他许多作品的寓意难以索解。然而他所创造的艺术境界是那样优美动人,其中含而不露的深意是那样虚玄莫测,反而给人更多的美感,引发人无限的遐想。这样,李商隐的有关作品实际是体现了唐代文人对待道教及其神仙信仰的又一种具有典型意义的态

度,即在道教神仙观念被"世俗化""艺术化"的程度已相当深重的
情况下,传统的神仙信仰和神仙术已被逐渐"腐蚀",人们对神仙世
界的追求和诚挚的信仰心也已被欣赏、"玩赏"的态度所取代了。
李商隐在诗歌创作中对道教神仙思想做了成功的"扬弃",正是体
现了这一发展大势:他基本上超脱了对于神仙世界的信仰,赋予有
关神仙内容以新的意义,从而在艺术上给神仙题材以新的生命。
这也是他艺术上化腐朽为神奇的卓越成果和巨大成功。谈到李商
隐创作的特征,有一些学者认为,在众多有成就的唐代文人中,他
是真正以诗歌表现自我、把自身作为创作的主要目的的诗人。他
利用神仙题材,表现神仙内容,也应作如是观:他是借用这些材料
来表现自我,抒写自己的心迹,当然这种表现又是有典型意义和审
美价值的。

　　李商隐故乡的怀州河内(河南沁阳县)地近道教圣地王屋山,
在唐代那里正是道教兴盛的地方。他幼年时父亲亡殁,曾奉母居
于济源,那里的玉阳山曾有玉真公主修道养炼。他说"学仙玉阳
东"就是指他也曾在那里隐居学道。《李肱所遗画松诗书两纸得四
十一韵》诗谓:

　　　　忆昔谢四骑,学仙玉阳东。千株尽若此,路入琼瑶宫。口
　　咏《玄云歌》,手把金芙蓉。浓霭深霓袖,色映琅玕中。悲哉堕
　　世网,去之若遗弓。形魄天坛上,海日高瞳瞳。终期紫鸾归,
　　持寄扶桑翁。①

诗里表明他确曾相当认真地学道。他自称"玉溪生",据考今在玉
阳东西两峰间的溪水就是玉溪,溪水流经玉真公主炼丹山洞下。
大和八年(834),李商隐二十二岁,进京应考不第,回洛阳时写《东
还》诗说:

————————————

①〔唐〕李商隐撰,〔清〕冯浩笺注《玉溪生诗笺注》卷一。

　　　　自有仙才自不知，十年长梦采华芝。秋风动地黄云暮，归
　　　去嵩阳寻旧师。①

这虽然是失意时的排遣之作，却可见他对这段学道经历的重视。
直到大中二年(848)写《戊辰会静中出贻同志二十韵》诗，写到他亲
自养炼的体验。当年他三十七岁，仍在从事养炼。从中也可以知
道他的道教理解，全诗引录如下：

　　　　大道谅无外，会越自登真。丹元子何索，在己莫问邻。旧
　　　璨玉琳华，翱翔九真君。戏掷万里火，聊召六甲旬。瑶简被灵
　　　诰，持符开七门。金铃摄群魔，绛节何兟兟。吟弄东海若，笑
　　　倚扶桑春。三山诚迥视，九州扬一尘。我本玄元胄，禀华由上
　　　津。中迷鬼道乐，沉为下土民。托质属太阴，炼形复为人。誓
　　　将覆宫泽，安此真与神。龟山有慰荐，南真为弥纶。玉管会玄
　　　圃，火枣承天姻。科车遏故气，侍香传灵芬。飘飘被青霓，婀
　　　娜佩紫纹。林洞何其微，下仙不与群。丹泥因未控，万劫犹逡
　　　巡。荆芜既以薙，舟壑永无湮。相期保妙命，腾景侍帝宸。②

所谓"入静"，是道教养炼方法的一种，分为顿、渐二法。所谓"渐
法"即"存思"，"顿法"即"守一"。胡三省说："道家所谓'入静'，即
禅家入定而稍异。入静者，静处一室，屏去左右，澄神静虑，无思无
营，冀以接天神。"③按规定，大静三百天，中静二百天，小静一百天。
这首诗写的就是"出静"时的体验。这种修炼心神的"内功"，为上
清派所特别重视和提倡，和外丹的长生之术在思路和做法上迥异。
值得注意的是，这篇作品大量使用了《真诰》的语汇和典故④。这种
情况和李白的《草创大还赠柳官迪》形成鲜明的对比：李白诗基本

①〔唐〕李商隐撰，〔清〕冯浩笺注《玉溪生诗笺注》卷一。
②同上卷二。
③〔宋〕司马光编著《资治通鉴》卷二五七，8370页。
④参阅〔日〕深泽一沢《李商隐と〈真诰〉》。

是使用《周易参同契》的语言,如上所说,《周易参同契》在唐代是外丹的根本经典,李白诗也是讲外丹的;而李商隐则利用《真诰》,《真诰》则是唐代上清派所依据的经典。这一对照,正反映了道教发展的形势和人们接受道教在观念上的变化。商隐诗首联"登真"即指成仙;次联是化用《黄庭经》"心神丹元字守灵""真人在己莫问邻"①的意思,是说真神即在自身,不烦外求。以下"蒨璨"十二句,描写了华丽而神秘的仙界生活;"我本"六句,是说自己仍迷恋"鬼道"即人间的荣乐,沉埋在世间;"誓将"以下是说决心补脑还精,保真安神,必将受到仙真的抚慰,飞腾升仙。"龟山"是指魏华存升仙的龟原,"南真"即魏华存,她是降临茅山灵媒杨羲处传授上清经典的仙真。这已清楚地表明,李商隐"学仙",所学是上清派的修炼心神之功。如前面所介绍的,唐代的有些上清派道士是明确地(或有条件地)反对外丹的。李商隐也已清楚意识到"呜嚱大贤苦不寿,时世方士无灵砂"②,可见他接受道教主要是赞赏其内丹心性养炼观念和做法,并不是信仰神仙和追求成仙。

李商隐"学仙"、养炼,自然会接触道士,应该有"明师"。但他早年学道的情况已不清楚。他喜欢结交道门人物则有许多作品可以证明。如他初入王茂元幕,年仅十八岁,所作《天平公座中呈令狐令公》诗中即说:

> 罢执霓旌上醮坛,慢妆娇树水晶盘。更深欲诉蛾眉敛,衣薄临醒玉艳寒。白足禅僧思败道,青袍御史拟休官。虽然同是将军客,不敢公然子细看。③

唐时僧、道寄居或出入权贵门庭乃是一时风气;特别是有众多的女道士活动在官僚士大夫间。在这首诗里,"商隐写他在令狐楚幕中

---

①〔金〕刘长生解《黄庭内景玉经注》,《道藏》第 6 册,502、500 页。
②〔唐〕李商隐《安平公诗》,〔清〕冯浩笺注《玉溪生诗笺注》卷一。
③〔唐〕李商隐撰,〔清〕冯浩笺注《玉溪生诗笺注》卷一。

所见。当时女道士出入豪门，亦与节度使交往，替他们作道场，直到深夜。次联极写女道士的娇艳幽怨，使出家为僧的想还俗，当幕僚的想辞官……商隐也在幕府，因为他年轻，虽然也是僚属，不敢公然看她"①。从这篇作品的描写看，他当时是以欣赏的态度来看待道教生活的。而如李商隐在玉阳学道，他的赠李肱诗说"口咏《玄云歌》"，《玄云》是西王母侍女所唱的，可知那时和他所交往的也有女道士。他当然也结交不少男道士，如玄微先生、白道者、孙逸人等。他的《赠华阳宋真人兼寄清都刘先生》诗说：

> 沦谪千年别帝宸，至今犹忆蕊珠人。但惊茅、许多玄分，不记刘、卢是世亲。玉检赐书迷凤篆，金华归驾冷龙鳞。不因杖履逢周史，徐甲何曾有此身。②

白居易早年曾寓居长安华阳观，其《春题华阳观》诗题下注谓："观即华阳公主故宅，有旧内人存焉。"③可知这是一所女冠观。当时与他同住的还有元稹、卢周谅等，并曾在观内召友宴饮。欧阳詹文中也写道："贞元十二年，瓯闽君子陈可封游在秦，寓于永崇里华阳观。"④从这样的背景看，李商隐和那里的女冠"宋真人"相交往也就不足为奇了。"刘先生"居清都观，那里同样是士大夫游观之地。诗的首句说自己本是"谪仙"，所以对蕊珠上清宫里的人特别亲近。然后用仙传上的茅濛（其重孙盈、固、衷三茅君）和许逊（其族子迈、穆）两家来比拟宋与刘在道门传统中的地位；又用刘琨、卢谌典故表明二人本有亲戚关系。三联写宋真人授以符篆，然后回归华阳观。"玉简"指符篆，"金华石室"是道教的洞天福地之一。末联是"寄"刘先生，诗人自比《神仙传》里向老子学道的徐甲，是说如果不

_____

① 周振甫选注《李商隐选集》，15 页，上海古籍出版社，1986 年。
② 〔唐〕李商隐撰，〔清〕冯浩笺注《玉溪生诗笺注》卷六。
③ 〔唐〕白居易著，朱金城笺注《白居易集笺校》卷一三，第 2 册，726 页。
④ 〔清〕彭定求等编《全唐诗》卷三四九，3899 页。

是和您相交往,怎么能有今天的我呢。从这样的作品可以知道,李商隐和道士们结交,向他们学道确是目的之一,也不是没有一点心得。

李商隐多和女道士交往,和当时女冠在社会上活跃的风气有关,当然也决定于他个人的处境和心境。和他往还密切的当数前面提到的华阳观宋真人,本是姊妹二人。《月夜重寄宋华阳姊妹》诗:

> 偷桃窃药事难兼,十二城中锁彩蟾。应共三英同夜赏,玉楼仍是水精帘。①

这是抒写不能与宋华阳相聚的遗憾。冯浩解释说:"偷桃是男(用东方朔事),窃药是女(用嫦娥事),昔同赏月,今则相离。"此解可信。诗里设想宋真人姊妹在华阳观里和"三英"玩赏月色,只见月中一片琼楼玉宇,光鉴照人。"三英"或以为指三人,或以为指"三珠树"。总之这里表现了他和这两位女道士的亲密关系。但是否其间有"恋情",则是难以确证的事。李商隐《无题》一类诗(有些有题,但题旨不明,同于无题)多有用仙语、仙事的。历来注家的解释大体有三种截然不同的看法:一种平实地认为这些只是一般的抒情诗;另一种则别求寓意,特别是政治上或人事上的讽喻;还有一种则以为是抒写和女道士的恋情的(至于恋情的对象,不同人"考证"又有所不同)。陈贻焮是主张它们"大多纯写恋情,别无深意"的,而且他特别着力论证李和女冠如宋华阳姊妹的关系。他更认为李商隐"早年入玉阳学仙,除了信仰或习道举等原因之外,恐怕也同样有此种(即'士人与女冠发生恋情')的打算"②。这就把追求女冠当作李商隐学道的重要动机,把有关的诗作解释为情诗了。

---

① 〔唐〕李商隐撰,〔清〕冯浩笺注《玉溪生诗笺注》卷六。
② 陈贻焮《李商隐恋爱事迹考辨》,《唐诗论丛》,282—324 页,湖南人民出版社,1980 年。

而周振甫则力辟这种看法,认为这类诗大多是另有寓意的①。然而不论看法上有多大分歧,在两个基本点上大家是比较一致的:一是大家都承认李商隐确实和女冠多有交往;二是绝大多数学者不认为涉及女冠或女仙的作品是宣扬道教神仙信仰的。李商隐和道士,特别是女冠多有交往,是社会风气使然,也应当承认是一种倾心道教的表现;他从中也会受到一些宗教方面的熏染,但更主要的是他因而熟悉了道教的内容和道士生活。这后一方面,从观念到语言,从题材、故事到思维方式,都给他提供了丰富的创作材料。

　　这里顺便提一下,如果说李商隐对待道教主要是利用它所提供的材料抒写诗情,按自己的美学理想来创作独特的艺术境界,那么佛教的思想观念与他的思想感情却有着更多的契合点。他自幼即曾研读佛典,他曾明白说到《妙法莲花经》"始自童幼,常所护持。或公幹漳滨,有时疾疢;或谢安海上,此日风波,恍惚之间,感验非少"②。这也反映了他早年家庭教育的情况,也是当时士大夫教养的一般状况。后来随着他年事见长,经受人生患难,对佛教更加倾心。特别是到大中五年(851)他的夫人王氏去世,他说"三年已来,丧失家道,平居忽忽不乐,始剋意事佛,方愿打钟扫地,为清凉山行者"③。他在东川,又曾向当时的名僧知玄请益;并在长平山慧义精舍藏经院加石壁五间,刻金字《妙法莲花经》七卷,写了《唐梓州慧义精舍南禅院四证堂碑铭》④那样的对禅宗多有精解的文章。这都表明,涉及"安身立命"问题,他在观念上亦亲近佛说,从中找到了精神上的寄托。

　　李商隐既成长在道教兴盛的环境中,又有学仙的经历,对道教

①参阅《李商隐选集·前言》中《恋爱与艳情诗》《〈无题〉诗》两节,21—36 页,《李商隐选集》,上海古籍出版社,1986 年。

②〔唐〕李商隐《上河东公启二首》之一,〔清〕冯浩注《樊南文集详注》卷四。

③〔唐〕李商隐《樊南乙集序》,〔清〕冯浩注《樊南文集详注》卷七。

④〔唐〕李商隐《樊南文集补编》卷一〇。

生活表示一定的向往也是很自然的。如应是在早年玉阳学道时写的《题道静院院在中条山故王颜中丞所置虢州刺史舍官居此今写真存焉》诗：

> 紫府丹成化鹤群，青松手植变龙文。壶中别有仙家日，岭上犹多隐士云。独坐遗芳成故事，褒帏旧貌似元君。自怜筑室灵山下，徒望朝岚与夕曛。[1]

题目里的王颜是著名好道之士，曾编辑吴筠的文集[2]。他在贞元十三年（797）至十八年曾任虢州刺史[3]。诗人访问道院，看到王颜的画像，表示无限企羡与神往。同样的感情又见于《郑州献从叔舍人褒》诗：

> 蓬岛烟霞阆苑钟，三官笺奏附金龙。茅君奕世仙曹贵，许掾全家道气浓。绛简尚参黄纸案，丹炉犹用紫泥封。不知他日华阳洞，许上经楼第几重。[4]

这是赞美李褒的修道生活的。"蓬岛""阆苑"比喻李褒修道处，在那里他向天、地、水献上"三官手书"。"茅君奕世"指汉茅濛和他的三位重孙茅盈、茅固、茅衷，后世认为是茅山派道教创始人，这里借用来形容对方的修养；"许掾全家"本指《真诰》里接受仙真教诰、加以笔录的许谧、许翙父子（许翙曾为上计掾主簿），是说自家李家像许家一样热心修道。"绛简"，指祀天的赤章，用黄麻纸书写；炼丹炉用红色的"六一泥"封口，这是称赞对方所从事的养炼活动。最后华阳洞天指上清派道教圣地茅山，希望对方提携自己养炼得道。这位李褒是虔诚的道教实践家，他经常举行斋醮仪式，"进受治箓，

---

① 〔唐〕李商隐撰，〔清〕冯浩笺注《玉溪生诗笺注》卷二。
② 参阅〔唐〕权德舆《唐故中岳宗元先生吴尊师集序》，《权载之文集》卷三三。
③ 参阅郁贤皓《唐刺史考》第 2 册，716—717 页。
④ 〔唐〕李商隐撰，〔清〕冯浩笺注《玉溪生诗笺注》卷二。

兼建妙斋"。李商隐称赞他"紫简题名，黄宁虚位，合兼上治，式统
高真"①。他曾请道士陈尊师授箓，于"紫极宫中，大延法众，迁受治
职，加领真阶"②，即领受了更高阶位的道箓，表明他作为道士的阶
位提高了，在道教教团"治"里的地位也提高了。李商隐一再给他
写信，为自己"不获观光"表示遗憾。李商隐还留下了几篇为斋醮
所作的《黄箓斋文》。一篇是在桂管任判官时为府主郑亚所作；一
篇是为李姓曾为宰相的人所作，据考可能是李回；还有一篇是为曾
在平淮西战役中立功的著名将领马总的未亡人王氏所作（均见《樊
南文集补编》卷一一）。所谓"黄箓斋"，是"灵宝六斋"之一，设坛普
祭天神、地祇、人鬼，以忏罪祈福。这是晚唐时期盛行的斋醮仪式。
从这些文章看，李商隐对道教的科仪制度十分熟悉。这些文章的
记述也真实地反映了当时贵族崇道的风气，也表明了李商隐生活
的具体环境。例如马总的遗孀王氏，在马总死后，住在洛阳安国观
内，从符姓道士披度，后来又诣大洞法师邓延康奉受上法。这位邓
延康曾给元稹夫人和宰相李逢吉等授道箓③。李商隐的文章细致
地叙写了王氏家庭和个人的信仰及建斋的情况，为了解当时道教
科仪提供了宝贵资料。这些也都可以让人们了解李商隐与道教生
活的密切关系和他对道教的感情。

　　李商隐和道士们往还，也写过不少表示慕道、羡仙的诗，如《玄
微先生》《赠白道者》《寄华岳孙逸人》等。前诗说：

　　　　仙翁无定数，时入一壶藏。夜夜桂露湿，村村桃水香。醉
　　中抛浩劫，宿处起神光。药裹丹山凤，棋函白石郎。弄河移砥
　　柱，吞日倚扶桑。龙竹裁轻策，蛟丝熨下裳。树栽嗤汉帝，桥

①〔唐〕李商隐《上郑州李舍人状二》，《樊南文集补编》卷六。
②〔唐〕李商隐《上郑州李舍人状四》，同上。
③〔唐〕郑畋《唐故上都龙兴观三洞经箓赐紫法师邓先生墓志铭》，〔清〕董诰等
　　编《全唐文》卷七六七，7981—7983页。

板笑秦皇。径欲随关令,龙沙万里强。①

在这首诗里,作者组织道教事典,描绘了一位"仙翁"的形象:他自由自在,醉酒佯狂,不受羁束,笑傲王侯。既是描写"仙",当然也要表现他变化、药物之类法术,但诗人实际描写的乃是一种理想的人生境界。即如前面引及的《月夜重寄宋华阳姊妹》那样的作品,虽然是用仙语、仙事来结构,表达的却是一般的感情,并没有真挚的宗教热情在内。

值得注意的是,李商隐和当时的许多文人一样,也有不少作品尖锐地讽刺帝王求仙的愚妄,表现了对待宗教的理性态度。如《华岳下题西王母庙》:

神仙有分岂关情,八马虚追落日行。莫恨名姬中夜没,君王犹自不长生。②

这首诗是用周穆王周游天下访问西王母故事来讽刺武宗求仙的,注家一般认为"中夜没"的"名姬"是指为武宗殉身的王妃。利用同样题材的还有《瑶池》:

瑶池阿母绮窗开,黄竹歌声动地哀。八骏日行三万里,穆王何事不重来。③

关于这首诗的最后一问,《穆天子传》上说:"天子觞西王母于瑶池之上,西王母又为天子瑶曰:'白云在天,山陵自出。道里悠远,山川间之。将子无死,尚能复来。'"那么诗人所问穆王所以不能重来,是因为即使他能骑神马日行三万里,却不可能长生不死。而穆天子作《黄竹歌》,则是有感于"大寒北风,雨雪,有冻人"④的惨状。

---

① 〔唐〕李商隐撰,〔清〕冯浩笺注《玉溪生诗笺注》卷五。
② 同上,卷二。
③ 同上,卷二。
④《穆天子传》,《道藏》第 5 册,40、44 页。

这样,这首诗就是在影射当时颓败的国势,揭露唐帝求仙的愚妄。另有《海上》也是讽刺帝王求仙的。又《碧城三首》,何焯认为:"此以咏其时贵主事。唐初公主每自请出家,与二教人媟近。商隐同时如文安、浔阳、平恩、邵阳、永安、义昌、安康诸主,皆先后丏为道士,筑观在外。史即不言他丑于防闲,复行召入,颇著微词。味诗中萧史一联,及引用董偃水精盘故事,大指已明。非止为寻常闺阁写艳也。"①此说可信。同样《河内诗二首·楼上》等也是讽刺公主入道的。这类明显是托意讽刺的诗还有《汉宫》《海上谣》等。前面已提到过,唐代文人对待宗教的态度,当涉及国家政治,特别是帝王的行为时,往往从经国治世的大局出发,采取理性的立场。李商隐的作品表明,他对神仙虚妄确是有所认识的。

突出显示李商隐的创作风格和艺术水准的,是那些运用神仙题材而别有寄托的作品。从内容看,这些作品既然使用了神仙题材或事典,就不能说和道教全然无关。如果没有道教的修养,不把握道教特有的思维方式,这些作品显然是不可能创作出来的。但这些作品却明显不是宣扬道教神仙的。其中的不少篇章更是难以明确地论定主旨。特别是如前已指出的,不少作品被认为是抒写他和女道士的恋情的,古今聚讼纷纭。但从事实考订的角度,确实又难以证实。历代注家对这些作品的见解也最为纷纭。这类诗的主旨也许永远难以得到确解,但从读者接受的角度看,这类作品的"本事"或主旨不明,对于艺术欣赏却又并无大的妨碍。王蒙分析李商隐的"无题"诗,对这一文学欣赏的特殊现象曾做出过富有见解的说明:"诗人这里写的不是一时一地一人一事而是自己的整个心境,或是虽有一时一地一人一事的触动,着力处仍在于去写深藏的内心,这正是此类诗隐秘丰邃不同凡响之处。"他强调"作者构建

①〔清〕何焯《义门读书记》卷五七《李义山诗集上》,1253页。

的是自己的独特的心灵风景"①,读者通过作品可以欣赏作者的这种"心灵风景"。就是说,尽管这些诗题旨不能确定,所述"本事"不明,但它们所蕴含的心境、情绪等等是读者可以接受、领会、赞赏的。而这些"心灵风景"被表现得越是朦胧,越是含蕴深刻,抒写得又十分鲜明绮丽,优美动人,越是留给读者更多的探寻底蕴、发挥想象的余地。也正因此,后来人读这些诗,即使其题旨不能确定,"本事"难以明确,但由于它们作为诗人心灵的抒发包含着深刻、丰厚的内涵,读者也就可以从不同侧面来猜测、揣摩,从而接受、理解、欣赏诗人所创造的意境。这也是诗人特殊的表现手法和艺术风格。

这类作品有些是属于"游仙"体的,表面上表现的是仙界情景,但它们不同于一般的游仙诗,在赞美神仙生活之外,往往别有意趣。如《常娥》:

> 云母屏风烛影深,长河渐落晓星沉。常娥应悔偷灵药,碧海青天夜夜心。②

古今注家对这首诗的主题亦有各种解释,如自伤怀才不遇、讽刺女道士、悔与王氏结婚等等。实际尽管后人对作者的主观立意不可能确定,但其所提供的意象是明确的:不管神仙世界如何高洁、令人神往,却是十分凄清、寂寞,离开人间、上升月宫的嫦娥留下的只是无穷期的悔恨。这首短短的诗寄托什么,没有人说得清,但这境界,这矛盾的心绪,诗中流露的对人生的深切依恋,是无限动人的。同样表现游仙内容的还有《一片》:

> 一片非烟隔九枝,蓬峦仙仗俨云旗。天泉水暖龙吟细,露

---

① 王蒙《混沌的心灵场——谈李商隐无题诗的结构》,《文学遗产》1995 年第
  3 期。
② 〔唐〕李商隐撰,〔清〕冯浩笺注《玉溪生诗笺注》卷三。

　　畹春多凤舞迟。榆荚散来星斗转，桂花寻去月轮移。人间桑
　　海朝朝变，莫遣佳期更后期。①

这首诗描绘的蓬莱仙境庄严而又热烈：华灯照耀，旗帜飘扬，龙吟
凤舞，春意盎然。但斗转星移，沧桑巨变，致使诗人发出了"莫遣佳
期更后期"的感慨。一般以为这篇作品说的是"令狐楚身居内职，
日侍龙光而肯垂念故知，急为援手"，但同样难以确证。如果读者
根据诗中所提供的意象来揣摩，以客观的态度依据诗作提供的具
体情境体会其意趣，自会得出鲜明的印象，获得欣赏的美感。李商
隐的这一类诗中所运用的仙人形象、仙界风景、神仙典故以及特殊
的道教语汇等等，都在有效地造成这种印象和美感。同样如《辛未
七夕》：

　　恐是仙家好别离，故教迢递作佳期。由来碧落银河畔，可
　　要金风玉露时。清漏渐移相望久，微云未接过来迟。岂能无
　　意酬乌鹊，惟与蜘蛛乞巧丝。②

这首诗写鹊桥相会题材，但别作独特的生发：不是像一般这一题材
的作品那样致惜于暌隔的长久或佳会的难得，反而说"仙家好别
离"，表明冲破艰难阻隔的爱情更加美好。这超出常情的构思余意
不尽，引人遐想。

　　李商隐有些利用神仙幻想而别有寄托的作品其含义或有踪迹
可寻。这些主要是表达自己的身世之感的。如历来被人称赞的
《重过圣女祠》：

　　白石岩扉碧藓滋，上清沦谪得归迟。一春梦雨常飘瓦，尽
　　日灵风不满旗。萼绿华来无定所，杜兰香去未移时。玉郎会

---

① 〔唐〕李商隐撰，〔清〕冯浩笺注《玉溪生诗笺注》卷三。
② 同上卷四。

此通仙籍,忆向天阶问紫芝。①

这首诗的主旨表面看同样难得确解。有的注家说是表现恋情,也有人说是讽刺女道士淫逸,但联系具体写作环境或可解破其中寄托的深意。圣女祠在陈仓县大散观附近,诗是大中九年(855)随东川节度使柳仲郢入京途中所作。作品把祠中被祭祀的神女写成是萼绿华和杜兰香,显然是出于"杜撰"。这两位都是被贬谪的神女。诗中"一春"一联鲜明生动地描摹出飘忽、神秘而又荒凉、寂寞的境界,烘托出"人物"的处境和心境,历来得到人们的赞赏。结尾希望掌管仙籍的玉郎能够通报名字是否在神仙谱牒中,并询问何时得以服紫芝而成仙。这首诗表面句句写神女,实际是丝丝入扣地影射屈沉为幕僚的自己,表达自己返回朝廷的急切的愿望。又如《玉山》:

　　玉山高与阆风齐,玉水清流不贮泥。何处更求回日驭,此中兼有上天梯。珠容百斛龙休睡,桐拂千寻凤要栖。闻道神仙有才子,赤箫吹罢好相携。②

这里玉山即《穆天子传》上的群玉之山,显然是比喻朝廷,神仙才子则是比令狐绹,诗人希望他能加以提携而使自己登天。再如《七月二十八日夜与王郑二秀才听雨后梦作》:

　　初梦龙宫宝焰然,瑞霞明丽满晴天。旋成醉倚蓬莱树,有个仙人拍我肩。少顷远闻吹细管,闻声不见隔飞烟。逡巡又过潇湘雨,雨打湘灵五十弦。瞥见冯夷殊怅望,蛟绡休卖海为田。亦逢毛女无憀极,龙伯擎将华岳莲。恍惚无倪明又暗,低迷不已断还连。觉来正是平阶雨,独背寒灯枕手眠。③

----

① 〔唐〕李商隐撰,〔清〕冯浩笺注《玉溪生诗笺注》卷三。
② 同上。
③ 同上卷二。

这首诗是假梦境中的神仙世界来隐喻身世的遭逢。构思起伏跌宕，描写奇丽壮观，梦境的虚幻飘忽正显现出神仙世界的迷离惝恍。冯浩和今人周振甫等都有可信服的解说，此不赘引。神仙境界在这里显然是对于现实情境的难言的比喻，幻想的仙境则是作者艺术创造的对象和手段。

此外，李商隐其他各类题材的创作中亦多见道教神仙典故、语汇等等，作为一般的修辞和表现方法来使用。由于用了这些材料，使作品带上了独特的或神秘、或朦胧、或奇丽、或虚幻的色彩，对于形成他特殊的创作风格起了巨大作用。例如人所熟知的他的名作中这样的句子："刘郎已恨蓬山远，更隔蓬山一万重"（《无题四首》之一）、"蓬山此去无多路，青鸟殷勤为探看"（《无题》）、"不须浪作缑山意，湘瑟秦箫自有情"（《银河吹笙》）、"郎君下笔惊鹦鹉，侍女吹笙引凤凰"（《留赠畏之三首》之一），等等，都产生了特殊的艺术印象和巨大的感染力。又他经常使用《真诰》里的女仙萼绿华和与之相关的典故①，如"闻道阊门萼绿华，昔年相望抵天涯"（《无题二首》之二）、"羊权虽得金条脱，温峤终虚玉镜台"（《中元作》），等等，诗人显然喜欢这一被贬谪女仙的意象，并用它来制造表达上的效果。

李商隐有诗说："事神徒惕虑，佞佛愧虚辞。"②坦率地表明他虽曾热衷于佛、道，但宗教的幻想与追求终于破灭了。在当时的主、客观条件下，他对佛、道二教均有密切的接触，对它们的兴趣终生也没有消泯，特别是早年培养起来的对道教的神仙观念和仙界幻想的兴趣更一直沉潜在他的意识之中，但这些并没有形成真挚的信仰心，更没有推动他热心从事更多的宗教实践。可是道教有关神仙的资料在心中留下的多种多样的感受、印象，一直令他关注和

①参阅〔日〕深泽一沢《李商隐と〈真诰〉》。
②〔唐〕李商隐《咏怀寄秘阁旧僚二十韵》，〔清〕冯浩笺注《玉溪生诗笺注》卷二。

神往,并被他当作创作的材料。他运用巧妙的构思、高超的技巧、精致的语言来加以描摹,那些虚幻、美好的神仙境界就成了表现"心灵风景"的绝好材料。从而他的那些神仙题材的诗就成了利用宗教意象并使之转化为优美艺术形象的杰出典型。值得提出的是,涉及道教神仙的人物、景致、典故、语汇等等所具有的特殊的虚幻、飘忽、神秘、华艳的色彩和情调,非常有助于造成李商隐诗那种或称"朦胧"、或称"混沌"的艺术风格。这样,神仙教养、"学仙"经历实际又是形成他独特的艺术风格、取得创作上巨大成就的重要因素。

一般说来,唐代的士大夫阶层是特别富于经世之志、高扬着理想精神的。这也是整个时代的思想潮流所形成的精神史的重要特征。在这个时代,即使是那些有意甚或真的已经出世或隐逸的人,意识深处也难以割舍积极用世的理想。在唐代,发展到极盛的佛、道二教同样表现出关注现世、关注人生的精神。这也是和整个时代的思想潮流相一致的。所以唐代士大夫对待、接受宗教,一般说来并不是出于消极颓废或退避意识,而另有多种多样的社会的或个人的原因,体现出不同的观念和意义。表现在文学创作中,他们对宗教的态度、宗教意识也起着不同的作用。上面重点分析了几位有代表性的杰出诗人和道教的关系以及道教对其创作的影响。从以上简略的说明可见,他们对待道教的态度有共同的一面,即他们生活中都有或长或短、或认真或被动的"学道"或"慕道"的经历,都不同程度地接受了道教特别是神仙思想的影响,并且都创作出相当数量的表现神仙题材的作品。除了这些共同点之外,道教对他们的创作的具体影响还另有重要的共同之处,即虽然他们在作品中都不同程度地表现出对于神仙和仙界的向往,但这些表现与其说是信仰的表露,不如说是在展现心灵的一种境界;神仙题材在他们的作品中主要是作为隐喻、象征而存在,是抒发情志的手段和依托;他们往往是借助于描绘另外一个美好的、超然的世界来和现世相对照;或是创造一个幻想的境界来表达对于现实和人生的看法与企望。这样,神仙观念和神仙术作为唐代诗人喜用的题材,其美学的成分就大大超过信仰的成分,其艺术的意趣也远远超越宗教的意义了。

十二　游仙——仙人和仙界的礼赞

　　唐代诗歌中直接反映道教影响、集中表现神仙观念的有以描绘仙人和仙境为主要内容的"游仙"诗。它们或者设想亲自游历仙境,或者客观地描述仙界景象。自从郭璞以"游仙"为题写出一批杰作,萧统编《文选》又分出"游仙"一类,游仙诗遂成为诗歌的一体。唐代有道教兴盛的环境,更有众多文人崇道慕仙,再加上前人这种写作传统的影响,诗歌创作中遂出现许多游仙题材的作品。而在道教神仙思想得到新的发展、诗歌创作艺术也取得新的成就的情况下,唐人这些游仙诗也显示出新的面貌,成为一代诗歌辉煌业绩中具有特殊风貌和价值的部分。在以上各节关涉到之处,已引录过一些这类作品。

　　早在先秦时代,人们已设想"千岁厌世,去而上仙,乘彼白云,至于帝乡"①。屈原则已利用辞赋形式描绘了神游仙境的体验。从对神仙世界的幻想到企图升仙、相信可以成仙,再发展到出现指示成仙具体途径和方法的神仙术,人们对仙境的向往越来越迫切,仙人和仙界的面貌也被想象得越来越明晰、具体。自汉代以来流行起来的神仙传说中,已经十分形象、生动地描绘了神仙世界的景象。魏晋以来道教中又形成了乘蹻、玄览、洞观等法术。这也可以

―――――――――――
①《庄子·天地篇》。

说是"游仙"的技术。这种技术大体可分两类:如"若能乘跻者,可以周流天下,不拘山河。凡乘跻道有三法:一曰龙跻,二曰虎跻,三曰鹿卢跻。或服符精思,若欲行千里,则以一时思之;若昼夜十二时思之,则可以一日一夕行万二千里……"①这是设想自由飞升,和神仙遨游,即曹植所谓"乘跻追术士,远之蓬莱山"②。另一类是通过精思,"上通泥丸之九天,下彻尾闾之九地,中有真炁幽相往来"③,这则是"神游"的内功,是幻游神仙世界。道教的这两类养炼技术作为思维方式,都可通于文人的艺术构思。同时,道教经典也积极地利用诗歌形式,创作出许多具有特色的"仙歌"。这又和道教礼仪中以歌舞娱神的做法有关系。例如在著名的《汉武帝内传》里,西王母降临到武帝处,就命侍女王子登等奏乐,"安法婴歌《玄灵之曲》";后来上元夫人降临又"歌《步玄之曲》",王母命侍女田四飞答歌④。这些都是五言诗形式的仙歌。北周时期所编《无上秘要》里有专门的《仙歌品》,其中所录为道典,包括当时流行的主要经典《三皇经》《大洞真经》《真诰》里的仙歌,并指出"无此歌章,皆不得妄上天纲,足蹑玄斗","恒讽咏者使人精魂合乐,五神谐和,万邪不侵",即指出这些歌曲具有宗教修习的功能,又肯定它们有神灵"自娱乐"的作用⑤。

魏、晋时期是文人们相当普遍地接触、接受道教,道教题材开始大量被表现于文学作品中的时代,恰恰又是所谓"文学自觉"的时代。这就使得随着道教的兴盛而盛行起来的仙人故事、仙界传说被文人们所演绎,带着他们的人生感受和审美情趣,形成具有独特美学价值和现实意义的作品。散文叙事体裁比较适宜于表现具

①〔晋〕葛洪著,王明校释《抱朴子内篇校释》卷一五《杂应》,275 页。
②〔三国·魏〕曹植《升天行》,逯钦立辑校《先秦汉魏晋南北朝诗·魏诗》卷六,上册 433 页。
③《太上洞玄灵宝天尊说救苦妙经注解》,《道藏》第 6 册,489 页。
④《汉武帝内传》,《道藏》第 5 册,48、55—56 页。
⑤《无上秘要》卷二〇《仙歌品》,《道藏》第 25 册,48、50、52 页。

有"人物"行为、冲突和情节的故事。魏晋以后,除了出现一批神仙
传之类的专书之外,在一般的志怪、笔记中,也记录有许多描述神
仙神通、仙凡交通、凡人游历仙境等等内容的所谓"仙话"。而在以
言志、缘情为主要表现方式的诗歌中,神游仙境即"游仙"则成为被
更经常地表现的内容,如曹操的《气出唱》《陌上桑》,曹植的《飞龙
篇》《升天行》等,已是相当典型的游仙诗。汉魏乐府诗如《王子乔》
《上云乐》等,同样可以看成是游仙之作。而到嵇康、阮籍,特别是
郭璞的以"游仙"命名的一系列作品,则无论在思想内容上,还是在
艺术表现上,都标志着这一题材的创作发展到了一个新阶段。这
些文人创作的以游仙为题材的作品,当然表现出道教神仙观念和
道教思维方式的强烈影响,但同时又能超越宗教意识的局限而发
挥出艺术上的独创性。例如郭璞,一方面他被认为是始"会合道家
之言而韵之"的诗人①,另一方面又被评论为"词多慷慨,乖远玄宗。
其云:'奈何虎豹姿。'又云:'戢翼栖榛梗。'乃是坎壈咏怀,非列仙
之趣也"②。就是说,他(以及曹氏父子、嵇、阮等人也一样)给游仙
题材充实以慷慨咏怀的内容,使之成为具有独立艺术价值的创作。
这样,文人游仙之作也就和道教的单纯宣扬神仙信仰的仙歌有所
区别了。嵇、阮也好,郭璞也好,作品中都表现出具有新内容的"仙
隐"观念。这就把士大夫阶层的隐逸观念和行为与神仙追求和幻
想的仙境生活相结合,赋予游仙题材以人生实际内容。再一点也
十分重要,就是这些新型神仙诗创作讲究辞藻修饰,艺术表现上也
有特色。特别是郭璞,"奇博多通,文藻粲丽,才学赏豫,足参上
流"③,"文体相辉,彪炳可玩,始变永嘉平淡之体"④。本来无论是

---

①〔南朝·宋〕刘义庆《世说新语·文学》注引《续晋阳秋》,《世说新语笺疏》,
　　262页。
②〔南朝·梁〕钟嵘著,陈延杰注《诗品注》,38—39页。
③〔南朝·宋〕刘义庆《世说新语·文学》引《璞别传》,《世说新语笺疏》,257页。
④〔南朝·梁〕钟嵘著,陈延杰注《诗品注》,38页。

古代传说,还是后来的道教经典,其中的神仙内容都被宗教教条所限定,仙人和他们的行为、姿态、服装、饮食,仙境里的天宫、洞府、游观、风物以及仙术、仙药、仙酒等等,从表现角度看都被严重地公式化了。而文人们的游仙创作则完全没有程式的限制,在艺术表现和语言运用上都更为自由,因而也就取得了更大的成绩。唐人在继承前人传统的基础上进一步发展,特别是处在道教被更加世俗化和艺术化的潮流中,运用了唐代诗歌所取得的艺术成果,在处理游仙题材时就能够有所创新,因而也取得了更好的成绩。

以下讨论唐代文人创作的神仙题材的作品。散文体的传说、传奇容后面另做分析,先来讨论诗歌作品。诗歌中以游仙题材的作品即所谓"游仙诗"为中心,但范围更扩大一些,及于一般的神仙内容的作品,题目也不限于固定的"游仙"。首先应当说明的是,唐人所作涉及神仙题材的作品,从有意识地宣扬神仙观念和神仙事迹到单纯作为隐喻而和神仙信仰无关,情形各种各样;而从艺术水平看,更不可一概而论,有些是单纯地对传统"仙歌"的模仿,有些则堪称杰出的艺术创作。但不论如何,这些都是道教神仙思想和神仙信仰影响下的产物。

先看典型的宗教文学的"步虚词"。这本来是道教发展中形成的一种宣教艺术形式,是在道教仪式上所使用的纯粹的道教文学作品。相传有《步虚经》,为"太极真人传左仙公,其章皆高仙上圣朝玄都、玉京,飞巡虚空之所讽咏,故曰'步虚'"①。"左仙公"指东汉末的著名方士、"葛氏道"的祖师左慈②。说是他向世间传授了

---

① 〔宋〕晁公武《郡斋读书志》卷一六。
② "葛氏道"一语是日本学者福井康顺在《葛氏道の研究》(〔日〕津田左右吉编辑《东洋思想研究》第五,1953年〕一文中提出的,是指东晋时吴地葛氏一族为中心形成的道教派别,其代表人物为葛洪。这一派虽然到刘宋时期已经不传,但以《抱朴子内篇》为主的经典所宣扬的理论影响却是广泛、长久的。参阅〔日〕小林正美《六朝道教史研究》第一篇《葛氏道と灵宝经》,创文社,1990年。

"步虚",为时过早。这里说的《步虚经》应即《道藏》里的《洞玄灵宝玉京山步虚经》,据考是梁、陈时制作的。其中收录了《洞玄步虚吟》十首,俗称《灵宝步虚》。这种《步虚词》配以特殊的经韵曲调,即所谓"步虚声",六朝时已广泛运用在道教的斋醮科仪之中。道士演唱时按八卦、九宫方位,绕香案徐步而歌,象征众仙在玄都玉京斋会的情景。文人们模拟这一体制,写作表现仙界情景的作品,从而形成一种诗体。其体制多为五言,也有七言的;内容则主要是夸饰地描写神仙世界的情景,是真正的游仙内容;其表达上则富于想象,讲究辞藻,工于对仗,从而形成一定的艺术特色。郭茂倩《乐府诗集》引《乐府解题》说,"步虚词,道家曲也,备言众仙飘渺轻举之美"①。这也表明在其发展中,文人们已把它当成乐府诗的一体来对待了。庾信有《步虚词》十首,是早期文人之作。在唐代,道教斋醮里的步虚声韵是特别受到人们赞赏的部分。从帝王到一般的文人,对它们都表现出浓厚的兴趣,这其中已有浓厚的艺术欣赏的意味了。如玄宗"(天宝十载)四月,帝于内道场亲教诸道士步虚声韵,道士玄辨等谢曰:'……陛下亲教步虚及诸声赞,以至明之独览,断历代之传疑……'"②这当然是唐玄宗的崇道行为,但身为帝王来亲自教授,也是因为欣赏其表现艺术,并可知他在这方面也有相当的素养。张仲素有《上元日听太清宫步虚》:

> 仙客开金箓,元辰会玉京。灵歌宾紫府,雅韵出层城。磬杂音徐彻,风飘响更清。纤余空外尽,断续听中生。舞鹤纷将集,流云住未行。谁知九陌上,尘俗仰遗声。③

这里特别写出了道观里的步虚声韵传遍市街,被"尘俗"欣赏,给人

---

①〔宋〕郭茂倩《乐府诗集》卷七八。
②〔宋〕王钦若等编纂《册府元龟》卷五四,604 页。
③〔清〕彭定求等编《全唐诗》卷三六七,4135 页。

以生动的印象。殷尧藩也有《中元日观诸道士步虚》诗①，也是具体描写"三元"斋会里的步虚声韵如何受到人们的赞赏的。

现存唐代的《步虚词》有道士作的，如吴筠《步虚词十首》；更多的则是文人写的。顾况、韦渠牟、陈羽、刘禹锡、陈陶、司空图、苏郁都留有这一题目的作品。失传的当也有不少。如白居易有《送萧炼师步虚词十首卷后以二绝继之》诗，表明他也写有这种作品，但已不见于文集。晚唐时割据江东的高骈也留有《步虚词》一首，他是虔诚的神仙信仰者。

《步虚词》作为直接描绘神仙和仙界情景之作，宣教的目的十分明确，表现上也就易流于程式化。出于道士笔下的，如上述吴筠所作的第十首：

> 二气播万有，化机无停轮。而我操其端，乃能出陶钧。寥寥大漠上，所遇皆清真。澄莹含元和，气同自相亲。绛树结丹实，紫霞流碧津。以兹保童婴，永用超形神。②

吴筠在道士中是能文者，留有文集。但这样的作品说理像是玄言诗，很少文学情趣。如果说到艺术价值，主要在运用辞藻方面尚有一定特色。他又有《游仙诗二十四首》，内容和表现手法相似。

文人写作这一体裁的作品，大多数自然不是用于斋醮的。特别是那些出自大家笔下的，往往是借用这一题目和题材，创作出有特色、有一定艺术欣赏价值的作品。如韦渠牟早年学道，做过道士，对道教经典和斋醮礼仪当然十分熟悉。他有《步虚词十九首》，从降神仪式写到仙界景象，广泛地反映了道教生活和信仰实态，如其十四：

> 珠佩紫霞缨，夫人会八灵。太霄犹有观，绝宅岂无形。暮

①〔清〕彭定求等编《全唐诗》卷四九二，5566页。
②同上卷八五三，9648页。

　　雨裴回降,仙歌宛转听。谁逢玉妃辈,应检九真经。

其十五:

　　　　西海辞金母,东方拜木公。云行疑带雨,星步欲凌风。羽
　　袖挥丹凤,霞巾曳彩虹。飘飘九霄外,下视望仙宫。①

作者利用传统的神仙故事提供的材料,描写出幻想中神仙交往的
情景,表现上注意形象的完整和细节的生动,从而摹写出一定的意
境。这样的作品不仅已不同于吴筠的典实偏枯,与当年庾信作品
刻意模仿仙歌也大不相同。特别是他生动地描绘了女真的歌舞伎
乐,从侧面反映了当时道观里女冠的生活。又如陈羽《步虚词二
首》之一:

　　　　汉武清斋读鼎书,太官扶上画云车。坛上月明宫殿闭,仰
　　看星斗礼空虚。②

这则是利用“步虚”的题目来对帝王求仙进行讽刺了。而如苏郁的
《步虚词》:

　　　　十二楼藏玉蝶中,凤凰双宿碧芙蓉。流霞浅酌谁同醉,今
　　夜笙歌第几重。③

这则像是一首华丽的艳情诗。以上诸作已把唐代诗歌的一般技法
用于步虚题材了。

　　唐代文人《步虚词》的创作也体现了当时神仙题材创作的大体
情况,即这类题目或题材主要是给作者提供了表现形式和手段,诗
人写作时是按个人的意图去运用发挥的,而作品的成就如何,则取
决于作者的才能等条件。

――――――――

① 〔清〕彭定求等编《全唐诗》卷三一四,3532 页。
② 同上卷三四八,3896 页。
③ 同上卷四七二,5362 页。

　　唐人直接用"游仙"为题写诗的人并不多,只有王绩、武则天、窦巩、刘复、贾岛、张祜、曹唐等可数的一些人。其中曹唐数量最多,成就最大,下面将专门讨论。王绩存四首,其他人仅存一首。但表现游仙题材的作品却不少,例如前述李白、李贺、李商隐的许多作品虽然不用"游仙"题目,却应当看作是典型的游仙诗。至于描写神仙内容的作品则更多,包括冠以"怀仙""学仙""寻仙"之类题旨明确的,也有各种各样其他题目而以歌颂神仙和神仙世界为内容的。其中特别是那些表现女仙的歌曲,更具特色。"三李"这一类诗的高水平前面已经论及。他们的创作具有共同的特色,就是利用这一题材表现出更深刻的、富于现实意义的思想内容,又发挥了每个人的艺术风格和技巧的特长。下面看另外一些作者的诗。

　　隋末唐初的王绩有《游仙四首》。王绩生当乱世,隐居乐道,实际上却并不相信神仙之说。他有《赠学仙者》诗,其中明确说道:"仙人何处在,道士未还家……相逢宁可醉,定不学丹砂。"其《游仙》第一首说"自悲生事促,无暇待桑田",第四首又说"为向天仙道,栖遑君讵知"。他写《游仙》,显然是借神仙题材来发抒身世之感。其第三首说:

　　　　结衣寻野路,负杖入山门。道士言无宅,仙人自有村。斜溪横桂渚,小径入桃源。玉床尘稍冷,金炉火尚温。心疑游北极,望似陟西崑。逆愁归旧里,萧条访子孙。①

这里表现的是典型的仙隐观念,所描写的仙人村乃是乱世中令人向往的遁逃薮,诗中的道教事典和语汇只是抒写个人情志的手段。这种作品也显示了王绩特有的不尚雕琢、浑朴质实的风格。

　　另有窦巩《游仙词》写得很有特色:

――――――――

① 〔唐〕王绩《王无功集》卷中。

> 海上神山绿，溪边杏树红。不知何处去，月照玉楼空。①

这首诗充分发挥了五绝言简意赅的表现功能，完全从虚处着笔。上一联点染仙山风光，只写山水，色彩字用得十分传神；下一联写明月中"人"去楼空，把仙人写得迷离惝恍。短短二十个字，意境鲜明，令人神往。这种写法也体现了唐人绝句注重风神情韵的特长。

其他人的以"游仙"为题的作品则远逊王绩、窦巩的水平了。

王勃有《怀仙》诗，《序》云："客有自幽山来者，起予以林壑之事，而烟霞在焉。思解缨绂，永咏山水，神与道超，迹为形滞，故书其事焉。"从这段话看，他所怀念的神仙境界，也是解脱羁束、放浪山水的自由隐逸生活。这是和王绩诗的立意相似的。诗云：

> 鹤岑有奇径，麟洲富仙家。紫泉漱珠液，玄岩列丹葩。常希披尘网，眇然登云车。鸾情极霄汉，凤想疲烟霞。道存蓬瀛近，意惬朝市赊。无为坐惆怅，虚此江上华。②

整个诗篇用仙言仙语组织，发挥了题材上的特色。而从后面的四句看，他更重视隐居以求解脱，这是仙隐的主题，而不是追求实在的蓬莱仙境。王勃又有《观内怀仙》《八仙径》《忽梦游仙》等诗，神仙题材是他相当喜爱的。后一诗说：

> 仆本江上客，牵迹在方内。寤寐霄汉间，居然有灵对。翕尔登霞首，依然蹑云背。电策驱龙光，烟途俨鸾态。乘月披金帔，连星解琼珮。浮识俄易归，真游邈难再。寥廓沉遐想，周遑奉遗诲。流俗非我乡，何当释尘昧。③

这是表现寤寐间神游仙境，在描写中并没有用过多的神仙事典，把进入华丽梦境和梦醒的感慨描绘得相当真切。这样的神仙"遐想"

---

①〔清〕彭定求等编《全唐诗》卷二七一，3051 页。
②同上卷五五，671 页。
③同上卷五五，671 页。

乃是诗人人生的安慰。

卢照邻曾十分真诚地学道,有《怀仙引》,是一首有特色的骚体诗:

> 若有人兮山之曲,驾青虬兮乘白鹿,往从之游愿心足。披洞户,访岩轩,石濑潺湲横石径,松萝幂䍥掩松门。下空濛而无鸟,上巉岩而有猿。怀飞阁,度飞梁,休余马于幽谷,挂余冠于夕阳。曲复曲兮烟庄邃,行复行兮天路长。修途杳其未半,飞雨忽已茫茫。山块轧,磴连蹇,攀石壁而无据,泝泥溪而不前。向无情之白日,窃有恨于皇天。回行遵故道,通川遍流潦。回首望群峰,白云正溶溶。珠为阙兮玉为楼,青云盖兮紫霜裘。天长地久时相忆,千龄万代一来游。①

这首诗音律不是那么流畅,表现上也有明显的模拟痕迹,但其中所写的仙境完全不同于道教经典的描述,也基本不用道教的神仙事典,只是描写出理想化的、适于隐逸的自然山水,抒写的是诗情而不是出于信仰的幻想。全篇的内容和格调,显然给后来李白写《梦游天姥吟留别》以启发。

中唐张籍有《寻仙》诗:

> 溪头一径入青崖,处处仙居隔杏花。更见峰西幽客说,云中犹有两三家。②

如果说前引窦巩的一首诗写得空灵、鲜明、余味悠长,这一首则更为简洁、明净,同样地含义隽永。它的写法也是在空处斡旋,而且一层层递进:溪头一条小径进入青山,杏花中是一处处仙居,但听山峰西面的隐居人传说,在更高、更远的白云里仍有人家居住。那里住的是人耶?仙耶?诗人只是给我们描绘出一种朦胧的境界,

---

① 〔唐〕卢照邻著,任国绪笺注《卢照邻集编年笺注》,122—124 页。
② 〔清〕彭定求等编《全唐诗》卷三八六,4358 页。

也是他所向往的人生情境。张籍有诗尖锐地批判神仙之说的虚妄,他是韩愈的知交,二人同是坚定地反对佛、道迷信的。他的这种诗是利用神仙题目来抒发诗情,是和信仰无关的。

从以上所论及的作品已可以概见,唐代不同诗人所创作的这类以神仙或仙境为题材的诗,其实际内容与道教信仰的关系是很不相同的;但它们不同程度上反映着当时道教思想观念的新发展,并同样体现了当时诗歌艺术的新成就。

唐人表现神仙题材特别注重女仙。有些作品利用传统材料,有些则表现新层次的神仙传说。这和道教教理中女仙地位重要、历来文学创作中具有描写女仙的丰富传统等很有关系,也和这一题材特别适宜于文学表现、唐代道教中女仙信仰兴盛、当时社会上女冠活动十分活跃等有关系。这其中西王母传说又是唐代文人喜欢表现的题材。这也是延续了六朝以来的传统。在六朝时期,出现了许多新的女仙传说,西王母被表现为总领这些女仙的领袖,而昆仑(墉城)则被说成是女仙聚会之地。这样到唐末,杜光庭才能够结集专门辑录女仙“传记”的《墉城集仙录》。不过唐人所表现的西王母传说,无论是具体内容还是表现方式都有所发展、变化了。

盛唐时的李康成有《玉华仙子歌》,是相当典型的新型女仙诗:

> 　　紫阳仙子名玉华,珠盘承露饵丹砂。转态凝情五云里,娇颜千岁芙蓉花。紫阳彩女矜无数,遥见玉华皆掩婥。高堂初日不成妍,洛渚流风徒自怜。璇阶霓绮阁,碧题霜罗幕。仙娥桂树长自春,王母桃花未尝落。上元夫人宾上清,深宫寂历厌层城。解佩空怜郑交甫,吹箫不逐许飞琼。溶溶紫庭步,渺渺瀛台路。兰陵贵士谢相逢,济北风生尚回顾。沧洲傲吏爱金丹,清心回望云之端。羽盖霓裳一相识,传情写念长无极。长无极,永相随。攀霄历金阙,弄影下瑶池。夕宿紫府云母帐,

朝餐玄圃昆仑芝。不学兰香中道绝，却教青鸟报相思。①

"玉华仙子"不见道教神仙谱，不知是出于唐时的新传说，还是诗人的创造。诗中把她写作西王母统领下的仙女之一，并把她与上元夫人相对比，这都是依据传统故事的构想。但诗里的女主人公却被写得花容月貌，婉丽多情，描写她和兰陵贵士、济北书（原作"风"）生、沧州傲吏的交谊，表现虽然仙、凡阻隔，但"传情写念长无极"，而不会像下降张硕的杜兰香那样一去无踪影。这样把女仙写成向往爱情的多情女子，是用人间的情爱改造了传统的神仙题材。李康成编有《玉台后集》十卷，选录陈后主、隋炀帝、江总、庾信等人的作品，并把自己的作品编入其中。这首《玉华仙子歌》是今存四首诗中的一首。四首诗同为乐府歌行，格调均轻靡似"宫体"。用这样的体制来表现神仙题材算是有创意的。这篇作品的"璇阶霓绮阁，碧题霜罗幕"一联，"霓""霜"以实字为诗眼，杨慎称赞说"工不可言，惟初唐有此句法"②。

王维有《渔山神女祠歌》二首，这是描绘山东渔山神女智琼祠迎神、送神情景的歌词。古时祠庙里举行祭祀，例用乐歌以娱神。但出自文人的这一题材的作品却多是艺术创作。前面已经提到李贺的《神弦曲》即是典型例子。王维这两首歌的序文里先转述了张华等人关于天上玉女智琼降魏济北从事弦超的故事，歌词则主要描写女巫降神的情景，描摹得如幻如化。早年的王维颇倾心神仙世界，但他显然更注意突出神仙境界的那种艺术氛围。

前面已经讲到韦应物和道教的关系。他写过不少神仙题材的诗。《马明生遇神女歌》写的是一个传统的入山学仙者的传说。仙、凡交往本是晋宋以来神仙故事中常见的情节，而神女常常是这类传说的主人公。这首诗写马明生专精学道，感动神女，终于得到

①〔清〕彭定求等编《全唐诗》卷二〇三，2129 页。
②〔明〕杨慎《升庵诗话》卷三，丁福保辑《历代诗话续编》中册，677 页。

成功，也是道教传说中常见的主题。道心坚固本是信仰心的表现，葛洪即明确把它当作成仙的前提。但韦应物的《歌》则描述了相当复杂的情节：

> 学仙贵功亦贵精，神女变化感马生。石壁千寻启双检，中有玉堂铺玉簟。立之一隅不与言，玉体安稳三日眠。马生一立心转坚，知其丹白蒙哀怜。安期先生来起居，请示金铛玉佩天皇书。神女呵责不合见，仙子谢过手足战。大瓜玄枣冷如冰，海上摘来朝霞凝。赐仙复坐对食讫，颌之使去随烟升。乃言马生合不死，少姑教敕令付尔。安期再拜将生出，一授素书天地毕。①

前已指出，《云笈七签》卷一〇六有《马明生真人传》，又卷九八有《太真夫人赠马明生诗二首并序》，《序》与《传》内容略同，都是叙述马明生（本名和君宝）从王母小女太真夫人修道故事。诗即利用了这些资料，加以提炼和椠括。但诗人显然在更着力构造生动的故事，把仙人的言动、他们之间的关系描写得十分生动而富于风趣。前面也已提到韦应物有《学仙二首》，使用了《真诰》中的材料，也同样是表现道心精坚的主题的。他的《汉武帝杂歌三首》则演绎了《汉武帝内传》的传说，其一说：

> 汉武好神仙，黄金作台与天近。王母摘桃海上还，感之西过聊问讯。欲来不来夜未央，殿前青鸟先回翔。绿鬓紫云裾曳雾，双节飘飘下仙步。白日分明到世间，碧空何处来时路。玉盘捧桃将献君，踟蹰未去留彩云。海水桑田几翻复，中间此桃四五熟。可怜穆满瑶池燕，正值花开不得荐。花开子熟安可期，邂逅能当汉武时。颜如芳华洁如玉，心念我皇多嗜欲。虽种桃核桃有灵，人间粪土种不生。由来在道岂在药，徒劳方

---

① 〔清〕彭定求等编《全唐诗》卷一九四，2002 页。

士海上行。掩扇一言相谢去,如烟非烟不知处。①

在中唐时期的文人间,把散文故事改写成韵文成为流行的习俗。这其中明显具有逞现才情的意图。如这首诗,即发挥了诗歌提炼情节、渲染细节的叙事技巧,把原来几千字的散文浓缩到不及二百字的诗句中,并能凸显出一定的情韵和讽刺意义。例如西王母和汉武帝吃桃、西王母告诫汉武帝"嗜欲"旺盛不能成仙,《内传》中用了很大篇幅来描述,但诗里只是简练的几句。写西王母离去,在《内传》里大肆铺扬,在诗里也只是余意不尽的两句。韦应物熟悉道教资料,他的神仙题材的诗多利用传统的神仙传说加以演绎而独具特色。

鲍溶,作有《会仙歌》《李夫人歌》《弄玉词二首》《思琴高》《悲湘灵》等。他本与韩愈、孟郊等相友善,但他却特别喜欢作神仙诗。这也表现了当时士大夫尚异好奇的倾向。从他作品的题目即可知道内容多是表现古旧传说中的女仙的。其《怀仙二首》之二:

闾峰绮阁几千丈,瑶水西流十二城。曾见周灵王太子,碧桃花下自吹笙。②

和前引张籍诗不同,这里也是利用传统的神仙典故,但却是把周灵王太子升仙和昆仑仙山传说重新组织,构想出生动的情境,描绘成一幅意境鲜明的画面,引人无限神往。他的《会仙歌》则是描绘学道者和神仙相会的传统主题:

轻轻濛濛,龙言凤语何从容,耳有响兮目无纵。杳杳默默,花张锦织,王母初自昆仑来,茅盈、王方平在侧。青毛仙鸟衔锦符,谨上阿环起居王母书,始知仙事亦多故。一隔绛河千岁余,详玉字,多喜气,瑶台明月来坠地。冠剑低昂蹈舞频,礼

---

①〔清〕彭定求等编《全唐诗》卷一九五,2006 页。
②同上卷四八五,5505 页。

容尽若君臣事。愿言小仙艺,姓名许飞琼,洞阴玉磬敲天声。乐王母,一送玉杯长命酒。碧花醉,灵扬扬,笑赐二子长生方。二子未及伸拜谢,苍苍上兮皇皇下。①

这也是一首有特色的歌行体诗。在内容上则是表现西王母降临茅盈和王方平、赐以长生仙方事。这是茅山道教兴盛以后产生的新一代神仙传说。传统故事中为西王母传信的青鸟衔来"锦符",而侍女许飞琼则操玉磬奏天乐,会仙的情景则冠剑舞蹈,礼容君臣,喜气洋洋。群仙杳默而来,飘忽而去,描绘出幻想的神秘气氛。

杨衡曾和韦渠牟在庐山学道。他有《仙女词》:

> 玉京初侍紫皇君,金缕鸳鸯满绛裙。仙宫一闭无消息,遥结芳心向碧云。②

"紫皇"本是指道教神仙谱里的紫皇玄天上帝,诗里写一位被闭锁在深宫中、曾侍奉过紫皇的仙女的寂寞和悲哀,表现她有着和人间同样的悲剧命运。诗人大概是在隐喻帝王死后被迫入道的宫女,这是唐时宫廷的习俗。这种女仙诗可说是游仙题材的变格。这首诗同样注重意境的创造,和那种罗列仙语、仙事和神仙典故的游仙作品不同。

孟郊的《列仙文》是描写上清派道教宗师魏华存的组诗。颜真卿的《魏夫人仙坛碑铭》是根据相传为范邈所作的魏夫人传(或以为即《太平御览》卷六七八所录《南岳魏夫人南传》)写的,其中说到魏华存结婚后,心期幽灵,斋于别寝,感得"太极真人安度明、东华大神方诸青童、扶桑碧河汤谷神王景林真人、小有仙清虚真人王褒来降",授以大洞真经,此后她与诸真人互有往来;在她尸解隐化后,又有"龟山九灵太真西王母、金阙圣君、南极元君乃共来迎。夫

---

① 〔清〕彭定求等编《全唐诗》卷四八五,5502—5503 页。
② 同上卷四六五,5289 页。

人遂白日升晨,北诣上清宫玉阙之下"①。孟郊的诗分别题为《方诸青童君》《清虚真人》《金母飞空歌》《安度明》,歌咏这些上清派仙真。从中可再一次看到茅山道教在当时文人间的影响。本来在道典的记录里,对这些真人并没有个性化的描绘,诗人全凭玄想来写出他们的具体形象。不过孟郊还是保持游仙诗的传统写法,以仙语、仙典叙仙事,并宣扬上清派存思、体玄的观念。如《清虚真人》诗:

> 欻驾空清虚,徘徊西华馆。琼轮暨晨抄,虎骑逐烟散。惠风振丹旌,明烛朗八焕。解襟墉房内,神铃鸣璀璨。栖景若林柯,九弦空中弹。遗我积世忧,释此千载叹。怡昒无极已,终夜复待旦。

这是写魏夫人之师王褒的,表现他降临的情景:虎车琼轮,旌旗飞扬,明烛辉煌,音乐齐奏;然后又从侧面写对他到来的期待。"金母"是对西王母的称呼。《金母飞空歌》则是描写西王母来降的:

> 驾我八景舆,欻然入玉清。龙群拂霄上,虎旗摄朱兵。逍遥三弦际,万流无暂停。哀此去留会,劫尽天地倾。当寻无中景,不死亦不生。体彼自然道,寂观合大冥。南岳挺直干,玉英耀颖精。有任靡期事,无心自虚灵。嘉会绛河内,相与乐朱英。②

这也是用游仙诗的笔法描绘西王母升空的情景,后一半则是体道的说教。孟郊的这些作品格调上不同于他一般作品风格的寒俭,这和特殊的内容有关;而其中发挥的大胆想象和文句的雕琢藻饰,亦产生一定的艺术效果。

---

① 〔唐〕颜真卿《晋紫虚元君领上真司命南岳夫人魏夫人仙坛碑铭》,〔清〕董诰等编《全唐文》卷三四〇,3452、3453 页。
② 〔清〕彭定求等编《全唐诗》卷三八〇,4264—4265 页。

　　许浑也留意西王母降临汉武帝的古老传说。他的《学仙二首》说：

　　　　汉武迎仙紫禁秋，玉笙瑶瑟祀昆丘。年年望断无消息，空闭重城十二楼。

　　　　心期仙诀意无穷，采画云车起寿宫。闻有三山未知处，茂陵松柏满西风。①

这是对帝王求仙无成的婉讽。他又有《记梦》诗，《本事诗》里写到本事：

　　　　诗人许浑尝梦登山，有宫室凌云，人云："此昆仑也。"既入，见数人方饮酒，召之，至暮而罢。诗云："晓入瑶台露气清，坐中唯有许飞琼。尘心未断俗缘在，十里下山空月明。"他日复至其梦，飞琼曰："子何故显余姓名于人间？"座上即改为"天风吹下步虚声"。曰："善。"②

这是以托梦的形式写西王母侍女许飞琼的"俗缘"。这种女仙诗或许是影射狭邪之游的。

　　唐人写作游仙诗成就最高的当数晚唐人曹唐。他不但写作的数量多，而且取得了相当高的艺术成就，堪称是诗歌史上游仙传统的后殿。他初为道士，曾困于举场，长庆至大中年间为诸府从事，"平生之志激昂，至是薄宦，颇自郁悒"③。他既具有道教生活的亲切体验，又有人生坎坷的经历，所以他能把修道的精神感受和人世间的真情实感融汇无间地结合起来，又能使用唐代诗歌创作的新的艺术技巧，在游仙题材的写作中开拓出新生面。相传他有《大游仙诗》五十首，现存这一题材的七律十七首，当有佚失；又有七绝

---

①〔清〕彭定求等编《全唐诗》卷五三八，6141 页。
②〔唐〕孟棨《本事诗·事感第二》，丁福保辑《历代诗话续编》上册，13 页。
③傅璇琮主编《唐才子传校笺》第 3 册，493 页。

《小游仙诗》九十八首。《大游仙诗》里有些内容是相连续的,当初是作为几组作品构思的;《小游仙诗》结构上没有什么联系,大概是后来(或后人)结集成的。

曹唐的游仙诗使用的也是古代神仙传说的传统题材,但他把这些古老的故事重新加以演绎,发挥高超的艺术想象力,演化为仙人和仙境的美好而生动的情景,从而赋予这些已在道教经典和一般传说中渐被程式化的"人物"和故事以新的生机,描绘出仙人、仙界的新鲜、生动的艺术形象,给人以强烈的美感和生动的印象。曹唐的游仙诗全部使用七律和七绝体裁,这是晚唐时期得到充分发展、十分流行的诗体。他发挥了这两个诗体各自特有的功能。七律用来表现诗人构想的仙人或仙凡交往故事,有着纵的生动情节;而七绝则描写仙界的一个个具体情境,表现的是横的片断。

如上所说曹唐所利用的题材完全是传统的,但在选择和处理这些题材方面却显示了诗人特殊的才力。从现存的《大游仙诗》的内容可以看出作者当初是有意写成情节连续的几组组诗的。十七首诗所表现的内容包括西王母降临汉武帝,刘晨、阮肇天台遇仙女,杜兰香下降张硕以及王远会麻姑,周穆王游昆仑见西王母,牵牛织女,萧史携弄玉升仙,萼绿华会许真人等。因为篇章有佚失,有的故事仅存孤立的一首诗;但从现存具有连续性的几组作品仍能大致揣测原来组诗的轮廓。这些诗的题材全部取自传统的男女仙人或仙、凡交谊的传说。其中可以明显看出组合形态的有以西王母降临汉武帝为题材的两首,刘、阮入天台的五首,杜兰香下嫁张硕的两首。诗人在利用这些古老传说中的人物、故事时,充分发挥了艺术想象力,构思出原来故事根本没有的场面和细节,再用唐人的诗语来加以抒写,从而创造出全新的仙人形象和仙界情景。实际上诗人所描绘的仙人和仙界景象是对现实生活的艺术概括。他的这种创作方法,是和郭璞等所发展并为诗坛长期遵行的寄慨抒愤的游仙传统全然不同的。例如关于刘、阮故事,有《刘晨阮肇游天台》《刘阮洞中遇仙子》《仙子送刘阮出洞》《仙子洞中有怀刘阮》《刘阮再到天台不复见仙子》五首诗。这是留存最为完整的组诗。故事仍遵照原来传说的情节展开，但每一首诗的具体细节却完全出于诗人的艺术想象。如《仙子洞中有怀刘阮》一首：

> 不将清瑟理霓裳，尘梦那知鹤梦长。洞里有天春寂寂，人间无路月茫茫。玉沙瑶草连溪碧，流水桃花满涧香。晓露风灯零落尽，此生无处访刘郎。①

这首诗所描写的，实际是男女之间真挚的恋情。诗人借景叙情，把仙、凡的阻隔和无奈表现得缠绵悱恻，十分感人。这里自然有着诗人的人生实感，但他所描绘的又确是独特的仙界景象，从而发挥了游仙题材的特殊功能。其中"洞里"一联曾喧传士林，被戏称为"鬼诗"②。全篇结构新巧，属对工稳，意境相当鲜明。晚唐诗人善用七律述情，曹唐充分发挥了这一技法。

又《玉女杜兰香下嫁张硕》一诗：

> 天上人间两渺茫，不知谁识杜兰香。来经玉树三山远，去隔银河一水长。怨入清尘愁锦瑟，酒倾玄露醉瑶觞。遗情更说何珍重，掰破云鬟金凤皇。③

这里把人间恋情的象征表现和仙界事象巧妙地结合在一起，所创造的情境既充满人世真情，又带有仙界的神秘色彩。其中首联化用白居易《长恨歌》"上穷碧落下黄泉，两处茫茫皆不见"句意而翻出新意，可与李商隐的"《武皇内传》分明在，莫道人间总不知"相提

---

① 〔清〕彭定求等编《全唐诗》卷六四〇，7338 页。
② 〔宋〕计有功《唐诗纪事》卷五八："作《游仙诗》百余篇。其友人曰：'尧宾曾作鬼诗。'唐曰：'何也？'曰：'"井底（应为'洞里'）有天春寂寂，人间无路月茫茫"，非鬼诗而何？'唐大哂。"王仲镛《唐诗纪事校笺》下册，1590 页，巴蜀书社，1992 年。
③ 〔清〕彭定求等编《全唐诗》卷六四〇，7339 页。

并论,被称赞为"一样灵心,两般妙笔"①。

又《萧史携弄玉上升》诗:

> 岂是丹台归路遥,紫鸾烟驾不同飘。一声洛水传幽咽,万
> 片宫花共寂寥。红粉美人愁未散,清华公子笑相邀。缑山碧
> 树青楼月,肠断春风为玉箫。②

这首诗写得虽然略嫌纤巧,但华丽的词语、工整的结构,同样创造
出兼有述情的优美和情景的鲜明的艺术境界,为一般同一题材的
作品所难以企及。

曹唐的《大游仙诗》叙写的是不同凡情的"仙情",描绘的是完
全感情化的、艺术化的仙界景象。他不但打破了历来表现神仙题
材作品在用语和描写上的程式,更善于构想生动、鲜明的情境,并
在这种情境中充实以现实的人生感受。李丰懋指出:"晚唐社会,
国是日非,世路多艰,神仙道教在此一情况下,常成为心灵的遁逃
薮。曹唐特别选用奇遇的神话素材,正是此类心境折射的反映,他
表现在诗中的主题,不管是刘阮之误入仙境,抑是黄初平之隐居牧
羊,常在奇趣中透露出一种向往之情。"③而由于这种神仙题材的诗
又具有特殊的神秘情趣,就更留给人以发挥联想和想象的充分
余地。

《小游仙诗》九十八首,如前所述本是各自独立的作品的集合,
看不出其中有内在联系。但汇合这近百首诗,却可以感受到仙界
生活的总体印象。其中所表现的仙人、仙境和《大游仙诗》一样,也
都出于上清派的神仙传说。早自陶弘景已作出《真灵位业图》,这
是一部仙真的谱录;而到了司马承祯,又创作出《天地宫府图》,则

---

① 〔清〕薛雪《一瓢诗话》,14 页,杜维沫校注,人民文学出版社,1979 年。
② 〔清〕彭定求等编《全唐诗》卷六四○,7340 页。
③ 李丰楙《曹唐〈大游仙诗〉与道教传说》,《忧与游:六朝隋唐游仙诗论集》,172
　　页,学生书局,1996 年。

是仙真活动的舆地图。这两者提供了道教传说中的仙人、仙境的
总谱系。有的学者以为,在曹唐的"作品与作品之间却隐然有一完
整的天地宫府、仙真位业的构图"①。但客观地分析,诗人熟悉并利
用了道教神仙谱系的有关传说是没有问题的,却很难证明他在有
意识地按照这一谱系来创作《小游仙诗》。因为现在的这个总标题
是否为曹唐所确立已不清楚,从作品的内容看全部近百首也并非
一时所作,而且所叙写的有些"人物"只是泛称,或是在道教神仙谱
系中难以查明。题为"小游仙",无论是出于诗人自己还是后人,当
只是为了区别于"大游仙",用来指示题材范围的。这在传统上也
是集录众作时常用的命名法。

　　唐人绝句讲究情韵丰厚,旨趣遥深,富有韵外之致。这一诗体
本不以表现"人"和"事"见长。而曹唐的《小游仙诗》却正是表现仙
人、仙事的。但在这一题目下的作品却和《大游仙》诗之重在表现
"人物"冲突和构造细节、情境不同,它们主要是截取某个具体场景
加以描摹。因为其中所涉及的"人"及"事"大都出自人所共知的传
说,所以只需点染,不必详细述说。这样,就可能利用有限的二十
八个字来刻画、形容某位仙人、某个"仙事"的片段场景,表达诗人
的具体印象和意念。在这方面曹唐显示了他艺术概括的功力,也
对发展绝句的艺术技巧做出了贡献。当然这种场景也多是诗人创
造性的想象的产物。

　　曹唐所写的有玉皇、太一元君、九阳君、上阳君、西王母、上元
夫人、麻姑等道典里的仙人,也有王子晋、茅君、宁封、白石先生、晹
谷先生、费长房等道教传说中的仙真;他们的活动场所遍及上天仙
宫,蓬莱、扶桑、方诸等海上仙岛和西极昆仑神山,以及天下的洞天
福地;具体叙写的内容则涉及仙人交往、神仙灵迹、仙界情景、世人

---

① 李丰楙《曹唐〈小游仙诗〉的神仙世界初探》,《忧与游:六朝隋唐游仙诗论集》
　184 页;Edward H. Schafer: *The Sea of Time. Poetry of Ts'ao T'ang*, *the
　Unir of California*, 1985.

求仙活动以及仙人的游戏(赌棋、投壶等)、娱乐(宴饮、舞乐等)等生活内容,并利用仙人的居处、服御、装饰、坐骑等等细节描写来加以烘托。其主要题旨则是表现神仙世界的美好、悠久。有些篇章就像是在刻画一幅幅行乐图;有些诗则描写虚拟的仙人生活和感情,如:

> 偷来洞口访刘君,缓步轻抬玉线裙。细擘桃花逐流水,更无言语倚彤云。[①]

这是写仙女和刘、阮恋情的,但比较前面所引用的七律,诗人的处理方法显然全然不同。诗人不是叙写完整的故事,而是利用桃花源神仙洞天的传统构想,写刘、阮回乡后仙女到洞口寻访这一完全出于诗人设想的场面。诗中惟妙惟肖地描绘仙女的举动、神态,表现她的一往情深。这是一篇神仙题材的爱情诗。又如:

> 万岁蛾眉不解愁,旋弹青瑟旋闲游。忽闻下界笙箫曲,斜倚红鸾笑不休。[②]

这是表现神仙生活的闲适、快乐和悠久,和尘俗世界的歌舞享乐生活相对比。红色的鸾鸟乃是仙鸟,"笑倚红鸾"这一细节十分传神地描摹出仙女自得其乐的神态。也有的诗是抒写神仙传说所触发的感慨的,如:

> 天上邀来不肯来,人间双鹤又空回。秦皇汉武死何处,海畔红桑花自开。[③]

这和唐代许多文人的作品一样,是讥刺秦皇、汉武求仙的愚妄的。又如:

---

① 〔清〕彭定求等编《全唐诗》卷六四一,7347 页。
② 同上,7349 页。
③ 同上,7348 页。

　　　　忘却教人锁后宫,还丹失尽玉壶空。嫦娥若不偷灵药,争
　　得长生在月中。①

这里用的是李商隐《常娥》诗的同一题材,构思也有相似之处,表现
出嫦娥在月宫中的寂寞心境。

　　曹唐在描写神仙世界的景象时,常常把传说中的仙界的事物
和人间的现实情境巧妙地糅和在一起。例如在描写到仙官和神仙
宫府时,既有仙界的特殊景物,又把现实世界中朝廷、官府的庄严、
华丽掺杂进去。特别是诗人在具体描写中更善于发挥奇突、大胆
的想象,创造出新颖的艺术境界。例如:

　　　　共爱初平住九霞,焚香不出闭金华。白羊成队难收拾,吃
　　尽溪头巨胜花。②

神仙传说中有黄初平叱羊为白石事,这里却说他闭门焚香,不问世
事,白羊也就难以收拾了。又《周易参同契》上说:"巨胜尚延年,还
丹可入口。"巨胜是一种仙药。诗中描写活着的白羊会把巨胜吃
尽,真可说是奇思异想。这类联想在诗中比比皆是。

　　这样,《小游仙诗》与《大游仙诗》相较,具体写法很不相同。诗
人在这近百首作品里更充分地发挥了唐人七绝一体表现上的特
长,创造出一个个语近情遥的仙家画面。但大、小《游仙诗》二者在
旨趣和表达上又有共同处:仙人生活、仙界情景在这两组诗里都体
现了诗人的人生感受、思想情绪;它们都被诗人赋予了某种象征意
义;而这种种内容又都借助艺术想象加以演绎、提炼、创新,描绘出
生动的神仙形象和境界,抒写出鲜明、生动的诗情。这样,曹唐就
为游仙诗艺术的发展做出了值得称赞的总结。

　　敦煌遗书中发现有署名李翔的《涉道诗》一卷,也是一组集中

---

①〔清〕彭定求等编《全唐诗》卷六四一,7348 页。
②同上,7348 页。

表现道教题材的作品。李翔及其作品在历代资料中不见著录。其
人据吴其昱考证,可能即是唐宗室、高祖九世孙、曾官莆田尉的李
翔①。而可以肯定不误的是"李翔为一衰年道教诗人,于咸通中曾
于江西北部作诗"②。在写卷所录二十八首诗里,直接以游仙为内
容的六首,其余是表现道教胜迹或与人应答之作。这六首诗分别
是:《马明生遇王婉罗》《魏夫人归大霍山》《冯双礼珠弹云璈以答
歌》《魏夫人受大洞真经》《卫叔卿不宾汉武帝》《小有王君别西域总
真》。仅从题目看,就可以发现这些作品亦均取材于传统的神仙传
说加以敷衍,在选取和处理题材的方法上是和曹唐相似的。上面
列举的二、三、四首都是描写魏夫人受"神真之道"事,情节也有一
定的连续性;诗人也和曹唐一样,努力创造鲜明、生动的情境,并在
这种情境中展现"人物"的丰采。因此李翔的这些诗和曹唐的《大
游仙诗》有异曲同工之处。只是李翔所写的内容不是如曹唐那样
集中在仙人或仙、凡间的男女交谊故事,这也就限制了表达上的戏
剧性和抒情性。如《魏夫人归大霍山》:

> 受锡南归大霍宫,众真同会绛房中。裘披凤锦千花丽,旆
> 绰龙霞八景红。羽帔俨排三洞客,仙歌凝韵九天风。元君未
> 许人先起,更待云璈一曲终。③

这是写魏夫人在太清宫从王褒受玉札金文,位为紫虚元君,领上真
司命南岳夫人,使治天台大霍山洞天,回归洞宫的情形。诗人写的
是自己设想的魏夫人动身赴霍山前一刻的景象:众真聚会,仙歌嘹
亮,魏夫人身着华丽的羽服,从行的队伍旌旗飘扬,仙界情景描述

---

①〔宋〕欧阳修、宋祁《新唐书》卷七〇下《宗室世系表》。
②《李翔及其涉道诗》,〔日〕吉冈义丰等编修《道教研究》第 1 册,271—291 页,
　昭森社,1965 年。
③敦煌写卷 P.3866。转录王重民《补全唐诗拾遗》卷一,陈尚君辑校《全唐诗
　补编》上册,57 页,中华书局,1992 年。

得十分庄严壮丽,赞叹和讴歌之意溢于言表。又如《卫叔卿不宾汉武帝》:

> 鸾殿仙卿顿紫云,武皇非意欲相臣。便回太华三峰路,不喜咸阳万乘春。涉险漫劳中禁使,投壶多是上清人。犹教度世依方术,莫恋浮荣误尔身。①

这里是用葛洪《神仙传》卫叔卿事,写他不慕世间浮荣,不受利禄束缚。这其中表露出慕道避世的士大夫对世情的感慨。吴其昱评论说:"涉道诗不作抽象教理之宣传,均以具体古迹或神话传说引起,以抒作者个人之感兴,并刻画其想象。中国画家、建筑家常采道教神仙境界为题材,试将想象之境界,作具体之实现,唐诗人专作此种尝试者不多,而以李翔及其同时人曹唐(八六七前后去世)为最著。"②李翔这些作品不但是道教文学中的珍品,对于研究道教史也有一定的价值。

这里没有讨论前面已论述过的李白等大家的相关作品;另外如元稹《刘阮妻二首》、刘言史的《玉京词》、项斯的《梦仙》、温庭筠的《晓仙谣》、陆龟蒙的《上清》等也都是涉及神仙题材作品中的值得一读之作。但总体看来,这类广义的"游仙"诗,内容一般都显得狭小、空泛、词语、典故比较单调,表达上则相当程式化。另外,当年郭璞的《游仙》诗之所以取得较大成就,重要的原因还在他善于利用传统题材并努力造成新变,从而形成一种创格,表达上又追求"文藻璨丽",具有艺术上的特色。李白、李贺、曹唐等人,也无不在艺术创新上有所突破。但相当一部分人在选用这一题材时,无论是内容还是表现方法,往往拘束于传统形成的程式,以至追模前人的用语和描写方式,这样也就难以取得更好的成绩和效果了。此

---

① 敦煌写卷 P.3866。转录王重民《补全唐诗拾遗》卷一,陈尚君辑校《全唐诗补编》上册,57—58 页。
② 《李翔及其涉道詩》,〔日〕吉冈義豊等编修《道教研究》第 1 册,282 页。

外大体说来，写"游仙"题材的诗，只有超出狭义的"游仙"主题的限制，表现出更深一层的含义或寄托，才能成为好作品。这就关系到诗人的整个人格和境界的水平了。再则，神仙题材本身比较狭小，在一定程度上对作者发挥艺术独创性形成了限制，这就要求作者在艺术探索上花大力气。但很少有人像李白、曹唐那样倾心力于这一较狭窄的题材。还有一点前面已经提到，就是写作涉及宗教题材的作品，往往是作者与宗教越是靠近，信仰越是虔诚，越是有意去宣扬宗教教理，也就越难以发挥艺术创造力，表现上也越容易陷于概念化和程式化。所以真正虔诚的道教信徒也就难以写出好的神仙题材的作品。从上述种种角度看，尽管唐代道教的发展和兴盛提供了创作神仙题材作品的前提和条件，但真正取得成就，还要依赖作者的艺术自觉、创新才能及创作方面的努力。而把这个从一定意义上说已有些陈腐的题材重新加以处理，使之转化为艺术创作的素材，则更需要有创新的能力和魄力。唐人创作游仙诗的正、反面经验都是值得吸取的。

此外，还应当指出，唐人游仙诗创作的价值，除了其自身所具有的艺术成就之外，它们所发展的一套独特的思维方式，它们的艺术表现以及使用典故、语汇的技巧等等，作为具有普遍意义的艺术成果和经验，又潜移默化地影响到广泛的创作领域。许多文人并不写神仙题材作品，同样可以借鉴这些经验而取得创作上的成果。

十三　新型神仙传说

从上述诗歌创作情况看，唐人写涉及神仙题材的诗，更多地利用道教神仙谱系中的素材和传统的"仙话""仙语"。比如所写"人物"多是早期仙传和神仙传说中的仙人、女仙，仙境描写也多承袭道教传说中的景物等等。当然如前所述,诗人们在主观上基本不是为了宣扬宗教信仰,而是带着艺术创作的自觉来写作的,所以能在这一领域里写出一些传世的杰作。和诗歌创作的情形比较,散文体裁的情况则有所不同,特别是在艺术独创性的发挥上往往能更前进一大步。以神仙为题材的散文体作品当然还有许多是因袭传统仙传的观念和写法的,但更值得注意、也反映了新的发展方向的是那些无论是内容还是写法都致力于创新的新型神仙故事。从道教发展角度看,这些故事又或直接或间接地反映了当时神仙思想的变化;而从文学创作的意义看,这些作品无论是形象还是内涵都更富于艺术创作的意趣,也往往更有现实意义。

诗歌和散文的表现手段本来不同,各有特长。散文更适用于叙写,给艺术想象提供了更广阔的空间,也可以对表现对象进行更细致、生动的描绘。六朝时期道典里的许多神仙传记或包含神仙故事的作品,如题为葛洪所著的《神仙传》以及《汉武帝内传》《海内十洲记》等,都具有相当的文学性,并广泛流传士林,后来被文人作为创作材料广泛使用;而如不知撰人的《三茅真君传》《洞仙传》,陶弘景编撰的《真诰》《周氏冥通记》等,虽然是直接宣扬道教神仙和仙术的"辅教"之书,却也有一定的艺术性质。此外,当时还有众多的博物记异的作品,在文学史上被视为志怪小说的,也包含不少写神仙事迹的篇章。这些作品多出自有文学教养的文人之手,带有更多的艺术创作的意味。如张华的《博物志》、干宝的《搜神记》等,它们立意或许主要在"发明神道之不诬"[1],但已体现出一定的审美意识,具有相当的欣赏价值。不过在当时人的观念里,那些神仙故事还是作为传闻实录来记载的,就是说,在观念上史实和艺术创作还没有分开。这也是它们长期、普遍地被作为宣教材料的原因。

唐代仍多有传统形式的"仙传"类著作,如晚唐五代道士杜光

---

①〔晋〕干宝《搜神记序》,汪绍楹校注,中华书局,1979 年。

庭编撰的《神仙感遇传》《墉城集仙录》《道教灵验记》等。杜光庭本
是道教教理集大成的人物，他编撰的这些作品也是有关题材的集
大成的作品。它们虽然是为了"辅教"的目的而写作，并一直被当
作道教经典，但在新的时代条件下，内容和写法已有很大变化，其
中有些篇章已带有更多的艺术创作的意味。如被认为是传奇小说
名篇的《虬髯客传》，就辑入《神仙感遇传》。而在文学史上更值得
注意也更有价值的，是文人们所创作的许多神仙题材的作品。写
作这类作品的主观意图不同，有的人带有一定的信仰心，如五代沈
汾作《续仙传》，从书名看就是规摹传统的仙传的；但另有许多作者
已不再抱有对所记录"事实"的信仰，更不带有自觉宣教的目的，而
是在有意识地进行艺术创作。在新的时代环境下，接受这些作品
的人在态度上也有所变化，即从主导倾向说，当时的读者也已不再
关注作品内容的真实程度，而主要是抱着艺术欣赏的态度来阅读
了。这正如胡应麟所说：

> 凡变异之谈，盛于六朝，然多是传录舛讹，未必尽幻设语。
> 至唐人乃作意好奇，假小说以寄笔端。①

就是说，六朝时人们还没有把那些"变异之谈"和事实区别开来，所
以对神仙传说也不是作为"幻设语"来看待，而当作事实来"传录"；
但到唐人，则以"幻设"的办法来写"小说"了。神仙"事迹"和仙界
景象本来赋予作者更广阔的艺术幻想的空间，唐代文人间又有着
普遍的尚奇好异的风气，神仙题材正给他们提供了发挥创作才能
的天地。特别是到了中、晚唐，传奇小说创作进入烂熟时期，一些
著名的传奇小说集如牛僧孺的《玄怪录》、郎余令的《续玄怪录》、戴
孚的《广异记》、裴铏的《传奇》和张读的《宣室志》、皇甫枚的《三水
小牍》等，都包含有一定数量神仙题材的作品。当时的作者们已普

---

① 〔明〕胡应麟《少室山房笔丛》卷三六。

遍习惯于以艺术欣赏的态度来搜集和创造这类故事。形成这种转变,道教自身的发展状况也在起作用,就是这一时期它具有更加浓厚的"入世"性格,其神仙内容也就更适宜于用来进行艺术创作。而艺术创作成果对于道教神仙信仰又起着反作用:信仰由于艺术创作自觉的强化而进一步"蜕化"了。

小说自身的发展对于神仙题材的创作也是推动力。论及唐传奇的历史地位,鲁迅曾指出:

> 小说亦如诗,至唐代而一变,虽尚不离于搜奇记逸,然叙述婉转,文辞华艳,与六朝之粗陈梗概者较,演进之迹甚明,而尤显者乃在是时则始有意为小说。①

所谓"有意为小说",即是指写作过程中艺术创作的自觉。这是唐传奇和六朝志怪、志人小说在创作态度上有别的关键一点,也决定了二者表现方法和艺术成就的根本不同。唐人小说由于"不离于搜奇记逸"的传统,神奇的神仙题材也就必然是它多所表现的;但由于更讲究"叙述""文辞",更追求表现艺术,这一类作品也必然与六朝时期的同类作品有不同的面貌。唐人基本已不再按道教教理来描写神仙或仙界生活,在表现有关题材时更为自由地进行主观生发和艺术创造。他们更广泛、充分地汲取艺术创作经验,利用艺术手段来创造各种各样的神仙人物和神仙故事。这些作品在内容上远远超越了宗教观念的限制,艺术表现上也更具独创性。当然,其中有些作品仍显明体现宗教意识的影响,但更多的优秀之作则有着更广泛、深刻的思想意义和艺术价值。

唐人新创作的神仙故事最值得注意的是表现"地仙""谪仙"的。本来六朝道教宣扬"地仙""谪仙"观念,已为文学创作表现神仙题材开拓了新天地。而从道教神仙观念的总的发展情况看,又

---

①鲁迅《中国小说史略》第八篇《唐之传奇文》,《鲁迅全集》第9卷,70页。

有着越来越"世俗化"的趋势。如前面所讨论过的,唐人的神仙观念,无论是抽象概念还是具体面貌,都更接近现实人生了。唐人创作中描写的许多"地仙""谪仙"活动在平常人之间,面貌上也已同于平常人,正是当时神仙观念进一步"世俗化"的结果。五代的沈汾"生而慕道",他是为了"资好事君子、学道之人谈柄,用显真仙"而作《续仙传》的。就是说,在众多表现神仙题材的作者间他算是有信仰的,但他对于神仙是这样的看法:

> 大哉神仙之事,灵异罕测。初之修也,守一炼气,拘谨法度,孜孜辛勤,恐失于纤微;及其成也,千变万化,混于人间,或藏山林,或游城市,其飞升者多往海上诸山。积功已高,便为仙官,卑者犹为仙民。十洲间动有仙家数十万,耕植芝田,课计顷亩,如种稻焉。是有仙官分理仙民及人间仙、凡也。①

他在这里指出,真正成仙者可"混于人间",住在十洲间,如平常百姓,只不过能"千变万化",为仙官所治理。而在唐人的具体描述中,如戴孚《广异记》所写的刘清真,张读《宣室志》所写的孙思邈,薛用弱《集异记》所写的叶法善、李清,郑处晦《明皇杂录》所写的张果,《邺侯外传》所写的李泌,《仙传拾遗》所写的马周,段成式《酉阳杂俎》所写的卢山人,陈翰《异闻记》所写的仆仆先生、《续仙传》所写的刘商等,这些人有的被表现为道士,有的则显化为逸人、官僚、富豪、乞丐、工匠、医生等各种普通人,他们都被当作"神仙"来描绘。在这样的描写中,"仙"与"人"的界限已经非常模糊了。在描写这些人的时候,一方面当然也要突出他们"千变万化"的神奇的道术、神秘的行迹,写他们服食、修炼、隐化、飞升、尸解等法术,写神仙美好、仙界快乐等;另一方面,他们又生活在世人中间,形貌言谈与人无异,只是见识更为高超,言行更为诡秘。这就创造出一批

---

① 〔五代〕沈汾《续仙传序》,《道藏》第 5 册,77 页。

全然不同于传统神仙面貌的新型神仙形象。例如《续仙传》里的蓝
采和,实际被表现为佯狂傲世的逸人:

> 蓝采和,不知何许人也,常衣破蓝衫。六铚黑木腰带,阔
> 三寸余。一脚着靴,一脚跣行。夏则衫内加絮,冬则卧于雪
> 中,气出如蒸。每行歌于城市乞索。持大拍扳,长三尺余。常
> 醉踏歌,老少皆随看之。机捷谐谑,人问,应声答之。笑皆绝
> 倒,似狂非狂。行则振靴唱踏歌:"踏歌蓝采和,世界能几何。
> 红颜一春树,流年一掷梭。古人混混去不返,今人纷纷来更
> 多。朝骑鸾凤到碧落,暮见苍田生白波。长景明晖在空际,金
> 银宫阙高嵯峨。"歌词极多,率皆仙意,人莫之测。但以钱与
> 之,以长绳穿,拖地行。或散失,亦不回顾。或见贫人,即与
> 之,及与酒家。周游天下,人有为儿童时至及斑白见之,颜状
> 如故。后踏歌于濠梁间酒楼,乘醉,有云鹤笙箫声。忽然轻举
> 于云中,掷下靴衫、腰带、拍板,冉冉而去。[①]

蓝采和后来被列为"八仙"之一。他的"似狂非狂"的形象,体现了
挣脱一切现世羁束的自由意志,而他的"踏歌"在对世事沧桑的感
慨中流露出对于现世价值观念的讽刺。同是出自《续仙传》的《许
宣平》所写为同类人物。许宣平也善诗,在他的故事里穿插有李白
欣赏他的诗并登山寻访他的情节。这些形象也可以让人们联想起
李白佯狂傲世的丰采和人格。这种神仙形象,正体现了当时某些
对现实体制具有疏离或反抗意识的士大夫的精神。有些神仙"人
物"是更突显出神奇怪异的行为或能力的,如写到张果的一个
情节:

> (张果)又云尧时为侍中,善于胎息,累日不食,食时但进
> 美酒及三黄丸。玄宗留之内殿,赐之酒,辞以山臣饮不过二

---

① 〔宋〕李昉等编《太平广记》卷二二,151—152 页。

升,有一弟子,饮可一斗。玄宗闻之喜,令召之。俄一小道士
自殿檐飞下,年可十六七,美姿容,旨趣雅淡,谒见上,言词清
爽,礼貌臻备。玄宗命坐,果曰:"弟子当侍立于侧,未宜赐
坐。"玄宗目之愈喜,遂赐之酒,饮及一斗不辞。果辞曰:"不可
更赐,过度必有所失,致龙颜一笑耳。"玄宗又逼赐之,酒忽从
顶涌出,冠子落地,化为一榼。玄宗及嫔御皆惊笑,视之,已失
道士矣……①

这里描写的张果像是个取悦观众的术士,他好像在表演幻术,丝毫
看不出宗教大师的权威和神秘;而玄宗、嫔御等则像看客,也不是
以宗教信徒的面貌出现的。具体描写亦相当形象生动,充满了机
趣。人们接受这样的故事,已更多的是出于欣赏,而并不注重其宗
教意义了。

　　早期神仙传说里有些程式化的构思,如洞中(或海岛等处)遇
仙然后返回世间、学道不能专精终于沦落尘俗等等。唐代仍然有
不少作品利用这类构想。但其中有些作品不但情节有所变化(主
要是更复杂了),也更清楚地体现艺术创作的意味,从而表现上也
增添了更多情趣。例如牛僧孺《玄怪录》里的《裴谌》,具体情节和
《神仙传》中魏伯阳与三弟子入山炼丹、丹成服之而死、二弟子恐惧
离去、一弟子终于得道成仙事相仿。故事说裴谌和"方外之友"王
敬伯、梁芳入山学道,辛勤采炼十数年;梁芳死,敬伯羡慕世间荣
华,遂出世为官,娶高官女,至大理评事;后奉使淮南,船行过高邮,
"时天微雨,忽有一渔舟突过,中有老人,衣蓑戴笠,鼓棹而去",乃
是裴谌。敬伯以高官崇位相傲,并对友人落拓处境表示同情,但裴
谌却说:"吾侪野人,心近云鹤,未可以腐鼠吓也。"并告以广陵青园
桥东有宅。敬伯遂前往寻访,见楼阁重复,花木锦绣,婢仆满堂,女
乐绝代。作者写到这里,仍未出这类故事的陈套。但接下来的情

----

① 〔唐〕郑处海《明皇杂录》卷下,30—31 页。

节就匪夷所思了:裴谌以友人"俗心已就,须俗妓以乐之",使法术召士大夫之女已适人者,结果正招来王妻赵氏,最后有解释说:"吾昔与王为方外之交,怜其为俗所迷,自投汤火,以智自烧,以明自贼,将沉浮于生死海中,求岸不得,故命于此,一以醒之。"宴饮后,送别了敬伯夫妇。敬伯五日后再去探访,只见荒凉之地,烟草极目。作者发感慨说:"神仙之变化,诚如此乎? 将幻者鬻术以致惑乎? 固非常智之所及。"①如果按故事中人物的说法,这篇作品是宣扬道教神仙观念、讽刺世人为"俗情所迷"的;但作者在篇末又如此明确地表示对"神仙之变化"的怀疑,则坦露演说奇幻以娱人的意图。如这个故事,虽然是用了神仙故事的陈旧框架,但无论情节、表现手法还是内涵、喻义,显然和前代作品大不相同了。

　　神仙题材本来为发挥作者的艺术想象提供了广阔余地。这一特长也早已较充分地反映在魏晋以来的有关创作中。而发展到唐代,积累了更多的艺术表现经验,写作手法也更为丰富,作者更有可能利用神仙内容的特点,生发出奇思异想,构造出如幻如化的神奇境界,从而丰富、发展了艺术表现技巧。如前面已提到的皇甫枚《三水小牍》卷上《赵知微雨夕登天柱峰玩月》一节,赵知微本是九华山道士,他的弟子皇甫玄真居于京城玉芝观上清院,对作者述说赵的变化之术:

　　　　去岁中秋,自朔霖霪,至于望夕。玄真谓同门生曰:"甚惜良宵而值苦雨。"语顷,赵君忽命侍童曰:"可备酒果。"遂遍召诸生,谓曰:"能升天柱峰玩月不?"诸生虽强应,而窃以为浓阴驶雨如斯,若果行,将有垫巾角、折屐齿之事。少顷,赵君曳杖而出,诸生景从。既辟荆扉,而长天廓清,皓月如昼,扪萝援篠。及峰之巅,赵君处玄豹之茵,诸生藉芳草列侍,俄举卮酒,咏郭景纯《游仙诗》数篇。诸生有清啸者、步虚者、鼓琴者。以

①〔唐〕牛僧孺编《玄怪录》卷一,11—14页。

至寒蟾隐于远岑，方归山舍。既各就榻，而凄风苦雨，暗晦如前……①

这样的叙写充分发挥了艺术悬想，述事极其奇僻，描摹更见笔力，只用数语点染，人物神情、景象变化即如在目前；特别是描写一刻间天象阴晴的转变，神奇莫测，意境又极其鲜明、优美。这种大胆想象和生动叙写的手法，很具独创性，在当时的散文创作中是相当杰出的，也为后人提供了借鉴。

　　这类神仙故事中最引人兴趣的，是那些表现仙、凡交往题材的。这也是魏晋以来的神仙传说常常表现的内容。仙人混迹于人间，他们有的是来到世间超度凡人的；也有的是"谪仙"，即由于违犯仙界戒条而被贬降到世间，其中不乏到人世偿还宿缘的；还有些是由于羡慕人世生活而降临人间的。有的故事写世人被凡情所惑，遇仙而不识，留下了无可补偿的遗憾；有的则写和神仙结下一段情缘；也有的描写神仙的神通变化、奇异法术等等。而仙、凡差别、阻隔的矛盾，正可以用来构造有关男、女恋情的情节，结果创作出不少表现人、神恋爱内容的引人入胜的作品。这类作品往往刻意叙写缠绵悱恻的情怀，通过仙、凡交往的悲欢离合曲折地表现人情世态，歌颂爱情的美好。

　　《玄怪录》中《张老》一篇的情节是：主人公张老是扬州六合人，本是"园叟"，其邻居韦恕是官宦人家，女儿待嫁，正在使媒人访闻良才；张老前来自荐，受到媒人的讥嘲辱骂，韦氏闻知更是暴怒不已；但韦氏却又提出如得金五百缗则许嫁女儿，其本意是强人所难，而张老却不移时而齐备，韦氏只好将女儿嫁出；张老既娶韦氏女，"园业不废，负秽锄地，鬻蔬不辍"，但韦家却又以有灌园叟为婿，被识者讥讽，驱之令去；张老只好携妻子去了王屋山；后数年，韦氏思念女儿，命长男义方相访，本以为女儿会"蓬头垢面，不可识

---

① 〔唐〕皇甫枚《三水小牍》卷上，1—2 页。

也"，原来所居"朱户甲第，楼阁参差，花木繁荣，烟云鲜媚，鸾鹤孔雀，徊翔其间，歌管嘹亮耳目"，是神仙府第；张老夫妇则衣饰鲜洁，华贵无比，原来二人都已是神仙。接着，穿插描写了他们在一日间去蓬莱访客的神奇形迹。义方离去时，张老夫妇赠以黄金二十镒和席帽一顶，后来韦氏用这顶席帽解救了贫困，"乃信真神仙也。其家又思女，复遣义方往天坛山南寻之，到即千山万水，不复有路"，终于再不见踪迹①。像这样的故事，虽然也是在竭力渲染仙人的神奇，特别是后半篇细致描写仙界情景，是神仙故事常见的写法，但其基本构思却是一个贫穷的灌园老人和官宦女子的姻缘，这在唐代重门第的社会风气中本是难以被人接受的。故事用神仙变化的传统构想来解决这个矛盾，只是反映了人们的美好愿望，也从侧面透露出现实中这类姻缘本来没有可能。然而在这种幻想中，却打破了等级名分的阻隔，使得贫苦的灌园人得以成就好事。不过这篇作品把张老写成仙人，着力表现他的神奇法术，张扬神仙世界的富贵荣华，而没有沿着题材提供的爱情线索加以发挥，则显示了认识上的局限，也使主题的深化受到影响。但总体看来，这个故事的构思奇趣横生，情节波澜起伏，读起来还是颇能引人入胜的。

　　《裴铏传奇》中《裴航》一篇表现的也是仙、凡间曲折生动的恋爱故事。故事大致内容是：下第秀才裴航在回京途中舟行，遇见同载的樊夫人，二人"言词问接，帷帐昵洽"，遂赋诗达意；夫人有诗云："一饮琼浆百感生，玄霜捣尽见云英。蓝桥便是神仙窟，何必崎岖上玉清。"抵襄汉，不告而辞；后裴有机会经过蓝桥驿，见茅屋三四间，有老妪缉麻，遂下马求饮，老妪呼"云英"擎浆；裴见一女子"露涴琼英，春融雪彩，脸欺腻玉，鬓若浓云"，遂欲纳厚礼而娶之；老妪提出的条件是，百日间得一捣仙药的玉杵臼则许之；裴航到了京城，不以举事为意，遍访里市，终于得到了药臼；他又重

①〔唐〕牛僧孺编《玄怪录》卷一，6—11 页。

新回到蓝桥,并为老妪捣药百日,才如愿迎娶云英为妻。原来路遇的樊夫人是云英之姊云翘夫人、刘纲仙君之妻;裴航本来是清灵裴真人子孙,业当出世,经过这一因缘,终于神化自在,超为上仙。作品的结尾宣扬"得道之理",说人自有不死之术,但"心多妄想,腹漏精溢",则不能成仙。这是把题旨勉强归结到宗教观念上来了①。但实际上整篇作品写的却是青年人敢于大胆追求和表露爱情,以及这矢志不移的爱情如何历经考验终于得以实现的故事。这个在奇异曲折的神仙情节里表现的奇特浪漫的故事,在仙、凡交织中歌颂了坚贞爱情的胜利。虽然作品结尾仍归结到"得道"的幻想上来,但传颂千古的"魂断蓝桥"故事给予人的却主要是人世间坚贞爱情的美好和温馨。作品情节设计得十分曲折奇妙,蓝桥预言的悬想起到前后照应的效果,写事叙情相当优美动人,辞藻也很华丽。特别是其中夹杂的诗很富情趣,这也是唐代小说习用的笔法,也显示了唐代诗歌创作的成就。这类故事当多取自传闻。从作品中可以明显看出故事传说者和记录者在艺术表现上的功力。人们传说并记录这类神奇的神仙故事,显然抱着赏奇记异的艺术欣赏态度。这样的作品与"辅教"的宣传品绝不相同,可看作是真挚爱情的颂歌。

《裴铏传奇》中的《封陟》一篇也是以神仙降临为题材,其中"谪居下界"的谪仙乃是上元夫人。这是与西王母相关的重要女仙,因而常常被表现在文学创作之中。道教传说里的"谪仙"多为女仙,她们特别适于在文学创作中构造与凡人结下情缘的故事。裴铏这篇,就是把女主角上元夫人描写成对爱情执着追求的女子。主人公封陟"貌态洁朗,性颇贞端",是个迂腐不通情谊的书生,在少室山隐居读书。美丽的仙女三次降临,热烈地表白,求结良缘,均遭到坚拒。作品里写到仙女第一次前来会见的情景是:

---

① 〔唐〕裴铏《裴铏传奇》,54—57 页,周楞迦辑注,上海古籍出版社,1984 年。

　　　　时夜将午,忽飘异香酷烈,渐布于庭际。俄有辒辌自空而
降,画轮轧轧,直凑檐楹。见一仙妹,侍从华丽,玉佩敲磬,罗
裙曳云。体欺皓雪之容光,脸夺芙蕖之艳冶,正容敛衽而揖陟
曰:"某籍本上仙,谪居下界,或游人间五岳,或止海面三峰。
月到瑶阶,愁莫听其凤管;虫吟粉壁,恨不寐于鸳衾。燕浪语
而徘徊,鸾虚歌而飘渺。宝瑟休泛,虬觥懒斟。红杏艳枝,激
含嚬于绮殿;碧桃芳萼,引凝睇于琼楼。既厌晓妆,渐融春思。
伏见郎君坤仪俊洁,襟量端明,学聚流萤,文含隐豹。所以慕
其真朴,爱以孤标,特谒光容,愿持箕帚。又不知郎君雅旨如
何?"……

但她却被冷漠地拒绝了,又有诗表白说:

　　　　谪居蓬岛别瑶池,春媚烟花有所思。为爱君心能洁白,愿
操箕帚奉屏帏。

这完全是大胆追求爱情的少女的热情表露。经过三次这样的降
临,对方一直固执地坚持所谓"操守",两情终于不能和谐。这就使
女仙失去了偿还宿缘的机会,"又须旷居六百年"。作者解释说,封
陟本是"青牛道士之苗裔",二人本应在人世了此姻缘的。后来封
陟染疾而终,在追赴幽府时,路遇神仙骑从,正是相识的女仙,原来
是上元夫人。她仍不能对封陟无情,判他延命一纪。这实际是爱
情不得和谐的悲剧故事。如此描写女性热烈大胆的爱情追求,在
古典文学创作中是很少见的;而道教女仙的特殊身份又特别适合
于这种描写。在唐代传奇中,另有相类似的故事。如卢肇《逸史》
里的"任生",情节和上一篇大体相同。这特别反映了当时士大夫
阶层的爱情幻想。

　　张老灌园、裴航遇仙都成为以后戏剧、小说的题材,后世人也
是把它们当作爱情故事来接受的。在六朝时期的仙女降临传说
中,神仙是超然的存在,是世人的救度者,即使写到情缘,宗教意趣

仍十分明显,那些作品的宣教目的是明确的;而在唐人的这些故事里,神仙多是作为"人"出现的,女仙则是女人;作品则着意描写人世间的关系和感情,其主旨完全是面向人间的。如此表现的神仙世界,已基本脱落了宗教的含义,而成了艺术构想的结果了。

在利用神仙题材并加以"艺术化"方面,成就更为突出也更为典型的是被李贺称为"吴兴才人"①的沈亚之的作品。古人早已评论他"工为情语,有窈窕之思"②;鲁迅更推崇他的传奇文《湘中怨》《异梦录》《秦梦记》等是"以华艳之笔,叙恍惚之情,而好言仙鬼复死,尤与同时文人异趣"③。其中《秦梦记》写的是作者昼梦入秦和秦王小女弄玉的一段爱情。在备极荣华之际,弄玉"忽无疾卒",他则被遣还人世而梦觉。作者最后发抒感慨说:"弄玉既仙矣,恶又死乎?"④这是和李贺"几回天上葬神仙"相似的构想。这种情节正典型地表现出鲁迅所说沈亚之创作的"异趣"之处。作者通过这种新巧的构思,沟通了仙、凡两个世界。而写仙人之死,正暗示着宇宙规律之不可改变,表达了生命不足恃、爱情不能永存的深刻悲哀。这严酷的现实又和神仙世界的无限美好与永恒的幻想形成了鲜明的对比。作者自谓《湘中怨辞》"事本怪媚",也是"谪仙"故事。大致情节是垂拱年间,进士郑生晓月度洛桥,闻桥下有哭声,见有艳女说:"我孤,养于兄。嫂恶,常苦我。今欲赴水,故留哀须臾。"郑生挽之回家,遂同居,名曰氾人。氾人能歌楚人《九歌》《招魂》《九辩》之书,并善拟其调,赋为艳句,其词丽绝,有《光风词》之作。她曾以轻绡济郑生之贫。居数年,终于告郑自己本是"湘中蛟宫之娣","谪而从君",岁满不得不诀别。二人相持啼泣,竟离去:

① 〔唐〕李贺《送沈亚之歌》,〔清〕王琦等注《李贺诗歌集注》卷一,44 页。
② 《沈下贤文集序》,〔唐〕沈亚之《沈下贤文集》卷首,《四部丛刊》初编本。
③ 鲁迅《中国小说史略》第八篇《唐之传奇文》,《鲁迅全集》第九卷,71 页。
④ 鲁迅校录《唐宋传奇集》卷四。

后十余年,生之兄为岳州刺史。会上巳日,与家徒登岳阳楼,望鄂渚,张宴。乐酣,生愁吟曰:"情无垠兮荡洋洋,怀佳期兮属三湘。"声未终,有画舻浮漾而来。中为彩楼,高百尺余,其上施帏帐,栏笼画饰。帷褰,有弹弦鼓吹者,皆神仙蛾眉,被服烟霓,裾袖皆广长。其中一人起舞,含颦凄怨,形类汜人。舞而歌曰:"泝青山兮江之隅。拖湘波兮袅绿裾。荷卷卷兮未舒。匪同归兮将焉如!"舞毕,敛袖,翔然凝望。楼中纵观方怡。须臾,风涛崩怒,遂迷所往……①

这个谪仙降临、定情成婚、仙凡别离、偶然再会的故事,大体情节也同于传统的神仙传说。但作者以极其简洁的笔触描写出二人间动人的爱情,并抒写出仙、凡阻隔的不尽哀怨。辞赋体的诗歌更写得深情绵渺,又带有神巫色彩,与全文情境配合得很好。作者在序文里致慨于"淫溺之人,往往不寤",让人联想到元稹写《莺莺传》的态度。但从作品的整个描述看,可以发现这不过是故作掩饰的门面语,字里行间流露出对于有情人不得团聚的同情。如沈亚之这种情况,显然也是抱着"作意好奇"的艺术创作态度来写作这些作品的。

唐人把六朝以来流行的女仙降临故事发展为更单纯地表现爱情的作品,和道教自身的发展变化以及文人接受道教神仙信仰的态度有关系。而唐时道教重女仙,宫观里多女道士,也促进了女仙题材的流行和发展。在当时涉及女仙的大量作品中,有些立意已经引申得相当遥远。如李朝威的《柳毅传》,写一位书生和龙女的姻缘,算是特殊的神仙题材;但整个故事只是一种象征的表现,其主旨乃是正面歌颂道义与爱情的胜利。龙王和龙女本是佛教里的"天龙八部众"之一,在中国完全被"神仙化"了。龙宫里的生活则被想象为神秘、华丽的神仙生活。作品写主人公柳毅同情被虐待的龙女,出于道义之心为她传递书信,使她得到解救;他行侠而不

① 鲁迅校录《唐宋传奇集》卷四。

图报,终以其仗义之行得与龙女结合;二人结合后居南海四十余年,后来相偕归洞庭,开元年间他的朋友薛嘏还在湖上见到过他。这样,本来出自佛教的龙王及其家族成员已被转化成神仙世界的"人物"了。龙女从而也成为唐人小说里常见的题材①。《柳毅传》写的只是寓言故事,已看不出任何神仙信仰的意味了。

还有如前面提到的张鷟的《游仙窟》,本是利用和女仙交往的情节来表现士大夫的狎游生活的,应当算是神仙题材作品的另一种变形。出现这样的作品,也和当时人们神仙观念的变化有直接关系。这篇作品没有多么高的思想价值,但其述情婉转,文笔华艳,人物性格也相当鲜明,又用了流利畅达的韵、散相间的文体,艺术上多有可取之处,颇能代表传奇艺术发展一定阶段的水平。在这类作品里,同样是神仙和仙境的幻想给创作提供了表现素材,也使作者有了充分发挥想象并施展描写才能的余地。

以上举出几种类型的典型例子,从中可以了解唐人所作道教神仙题材传奇小说在内容和表现上的特征及其所达到的艺术水平。当然不是所有表现这一题材的作品都达到了这样的水准。除了当时仍有不少意在"辅教"的公式化、训谕化的作品之外,神仙题材本身也带有一定的限制,某些作者创作时也存在着主观局限。即使是较优秀的作品,在内容上也难免或多或少地流露出宗教神秘感或带有执意追求怪异的目的,在情节构思和具体描写等艺术表现方面则存在某些程式化、简单化的倾向。但从总的发展倾向看,唐人在利用神仙题材进行创作时是远远超越宗教观念而具有更明确的艺术创作意图了。就是说,作者往往是依据自己的主观意愿来自由地构思神仙故事,表达的也是他们个人的主观创作意

---

① 参阅 Edward H. Schafer: *The Divine Woman*, *Dragon Ladies and Rain Maidens in T'ang literature*, Berkeley and Los Angers 1973。〔日〕西脅常記日译本《神女——唐代文学における竜女と雨女》,东海大学出版会,1978 年。

旨；当时的读者也主要是以艺术欣赏的态度来阅读这些作品，并不是为了接受宗教的教化。在这个艺术创作和接受的过程中，宗教信仰已经不占或很少占有地位了。而当神仙成为单纯的艺术创造和欣赏的对象的时候，其神圣性和神秘性已大为降低了，甚至谈不上有什么纯粹的宗教意趣了。

十四　作为讽喻的神仙世界

　　唐代流传的神仙故事，无论是以记录事实的笔记形式出现的，还是文人创作的传奇小说，许多都涉及现实中的人和事。这也是因袭了六朝以来博物志异作品将虚构纳入事实框架之中的传统写法。从帝王将相到三教九流的知名人物，往往被组织到神仙故事之中。在进行宗教宣传时，这本是取信于人的手段。例如魏晋以来流传的佛、道二教的灵验、应验故事，就常常以真实的时间、地点、环境为背景，并以"纪实"的手法来叙写，有些更以真人为主人公。这些人有的还是当时的著名人物。唐人也往往取这种做法，但有些作品的写作目的却不在宣教，而只是作为表达作者意图的手段。例如当代的许多著名人物——帝王如唐玄宗、宪宗、武宗等，将相大臣如马周、李靖、李林甫、郭子仪、刘晏、颜真卿等，文人学士如贺知章、白居易、李贺、刘商等，或者把他们本人描写成神仙，或者把他们组织到神仙故事里，创作出以这些真实人物为主人公的新传说，意在表达作者的某种观点和看法。特别是如果写到的人物为有影响的政治人物，故事也就有了政治讽喻的意义。如此表现的则是具有广义讽喻意味的神仙世界。

　　不著撰人的《邺侯外传》,应写成于晚唐①。所写的主人公李泌,本是乱世中的"畸人",前面已提到过。他活动于玄、肃、代、德四朝,在动乱环境中运筹帷幄,扶危济难,在当时朝政中起过重要作用。但在复杂的政治环境下他又善自韬晦,好神仙,故作诡异之行,以隐逸之士的超然身份为帝王师友,得以进退自如,避祸全身。《外传》的作者把他的某些真实行迹和不稽的传说相糅合,记叙他从"安史之乱"到"建中之乱"几十年间屡建功业的"事迹",并说他是应仙灵之命而出世的:写他年轻时"游衡山、嵩山,因遇神仙桓真人、羡门子(高)、安期先生降之,羽车幢节,流云神光,照灼山谷,将曙乃去。仍授以长生、羽化、服饵之道,且戒之曰:'太上有命,以国祚中危,朝廷多难,宜以文武之道,佐佑人主,功及生灵,然后可登真脱屣耳。'自是多绝粒咽气,修黄光谷神之要",以此得神异之术,历朝出世,屡建大功。又记述他死后中使遇之于蓝关和他曾到南岳从张先生受道箓、与懒残和尚交往等诡异不经的情节②。这篇作品中多有荒唐诡异之言,结构也相当杂乱,但其内容的政治意义是明显的。晚唐正是唐王朝危机四伏的时代,作者把一个乱世中以智术权谋尽忠保国的忠义之士当成神仙来描写,立意主要不在表扬李泌个人,实在是寄托着期望这样的"神仙"出世来解脱王朝危局的愿望,也是为衰败中的李唐王朝寄托幻想。另如马周、郭子仪、颜真卿等都是一时功业卓著的人物,有关神仙传说里也把他们当作"地仙"或神仙加护的对象来描写,用意当然不只是推扬这些人,更体现了一定的政治态度。

　　《逸史》中所写关于李林甫修道的故事可作为另一种类型。李林甫被公认是唐室乱阶的促成者。而他本人又是道教信徒,他之

---

①或以为此文即《新唐志》所著录的李泌子李繁所作《相国邺侯家传》,据考非同一书,见李剑国《唐五代志怪传奇叙录》下册,910—912 页,南开大学出版社,1993 年。
②〔宋〕李昉等编《太平广记》卷三八《李泌》,238—244 页。

被玄宗所宠重应和这种信仰有一定关系。这一实际情况为表现他的这篇作品的构思提供了现实基础。作品里首先写一个道士（神仙）对李林甫的预言："某行世间五百年，见郎君一人，已列仙籍，合白日升天；如不欲，则二十年宰相，重权在己。郎君且归熟思之……"结果在两种前途中他选择了后者。在当时的现实生活中，或修道或出仕，即到底是解决人生的终极关怀问题还是追求世俗的飞黄腾达，是许多士大夫选择前途时面临的矛盾。仙人预言的情节不但突出了这一矛盾，显然也有肯定宗教养炼而否定世间荣华富贵的意味。道士又劝告李林甫"慎勿行阴贼，当为阴德，广救拔人，无枉杀人"，说如此三百年后将能成仙。但他为相后，"权巧深密，能伺上旨，恩顾隆洽，独当衡轴，人情所畏，非臣下矣。数年后，自固益切，大起大狱，诛杀异己，冤死相继，都忘道士槐坛之言戒也"。二十年后，道士来访，他方才醒悟，求如前约，但由于多行不义，受到"窜责"，结果成仙还得推迟三百年[①]。这样的描写是以李林甫本人在玄宗朝的活动为依据的，其政治批判的意义更是十分明显。后面又写道士引领李林甫飞赴仙界，并补叙了安禄山发现他有神仙在暗中护卫而对之戒惧等情事，则又流露出对李的同情。这当是由于李林甫好道，道教徒自会对他有好感，所以撰作他的事迹时有意对之加以回护。但这全篇作品的政治讽刺意义是十分明显的，其主旨显然是借李林甫这个人物来表明乱政致祸的道理，作品所体现的对李林甫政治活动的评价也大体符合历史传统的看法。道教教理中本有所谓"欲修仙道，先修人道"之说。葛洪已明确指出："欲求仙者，要当以忠孝和顺仁信为本。若德行不修，而但务方术，皆不得长生也。"[②]到唐代，道教神仙思想在发展中已经把养炼技术和儒家伦理进一步统一起来，从而在观念上与世俗

---

① 〔宋〕李昉等编《太平广记》卷一九，129—131 页。
② 〔晋〕葛洪著，王明校释《抱朴子内篇校释》卷三《对俗》，53 页。

政治伦理更为一致。关于李林甫的这篇传说也反映了这种倾向。

　　《裴铏传奇》里的《陶尹二君》是传统的"秦人避难、洞中遇仙"故事的变形，这本是陶渊明《桃花源记》以来形成的、常见的故事类型①。但这篇作品却更加概括而突出地表现了批判暴政的主题。文中说陶太白和尹子虚相契为友，游嵩、华二峰，采松脂、茯苓为业。有一次到芙蓉峰，寻异境，遇松梢上二人，其中一个是秦代的仆夫，另一个是秦宫女子。仆夫叙述经历说，当初秦始皇好仙术，派遣徐福到海上求不死药，他被选为童子，历惊涛骇浪之险，设计逃脱；后易业为儒，又值坑杀儒生，他又出奇计得免于难；又改姓名为板夫，被迫去筑长城；始皇崩，又去修筑骊山陵寝，都是死里逃生。那位宫人本是应陪葬骊山的。二人一起逃难，居住千年，形体改易，遍体毛发，如今飞腾自在，无性无情。陶、尹二人向他们求金丹大药，被告以"食木实之法"，则反映了晚唐时内丹术已在代替外丹术的观念。后来"古丈夫"送二人"万岁松脂、千秋柏子"，拜别后不知踪迹。二人居莲花峰上，也毛发尽绿，步履轻健，云台观道士往往遇之。文中的秦人有诗说："饵柏轻身叠嶂间，是非无意到尘寰。冠裳暂备论浮世，一饷云游碧落间。"宫人也有诗说："谁知古是与今非，闲蹑青霞远翠微。箫管秦楼应寂寂，彩云空惹薜萝衣。"这也都表现了脱离尘圜、逃避世乱的意愿。这篇作品把秦王朝暴政的灾难集中在一个人身上，从艺术表现上看情节过于"密集"，但政治批判意义是很明显的。又作品已不再追求美好幸福的桃花源，而是幻想一种超世的神秘境界。这则是"地仙"观念的发挥了。

　　皇甫枚的《三水小牍》关于温璋的故事则是批判官府残暴的。温璋"咸通壬辰尹正天府，性黩货敢杀，人亦畏其严残，不犯，由是治有能名"。根据当时制度，京尹出街清道，闭里门，"有笑其前道者，立杖杀之"。一次温璋出行，"呵喝风生，有黄冠老而且伛，弊衣

---

① 〔唐〕裴铏《裴铏传奇》，108—109 页。

曳杖,将横绝其间",结果被笞背二十。但受刑后这个人却振袖而去,温璋很奇怪。派人跟踪到兰陵里,发现乃是"真君"。温璋恐惧,第二天微服前去谢过,不被饶恕,最后只允许恕其家族。"明年,同昌主薨,懿皇伤念不已,忿药石之不征也。医韩宗绍等四家,诏府穷竟,将诛之。而温璋狱缓刑,纳宗绍等金带及余货凡数千万。事觉,饮鸩而死"①。温璋两《唐书》皆有传。根据《旧唐书》,他咸通末为徐泗节度使,诛牙军之恶者五百人,军中畏法;入为京尹后,"持法太深,豪右一时屏迹";他确是因为同昌公主死后医官一案而自杀,但却是由于他切谏"刑法太深",惹得懿宗发怒被贬,自叹生不逢时而死②。由史书的记录看,温璋为政严苛是实,但评价主要是正面的。而皇甫枚记载的传说,关于他的死因已与史书不同,说是因为受贿被刑,这也可能更为真实。写他因为虐待仙人受处罚,则是虚构的故事,是借以对当时官吏的横暴进行批判了。至于写到温璋竟以"严残"得"能名",更可见其时整个政治环境的残暴。一方面,魏晋以来的神仙思想主张仁爱为怀,济贫救苦,有不少仙人传说宣扬这方面的内容。另一方面则反对暴虐,创造出惩恶抗暴的故事,道教的神仙往往被表现具有这种神通和能力。温璋的这一则传说就是典型例子。由于写的是真人,故事也就情同"真事",从而批判也就更为尖锐。值得注意的是,道教的神仙当然应有神通和法术,有关传说也更重在表现他们这方面的"行动",而对个人的养炼一般则较少注意。这也使得这些传说更具现实色彩。

有些具有直接政治含义的传说,与当时道教支持李唐王室的立场密切相关。在唐王朝创业时,以南方的茅山道士、北方的楼观道士为代表,道教曾积极给予舆论上的和实际的援助;唐王朝立国

①〔唐〕皇甫枚《三水小牍·逸文》,35—37 页。
②〔后晋〕刘昫等《旧唐书》卷一六五《温造传》。

后,道教更成为具有御用性质的宗教。这种关系体现在神仙故事的创作中,则出现了许多鼓吹李唐王朝膺命继统、理应取得天下的传说,其中包括一批宣扬李唐应谶当王的内容①。这些传说体现了时代的某种政治要求,特别得到统治者的欢迎,因而也就得以长久流传。晚唐五代的杜光庭就曾记录了不少这类故事。如应是出于《仙传拾遗》的《马周》一篇②,说马周本是华山素灵洞仙官,"唐氏将受命,太上救之,下佐于国。而沉湎于酒,汩没风尘间二十年";后来见到术士袁天纲为他相面,说他五神奔散,命在旦夕,并告诉他东南行,当有"老叟骑牛者",默随其后,灾祸可除。这骑牛老者的形象显然是影射老君。后来老者指示他本命为仙官,并引导他回归仙庭,使五脏之神复于神室;他追忆前事,稽首谢过,复诣长安,再见天纲,预言他"一日九迁,百日位至丞相"③;他终于累居大任,佐国功成。马周本是富于传奇色彩的人物,是辅助唐太宗"贞观之治"的能臣之一。据史书记载,他少年落拓,舍于中郎将常何之家,以替何起草论事书疏而得到太宗赏识。上述这样的传说不只是神化了马周,同时也是宣扬李世民膺受天命,为李世民夺得帝位的合法性制造舆论。

　　历来更受到人们重视、艺术水平更高的还有收入杜光庭《神仙感遇传》的《虬髯客传》(此传作者历来有异说,此且不论)。这一向被看作是晚唐时期传奇小说的代表作。其中以李靖辅佐唐太宗为线索,写所谓"风尘三侠"在隋末群雄逐鹿中的一段故事。李靖以

①参阅李丰楙《唐人创业小说与道教图谶传说——以神告录、虬髯客传为中心的考察》,《六朝隋唐仙道类小说研究》,281—349 页,台湾学生书局,1986年。作者把这类小说"分为四大类:一为以李密为中心的李密传说;二为以李渊为主的创业真主说;三为以李世民作为核心人物的真命天子说;四则为武周专政,中宗中兴的李氏再受命说,均与图谶的运用相关",同上 320 页。

②〔宋〕李昉等编《太平广记》卷一九谓出《神仙拾遗》。

③同上卷一九,128—129 页。

布衣谒见隋司空杨素,得以见到杨的侍妾红拂;红拂一见倾心,夜
奔李靖处;二人逃避追讨,相将去李渊所在的太原,路遇虬髯客,后
者与红拂结为兄妹。三人预感到隋朝将亡,李靖更说"太原有异
人",是"州将之子",为"靖之同姓"。指的就是李世民。后来经友
人刘文静为介,得以见到李世民。与虬髯客同在的道士告之曰:
"此世界非公世界。他方可也。勉之,勿以为念。"后来虬髯客把全
部财产赠给李靖夫妇,并告诉他们"持余之赠,以佐真主,赞功业
也。勉之哉! 此后十年,当东南数千里外有异事,是吾得事之秋
也";李靖利用所赠资财,"乃为豪家,得以助文皇缔构之资,遂匡天
下"①;至贞观十年,南蛮入奏,有海船千艘,甲兵十万,入扶余国,杀
其主自立。这篇作品情节相当生动,人物形象亦十分鲜明,由杜光
庭记录,应是经过长期流传的。其中写到李唐创业,只说太宗,而
不及李渊,则显然也是替李世民做鼓吹的。而全篇的主旨在宣扬
李唐王朝膺命为天下之主,而英雄豪杰的出路,或者如李靖辅佐真
主,或者如虬髯客去海外称王称霸,则是为维护李唐王朝制造舆
论。在晚唐时期割据形势已经形成、李唐王朝的统治岌岌可危的
形势下,这样的作品更有着现实意义。李丰楙把作品的主题阐释
得更为具体,他说:"首先肯定太宗之受天命:将石龟预告的李渊万
叶、李渊真主,完全移到太宗身上,属于太宗授意改史后的正统说
法;其次警告谬思乱的人臣——影射庞勋以至西突厥族出身的李
克用等有力军人,勿存非分之想。当然,最主要的是要这些心存异
图的非英雄,多学习英雄人物虬髯客将其能力转用于中国边区,
'扶余国'除寓扶持唐室之余外,可泛指东南、西北各区,只要不在
中国。所以这位学者确是唐代开国二百多年以后的文人,以其尽
忠于唐家的心情构造出虬髯客传奇。"②这样的分析,对具体隐喻的

---

① 鲁迅校录《唐宋传奇集》卷四,154—158 页。
② 李丰楙《唐代创业小说与道教图谶传说——以神告录、虬髯客传为中心的考
　察》,《六朝隋唐仙道类小说研究》,332—333 页。

说明虽难以证实,但根本思路是没有疑问的。

唐人更有自觉地利用神仙故事作为政治斗争的手段的。如李复言《续玄怪录》有《辛公平上仙》一篇,其中写的是前面提到的所谓"兵解"题材。道教神仙中有"尸解仙","兵解"即"尸解"的一种形式。如修仙道的嵇康、颜真卿等人被杀而死,就被说成是"兵解"而成仙了。这篇作品写士人辛公平进京赴调选,途遇名王臻者,路途所经皆能预知,原来是迎接"天子上仙"的阴吏。在其安排下,辛公平晋京后得以目睹"天子上仙"的经过。文章对皇帝"兵解"过程的描写极其生动而又诡异:

> 殿上歌舞方欢,俳优赞咏,灯烛荧煌,丝竹并作。俄而三更四点,有一人多髯而长,碧衫皂裤,以红为裸,又以紫縠画虹蜺为帔,结于两肩右腋之间,垂两端于背,冠皮冠,非虎非豹,饰以红闑,其状可畏。忽不知其所来,执金匕首长尺余,拱于将军之前,延声曰:"时到矣。"将军频眉揖之,唯而走,自西厢历阶而上,当御座后,跪以献上。既而左右纷纭,上头眩,音乐骤散,扶入西阁,久之未出。将军曰:"升云之期,难违顷刻。上既命驾,何不遂行?"对曰:"上澡身否?""然,可即路。"遂闻具浴之声。三更,上御碧玉舆,青衣十六,衣上皆画龙凤,肩舁下殿。将军揖曰:"介胄之士无拜。"因慰问以:"人间纷挐,万机劳苦,淫声荡耳,妖色惑心,清真之怀,得复存否?"上曰:"心非金石,见之能无少乱。今已舍离,固亦释然。"将军笑之,遂步从环殿引翼而出。自内阁及诸门吏,莫不呜咽群辞,或收血捧舆,不忍去者。过宣政殿,二百骑引,三百骑从,如风如雷,飒然东去,出望仙门……①

这写的确是皇帝被杀的情景。但到底是哪位皇帝被弑学术界有不

---

①〔唐〕李复言《续玄怪录》卷一,140—141页。

同看法。据陈寅恪考证,这篇作品虽是"江湖举子投献之行卷"即"小说家言",所述实"假道家'兵解'之词,以纪宪宗被弑之实",而"永贞内禅及宪宗被弑之二大事变,即元和一代,其君主与宦官始终之关系,实为穆宗以后阉党之深讳大忌,故凡记载之涉及者,务思芟夷改易,绝其迹象。李书此条实为关于此事变幸存之史料"。陈寅恪的这个看法,得到学术界的肯定①。据此看来,这篇作品乃是利用流行的小说写作来影射、揭露现实政治事件,揭露一件宫廷弑逆的弥天大罪,斥责宦寺的猖狂罪行,具有鲜明的政治倾向和现实意义。而作为传奇作品,巧妙地利用象征手法,假托神怪,对所述情境加以渲染,让读者在迷离恍惚之中透视事件真相,艺术表现亦有创新之处。但也有人认为故事本是影射支持"永贞革新"失败顺宗被弑逆的事实的②。顺宗亡殁的真相不但被当时的朝廷严密地加以隐匿,史书上也一直未加著明。如果此说成立,则这篇作品是借用道教神仙题材来揭露宪宗杀害顺宗的内幕。这是关系"永贞革新"失败的关键事件。而无改作品影射具体所指如何,作者所述具有鲜明政治寓意是可以肯定的。因而它不但具有重大的思想意义,也有重要的史料价值。

还有如《周秦行纪》那样的作品,以牛僧孺自述的方式,叙说他贞元中落第归宛叶,夜行伊阙鸣皋山下,得遇汉文帝母薄太后等古代后妃,并得王嫱侍寝。其中有称唐宪宗为"沈婆儿"的"大不敬"语③。据传作品本是韦瓘所作,是在"牛李党争"中用来构陷牛僧孺的④。这也是有意识地利用神仙故事来达到政治斗争目的的作品。

---

① 陈寅恪《顺宗实录与续玄怪录》,《金明馆丛稿二编》,74、80—81 页。
② 参阅章士钊《柳文旨要上·体要之部》卷四,155—160 页,中华书局,1971年。王仲荦《读〈续玄怪录·辛公平上仙〉》,《蜡华山馆丛稿续编》,501—504页,中华书局,2007 年。
③ 鲁迅校录《唐宋传奇集》卷四,126—130 页。
④ 参阅李剑国《唐五代志怪传奇叙录》下册,529—537 页。

还有一类作品是借用神仙传说来讽刺世情的,可以沈既济的《枕中记》和李公佐的《南柯太守传》为代表。这是两位才情、文笔都很杰出的作家,他们的作品体现了文人处理神仙题材的独特立场。特别是前一篇更为典型:其主要人物之一就是道士,宣扬的也完全是道家观念。故事说一位困顿中的书生卢生,在邸店里遇到得"神仙术"的道士吕翁,道士给他一个青瓷枕,他在上面入睡。他在梦境中娶清河崔氏女,建功立业,出将入相,虽几经得罪,终于一门荣华,直至老死,醒悟后方知原是一梦:

> 吕翁在其旁,主人蒸黍未熟,触类如故。生蹶然而兴,曰:"岂其梦寐也?"翁谓生曰:"人生之适,亦如是矣。"生怃然良久,谢曰:"夫宠辱之道,穷达之运,得丧之理,死生之情,尽知之矣。此先生所以窒吾欲也。敢不受教。"稽首再拜而去。①

这是用神仙术的故事来宣扬出世离欲的观念,指陈世间荣华富贵之不足恃,批判的喻义十分明显。"一枕黄粱梦"的训喻意义后来被文艺作品不断地加以演绎,也成为人生的训诫。《南柯太守传》的主旨大体相同,也是以梦中享尽荣华、梦后幡然醒悟为结构框架,并且描写得更为细腻详切。结尾处则写主人公淳于生"感南柯之浮虚,悟人世之倏忽,遂栖心道门,绝弃酒色"②,终于入道了。这两篇作品在观念上是佛、道兼具的,而更多地表现出道家的影响。这也反映了唐时士大夫阶层的神仙追求实质上更为热衷于"老学"的倾向。尖锐地批判人世间的名位利禄,对荣华富贵表示鄙弃,几近诅咒,这不同于儒家传统的价值观和人生观。但离世去欲总是具有消极、悲观意味的心态。这也反映了中唐社会条件下士大夫对待出处上问题的内心矛盾。这样的作品出于著名文人之手,又突出了鲁迅所谓"有意为小说"的创作特点,而艺术表现上更见功

---

① 鲁迅校录《唐宋传奇集》卷一,32 页。
② 同上卷三,84 页。

力,亦非一般的神仙传说可比。作品叙述世态人情,描写入梦、出梦的幻觉,都写得出神入化,生动感人。《南柯太守传》用了相当大的篇幅描绘梦中会见众女、迎娶公主、享受荣华的情景,极尽渲染之能事,恰与后面梦醒发现蚁穴形成冷峻的对比。

神仙故事必然写到仙人的法术、神通,如上面已经提到过的《明皇杂录》《宣室志》所写张果、《集异记》所写叶法善、《杜阳杂编》所写轩辕集等,相当多的作品都写到这方面的内容。特别是张果之类活动在宫廷里的道士,作品往往着力描写他们在宫廷中以法术惑人的情形。又如写罗浮山轩辕集年过数百岁而颜色不老,每采药于深山,则有毒龙猛兽护卫,又有分身变化之术,他在皇帝面前炫耀神奇法术:

> 上遣嫔御取金盆,覆白鹊以试之。集方休于所舍,忽起谓中贵人曰:"皇帝安能更令老夫射覆盆乎?"中贵人皆不喻其言。于时上召令速至。而集才及玉阶,谓上曰:"盆下白鹊宜早放之。"上笑曰:"先生早已知矣。"坐于御榻前,上令宫人侍茶汤。有笑集貌古布素者,而缜发绛唇,年才二八,须臾忽变成老妪,鸡皮鲐背,发鬓皤然。宫人悲骇,于上前流涕不已。上知宫人之过,促令谢告先生,而容质却复如故。上……又问曰:"朕得几年天子?"即把笔书曰四十年,但十字挑脚。上笑曰:"朕安敢望四十年乎?"及晏驾,乃十四年也……①

这实际是把宫廷作为"仙人"表演的舞台,他有着世间帝王也没有的神通。特别是他竟然能够预知皇帝的命运,就意味着他的能力是超越人世间的任何权威的,帝王在他的面前显得十分渺小和卑微。另外,这样的描写虽然有夸耀仙术的意味,但所写仙人又如在表演幻术,使作品明显带有娱人的性质。这也使人容易意识到作

---

① 〔唐〕苏鹗《杜阳杂编》卷下,51—52 页,中华书局,1958 年。

者是在有意利用故事来达到讽刺效果。

　　上一节讲到神仙传说中的爱情题材故事。这一类作品也有些带有明显的讽喻意义。比如陈鸿的《长恨传》，是配合白居易的《长恨歌》写成的，文学史上被作为唐人传奇配合诗歌写作的典型例子。《传》和《歌》一样同是在唐玄宗和杨贵妃的爱情"事实"上加以生发，而构思上的新意在于把现实中的杨贵妃之死幻化为升仙的传说，进而展开玄宗派遣方士求仙的情节，从而赋予这特殊的爱情悲剧以全新的喻义。白诗写贵妃死后，玄宗请方士上天入地寻访，两处茫茫皆不见，"忽闻海上有仙山，山在虚无缥渺间"①，太真是其中的一位仙子，继而展开了仙、凡阻隔的缠绵恋情的抒写。《传》里对这一情节则做了更为具体的铺叙。仙、凡阻隔本是神女降临故事的传统情节，在这里被作者利用为艺术构思的手段，并在新的背景下加以改造，对表达主题起了极其重要的作用。虽然关于创作这一组作品时作者们的主观意图主要在讽刺（玄宗的荒淫误国）还是歌颂（李、杨的爱情）是学术界长期争论的问题，但作者们所发展的神仙情节改变了史实的本来面貌，从而给作品增加了另外的喻义则是可以肯定的。如仅就作品情节所提供的内容看，人世间的动乱、烦扰和仙界的超然、美好的前后对照，仙界爱情的永恒和世间感情的短暂的对比，已表明作者同情心之所在，同时也突显出一定的现实批判意味。至于神仙情节在增强作品的艺术表现效果方面所起的作用更是明显的。假如没有后面的神仙情节，只是根据史实来铺写李、杨二人的悲剧，作品将完全是另一番面貌，也很难设想会达到流传到今天的《长恨歌》和《长恨传》这样的艺术水平了。

　　以上所讨论的这些作品，比起上一节介绍的那些表现神仙和仙界情景的作品，传统的"辅教"意味就更淡薄了，相对应的则是其

①〔唐〕白居易著，朱金城笺注《白居易集笺校》卷一二，第2册，660页。

政治意义或一般的讽喻意义更为突出,作者们往往只是利用道教神仙素材或借用神仙幻想情节来进行艺术创作了。在这类作品里,神仙或神仙术都成为广泛意义上的"象征",成了审美的对象。

十五　人与仙的中介——文人笔下的道士

　　唐代道教兴盛,道观和道士的数量大增;特别是由于道教得到朝廷的崇重,推动社会上崇道风气盛行,道士的社会地位也随之大为提高。而道教出于自身发展的需要,又受到佛教的影响,到唐代终于形成了道士出家制度①。这样就出现一大批不只是作为修道者或养炼者,而且是专职宗教职业者的出家道士,他们中更有一部分人具有相当高的文化素养和一定的活动能力。这就不仅有力地推动了道教自身的发展,而且对于形成具有独特面貌和活动方式的道教教团起了重大作用。另外在唐代,道教宫观的建置、内部戒律和斋醮科仪活动的规范也更为完善和制度化了。许多宫观不仅建立在远离尘嚣的"洞天福地",还遍布于广阔城乡,特别是两京和各大都会成为宫观集中的地区。这些宫观作为道士养炼和宣教的场所,是道教的中心,同时在一定意义上也成为当地文化活动的中心。这样,以道观为基地进行活动的道士,就成为社会上十分活跃,又具有独特思想观念、表现风貌和生活方式的人群,在城乡各处都能见到他们的踪影。唐代道教的兴盛,除了得力于统治者的大力支持之外,也得益于这些道士的积极、广泛的活动。当时的文人,不仅是那些慕仙、好道的人自然会与道士们密切交往,就是一

————————

①据考应形成于公元550年前后的《三洞奉道科戒仪范》已记载了道士出家仪式,到唐代,道教的出家制度得到完善和定型。

般对道教并无特别兴趣的人，也会接触道士，从而受到他们的一些熏染。

唐代道士的数量本来比佛教僧侣少得多。按《唐六典》的记载，"凡天下观总一千六百八十七所。一千一百三十七所道士，五百五十所女道士"，"凡天下寺总五千三百五十八所。三千二百四十五所僧，二千一百一十三所尼"①。这是开元年间朝廷掌握的数字，但反映的比例应是大致准确的。就是说，道观数不及佛寺数的三分之一。而且还应估计到，当时的道观一般比佛寺为小。道士的绝对人数，晚唐杜光庭记载"今检会从国初已来所造宫观约一千九百余所，度道士计一万五千余人"②。这当然也是朝廷统计的数字，实际人数应当更多。但如果联想到在长安某个佛寺朝廷一次就度僧几百人、一次斋僧更达数千人，就可知道当时道士数远少于僧侣。造成这种状况的原因这里无暇探讨。值得注意的是，尽管道士人数较少，但其活动及影响却并不次于佛教僧侣。这固然和他们更多活跃在社会上层与道教得到朝廷支持、它的活动内容适应了社会要求等情况有关，也是由于道士中集中了一批相当优秀的人才，这些人在社会上具有相当的吸引力和影响力。这样，众多道士就成为社会生活中十分活跃、引人注目的人群。文人们出于不同的目的、在不同的场合与他们接触、交往，自会得到特殊的印象、感受，他们从而写出许多以表现道士和与道士的交谊为题材的诗作，成为所谓"涉道"诗文的重要一部分。而且值得注意的是，尽管唐代道士数比僧侣少得多，但唐人所写与道士相关的作品却不少于涉及僧侣的。这也可见道士们活动的广泛及其影响的巨大。

只要粗略地观察就可以看出，唐代的道士各种各样，他们中的

①〔唐〕李林甫等撰《唐六典》卷四《尚书礼部》，125页，陈仲夫点校，中华书局，1992年。
②〔唐〕杜光庭《历代崇道记》，《道藏》第11册，7页。

具体人和文人的关系也各不相同,被表现在文学作品中当然也就千姿百态。

当时的道士中名声显赫、地位崇高、对整个社会生活影响巨大的自然是那些活跃在社会上层的,作为代表的是一批出入宫廷、被帝王礼重的御用道士。这一类型的道士的情况也有很大差别。有些是"宗师"型的人物,如王远知、潘师正、司马承祯、李含光等人,他们学养精深,名声巨大,门徒众多,往往被朝廷征召,受皇帝崇重;另有些则更多地带有术士色彩,如玄宗朝的张果和叶法善、宪宗朝的柳泌、武宗朝的赵归真等,他们主要以神仙术或炼丹术惑人,帝王重用他们主要是出于求仙或炼丹的目的(有时候也带有"玩赏"的性质);再一类道士则富于更为浓重的宗教文化性格,他们主要进行道教教理的研究,两京和地方大型宫观里集中了不少这样的道教学者,如史崇玄、张九垓、陈少微、杜光庭等。他们留下了许多有关道教教理、斋醮科仪、养炼技术以及道教史传等方面的著作,不仅在道教内部,在一般的文化史和学术史上也做出了相当大的贡献。以上这几种人,养炼和能力所重不同,但也有共同点,即都是高级的"贵族"道士。他们作为一代道教的代表人物,也是当时道教的指导者,领导着一代道教的基本潮流。这一类型的道士中,术士一类人如柳泌、赵归真等主要为帝王的需要服务,他们鼓售方术,故作神秘,和一般官僚接触较少。不过他们的"故事"流传开来,颇引人注目,往往被记录在笔记或传奇里。那些有高深教养的道教学者则是居住在宫观里的专门家,他们的过于专业化的学问不是一般人能够接受的,所以和普通士大夫接触也很少。他们的著作很少被文人所提及也表明了这一点。只有那些"宗师"一流的人物在朝野广泛活动,与官僚贵臣多有往还。文人们也留下了较多与他们往来或记叙他们事迹的诗文。前面已经提到过司马承祯与张说、李峤、宋之问、沈佺期、张九龄,颜真卿与李含光,韦应物与黄洞元,李德裕与孙智清等人的关系。官僚士大夫和这些高级道士交往，或有酬唱赠答，或写作诗文称颂他们，多是表示敬仰的应酬之作。也有的人从之受教，得到启示，甚至受道箓，在作品中抒写体道的心得或求道的决心。有些作品确也能表露出真切的心理感受或对世事的感慨。前面已经引述过张说、张九龄写司马承祯、李德裕悼念孙智清的诗。再如沈佺期《同工部李侍郎适访司马子微》诗：

> 紫微降天仙，丹地投云藻。上言华顶事，中问长生道。华顶居最高，大壑朝阳早。长生术何妙，童颜后天老。清晨朝凤京，静夜思鸿宝。凭崖饮蕙气，过洞摘灵草。人非冢已荒，海变田应燥。昔尝游此郡，三霜弄溟岛。绪言霞上开，机事尘外扫。顷来迫世务，清旷未云保。崎岖待漏恩，怵惕司言造。轩皇重斋拜，汉武爱祈祷。顺风怀崆峒，承露在丰镐。泠然委轻驭，复得散幽抱。柱下留伯阳，储闱登四皓。闻有《参同契》，何时一探讨。[①]

此诗作于景云二年（711）司马承祯被召入京时。那一年李适为工部侍郎[②]，沈佺期任中书舍人或太子詹事。两位朝廷高官同访这位应召的高道。诗的开头就把司马承祯说成是从紫微天降临的仙人，赞扬他到都城来传授长生术，慨叹自身羁束，迫于俗务，又称颂朝廷崇道重仙，最后表达从之学道的愿望。这样的诗清楚地反映了当时朝官与司马承祯的关系。《参同契》在唐时是被当作外丹经典的，希望和道士"探讨"《参同契》，可知诗人的意向所在。宋之问的《冬宵引赠司马承祯》则是另外一种格调：

> 河有冰兮山有雪，北户墐兮行人绝。独坐山中兮对松月，怀美人兮屡盈缺。明月的的寒潭中，青松幽幽吟劲风。此情

---

①〔清〕彭定求等编《全唐诗》卷九五，1022—1023 页。
②严耕望《唐仆尚丞郎表》卷四，第 1 册 248 页，中华书局，1986 年。

不向俗人说,爱而不见恨无穷。①

这样的诗颇具情境,把对高道的崇拜表现为真挚的怀念之情,在同类作品中并不多见。还有的作者并不直接表现和这些道士的交往,如皇甫冉的《送张道士归茅山谒李尊师》,"李尊师"即李含光:

> 向山独有一人行,近洞应逢双鹤迎。尝以素书传弟子,还因白石号先生。无穷杏树行时种,几许芝田向月耕。师事少君年岁久,欲随旌节往层城。②

这是赠别张姓道士去茅山见李含光的诗,情境完全出于设想,相当生动地表达了诗人对这位高道的向往之情。又秦系长期隐居于泉州南安九日山,自称"东海钓客",与刘长卿友善,有《题茅山李尊师山居诗》,"李尊师"也是指李含光,诗云:

> 天师百岁少如童,不到山中竟不逢。洗药每临新瀑水,步虚时上最高峰。篱间五月留残雪,座右千年荫老松。此去人寰今远近,回看云壑一重重。③

这同样是描绘想象中的道教宗师的面貌。像这类作品,都从侧面反映了如李含光这样的道士的声望和影响。包佶的《宿庐山赠白鹤观刘尊师》是写给前面提到的茅山道士刘玄和的:

> 苍苍五老雾中坛,杳杳三山洞里官。手护昆仑象牙简,心推霹雳枣枝盘。春飞雪粉如毫润,晓漱琼膏冰齿寒。渐恨流年筋力少,惟思露冕事星冠。④

这类作品大都以清灵的文笔,杂用仙语仙事,表现超绝人寰的境

---

① 〔清〕彭定求等编《全唐诗》卷五一,629 页。
② 同上卷二五〇,2831 页。
③ 同上卷二六〇,2899 页。此诗又作严维诗,作《题茅山李尊师所居》。
④ 同上卷二〇五,2142 页。

界,艺术上有可取之处。但是那些地位崇高的高级道士终究主要
活动在社会上层,一般文人的生活和观念与他们有着相当的距离。
出自文人想象的描写也就不会十分真切、生动,并难免公式化的
表现。

　　唐代另有一种"仙道"类型的道士,这些人往往以神仙术自居。
他们故弄玄虚,自称或被当作是神仙中人。唐朝廷规定:道士中
"德高思精谓之炼师"①。当时社会上就有不少这种被加封的或自
称的"炼师"。本来"仙道"应是超然世外的,真正养炼有素、"德高
思精"的道士应当隐遁山林洞穴,不为世人所知。唐代道教里当然
也有这样的人。但那些名声显赫的"仙道"却活跃在人群之中,以
至其行迹在士大夫间或朝廷上造成相当的轰动。因为这类人特别
炫耀其仙术,自称或被看成是长生不老的"仙人",有些文人也就着
力描绘他们的神秘面貌,赞扬他们的神奇法术和超然品格,并对之
表示赞赏或向往。如玄宗开元年间有女道士焦炼师,据李白《赠嵩
山焦炼师》诗序介绍:

　　　　嵩山有神人焦炼师者,不知何许妇人也。又云:生于齐、
　　梁时,其年貌可称五六十。常胎息绝谷,居少室庐,游行若飞,
　　倏忽万里。世或传其入东海,登蓬莱,竟莫能测其往也。余访
　　道少室,尽登三十六峰,闻风有寄,洒翰遥赠。

从这篇序可以知道这位焦炼师的"仙迹"和巨大名声。李白在赠她
的诗里,赞扬她道妙迹高、"八极恣游憩,九垓长周旋",并表白了
"紫书倘可传,铭骨誓相学"②的志愿。李颀本是道教仙术的信仰
者,有赠张果的诗,前面已经提到过,他也有《寄焦炼师》诗:

　　　　得道凡百岁,烧丹惟一身。悠悠孤峰顶,日见三花春。白

①〔唐〕李林甫等撰《唐六典》卷四《尚书礼部》,125页。
②〔唐〕李白著,〔清〕王琦注《李太白全集》卷九。

鹤翠微里,黄精幽涧滨。始知世上客,不及山中人。仙境若在梦,朝云如可亲。何由睹颜色,挥手谢风尘。①

这首诗的写法是专从虚处斡旋,想象"得道"者的超绝形貌并表达自己的神往之情。神仙本来是虚构的产物,以想象来表现"神仙"的神秘境界是这类作品惯用的笔法。王昌龄也有《谒焦炼师》诗:

中峰青苔壁,一点云生时。岂意石堂里,得逢焦炼师。炉香净琴案,松影间瑶墀。拜受长年药,翩翻西海期。②

这是写亲自会见焦炼师并从之受教的情景。钱起天宝九载(750)始中进士,他有《省中春暮酬嵩阳焦道士见招》《题嵩山焦道士石壁》诗,可见这位焦炼师活动时期相当长久。后一首云:

三峰花畔碧堂悬,锦里真人此得仙。玉体才飞西蜀雨,霓裳欲向大罗天。彩云不散烧丹灶,白鹿时藏种玉田。幸入桃源因去世,方期丹诀一延年。③

从诗中描写看,这位焦炼师最后是"升仙"了。

中唐时有著名道士毛仙翁,也是一位被哄传为仙人而又活跃于士林的神秘人物。杜光庭辑有《毛仙翁赠行诗》一卷,全部录入《唐诗纪事》为其第八十一卷。其中录有裴度、牛僧孺、令狐楚、李宗闵等"当代之名公"的诗文,置于传记之前。作为宗教传说的记录,这篇传记基本上可看作是小说家言。杜光庭写有《道教灵验记》《神仙感遇传》《墉城集仙录》等,显示他对于仙传有浓厚兴趣,又有记述传说的才能。这篇《毛仙翁传》及所录作品,当有他本人或他人撰作的成分。例如题为元稹所作《赠毛仙翁》诗前有一序,据其记述是元在浙东观察使任上所作,但文中又说毛预言他来日

①〔清〕彭定求等编《全唐诗》卷一三二,1339 页。
②同上卷一四二,1440 页。
③同上卷二三九,2671 页。

入相。而实际情况是元入相在前,使浙在后,所以卞孝萱考订这篇作品"显系伪造"①。更有人认为有关"诸作辞意率多雷同,如出一手。以此推之,殆皆道流伪撰,或属光庭造作,亦未可知"②。但《白氏长庆集》收录《送毛仙翁》诗,从汪立名到朱金城诸家均未置疑。应如朱金城所说:"其人则一逢迎朝贵之江湖术士","今传赠毛诗文,亦非尽伪作"③。白诗题下注谓"江州司马时作",诗云:

> 仙翁已得道,混迹寻岩泉。肌肤冰雪莹,衣服云霞鲜。绀发丝并致,韶容花共妍。方瞳点玄漆,高步凌飞烟。几见桑海变,莫知龟鹤年,所憩九霄外,所游五岳巅。轩昊旧为侣,松乔难比肩。每嗟人世人,役役如狂颠。孰能脱羁鞅,尽遭名利牵。貌随岁律换,神逐光阴迁。惟余负忧谴,憔悴溢江壖。衰鬓忽霜白,愁肠如火煎。羁旅坐多感,徘徊私自怜。晴眺五老峰,玉洞多神仙。何当悯湮厄,授道安虚屏。我师惠然来,论道穷重玄。浩荡八溟阔,志泰心超然。形骸既无束,得丧亦都捐。岂识椿菌异,那知鹏鷃悬。丹华既相付,促景定当延。玄功曷可报,感极惟勤拳。霓旌不肯驻,又归武夷川。语罢倏然别,孤鹤升遥天。赋诗叙明德,永续《步虚》篇。④

这首诗从语言到内容都符合白氏庐山时期的风格,加之《白氏文集》虽非原编,但传承有据,没有证据证明这篇作品是伪造的。从这篇作品看,无论毛仙翁其人的真实面貌如何,诗人是把他当作"仙道"来描绘的。江州时期的白居易正热心于佛、道,面对这种形态飘逸、行为神秘的"仙翁",他反思自身的遭遇,发出了沉痛的感慨。

---

① 卞孝萱《元稹年谱》,481 页。
② 王仲镛《唐诗纪事校笺》下册,2070 页。
③〔唐〕白居易著,朱金城笺注《白居易集笺校》卷三六,第 4 册,2497 页。
④ 同上,2495 —2496 页。

当然,收入《毛仙翁赠行诗》中的诗文不少确系伪作。除前述元稹诗外,如题为韩愈所作《送毛仙翁十八兄序》,朱熹《考异》已加删削;又如所谓刘禹锡赠行序也为《刘集》和《全唐文》所不取。但有些作品从表现风格看不像是伪造的,如李益《赠毛仙翁》诗:

> 玉树溶溶仙气深,含光混俗似无心。长愁忽作鹤飞去,一片孤云何处寻。①

这首绝句完全从环境氛围着笔,在短短的篇幅里传写出人物的神秘气息,表现出深远的情意,应出自李益这样的七绝高手。而且退一步说,即使杜光庭所录全部是伪作,也总反映了当时社会上对这类道士的看法。

唐代道教还制造出很多"升仙"灵迹。这类"仙迹"流传世间,也往往被文人写在作品里。如前面已提到的抚州华姑(颜真卿《抚州临川县井山华姑仙坛碑铭》)、朗州武陵源瞿童(温造《瞿童述》等)、西蜀谢自然(施肩吾《谢自然升仙》、刘商《谢自然却还旧居》、范传正《谢真人还旧山》等,而韩愈的《谢自然》诗则是从批判角度写的)等,都传为升仙,一时轰动远近。皇甫冉的《少室山韦炼师升仙歌》所写也是这类"仙迹"的一例:

> 红霞紫气昼氲氲,绛节青幢迎少君。忽从林下升天去,空使时人礼白云。②

这里用简洁的笔触描写一幅升仙的绮丽而神秘的画面,结句仙、凡隔绝的感慨意味亦很深长。朱湾的《同达奚宰游窦子明仙坛》也写到一位名叫窦子明的"白日升仙"的传说:

> 松桧阴深一径微,中峰石室到人稀。仙官不住青山在,故老相传白日飞。华表问栽何岁木,片云留着去时衣。今朝茂

---

① 〔清〕彭定求等编《全唐诗》卷二八三,3229 页。
② 同上卷二四九,2795 页。

宰寻真处，暂驻双凫且莫归。①

如这种飞升传说，作为事实本难以让人相信，但社会上哄传，一些文人也很感兴趣。被写在作品里，作为幻想的表现，在玄虚、缥缈的景象里反映出某种思想情绪或精神追求。

唐代社会上这类"仙道"式人物是"地仙"观念衍化的产物。这些道士做出亦人亦仙的面貌，在社会上有市场，是因为当时有那样的信仰环境。既然朝廷崇重如张果、叶法善那样的"活神仙"，也就促使更多的道士去仿效他们。文人们当然也有机会接触他们。但多数文人接近这类人并在作品里描写他们，并不一定真的相信他们的灵迹。有些人只是以之寄托感慨，甚或姑妄言之，当作奇闻逸事来传播。不过描写这类仙人、仙事，总会表现出特殊的神秘意味，而且出于幻想的升仙情景、仙界景象更给人以迷离惝恍、神奇莫测的印象，写在作品中的仙语、仙典也造成作品的特殊格调。

唐代还有一种类型的道士，可称之为"仙隐"一类。道教本来具有"方外"性格，隐逸理所当然地被当作修道的方式之一。先秦以来，在知识阶层中已形成源远流长的隐逸传统。魏晋以来的道教，特别是士大夫所接受的道教则更继承和发展了"仙隐"意识。郭璞等人的《游仙》诗即曾着力歌颂隐居生活，把神仙和隐逸结合在一起，当作人生理想来宣扬。唐代士大夫间流行隐逸之风，道家的"独善""遁世""知足保和"意识有着相当的市场。这本是在专制体制下知识分子应付现实社会所采取的态度和方式。在开元以前的兴盛时期，更多的人是如司马承祯所讽刺的那样把隐逸当作入仕的"终南捷径"；但越是到后来，随着唐王朝统治下社会矛盾的日渐深化，士大夫为逃避现实而归隐的越来越多。这样，道教的"仙隐"无论是作为观念，还是作为生活出路，都易于被士大夫们所接受。道士中"仙隐"类型的人物自然被他们所赞赏，并往往被他们

---

① 〔清〕彭定求等编《全唐诗》卷三〇六，3477 页。

所仿效。而值得注意的是，"仙隐"道士们的超逸自在、潇洒自如的生活，比起佛教所追求的空寂、解脱的境界，更易于为他们所接受。

　　孟浩然的经历是所谓"名不系于选部，聚不盈于担石"①，一生大部分时间过着隐居生活。李白称赞他"红颜弃轩冕，白首卧松云"②，特别颂扬他性格的高蹈脱俗。他活动的开元年间正是佛、道兴盛的时候。个性和生活环境都决定他广交僧、道，喜爱隐逸。他所写的关系僧、道的诗，多表现他们的高逸心情和恬静、闲适的境界，把他们描绘成逸人、高士的形象，突出他们超然世表的品格。如《山中逢道士云公》：

> 春余草木繁，耕种满田园。酌酒聊自劝，农夫安与言。忽闻荆山子，时出桃花源。采樵过北谷，卖药来西村。村烟日云夕，榛路有归客。杖策前相逢，依然是畴昔。邂逅欢觏止，殷勤叙离隔。谓余搏扶桑，轻举振六翮。奈何偶昌运，独见遗草泽。既笑接舆狂，仍怜孔丘厄。物情趋势利，吾道贵闲寂。偃息西山下，门庭罕人迹。何时还清溪，从尔炼丹液。③

相传黄帝铸鼎于荆山，所以道士云公被称为"荆山子"；又说他来自桃花源，这都表示他是神仙中人。从诗里的描写看，这位云公本是诗人的旧友。诗的最后一联点化郭璞《游仙》"青溪千余仞，中有一道士"典，表明自己希望从之学习炼养之术。但诗中主要描绘的是一幅田园生活安适闲寂的画面，而所写的云公则是过着"采樵""卖药"的闲适生活的隐士一流。诗人借助他的口讥嘲楚狂接舆不得进身而佯狂傲世，又表示怜悯孔夫子汲汲进取而周流困厄，从而抒发对"物情"的感慨和对"闲寂"的追求。这是孟浩然诗经常表现的

---

①〔唐〕王士源《孟浩然集序》，徐鹏校注《孟浩然集校注》卷首，2 页，人民文学出版社，1989 年。

②〔唐〕李白《赠孟浩然》，〔清〕王琦注《李太白全集》卷九。

③徐鹏校注《孟浩然集校注》，34 页。

隐逸主题。又如《寻梅道士(张逸人)》:

> 彭泽先生柳,山阴道士鹅。我来从所好,停策汉阴多。重以观鱼乐,因之鼓枻歌。崔、徐迹未朽,千载揖清波。①

这里诗人把道士与"逸人"并列,把他们同样看作是与陶潜、王羲之、崔平、徐庶等一样的人物。诗中表现的显然并无关于道教信仰,而是欣赏那种清高脱俗的品格和自由潇洒的生活方式。还有关系到同一位梅道士的诗《梅道士水亭》:

> 傲吏非凡吏,名流即道流。隐居不可见,高论莫能酬。水接仙源近,山藏鬼谷幽。再来迷处所,花下问渔舟。②

这首诗的开头还是化用郭璞《游仙》诗句意:"漆园有傲吏,莱氏有逸妻"③,则梅道士本曾出仕。诗人称赞他急流勇退,隐居不仕,并表扬他如此而堪称"名流"。这种逸人型的道士,实际多是性不谐俗的士大夫,他们不能为世所容,以"入道"隐逸来求得安身立命之地。孟浩然本人与他们同气相求,本来就惺惺相惜,对这类人的精神境界自有深刻的了解。他用朴实无华的诗笔加以表现,自会给人以特殊的亲切之感。

李白作为道教徒写了不少涉道诗。他本人的求道行为丰富多彩,也曾几次度过长短不等的隐逸生活。他也有不少作品表现"仙隐"观念。白居易曾说"大隐住朝市,小隐入丘樊"④,并把他任职留司官称作"中隐"。唐人的隐逸方式确是多种多样,反映了当时某些士大夫统合世间与出世间矛盾的新观念。李白本人在实践中把道教的神仙追求和诗酒佯狂的生活统合起来。他表现道士的诗,

①徐鹏校注《孟浩然集校注》,174 页。
②同上,149 页。
③逯钦立辑校《先秦汉魏晋南北朝诗·晋诗》卷一一,中册 865 页。
④〔唐〕白居易《中隐》,朱金城笺注《白居易集笺校》卷二二,第 3 册,1493 页。

亦经常地突出他们的仙隐性格。

　　在李白交往的众多道士中,交谊最为长久、相互影响也最为巨大的应是元丹丘①。所谓"投分三十载,荣枯同所欢"②,表明早在李白未出川前,二人已经相识。后来他们二人一直有密切交往并一起应召入京。在李白被斥出京后,两人又一起到随州寻访紫阳先生。在《冬夜于随州紫阳先生飡霞楼送烟子元演隐仙城山序》一文里李白说:"吾与霞子元丹、烟子元演气激道合,结神仙交,殊身同心,誓老云海,不可夺也。"他写了许多有关元丹丘的诗。由于志气相投,相互了解,这些作品不只生动地描摹出友人的品格、形象和风神,往往从中也透露出诗人自己的人生理想。如《西岳云台歌送丹丘子》:

　　　　西岳峥嵘何壮哉,黄河如丝天际来。黄河万里触山动,盘涡毂转秦地雷。荣光休气纷五彩,千年一清圣人在。巨灵咆哮擘两山,洪波喷流射东海。三峰却立如欲摧,翠崖丹谷高掌开。白帝金精运元气,石作莲花云作台。云台阁道连窈冥,中有不死丹丘生。明星玉女备洒扫,麻姑搔背指爪轻。我皇手把天地户,丹丘谈天与天语。九重出入生光辉,东求蓬莱复西归。玉浆倘惠故人饮,骑二茅龙上天飞。③

这首诗用前半主要篇幅写黄河和华山,描绘得极其雄奇壮丽。而这自然山水的奇伟的气势正衬托出友人的不可羁束的雄豪品格。描写中夹杂以"明星玉女""麻姑搔背"的奇特想象,更突出了友人的超逸不凡。诗是在出京后写的。回想元丹丘曾出入九重,终于弃绝荣华而归隐,诗人抒发了赞叹、向往之情。诗人所理想的显然

────────────────

① 参阅郁贤皓《李白与元丹丘交游考》,《李白丛考》,97—113 页,陕西人民出版社,1983 年。
② 〔唐〕李白《秋日炼药院镊白发赠元六兄林宗》,〔清〕王琦注《李太白全集》卷一〇。
③ 〔唐〕李白著,〔清〕王琦注《李太白全集》卷七。

不是宗教的枯淡的修道生活,而是更加自由、洒脱的壮丽人生。又《颍阳别元丹丘之淮阳》诗说:

> 吾将元夫子,异姓为天伦。本无轩裳契,素以烟霞亲。尝恨迫世网,铭意具未伸。松柏虽寒苦,羞逐桃李春。悠悠市朝间,玉颜日缁磷。所失山岳重,所得轻埃尘。精魄渐芜秽,衰老相凭因。我有锦囊诀,可以持君身。当餐黄金药,去为紫阳宾。万事难并立,百年犹崇晨。别尔东南去,悠悠多悲辛。前志庶不易,远途期所遵。已矣归去来,白云飞天津。①

这篇五古用的是和上篇全然不同的写法,细致地抒写了二人的交谊过程和自己的切身体会:二人本是"道侣",有着共同的求仙访道的志愿,可是受到世网羁束,有志不得伸展,又同样羞于和世俗同流合污,苦于人生短促,因而在告别之际,表示了弃绝世事而归隐的志愿。这充分表现出诗人对现实弊俗一面的深刻认识和由之而来的精神上的苦闷,并道出了不得已而隐居求道的苦衷。又《题元丹丘山居》诗:

> 故人栖东山,自爱丘壑美。青春卧空林,白日犹不起。松风清襟袖,石潭洗心耳。羡君无纷喧,高枕碧霞里。②

这首诗又和前一篇不同,着重描写的是友人脱弃尘滓的高逸人品,用环境的烘托传达出人物的风神。这样,以上三篇作品从不同的角度、用不同的写法表现同一个元丹丘,各自突出了求道隐逸内容的不同侧面,从中也可以看出李白本人的人生理想和他热衷于求仙访道的理由。此外,这些诗和诗人所写的许多道教题材的作品一样,几乎完全不用道书的词语和典故,创造的形象极其鲜明、生动,格调也可以用杜甫所谓"清新""俊逸"来形容。这也是李白比

---

① 徐鹏校注《孟浩然集校注》卷一五。
② 同上卷二五。

另外许多人写涉道诗的高超处之一。李白有关元丹丘的作品还有《元丹丘歌》《闻丹丘子于城北山营石门幽居》《题嵩山逸人元丹丘山居》《观元丹丘坐巫山屏风》《酬岑勋见寻就元丹丘对酒相待以诗见招》等,都各具特色,值得一读。

　　应当是通过李白的介绍,杜甫也和元丹丘有过交往。他写过《玄都坛歌寄元逸人》诗,也是一篇反映他本人与道教关系的作品:

> 故人昔隐东蒙峰,已佩含景苍精龙。故人今居子午谷,独并阴崖白茅屋。屋前太古玄都坛,青石漠漠松风寒。子规夜啼山竹裂,王母昼下云旗翻。知君此计成长往,芝草琅玕日应长。铁锁高垂不可攀,致身福地何萧爽。①

杜甫刻画的也是仙隐式的逸人元丹丘。诗里"子规"一联是著名的警句,不仅对仗十分工稳,更能在描写中把现实风景和神仙幻想结合得天衣无缝,创造出如幻如化、迷离惝恍的奇异境界,开李商隐《无题》的先河。全诗用语苍劲浑厚,每隔一联平仄换韵,使短短的篇幅显得拗折而有韵味。

　　刘长卿的诗以思致空灵、笔墨简淡见长,和佛、道观念的影响有一定关系。他的《寄龙山道士许法棱》诗说:

> 悠悠白云里,独住青山客。林下昼焚香,桂花同寂寂。②

简洁的二十字,用环境烘托,只写几个细节,略加点染,意境全出,写出了道士出类拔俗的情致,流露出无限赞叹之意。他的《自紫阳观至华阳洞宿侯尊师草堂简同游李延年》是游览茅山时写的:

> 石门媚烟景,句曲盘江甸。南向佳气浓,数峰遥隐见。渐临华阳口,云路入葱蒨。七曜悬洞宫,五云抱仙殿。银函竟谁发,金液徒堪荐。千载空桃花,秦人深不见。东溪喜相遇,贞

---

① 〔唐〕杜甫著,〔清〕仇兆鳌注《杜少陵集详注》卷二。
② 〔唐〕刘长卿《刘随州集》卷一。

白如会面。青鸟来去闲,红霞朝夕变。一从换仙骨,万里乘飞
电。萝月延《步虚》,松花醉闲宴。幽人即长往,茂宰应交战。
明发归琴堂,知君懒为县。①

茅山紫云观本是敕命为李含光所建;华阳洞则是茅山洞天。这首
诗先写游览并住宿茅山的情景,再写喜逢修道的道士,把这里想象
成理想的仙隐境界。李延年应是县令,所以归结到"归琴堂""懒为
县"的慨叹。

韦应物有著名的《寄全椒山中道士》诗:

今朝郡斋冷,忽念山中客。涧底束荆薪,归来煮白石。欲
持一瓢酒,远慰风雨夕。落叶满空山,何处寻行迹?②

这首诗从"念"处着笔,全然是想象之词。葛洪《神仙传》里有白石
先生,煮白石为粮,就白石山居。诗人化用这个典故,以一个典型
细节写出了对方清幽的生活和高洁的品格。接着写自身的寂寞,
而反欲以酒慰人,但所寻人又不见踪迹,这就把感情表达得十分深
曲绵渺。沈德潜评论谓:"化工笔。与渊明'采菊东篱下,悠然见南
山'妙处,不关语言意思。"③也是特别赞赏这首诗的言外深致。

李益有《入华山访隐者经仙人石坛》诗:

三考四(或作"西")岳下,官曹少休沐。久负青山诺,今还
获所欲。尝闻玉清洞,金简受玄箓。凤驾升天行,云游氽霞
宿。平明矫轻策,扪石入空曲。仙人古石坛,苔绕青瑶局。阳
桂凌烟紫,阴萝冒水绿。隔世闻丹经,悬泉注明玉。前惊羽人
会,白日天居肃。问我将致辞,笑之自相目。竦身云遂起,仰
见双白鹄。坠其一纸书,文字类鸟足。视之了不识,三返又三

―――――――――

① 《刘随州集》卷六。
② 〔唐〕韦应物《韦苏州集》卷三。
③ 〔清〕沈德潜《唐诗别裁》卷三。

复。归来问方士,举世莫解读。何必若蜉蝣,然后为局促。鄙
哉宦游子,身志俱降辱。再往不及期,劳歌扣山木。①

这是一首以游山为题材的诗,诗人把所游的华山描写成神仙境界。
写在山中会见"隐者"并从受仙书,想象他们是"羽人"化为白鹄飞
升,描写得惝恍莫测。实际所写的是一名隐居华山的道士。诗人
游历中与他相见,更深切地感受到宦游的局促和身志的屈辱。

贾岛有《山中道士》诗:

> 头发梳千下,休粮带瘦容。养雏成大鹤,种子作高松。白
> 石通宵煮,寒泉尽日舂。不曾离隐处,那得世人逢。②

方虚谷评论说"八句无一句不佳"③。这首诗每一句都写得浑朴无
华,用典不见痕迹,赞叹和感慨完全发露在具体描写之中。这描写
的也是一位仙隐道士的形象。

项斯有《送华阴隐者》诗:

> 往往到城市,得非征药钱。世人空识面,弟子莫知年。自
> 说能医死,相期更学仙。近来移住处,毛女旧峰前。④

如题目所写,诗人是在送"隐者"。他以医术著称,行踪飘忽,却为
"学仙"而移居到更偏僻的华山毛女峰。这里也是把"仙"与"隐"沟
通了。

中唐时的权德舆作为一代文宗,其兼融"三教"的典型姿态代
表了一时士大夫的思想潮流。前曾引述他的《卧病喜惠上人李炼
师茅处士见访因以赠》一诗,颇能表现他接近僧、道的动机和体验:

> 沉疴结繁虑,卧见书窗曙。方外三贤人,惠然来相亲。整

---

① 〔清〕彭定求等编《全唐诗》卷二八二,3206 页。
② 同上卷五七二,6630 页。
③ 〔元〕方回《瀛奎律髓》卷四八《仙逸类》。
④ 〔清〕彭定求等编《全唐诗》卷五五四,6409 页。

巾起曳策,喜非车马客。支郎有佳文,新句凌紫云。霓裳何飘
飘,浩志凌紫氛。复有沉冥士,远系三茅君。各言麋鹿性,不
与簪组群。清言出《象》《系》,旷迹逃玄缥。心源暂澄寂,世故
方纠纷。终当逐师辈,岩桂香氲芬。①

这里写的三位"贤人"分别为僧、道和隐士。对于他们,作者是不加
轩轾地同等看待的。而作者有取于这些"方外"之士的,主要是这
些人的"清言""旷迹"。他称赞这些人在面对世故"纠纷"时"心源"
"澄寂",对这些人具"麋鹿性"而不为"簪组"所累表示神往和追随
之意。在这里宗教追求的内容是淡漠的,赞赏和向往的主要也是
那种生活方式和人生理想。这常常也是唐代文人描写仙隐一类道
士的主旨。

除了上述三种道士之外,唐时更有众多活动在社会和文坛上
的文人型的道士。士大夫交往的道士也更多是这一类人。这些道
士有许多本来就出身于士大夫阶层,并有一定的文化素养,因而带
有更浓厚的"世俗"性格。他们实际是披着道服的文人。这也造成
了他们在社会上广泛活动的有利条件。他们既入道门,也就有了
一定的宗教修养和修道体验,从而也会表现出独特的面貌和行为
方式。这一活跃在社会上的特殊人群吸引和浸染着文人们,使他
们写出不少表现这些人的作品。

王勃有《秋日仙游观赠道士》诗:

石图分帝宇,银牒洞灵宫。回丹萦岫室,复翠上岩栊。雾
浓金灶静,云暗玉坛空。野花常捧露,山叶自吟风。林泉明月
在,诗酒故人同。待余逢石髓,从尔命飞鸿。②

这是一首表现与道士交往的诗,首先以主要篇幅点染道观景致:山

_____

①〔唐〕权德舆《权载之文集》卷一。
②〔清〕彭定求等编《全唐诗》卷五六,680 页。

色斑驳,云雾笼罩,花树繁茂,清风徐来,实际是从侧面烘托活动于
其中的人。欣赏着这脱离尘嚣的美好光景,更有以"诗酒"结好的
"故人",激发起诗人从之学道的意念。这首诗的表现稍嫌繁密,堆
砌了一些道书典故,但这样确也有助于表达出道馆的特殊气氛。
这种表达方式颇能代表初唐时期涉道诗文的一般特征。

　　骆宾王的《于紫云观赠道士》诗写得较为清爽,对偶亦相当工
整,有《序》云:"余乡国一辞,江山万里。昔年离别,还同塞北之凫;
今日归来,即似辽东之鹤。先生情均得兔,忘筌之契已深;路是亡
羊,分歧之恨逾切。不题短什,何泄衷襟?"这应是他在武后朝被贬
临海丞后弃官还乡时的作品。这位道士是他早年在故乡所交好
的,但两人出处路歧。诗曰:

　　　　碧落澄秋景,玄门启曙关。人疑列御至,客似令威还。羽
　　盖徒欣仰,云车未可攀。只应倾玉醴,时许寄颓颜。①

诗中把自己比喻为乘鹤归来的仙人丁令威,是取有关传说中"物是
人非"之意,同时也表达自己对神仙之道的向往。但觉悟到并不能
追随友人入道,结果徒存"欣仰"之意,只好暂求一醉。如此题诗抒
写衷怀,流露出人世的悲慨。

　　李颀有《送暨道士还玉清观》诗:

　　　　仙官有名籍,度世吴江濆。大道本无我,青春长与君。中
　　州俄已到,至理得而闻。明主降黄屋,时人看白云。空山何窈
　　窕,三秀日氛氲。遂此留书客,超遥烟驾分。②

这位道士本居于江东,来到长安,受到朝廷礼重,又回归山居。作
者与他相交,曾从他那里亲闻"至理"。诗里的"大道"一联,不只出
语浑然,更把抽象的义理和具体人事描写结合起来,以"理语"形容

_____

① 〔清〕彭定求等编《全唐诗》卷七八,840 页。
② 同上卷一三四,1364 页。

出道士永驻青春的风貌。接着说道士回归之后,将隐遁于空山,人们只能看白云而怅望,留下了诗人的无限神往。

王昌龄曾经隐居,常建《宿王昌龄隐居》诗有"松际露微月,清光犹为君"的名句。他曾从前面提到的焦炼师处求"长年药",对道教表现出相当的热情。他的《武陵开元观黄炼师院三首》诗的第三首说:

> 山观空虚清静门,从官役吏扰尘喧。暂因问俗到真境,便欲投诚依道源。[1]

这里的"黄炼师"即是后来住茅山的黄洞元。诗中把道观的清虚生活和吏役的烦扰作对比,表示投诚皈依的志愿。又《题朱炼师山房》:

> 扣齿焚香出世尘,斋坛鸣磬步虚人。百花仙酝能留客,一饭胡麻度几春。[2]

王昌龄善七言绝句,写得言简意长,风神隽永。上面两首诗也体现了这样的特征。两篇作品都做"出尘"之想,所取角度不同,同样用简短的篇幅刻画出韵味深长的情境。

如上所说王维写过一些神仙题材的诗,主要是在早年。他中年后更加倾心佛说,但和道士的交往却一直延续不断。这一方面是由于他在志趣上与这些人仍有相通之处,也是因为当时僧、道往往合流,二者在行为和观念上都有众多共通之点。王维有《送方尊师归嵩山》诗:

> 仙官欲往九龙潭,旌节朱幡倚石龛。山压天中半天上,洞穿江底出江南。瀑布杉松常带雨,夕阳彩翠忽成岚。借问迎

---

① 〔清〕彭定求等编《全唐诗》卷一四三,1451 页。
② 同上卷一四三,1451 页。

来双白鹤,已曾衡岳送苏耽。①

这首诗描摹嵩山景象极其壮丽,并用景物烘托出人的精神,写出"仙官"的高情逸致,神往之情溢于言表。特别是"山压"一联,以奇境显奇情。洞天相通本是道教关于神仙洞府的设想,"洞穿"与"天压"作对,描绘嵩山的壮观和神奇,用事了不见痕迹。苏耽传为汉末仙人,活动在郴州。

刘长卿有《送陆羽之茅山寄李延陵》诗:

> 延陵衰草遍,有路问茅山。鸡犬驱将去,烟霞拟不还。新家彭泽县,旧国穆陵关。处处逃名姓,无名亦是闲。②

刘长卿有"五言长城"之誉。这首诗并不算他的代表作,但也写得简净明快。陆羽是中唐时著名的处士,在文坛上广有交往,一时间享誉士林。他的《茶经》留传后世,影响深远。作为处士型的文人,他正代表了当时文坛学道的风气。这首诗借送陆羽去道教圣地茅山,赞颂他隐逸求道的风格。结尾一联本是"理语",却包含着对世情的深刻体验。

前面已提到过,"大历十才子"多和僧、道往还,对佛、道的兴趣乃是他们精神生活的重要一面。宗教的超脱、寂静、空灵的境界正可以抚慰他们内心的苦闷和矛盾。钱起多有和道士交往的诗。他的《寻华山云台观道士》诗说:

> 秋日西山明,胜趣引孤策。桃源数曲尽,洞口两岸坼。还从圆象来,忽得仙灵宅。霓裳谁之子,霞酌能止客。残阳在翠微,携手更登历。林行拂烟雨,溪望乱金碧。飞鸟下天窗,袅松际云壁。稍寻玄踪远,宛入寥天寂。愿言葛仙翁,终年炼

---

①〔唐〕王维著,〔清〕赵殿成笺注《王右丞集笺注》卷一〇。
②《刘长卿集》卷三。

玉液。①

华山云台观是著名的道观。诗中所写是一次到那里寻访道士的经历。诗人带着浓厚的情趣游山，把那里看作避乱的桃花源。山间有道士以酒待客，所见景致极其壮丽、开阔。这里描写的是逃避人世矛盾的胜境，所以诗人表示要追随道士出家养炼了。

戴叔伦的《赠月溪羽士》诗描写的是月下风光：

> 月明溪水上，谁识步虚声。夜静金波冷，风微玉练平。自知尘梦远，一洗道心清。更弄瑶笙罢，秋空鹤又鸣。②

诗中写明月、溪流，在寂静中陆续传出步虚声韵、笙声、鹤鸣，这完全从虚处斡旋，衬托出洗净尘滓的心灵的宁静与超脱。

卢纶有《酬畅当寻嵩山麻道士见寄》诗：

> 闻逐樵夫闲看棋，忽逢人世是秦时。开云种玉嫌山浅，渡海传书怪鹤迟。阴洞石床微有字，古坛松树半无枝。烦君远示青囊箓，愿得相从一问师。③

这里使用传统的山洞遇仙的构思，更直接地抒发乱世的感慨和出世的愿望。"开云"一联设想奇僻，与下面"阴洞"一联的实景相映衬。这种虚实结合的写法也是涉道作品常用的表达方式，把玄想的意境表现得生动、真切。

韩翃的《赠别华阴道士》是歌行体：

> 紫府先生旧同学，腰垂彤管贮灵药。耻论方士小还丹，好饮仙人太玄酪。芙蓉山顶玉池西，一室平临万仞溪。昼洒瑶台五云湿，夜行金烛七星齐。回身暂下青冥里，方外相寻有知

---

① 〔清〕彭定求等编《全唐诗》卷二三六，2619 页。
② 同上卷二七三，3077 页。
③ 同上卷二七六，3138 页。

己。卖鲊市中何许人,钓鱼坐上谁家子? 青青百草云台春,烟
驾霓衣白角巾。露叶独归仙掌去,回风片雨谢时人。①

这写的也是一位华山道士。诗人在这里同样并不黏滞于人物自身
来运用笔墨,而是虚实兼用,以玄想、夸饰的手法来突显人物的超
越和神奇。结尾处写道士回山,呼风唤雨,更加突出了他的神秘权
奇的印象。歌行体磊落不平的韵律,有助于表达人物跌宕不凡的
风格。

司空曙的《遇谷口道士》诗说:

　　一见林中客,闲知州县劳。白云秋色远,苍岭夕阳高。自
说名因石,谁逢手种桃。丹经倘相授,何用恋青袍。②

由于与一位道士的偶然遇合,触发了对于仕途的厌倦感,也抒写出
众多士人倾心佛、道的典型感受。

皇甫冉有《卖药人处得南阳朱山人书》诗:

　　卖药何为者,逃名市井居。唯通远山信,因致逸人书。已
报还丹效,全将世事疏。秋风景溪里,萧散寄樵渔。③

这里的“朱山人”指隐居在剡溪、镜湖间的隐士朱放。他风流儒雅,
在江浙间名重士林,和皇甫兄弟(曾、冉)以及著名诗僧皎然、灵澈
交往。这首诗用卖药人来烘托朱山人,这是用了递进的写法。写
人物又全从侧面着笔,通过对方一封来信传写其超逸风格。“已报
还丹效”,说的是养炼功夫,但着重点在“全将世事疏”,暗示对世情
的态度。

孟郊有《送萧炼师入四明山》诗:

①〔清〕彭定求等编《全唐诗》卷二四三,2735 页。
②同上卷二九三,3334 页。
③同上卷二五〇,2826—2827 页。吴汝煜、胡可先“疑(南阳)为‘丹阳’之讹”,
见《唐才子传校笺》第 2 册,345 页。

　　　　闲于独鹤心，大于高松年。迥出万物表，高栖四明巅。千
　　寻直裂峰，百尺倒泄泉。绛雪为我饭，白云为我田。静言不语
　　俗，灵纵时步天。①

这首诗发端十分突兀，用比喻来突显出炼师的不凡品格。"鹤"与
"松"本是描写道士常用的景物，和后面千寻高峰、百尺流泉的风
光，都是用来烘托人物精神的。结尾则戛然而止。这篇作品的写
法与意境和孟郊多数作品的寒窘凿削风格不同。

　　张籍写有讽刺道教神仙之说的作品，但他也与道士们多有交
往，并写有颂扬道士的诗，如《罗道士》：

　　　　城里无人得实年，衣襟常带臭黄烟。楼中赊酒唯留药，洞
　　里争棋不赌钱。闻客语声知贵贱，持花歌咏似狂颠。寻常行
　　处皆逢见，世上多疑是谪仙。②

这里所描写的道士佯狂傲世，留恋歌酒，放荡人间，又有神秘的法
术，被疑为"谪仙"。这也是当时"寻常"可"见"的道士形象。

　　唐人写道士有一些经常使用的特殊构思方式，其中被诗人们
普遍使用的是寻人不遇。这种构思方式提供了充分发挥想象的余
地，也更能突出所写人物远离尘俗的性格，使形象显得超逸与
神秘。

　　首先可举出李白的名作《访戴天山道士不遇》诗：

　　　　犬吠水声中，桃花带雨浓。树深时见鹿，溪午不闻钟。野
　　竹分青霭，飞泉挂碧峰。无人知所去，愁倚两三松。③

这篇作品同样完全不用道教事典，只是运用清新、简洁的笔触点染
景物，有声有色地描摹出山中静谧、秀丽的风光，根本不见人物的

---

①〔唐〕孟郊《孟东野集》卷七。
②〔清〕彭定求等编《全唐诗》卷三八五，4343—4344 页。
③〔唐〕李白著，〔清〕王琦注《李太白全集》卷二三。

踪迹。欲访道士而"不遇",留给诗人无限怅惘,也给读者留下了无穷遐想。唐汝询分析这首诗,说"古人于言外求佳,今人于句中求隙"。他认为按一般的看法,这首诗里的"水声、飞泉、树、松、桃、竹,语皆犯重"①,实际上正是这层叠的物象组合起来,构成了完整、清晰的意境。

刘长卿有《寻洪尊师不遇》诗:

> 古木无人地,来寻羽客家。道书堆玉案,仙帔叠青霞。鹤老难知岁,梅寒未作花。山中不相见,何处化丹砂。②

这首诗也是从道士所处环境着笔,但和前一首李白诗不同,写的是居处景物,用来烘托人物品格。最后设想道士在隐秘处炼丹,运笔比较质实。

韩翃的《寻胡道士不遇》诗构想比较新奇:

> 到来心自足,不见亦相亲。说法思居士,忘机忆丈人。微风吹药案,晴日照茶巾。幽兴殊未尽,东城飞暮尘。③

开头一联说来到这里已心满意足,虽未见面但相亲如旧,表达对道士的赞佩与二人间感情的契合无间。第二联把道士比作维摩居士和荷篠丈人,正显示了当时流行的"三教调和"观念。最后一联以未尽的幽兴与城中的暮尘相对比,引起人对尘世繁华的反省。

白居易《寻郭道士不遇》诗写的郭道士即虚舟,诗作于贬江州司马时。这正是诗人热衷丹药的时候。元稹有和诗,从中可以知道这个人曾出家为僧。白诗曰:

> 郡中乞假来相访,洞里朝元去不逢。看院只留双白鹤,入门唯见一青松。药炉有火丹应伏,云碓无人水自舂。欲问《参

---

①〔明〕唐汝询《唐诗解》卷三三。
②《刘随州集》卷一。
③同上卷二四四,2738 页。

同契》中事,更期何日得从容?①

这里写的是任江州司马时乞假往访的一次经历。写到"欲问《参同契》"这部当时权威的炼丹文献,表明诗人来郭道士处是为了学习炼丹的;但寻访不遇,只见白鹤、青松、伏火的药炉、汲水的桔槔,这些都衬托出道士飘然不群的个性,同时也隐然道出了丹药幻想的破灭。

同样,刘禹锡有《寻汪道士不遇》诗:

> 仙子东南秀,泠然善驭风。笙歌五云里,天地一壶中。受箓金华洞,焚香玉带宫。我来君闭户,应是向崆峒。②

这里"笙歌"一联构思极其新颖巧妙,化用了古代神仙传说中"壶公"的典故,和前面的"驭风"正相照应,写出人物变化莫测,不受羁束。结尾处则同样表现了可望而不可即的遗憾。

贾岛有(一作孙革)《访羊尊师》诗:

> 松下问童子,言师采药去。只在此山中,云深不知处。③

这是一篇五绝名作,短小的篇幅,只是简练地写与童子的一句对答,情境宛然,意在言表,使读者对所寻人物的风神无限神往。

韩愈本是激烈地反对佛、道的,但如许多人所指出的,他也喜和僧、道往还。这有社会环境的关系,但还有另一个因素,就是他反对佛、道迷信,却又在一定程度上赞赏僧、道的人生态度。他有《同窦(牟)韦(执中)寻刘尊师不遇》诗:

> 秦客何年驻,仙源此地深。还随蹑凫骑,来访驭风襟。院闭青霞入,松高老鹤寻。犹疑隐形坐,敢起窃桃心。④

---

① 〔唐〕白居易著,朱金城笺注《白居易集笺校》卷一七,第2册,1070—1071页。
② 《刘宾客外集》卷八。
③ 〔清〕彭定求等编《全唐诗》卷四七三,5372页。
④ 〔唐〕韩愈《韩昌黎全集·遗诗》。

这是元和五年(810)在洛阳任都官员外郎时和窦牟等五人访问道士的唱和之作。韩集未收,后人据《五窦联珠集》补入《遗集》。这类诗本是应酬之作,众人唱和必然要争奇斗胜。所以这篇作品用典十分贴切,描述情境亦相当鲜明,结句构想新异,颇见匠心。窦牟的原作是《陪韩院长韦河南同寻刘师不遇》,全篇比较空疏,只是第三联"药畹琼枝秀,斋轩粉壁空"①,雕饰秀丽,令人称赏;河南令韦执中的和诗结联是"不知柯烂者,何处看围棋"②,用南朝任昉《述异记》王质伐木"烂柯"典,设想亦奇。尽管这些作品的作者对道教的态度不同,但同样赞赏道士的清幽生活和超逸人格。

杜荀鹤有《访道者不遇》诗:

> 寂寂白云门,寻真不遇真。只应松上鹤,便是洞中人。药圃花香异,沙泉鹿迹新。题诗留姓字,他日此相亲。③

纪昀批此诗"三、四有思致,妙于不纤"④。这一联的构想确实新颖不凡。五、六是实写,但同样发人联想。

描写道士的另一种构思方式是注重称颂他们的技艺。唐时僧、道中有许多琴、棋、书、画等技艺超群的人。这些人与士大夫结交,除了情趣相投,还可以切磋技艺。作为"方外"之人,他们的超群技艺既展露出才华,又体现出某种精神追求。诗人们表扬这一方面,往往流露深意。如孟浩然《赠道士参寥》诗:

> 蜀琴久不弄,玉匣细尘生。丝脆弦将断,金徽色尚荣。知音徒自惜,聋俗本相轻。不遇钟期听,谁知鸾凤声。⑤

这位参寥善琴。孟浩然用伯牙不遇钟子期的典故,表现这位道士

---

① 〔清〕彭定求等编《全唐诗》卷二七一,3035 页。
② 同上卷三一三,3527 页。
③ 同上卷六九一,7925 页。
④ 〔元〕方回《瀛奎律髓》卷四八《仙逸类》。
⑤ 徐鹏校注《孟浩然集校注》,180—181 页。

在举世盲聋的人世间不得知音,影射现世,抒发感慨。在孟浩然所写的这类道士身上,可以明显看到诗人自己的影子。顺便提一句,在众多技艺里道士多善鼓琴,琴音的清明嘹亮正象征着得道的超然境界。所以诗人们写道士,写到琴艺的很多。

常建的《听琴秋夜赠寇尊师》就是表现琴艺的:

> 琴当秋夜听,况是洞中人。一指指应法,一声声爽神。寒虫临砌急,清吹袭灯频。何必钟期耳,高闲自可亲。①

第二联描写道士琴技高超,琴音清爽,形象传神。结联则是翻用伯牙典故,表现演奏的高逸闲适,容于众听。

卢纶有《河口逢江州朱道士因听琴》诗:

> 庐山道士夜携琴,映月相逢辨语音。引坐霜中弹一弄,满船商客有归心。②

这首诗同样善于述情,用听者的反应来表现琴音中的思绪,从而写出道士技艺的高超。

刘禹锡的《闻道士弹〈思归引〉》诗:

> 仙公一奏《思归引》,逐客初闻自泫然。莫怪殷勤悲此曲,越声长苦已三年。③

这首诗也是表扬琴艺的,也同样从侧面写听众的印象。琴音里表达的深长余韵,引发出诗人的同气相求之感。唐时的"艺僧""艺道"乃是置身"方外"的艺术家,他们中的许多人实际是以其技艺娱人的。这也是当时宗教世俗化造成的现象。

以上列举出活跃在唐代社会上的几种类型的道士,并引录一些唐人描写这些道士及其生活的作品。涉及这一题材作品的数量

①〔清〕彭定求等编《全唐诗》卷一四四,1462 页。
②同上卷二七六,3130 页。
③《刘宾客外集》卷八。

是相当巨大的。这一事实本身也表明了唐代文人与道士交往的密切和道教在当时文人生活中的地位。如前所述,有些作者是并不信仰甚至是反对道教的,但他们同样热衷于和道士交游,并以赞赏或同情的态度描写他们的作品。在阅读这些作品时自然会直观地了解到,当时人对道教的态度不同,写作这些作品的出发点也不同,作品中表达的信仰程度当然也不相同,但道教题材本身已包含有一定的思想倾向和文化内涵,并启发和诱导着作者的艺术趣味和表现方式。所以,尽管当时多数人求道的虔诚程度是大可怀疑的,但他们从不同的角度、着眼于不同的侧面来写道士,确实描绘出活跃在社会上的一种新的人物类型。这些人具有不同流俗的思想观念和生活方式,人们从他们身上发现不同于传统的人生观和价值观,从而启发自己对世俗生活和传统观念进行比较和反省。这样,这类作品也就往往流露出对人生和社会的新鲜看法,有些甚至能体现出某种批判意识。这些作品的艺术水平不一,表现技法也各种各样。但由于写的是一样的题材,在艺术上也就有共同的特征。一方面,描写道士及其生活必然多使用道教的事典,运用仙语、仙事,从而丰富了文学表现手段;另一方面,这类作品一般都写得比较空灵、简净,多用想象、联想、象征笔法,营造特殊的神秘、静谧的情境。此外,魏晋南北朝时期的文人也写有一些描写道士的诗文,但他们写的主要是出世的、不同于凡俗的特选人物,并多用特别的宗教语汇和表达方式。而到了唐代,从总体上看,人们所表现的道士已经是"人",只不过是不同流俗的人,作者和他们结成人间的情谊,往往有着同声相应、同气相求的关系。因而他们的超凡、脱俗、飘逸不群、不受羁束的风神品格,才更引起在现世的羁束和压抑下生存的人们的羡慕和神往。所以唐人表现道士这种"方外"人士的作品,往往具有现实与幻想、真实与虚玄相结合的特色。尽管唐人写道士的诗由于各种原因(特别是受到内容的局限)多数并不是当时最好的作品,但以上这些表现上的特点确也丰富了唐代诗歌艺术,为繁荣唐代诗坛做出了贡献。

十六 新型的"洞天福地"——道院

　　唐代文人另一类涉道作品是描写宫观的。散文中有许多宫观题记之类作品,诗歌中则更多有以游历宫观为题材的。本节讨论诗歌作品。

　　六朝时期的"道馆"主要建设在远离繁闹地带的"洞天福地"。这和道教的宇宙观有关系。道教把整个宇宙分为天界、人间、冥界三个部分。如上所说,在秦、汉及其以前人们概念中的神仙是自由地遨游在上天或居住、活动在海外仙岛、西极昆仑等凡人所不及的地方。把神仙拉回到人世中来,把地上的名山看成是神仙所在的"洞天福地",这是和"地仙""尸解仙"等观念同时形成的想法,也是适应魏晋以来新神仙思想和神仙术发展需要的产物。《抱朴子·金丹》篇里即已说,根据《仙经》,有华山、泰山、霍山、恒山、嵩山、少室山等遍布各地的名山可以精思合作仙药,因为"正神"在其山里,或有地仙居住其中。在《真诰》里,明确记载了"三十六洞天"之说,并列举出三十六洞天的名称。这些洞天也都在名山上,具体是指神仙所在的"洞府"。在当时,"洞天"和"福地"还是统一概念。但到六朝后期,经过"清整"的道教更紧密地向统治者靠拢,南北朝廷也更尊崇道教,随着道教在政治中心之地得到发展,在通都大邑特别是各王朝都城建设起许多道观。这些道观在规模、建制、功能上均受到佛教寺院的影响,成为道教活动的新的中心。而到唐代,随着道教的发展臻于极盛,广大城乡有更多的道观创建起来。特别是在两京,各有数十所道观,大都是敕建的。其中一部分规模巨大,住观道士众多,详细情况下面将有专章讨论。

　　唐初司马承祯撰《天地宫府图》(《云笈七签》卷二七),把"洞天"和"福地"区分开来,列出神仙所居的十大洞天、三十六小洞天和七十二福地,全部在海内名山。他这样区别洞天和福地,扩大了它们的数量,并区分出等级,实际仍是传统宫观观念的发挥。当然这也反映了当时道教宫观在山野间更多地建设起来的实际。因为在唐代,如茅山、龙虎山、庐山、峨眉山等传统的道教圣地仍是道教活动的中心。而随着道教的发展,各地名山都有道士们的踪迹。此外值得注意的是,在政治、经济中心之地的城市有更多的道观建设起来,它们所起的作用也更为巨大了。这当然也反映了道教自身发展所引起的性质上和活动方式上的变化。唐时城市里的许多道观不但是道士居住、养炼和宣教的地方,又是游览、居停、交际等公众进行多种活动的场所。某些大型道观实际是重要的文化中心。文人们到这里来,不只结交道士,学道求仙,还进行多种多样的社会文化活动。特别是有些人在这里留宿或较长期地居住习业(这在个别时候是被朝廷明令禁止的),更给了他们了解道教的机会,密切了他们与道教的关系。不论是山野还是都会的道观总是具有特殊气氛的宗教环境,所从事的主要是宗教活动,也就会有特殊的景物,形成特别的风景。即使是对道教并无信仰的文人,在这里也会接触到关系道教的事物或参加一些道教活动,并在有意无意间受到感染、熏陶。这样,唐人所写的以宫观为题材的作品,也就具有特殊的内容,并显示出一定的艺术特色。至于这些作品从一定侧面具体反映出当时道教发展的形态,也是不言而喻的。

　　这类作品有些是寻访洞天福地的,而更多的是描写一般的道观的。这后一类作品更具有代表性。两类作品前面已经涉及一些,下面再举些例子。

　　道观作为宗教养炼的圣地,在文人笔下首先被描写成另外一种远离尘嚣的理想境界,是摆脱世俗束缚、性灵得以舒展的地方。如骆宾王的《游灵公观》:

灵峰标胜境,神府枕通川。玉殿斜连汉,金堂迥驾烟。断风疏晚竹,流水切危弦。别有青门外,空怀玄圃仙。①

"青门"是汉长安的东南门,诗里是指唐长安的东城门;"玄圃"本来指昆仑山,是神仙所居之处。诗人在这里把灵公观说成是"神仙洞府"。他着力描写这里的"胜境":高耸入云的殿堂,风吹竹林,流水淙淙,这远离世情烦扰之处,引发诗人出世的遐想。

同样,陈子昂有《春日登金华观》诗:

白玉仙台古,丹丘别望遥。山川乱云日,楼榭入烟霄。鹤舞千年树,虹飞百尺桥。还逢赤松子,天路坐相邀。②

陈子昂早年曾经学道,后来一直对佛、道抱有热情。诗人称九华观为"仙台",把那里的道士比拟为仙人赤松子。他登上楼观,看到高耸的楼阁、古树、虹桥,和道士相邀对坐,同样不能不产生超然出尘之想。这首诗熟练地运用了神仙典故和语汇,创造出道教宫观的独特意境。

孟浩然有《宿天台桐柏观》诗:

海行信风帆,夕宿逗云岛。缅寻沧洲趣,近爱赤城好。扪萝亦践苔,辍棹恣探讨。息阴憩桐柏,采秀寻芝草。鹤唳清露垂,鸡鸣信潮早。愿言解缨络,从此去烦恼。高步凌四明,玄踪得二(或作"三")老。纷吾远游意,学此长生道。日夕望三山,云海空浩浩。③

天台山桐柏观是道教胜地,相传西周王子晋在此得道,三国时葛玄在这里诛茅建庵,修道炼丹。诗人以宿桐柏观为题,抒发了他畅游天台地区的游兴。起联"信风帆""逗云岛",抒写出自由自在地遨

①〔清〕彭定求等编《全唐诗》卷七八,845页。
②徐鹏校点《陈子昂集》卷二,45页。
③徐鹏校注《孟浩然集校注》卷一,5页。

游山水的闲适心情；然后逐步叙写探幽赤城、暂憩桐柏、攀登四明的游踪。"玄踪"句用的是孙绰《游天台山赋》"追羲农之绝轨，蹑二老之玄踪"典，李善注谓"二老"指老子和老莱子，应指王子晋和葛玄更切合其地。诗人如此用典紧切天台山，表示自己欲追随这两位仙人学长生之道的愿望。最后写在天台峰顶遥望海上三仙山，只见茫茫云海，无边无际，生发出对仙境的幻想。这首诗叙写生动，出语洒落、省净，描摹景物冲淡高逸，述写感情真挚恳切，在同一题材的作品里可称上乘之作。孟浩然的这类作品大体有同样的特点，又如《与王昌龄宴黄道士房》：

> 归来卧青山，常梦游清都。漆园有傲吏，惠好在招呼。书幌神仙箓，画屏山海图。酌霞复对此，宛似入蓬壶。①

《游精思观题观主山房》：

> 误入花源里，初怜竹径深。方知仙子宅，未有世人寻。舞鹤过闲砌，飞猿啸密林。渐通玄妙理，深得坐忘心。②

这两首诗都是抒写游历道观时的超逸心情的，运笔简练，得自然之趣。前一首把王昌龄比拟为庄子，"漆园有傲吏"用郭璞《游仙》诗成句；后一首说"深得坐忘心"，可知他在道观里体验到的主要是道家"游心于淡"的"心斋""坐忘"的境界，大体和神仙飞升的信仰、长生不死的追求无关。对于诗人来说，比起那些虚幻不实的目标，求得现实的精神寄托更为实际。这些诗同样显示了孟浩然诗冲淡高妙、述情质朴的风格，只是境界显得有些狭小。

李白在出京以后的天宝九年（750）曾客居寻阳，他的《寻阳紫极宫感秋作》描写了在紫极宫居住时的情境和感想：

> 何处闻秋声，翛翛北窗竹。回薄万古心，揽之不盈掬。静

①徐鹏校注《孟浩然集校注》卷一，55 页。
②同上卷三，173 页。

坐观众妙,浩然媚幽独。白云南山来,就我檐下宿。懒从唐生
决,羞访季主卜。四十九年非,一往不可复。野情转萧散,世
道有翻覆。陶令归去来,田家酒应熟。①

紫极宫本是朝廷于天宝二年(743)敕建的玄元皇帝庙(有些是由已
有宫观改名)。李白宿于道院,正是秋风萧瑟的时候。他静观宇宙
的变化,对人生有了新的体验:想到战国时的唐生是著名的相士,
曾为蔡泽看过相,楚国的季主也以善卜著名,经历过世事翻覆,诗
人对这些都失去了兴趣;道教胜地的风景助长了他萧散的"野情",
使他感受到人世间的险恶,因此要学陶潜而归隐了。寻阳附近的
柴桑正是当年陶潜弃官隐居的地方。这样的作品也流露出这一时
期李白好道的真实心境。

　　储光羲写了不少描写道观的诗,如《至嵩阳观观即天皇故宅》
《述降圣观》《题应圣观》《昭圣观》《奉真观》《题茅山华阳洞》《玉真
公主山居》《题辛道士房》等。和田园风光一样,这也是诗人另一个
喜爱表现的题材。他在道院里同样发现了另一种清幽宁寂的理想
情境。如《题太玄观》:

　　　　门外车马喧,门里宫殿清。行即翳若木,坐即吹玉笙。所
　　喧既非我,真道其冥冥。②

沈德潜说这首诗"肃肃穆穆,无游仙凡语"③。起首"喧""清"的对比
立即造成两种截然不同的情境。他不用神仙语汇,只是以简括的
笔墨抒写出清静超凡的境界。他又有《游茅山五首》,是表现对于
道门生活的倾慕的,其第二首说:

　　　　世业传儒行,行成非不荣。其如怀独善,况以闻长生。家

①〔唐〕李白著,〔清〕王琦注《李太白全集》卷二四。
②〔清〕彭定求等编《全唐诗》卷一三六,1376 页。
③〔清〕沈德潜《唐诗别裁》卷一。

近华阳洞，早年深此情。巾车云路入，理棹瑶溪行。天地朝光满，江山春色明。王庭有轩冕，此日方知轻。

他说家世习儒，艺业有成，可是一向怀有"独善"之志；而且家住茅山附近（他是润州延陵人），早年已受到道教熏陶，所以游历茅山，眼见美好的溪光山色，发现了一个理想的人生境地，忽然体会到高官厚禄的不足重。第五首：

名岳征仙事，清都访道书。山门入松柏，天路涵空虚。南极见朝采，西潭闻夜渔。远心尚云宿，浪迹出林居。为己存实际，忘形同化初。此行良已矣，不乐复何如。①

这里进一步抒发游山的体验：脱屣形骸，与大道冥化，真正得到"体道"之乐。这也是道院的特殊环境所启发的心境上的变化。从上面的介绍已可以知道，唐代茅山道教发达，许多文人都到过茅山，并写出游历那里的感受。

刘长卿的《过包尊师山院》：

卖药曾相识，吹箫此复闻。杏花谁是主，桂树独留君。漱玉临丹井，围棋访白云。道经今为写，不虑惜鹅群。②

《列仙传》里记载仙人崔子文等入都市卖药，萧史吹箫学凤鸣，是著名的神仙典故，诗人用来称赞包尊师。"杏花""桂树"两个细节用来点染"山院"，用花木繁茂来衬托道院的清幽静谧。"漱玉"写服食；"围棋"用任昉《述异记》典，晋时王质入山伐木，见童子数人围棋而歌，俄顷斧柯烂尽。尾联用《晋书》"王羲之传"，山阴道士养好鹅，王羲之为写《道德经》，换鹅而归，甚以为乐。整篇用典，全从虚处着笔，写环境，写人物生活，写风采情趣，不著一语直接写人，人物面貌让读者揣摩，给读者留下想象空间。繁密地使用仙人、仙

①〔清〕彭定求等编《全唐诗》卷一三六，1378页。
②《刘随州集》卷四。

事、仙物,是道教题材作品的一般写法。刘长卿的这首诗使典用事十分娴熟,了无斧凿痕迹,在同类作品中可称典型。

韦应物有《雨夜宿清都观》诗:

> 灵飙动闾阖,微雨洒瑶林。复此新秋夜,高阁正沉沉。旷岁恨殊迹,兹夕一披襟。洞户含凉气,网轩构层阴。况自展良友,芳樽遂盈斟。适悟委前妄,清言怡道心。岂恋腰间绶,如彼笼中禽。①

这里描写雨夜住在长安著名道观、与道士对谈的情景:微风吹拂,细雨飘洒,更使秋夜中的宫室显得静谧异常。“旷岁恨殊迹”,言外流露出无数痛切的人生体验和感慨。在这样的环境下和“良友”倾樽畅谈,不但体得“道心”的愉悦,也更感受到官况给人的羁束,为自己不能更早地脱离尘网而抱憾了。

韩翃的《同题仙游观》诗说:

> 仙台下见五城楼,风物凄凄宿雨收。山色遥连秦树晚,砧声近报汉宫秋。疏松影落空坛静,细草香间小洞幽。何用别寻方外去,人间亦自有丹丘。②

这首诗格律相当工整,所写景象也比较开阔。仙游观在长安城外。在凄迷的秋景里,身处道观幽静的环境中,再看远处都城的繁华喧闹,自会体验到超逸的情趣。在结句里,诗人说真正的仙境不在方外,就在这人间的道院之中,仍表达对人世的留恋。

白居易亲近佛、道,写有不少描写寺、观的作品。这些作品的内容和他的整个宗教观念相一致。涉及道观的,如《永崇里观居》:

> 季夏中气候,烦暑自此收。萧飒风雨天,蝉声暮啾啾。永崇里巷静,华阳观院幽。轩车不到处,满地槐花秋。年光忽冉

① 〔唐〕韦应物《韦苏州集》卷七。
② 〔清〕彭定求等编《全唐诗》卷二四五,2751—2752 页。

冉，世事本悠悠。何必待衰老，然后悟浮休。真隐岂长远，至
道在冥搜。身虽世界住，心与虚无游。朝饥有蔬食，夜寒有布
裘。幸免冻与馁，此外复何求。寡欲虽少病，乐天心不忧。何
以明吾志，《周易》在床头。①

他在贞元末、元和初曾在华阳观居住习业。他自述说曾和元稹一
起"将应制举，退居于上都华阳观，闭户累月，揣摩当代之事，构成
策目七十五门"②，这就是文集里的《策林》。这首诗写的是他在这
所道观居住时的感受：面对观中景致，他更意识到年光易逝，世事
变幻，从而也更深地体会到知足保和、乐天安命的"老学"精义。当
时诗人还很年轻，正是怀抱"兼济"之志、积极求进的时期。可是从
这篇作品看，他内心里已滋生出所谓"中隐"观念。这表明道家和
道教的某些观念早在他年轻时已扎根于意识之中了。

孟郊有《游华山云台观》诗：

华岳独灵异，草木恒新鲜。山尽五色石，水无一色泉。仙
酒不醉人，仙芝皆延年。夜闻明星馆，时韵女萝弦。敬兹不能
寐，焚柏吟《道篇》。③

华山云台观在唐代是著名道观，一峰孤峙，二水环流，形势十分险
峻。而这首诗不用一语来描绘华山的奇险壮伟。又自唐玄宗开元
中，每年千秋节（玄宗生日）朝廷在这里设金箓斋，是御用宫观④。
孟郊不描写山势奇险，也不形容宫观庄丽，而是逐一点染它的"灵
异"。孟郊诗的创作风格主要是寒俭雕琢，但也有写得相当清新明
快的。这一篇即属于后一类。特别是"山尽五色石，水无一色泉"
一联，描摹山水十分鲜明、生动。诗中同样表现了对于超脱静谧的

---

① 〔唐〕白居易著，朱金城笺注《白居易集笺校》卷五，第 1 册，272—273 页。
② 同上卷六一，第 5 册，3436 页。
③ 〔清〕彭定求等编《全唐诗》卷三七五，4211 页。
④ 参阅〔宋〕陈思《宝刻丛编》卷一〇。

生活的神往,表示要到《道篇》里去寻求精神寄托。

　　唐代有相当一部分宫观和某些寺院一样,也是人们的游憩之地。古代城市一般没有规划公共绿地,也很少公众游乐场所。而寺、观的建筑、造像、壁画等又都是有欣赏价值的艺术品。特别是它们占有大量隙地,某些僧、道又善于艺植花木,到花开季节,吸引众多的游人前来观赏。唐中、晚期的长安,花季到来时到某些寺、观赏花形成一时风习。刘禹锡两次写玄都观赏花诗,影射时政,成为一代政治史上的公案,正和这种风气有关。前面提到《剧谈录》里记载的玉蕊院仙人降故事,也生动地反映了人们群聚赏花的情景。至于到寺、观游赏饮宴,也是士大夫交际和排遣余兴的平常方式。如姚合的《游昊天玄都观》诗:

　　　　性同相见易,紫府共闲行。阴径红桃落,秋坛白石生。藓文连竹色,鹤语应松声。风定药香细,树声泉气清。垂檐灵草影,绕壁古山名。围外坊无禁,归时踏月明。①

昊天观是长安最大的道观。在这篇作品里,道院被当作闲游之地,作者完全是以玩赏的心情到这里来游览的。诗中写出了赏心悦目的风光,表达了萧散闲适的心境。唐时制度,长安城到黄昏击鼓禁夜,但昊天观在城南居民稀少地区,所以"围外坊无禁"。这结尾一联写出了游览余兴,情境分明,韵味深长。

　　张祜"乐高尚,称处士","性爱山水,多游名寺⋯⋯往往题咏唱绝"②。他同样也写过游历道观的作品:

　　　　四回山一面,台殿已嵯峨。中路见山远,上方行石多。天晴花气漫,地暖鸟音和。徒漱葛仙井,此生其奈何!③

---

① 〔清〕彭定求等编《全唐诗》卷五〇〇,5686 页。
② 傅璇琮主编《唐才子传校笺》第 3 册,166—174 页。
③ 〔唐〕张祜《题余杭县龙泉观》,〔清〕彭定求等编《全唐诗》卷五一〇,5819 页。

从这种作品看,他写道观无论是内容还是手法,都和写佛寺没有什么大的不同。这也是因为在"三教合一"观念影响下,当时一般士大夫同等地对待佛、道,并大体同样把寺、观看成安慰身心的场所。在这首诗里,道观也被张祜表现为胜游之地,抒发了他身陷尘嚣、不得解脱的感慨。

朱庆余有《登玄都阁》诗:

> 野色晴宜上阁看,树阴遥映御沟寒。豪家旧宅无人住,空见朱门锁牡丹。①

玄都观本是长安著名的大型道观,诗人登上观中的楼阁,下望尘寰,无数豪门住宅已经荒废,从而发出了富贵难恃、人生无常的慨叹。这和白居易《秦中吟》里的《伤宅》一篇立意相同,讽刺意味十分明显,而表现手法却更为省净。这则是借用游道观的题目别作发挥了。

赵嘏的《早出洞仙观》诗:

> 露浓如水洒苍苔,洞口烟萝密不开。残月色低当户后,晓钟声回隔山来。春生药圃芝尤短,夜醮斋坛鹤未回。愁是独寻归路去,人间步步是尘埃。②

这里也是抒发道观居停后的感慨的,同样表达了讽世的意味:诗人描写道观清幽静谧景象,以十分冷峻的感慨作结:世路步步是尘埃,但又只得归去,不能逃避。前面道观幽静、安闲的宜人景象,正是为这一结所做的衬托。

许浑的《题勤尊师历阳山居》序曰:"师即思齐之孙,顷为故相国萧公录用。相国致政,尊师亦自边将入道,因赠是诗。"根据许浑行年(791? —?),这里的萧相国应是萧俛,他于文宗即位(827)时

---

① 〔清〕彭定求等编《全唐诗》卷五一五,5892—5893 页。
② 同上卷五四九,6357 页。

致仕。这正是朝政日趋衰败、国是日非的时期,则勤尊师自武将入道,自然有其苦衷。诗曰:

> 二十知兵在羽林,中年潜识子房心。苍鹰出塞胡尘灭,白鹤还乡楚水深。春坼酒瓶浮药气,晚携棋局带松荫。鸡笼山上云多处,自斫黄精不可寻。①

前两联写尊师的韬略武功,接下来两联描写他超脱人世烦扰的隐居情景,棋酒萧散,深山采药,正和前面所写的当年出塞杀敌情形形成对比。志士的斗志被消磨,作者的慨叹和同情流露在不言之中。又《洞灵观冬青》:

> 霜霰不凋色,两株交石坛。未秋红实浅,经夏绿阴寒。露重蝉鸣急,风多鸟宿难。何如西禁柳,晴舞玉阑干。②

这是咏道观所植冬青树的,写它的坚韧,拿禁苑里柳树的柔弱与之作比,也是意在言外、讽刺世情的。

方干有《叙龙瑞观胜异寄于尊师》诗:

> 混元融结致功难,山下平湖湖上山。万顷涵虚寒潋滟,千寻耸翠秀孱颜。芰荷香入琴棋处,雷雨声离栋牗间。但有五云依鹤岭,曾无陆路向人寰。夜溪漱玉常堪听,仙树垂珠可要攀。若弃荣名便居此,自然浮浊不相关。③

这首诗一起极其突兀,说当初天地开辟这里山湖的融结之难,正表现出景致的奇险。接着极力描摹湖光山色的"胜异",讴歌远离人世的风光之优美,赞颂了隔绝"人寰"的超然境地。结尾处更直接发出慨叹,表示对于世间"荣名"的鄙弃,抒发超脱人间"浮浊"的志愿。

---

① 〔清〕彭定求等编《全唐诗》卷五三三,6089 页。
② 同上卷五二八,6039 页。
③ 同上卷六五三,7498 页。

晚唐周朴的《桐柏观》诗：

> 东南一境清心目，有此千峰插翠微。人在下方冲月上，鹤
> 从高处破烟飞。岩深水落寒侵骨，门静花开色照衣。欲识蓬
> 莱今便是，更于何处学忘机。①

这里描写的景象相当奇丽、鲜明，在晚唐诗中不多见。次联写人冲
月登山，鹤破云高飞，衬托出山峰挺拔高峻的风姿。而末联把道观
比拟作蓬莱仙境，颂扬之余，也反映了诗人对于神仙养炼的看法：
仙境不须到世外求取，关键在丢掉庄子所谓"机心"。这已是内丹
思想的反映。

　　前面已经提到的李翔《涉道诗》的主要部分（二十八首中的十
六首）是游览道教胜迹的。所表现多为在今江西、江苏、浙江地区
的茅山、龙虎山、天台山的道观，有些则已不能确定具体地点，反映
的还是传统的洞天观念。诗人的创意在善于取材道观的具体景
物，联系相关神仙传说，再加生发，创造出生动的场景，写得很有特
色。如《舞凤石》：

> 远见麻姑戏瑞禽，每来教舞此坛心。基离地面三千丈，势
> 倚云根一万寻。烟海日摇双翅影，洞天风散九韶音。自从越
> 叟分明说，便想罗浮直至今。②

麻姑舞凤传说不见于葛洪《神仙传》中的《麻姑传》，也未见其他文
献记载，应别有传承，或是当地传说。诗人是根据"越叟"所说，发
挥大胆的想象，以夸饰的笔法，描写出巨石的奇伟壮观，再想象麻
姑教舞既美丽又神秘的景象，生发出对神仙世界的向往。又如《百
步桥》：

> 亘险凌虚百步桥，古应从此上干霄。不辞宛转峰千仞，且

---

① 〔清〕彭定求等编《全唐诗》卷六七三，7703 页。
② 陈尚君辑校《全唐诗补编》上册，60 页。

> 喜分明路一条。银汉攀缘知必到，月宫斟酌去非遥。牵牛漫
> 更劳乌鹊，岁岁填河绿顶焦。①

这座"百步桥"在哪里已难于确考，被描写为升天的津梁。诗人鲜
明、生动地刻画出高山峡谷中凌空长桥的奇险景观，最后用牵牛织
女传说中的鹊桥来加以衬托。这首诗，同样也表现出善于创造情
境的特点。

　　唐代许多文人以宫观为题材来写诗，是因为随着道教在知识
阶层的发展、普及，这已是他们生活内容的一部分。如上举各例所
表明的，这些诗有的别有寓意，典型的如刘禹锡的玄都观诗，但只
是少数。许多人则是以赏玩风光的态度来游历道观的。本来处身
官僚士大夫阶层中的人，奔波仕途，庸庸碌碌，悽悽惶惶，为名缰利
索所束缚，精神上受到压抑。一方面，道观和佛寺一样，有优美的
风光可供玩赏；另一方面，其特殊的宗教环境和景象更为他们展示
出另一种人生方式和道德理想。这样，他们写作道观题材的作品，
描绘其风景的幽美胜异，刻画出另一种不同尘俗的生活情境，来抒
写出自己的感受。有些作品直接表达他们对道教信仰的理解和仰
慕；另有许多作品则把道观描绘成解脱人生羁束、安顿身心的场
所；更有些作品用理想化的道观景象，来衬托出尘世烦嚣之可鄙和
荣华利禄的不足恃，从而体现出一定的批判意义。这样，许多描写
道观的作品往往流露出和当时占统治地位的思想观念不同的人生
观与价值观，体现出自外于士大夫经世理想和仕宦追求的另一种
生活出路和人生方式。至于具体作者、作品所表现情境的内涵如
何，思想价值怎样，情况各异。有些作品表现出较严重的消极、颓
废倾向，也是相当明显、不容讳言的。至于艺术表现方面，这类作
品在写景述情上又形成一定的特色，大体都体现出或高逸空灵、或
神秘奇异的风格，成为百花齐放的唐代诗坛的创获。当然，许多作

---

① 陈尚君辑校《全唐诗补编》上册，54 页。

品也有一般涉道之作共通的表现上的程式化倾向，或由于多运用
道教语汇和事典而意境显得偏枯，感情抒写则多比较浅露。但总
体说来，这些道观题材的作品应看作是唐人接受道教影响、在创作
中有所开拓的成绩，是道教作用于当时人精神生活的艺术成果。
它们作为真切反映当时人精神状态一个侧面的产物，在思想上和
艺术上都具有一定的特色和价值。

十七　女仙和女道士

　　唐代道教发展的一个重要特点是女仙崇拜的兴盛。就道教自
身的发展说，这和当时茅山派道教的发达与受到重视有关系。据
《真诰》，当年在茅山向杨羲传授《上清经》的主要角色就有一位女
仙——南岳夫人魏华存；而中唐李渤作《真系》，这是一部反映当时
人对经箓传授渊源看法的著作，第一代祖师就是杨羲。这样，魏华
存在唐代就特别受到推崇。此外，对麻姑、华姑等女仙的崇拜也都
盛行一时[1]。加之又有朝廷大力推崇道教的总的社会背景，更有相
当一批出身统治阶层的女性包括公主、贵妇、宫人等"入道"，女子
出家入道从而形成潮流。结果出现了大批女道士，并建立起一批
专门的女冠观。女冠的活跃从而成为唐代道教的一大特征。

　　关于唐代道教，龚自珍曾评论说：

　　　　余平生不喜道书……独于六朝诸道家，若郭景纯、葛稚

---

[1]参阅〔法〕Catherine Depeux（戴思博）：*Immortelles de la Chine ancienne：Taoi'sme
et alchimie féminine．Collection Destins de femmes*．Puiseaux：Pardès．〔日〕門田
真知子日译本《中国女性道教史女のタオイスム》第一部《内丹出现以前にお
ける女性》。

川、陶隐居一流，及北朝之郑道昭，则又心喜之，以其飘飘放旷
之乐，远师庄周、列御寇，近亦不失王辅嗣一辈遗意也，岂得与
五斗米弟子并论而并轻之耶？至唐而又一变：唐之道家，最近
刘向所录房中家。唐世武曌、杨玉环皆为女道士；而玉真公主
奉张真人为尊师。一代妃主，凡为女道士，可考于传记者四十
余人；其无考者，杂见于诗人风刺之作。鱼玄机、李冶辈应之
于下。韩愈所谓"云窗雾阁事窈窕"，李商隐又有"绛节飘摇空
国来"一首，尤为妖冶。皆有唐一代道家支流之不可问者也。①

这里所谓"道家"实指道教。如此笼统地说唐代"道家"接近汉代的
房中家当然是片面的；但这里指出作为当时"道家支流"的女道士
的众多及其所造成的"艳冶"之风，则确是唐代社会的重要现象，其
在文学上的影响更非止一端。

　　在唐代，不论是在教团内部组织还是社会影响上，比起佛教里
的比丘尼来，道教的女冠显然占据更为重要的地位，起着更为重大
的作用。而纵观道教的发展就会发现，它自创立伊始，就对女性表
现出相对敬重的态度。佛教有女性"变成男子"之说，即认为女子
修道有"五障"，非成就佛道之器，因此必须首先"变成男子"；使女
人"变成男子"乃是法藏菩萨即无量寿佛的"本愿"之一②。对比之
下，道教发展中不仅出现众多女仙，而且早在太平道中就已经有
"女师"作为道门领袖。而比起儒家的重男轻女观念来，道教的这
一特征同样也显示出特殊的意义和巨大的优越性。形成道教发展
史上的这一特征，首先在历史上有着深刻的思想渊源。在中国古
代传统的"天人合一""阴阳相需"思想中，男和女作为矛盾的双方，
自应占有同等重要的地位。《易·系辞》说："天地细缊，万物化醇，

---

① 〔清〕龚自珍《龚自珍全集》，297—298 页，上海人民出版社，1975 年。
② 参阅《妙法莲花经》卷四《见宝塔品》，《大正藏》卷九，35 页下；《无量寿经》卷
　上，《大正藏》卷一二，268 页下。

男女构精,万物化生。"①男、女和合被看作是"一阴一阳之谓道"的具体表现,所以说"乾道成男,坤道成女;乾知大始,坤作成物"②。其次,在中国古代的原始宗教信仰中,也已包含有丰富的女神信仰的内容。闻一多曾做过猜测:"我常疑心这哲学或玄学的道家思想必有一个前身,而这个前身很可能是某种富有神秘思想的原始宗教,或更具体点讲,一种巫教。"③现已有众多的文献和考古发掘实物证明了这一猜测。中国的原始巫教里的女神崇拜,显示了原始氏族社会中女性占主导地位的残余影响。后来被道教奉为"女仙"的西王母、九天玄女等等,实际都带有来自远古农耕社会的女神的影子;秦汉时期形成的神仙传说,也有不少是关于女仙的。后来的道教继承和发展了这一传统。再者,从道教自身的发展看,其源头之一是秦汉间的方术,包括房中术。把房中术纳入养炼内容,是道教生命哲学的曲折反映,也使得它不是像佛教那样主张禁欲。《太平经》里已明确男、女配合乃"天地化生"的"天道""天地之教",其中说:"夫贞男乃不施,贞女乃不化也。阴阳不交,乃出绝灭无世类也。二人共断天地之统,贪小虚伪之名,反无后世,失其实核,此天下之大害也。汝向不得父母传生,汝于何得有汝乎?而反断绝之,此乃天地共恶之,名为绝理大逆之人也。"④房中术作为早期道教的重要法术,经过后来陆修静等"清整道教"被逐渐禁限了,但其影响仍然长久地存在着,不过改变了形态。这样,有许多神仙传说描写男、女仙人间或仙、凡间的交谊就不奇怪了。魏晋以来的神仙传说中,已有许多华丽多情的女仙充分展现出女性的丰采,她们与男性

①《周易正义·系辞下》,《十三经注疏》上册,88页,中华书局,1980年。

②《周易正义·系辞上》,《十三经注疏》上册,78、76页。

③闻一多《道教的精神》,孙党伯、袁謇正主编《闻一多全集》第9卷,448页,
　湖北人民出版社,1993年。

④《太平经合校》卷三五《一男二女法第四十二》,上册,37—38页,中华书局,
　1960年。

仙人的关系则往往被表现得十分暧昧。六朝时期的传说中更流传有许多神女降临或与巫筮或与凡人结合的故事，如建康小吏被庐山神所招与其女婉相交①、杜兰香以西王母之命下嫁张硕②、成公智琼受天帝之命下嫁魏济北从事椽弦超③等。神女这样降临，也成为人、仙交通的典型方式之一④。而值得注意的是，这类故事早已成为文人们喜爱表现的内容，而以不同方式反映在文学作品中。

　　唐代道教中女道士地位的重要，以及当时社会上重视女仙并有众多女道士活跃，本是相辅相成的现象。这也和当时的社会风气以及道教的"世俗化"有直接关系。上面提到六朝时期的一些神女降临或仙凡交往故事，尽管也表现了男女之情，但其主旨还是在宣扬神仙观念，引导凡人悟道求仙；而到唐代，类似故事反映的女仙形象及其观念都大大变化了。《广异记》上记载有一位衡山隐者，数因卖药，到岳庙寄宿，"会乐人将女诣寺，其女有色，众欲取之，父母求五百千，莫不引退。隐者闻女嫁，邀僧往看，喜欲取之。仍将黄金两挺，正二百两……将（女）去"；后来父母忆女，到山间访问，隐者和女儿一起迎接，发现那里原来是"神仙之窟"⑤。在这个传说里，作为神仙的"隐者"只是在单纯地追求女色，而"神仙之窟"乃是值得羡慕的爱情生活的场所。这相当典型地反映了当时人对于神仙世界和仙、凡交往的看法。形成这样的观念，又和唐代的社会状况有关。唐代在中国历史上本是著名的"士风浮薄"的时代。造成这种士风，有着社会经济的繁荣、中外交流的发达、旧有的道德伦理传统被动摇等一系列客观条件，又和统治阶层追求逸乐、从而加以纵容和提倡有直接关系。唐代在历史上又是男女间的关系

---

①参见〔晋〕干宝《搜神记》卷四、祖台之《志怪》《杂鬼神志怪》。

②见《搜神记》卷一。

③见《搜神记》卷一、〔唐〕欧阳询等《艺文类聚》卷七九。

④参阅〔日〕小南一郎《中国的神话传说与古小说》。

⑤〔唐〕戴孚《广异记》，10—11页。

比较自由的时代,妇女的社会地位因之也相对地提高了。她们的
文化程度也比较高,从而也有了更多地参与社会活动的机会和可
能。当时的女性当然不可能求举入仕,进入士人社会的途径主要
有两个:一个是做艺人和娼妓,一个则是出家。应当指出的是,做
尼姑和做道士是不同的:佛教戒律对女尼的禁限十分严格,她们一
般是不容许参与社会活动的。所以唐代文人诗文中描写与女尼关
系的很少(当然技艺化的女尼不是没有)。而道教的女冠则大不相
同。特别是随着道教"世俗化"程度的加深,道士们更广泛、积极地
参与到社会生活之中,女道士也是其中相当活跃的成分。这样,当
时出于不同原因而出家入道的妇女,有一些人或是出于主观要求,
或是客观条件所促成,能够以道士的特殊身份和士大夫广泛结交,
从而得到了参与社会活动的机会。其中那些上层社会出身的妇女
更有不少是有着相当高的文化教养和活动能力的,她们在社会上也
就可能造成更大的声望和影响。这也是在古代重男轻女、男权主义
占统治地位的历史传统中,唐代女性相对自由的表现。这一情况,对
整个道教的发展和一代社会生活都是起了相当大的作用的。

　　唐代女性出家为道士,情形各种各样。

　　历史上著名的唐代公主入道,如龚自珍所说见于著录者达四
十余人。此外还有皇孙女入道,如玄宗第五孙女"生知道要,幼诵
真言,迹慕神仙,心凝虚白。铅华不御,常思鸾鹤之游;琼蕊方飡,
讵假凤凰之北。勤修秘篆,克受灵方。歌八景之洞章,究三清之隐
诀"①。皇孙女入道的当然不只她一个人。作为出身帝王之家的女
子,多人出家为女冠,自然和朝廷尊崇道教的立场有关。而具体到
入道的公主个人,则又各有特殊的理由。例如资料中记载的公主
入道的第一例是高宗女、武则天所生的太平公主。咸亨元年

―――――――――

① 〔唐〕张渐《大唐皇故第五孙墓志之铭》,周绍良主编《唐代墓志汇编》下册,
　　1711 页。

(670)，武后母杨氏薨，"后丐主为道士，以幸冥福。仪凤中，吐番请主下嫁，后不欲弃之夷，乃真筑宫，如方士熏戒，以拒和亲事"；而代宗女华阳公主，"大历七年(772)，以病丐为道士，号琼华真人"①，如此等等，都是有着特别的理由的。此外公主们的特殊地位和处境，往往也是她们或自愿或不自愿地出家入道的更主要的原因。生长在帝王家的女性，地位看似无限尊崇华贵，但实际命运是相当惨淡的。谈到唐代社会风气相对地自由，人们常以众多的公主一次次改嫁为例。实际上当时公主的婚姻主要是帝王和臣下的联姻，这是朝廷维护统治集团内部关系的手段。至于下嫁到"外夷"和亲，对她们个人更是十分凄惨的事。在这类情况下，公主们乃是政治交易的筹码，并没有个人选择命运的余地，多数自然也没有爱情可言。而如果公主出嫁的家族得罪被黜罚，有的只好改嫁，有的甚至要牵连被治罪。如唐代最有活动能力的公主高宗女太平公主和玄宗女安乐公主，就都是因参与朝廷政争被杀的。

唐代出家为道士的公主中最为著名的是睿宗女金仙公主和玉真公主。她们的情形有着相当的典型性。她们"入道"是在景云元年(710)的十二月，即当年六月讨平"韦武之乱"后仅半年，在那次政争中安乐公主被杀掉了。太平公主因为辅助李隆基与韦后集团做斗争而得势(不久也被杀掉了)。虽然资料上没有明确证据，但可以猜测这两位公主的出家和政情环境的险恶有直接或间接的关系。二公主入道后，"各为之造观，逼夺民居甚多，用工数百万"②；后来因为朝臣论谏，"造两观并停，其地便充金仙、玉真公主邑司……当别处创造……"③结果以辅兴坊原窦诞宅为玉真观，对街为金仙观，其地"东当皇城之安福门，西出外郭城之开远门，车马往

---

①〔宋〕欧阳修、宋祁《新唐书》卷八三《诸公主列传》。
②〔宋〕司马光编著《资治通鉴》卷二一〇，6665页。
③〔唐〕唐睿宗《停修金仙、玉真两观诏》，〔清〕董诰等编《全唐文》卷一八，220页。

来,实为繁会"①。这两位公主入道后,仍享有大量封地,又居住在京城繁华之区,这就给她们在社会上进行活动提供了条件。玉真公主不但在京城有专门的道观,在城外还有别庄。她广泛结交朝士,在她的周围似乎形成了一个文化"沙龙"。张说有陪同玄宗和玉真公主临幸李宪(玄宗长兄)山庄的奉和诗(《奉和圣制同玉真公主过大哥山池题石壁应制》,《全唐诗》卷八七;《奉和圣制同玉真公主游大哥山池题石壁》,《全唐诗》卷八九),王维也有陪同玄宗临幸玉真公主山庄应制诗(《奉和圣制幸玉真公主山庄因题石壁十韵之作应制》,《王右丞集笺注》卷一一),从中可以了解玉真公主活动的情形。高适有《玉真公主歌》(《全唐诗》卷二一四),储光羲有《玉真公主山居》诗(《全唐诗》卷一三九),均是颂谀之作,表明他们都曾出入于公主门下。后来中唐时的司空曙有《题玉真观公主山池院》(《全唐诗》卷二九二),表明直到那时她的庄园仍为游观之所。据魏颢《李翰林集序》,当初"(李)白久居峨嵋,与丹丘因持盈法师达"②。持盈法师是玉真公主的道号。李白本好道,据考开元十八年(730)初入长安已结识玉真公主,并作有《玉真公主别馆苦雨赠卫尉张卿二首》。后来入京投靠玉真公主门下,得到她的揄扬是合乎情理的。李白集里留有《玉真仙人词》,或以为即是投献公主者。就玉真公主的情况而论,正是出家入道给了她更广泛的活动余地。当然,一般的公主入道之后,并不会全都得到玉真公主那样的地位。玉真公主的活动是和开、天年间长安的特殊的社会文化环境相关的。不过作为一种现象,她的活动是有典型性的。当时长安城里著名的宫观,不少是专门为公主入道兴建的。如前述太平公主为拒吐蕃和亲,在大业坊筑太平观;中宗女新都公主居崇业坊福唐观;睿宗女蔡国公主居通义坊九华观;玄宗女永穆公主居兴宁坊

---

①〔清〕徐松《唐两京城坊考》卷四,103 页,方严点校,中华书局,1985 年。
②〔元〕萧士赟补注《李太白全集》附录。

华封观;新昌公主居大业坊新昌观,等等。而这些公主所居住的道观,一般是在贵族宅邸的基础上扩建的,建筑、园林相当华丽,大多同时又是官僚士大夫聚集的游观场所。住在那里的公主当与玉真公主的情况相似,也和士大夫有所交往。

唐代贵族妇女也有不少入道的。不过"入道"的女子不一定全都出家。入道的原因也是各种各样。不能否认有些人是真的出于信仰。如许州扶沟县主簿郑道,祖父放之,隋开府行参军;父公淹,唐右司郎中,渭、建二州刺史,是典型的士族家庭。其妻李氏,"及诸子冠成,遂屏绝世事曰:'吾平生闻王母瑶池之赏,意甚乐之,余可行矣。'是乃受法箓,学丹仙,高丘白云,心眇然矣。晚年尤精《老》、《庄》,都忘形骸。"①李白晚年的夫人宗氏是出身于宗楚客之家的所谓"相门女",她的好道当受到李白的影响。李白有《送内寻庐山女道士李腾空二首》诗,这位李腾空是宰相李林甫之女,曾居于长安平康坊嘉猷观,应是李林甫天宝十一载(752)死后去庐山修道了。李白诗之二说:

> 多君相门女,学道爱神仙。素手掬青霭,罗衣曳紫烟。一往屏风叠,乘鸾著玉鞭。②

又有"刑部郎中元沛之妻刘氏,全白之妹,贤而有文学,著《女仪》一篇,亦曰《直训》。刘既寡居,奉道受箓于吴筠先生,清苦寿考……次子察,进士及第,累佐使府,后隐居庐山。察之长子潾,好道不仕;次子充,进士及第,亦尚道家"③。刘全白贞元年间任膳部员外郎,池、湖二州刺史。刘氏是在寡居之后出家的。曾任主客员外郎的张弈之女只活了十九岁,她"慕道受箓,因名容成","雅好玄寂,

①《唐故许州扶沟县主簿荥阳郑道妻李夫人墓志文》,《唐代墓志汇编》上册,1079页。
②〔唐〕李白著,〔清〕王琦注《李太白全集》卷二五。
③周勋初校证《唐语林校证》卷四《贤媛》,407页。

臻道之深,自受法箓,修行匪懈。每闻《楚辞》'乘彼白云,至于帝乡',则悠然长想……庸非上仙之所谪耶?"①少女入道,可以看出家族传统的作用。中唐诗人李涉也有《送妻入道》诗:

> 人无回意似波澜,琴有离声为一弹。纵使空门再相见,还如秋月水中看。②

这和李白的情形应当相仿。还有晚唐时卒于东都圣真观的王屋山柳尊师默然,她是萧颖士的外孙女、赵璘的生母,儿时父母双亡,十四出嫁,三十余岁丈夫去世,先是归心于佛,后入道,"奉至真无始之教,初授正一明威箓、灵宝法于天台,又进上清大洞三景毕箓于衡岳,遂居王屋中岩曰阳台贞一先生司马子微之故居。台接天坛,夐绝人境,心既冥寂,地忘幽遐。凡于山上崇建真君像十余事。其精勤斋戒,洁严操履,虽有自弱龄至暮齿探玄存心于五岳洞府者,俯仰瞻敬,莫敢望比"。她有"女子二人,皆早从玄志,列位上清。长曰右素,先解化;次曰景玄,今居王屋山"③。前面已经提及的李德裕家庭的情况也是具有典型意义的。他的妻子"中年于茅山燕洞宫传上清法箓",得"大洞炼师"之号;他的妾在病重时也入道,改名天福。李德裕的妻妾显然没有出家。当然还有许多人并不是出于信仰原因而入道的。著名的如杨玉环,在迎入玄宗宫里前曾暂时度为女道士。长安亲仁里的咸宜女冠观是士大夫家妇女入道集中的地方④。无论是什么原因促使这些女人入道,对于她们中的某些人来说,这确实是开辟了另一条人生出路。

唐代两京还有一个重要的社会现象,就是宫人入道。当时供

---

① 《唐故清河张氏女殇墓志铭并序》,周绍良主编《唐代墓志汇编》下册,1919页。
② 〔清〕彭定求等编《全唐诗》卷四七七,5433页。
③ 〔唐〕李敬彝《大唐王屋山上清大洞三景女道士柳尊师真宫志铭》,周绍良主编《唐代墓志汇编》下册,2201—2202页。
④ 〔宋〕钱易《南部新书》戊卷:"士大夫之家入道,尽在咸宜。"

奉内廷的女道士许多是宫人出身。如刘长卿《故女道士婉仪太原郭氏挽歌词》二首之一所写的即是一例：

> 作范宫闱睦，归真道艺超。驭风仙路远，背日帝宫遥。鸾殿空留处，霓裳已罢朝。淮王哀不尽，松柏但萧萧。①

这位女道士曾是宫中的女官，在她侍奉的皇帝死后，不得不出家做女冠。诗里写她被遗弃的悲哀，并寄以同情。唐代不少宫人在皇帝死后要循例出家，这是残害妇女的恶例。也有些宫人则因为年老色衰而入道，许浑《赠萧炼师》诗序记载一个例子：

> 炼师贞元初自梨园选为内妓，善舞《柘枝》，宫中莫有伦比者，宠锡甚厚。及驾幸奉天，以病不获随辇，遂失所止。洎复宫阙，上颇怀其艺，求之浃日，得于人间。后闻神仙之事，谓长生可致，乞奉黄老，上许之，诏居嵩南洞清观，迨今八十余矣。雪肤花颜，与昔无异。则知龟鹤之寿，安得不由所尚哉。②

这位炼师本是受到皇帝宠爱的内妓，经过丧乱流离，年老衰病，遭遇十分凄惨，只好入道了。而宰相窦参的宠妾上清的例子又是一种情况。窦得罪，诏赐自尽，上清依例没入掖庭。她善应对，能煎茶，侍奉在德宗左右，乘间进言，为窦参洗雪，后"特敕度为道士，终嫁为金忠义妻"③。唐代朝廷有时会采取"出宫人"的措施，显示其所谓"德政"，在史料上多有记载。这也成为宫人入道的机缘。某位卢尚书作《题安国观》诗，题下注曰："东都政平坊安国观，玉真公主所建，女冠多上阳退宫嫔御。"对照咸宜观集中士大夫家妇女，安国观则集中了众多宫人。诗曰：

> 夕照纱窗起暗尘，青松绕殿不知春。君看白首诵经者，半

①《刘随州集》卷四。
②〔清〕彭定求等编《全唐诗》卷五三七，6128 页。
③周勋初校证《唐语林校证》卷六，202—203 页。

是宫中歌舞人。①

对于这些年老色衰的宫人,歌舞欢乐成了回忆,只能在道观里度过寂寞的生活。

唐代道观比较开放,文人们和女道士多有接触的机会,宫人入道的情形也就会引起他们中一些人的关注。特别是那些仕途颠顿、命运坎坷的人,宫人们色衰而被遗弃的遭遇更会使他们产生"同病相怜"之感。有时成批的宫人入道,更是两京社会生活的一景。这类事件遂成了当时一些诗人咏叹的题目。韦应物、戴叔伦、张籍、王建、白居易、于鹄、李商隐、殷尧藩、项斯等人,都写过这一题目的作品。唐人的宫词里也有写这一内容的。但是,宫人终究是宫廷中的特殊人物,对于她们命运的变化,诗人们很难有深切的了解,所以这类作品大体写得比较空疏,有些程式化,以至沈德潜评论说"此题唐人诗无佳者"②。其中少数可读之作是那些流露出对宫人的同情,或寄托诗人自身的身世之感的。有的诗以华艳之笔描摹人物形态或宫廷景象,则在艺术上略有可取之处。如韦应物《送宫人入道》:

> 舍宠求仙畏色衰,辞天素面立天墀。金桂拟驻千年貌,宝镜休匀八字眉。公主与收珠翠后,君王看戴角冠时。从来宫女皆相妒,说着瑶台总泪垂。③

宫人侍奉帝王,本没有独立的人格,也不能掌握自己的命运。诗人对这个在同伴的嫉妒中艰难存活、到年老又不得不"舍宠求仙"的宫女,寄予了同情,其中显然也寄托了个人的感慨。而项斯《送宫人入道》表达上则比较含蓄:

---

① 〔清〕彭定求等编《全唐诗》卷七八三,8843 页。
② 〔清〕沈德潜《唐诗别裁》卷一六"项斯《送宫人入道题记》"。
③ 〔清〕彭定求等编《全唐诗》卷一九五,2010 页。此诗作者或作张籍之弟张萧远,又收入《全唐诗》卷四九一。

愿随仙女董双成，王母前头作伴行。初戴玉冠多误拜，欲辞金殿别称名。将敲碧落新斋磬，却进昭阳旧赐筝。旦暮焚香绕坛上，步虚犹作按歌声。①

这首诗写宫人命运的陡变，表现她对旧日生活的依恋和深深的失落感。诗人选取了宫人初入道时的具体情景，写她对新生活的隔膜，展现她内心世界的苦恼和无奈。这样的作品同样也是寄托了作者的感慨的。李商隐《和韩录事送宫人入道》所选择的是另外的表现角度：

星使追还不自由，双童捧上绿琼辀。九枝灯下朝金殿，三素云中侍玉楼。凤女颠狂成久别，月娥婑媨独好同游。当时若爱韩公子，埋骨成灰恨未休。②

诗题里的"韩录事"韩琮，是义山的友人，其原唱已佚。史载开成三年（838）六月，出宫人四百八十人，两京寺观安置，韩诗所记应即其事。这里同样强调宫人入道"不自由"的处境。诗人以他特有的绮丽辞采描绘宫人出宫景象，现实的繁华正暗示未来的寂寞。结尾虽是用游戏调侃的词句，却写出了宫人对于爱情的渴望和绝望，言外之意是相当沉痛的。这样的作品也透露出当时朝官与宫人有所交往的风气。

宫人入道是内廷活动，外人不容易了解详细真情；诗人表现这一题材又多是从旁观者的角度着眼，也是难以写出好作品的主要原因。

唐时某些道观和佛寺一样，带有文化活动中心的性质。生活于其中的部分文化教养较高的女道士有机会与士大夫交往，从而活跃于社会生活之中。这些女性参与到士大夫之间，自会给这个

---

① 〔清〕彭定求等编《全唐诗》卷五五四，6424 页。
② 〔唐〕李商隐，〔清〕冯浩笺注《玉溪生诗笺注》卷一。

圈子的生活增添一分亮丽色彩。文人们从不同侧面反映这一题材,也写出一些具有独特生活内容的作品。

有些作品是表现道观内部女道士的生活和感情的。唐代"士风浮薄",社会风气本来就比较开放,加之道教传统上不避讳男、女间的交谊,甚至把这种交谊当作求仙或授道的手段。这样,道院内部男、女道士的交往也就比较自由。骆宾王有《代女道士王灵妃赠道士李荣》长篇歌行,是一首替女道士所作的表达恋情的代言体长诗。李荣本是唐初著名道士、有影响的道教学者,高宗朝被召入京,住东明观,曾屡次代表道教参与佛、道辩论,详细情况具见道宣所著《集古今佛道论衡》。王灵妃应实有其人。通过这篇代拟之作,可清楚看到当时道教教团内部生活的一斑。诗云:

> 玄都五府风尘绝,碧海三山波浪深。……自言少小慕幽玄,只言容易得神仙。珮中邀勒经时序,箫里寻思复几年?寻思许事真情变,二人容华识少选。漫道烧丹止七飞,空传化石曾三转。寄语天上弄机人,寄语河边值查客。乍可匆匆共百年,谁使遥遥期七夕。想知人意自相寻,果得深心共一心。一心一意无穷已,投漆投胶非足拟。只将羞涩当风流,持此相怜保终始。相怜相念倍相亲,一生一代一双人。不把丹心比玄石,惟将浊水况清尘。只言柱下留期信,好欲将心学松藓。不能京兆画蛾眉,翻向成都骋骆引……君心不记下山人,妾欲空期上林翼。上林三月鸿欲稀,华表千年鹤未归。不分淹留桑路待,只应直取桂轮飞。①

在这首题材特别的作品里,骆宾王极尽铺张描摹之能事,抒写了女道士特殊的爱情。与他的其他长篇歌行一样,这篇作品也有炫耀才情的意味。但其中所写男、女道士间的恋情当是有一定的现实

---

① 〔清〕彭定求等编《全唐诗》卷七七,838—839页。

依据的,而所表现的求道和爱情的矛盾也具有典型意义。中唐道士施肩吾也有《赠仙子》诗:

> 欲令雪貌带红芳,更取金瓶泻玉浆。凤管鹤声来未足,懒眠秋月忆萧郎。[1]

这是道教内部人的描写:用弄玉和萧史的典故,从侧面反映了道观里男、女道士的关系,特别表现了女道士对于俗情的眷恋。这类抒写道观内女道士的特殊爱情的作品,往往表达出她们的特殊处境与内心感情的矛盾。

道观内部男、女道士关系风气如此,女道士活动在士大夫间,不可避免地也会有情感上的纠葛以至发生某种暧昧关系。韩愈是辟佛、道的干将,他的《华山女》一诗,是揭露和讽刺道教的。他描写的是女冠主持"道讲"和佛教的"僧讲"争夺群众的情景,结尾处以影射笔法写出道观内的男女隐私:

> 黄衣道士亦讲说,座下寥落如明星。华山女儿家奉道,欲驱异教归仙灵。洗妆拭面著冠帔,白咽红颊长眉青。遂来升座演真诀,观门不许人开扃……豪家少年岂知道,来绕百匝脚不停。云窗雾阁事恍惚,重重翠幔深金屏。仙梯难攀俗缘重,浪凭青鸟通丁宁。[2]

他揭露女道士以色相吸引群众,而豪家少年群聚道观不过是为了与女道士结下"俗缘"。诗中暗示道观中有男女暧昧之事。这也反映了当时道院生活的实情。作为参照的还有关于东明观的传说:

> 玄宗所幸美人,忽中夜梦见人召去,纵酒密会,极欢尽意,醉厌而归。觉来流汗倦怠,忽忽不乐,因言于上。上曰:"此术人所为也。汝若复往,但随时以物记之,必验。"其夕熟寐,飘

---

[1]〔清〕彭定求等编《全唐诗》卷四九四,5608—5609页。
[2]〔唐〕韩愈《韩昌黎全集》卷六。

　　然又往。美人半醉,见石砚在前席,密以手文印于曲房屏风
　　上,寤而具启。上乃潜令人诣宫观求之。果于东明观中得其
　　屏风,手文尚在,所居道流已潜遁矣。①

东明观本是长安著名的道观。无论故事所传是否属实,其背景应
是真实的,即有些内廷宫人赴道观和道士们欢会。从这种故事也
可以窥知当时道教宫观风气的一面。有一篇"安史之乱"时期幽州
女道士马凌虚的墓志,是安禄山所建大燕国"刑部侍郎"李史鱼所
撰,其中对这位女道士的描写也应是具有一定的典型性的:

　　黄冠之淑女曰凌虚,姓马氏,扶风人也。鲜肤秀质,有独
　　立之姿;瑰意蕙心,体至柔之性。光彩可鉴,芬芳若兰。至若
　　七盘长袖之能,三日遗音之妙,挥弦而鹤舞,吹竹而龙吟。度
　　曲虽本于师资,余妍特秉于天与。吴姝心愧,韩娥色沮,岂唯
　　事美东夏,驰声南国而已。与物推移,冥心逝止。厌世斯举,
　　乃策名于仙官;悦己可荣,亦托身于君子。天宝十三祀,隶于
　　开元观;圣武月正初,归我独孤氏……铭曰:
　　　　惟此淑人兮秾华如春,岂与兹殊色兮而夺兹芳辰。为巫
　　山之云兮,为洛川之神兮,余不知其所之,将欲问诸苍旻。②

这里描写的完全是一个能歌善舞的风流女子的形象。值得注意的
是她曾为道士,后又嫁人还俗了,而作者对这一点不但略无微词,
反而表现出一种赞赏的态度。她最终也是被当作道士纪念的。
　　唐时士大夫经常有机会去道观游览、交际,以至在那里寄居、
习业,这也成为他们结交女道士的机会。当然不能否认也有些是
以求道为目的的。例如前面提到的开元年间在长安相当活跃的焦

---

①周勋初校证《唐语林校注》卷一《政事上》,21 页。
②〔唐〕李史鱼《大燕圣武观故女道士马凌虚墓志铭》,周绍良主编《唐代墓志汇
　编》下册,1724 页。

炼师，一时间"聚徒甚众"①。李白、李颀、王昌龄等著名文人都和她
有交往，这些人对她都表示崇敬之意。直到中唐时期戴孚的《广异
记》里仍留有关于她请老君帮助制服狐妖的传说，人们起码是赞赏
她的法术的。但值得注意的是，她虽然已是老妇人，又道行高超，
描写她的作品却都突出其容颜的姣好。这反映了诗人们即使是交
往道高德劭的女道士，也带有赞赏女性的心态。再如李白的《江上
送女道士褚三清游南岳》诗：

> 吴江女道士，头戴莲花巾。霓衣不湿雨，特异阳台云。足
> 下远游履，凌波生素尘。寻仙向南岳，应见魏夫人。②

这是和他交往的另一位女道士。在描写其特有的高逸潇洒的风姿
时，也是特别突出她的女性美。从作品的描写看，褚三清应是一位
虔诚的修道者。

　　唐时文人们更多的描写女道士的作品，则已不再侧重表现她
们的宗教性格。特别是在盛唐以后，社会和道教内部的风气都进
一步变化，士大夫间逸乐之风大兴，女道士往往以其特殊的身份和
地位活跃于其间，成为当时社交生活的点缀。那些活跃于豪门贵
族门庭的女道士，大多能歌善舞，实际是在宴乐中以声色娱人。文
人们欣赏她们的才艺，赞美她们的美丽和才情，有的更表现对她们
的倾心和恋慕，或表达对她们命运的理解和同情。如权德舆的《戏
赠张炼师》描写的是在道观中留客的情景：

> 月帔飘飘摘杏花，相邀洞口劝流霞。半酣乍奏云和曲，疑
> 是龟山阿母家。③

权德舆是典型的官僚文人。他的诗题曰"戏赠"，已经表现出对女

---

① 〔唐〕戴孚《广异记》，204 页。
② 〔唐〕李白著，〔清〕王琦注《李太白全集》卷一八。
③ 〔唐〕权德舆《权载之文集》卷三。

道士的谐谑亲昵的态度。诗里写她的风姿,描写她以酒招客,以曲
娱人,俨然是歌妓姿态。杨凭的《赠马炼师》说:

> 心嫌碧落更何从,月帔花冠冰雪容。行雨若迷归处路,近
> 南惟见祝融峰。①

这里用巫山行雨典故,直接暗示炼师在世间的恋情;"心嫌碧落"的
现实对照她容颜的美好,表现她不得已而修道的怅惘和遗恨。元
稹的《刘阮妻二首》用的则是刘晨、阮肇天台遇仙的典故:

> 仙洞千年一度闲,等闲偷入又偷回。桃花飞尽东风起,何
> 处消沉去不来。
>
> 芙蓉脂肉绿云鬟,罨画楼台青黛山。千树桃花万年药,不
> 知何事忆人间。②

这里实际是在暗示道观里的女道士与人偷情,但由于存在有身份
上的阻隔,爱情的愿望不得实现。诗中以简洁的笔触把洞仙之乐
的景象描摹得极其美好,让人留恋。同样,李洞的《赠庞炼师》诗,
题目下特别注有"女人"字样:

> 家住涪江汉语娇,一声歌戛玉楼箫。睡融春日柔金缕,妆
> 发秋霞战翠翘。两脸酒醺红杏妒,半胸苏嫩白云饶。若能携
> 手随仙令,皎皎银河渡鹊桥。③

这里也是着力描写娇美女人的形象,细致地描摹她的衣服、装饰以
至容颜,使用了类似"宫体"的笔法,已近乎轻浮。结尾"鹊桥"相会
的愿望,表现女主人公对于爱情的执着、向往,但言外已表明这种
向往是根本不可能实现的。鲍溶的《赠杨炼师》:

---

① 〔清〕彭定求等编《全唐诗》卷二八九,3296 页。
② 同上卷四二二,4640 页。
③ 同上卷七二三,8296 页。

> 紫烟衣上绣春云,清隐山书小篆文。明月在天将凤管,夜
> 深吹向玉晨君。①

这首诗上一联写女道士衣服华美,衬托她姿容的美好;下一联中的
"玉晨"或作"玉宸",即道教最高神元始天尊,写她善吹凤管,并设
想她在天宫侍奉元始天尊。和前面的庞炼师一样,这也是一位知
音的女性。像这样的诗,都对女道士的处境和感情生活表示一定
的同情。但如李洞的描写,流露出轻浮或猎奇的语调,则显然有伤
大雅了。

　　士大夫在和女道士的交往中,有些人对她们产生了感情,还有
些人则与她们存同气之感,从而写出一些颇有真情实感的作品。
如白居易的《赠韦炼师》:

> 浔阳迁客为居士,身似浮云心似灰。上界女仙无嗜欲,何
> 因相顾两徘徊。共疑过去人间世,曾作谁家夫妇来。②

这位韦炼师是诗人在浔阳贬所结识的女道士,说二人是前世夫妇,
当然是游戏笔墨,但亦可见交往之亲厚。诗中透露出二人在沦落
中相互同情,诗人在与对方的交往里得到了心灵上的安慰。这是
和《琵琶行》里与沦落风尘的歌女的交谊相类似的。而白居易的
《赠苏炼师》则描写了一位老年女冠:

> 两鬓苍然心浩然,松窗深处药炉前。携将道士通宵语,忘
> 却花时尽日眠。明镜懒开长在匣,素琴欲弄半无弦。犹嫌《庄
> 子》多词句,只读《逍遥》六七篇。③

这是一位寂寞地度过余生的老人的形象。"明镜"曾映照过她的花
容,"素琴"曾伴随她的欢乐,"花时"光景只成为忘却的回忆,只好

---

① 〔清〕彭定求等编《全唐诗》卷四八六,5520 页。
② 〔唐〕白居易著,朱金城笺注《白居易集笺校》卷一七,第 2 册,1074 页。
③ 同上卷二〇,第 3 册,1363 页。

以《庄子》的齐物、逍遥作为安慰。这里表现的是青春逝去的惆怅
和年迈力衰的感伤。又如马戴(或作秦系诗)《题女道士居》诗:

> 不饵住云溪,休丹罢药畦。杏花虚结子,石髓任成泥。扫
> 地青牛卧,栽松白鹤栖。共知仙女丽,莫是阮郎妻。①

这里写的女道士已不再修炼道术,只是在度过独居的寂寞生活。
诗的结尾影射她往日的情缘,表现她爱情追求的破灭。描写女道
士的诗里往往采取把女道士比喻为女仙的常用笔法,着力刻画她
们姿容的美丽,并暗示她们在人世间的情缘。这类描写从一定意
义上或显得有些"轻薄",但总反映了女冠生活真情的某些侧面。
刘言史的《赠成炼师四首》是描写才貌超群的女冠的组诗:

> 花冠蕊帔色婵娟,一曲清箫凌紫烟。不知今日重来意,更
> 住人间几百年。
> 黄昏骑得下天龙,巡遍茅山数十峰。采芝却到蓬莱上,花
> 里犹残碧玉钟。
> 等闲何处得灵方,丹脸云鬟日月长。大罗过却三千岁,更
> 向人间魅阮郎。
> 曾随阿母汉宫斋,凤驾龙轩列玉阶。当时白燕无寻处,今
> 日云鬟见玉钗。②

这几首诗切合女冠的身份,把女道士描写成女仙,以幻想的仙界情
事为背景,写出她超群的容貌、技艺,表示自己的欣赏和恋慕。

有些描写女道士的作品已不可能确定是否是抒写诗人本人和
她们的恋情的,但也有些作品表达得比较直接。如赵嘏《赠女
仙》诗:

> 水思云情小凤仙,月涵花态语如弦。不因金骨三清客,谁

---

① 〔清〕彭定求等编《全唐诗》卷五五六,6456 页。
② 同上卷四六八,5328—5329 页。

> 识吴州有洞天。①

这是诗人结识的这位妙龄女冠,在对她情态、语调的描写中表露了深切的爱慕之意。

关于文人和女道士的交谊,李商隐的情况相当典型,后人的议论也最为纷纭。这在前面已有专节讨论过。李商隐早年曾有在玉阳学仙的经历,其迷离恍惚的无题诗(或虽有题而题旨不明)被许多人解释为是抒写与女道士的恋情的。这些说法难以确证,周振甫的辨正颇为有力②。不过李商隐确实和女道士有过相当密切的交往。他有《赠华阳宋真人兼寄清都刘先生》《月夜重寄宋华阳姊妹》诗,宋华阳就是和他关系密切的女道士。其第二首说:

> 偷桃窃药事难兼,十二城中锁彩蟾。应共三英同夜赏,玉楼仍是水晶帘。③

据周振甫的解释,“三英夜赏,可能指姊妹外还有男道士”④。从诗中流露出的口气看,他们相互间关系是相当亲昵的。虽然李商隐和某位具体女道士的恋爱关系不可确考,但和女道士有交往,与她们相熟悉,给他的创作提供了灵感和素材则是可以肯定的。而包括这方面内容的道教题材的作品,正是李商隐创作中重要的、有特色的部分之一。

女道士具有特殊的人格,过着不同于凡人的生活。在唐代的具体环境下,其中有些以色相娱人,以至某些道观变成了男女欢会的特殊的娱乐场所。女冠本应是超尘脱俗的出家修道者,她们的特殊地位却正好用来掩饰类似艺人或倡优的身份。正是这种兼具仙、凡的地位和面貌给她们提供了活动空间,也使她们的生活兼有

---

① 〔清〕彭定求等编《全唐诗》卷五五〇,6373 页。
② 参阅《李商隐选集·前言》,21—35 页。
③ 〔唐〕李商隐,〔清〕冯浩笺注《玉溪生诗集笺注》卷六。
④ 《李商隐选集·前言》,29 页。

神秘和低俗、超逸和平庸的十分暧昧的色彩。她们活跃在士大夫间，众多文人和她们结交，以至发生感情上的纠葛。文人们带着欣赏、同情、依恋、羡慕等不同的感情来描写她们，她们的独特身份和生活方式也提供了丰富的表现内容。特别是在相关题材的作品里，诗人们可以发挥女仙的联想，用仙人的形貌、仙界的景物来修饰、形容，用幻想的境界来影射现世，从而形成内容和表现方法上的某些特色。这类作品中所描绘的女道士，往往也兼有空灵和华艳之美，作者也常常在赞赏中流露出伤感与同情。这样，出现众多的描写女冠的作品，也成为唐代文学史上特有的成果，丰富了一代文学的内容和表现艺术。

至于在唐代士人社会中参加进来这样一批女性，对士大夫们的生活和感情造成的影响也是相当深刻的。

十八　能诗的女道士

在唐代众多的技艺高超的女道士中间，更有一些能文善诗的人。在中国古代为数不多的女性作家中，她们是相当突出的人物。而从一定意义上说，正是道观生活给她们提供了发挥文学创作才能的条件。如上所说，女冠在唐代社会上具有特殊的身份和地位，她们在文坛上也就产生了相当的影响。女道士的独特生活和感情，更使她们的创作具有一定特色，为百花齐放的唐代文学增添了光彩。其中有两位相当知名的人物，其成就和影响可以说是不让须眉的。

一位是李冶（一说名裕），字季兰，高仲武的《中兴间气集》选其诗六首。"中兴间气"的集名取意于唐室"中兴"。这部诗集选录唐肃宗至代宗大历末年二十余年间共二十六位诗人的一百三十余首作品。李季兰被录入六首,可见她在当时诗坛上的名声、地位。她原有集传世,今佚,《全唐诗》中录诗十六首,断句四;现据敦煌写本唐蔡省风编《瑶池新咏》残片所存佚诗,可以复原两个断句的全篇。又敦煌写本俄藏凸 x.3865 号录李季兰诗一首阙题,下面将介绍①。这样总计存诗十九首。《四库全书》收《薛涛李冶诗集》二卷。她六岁能诗,多才多艺,"美姿容,神情萧散,专心翰墨,善弹琴,尤工格律。当时才子颇夸纤丽,殊少荒艳之态"②。约在上元、宝应年间,她曾赴越州杜鸿渐幕。其时刘长卿有赠行之作二首,即《送李校书赴浙东幕府》和《送李校书适越谒杜中丞》。"校书"是对艺伎的称呼,可知她当初曾是出入豪门的伎女。大历年间,她曾应召入朝③。她什么时候受箓为女冠,不能确考。后来她往来剡中,那里正是文士集中活跃的地方。她和文人广有交往,可考有诗作往还者有崔涣、朱放、韩揆、阎伯钧、陆羽、皎然等人。皎然《答李季兰》诗说:"天女来相试,将花欲染衣。禅心竟不起,还捧旧花归。"④朱放《别李季兰》诗说:"古岸新花开一枝,岸傍花下有分离。莫将罗袖拂花

---

① 敦煌写本俄藏部分里发现六件晚唐五代蔡省风编《瑶池新咏》残片。这部书宋代书录和史籍里曾有著录,久佚。经过敦煌学家徐俊、荣新江把残卷整理、拼接可以大体了解这部书的面貌,并发现一批佚诗和存诗的异文。据晁公武《郡斋读书志》,该书是"唐蔡省风集唐世能诗妇人李季兰至程长文二十三人题咏一百十五首"。诗集题目里的"瑶池"是西王母居处,又以女道士李季兰冠其首,可见这部诗集的道教色彩。从现存残片可考的女诗人五人,四人存诗。其中李季兰和元淳是女道士;张夫人是吉中孚夫人,如前面介绍大历诗人吉中孚曾经入道;另外两位崔仲容和程长文(此人未存诗,仅见晁公武著录)身世无考。详见徐俊纂集《敦煌诗集残卷辑考》第 25、39 页、第 672—685 页,中华书局,2000 年;徐俊《唐蔡省风编〈瑶池新咏〉重研》,《鸣沙习学集》上册,251—273 页,中华书局,2016 年。
② 傅璇琮主编《唐才子传校笺》第 1 册,325 页。
③ 参见《唐才子传校笺》第 1 册,330—331 页。
④〔清〕彭定求等编《全唐诗》卷八二一,9268 页。

落,便是行人断肠时。"①都暗示她的风流倜傥作风,也表明她和这些人的亲密交谊。而《中兴间气集》又记有逸事谓:"尝与诸贤集乌程县开元寺,知河间刘长卿有阴重之疾,乃诮之曰:'山气日夕佳。'长卿对曰:'众鸟欣有托。'举座大笑,论者两美之。"②所传或许是小说家言,但联系前引皎然诗,可知李季兰在文士间活动确实表现出戏谑不拘的风格,从这个故事亦可了解当时这一类女道士生活的实态。建中年间她曾向占据长安的朱泚献诗,赵元一《奉天录》记载其亡殁情形:"有风情女子李季兰,上(朱)泚诗,言多悖逆,故阙而不录。皇帝再剋京师,召季兰而责之曰:'汝何不学严巨川有诗云"手持礼器空垂泪,心忆明君不敢言"。'遂令扑杀之。"李季兰与朱泚关系的实情也已不可考,一个落难逃亡的皇帝责备弱女子不能抵抗叛逆的藩帅,以至将她扑杀,这是人间的惨剧。

后周王仁裕所著《玉堂闲话》记载:"李秀(应为'季'之讹)兰以女子有才名,初五六岁时,其父抱于庭,作诗咏蔷薇,其末句云:'经时未架却,心绪乱纵横。'父恚曰:'此女子将来富有文章,然必为失行妇人矣。'竟如其言。"③这种传说当然难以征信,但它却反映了关于李季兰的两个情况:一是她的才情当时已为众人所知;再是人们把她看作"失行妇人"。作为女冠而同时又是"失行妇人",正是当时社会造成的畸形性格。

关于她的文学成就,辛文房《唐才子传》在论及她与下面将要述及的鱼玄机时说:

> 历观唐以雅道奖士类,而闺阁英秀,亦能熏染,锦心绣口,蕙情兰性,足可尚矣。中间如李季兰、鱼玄机,皆跃出方外,修清净之教,陶写幽怀,留连光景,逍遥闲暇之功,无非云水之

①〔清〕彭定求等编《全唐诗》卷三一五,3542 页。
②〔唐〕高仲武《中兴间气集》,孙毓修校文补。
③〔宋〕李昉等编《太平广记》卷二七三,2150 页。

> 念,与名儒比隆,珠往琼复。然浮艳委托之心,终不能尽,白璧
> 微瑕,惟在此耳。①

这里实际是在肯定她们的创作代表了唐代女性文学创作的水平。不过对于最后的批评,应当加以具体分析。就李诗而论,正是那些委婉述情的看似"浮艳"之作,显示了她的艺术特色和独特成就。而《四库全书总目提要》则评论说:

> 冶诗以五言擅长,如《寄校书七兄》诗、《送韩揆之江西》
> 诗、《送阎二十六赴剡县》诗,置之大历十子之中,不复可辨。
> 其风格又远在薛(涛)上。②

上述《寄校书七兄》(或作《送韩校书》)诗曰:

> 无事乌程县,蹉跎岁月余。不知芸阁吏,寂寞竟何如。远
> 水浮仙棹,寒星伴使车。因过大雷岸,莫忘八行书。③

由自身的"蹉跎"想到对方的"寂寞",把感情表达得相当真挚、深沉。结联用鲍照《登大雷岸与妹书》典。大雷岸在今安徽望江县,这是指韩校书南行的行程;同时让读者联想起鲍文中描写的旅人艰辛、对家人的怀念以及托孤鹤游鸿寄寓的无限情思。而其中的"远水"一联更备受称赞,胡应麟说:"李季兰'远水浮仙棹'二语,幽闲和适,孟浩然莫能过,宁可以妇人童子忽之!"④《送韩揆之江西》(或作《送阎伯钧往江州》)诗曰:

> 相看指(或作"招折")杨柳,别恨转依依。万里西江水,孤
> 舟何处归。溢城潮不到,夏口信应稀。唯有衡阳雁,年年来

---

① 傅璇琮主编《唐才子传校笺》第 1 册,332—333 页。
②《四库全书总目》卷一八六《集部总集类一》,下册,1690 页。
③〔清〕彭定求等编《全唐诗》卷八〇五,9057 页。
④〔明〕胡应麟《诗薮》内编卷四,57 页,中华书局,1958 年。

去飞。①

这首诗写得深沉委婉，情谊深长。李冶所怀念的是男性友人，这是只有作为女冠才能结交的。前一首诗用"仙棹"语，大概对方是"道友"。可喜的是她把感情抒写得那样纯真，毫无轻浮之感。她的七言绝句写得也很好，如《明月夜留别》：

> 离人无语月无声，明月有光人有情。别后相思人似月，云间水上到层城。②

古称昆仑山有层城九重，道教传说中说昆仑为统领众女仙的西王母所居之地。从诗的结句看，这是回归道观时留别友人之作。诗中写景述情极其质朴，用月光来比拟感情，使人们想起张若虚《春江花月夜》的写法；诗中反复使用"月"的形象，造成了回环往复的效果。又《偶居》：

> 心远浮云知不还，心云并在有无间。狂风何事相摇荡，吹向南山复北山。③

这里又把心情比作浮云，描写心绪的摇荡不安，和前一首诗一样善于联想和生发。表达同样简净明快，情真意切，并显示了女性委婉的思致。上面两首作品也都发挥了唐人绝句富于情韵的优点。又《从萧叔子听弹琴赋得三峡流泉歌》：

> 妾家本住巫山云，巫山流泉常自闻。玉琴弹出转寥夐，直是当时梦里听。三峡迢迢几千里，一时流入幽闺里。巨石崩崖指下生，飞泉走浪弦中起。初疑愤怒含雷风，又似呜咽流不通。回湍曲濑势将尽，时复滴沥平沙中。忆昔阮公为此曲，能

---

① 〔清〕彭定求等编《全唐诗》卷八〇五，9057—9058 页。
② 同上卷八〇五，9059 页。
③ 同上卷八〇五，9059 页。

　　令仲容听不足。一弹既罢复一弹，愿作流泉镇相续。①

这里是以泉水形容琴音，描写得细腻生动，流泉的联想寄托了跌宕
不平的心境；采取长歌的形式来铺叙形容，更显示了作者的功力。
结尾处写到"阮公为此曲""仲容听不足"。历史记载阮籍"善弹
琴"，其从子咸亦"妙解音律，善弹琵琶"②；又对于音乐，"阮咸妙赏，
时谓神解"③。这里是说萧叔子所奏为古琴曲。如此运用身处乱世
而傲然独得、任性不羁的二阮的典故，突出萧叔子演奏曲调的磊落
不平的感情，不但表达了作者对友人心态的理解，也透露出她自身
的感慨不平，从而显示了"女中诗豪"的本色。这篇作品被收入《中
兴间气集》，可见当时已被人们所重视。在唐人众多的描写音乐的
作品里，这一篇堪称上乘之作。

　　敦煌写本俄藏凸 x.3865 号录李季兰诗一首，阙题，据考是晚
年身陷朱泚之乱投献给朱泚的。其中颂谀朱泚，有"闻到乾坤再含
育，圣灵何处不逍遥"云云，证实了《奉天录》所载德宗收复长安后
"扑杀"她及其缘由。杰出的天才女诗人就这样冤死在当道者混斗
的变乱中。又《全唐诗》根据《吟窗杂录》辑李季兰诗残句"鼙鼓喧
城下，旌旗拂座隅"，《瑶池新咏》残卷里有全诗《陷贼后寄故夫》，也
是在这次动乱中所作。诗云：

　　　　日日青山上，何曾见故夫。古诗浑漫语，教妾采蘼芜。鼙
　　鼓喧城下，旌旗拂座隅。苍黄未得死，不是惜微躯。

一个弱女子身陷贼营、求告无门，言念今昔，向"故夫"诉说自己身
处战乱、求死不得的苦衷。"故夫"所指是谁无考。

　　晚唐时的鱼玄机，是一位与李季兰并称的富于诗才的女道士。

①〔清〕彭定求等编《全唐诗》卷八〇五，9058 页。
②〔唐〕房玄龄等《晋书》卷四九《阮籍传》。
③余嘉锡《世说新语笺疏》，703 页。

她曾为李亿妾,后入长安咸宜观为道士。与当时名士如温庭筠、李郢等交往,有赠答诗传世。后以"杀婢绿翘,甚切害,事败弃市"①,结局也是很悲惨的。皇甫枚《三水小牍》的一段记载颇能再现这位出家才女的风貌:

> 西京咸宜观女道士鱼玄机,字幼微,长安倡家女也。色既倾国,思乃入神。喜读书属文,尤致意于一吟一咏。破瓜之岁,志慕清虚。咸通初,遂从冠帔于咸宜。而风月玩赏之佳句,往往播于士林。然蕙兰弱质,不能自持,复为豪侠所调,乃从游处焉。于是风流之士争修饰以求狎。或载酒诣之者,必鸣琴赋诗,间以谑浪,懵学辈自视缺然……②

根据上述记载,鱼玄机乃自倡门而入道。唐时倡门多有才华出众的女子。这也是唐时女冠出身的典型情形。她本是才女,出家住咸宜观,那里是士大夫家入道女子集中的地方。她成为道士后,过着与文人们诗酒唱和的风流生活。这也和前面提到的许多女冠的情形相似。但她的不同之处是有杰出的诗才,和文人的交往给了她发挥才情的机会。她有《左名场自泽州至京使人传语》诗:

> 闲居作赋几年愁,王屋山前是旧游。诗咏东西千嶂乱,马随南北一泉流。曾陪雨夜同欢席,别后花时独上楼。忽喜扣门传语至,为怜邻巷小房幽。相如琴罢朱弦断,双燕巢分白露秋。莫倦蓬门时一访,每春忙在曲江头。③

这首作品是她实际生活的写照,其中大胆地表白了她的精神追求。左名场应是她的旧友,离别多年忽得传语,勾引起她的热烈情思。前四句是回想在王屋山"旧游"的情景,这当是二人曾经交游之处。

————————

① 〔宋〕钱易《南部新书》甲卷,3 页。
② 〔唐〕皇甫枚《三水小牍》,32 页。
③ 〔清〕彭定求等编《全唐诗》卷八○四,9055 页。

王屋山是道教圣地,鱼玄机应曾在那里修道。"诗咏"一联写得相当雄健壮阔,表现出他们当年在山水间畅游唱和的豪放情怀。接着曲折地叙写欢会的回忆、离别的寂寞和忽得传语的喜悦。后面四句用"相如琴罢""双燕巢分"来比喻乖离的悲哀,抒写对友人来访的期待。写自己每春忙于在曲江应酬,正反衬出内心的无比寂寞。这首诗叙写情境鲜明生动,委婉抒情真挚而深沉,表达了一位有才情的女子在特定环境下的生活情态和精神苦闷。

她又有《游崇真观南楼睹新及第题名处》诗:

> 云峰满目放春晴,历历银钩指下生。自恨罗衣掩诗句,举头空羡榜中名。①

唐时进士及第在慈恩寺等处题名是士林流行风气。崇真观也是题名之处。这里所写情词颇为激切。诗人身为女子,本来是不可能应举出仕完成经世大业的。因此她尽管才情超群,却空怀羡慕之情,只能留下无奈的悔恨。"罗衣掩诗句"的严酷事实,正是有才情的女子的不可改变的命运。实际上在当时的世态下,也只有通过"入道"才争得了在文坛立足的地位。后来她终因杀侍婢被处死,或许是精神苦闷造成病态的结果。她死时年仅二十九岁。原有诗集一卷,已佚,《全唐诗》编诗一卷。她的悲惨命运也是社会环境促成的。

身为女道士的鱼玄机写过一些道教题材的诗,但她较好的作品还是抒写爱情或一般交谊的。在这方面,她和李冶的情形相似。在和李亿分离后,她有写给李亿的一些诗,其中如《江陵愁望寄子安》:

> 枫叶千枝复万枝,江桥掩映暮帆迟。忆君心似西江水,日夜东流无歇时。②

---

① 〔清〕彭定求等编《全唐诗》卷八〇四,9050页。
② 同上卷八〇四,9054页。

这样的诗颇工于描摹和比喻,感情抒写得也相当委曲深沉。用西江长流水比喻感情,使人们联想到李煜的"问君能有几多愁,恰似一江春水向东流";而且用语的浑朴自然也有异曲同工之妙。入道以后,她得以和文士广泛结交。如《迎李近仁员外》诗:

> 今日喜时闻喜鹊,昨宵灯下拜灯花。焚香出户迎潘岳,不羡牵牛织女家。[1]

这首诗也写得颇为自然浑朴,"喜鹊""灯花"的预兆生动地写出了迎接友人的喜悦、期待的心情;表示并不羡慕牵牛、织女的天上生活,更衬托出对现世感情的执着。整篇作品充分显示了女性柔婉的情致。又《酬李学士寄簟》:

> 珍簟新铺翡翠楼,泓澄玉水记方流。唯应云扇情相似,同向银床恨早秋。[2]

这位李学士大概就是李近仁。这篇作品在写法上和其他作品不同,特别工于刻镂,联想亦新异不凡:用秋季新簟和云扇一样将被遗弃,表达唯恐对方感情疏淡的疑虑。用"翠""玉""银"等辞藻写当前的繁华,对照之下,正表达出心态的冷峻。再如《寓言》一诗,已难以考定写作的背景:

> 红桃处处春色,碧柳家家月明。楼上新妆待夜,闺中独坐含情。芙蓉月下鱼戏,蟏蛸天边雀声。人世悲欢一梦,如何得作双成。

这也是一首抒写女性情怀的诗,表达的也是对于爱情的执着追求。写景述情同样明丽柔婉,也是利用比喻来烘托;结尾一联的双关手法用得十分巧妙:董双成本是古代的女仙,相传是西王母侍女,得

---

①〔清〕彭定求等编《全唐诗》,卷八〇四,9054—9055页。
②同上卷八〇四,9048页。

道成仙,吹玉笙飞升,诗里是以飞升成仙情人成双的向往巧妙双关。唐人优秀的六言诗并不多见,女诗人的这一首在艺术上是富于创意的。

很显然,李冶、鱼玄机如果不是女道士,也就没有在社会上活动的机会,也不可能写出这些诗。

唐代著名的女诗人,李冶和鱼玄机之外,还有薛涛。薛涛本是歌妓,居于成都,也和士大夫广有交往。她晚年居浣花溪,着道士服,不知道是否真的出家了。但她和道士交游,有诗赠答;又有《试新服裁制初成三首》那样的诗,其三云:

> 长裙本是上清仪,曾逐群仙把玉芝。每到宫中歌舞会,折腰齐唱《步虚》词。

这里所写就是她本人裁制道士服的情形。设想穿着道士服,在歌舞会上唱《步虚》词,这是歌妓扮演女冠,也是当时贵族间以道调娱乐的习俗。这种习俗也显示了道教斋仪如何渗透到人们生活之中,薛涛当然也受到熏染。

《又玄集》选有女道士元淳诗二首。为《全唐诗》收录。《全唐诗》又录四个断句,《瑶池新咏》残页存全篇,又残句二行十二字[1]。元淳生平不可考,诗基本是写观居生活的。其《寄洛中诸姊》曰:

> 旧国经年别,关河万里思。题诗凭雁翼,岁月望蛾眉。白发愁偏觉,归心梦独知。谁堪离乱处,掩泪向南枝。[2]

这是抒写乱世中的丧乱之感的,怀乡之情和手足之谊交织在一起,表现得相当深切真挚。

唐时女道士能诗的当然不只以上几位,应当有更多的作品没有传世。这些作者兼有出家道士和女性的双重身份,其创作自然

---

①徐俊《唐蔡省风编〈瑶池新咏〉重研》,《鸣沙习学集》上册,260—262页。
②〔清〕彭定求等编《全唐诗》卷八〇五,第9060页。

形成一定的特色。无论是在道教史还是在文学史上，她们的创作都是值得重视的。

十九　人间胜过仙境，人情强过道心

从以上的介绍已经可以清楚地看出，唐时道教发展得不管如何兴盛，也不管当时有多少人热衷于求仙访道，人们对待道教的信仰心还是大为"蜕化"了。在唐代，几乎已很难看到六朝时期某些人意识中对道教的那种信仰的真挚与狂热了。这种状况反映了一代思想发展的大势，也和道教教义自身包含的内在矛盾有关系。道教的整个宗教精神所体现的生命意识，它的那种追求现世幸福、人生享乐的执着的愿望，都表现出强烈的"此岸"性格。而这种"此岸"性是对于宗教的超越、绝对的"彼岸性"的腐蚀和破坏。正是在这一发展中，道教神仙思想和人们的神仙追求逐渐地"蜕化"了。

典型地表明唐人神仙观念的这种"蜕化"的，还有两种类型的传说：一种是以神仙下凡为内容的，其中包括女仙羡慕人间而降临（有些是所谓"谪仙"）的故事；另一种是修道不能成功、最终失败的故事。这本来都是道教传说的传统题材。但唐代新产生的这些故事，不论其作者的主观意图如何，也不论其中直接表述的看法如何，客观上却都相当明确地反映了一种观念，即人间胜过仙境，人情强于道心。就是说，人世间的现实生活是比幻想的神仙世界更可宝贵、更为美好的。

张荐的《灵怪记》里有《郭翰》一篇，是说天上织女佳期阻旷，上帝赐命游于人间，降临到郭翰处，每当入夜而来，欲晓辞去。如此二人情好日益转切，后将至七夕，女忽不复来，经数夕方至。郭翰问说："相见乐乎？"她回答说：

　　　　　天上那比人间！正以感运当尔，非有它故也。君无相忌。

后以"帝命有程"，二人终于诀别，约言明年某日当有书信问讯。至
期，果有侍女持书至，书末有诗二首，其一云：

　　　　　人世将天上，由来不可期。谁知一回顾，交作两相思。①

结果郭翰从此戒绝人间丽色。在这个故事里，通过仙女之口，明确
地宣告"天上那比人间"。而故事又正是以织女在天上"久对无
主"、青春寂寞为背景，展开了人间男女的欢会与离别的情节。在
全篇的描写里，处处表现出人间生活和人世感情的美好。虽然作
品的最后宣扬主人公戒绝女色，但全篇实际是歌颂男女爱情、肯定
人间情欲的。

　　《玄怪录》的《崔书生》的故事发生在开、天年间，讲述一位崔书
生居住在东周逻谷口，好植花竹，暮春之时，有女郎前来赏花，两相
爱慕，终于结成婚姻；但以崔不告而娶，其母不悦，竟将新妇视为狐
媚，二人终于被迫离异。情节发展到这里，作品的构思类似于古诗
焦仲卿、刘兰芝的故事。但接下来描写崔生送新妇到仙界，新妇赠
送一白玉盒子为纪念；后来崔生遇一胡僧，知道这白玉盒子乃是
"至宝"，胡僧并告以其所纳妻本是"王母第三女玉卮娘子，他姊亦
负美名在仙都，况复人间。所惜君娶之不得久远。倘住一年，君举
家必仙矣"②。从这样的结尾看，作品本是表现道教传说中传统的
遇仙复失的题材的；但通观整个作品，其主要篇幅描写的却是仙人
执着地追求人间的爱情，并对这爱情的破灭表示无限眷恋。作者
同样是在极力渲染人间爱情的美好。而作品中显然对崔母破坏这
一姻缘持否定态度，并流露出要求婚姻自主的意味。像这样的作
品，在处理仙界和人世二者的矛盾时，也是倾向于肯定后者的。

────────────

① 〔宋〕李昉等编《太平广记》卷六八，420—421 页。
② 〔唐〕牛僧孺编《玄怪录》卷二，36—38 页。

　　《裴铏传奇》中所记封陟事也是十分奇特的仙女降临故事,情
节前文已介绍过,文中也是通过仙姝之口,着力肯定人间爱情的美
好和可贵。仙女对男主人公自述胸臆时说:"某以业缘遽萦,魔障
欻起,蓬山瀛岛,绣帐锦宫,恨起红茵,愁生翠被。难窥舞蝶于芳
草,每妒流莺于绮丛,靡不双飞,俱能对跱,自矜孤寝,转憎空
闺……"如此等等,实际是妙龄少女向往爱情的表白。她又说:"逝
波难驻,西日易颓,花木不停,薤露非久。轻沤泛水,只得逡巡;微
竹当风,莫过瞬息。虚争意气,能得几时……"这可以看作是人生
享乐的赞歌。她前后三次赠封陟诗,每一篇都是追求人间爱情的
真情流露,如第一次的诗:

　　　　谪居蓬岛别瑶池,春媚烟花有所思。为爱君心能洁白,愿
　　操箕帚奉屏帏。

这是少女向往人间恋情的大胆表露。第三次的诗是:

　　　　萧郎不顾凤楼人,云涩回车泪脸新。愁想蓬瀛归去路,难
　　窥旧苑碧桃春。①

这则是女子失恋的哀歌,并直截地表明"蓬瀛归路"是比不了人间
"碧桃春"的。这样,作品主要写的是仙女对人间爱情的艳羡,作者
显然对人世间的情爱倾注了更强烈的热情。

　　前述沈亚之所作《湘中怨辞》,充分显示出作者善于委婉述情
的特色②。篇幅虽然短小,但构思新颖,写得悱恻动人。作者说所
述"事本怪媚",如唐人所传的很多神仙故事一样,其客观意义是有
别于主观陈述的。故事的主人公本是龙女,写她到人间追求爱情,
同样是"谪仙"传说的变形。作品实际表现的乃是有情人终于暌隔
的悲剧,而造成这种暌隔的,正是仙、凡间不可逾越的界限。

_____

① 〔唐〕裴铏《裴铏传奇》,65—67 页。
② 〔唐〕沈亚之《湘中怨辞》,鲁迅校录《唐宋传奇集》卷四。

　　前面已经讨论过"谪仙"这一观念，指出在道教教理中这乃是沟通仙、凡的一种观念。如葛洪《神仙传》里的壶公，是"以公事不勤见责，因谪人间"①的，这样他就可能活动在人世并显示其神通；《真诰》里的萼绿华降临羊权，也是"以先罪未灭，故令谪降于臭浊，以偿其过"②，而她的降临却又传谕了上天的告诫。早期的这一类"谪仙"终究还是不同于凡人的仙人。他们由于犯有罪过而受到谪罚，降临人间是为了赎罪，承受责罚后还要回到仙界。而且即使是在人间，他们也仍保留着仙人的某些特色，发挥仙人的某些能力。这类"谪仙"传说的情节也成为宣扬神仙思想的一种模式。而从上举例子可以看出，在唐代文人以"谪仙"为题材的作品中，无论是形象还是观念都大为改变了：不仅降临到人间的"谪仙"进一步被等同于凡人了，而且他们被表现得十分迷恋人间生活。特别是那些女仙，往往更主动地追求人间情爱，陷入与凡人的恋情而难以自拔。这些女仙故事当然还多是以她们终于回归仙界收场，但这往往表现为被迫的，并留下了无穷的遗恨。这类作品已经没有多少宗教意味。作者主要是在通过这些"谪仙"的遭遇来歌颂人世间的爱情，突出表现人间的美好是胜过仙界的。联系前面谈到的诗歌里所表现的"世俗化"的"谪仙"形象，更可以看出"谪仙"观念这一发展变化的意义：在这些新型的仙人形象身上，宗教本应否定的人世"凡情"被肯定了。这也是和一代社会思潮中关注现世和人生的精神相一致的。

　　再一类故事和上述故事情节本不相同，但其内在精神是一致的。这些故事表面上是表现求道意志不坚定、求仙行动终于失败的遗憾的，但客观上却表明人间感情不可克制，情欲的力量是不可抗拒的。不管这些作品直接表述的看法如何，实际是肯定和颂扬

①〔宋〕李昉等编《太平广记》卷一二，80—82页。
②《真诰》卷一，《道藏》第20册，491页。

人世间的正常感情的。

《玄怪录》里的《杜子春》一篇写杜子春为仙人看守炼丹炉、接受试炼终于失败事,其情节或以为与《大唐西域记》卷七《婆罗疤斯国·烈士池及传说》所叙故事相类。实际上仙传里已有类似的故事,如葛洪《神仙传》里关于蓟子训的传说。故事的喻义表面是宣扬道教养炼中所必需的"诚心"的,但实际却有力地表现了人的情欲不可扼制的事实。神仙为了试练落魄贫困的杜子春,带他到华山云台峰合炼丹药,并被嘱以"慎勿语,虽尊神、恶鬼、夜叉、猛兽、地狱,及君之亲属为所囚缚,万苦皆非真实,但当不动不语耳,安心莫惧,终无所苦"。杜子春遵循教诲,认真地守护炼丹炉,通过了这一切十分恐怖的试验。后来入梦,被托生为哑女,出嫁到卢氏家,生有一子,始终不语;其夫终于为其无语而大怒,"乃持(儿)两足,以头扑于石上,应手而碎,血溅数步。子春爱生于心,忽忘其约,不觉失声云:'噫!'噫声未息,身坐故处,道士者亦在其前,初五更矣"。这样,丹炉终于破败了。后来道士说:"吾子之心,喜怒哀惧恶欲,皆能忘也。所未臻者,爱而已。向使子无噫声,吾之药成,子亦上仙矣。嗟乎,仙才之难得也……"①在关键的一刻,杜子春没能战胜自己的爱欲,修道终于失败了,他不得不回到人世间。这一故事的构思和形象客观表现的是和本来的宗教喻义全然相反的观念:人世间的真情是不可克制的,它比任何宗教的约束都更加强而有力。

《河东记》里的《萧洞玄》写的也是类似的故事,说王屋山道士萧洞玄炼丹不成,有神人授以大还秘诀,但须"得一同心者,相为表里"。后来他到扬州,舟行,堰开争路,有一人骨折,但颜色自若,问其姓名,则曰终无为,遂与结交,共至王屋炼丹。这个人嘱咐无为谨守丹炉,如至五更无言,则可携手上升。无为答说自己虽无他

---

① 〔唐〕牛僧孺编《玄怪录》卷一,1—4 页。

能,但"忍断不言"没有困难。遂十日设坛场,端坐丹灶之前,誓死不语。经过神仙降临、女子诱惑、地狱恐怖等,他都能坚持沉默无言。后托生至长安贵人王氏家,名慎微,聪慧异常,唯不解啼哭。年二十六,娶妻生子。一日与妻子在春庭游戏,庭中有磐石。妻曰:"观君于我,恩爱甚深。今日若不为我发言,便当扑杀君儿。"①慎微争其子不胜,妻举手向石扑之,脑髓迸出。慎微不觉失声。恍然而寤,则在丹灶之前。这个故事情节和《杜子春》相似,表面上同样是在宣扬求道必须坚韧,并为养炼的功亏一篑而抱憾,但客观上也是表明人的爱欲不可克制,求仙的目标不能达到是有其必然性的。

上述两类神仙故事,歌颂了人世间的美好,肯定了人的情欲的力量。这些作品表面上往往也在张扬神仙观念,要求求道的坚定性,但客观上表现的却是相反的观念。这正反映了当时浸透到当时人们内心深处的肯定人生、肯定人的情欲的意识。唐初的卢照邻本是道教信徒,是相当虔诚的神仙信仰者,他的名作长篇歌行《长安古意》在描写了长安市井繁华、宫阙壮丽、贵族歌舞游宴之后,说道:

> 借问吹箫向紫烟,曾经学舞度芳年。得成比目何辞死,愿作鸳鸯不羡仙……②

这里用的是《列仙传》萧史和弄玉吹箫引凤而升仙的典故,而实际描写的却是歌舞游乐之中的爱情生活,并表明这爱情是至死不渝的。"愿作鸳鸯不羡仙",诗人明确表示人间爱情的价值是高过神仙生活的。这也透露出当时人对于神仙的一种新的看法,也可以看作是肯定人间爱情的宣言。

对比魏晋南北朝时期那些神仙传说,无不夸说仙界的美好,视

---

① 〔宋〕李昉等编《太平广记》卷四四,276—278 页。
② 〔唐〕卢照邻著,任国绪笺注《卢照邻集编年笺注》,113 页。

人间为"臭浊"。虽然那些女仙降临和凡人结合终于离异的故事也给读者留下遗憾，但仙界终究被表现为令人艳羡的归宿。但是在唐代传奇里同类情节的故事里，更大的遗憾是有情人不能成为眷属，留给读者的不再是对神仙和神仙世界的羡慕与向往，而主要是对于仙、凡阻隔的无奈和悔恨，这样，人间真情就显得更可宝贵。

创作出上述这类故事，也再一次显示了当时人对待所描写的神仙和神仙境界的"赏玩"心态；形成这样的心态，也正是因为当时人对神仙和神仙世界的超越性、神秘性已普遍地动摇、怀疑以至否定了。这也反映了当时道教神仙信仰全面"蜕化"的总潮流。结果唐人积极地热爱生活、肯定人生、要求人的欲望得到满足的乐观向上精神，在这些神仙传说里被曲折地体现出来。

二十　神仙信仰的破灭与神仙"美学"的发展

在神仙和神仙世界被逐渐"世俗化"的过程中，人们的信仰在普遍地淡化、"蜕化"下去。如前所说，在唐王朝三百年的历史中，尽管道教发展的形势十分兴盛，求仙访道、合炼丹药更蔚为风气，但抱有真挚的信仰心的人却并不多见。特别是在知识阶层中更是如此。甚至在道教教团内部，如早期道教的"灵媒"杨羲、周子良等人身上的那种信仰狂热也难以见到了。唐代外丹术向内丹术转化，也正是这一倾向发展的结果。这样一来，在人们的意识深处，相当普遍地把神仙和神仙世界当作一种理想境界、一种幻想来对待。唐时许多人的求仙活动，与其说是认真的宗教修炼以求升仙，不如说是在寻求心灵的安慰和寄托，是在探寻另外一种令人向往的生活方式。神仙和神仙境界成了人们心造的幻影，成了美学创造和欣赏的对象，就是说，它们主要已不再被当作实践中可以追求

和实现的修道目标了。在这种理想和幻想里,曲折地表现了当时
人的现实的欲念、向往与追求。而通过文学创作所表现的神仙和
神仙境界的幻想以及人们羡仙、学仙、求仙等观念和活动,则多是
出于文人们艺术想象的主观创造了。这样在文学创作领域也就体
现着唐代道教神仙信仰和神仙思想的重大转化。而从思想意识发
展的总趋势看,这也是魏晋南北朝时期宗教信仰极盛之后,中土传
统的理性观念得以振兴和恢复的结果。这也表明,唐代佛、道二教
的大繁荣终于走向了反面:二者固有的传统都相继衰微,不得不开
拓另外的发展方向和出路了。

这种倾向在前面介绍的作品里已有十分明显的表现。更直接
地反映唐人神仙思想的"蜕化"的,还有当时涉及神仙题材的另外
两类作品:一种是表现神仙不可求的;再一种是讽刺求仙的愚妄
的。前面所介绍的唐代文人作品,已有不少是涉及这两个主题的,
从中已可以看到当时不少热衷于道教的人,已经相当明晰地意识
到神仙的虚妄,至少是对神仙的存在心存犹疑了。下面再看看另
外一些例子。

隋唐之际的王绩已经明确说"回头寻仙事,并是一空虚"[1]。他
又有《赠学仙者》说:

> 采药层城远,寻师海路赊。玉壶横日月,金阙断烟霞。仙
> 人何处在,道士未还家。谁知彭泽意,更觅步兵那。春酿兼松
> 叶,秋杯浸菊花。相逢宁可醉,定不学丹砂。[2]

陶潜有诗句说"死去何所道,托体同山阿"[3];阮籍也曾认为"逍遥浮

---

① 〔唐〕王绩《田家三首》,《王无功集》卷中。
② 同上卷中。
③ 〔晋〕陶潜《拟挽歌辞三首》,逯钦立校注《陶渊明集》,142页,中华书局,
　 1979年。

世，与道俱成，变化散聚，不常其形"①。王绩发挥他们的委顺自然、应变处和之道，赞赏诗酒逍遥的生活，表示并不相信仙人的存在，所以也不会从事炼丹之类的养炼。

张彪是杜甫的友人，即杜诗里的"张山人"。他有《神仙》诗说：

> 神仙可学无，百岁名大约。天地何苍茫，人间半哀乐。浮生亮多惑，善事翻为恶。争先等驰驱，中路苦瘦弱。长老思养寿，后生笑寂寞。五谷非长年，四气乃灵药。列子何必待，吾心满寥廓。②

这里表现的是对于生命的简单朴素的看法：食谷饮水的人有生必有死，乃是天地间自然变化的不可逃脱的结局。"四气"用董仲舒《春秋繁露》典，是说喜、怒、乐、哀"四气者，天与人所同有也"③；所谓"四气乃灵药"，也是认为委顺自然则易于保全。最后表示如列子那样"御仙"是不可求的，对人生只能以旷达超脱的心情待之。在唐代，像张彪这样的"山人"、隐士所在多有。如上述初唐时的王绩，也是典型例子。张彪和他的看法是相似的。这些人隐逸求道，但所求之"道"不是"神仙飞升"、长生久视的神仙之道，而是更具理性的放达超逸、乐天安命之道。这其中更多地表现了老、庄思想的影响。

在前面讨论白居易时曾引录过他的《梦仙》诗④，其中以讽刺的笔调描写一个梦仙者的悲剧。诗人袭用游仙的笔法，描写梦中进入仙境，实际也是在暗示仙境本是一梦。诗中描写梦仙者把梦幻当作了现实，相信可以成仙，精心炼养，直到老死而不悟。诗人曾

---

① 〔三国·魏〕阮籍《大人先生传》，《全上古三代秦汉三国六朝文·全三国文》卷四六。
② 〔清〕彭定求等编《全唐诗》卷二五九，2892 页。
③ 〔汉〕董仲舒《春秋繁露》卷一一《阳尊阴卑》。
④ 〔唐〕白居易著，朱金城笺注《白居易集笺校》卷一，第 1 册，10—11 页。

说"神仙信有之,俗力不可营。苟无金骨相,不列丹台名",这还是道教传统中关于神仙之命天定的说法。本来在道教教理中关于"神仙"是否"可学"是魏晋以来即努力加以解决、到唐代已经解决了的问题;承认"神仙可学"、仙道"简易"才能为凡人学仙敞开大门。所以这首诗里表现的观念看似又倒退到旧有的成仙须有"定命"的说法之中去了。实际上诗人并不一定真的相信神仙实有,他只是在表达上作让步之词,作品的主旨是批判求仙的愚妄的。

贾岛有《游仙》诗:

> 借得孤鹤骑,高近金乌飞。掬河洗老貌,照月生光辉。天中鹤路直,天尽鹤一息。归来不骑鹤,身自有羽翼。若人无仙骨,芝术徒烦食。①

这用的又是传统的"游仙"题目,前八句也是使用一般游仙诗的写法,描写骑鹤飞升的神奇美好,但一结同样极其冷峻地表明没有仙骨是不可能成仙的,不论如何修炼都徒劳无益。

前述的一些传奇小说里表现出执着现世人生、人间胜过仙境的观念。有些诗人抒写了同样的看法。如许浑有《卢山人自巴蜀由湘潭归茅山因赠》诗:

> 太乙灵方炼紫荷,紫荷飞尽发皤皤。猿啼巫峡晓云薄,雁宿洞庭秋月多。导引岂如《桃叶》舞,《步虚》宁比《竹枝》歌。华阳旧隐莫归去,水没芝田生绿莎。②

"紫荷"即紫河车,是外丹烧炼的玉液。首联是说卢山人相信仙方,却炼丹不成,已是白发苍苍;接着描写从巫峡经洞庭回茅山的一路景象;"导引"一联直接拿求仙的寂寞和人世的欢乐作对比;结尾则规劝卢不要再回茅山华阳洞天度过求仙访道的寂寞生活。

---

① 〔清〕彭定求等编《全唐诗》卷五七一,6621 页。
② 同上卷五三五,6105 页。

　　处身乱世的司空图曾热衷仙、佛,但他的主要动机显然也是隐逸以求安适的。他的《携仙录九首》之九说:

　　　　此生得作太平人,只向尘中便出尘。移取碧桃花万树,年年自乐故乡春。①

他愿做乱世中的"太平人",以为安适的尘世生活就是"出尘"的超然境界。显然并不追求现世之外的另一个神仙世界,而要把故乡变作人世间的桃花源。

　　和他大体同时的李咸用则有《吴处士寄香兼劝入道》诗:

　　　　谢寄精专一捻香,劝予朝礼仕虚皇。须知十极皆臣妾,岂止遗生奉混茫。空挂黄衣宁续寿,曾闻玄教在知常。但居平易俟天命,便是长生不死乡。②

这是回答友人劝说入道的诗。主旨和上引司空图的诗一样,同样是明确地否定神仙信仰的。诗中宣扬"玄教"的自然"常"道和儒家"平易"的乐天安命的生活,认为这也就等同于长生不死之道了。

　　以上这几个例子,都从不同角度明确地表现了神仙不可学、不能成的观念。当然作者的正面主张是各不相同的,反对求仙的理由也是各种各样。有的人是主观上不愿,有的则以为客观上不能。但得出的结论是一样的:基本都否认神仙的存在或成仙的可能。写这些作品的人有些和道教也有某些瓜葛,有的也写过各种涉道之作;在另外的情况下,他们对道士和神仙追求甚或有赞颂之词。这也表现出唐人观念中对于宗教那种常见的游移、矛盾态度。但无论如何,写出上面这样的作品,总表明当时人对于神仙和仙境的诚挚的信仰心是大为动摇或根本丧失了。

　　唐代文人中有不少人又对统治者的求仙活动进行了猛烈的抨

<hr />

① 〔清〕彭定求等编《全唐诗》卷六三三,7269 页。
② 同上卷六四六,7410 页。

击和尖锐的讽刺。这类作品多是着眼于现实的,有些显然有具体的讽喻对象,政治意义十分鲜明。例如一生热衷仙道的李白也有诗讽刺秦始皇求仙:

> 秦皇按宝剑,赫怒振威神。逐日巡海右,驱石驾沧津。征卒空九宇,作桥伤万人。但求蓬岛药,岂思农扈春。力尽功不赡,千载为悲辛。①

像李白这样热衷于求仙访道的人写出如此尖锐讽刺帝王求仙的作品,体现了唐代正直士大夫在对待经国大业和个人信仰问题上姿态的不同。就是说,在当时许多人看来,宗教信仰可以作为个人生活或精神的出路或寄托而被肯定和实践,但从统治者经世治国的角度看却要坚决地加以否定。对待佛教如此,对待道教同样是如此。这种矛盾态度本身实际也表现了信仰心的动摇或缺失。而在唐代文人的讽喻传统中,历史上颇具雄才大略而又热衷求仙的秦皇、汉武往往成为众人集矢的目标。特别是在玄宗、宪宗、武宗等好道帝王在位时期,许多人正是通过批判秦皇、汉武来讽刺当朝的皇帝的。

前面介绍过韦应物本来是相当热衷于道教的,他写过不少以学仙、游仙为题材的作品,和茅山派道士也有密切的交往。他有《汉武帝杂歌三首》,其一说:

> 汉武好神仙,黄金作台与天近。王母摘桃海上还,感之西过聊问讯。欲来不来夜未央,殿前青鸟先回翔。绿鬓紫云裾曳雾,双节飘飘下仙步。白日分明到世间,碧空何处来时路。玉盘捧桃将献君,踟蹰未去留彩云。海水桑田几翻覆,中间此桃四五熟。可怜穆满瑶池燕,正值花开不得荐。花开子熟安可期,邂逅能当汉武时。颜如芳华洁如玉,心念我皇多嗜欲。

---

① 〔唐〕李白《古风》四十八,〔清〕王琦注《李太白全集》卷二。

虽留桃核桃有灵,人间粪土种不生。由来在道岂在药,徒劳方
士海上行。掩扇一言相谢去,如烟非烟不知处。①

这篇歌行是演绎《汉武帝内传》的传说的,写法和作者的《学仙》二
首一样,也是根据《真诰》中的故事加以敷衍。《内传》表现汉武帝
虽居帝王之尊,但性属浊秽,贪求嗜欲,不能成仙,本有着以宗教伦
理对抗现实统治权威的意味,体现的是作品出现当时的神仙观念。
其撰集者显然并不是否定神仙可成,而是宣扬这种信仰的。但韦
诗里表现的观念却和原来的传说大相径庭:"由来在道岂在药",这
里的"道"是指道义、道德之"道",诗人是说武帝无"道",因而对于
他来说食仙桃、求长生等仙术是无济于事的。方士徒劳,仙界渺
茫,结尾的这种描写十分清楚地透露出作者对于帝王求仙的否定
态度。

　　白居易《新乐府》中的《海漫漫》一篇题下小注即明确表示是
"戒求仙也",作品以秦始皇被方士徐福等愚弄到东海求仙的传说
为题材,暴露了追求神仙长生的愚妄。他讽刺的笔端显然是向着
皇帝的。后面更提出了被唐代统治者尊为宗祖的老子的《道德
经》,据以断言神仙飞升之无据,更表明作品是针对当朝的。这也
是用陈寅恪所谓的"老学"来对抗道教神仙迷信的。

　　张籍有《学仙》诗说:

　　　　楼观开朱门,树木连房廊。中有学仙人,少年休谷粮。高
　　冠如芙蓉,霞月披衣裳。六时朝上清,佩玉纷锵锵。自言天老
　　书,秘覆云锦囊。百年度一人,妄泄有灾殃。每占有仙相,然
　　后传此方。先生坐中堂,弟子跪四厢。金刀截身发,结誓焚灵
　　香。弟子得其诀,清斋入空房。守神保元气,动息随天罡。炉
　　烧丹砂尽,昼夜候火光。药成即服食,计日乘鸾凰。虚空无灵

①〔唐〕韦应物《韦苏州集》卷一〇。

应，终岁安所望。勤劳不能成，疑虑积心肠。虚羸生疾疹，寿命多夭伤。身殁惧人见，夜埋山谷旁。求道慕灵异，不如守寻常。先王知其非，戒之在国章。①

这里细致地叙述了一个学仙者的故事：揭露他对仙术的迷恋，师弟子间相互欺骗，特别暴露他服食丹药致死而不悟的悲惨下场。最后正面提出儒家的先王之道，以明仙道之虚伪荒诞。张籍又有《求仙行》，也是借用汉武求仙的题材进行讽刺，表现得更为直截：

> 汉皇欲作飞仙子，年年采药东海里。蓬莱无路海无边，方士舟中相枕死。招摇在天回白日，甘泉玉树无仙实。九皇真人终不下，空向离宫祠太乙。丹田有气凝素华，君能保之升绛霞。②

诗中写汉武帝年年在东海采药，是经过典型化的情节。作品暗用《汉书·郊祀志》典，其中说到由于传说"黄帝接万灵明庭，明庭者，甘泉也"，因此汉武帝筑甘泉宫；又说"天子既闻公孙卿及方士之言：黄帝以上封禅，皆致怪物与神通。欲仿黄帝神人，蓬莱高世，比德于九皇"，但终于不见九皇真人。诗人如此描写了汉武求仙失败的事实之后，在结尾处强调个人心性的养炼，则透露出内丹观念的影响。中唐时期内丹思想在禅宗的影响下得到迅速发展，也成为道教内部否定外丹神仙术的力量。

孟郊有《求仙曲》：

> 仙教生为门，仙宗静为根。持心若妄求，服食安足论。铲惑有灵药，饵真成本源。自当出尘网，驭凤登昆仑。③

这是一首说理诗。诗人提出"仙教生为门"，强调道教的生命意识，

①〔清〕彭定求等编《全唐诗》卷三八三，4298页。
②〔清〕彭定求等编《全唐诗》卷三八二，4281页。
③同上卷三七二，4186页。

这也是他对道教真谛的理解。他又强调内心虚静、追求本源的"真"，这都是"老学"的观念。他说这才是真正的求仙，也是突出心性的修养而否定神仙术的。

卢仝有《忆金鹅山沈山人二首》：

> 君家山头松树风，适来入我竹林里。一片新茶破鼻香，请君速来助我喜。莫合九转大还丹，莫读三十六部大洞经。闲来共我说真意，齿下领取真长生。不须服药求神仙，神仙意智或偶然。自古圣贤放入土，淮南鸡犬驱上天。白日上升应不恶，药成且辄一丸药。暂时上天少问天，蛇头蝎尾谁安著。
>
> 君爱炼药药欲成，我爱炼骨骨已清。试自比校得仙者，也应合得天上行。天门九重高崔嵬，清空凿出黄金堆。夜叉守门昼不启，夜半醮祭夜半开。夜叉喜欢动关锁，锁生攫地生风雷。地上禽兽重血食，性命血化飞黄埃。太上道君莲花台，九门隔阔安在哉。呜呼沈君大药成，兼须巧会鬼物情，无求长生丧厥生。①

这两首诗使用长歌体裁，以谐谑调侃的笔法写出，典型地显示了作者"高古介僻"的性格和"特异""奇谲"②的诗风。前一首说炼丹、读经不如饮茶快适。"自古圣贤放入土"，直接表明服药求仙都是没有意义的。这一首诗的意境让人想起作者的另外一篇作品《走笔谢孟谏议寄新茶》诗，其中形容饮茶之乐是"五碗肌骨清，六碗通神灵，七碗吃不得也，唯觉两腋习习清风生。蓬莱山，在何处，玉川子，乘此清风欲归去……"③也是说饮茶赛过神仙，信笔对神仙加以调侃。第二首则利用神仙世界的传说，指证所谓"仙界"并不美好，更暗示求仙反而会带来灾殃。这两首诗也都同样地表现出对现实

---

① 〔清〕彭定求等编《全唐诗》卷三八八，4381—4382 页。
② 傅璇琮主编《唐才子传校笺》第 2 册，272 页。
③ 〔清〕彭定求等编《全唐诗》卷三八八，4379 页。

生活的执着和强烈的理性精神。卢仝是韩愈的友人，是儒学者，他的诗体现了中唐儒学复古思潮对道教神仙信仰的批判态度。

许浑的《学仙二首》同样是批评汉武帝的：

> 汉武迎仙紫禁秋，玉笙瑶瑟祀昆丘。年年望断无消息，空闲重城十二楼。
>
> 心期仙诀意无穷，彩画云车起寿宫。闻有三山未知处，茂陵松柏满西风。[1]

邵谒的《学仙词》则讽刺秦始皇：

> 上仙传秘诀，淡薄与无营。炼药□□□，变姓不变形。三尸既无累，百虑自不生。是知方寸中，有路通上清。祖龙好仙术，烧却黄金精。[2]

又李咸用的《喻道》诗：

> 汉武、秦皇漫苦辛，那思俗骨本含真。不知流水潜催老，未悟三山也是尘。牢落沙丘终古恨，寂寥函谷万年春。长生客待仙桃饵，月里婵娟笑煞人。[3]

晚唐时期正是朝廷对求仙十分热衷的时候。写作这类诗，影射的意味十分明显。如此把矛头尖锐地指向最高统治者的皇帝，不仅显示了当时人强烈的批判意识，同时也表明中国传统意识中的儒家政治伦理是如何有效地发挥了抵制宗教观念和行为的作用的。

在魏晋以后的一段时期，道教和佛教曾形成两大兴盛的信仰潮流。这是中国人的精神史上宗教意识十分兴盛的时代。这一时期，作为时代精神指导者的知识阶层广泛地树立起和传布着对佛、道二教的信仰。在当时，神仙和神仙世界曾是许多人认真追求的

----

[1]〔清〕彭定求等编《全唐诗》卷五三八，6141页。
[2]同上卷六〇五，6995页。
[3]同上卷六四六，7415页。

目标。人们狂热地相信超越的、神秘的、无限美好的神仙境界的存在。当时的道教教学更在不断地论证神仙的"实有"和"可学",又制造出无数的仙人传记和灵验传说来加以证明,并发展出各种求仙、学仙的专门技术即神仙术。真挚、热烈的宗教信仰更转化为广泛流行于社会各阶层的狂热的宗教实践活动。而对比之下,虽然唐代道教的发展臻于极盛,其势力扩张到更广泛的社会层面和各个文化领域,但从信仰的角度看却是大为削弱、"蜕化"了。这一点上面引述的例子已可以充分证明。在当时人的意识里,对于神仙的"实有"和"可学"已相当普遍地产生了怀疑,以至许多人对之加以否定了。造成这一情势的因素很多:中土传统意识对于宗教迷信的抵制是一个方面,专制国家的政治伦理的制约又是一个方面,还有佛、道二教间的相互斗争和批判对于动摇和破坏彼此的信仰心也起了重要作用,等等。而历来求仙实践的破产和神仙存在的难以验证也是确立神仙信仰难以克服的障碍。

这样,对于外在宗教偶像和宗教目标信仰的怀疑和动摇,乃是唐代思想发展的重要特征。这一点特别表现在知识阶层之中,反映在思想理论和学术层面上,同样也表现在文学艺术领域里。这对于后来思想史的发展是起了重大作用的。它直接为宋代"新儒学"即理学的形成开拓了道路。在各宗教内部,对其各自以后的发展更造成了深远影响:无论是佛教还是道教,唐代以后都急剧地步入衰败之途,各自在内容和形态上都发生了根本的转变。宋代以后,佛教和道教在教理、教义方面都已鲜有新的进展,士大夫间流行的主要是具有浓厚的"三教合一"色彩的"居士"宗教,其内容主要是强调信仰者个人心性的修养和证悟,这是和理学修身养性的要求与目标大体相一致的;而单纯的、低俗的信仰形态则主要在民众间流行。就道教的情形说,盛行几百年的传统形态的道教终于没落,新的道教教派如全真、正一道等纷起,并形成一批新的民间道教教派。道教从而基本退出了高层次的思想文化领域,所发挥的社会作用也大为降低了。就神仙信仰而言,在民众间仍广泛流行,但内容和形态都变化了:一方面和民间佛教的偶像崇拜相混同,另一方面则演变为各种形态的、更为原始的民间(秘密)宗教信仰的组成部分。

这样,总观唐代思想史和宗教史的发展,会看到在佛、道二教极度繁荣局面下各自内在矛盾的深化,关键的表现是作为宗教存在根本的信仰心的动摇与"蜕化"。在这种潮流中,随着唐代大多数文人对于神仙和神仙术的真挚的信仰心的丧失,神仙和神仙世界主要是以其伦理价值和审美价值存在于人们的意念之中。历史上留传下来的那些神仙传说和灵验故事,当初曾被当作事实加以传颂和宣扬,又是曾被人们盲目地信仰过的,到这一时期基本被当作一种古老传说的资料来欣赏,或成为构造新的传说的借鉴和依据了。而新创作出的神仙题材的作品,大多数已不再以宣扬信仰为目的,主要是在表现当时人的生活理念和审美追求而已。从而无论是在观念里还是在实践中,神仙及其传说都已失去了引导以至左右人们精神世界的那种强大的宗教诱惑力,这样也就可能任凭人们更自由地进行创造、加以发挥了。

到唐代,不管人们的主观表述如何,也不管道教内外如何热烈地进行宣传和实践,本来面目的道教神仙信仰在思想史上的任务已经完成,从此以后也已不复存在其原来具有的神圣价值和地位。而相对比之下,正是从这时起,神仙观念、神仙题材在文学艺术中却以不同形态在继续不断地发挥着影响。演变为伦理和美学观念的神仙,仍普遍地表现在文人和民间的文艺创作里。而且,不仅是有关神仙观念的传统内容,更有人们重新创作的相关作品,都作为值得宝贵的艺术成果丰富着一代代文学创作。唐代作为"涉道"文学创作十分繁荣的时期,无论是在思想内容上还是在艺术形式上,都为后代积累了大量可资借鉴的遗产。特别是在艺术表现方面,那些刻画神仙形象的神奇虚幻的构思方法,描绘仙界美好景象的虚构、夸张、想象的艺术手段，构造神仙故事的大胆悬想的思维方式，以及描写它们的特殊的语汇和修辞技巧，还有使用历史流传下来的大量神仙典故的手法等，这些在众多作者有关神仙题材的创作实践中所积累起来的大量写作技巧和艺术经验，都作为艺术成果而被融入一般文学创作之中。这样在唐代，虽然作为信仰对象的神仙更多的只是被当作宗教玄想的产物而在相当大的程度上失去了原有的神圣地位，但转化为美学观念和艺术创作对象的神仙及相关形象却继续被广泛表现在文学作品之中。唐代文学中那些有关神仙主题和题材的大量作品，其中不少是优秀之作，作为一定历史时期精神创造的遗产，则持续广泛、深刻地影响以后的创作，直到今天仍保留着不朽的价值。

唐代长安道观及其社会文化活动

一 宫观数量和名称

　　道教起自民间,本来表现为某种群众运动形态,起初当然不会有后来那样的宫观。以后随着道教教团的形成,专业的宗教职业者道士也就需要有固定的举行宗教仪式、从事宗教活动的地方。早期的道教徒活动在所谓"治"里,这主要是宗教集会场所,具体情况不很清楚。随着道教逐渐向社会上层发展,特别是得到统治阶层的支持,教团活动又逐步规范化和制度化,一些"洞天福地"以至通都大邑形成道教徒集中活动的场所,至南北分裂的刘宋、北魏,借鉴佛寺建设体制,逐渐形成"道馆"制度。经过逐步"清整"的道教被南北王朝统治者所重视,得到社会上层的荫庇,道馆从而成为形态固定、组织严密、并具有相当规模的"机构",其布局则必然要逐渐向政治中心地区靠拢。但是直到隋代以前,在历代统治中心地的都城宫观仍然不多。

　　到了唐代,道教得到了更大的发展,特别是由于道教的教主老子被说成是皇室宗主,它从而带上了"御用宗教"的性质,道士亦被视同皇室宗属;加之帝王贵戚、官僚文人中有许多道教信徒,还要为一批"入道"的公主、宫人设立居停之所,如此等等,道观在两京被大量兴建起来。其中首都长安道观尤其众多。而自隋代开始兴建的新都大兴城,留有大量隙地,为规划、建立大规模的佛寺和宫观提供了可能。

在封建皇权和宗教教权进一步结合的情况下,唐代长安作为政治、经济、文化中心,同时也是宗教活动,主要是佛、道二教活动的中心。而道观在长安的大量兴建,一方面给道教在那里的进一步发展并扩大影响提供了条件,另一方面它们作为教团集中活动的场所,在很大程度上又体现了当时道教发展的特点,特别是在社会文化生活包括文学艺术领域发挥着重大作用。

从绝对数量看,唐代(首都长安的情形就是很典型的)的道士、女冠远较僧、尼为少,道教宫观的数量也较佛教的寺庙为少。按《唐六典》,天下观总一千六百八十七所,寺总五千三百五十八所①,这样计算起来,宫观数不及寺院数的三分之一。这应是编辑该书时的开元年间的统计,当然只是当时朝廷掌握的数字。按韦述《两京新记》记载:长安城中僧寺六十四,尼寺二十七,道士观十,女观五,波斯寺二,胡祆祠四。隋大业初有寺一百二十,谓之道场;有道观十,谓之玄坛。天宝后所增不在其数②。这里所说的道观数只及佛寺的九分之一,比例更在《唐六典》的记述以下。这些数字均应大大少于实际,但所反映的比例当是大体无误的。由于唐时大小不一的佛寺、道观有些旋建旋废,统计出确切的数字是不可能的。在比较寺院与道观数量时有一个情况应当指出,即就佛教的情况而言,唐代城乡还有数量众多的小型活动场所,即当时被称为佛堂、兰若、禅堂、经坊等等的,而道教则没有相应的场所。这样,道观的数量与佛寺相比就差得更多。另外还应注意到,长安道观有

①参阅《唐六典》卷四《礼部尚书·祠部》,125 页。
②《两京新记》,《丛书集成》本。

些是为某个公主入道而在贵族宅院基础上建立的,规模当然有限。而且总体看来,道观规模一般也较佛寺为小。

历史资料中集中反映长安道观状况的有王溥《唐会要》(以下简称《会要》),其卷五〇《观》项下著录了部分道观;徐松的《唐两京城坊考》(以下简称徐《考》,方严点校,中华书局,1985年;李健超增订,三秦出版社,1996年)对长安里坊状况包括寺庙、宫观的建置记载颇详。下文即在该二书基础上,参照后人的研究成果和有关资料,列出可考知的宫观名称和大致情况(下考以拼音为序):

崇明观:在颁政坊,徐《考》卷四注:"旧图"。

崇玄观:地址不详。《历世真仙体道通鉴》卷四〇:"道士刘元靖……会昌中,复召入禁中……升坛授箓,赐银青光禄大夫、崇玄馆大学士,号广成先生,别筑崇玄观以居之。"①又陆长源《华阳三洞景昭大法师碑》有"崇玄观道士包法整"②,观应在京城。

崇真观:在新昌坊。《唐会要》卷五〇:"本李齐古宅,开元初置立。"鱼玄机《游崇真观南楼睹新及第题名处》:"云峰满目放春晴,历历银钩指下生。自恨罗衣掩诗句,举头空羡榜中名。"③其地近名刹青龙寺,为士人游历之所。

东明观:在普宁坊。《唐会要》卷五〇:"显庆元年,孝敬升储后所立。"徐《考》卷四:"规度仿西明之制,长廊广殿,图画雕刻,道家馆舍,无以为比。"杜光庭《历代崇道记》:"乾封初……又为太宗及文德皇后造东明观于京师。"④所记造观年代不同。为京城著名道观。高宗时著名道士、"老宗魁首"李荣即住持此观,掌管京城道教事宜,他曾作为道教方面的代表参加佛、道辩论,详见道宣《集古今佛道论衡》。《金石萃编》卷五三《岱岳观碑》:东明观三洞道士孙文

---

① 《道藏》第5册,329页。
② 〔清〕董诰等编《全唐文》卷五一〇,5188页。
③ 同上卷八〇四,9050页。
④ 《道藏》第11册,2页。

儶奉天册金轮圣神皇帝四月□日敕，诣此岳观祈请。可见此观的特殊地位。《宝刻丛编》卷七著录"《唐东明观道士茹法师碑》长安四年立(《京兆金石录》)"。柳宗元有《东明张先生墓志》，张氏"居东明观三十余年"(《柳河东集》卷一一)。

洞灵观：在常乐坊。见《长安志》卷九。

都玄观：在道德坊。《唐会要》五○："道德坊，本隋秦王浩宅。天后朝置永昌县。神龙元年，县废，遂为长宁公主宅。景云元年，置道士观。开元五年，金仙公主居之，改为女冠观。十年七月，改为都玄观。"

奉真观：地址不详。储光羲《奉真观》云："真门迥向北，驰道直向西。为与天光近，云色成虹霓。"①则观应在长安，并可知其大体方位。

福唐观：在崇业坊。《唐会要》卷五○："本新都公主(中宗长女，嫁武延晖)宅。景云元年，公主子武仙官出家为道士，立为观。"又同卷《杂记》："(开元)二十五年十月二十七日敕：诸州玄元皇帝庙自今以后每年二月降生日，宜准西都福唐观，一例设斋。"可知该观祭祀玄元皇帝的特殊性质。

福贤观：王维有《和宋中丞夏日游福贤观天长寺之作》，原注："即陈左相所施宅。"②"宋中丞"浑，宋璟次子，以与李林甫善，引为谏议大夫、御史中丞等职，于天宝九载以御史大夫坐赃流潮州③。其为中丞应在任大夫前即天宝初，时王维在长安。又《唐会要》卷五○《杂记》："(天宝)七年八月十五日，敕两京及诸郡所有千秋观、寺宜改天长名。"唐代宗有《答天长寺沙门县邃等表定新旧两疏诏》(《全唐文》卷四八)，是关于朝廷勘定《四分律》新疏和法砺旧疏的。福贤观应与天长寺邻近。

---

① 〔清〕彭定求等编《全唐诗》卷一三九，1418—1419 页。
② 〔唐〕王维著，〔清〕赵殿成笺注《王右丞集笺注》卷一一。
③ 〔宋〕司马光编著《资治通鉴》卷二一六，6899 页。

福祥观:在布政坊。《唐会要》卷五〇:"本开府窦诚宅。天宝十三载置。"

光天观:在务本坊。《唐会要》卷五〇:"本司空房玄龄宅,景龙二年闰九月十三日韦庶人立为观,名翌圣(女冠)观。景云二年改为景云女冠观。天宝八载,改为龙兴道士观。至德三载,改为光天观。"《历代崇道记》:"乾元二年……宣下两街,访诸瑞像,于务本坊光天观圣祖院,果获黑髭老君之像,图写以进。帝见大悦,一如梦中所睹。乃出帝真容,令侍立于混元之后,仍颁示于天下,普令供养。"①事又见《道教灵验记》卷六《京光天观黑髭老君验》②。为著名道士申甫所住。《册府元龟》卷五四:"(大历)七年二月,光天观道士检校殿中监冲虚先生申甫上言,请下制,诫天下道士增修道法,许之。"③徐《考》作"先天观"。

昊天观:在保宁坊。《唐会要》卷五〇:"全一坊地。贞观初为高宗宅,显庆元年三月二十四日,为太宗追福,遂立为观,以昊天为名,额高宗题。"以著名道士尹文操为观主。《道藏》朱象先《古楼观紫云衍庆集》卷上尹文操碑有详细记述④。永泰元年(765)唐玄宗女新平长公主季女姜氏卒于昊天观⑤。此观地域广阔,中唐后为士人游观之所。

华封观:在兴宁坊。徐《考》卷三:"天宝六载,骠骑将军高力士舍宅置观。"又《唐会要》卷五〇有平康坊华封观,考其建置始末即下万安观异名。

回元观:在新仁坊。郑嵎《津阳门诗注》:"时于亲仁里南陌为

①《道藏》第 11 册,4 页。

②同上第 10 册,820 页。

③〔宋〕王钦若等编纂《册府元龟》卷五四《帝王部·尚黄老》,606 页。

④《大唐宗圣观主银青光禄大夫天水尹尊师碑》,〔元〕朱象先编撰《古楼观紫云衍庆集》卷上,《道藏》第 19 册,550—552 页。

⑤〔唐〕独孤及《唐新平长公主故季女姜氏墓志铭并序》,《毗陵集》卷一二。

（安）禄山建甲第……咸金银为之，今回元观，即其故第耳。"①1986
年在西安市和平门外出土令狐楚撰、柳公权书《大唐回元观钟楼铭
碑》。

嘉猷观：在平康坊。徐《考》卷三："本……李靖宅……后为
（李）林甫宅……奏分其宅东南隅立为嘉猷观。""明皇御书金字额
以赐之，林甫奏女为观主。观中有精思院，王维、郑虔、吴道子皆有
画壁。林甫死后改为道士观，择道术者居之。"《明皇杂录》卷上：
"李林甫宅亦屡有妖怪，其南北隅沟中，有火光大起，或有小儿持火
出入，林甫恶之，奏于其地立嘉猷观。"②又名"应圣观"，王建有《题
应圣观》诗，题注曰"观即李林甫旧宅"，诗云："精思堂上画三身，回
作仙宫度美人。赐额御书金字贵，行香天乐羽衣新……"③"精思
堂"即徐《考》"精思院"。

金仙女冠观：在辅兴坊。《唐会要》卷五〇："景云元年十二月
十七日，睿宗为第八女西宁公主入道，立为观。至二年四月十四
日，为公主改封金仙，所造观便以金仙为名。"同时昌隆公主亦入
道，改封玉真公主。景云二年春夏之际，曾为二公主营造所居道
观，诸臣谏止。睿宗《停修金仙、玉真两观诏》曰："其造两观并停，
其地便充金仙、玉真公主邑司……朕当别处创造，终不劳烦百
姓。"④不知在辅兴坊者是否为当时所营造。日僧圆仁《入唐求法巡
礼行记》卷四记载："（会昌四年二月，武宗）驾幸右街金仙观……敕
赐绢一千匹……特造金仙楼。其观本来破落，令修造严丽。"⑤可知
该观晚唐时情况。杜光庭《道德真经广圣义》卷一："御书四石幢注

---

① 〔清〕彭定求等编《全唐诗》卷五六七，6564 页。
② 〔唐〕郑处海《明皇杂录》，16—17 页。
③ 〔清〕彭定求等编《全唐诗》卷三〇〇，3404 页。
④ 〔清〕董诰等编《全唐文》卷一八，220 页。
⑤ 〔日〕圆仁《入唐求法巡礼行记》，177 页。

经立于左街兴唐观,右街金仙观。""升《道德经》居九经之首。"①

景龙观:在崇仁坊。徐《考》卷三:"半以东,本尚书左仆射、申国公高士廉宅;西北隅,本左金吾卫。神龙元年,并为长宁公主第。东有山池别院,即旧东阳公主亭子。韦庶人败,公主随夫为外官,遂奏请为景龙观,仍以中宗年号为名。初欲出卖,官估木石当二千万,山池仍不为数。天宝十三载,改为玄真观。"因而苏颋《景龙观送裴士曹》诗中有"昔日尝闻公主第,今时变作列仙家"②之句。亦为一时游观胜地。徐《考》卷四:"(龙首渠)……经胜业坊、崇仁坊景龙观……"中宗、睿宗时陆续营建。《册府元龟》卷五三:"(叶法善)先天二年,拜鸿胪卿,封越国公,仍旧称为道士,止于京师之景龙观。"③法善为势倾朝野的一时名道,后在玄宗讨武韦之乱时被杀。玄宗有《故金紫光禄大夫鸿胪卿越国公景龙观主赠越州都督叶尊师碑铭并序》(《全唐文》卷四一)。

景云观:在丰邑坊。杜光庭《神仙感遇传》卷四:"进士王璘,大中己卯岁游边回京师。既至之日,属宣皇升遐,人心震扰。才入金光门,投诸逆旅,皆已扃镝。遂入丰邑坊,诣景云观,僦一独院。"④光天观曾于景云二年(711)更名为景云女冠观,此非同一处。

九华观:在通义坊。徐《考》卷四:"本左光禄大夫李安远宅;武太后时,高平王武重规居焉。神龙中,为中宗女成安公主宅,又为思训所居,思训善画。开元中,睿宗女蔡国公主居之,十八年,舍宅立九华观。"《会要》作"二十八年"。此观亦为士人游观之所。

开元观:在道德坊。徐《考》卷四:"本隋秦王浩宅。武后朝……为长宁公主宅。景云元年置道士观。开元五年,金仙公主居之,改为女冠观。十年,改为开元观。"

---

①《道藏》第 14 册,313 页。
②〔清〕彭定求等编《全唐诗》卷七三,805 页。
③〔宋〕王钦若等编纂《册府元龟》卷五三,589 页。
④《道藏》第 10 册,898—899 页。

　　灵应观：原在醴泉坊，贞观末移于永崇坊。徐《考》卷三："隋道士宋道标所立。"敦煌所出《洞渊神咒经》卷一、卷七均有"至德元年七月廿一日奉敕为皇太子于灵应观写"①题记。

　　龙兴观：在崇教坊。《会要》卷五○："贞观五年，太子承乾有疾，敕道士秦英祈祷，得愈，遂立为西华观。垂拱三年，改为金台观。神龙元年，又改为中兴观。三年三月二十四日，复改为龙兴观。"为著名道士成玄英所住观。

　　又在永崇坊。郑畋《唐故上都龙兴观三洞经箓赐紫法师邓先生墓志铭》："大和八年秋，又诏至阙下，嘉其道德，籍隶太清宫，暇日游龙兴观，见坛宇芜圮，怃然曰：'岂可使胜地堙废，吾其居而化之。'遂精严像法，建济静治……"②李商隐《为马懿公郡夫人王氏黄箓斋文》："诣京兆府万年县永崇坊龙兴观内，奉谒受上法师东岳先生邓君……"③此邓先生即延康。

　　乾元观：在长兴坊。徐《考》卷二："《代宗实录》曰：'大历十三年七月，以泾原节度使马璘宅作乾元观，道士四十九人。'其地在皇城南长兴里。璘初创是宅，重价募天下巧工营缮，屋宇宏丽，冠绝当时，璘临终献之。代宗以其当王城形胜之地，墙宇新洁，遂命为观。以追远之福，上资肃宗，加乾元观之名。乾元，肃宗尊号也。"

　　清都观：在永乐坊。徐《考》卷二："隋开皇七年，道士孙昂为文帝所重，常自开道，特为立观。本在永兴坊，武德初徙于此地。"《唐会要》卷五○《杂记》："（开元）二十六年六月一日，敕每州各以郭下定形胜观、寺，改以开元为额。至天宝元年四月八日，开元观主李昭宗奏：本观先是清都观，敕改为开元观，属玄元降符，陛下加号，往年改额，题开元文字，今日崇号，合兼天宝之名，其额望请改为大唐开元天宝之观。敕依。"则此观曾更名为开元观和开元天宝观。

────────────

①敦煌遗书 S.3786，P.3233；S.318，P.2444。
②〔清〕董诰等编《全唐文》卷七六七，7982 页。
③〔唐〕李商隐《樊南文集补编》卷一一。

所以元稹《蛞蜂》诗"梨笑清都月"句有"京开元观多梨花蜂"注①。此观亦多有士人游览。

清虚观：在封邑坊。《唐会要》卷五〇："隋开皇七年，文帝为道士吕师辟谷炼气，故以清虚为之名。"唐初，傅奕上疏反佛，清虚观道士刘仲卿作《十异九迷论》相配合。

三洞观：在醴泉坊。《唐会要》卷五〇："本灵应道士观，开皇七年立。贞观二十三年永崇坊移换于此。"

太平观：在颁政坊，见下。《历世真仙体道通鉴》卷二五："（王远知）高宗调露二年，赠太中大夫，谥曰升玄先生，乃敕置太平观，度道（士）四十九人……天宝中，敕李含光于太平观造影堂，写真像，用旌仙迹焉……"②太平女冠观在大业坊，应不是一处。

太平女冠观：在大业坊。《唐会要》卷五〇："本徐王元礼宅，太平公主出家，初以颁政坊宅为太平观，寻移于此，公主居之。时颁政坊观改为太清观。"《通鉴》卷二〇二："初，太原王妃之薨也，天后请以太平公主为女官以追福，及吐蕃求和亲，请尚太平公主，上乃为立太平观，以公主为观主以拒之。"③后太平公主出降薛绍。

太清宫：在大宁坊。徐《考》卷三："《礼阁新仪》曰：'开元二十九年，始诏两京及诸州各置玄元皇帝庙一所，依道法醮。天宝元年正月，陈王府参军田同秀上言……于是置庙于大宁坊中，东都于积善坊。九月，改庙为太上玄元皇帝宫。二年正月，加号大圣祖。三月，敕西京改为太清宫，东都为太微宫，诸州为紫极宫。十二载二月，加号大圣祖高上大道金阙玄元天皇大帝，每岁四时及腊终行庙献之礼。初建庙，取太白山白石为真像，衮冕之服，当宸南向，玄宗、肃宗、德宗侍立于左右，皆朱衣朝服。宫垣之内，连接松竹，以

①《元氏长庆集》卷四。
②《道藏》第5册，244—245页。
③〔宋〕司马光编著《资治通鉴》卷二〇二，6402页。

像仙居……御斋院在宫之东,公卿斋院在宫之西,道士杂居其间。天宝五载,诏刻石为李林甫、陈希烈像,列侍于圣容之侧。林甫犯事,又刻杨国忠之形,而磨尽林甫之石。及希烈、国忠败,又尽毁之。八载,立文宣王像与四真人列左右。'殿内有吴道子画玄元真,见《名画记》……按:其地本临淄旧邸。"《混元圣纪》卷九:"(天宝元年)九月,置谯郡紫极宫,宜准西京例为太清宫。先天太皇、先天太后庙,亦改为宫。太清宫制度,南开三门,两重,东西各开三门,一重,每门安戟。正殿前后八间,置卯阶、午阶、酉阶及布砖,置龙墀、沙墀及置皇帝斋宫、公卿及行事官斋宇、御厨、斋厨及官吏公宇焉。"①

太清观:在金城坊。徐《考》卷四:"本悖逆庶人宅。初封安乐公主,出降武三思子崇训,崇训诛后,自休祥坊移宅于此,改适武承嗣之子延秀。及诛后,敕太清观道士史崇玄居焉。崇玄以先天二年谋逆,复诛,观遂废。"《朝野佥载》卷五:"道士史崇玄,怀州河内县缝鞾人也。后度为道士,侨假人也。附太平为太清观主。金仙、玉真出俗,立为尊师。每入内奏请,赏赐甚厚,无物不赐。授鸿胪卿,衣紫罗裙帔,握象笏,佩鱼符,出入禁闱,公私避路。神武斩之,京中士女相贺。"②苏颋《太清观钟铭》形容此观"金庭晃朗,玉京崇绝,七映严饰,四明洞开"③。

太真观:在安邑坊。徐《考》卷三:"天宝五载,贵妃姊裴氏请舍宅置太真女冠观。宝应元年,与肃明观换名焉。"

唐昌观:在安业坊。徐《考》卷四:"《剧谈录》曰:观有玉蕊花,花每发,若琼林玉树。元和中,春物方盛,车马寻玩若相继。忽一日,有女子年可十七八……方悟神仙之游,余香不散者经月余。时严休复、元稹、刘禹锡、白居易俱有诗。"程瑶田《释草小记》引《长安

---

①《道藏》第 17 册,867 页。

②〔唐〕张鹜《朝野佥载》卷四,114 页。

③〔清〕董诰等编《全唐文》卷二五六,2596 页。

志》:"安业坊唐昌观旧有玉蕊花,乃唐昌公主手植也。"

天长观:在怀贤坊。《唐会要》卷五〇:"本名会圣观(《长安志》作'会昌观')。隋开皇七年,文帝为秦孝王俊所立。开元二十八年,改千秋观。天宝七载,改名天长观。"《历世真仙体道通鉴》卷三二:"(刘知古)请以居第为大千秋观,上亲书额赐之,李邕文其碑……后因天长节,改观为天长……"①

万安观:在平康坊。徐《考》卷三:"天宝七载,永穆公主出家,舍宅置观。其地西南隅本梁国公姚元崇宅,次东即太平公主宅,其后敕赐安西都护郭虔瓘,后悉并为观。"

望天观:《册府元龟》卷五四:"(大历)七年二月……申甫又上言:玄真观、开元观、望天观并载先帝圣谥……"②玄真观当亦在长安。

五通观:在安定坊。徐《考》卷四:"隋开皇八年,为道士焦子顺所立。子顺能驱役鬼神,传诸符箓,预告隋文膺命之应。及即位,拜为开府、永安公,立观以五通为名,旌其神术。"焦子顺事迹见《隋书》卷七八《来和传》。

咸宜女冠观:在亲仁坊。《唐会要》卷五〇:"本是睿宗藩国地。开元初,置昭成、肃明皇后庙,号仪坤。后昭成迁入太庙……二十一年五月六日,肃明皇后祔入太庙,遂为道士观。宝应元年五月,以咸宜公主入道,与太真观换名焉。"该观初名肃明观。时紫阳真人韦景昭住于此,见陆长源《华阳三洞景昭大法师碑》:"隶居于长安之肃明观……天宝中,与元静先生奉诏修功德,造紫阳观……"③钱易《南部新书》:"长安……士大夫之家入道,尽在咸宜。"④著名女道士鱼玄机住咸宜观。

---

①《道藏》第 5 册,282 页。
②〔宋〕王钦若等编纂《册府元龟》卷五四《帝王部·尚黄老》,606 页。
③〔清〕董诰等编《全唐文》卷五一〇,5188 页。
④〔宋〕钱易《南部新书》戊卷,50 页。

　　新昌观:在大业坊。徐《考》卷二,无考。又在崇业坊。《唐会要》卷五〇:"天宝六载,新昌公主因驸马萧衡亡,奏请度为女冠,遂立此观。"公主为玄宗第十一女。

　　兴唐观:在长乐坊。《唐会要》卷五〇:"本司农园地,开元十八年造观。其时有敕令速成之,遂拆兴庆宫通乾殿造天尊殿,取大明宫乘云阁造门屋楼,白莲花殿造精思堂屋,拆甘泉殿造老君殿。"《册府元龟》卷五四:元和八年,"命中尉彭忠献帅徒三百人修兴唐观,赐钱十万,使壮其旧制。其观北距禁城,因是开复道为行幸之所,以内库绢千匹、茶千斤为兴唐观城复道夫役之赐;又以庄宅钱五十万、杂谷千石充修道教之费。九年二月,内出道教神仙图像经法九辇以赐兴唐观。"①

　　玄都观:在崇业坊。《唐会要》卷五〇《观》:"本名通达观。周大象三年,于故城中置。隋开皇二年,移至安善坊。玄都观有道士尹崇,通三教,积儒书万卷,开元年卒。天宝中,道士荆朏,亦出道学,为时所尚,太尉房琯每执师资之礼,当代知名之士,无不游荆公之门。初,宇文恺置都,以朱雀门街南北尽郭,有六条高坡,象乾卦,故于九二置宫阙,以当帝之居;九三立百司,以应君子之数;九五贵位,不欲常人居之,故置玄都观、兴善寺以镇之。"此谓观在安善坊,但该坊武后时尽为教弩场,隶威远军。崇业坊为朱雀门大街西第一街第五坊,和建有大兴善寺的街东第五坊正相对。隋时通达观为道教教学中心。唐时为著名道士叶法善所住观。《明皇杂录》:"李遐周者,颇有道术,唐开元中,尝召入禁中,后求出,住玄都观。唐宰相李林甫尝往谒之。"②中唐时为著名的游观之所。

　　延唐观:在休祥坊。徐《考》卷四,无考。杜光庭《历代崇道记》:"宝历二年……又敕于两京造延唐观。"③

───────

① 〔宋〕王钦若等编纂《册府元龟》卷五四《帝王部·尚黄老》,606 页。
② 〔唐〕郑处诲《明皇杂录》卷下,33 页。
③ 《道藏》第 11 册,5 页。

永穆观：李健超《增订唐两京城坊考》："京兆府泾阳县主簿王郔，字文秀，瑯琊临沂人，贞元十九年八月九日，终于万年县兴宁里永穆观之北院……王郔曾祖王同皎，尚定安长公主；祖繇……尚永穆长公主（玄宗女）；父训……墓志出土于西安府城东十五里田家湾（《雍州金石记》）。"①

玉清观：《历世真仙体道通鉴》卷四二："道士赵知微……皇甫元真为弟子……市药于京师，寓玉清观之上清院。"②《册府元龟》卷八二二："马颐……为道士，解天文律历，隋炀帝时，引入玉清观，每加恩礼，召令章醮。"③则观在隋时已建。

玉真女冠观：在辅兴坊。《唐会要》卷五○："与金仙观相对。本工部尚书窦诞宅，武后时为崇先府。景云元年十二月七日，为第九女昌隆公主立为观。二年四月十日，公主改封玉真，所造观便以玉真为名。"徐《考》卷四："此二观（金仙、玉真）南街，东当皇城之安福门，西出外郭城之开远门，车马往来，实为繁会。"此观为士人游观之所。

玉芝观：在延福坊。《册府元龟》卷五四："（天宝）八载六月，玉芝产于大同殿……闰六月丙寅，帝亲谒太清宫，上圣祖玄元皇帝尊号为圣祖大道玄元皇帝，丙辰诏……两京并十道于一大郡亦宜置一观，并以真符玉芝为名。每观度道士七人，修持香火。"④徐《考》卷四："本越王贞宅。后乾封县权治于此。又为新都公主宅，施为新都寺。寺废，乃为郇王府。天宝二年，立为玉芝观。"《三水小牍》："咸通辛卯岁，（赵）知微以山中炼丹须西土药者，乃使（皇甫）玄真来京师，寓于玉芝观之上清院……"⑤

①〔清〕徐松撰，李健超增订《增订唐两京城坊考》，141 页，三秦出版社，1996 年。

②《道藏》第 5 册，341 页。

③〔宋〕王钦若等编纂《册府元龟》卷八二二《总录部・尚黄老》，9768 页。

④同上卷五四《帝王部・尚黄老》，602—603 页。

⑤〔唐〕皇甫枚《三水小牍》卷上《赵知微雨夕登天柱峰玩月》，1 页。

昭成观：在颁政坊。徐《考》卷四："本杨士达宅。咸亨元年太平公主立为太平观。寻移于大业坊，改此观为太清观。高宗御书飞白额。至垂拱三年，改为魏国观。载初元年，改为大崇福观。武太后又御书飞白额。开元十七年为昭成太后追福，改立此名。"杜光庭《道教灵验记》卷一《上都昭成观验》："上都昭成观，明皇为昭成太后所立，在颁政里南通坊内，北临安福门街，与金仙观相对，观有百尺老君像在层阁之中……皆吴道子、王仙乔、杨退之亲迹……京师法宇，最为宏丽，唯玄都观殿可以亚焉。"又卷八《昭成观天师验》①。

至德女冠观：在兴道坊。徐《考》卷二："隋开皇六年立。"《唐语林》谓："宣宗微行至德观，有女道士盛服浓妆者，赫怒归宫，立召左街功德使宋叔康，令尽逐去，别选男子二人住持其观。"②（《东观奏记》卷上谓"选男道士二十人住持，以清其观"③）。岑文本有《京师至德观法王孟（静素）法师碑铭》④。

宗道观：在永崇坊。《唐会要》卷五〇："本兴信公主宅，卖与剑南节度使郭英乂，其后入官。大历十二年，为华阳公主追福，立为观。"徐《考》卷三："案观为华阳公主立，故亦曰华阳观。"欧阳詹《玩月诗序》："贞元十二年，瓯闽君子陈可封游于秦，寓于永崇里华阳观。"⑤《南部新书》丙卷："新进士放榜后，翌日，排光范门候过宰相，虽云排建福门，集于西方馆，昔有诗云：'华阳观里钟声集，建福门前鼓动期。'即其日也。"⑥

（安乐坊）观：观名待考。《全唐文》卷三四六王珙《请舍宅为观

---

① 《道藏》第 10 册，802、826 页。
② 周勋初校证《唐语林校证》卷一《政事》，80 页。
③ 〔唐〕裴庭裕《东观奏记》卷上，92 页。
④ 〔清〕董诰等编《全唐文》卷一五〇，1531—1533 页。
⑤ 〔清〕彭定求等编《全唐诗》卷三四九，3899 页。
⑥ 〔宋〕钱易《南部新书》丙卷，25 页。

表》:"臣旧宅在城南安化门内道东第一家,祖父相传……伏乞俯矜丹恳,特降皇慈,因诞圣之辰,充报恩之观……臣得澡雪纷垢,奉持斋戒,一心至愿,稽首尊容,献福圣躬,永资宝算……招灼然有行业道士二十七人,常修香火……"①

以上宫观五十二处(其中以龙兴观、新昌观为名者各有两所)。此外在宫廷内也有一些道观,主要是供帝王、后妃、宫人从事活动的场所。唐时兴"内道场",包括佛、道两方面内容,有时在殿廷中举行,更多的时候在宫廷内寺、观里举行。现可考知者如:

安福观:据苏颋《唐长安西明寺塔碑》,高宗为玄奘立西明寺,召高僧大德五十人、行业童子一百五十人,"上御安福观以遣之……"②然此"观"字或为"门"之讹。

大角观:徐《考》卷一:"大角观在珠镜殿东北。"

归真观:徐《考》卷一,在宫城"安仁(门)之北"。为金仙、玉真公主入道处。

降圣观:储光羲《述降圣观》诗,题注云:"天宝七载十二月二日,玄元皇帝降于朝元阁,改为降圣阁。"诗曰:"一山尽天苑,一峰开道宫……神皇作桂馆,此意与天通。"③又王建《同于汝锡游降圣观》:"路尽溪头逢地少,门连内里见天多……闻说开元斋醮日,晓移行漏帝亲过。"④观当在宫苑内。

金阙亭女冠观:《会要》卷五〇《杂记》:"文明元年二月十一日,金阙亭置一女冠观,并度内人。"

清虚院:唐玄宗《为赵法师别造精院过院赋诗》:"秋九月,听政观风,存乎游息,退朝之后,历西上阳,入清虚院。则法师所居之

---

①〔清〕董诰等编《全唐文》卷三四六,3510—3511页。
②同上卷二五七,2598页。
③〔清〕彭定求等编《全唐诗》卷一三六,1378—1379页。
④〔清〕彭定求等编《全唐诗》卷三〇〇,3404页。

地也。"①

三清殿：在大明宫北青霄门内东侧，遗址已发掘②。

又西内太极宫凌烟阁一侧，亦有三清殿。

望仙观：《资治通鉴》卷二四七："筑望仙观于禁中。"③据《云麓漫钞》卷八，望仙台在"宣政殿东北"④。

玄英观：《旧唐书》卷一二《德宗本纪》：贞元三年（787）"作玄英观于大明宫北垣"。

玉宸观：徐《考》卷一，在皇城。元稹《寄浙西李大夫》诗注："玉晨观在紫宸殿后面也。"⑤《全唐文》卷七二八有封敖《庆阳节玉晨观叹道文》等三篇；又卷八〇二有独孤霖《玉晨观祈雨叹道文》二首，"晨"或为"宸"之讹。

在长安郊外还有一些道观，可考者有：

白鹤观：在终南山。《全唐诗》卷六三八张乔《题终南山白鹤观》："上彻炼丹峰，求玄意未穷……"⑥

太乙观：在终南山。王维有《过太乙观贾生房》诗，而其《终南山》诗有"太乙近天都，连山到海隅"⑦句，太乙观应在太乙山。

万福观：在终南山。于敬之《桐柏真人茅山华阳观王先生碑铭》："谨命终南山万福观道士麴元敬祗召先生……"⑧

大化观：在渭水北。《金石萃编》唐玄宗《通微道诀碑》："肃宗皇帝敕道士达观大师杨重鸾于渭北大化观立石。"⑨

---

① 〔清〕彭定求等编《全唐诗》卷三，37页。
② 参阅马得志《唐长安城发掘新收获》，《考古》1987年第4期。
③ 〔宋〕司马光编著《资治通鉴》卷二四七，7985页。
④ 〔宋〕赵彦卫《云麓漫钞》卷八，118页，古典文学出版社，1957年。
⑤ 《元氏长庆集》卷二二。
⑥ 〔清〕彭定求等编《全唐诗》卷六三八，7306页。
⑦ 〔唐〕王维著，〔清〕赵殿成笺注《王右丞集笺注》卷七。
⑧ 〔清〕董诰等编《全唐文》卷一八六，1892页。
⑨ 〔清〕王昶《金石萃编》卷九一。

又孙思邈曾"隐于太白山",许宣平"筑室南山"[①],在长安郊外特别是终南山等处道观当还有一些。

虽然如前所说唐代长安的道士、女冠人数远少于佛教的僧、尼,道观当然也较寺庙为少,但从绝对数量看仍是相当多的,几乎是遍布全城。其中不少更具有相当规模。从这一点也显示出道教在当时的势力和影响,并具有与佛教抗衡的力量。

二　道士人数和道观规模

唐时全国道士数已难以确考。晚唐五代的杜光庭说"今检会从国初已来所造宫观约一千九百余所,度道士计一万五千余人。其亲王、贵主及公卿士庶或舍宅舍庄为观,并不在其数"[②]。这里宫观数与《六典》的统计接近,二者可以互证,是一时朝廷所掌握的宫观数字。道士人数也应是官方正式登录的数字。比较一下武宗毁佛还俗僧尼二十六万零五百(这也只是朝廷统计被迫还俗的人数,不包括大量逃逸的),就可以知道道士、女冠比僧、尼少得多。不过首都长安是宗教活动中心,道教又带有"御用宗教"的性质,道士应是相对集中的。如果估计道教兴盛的玄宗时代长安道士有三五千人,相差当不会太远。那么比当地僧侣人数还是少得多(长安繁荣时期的僧侣应在三万到五万人之数,详见拙作《唐长安佛寺考》)。

长安道观的规模同样比不了佛寺。昊天观占一坊地,只是个别的。而佛寺如兴善寺、荐福寺、光明寺、安国寺、慈恩寺、庄严寺、总持寺等一大批寺院都有相当大的规模。如前面所述,许多道观

---

①〔五代〕沈汾《续仙传》卷中,《道藏》第 5 册,86 页。
②〔唐〕杜光庭《历代崇道记》,《道藏》第 11 册,7 页。

是在贵族宅院的基础上建立的,更有的如前所述是为某个具体人
(主要是某公主)"入道"创建的,则带有"私观"的性质,其规模、范
围就更有限了。

长安大的佛寺如慈恩寺创建时有"十余院,总一千八百九十七
间"①,西明寺是"十院,屋四千余间"②,而一般道观的规模则要小
得多。《道藏》里有一本《洞玄灵宝三洞奉道科戒营始》,题为"金明
七真撰",敦煌写本中的《三洞奉道科戒仪范》即是该书的残卷,据
考为六朝末至迟为唐初所作③,其中卷一《置观品》所述应反映了唐
时道观建设的具体样式:

> 法彼上天,置兹灵观,既为福地,即是仙居。布设方所,各
> 有轨制,凡有六种:一者山门,二者城郭,三者宫掖,四者村落,
> 五者孤迥,六者依人。皆须帝王营护,宰臣修创。度道士、女
> 冠住持供养,最进善之先首,不可思议者也。
>
> 造天尊殿、天尊(堂)、讲经堂、说法院、经楼、钟阁、师房、
> 步廊、轩廊、门楼、门屋、玄坛、斋堂、斋厨、写经坊、校经堂、演
> 经堂、熏经堂、浴堂、烧香院、升退院、受道院、精思院、净人坊、
> 骡马坊、车牛坊、俗客坊、十方客坊、碾碨坊、寻真台、炼气台、
> 祈真台、吸景台、散华台、望仙台、承露台、九清台、游仙阁、凝
> 灵阁、乘云阁、飞鸾阁、延灵阁、迎风阁、九仙楼、延真楼、舞凤
> 楼、逍遥楼、静念楼、迎风楼、九真楼、焚香楼、合药堂等,皆在
> 时修建,大小宽窄,壮丽质朴,各任力所营。药圃、果园、名木、
> 奇草、清池、芳花,种种营茸,以用供养,称为福地,亦曰净居,
> 永劫住持……④

---

①〔唐〕慧立、彦悰《大慈恩寺三藏法师传》,149 页,孙毓棠、谢方点校,中华书
　局,1983 年。
②同上,214 页。
③〔日〕吉冈义丰《道教経典史論》,道教刊行会,1955 年。
④《道藏》第 24 册,745 页。

　　这里有些建筑名称不同，实质是相重复的。当然也不是每所道观全都具备这些建筑。但从中可以看出一般道观总的格局，即大体分为宗教活动区和生活区。宗教活动区主要有供养尊像、讲经写经和养炼等场所；生活区则包括饮食起居、财物经营以及待客场所等；还有一些附属建筑如山门、钟楼等。供养尊像在天尊殿，从名称看就可以知道所供养的是元始天尊，这是6世纪形成的道教最高神①。刘宋时三洞观念已经形成，玉清、上清、太清三清境为三洞尊神所在的仙境，"三清"尊神分别为元始天尊、太上道君、太上老君②。这是借鉴大乘佛教"三身佛"即佛有法身、报身、化身等"三身"的观念而形成的③。李白《金陵与诸贤送权十一序》说："我君六叶继圣，熙乎玄风；三清垂拱，穆然紫极。"④可知唐时三清观念已经流行。如前所述在宫廷里有"三清殿"。唐玄宗《赐李含光号玄静先生敕》里说"仰启三清尊君太师、元师、尊师"⑤，这应即是元始天尊、太上老君、太上道君；同样崔国辅《九日侍宴应制》诗说"金箓三清降，琼筵五老巡"⑥，"五老"是传说中的"五星之精"，与"三清"相对；刘禹锡《游桃源一百韵》诗说"如严三清境，不使恣搜索"⑦等，都表明唐时道观祭祀"三清"情形。此外还有供奉"真人"的。某些道观还供奉当朝皇帝的尊像。供养尊像的殿堂小的三间，大的有十三间的；称为"堂"的则更小些。唐时供奉佛像一般是一铺七身或九身；而且一所寺院可能供奉多铺佛、菩萨，还不止有一所殿堂。

---

① 〔日〕福永光司《昊天上帝と天皇大帝と原始天尊——儒教の最高神と道教
　　の最高神》，《道教思想史研究》，岩波书店，1987年。
② 参阅《道教义枢》卷七、《云笈七签》卷三。"三清"各天及其尊神的名称各书
　　记载不同。
③ 关于佛身问题说法亦有不同。或以为三身指法身、报身、应身等。
④ 〔唐〕李白著，〔清〕王琦注《李太白全集》卷二七。
⑤ 〔清〕董诰等编《全唐文》卷三六，396页。
⑥ 〔清〕彭定求等编《全唐诗》卷一一九，1201页。
⑦ 《刘宾客文集》卷二三。

道观的整个格局对比之下显然要小得多。其中的精修、炼丹、说法、讲经等场所主要是少数修道者所用,这一类房舍规模一般也较小。这也是由上面已经提到的道教活动的"贵族"性格所决定的。

具体道观所居道士数同样比佛寺少得多。如慈恩寺,建成时一次度僧三百人,遴选大德五十人;西明寺初建,入住大德五十人,各给侍者一人,后更诠试行业童子一百五十人拟度;代宗幸章敬寺,一次度僧千人。而天宝二年(743)改长安玄元皇帝庙为太清宫,东京为紫微宫,"两京宫内道士取先抽有道行者一七人,自余于新度人中简择取添,满三七人为定额"①。太清宫是最重要的道观,具有宗庙性质,是朝廷举行祀祷活动的地方,初建时也只有二十一人。天宝六载诏书中说:"天下诸观道士等,如闻人数全少,修行多阙,其欠少人处,度满七人,并取三十以上灼然有道行经业者充。"②这表明当时许多道观里的道士尚不足七人。又据天宝八载闰六月的诏书:"两京并十道于一大郡亦宜置一观。并以真符玉芝为名,每观度道士七人修持香火……"③这是说新置观依例度道士七人。较多的一次如大历十三年(778)"新作乾元观,置道士四十九人,以追远祈福,上资肃宗也"④。〔这里可以隋代的情况做参考:杜光庭《历代崇道记》上说,开皇三年(583)建大兴城,"乃于都下畿内造观三十六所,名曰玄坛,度道士二千人","炀帝迁都洛阳,复于城内及畿甸造观二十四所,度道士一千一百人",即每一所道观平均有道士五十多人。这应是道观一般的规模〕前一节所述"至德观"项下记载宣宗微行至观,有女道士盛服浓妆者,赫怒归宫,令尽逐去,别选男子二人(或二十人)住持其观。也可见当时一所道观道士的大致人数。

---

① 〔宋〕王钦若等编纂《册府元龟》卷五四《帝王部·尚黄老》,599页。
② 同上,601页。
③ 同上,603页。
④ 同上,606页。

　　道士的人数决定于道教的性质和作用。特别是和佛教的情形相比较,更能突显出唐代道教活动的特点。

　　首先,宗教教团是修道者的组织。但佛教徒剃度出家和道教徒"入道"的具体形态是不同的。佛寺里的僧侣多数是个人修行。在唐代,特别是新兴的禅门和净土念佛法门的兴行,大大提高了佛教的群众性。佛教势力的膨胀更使得寺院经济得到大发展;而经济力量的增长又使寺院有条件容纳大批失业民众,结果在唐代"私度"一直盛行不衰。这样一来,造成了"天下之财,佛有七八"(这当然是夸张的说法)的局面。而唐代道教作为具有"御用"性质的宗教,带上了更浓厚的政治性质。特别是两京的道士主要是为社会上层服务的宗教职业者,许多人出入"内道场",和朝廷有更密切的联系。这样,长安道教也就缺乏佛教那种更广泛的群众性。

　　其次,和这一点相关联,两京相当数量的道观是为了皇室公主、贵族妇女和宫人入道而创建的。这类道观理所当然对一般群众是相对封闭的。而对比之下,所有的佛寺里都居住着普通僧众,并容纳普通百姓礼佛诵经。

　　再次,从道教自身情况看,自南北朝被"清整"之后,更紧密地向统治阶层靠拢,其养炼方式和目标都更为贵族化。这在首都长安的道教里表现得更为明显。特别是道教徒无论是重金丹、重符箓,还是转而习内功,都要有一定的经济条件,并不是一般民众所可参与的。例如炼丹的药物多是贵重的金属或矿物,不是一般人能置备的;制作符箓要有相当的文化水平,也要具备一定的物质条件。而且道教的法术又多是秘功,仅在少数人之间秘密传授。早在葛洪的《抱朴子·金丹》篇里就说:"不令不信道者知之,谤毁神药,药不成矣。"[1]唐代的《太清石壁记》上规定:"凡合丹不得过三人

---

① 〔晋〕葛洪著,王明校释《抱朴子内篇校释》卷四《金丹》,74 页。

以上,即心不齐。"①这都大为限制了它在民众间的普及。这也是后来道教发生转变、民间教派兴盛起来的重要原因。

但应当注意到,虽然唐代长安的道教徒数量较佛教徒为少,道观的规模一般也较小,但其势力和社会影响却差可与规模远为庞大的佛教相抗衡。这主要是因为它作为宗教在当时有着特殊的功能和意义。

三　长安道观作为"祀祷宗教"的机构

长安道观大体可以分为三类:一是太清宫(玄元皇帝庙),这是特殊的道观,具有宗庙性质,完全是国家祭祀场所;二是为已故的某帝、后追福,为朝廷某个值得纪念的事件或某人入道而创立的,如为太宗追福立昊天观,为肃宗追福立乾元观,为李贤立为太子创宏道观,为中宗李显立为太子创东明观,为太子承乾病愈创龙兴观,为新都公主子武仙官出家创福唐观,为永穆公主出家创华封观,为蔡国公主出家创九华观,为太平公主创太平观,为金仙、玉真二公主出家分别立观,为华阳公主追福立宗道观,等等,这一批道观是专门为皇室创立、替皇室服务的;三是一般的道观。第二类显然占了相当大的比例;第三类普通道观名义上也多是朝命敕建的。而所有道观不论属于哪一类,都以替朝廷祝祷祈福为重要功能。这使当时的道教具有浓厚的御用性格,同时又带上了"祀祷宗教"的性质。唐代的佛教同样也有这样的功能,但道教在这一点上显得更为突出。这也是唐代道教发展中的一大变化:一方面鲜明地表现出道教对于现世统治的从属地位;另一方面其活动更多地表

---

①《道藏》第 18 册,764 页。

现为"公"的性质,即主要是起到为国家"祀祷"的作用。宗教从根本上说本应是基于个人信仰而建立的,个人修行应是其活动的基本方式。但是在中国专制政治体制和注重宗法血缘关系与伦理的传统中,几乎所有的宗教都要实现礼虔报本、福佑君国的"祀祷"功能。比如佛教,它的轮回报应观念本是限于个人的,但在中土,不但其内容中融入了传统的伦理,而且其范围也扩展及于宗族以至国家了。这在六朝造像记里表现得已非常明显,大量造像的祈福对象都把皇帝、六亲放在前面。纯粹的本土宗教道教这一方面发展得更为突出。既然唐朝廷把老子当作先祖,皇族是其宗枝,教主崇拜和祖先崇拜也就合而为一,道教也就理所当然地具有了"国家宗教"的性格。如果说隋、唐以前道教徒主要还是从事修炼方术、追求成仙的个人活动,那么到了唐代,为国家、君主祀祷祈福则成了道教的重要功能。特别是首都长安的道观更成了朝廷的祀祷机构,要依据朝命举行各种形式的法事;道士则成了朝廷御用的宗教职业者。与这一变化相关联的是,当时许多道教的代表人物都积极参与政治活动。早在隋、唐易代之际,道士们就窥探动向,寻找、投靠新的政治靠山。唐室初建,确定老子作为宗主,道教和新政权的联盟也就增加了一条更加牢固的纽带。这方面也可以和佛教作对比:唐太宗曾劝说佛门的权威人物玄奘还俗入仕,但被拒绝了。这不只表现了他个人的风范,还代表了佛教徒的一种典型态度。唐代也有个别的和尚干预朝政,也有如不空那样被赐予高官显爵的,但那只是特例,被认为是不正常的,而且也并没有出任实职。而对照之下,则有众多的著名道士被封官赐爵,有的人甚至直接参与署理朝政,这在下面将具体说到。接受了官方的"名义"和"荣誉",道士们也就失去了超然的地位,而成了世俗权威的奴仆。如著名的张果,被迎入内廷,李颀《谒张果先生》诗中说:

> 吾君感至德,玄老欣来诣。受箓金殿开,清斋玉堂闭。笙歌迎拜首,羽帐崇严卫。禁柳垂香炉,宫花拂仙袂。祈年宝祚

广,致福苍生惠。何必待龙髯,鼎成方取济。①

李颀是道教徒,他在这里歌颂张果,特别赞扬他以"祈年""致福"之术为朝廷服务。

　　按开元年间著成的《唐六典》,"凡道观三元日、千秋节日,凡修金箓、明真等斋及僧寺别敕设斋,应行道,官给料……凡国忌日,两京定大观、寺各二散斋,诸道士、女道士及僧、尼,皆集于斋所,京文、武五品以上与清官七品已上皆集,行香以退"②。这里"三元日"指正月十五日上元、七月十五日中元、十月十五日下元,这是"众真朝拜太极之吉日也,下仙凡人修身祓亡之要机也";"三元斋"是为了"诠简功过,校定吉凶"③的。所谓"国忌日",谓亡殁帝、后的忌日,这里规定这一天有"行香"制度并规定高祖以下的忌日皆"废务""七日行道";再以前的祖先"不废务""京城一日设斋"。至大历七年(772)四月,光天观道士申甫上言"玄真观、开元观、望天观并载先帝圣谥,请至讳日各于其观行香。从之"④。则"行香"又不限于上述两个道观了。崔国辅有《奉和华清宫观行香应制》诗,崔是玄宗时人,当是玄宗先有诗,群臣奉和,诗曰:

　　　　天子蕊珠宫,楼台碧落通。豫游皆汗漫,斋处即崆峒。云物三光里,君臣一气中。道言何所说,宝历自无穷。⑤

从这样的诗,可以了解"行香"仪式的一个侧面。这些斋祭,完全是作为朝廷礼仪举行的,显然带有浓厚的纪念或庆贺性质,所以所需由朝廷供给。文宗大和年间曾一度废除"国忌行香",但不久即恢复,从当时发出的《废国忌日行香敕》也可以看出这一制度的意义:

---

①〔清〕彭定求等编《全唐诗》卷一三二,1340—1341 页。
②〔唐〕李林甫等撰《唐六典》卷四《礼部尚书·祠部》,126—127 页。
③《太上大道玉清经》卷四《下元品》,《道藏》第 33 册,323 页。
④〔宋〕王钦若等编纂《册府元龟》卷五四《帝王部·尚黄老》,606 页。
⑤〔清〕彭定求等编《全唐诗》卷一一九,1201 页。

> 而近代以来，皈依释老，征二教以设食，会百辟以行香，将以仰助圣灵，而资福祐。有异夫皇王之术，颇乖教义之宗……①

就是说，当时已经有人指出这一做法是有悖于儒家尊祖崇先的精神的。还值得注意的是，尽管唐时佛、道地位高下屡有变动，但在朝廷所举行的这类法事里，二者共同参加，其作用也是被同等看待的。

这些斋祭在一些特定的道观（还有寺院）里举行，表明这类道观的特殊地位，如：

> （开元）二十七年五月二十八日敕：祠部奏：诸州县行道散斋观寺，准式，以同、华等八十一州郭下僧、尼、道士、女冠等，国忌日各就龙兴寺、观行道散斋，复请改就开元观、寺。敕旨：京兆、河南府宜依旧观、寺为定。唯千秋节及三元行道设斋，宜就开元观、寺。余依。②

就是说，像龙兴观、开元观这种朝命敕建的道观，更是以替朝廷举行斋祭为其主要任务。唐中期以后，这类斋祭已和佛教的祭祀完全合流，并往往同时举行。日僧圆仁记载当时的见闻：

> 长生殿内道场，自古以来，安置佛像经教，抽两街诸寺解持念僧三七人番次差入，每日持念，日夜不绝……国风：每年至皇帝降诞日，请两街供奉讲论大德及道士于内里设斋行香，请僧谈经，对释教道教对论义。③

圆仁后面讲的即是所谓"三教论衡"。当时朝廷主持的这种三教辩论已失去了教理、教义论争的意义，主旨在突出三者的"共赞王

---

① 〔宋〕宋敏求编《唐大诏令集》卷七八。
② 〔宋〕王溥《唐会要》卷五〇《杂记》。
③ 〔日〕圆仁《入唐求法巡礼行记》卷四，176 页。

化"。如"上元二年七月癸巳,于景龙观设高座讲论释、道二教。丁酉,遣公卿百僚悉就观设醮讲论,自宰臣以下赐钱有差"①。"贞元十二年,天子降诞日,诏儒官与缁、黄讲论,初若矛楯相向,后类江海同归"②。这显然已是庆祝皇帝诞辰的祝贺仪式的一部分了。当时宫廷中建佛、道"内道场",其主要意义也在于此。在郊祭、施赦时则往往到太清宫设斋祀祷。

　　老子是道教教主,道观当然要供奉老子即太上老君。长安附近的楼观就是专门供奉老子的,在唐代受到特别的重视。但如"(开元二十九年八月)甲午,命有司于兴唐观设斋,自内迎玄元皇帝真容于观,宰臣、百官悉行香……"③这样由内廷迎出老子真容,就有祖先崇拜的意味了。至"(天宝)三载三月,两京及天下诸郡于开元观、开元寺以金铜铸玄元等身天尊及佛各一"④。这样铸造等身的老子和原始天尊像,显然也有祝祷的象征意义。而据《历代崇道记》:"乾元二年……宣下两街,访诸瑞像,于务本坊光天观圣祖院果获黑髭老君之像,图写以进。帝见大悦,一如梦中所睹。乃出帝真容,令侍立于混元之后,仍颁示于天下,普令供奉。"⑤《册府元龟》记载:"(乾元元年)四月丁未,内出皇帝写真图,自光顺门送太清宫,诸观道士、都人皆以棚车、幡花、鼓乐迎送。"⑥这则是直接供奉皇帝尊像了。《唐画断》上也记载太清宫中"有肃宗真容,陈闳所画"。这是把世俗统治者等同于宗教神明,赋予他以神学的品格;从另一方面说,则是宗教的神格被世俗化了。

　　长安道观作为"祀祷宗教"的机构,其活动的具体内容又大为

①〔宋〕王钦若等编纂《册府元龟》卷五四《帝王部·尚黄老》,605页。

②〔宋〕钱易《南部新书》乙卷,12页。

③〔宋〕王钦若等编纂《册府元龟》卷五三《帝王部·尚黄老》,595页。

④〔后晋〕刘昫等《旧唐书》卷二四《礼仪志四》。

⑤《道藏》第11册,4页。

⑥〔宋〕王钦若等编纂《册府元龟》卷五四,605页。

功利化了。道士们的法术主要已不是神仙飞升、长生久视之类超越追求的手段。例如历高宗、则天、中、睿、玄五朝的著名道士叶法善，曾为内道场供奉，"高宗令广征诸方道术之士，合炼黄白，法善上言金丹难就，徒费财物，有亏政理，请覈其真伪，帝然其言"；卒后玄宗有诏说道："朕当听政之暇，屡询至道，公以理国之法，数奏昌言，谋参隐讽，事宜弘益。"①叶法善这样的人，更像是"帝王之师"的谋士了。当然也有以金丹惑主的道士，这在上面已有说明。不过长安道观所从事的已主要不是这类活动。

　　当时道士间流行的法术也主要是为统治者服务的，项目中重要的有：

　　祈雨或止雨：如高宗时"道士刘道合……召入宫中，深尊礼之，及将封太山，属久雨，帝令道合于仪鸾殿作止雨之术"②；又肃宗"乾元元年二月旱，于曲江池投龙祈雨；又令道士何智通于尚书省都堂醮土神，用特牲，设五十余座。右仆射裴冕及尚书侍郎官并就位，如朝仪"③。

　　祛病：这本是道教传统的法术。有些道士是懂得医术的，特别是在药物学方面，有的人更有专长。服食中的芝、术等实际是有疗效的草药，炼丹中合成的丹药里也有些是有一定疗效的。而有的道士更以神秘的治病法术惑人。如叶法善"尝于东都凌云观设坛醮祭，城中士女竞往观之，俄顷，数十人自投火中，观者大惊，救之而免。法善曰：'此皆魅病，为吾法所摄耳。'问之果然"④；"玄宗时，洛阳妇人患魔魅，前后术者治之不愈。妇人子诣叶法善道士，求为法遣……乃携人深入阳翟山中。绝岭有池水，善于池边行禁

①〔后晋〕刘昫等《旧唐书》卷一九一《方伎传》。
②同上卷一九二《隐逸传》。
③〔宋〕王钦若等编纂《册府元龟》卷五四《帝王部·尚黄老》，605页。
④〔后晋〕刘昫等《旧唐书》卷一九一《方伎传》。

……"①永徽四年(653)曾有敕令,"道士、女冠、僧、尼等不得为人疗疾及卜相"②,这也是为了防范以邪术惑人,并可见当时僧、道为人治病、卜相已很普遍。

求子:"开元初,玄宗以皇后无子,乃令叶净能道士奏章上玉京天帝,问皇后有子否。久之,章下,批云:'无子。'迹甚分明。"③又:"开元初,歧王范以无子,求叶道士净能为奏天曹……天曹令二人取敬爱寺僧为歧王子……"④叶净能是传说中的人物,这里的记述虽是小说家言,但反映的背景应是真实的。

延年益寿:例如"晚年之武后,已完全陶醉于道教之中",她改年号为"长生久视"以祈望长生,表现的就是道教观念。《金石粹编》卷五三有《岱岳观碑》,即是东明观道士奉她之命到泰山祈请的文书。她派人到嵩山所投金简(即所谓"投龙")已被发现,文云:"上言:大周国主武曌,好真道、长生、神仙,谨诣中岳嵩高山门投金简一通,乞三官九府除武曌罪名。大岁庚子七月甲申朔七日甲寅小使臣胡超稽首再拜谨奏。"⑤玄宗不断招请道士入内行道,目的之一也是求长生。如张果,时人传有"延年秘术,自云年十千岁,尧时为侍中"⑥,他"到东都,于集贤院安置,肩舆入宫,倍加礼敬,公卿皆往拜谒……玄宗留之内殿……"⑦;"开元中文靖天师(李含光)与(司马)承祯赴长生殿千秋节斋直,中夜行道……"⑧;"(唐若山)弟(唐)若水为衡岳道士,得胎元谷神之要,常召入内殿……"⑨;"申元

①〔唐〕戴孚《广异记》,116 页。

②〔宋〕王溥《唐会要》卷五○《杂记》。

③〔唐〕戴孚《广异记》,53 页。

④同上,154 页。

⑤饶宗颐《从石刻论武后之宗教信仰》,《饶宗颐史学论著选》,512—516 页。

⑥〔宋〕王钦若等编纂《册府元龟》卷五三《帝王部·尚黄老》,591 页。

⑦〔五代〕沈汾《续仙传》卷中,《道藏》第 5 册,86 页。

⑧《历世真仙体道通鉴》卷二五,《道藏》第 5 册,247 页。

⑨同上卷三五,300 页。

之……开元中,召入上都开元观。时张果、邢和璞、罗公远、叶法善、尹愔、何思远、史崇玄、秘希言,同左佑真风,翼戴人主。帝游温泉,幸东都,元之常扈从。善谈清静,上每延问,动移昝刻"①;又"天宝四年,撰黄素文于内道场,为民祈福,其文自飞上天,空中曰:'圣寿延长。'"②。这都表明玄宗喜好道术的重要目的在求长生。

祈丰年:"(天宝元年)十月诏曰:……去年具有处分,令天下诸观转《本际经》,逮至今秋,果闻有岁。自非大圣昭应,孰臻于此。宜令天下道士及女道士等待至今岁转经讫,各于当观设斋庆赞……"③

避灾却敌:有高宗时朝廷派遣东都弘道观主侯尊到衡山和霍山祈福破敌事,长安道士侯尊的情况应当同样:"属和帝永隆二年,舍其代邸,列以元储,遂置弘道观,有制博召名德。尊师应斯制,居弘道焉。通天年,契丹叛逆,有敕祈五岳恩,请神兵冥助,尊师衔命衡、霍,遂致昭感。"④又玄宗时的福唐观道士邓紫阳,"以道法佑明皇帝,为玄门之师,尝用下元术,以神卒朱兵讨西戎之犯境,若雷霆变化,犬戎大败,时称为神人"⑤。玄宗本人也有《赐道士邓紫阳》诗写到此事:

> 太乙三门诀,元君六甲符。下传金版术,上刻玉清书。有美探真士,囊中得秘书。自知三醮后,翊我灭残胡。⑥

占星:杨炯《和辅先入昊天观星瞻》:

---

①《历世真仙体道通鉴》卷三九,《道藏》第 5 册,323 页。
②〔宋〕钱易《南部新书》丙卷,28 页。
③〔宋〕王钦若等编纂《册府元龟》卷五四《帝王部·尚黄老》,598 页。
④《大唐大弘道观主故三洞法师侯尊志文》,周绍良主编《唐代墓志汇编》上册,1207 页。
⑤〔唐〕郑畋《唐故上都龙兴观三洞经箓赐紫法师邓先生墓志铭》,〔清〕董诰等编《全唐文》卷七六七,7981—7982 页。
⑥〔清〕彭定求等编《全唐诗》卷三,32 页。

　　　　遁甲爱皇里,星占太乙宫。天门开奕奕,佳气郁葱葱……
　　上真朝北斗,元始咏南风。汉君祠五帝,淮南礼八公……①

这里描绘了道观里占星的情形。

　　设禁除妖:《广异记》:"唐坊州中部县令长孙甲者,其家笃信佛
道。异日斋次,举家见文殊菩萨……其家前后供养数十日,唯其子
心疑之,入京求道士为设禁,遂击杀狐。令家奉马一匹,钱五十
千……"②"杨伯成,唐开元初为京兆少尹……其家为狐恼,诏令学
叶道士术者十余辈至其家……"③

　　投龙祈福:前面提到侯尊祈神破敌。朝廷经常派道士到名山
举行奠简投龙的仪式,以祈福佑。《岱岳观碑》记载"东明观三洞道
士孙文儁奉天册金轮圣神皇帝四月四日敕,诣此岳观祈请"④。这
是武后时事。宋之问《送田道士使蜀投龙》诗⑤当作于同一时期。
这是到蜀地名山(大概是青城山之类地方)投龙。在嵩山、泰山等
著名的山岳亦经常举行这种仪式。而"玄宗御极多年,尚长生轻举
之术,于大同殿立真仙之像,每中夜夙兴,焚香顶礼,天下名山,命
道士、中官合炼醮祭,相继于路,投龙奠玉……"⑥玄宗有《送赵法师
还蜀因名山奠简》诗:

　　　　道家奠灵简,自昔仰神仙。真子今将命,苍生福可传。江
　　山寻故国,城郭信依然。二室遥相望,云回洞里天。⑦

关于投龙仪式的具体情形,赵居贞有《云门山投龙诗》记述,其

------

① 〔清〕彭定求等编《全唐诗》卷五〇,616—617页。
② 〔唐〕戴孚《广异记》,214—215页。
③ 同上,198—199页。
④ 〔清〕王昶《金石萃编》卷五三。
⑤ 〔清〕彭定求等编《全唐诗》卷五二,637页。
⑥ 〔后晋〕刘昫等《旧唐书》卷二四《礼仪志四》。
⑦ 〔清〕彭定求等编《全唐诗》卷三,33页。

序曰:

> 有唐天宝玄默(黙)岁□月己巳,中散大夫、使持节北海郡
> 诸军事、北海郡太守、柱国天水赵居贞,登云门山投金龙环壁,
> 奉为开元天地大宝圣文神武皇帝祈福也。先是投礼,太守不
> 行,以掾吏代之。余是年病目庋止,以为圣上祈佑,宜牧首躬
> 亲,吏辄代,非礼也。余撰良日,爰及中元、下元,并躬行为圣
> 上祈寿,祝拜焚香。投龙礼毕,有瑞云从洞门而出,五色纷郁
> 回翔,空中声曰:"皇帝寿一万一千一百岁。"预礼者悉闻之。
> 余乃手舞足蹈,赋诗以歌其事,遂于岩前刻石壁以纪之。①

合炼丹药:玄宗曾在宫中和嵩山等处合炼丹药;又如宪宗晚节好神仙,诏柳泌居兴唐观炼药,等等。

值得注意的是,有些法术无论是内容还是方法,都和开元以后流行的密教的咒术有相似之处。二者间的相互影响和推动是很明显的。这也表明二者在中土的发展中,性质在逐渐接近起来。唐代统治者对二者往往也是同等看待的。

唐代斋醮制度已更加完善。"斋"为斋戒;"醮"则是供养以通神的法术。现存有许多设斋和建醮的记录,如"(乾元)二年十一月殿中监成国公李辅国奏:大明宫三殿前设河图罗天大醮,其夜及晨,有龙见于御座褥……"②;"(宝历)二年九月庚午,命两街供奉道士赵尝盈等四十人于三清殿修罗天大醮道场"③。对于朝廷和帝王本人来说,这些活动的目的主要也是现实的。员半千作高宗朝著名道士尹文操碑,记载当时高宗问以彗星经天事,他答称:"此天诚子也。子能敬父,君能顺天,纳谏征贤,斥邪远佞,罢役休征,责躬励行,以合天心,当不日而灭。"文中称赞尹文操"至于显庆以来,国

---

① 〔清〕彭定求等编《全唐诗》卷二五八,2880 页。
② 〔宋〕王钦若等编纂《册府元龟》卷五四,605 页。
③ 同上,507 页。

家所赖,出入供奉,询德谘量,救世度人,转经行道,玄坛黄屋,帝座天宫,东都西京,少阳太乙,九城二华,展敬推诚三十余年,以日系月,始终不绝"①。唐肃宗《答李含光敕》表扬李说:"仰荷玄元之佑,再成宗社之业,亦师精修愿力,有以助之,必须加意坛场,洁清香火,广上皇之福寿,俾六合之康宁,静正道门,当在师也。"②权德舆给吴筠集作序,也直接称赞他"以阴功救物,为王者师"③。

　　自唐初道士们就制造老子降迹的神话。至玄宗时期,由于帝王的大力提倡,这类传言更是兴盛一时。例如开元二十九年(741)八月甲午,有司于兴唐观设斋,自内迎玄元皇帝真容于观,宰臣百官悉行香,有庆云现④。天宝四载(745),太清观道士萧从一说五更在殿上行香,三清门忽降紫云,接着空中出现异人,从仙童玉女,称"我是玄元皇帝,可报吾孙:汝是上界真人,令侍吾左右。吾宜使天匠就助"云⑤。天宝八载六月,玉芝产于大同殿,先是太白山人李浑称于金星洞仙人见,语老君云有玉版石记符圣上长生久视⑥。每逢"降迹"也都要设斋庆祝。

　　总之,唐代长安道观的最主要的功能,是通过祀祷斋醮的礼仪来为王朝祝祷祈福,制造宗教幻想。这样,作为道教特质的宗教养炼的功能就大为削弱了。马克斯·韦伯曾精辟地指出:"中国官方的国家祭典,就像其他地方一样,只服务于公共的利益;而祭祖则是为了氏族的利益。二者都与个人的利益无关。自然的巨灵日益被非人格化,对它们的祭祀被简化为官方的仪式,而此种仪式逐渐

①〔唐〕员半千《大唐宗圣观主银青光禄大夫天水尹尊师碑》,〔清〕董诰等编《全唐文》卷一六五,1685页。
②同上卷四四,485页。
③〔唐〕权德舆《唐故中岳宗玄先生吴尊师集序》,《权载之文集》卷三三。
④〔宋〕王钦若等编纂《册府元龟》卷五三,595页。
⑤同上卷五四,600页。
⑥同上卷五四,602页。

地排空了所有的感情要素,最后变成了纯粹的社会习俗。这是有教养的知识分子阶层所完成的工作,他们完全漠视大众的典型的宗教需求。"①唐代正是中国历史上专制国家高度发达的时期,这也使得道教的御用性质大为加强,连带地也必然强化了它直接服务于朝廷的功能。

四　对道观和道士的管理

唐时朝廷对佛、道的管理是相当严格的。佛、道地位崇高,僧、道受到尊重,但却完全被限制在王朝的严格统制之下,实际上宗教的威望主要来自朝廷的恩赐。

中国古代宗教不可能确立和保持凌驾世俗权力之上或逸脱世俗权力之外的地位。佛、道二教的发展情形正是这样。二者与世俗政权的关系经过南北朝几百年间的斗争和调整,到隋、唐时期,教权已完全纳入国家统治体制之下。其典型表现是宗教事务为朝廷所统辖,朝廷设置专门机关管理佛、道二教。这种制度的形成是六朝以来南、北各朝僧官制度的进一步发展,与朝廷中央集权的强化有关。

唐朝廷对佛、道的管理体制屡有变动。基本是尚书礼部中的祠部"掌祠祀享祭,天文漏刻,国忌庙讳,卜筮医药,道、佛之事"②。它是履行对于宗教事务(主要是佛、道二教)执行管理职能的机关。兼署者有负责管辖"宾客及凶仪之事"的鸿胪寺,凡天下寺、观三纲及京都大德,皆取其道德高妙、为众所推者补充,上尚书祠部"③。

①〔德〕马克斯·韦伯《儒教与道教》,199页。
②〔唐〕李林甫等撰《唐六典》卷四《尚书礼部·祠部》,120页。
③〔唐〕李林甫等撰《唐六典》卷一八《鸿胪寺》,505页。

鸿胪寺本是外交机关，所以由它来管理外来宗教佛教，连带也管理道教。这里也含有把宗教徒当作"观国之宾"的意思。道观里有三纲，指上座、观主、监斋①，是其主持人；道士又分成等级："修行有三号：其一曰法师，其二曰威仪师，其三曰律师；其德高思精谓之炼师。"②如上表明长安道观的"三纲"是由鸿胪寺推荐、经祠部任命的。"大德"本来是佛教使用的称呼，也被用之于道士，是朝廷给予的一种尊称。如昭成观尊师张若讷，"文明元年，属天皇上升，卒哭之日，纶言度人，尊师入道，常有规矩，举为'大德'"③。又开元年间景龙观法师田仙寮，"择仙侣之疏明，奉祖庙之禋洁，以先生为'大德'，实纲统之"④。可知大德也有一定的权威和责任。又有"讲论大德"的称呼，同样是用于佛教的，是指参与朝廷举行的佛、道或"三教"辩论的，如开成年间的王云居，"入道内供奉，讲论大德"⑤。赵璘说："元和以来，京城诸僧及道士，尤多'大德'之号。偶因势进，则得补署，遂以为头衔，各因所业谈论，取本教所业，以符大德之目，此犹近于理……"⑥朝廷还任命有"道门威仪"，这是统摄教团内部事务的职务。据开元"二十五年(737)五月庚子诏曰：道、释二教，必在护持，须置威仪，令自整肃。徒众既广，统摄尤难，互相是非，却成烦弊。自今已后京都检校道、僧威仪事并停。或恐先有猜嫌，因此妄相纠告，所由不须为理"⑦。从这道诏令看，"道门威仪"一职应设置于开元二十五年(737)前，至此曾一度废止。但不久后即恢复。因为天宝年间王虚真、大历年间申甫、元和年间郗彝素等

---

① 〔唐〕长孙无忌等撰《唐律疏议》卷六，144 页。
② 〔唐〕李林甫等撰《唐六典》卷四《尚书礼部·祠部》，125 页。
③ 《唐故昭成观大德张尊师墓志铭》，周绍良主编《唐代墓志汇编》下册，1493 页。
④ 卢肃所作墓志(失题)，同上，1522 页。
⑤ 《唐故文林郎守江州彭泽县尉王府君夫人清河郡张氏合祔墓记》，同上，2272 页。
⑥ 〔唐〕赵璘《因话录》，94 页。
⑦ 〔宋〕王钦若等编纂《册府元龟》卷一五九《帝王部·革弊》，1925 页。

都有"道门威仪"之号。此外还有"教授""两街都教授"等称谓,则是负责教团内部的教学职务的。而道士加有"内供奉"或"供奉"头衔的,则是供职内道场的宫廷道士。这都显示道教和当时的佛教一样,教团内部的职务完全"官僚化"了。

《唐六典》撰成于开元二十七年。据《佛祖统纪》卷三九:早在仪凤三年(678),由于据传老君降于北邙山,高宗已下敕令天下道士自今亦隶宗正寺。而据《旧唐书》的记载,开元二十五年春正月壬午制:"道士、女冠宜隶宗正寺,僧尼令祠部检校。"①《会要》卷四九则将此事系于二十五年七月七日。宗正寺本是"掌皇九族、六亲之属籍"的,开元二十五年敕以为"道本玄元皇帝之教,不宜属鸿胪,自今以后,道士、女道士并宜属宗正,以光我本根"②。可知宗正寺只是代替了鸿胪寺的职能,并且所管辖只限于两京大观。但这却是对于道教御用性格的再一次肯定,也是对御用道士的特殊荣宠。自此亦由宗正寺下的崇玄署"掌京都诸观之名数,道士之帐籍与其斋醮之事"③。又《新唐书》谓:天宝二年(743)"改崇玄学曰崇贤馆,博士曰学士,助教曰直学士。置大学士一人,以宰相为之,领两京玄元宫及道院"④。到了代宗朝,又设功德使,也是管理京城佛、道事宜的。大历十四年(779)后的一段时间曾短期停废,元和年间恢复,由宦官兼领。这样更密切了佛、道二教和内廷的关系。此外,据《册府元龟》卷五四:天宝二年三月有敕:"两京宫内道士取先抽有道行者一七人,自余于新度人中简择取添,满三七人为定额,仍各赐近城庄园各一所,并量赐奴婢等。其道士、女道士先令司封检校,不需更隶宗正寺……"⑤司封郎中掌封爵,宫内道士、女

①〔后晋〕刘昫等《旧唐书》卷九《玄宗本纪下》。
②〔唐〕李林甫等撰《唐六典》卷一六《宗正寺》,467页。
③同上。
④〔宋〕欧阳修、宋祁《新唐书》卷四八《百官志上》。
⑤〔宋〕王钦若等编纂《册府元龟》卷五四《帝王部·尚黄老》,599页。

冠由这一机关管理,则是把他们当作官员对待了。这是对宫内道士的特殊处置。朝廷对于寺、观管理(应主要是及于两都和州府大的寺观,而以长安最为典型)的制度化和寺、观内部组织的官僚化,都是强化政府对于宗教管理的措施,也表现了宗教自身性质上的变化。

　　唐代长安道观里的著名道士往往被授予官爵。有些是授给散官,这还是一种荣誉名位;有的则是实职,即正员职事官。如睿宗景云"二年(711)正月,加银青光禄大夫、行太子率更令史崇玄为金紫光禄大夫、太清观主"①。金紫光禄大夫是文散官,正三品。叶法善"先天二年(713),拜鸿胪卿,封越国公,仍旧称为道士,止于京师之景龙观……当时尊崇,莫与为比"②。叶法善的鸿胪卿是"员外置",并不署理政务。开元二十一年(733)逸人张果就征,"果乃随(徐)峤至东都,肩舆入东宫中,玄宗初即位,亲访以理道及神仙方药之事。因下制曰:……可银青光禄大夫,号曰通玄先生……"③银青光禄大夫也是文散官,从三品。这三个人的官位还都不是实职。但前二者政治上是相当活跃并有相当大的影响的。然而开元"二十五年正月癸未以道士尹愔为谏议大夫、集贤学士兼知史官事,特赐朝散阶。制曰:……诏许衣道士服视事……"④大历年间申甫检校殿中监;刘从政检校光禄少卿,则都是以道士为正员官了。而如著名道士吴筠在天宝初⑤、兴唐观道士孙准在宝历年间、东明观道士王虚真⑥等都曾待诏翰林。这虽只是备皇帝顾问的职务,却是地位清华、颇有权威的。任职为朝官,无论是身份、地位还是职务都是和宗教徒不相符合的。唐代道教的这一情况可和佛教相比较。佛教

①〔宋〕王钦若等编纂《册府元龟》卷五三《帝王部·尚黄老》,589页。
②同上,589页。
③〔后晋〕刘昫等《旧唐书》卷一九一《方伎传》。
④〔宋〕王钦若等编纂《册府元龟》卷五三,592—593页。
⑤〔后晋〕刘昫等《旧唐书》卷一九一《方伎传》。
⑥〔宋〕王钦若等编纂《册府元龟》卷五四,607页。

里个别的大和尚如不空被赠予官位,但只是虚衔;而如玄奘虽在太宗、高宗两朝荣崇无比,却绝不接受官爵,和上述为官的道士的情况是完全不同的。这也是由道教在朝廷中的地位和性质决定的。

　　唐朝廷严格管理僧、道名籍。据《唐六典》,"凡道士、女道士、僧、尼之簿籍亦三年一造。"注云:"其籍一本送祠部,一本送鸿胪,一本留于州、县。"①这也是和唐初实行"均田制"相关联的措施。因为按唐制,"凡道士给田三十亩,女冠二十亩;僧、尼亦如之"②。僧、道过滥不但会使政府失去大量劳动力,同时也失去了大量田地。这也是有鉴于南北朝时期的教训。所以三年一作名簿实际是控制僧、道的一个措施。从长安的具体情况看,一些敕建道观在创立时朝廷都规定了应度道士人数,如高宗朝置太平观度道士四十九人、代宗朝置乾元观度道士四十九人等。唐代的户籍制作同时还制作僧、道籍,这成为人口管理上的一项制度。

　　唐代对僧、道的活动和行为的管理同样是相当严格的。当时制定有专门的《道僧格》,这是政府作为法典制定的具体法规之一,其中对僧、道行为过犯的处置做出具体规定。其书已佚。但在现存历史资料中仍有佚存。日本学者曾根据日本元正天皇养老二年(718)颁行的《养老令》(是根据中国的《唐律》制定的)中有关规定对《道僧格》加以复原,又《唐律疏议》是定于初唐的基本法典,是直到开元年间仍在施行的法律,从其中涉及僧、道的条目应与《道僧格》一致,从中可以看出当时僧道在法律上的地位。《名例律》里规定"诸会赦,应改正……不改正……者,各论如本犯律",注里把"私入道"列为一项,《疏议》解释"谓道士、女冠,僧、尼同,不因官度者,是名私入道"③。《户婚律》明确规定:"诸私入道及度之者,杖一百(注:若由家长,家长当罪);已除贯者,徒一年。本贯主司及观、寺

---

① 〔唐〕李林甫等撰《唐六典》卷四《尚书礼部·祠部》,126 页。
② 同上卷三《尚书户部》,74 页。
③ 〔唐〕长孙无忌等撰《唐律疏议》卷四,96—97 页。

三纲知情者与同罪。若犯法合出观、寺,经断不还俗者,从私度法。即监临之官,私辄度人者,一人杖一百,二人加一等。"这里规定"私度"不只处罚本人,还要处罚知情的家长、寺观的三纲以及地方官。在《疏议》中又有说明:"若州、县官司所度人,免课役多者,当条虽有罪名,所为重者自从重论,并依上条'妄增减出入课役'科之。"①从这些律条可知对于"私度"的禁限是多么严格。私度有时发展得严重了,朝廷要下专门的诏令,如开元"二十八年秋七月庚子诏:顷缘诸州寺、观、僧、道阙人,所以精选行业,用填其数。如闻因此之际,私度者多接脚冒名,触类非一。遂使是非齐列,真伪难分。若不澄其源流,何以革兹颓弊。天下诸州寺、观有此色者,听敕到陈首,免罪还俗"②。以当时国土幅员之广大,加以佛、道势力的极度膨胀,杜绝私度根本不可能,这也是中唐后的一大社会问题。但法律上这样严格的规定,表明信仰宗教而出家已不被当作纯个人的行为,不是个人意志可决定的。

《名例律》又有一条规定:"若诬告道士、女冠应还俗者,比徒一年;其应苦使者,十日比笞十;官司出入者,罪亦如之。"据《疏议》:"依《格》:'道士等辄著俗服者,还俗。'假有人告道士等辄著俗服,若实,并须还俗;即虚,反坐比徒一年。'其应苦使者,十日比笞十。'依《格》:'道士等历门教化者,百日苦使。'……"③这里涉及还俗的处分,规定只要是"著俗服"就得还俗;而处罚权在朝廷和各级政府,并不是教团。又禁止道士"历门教化",这是对他们活动范围的限制。唐时道士(还有僧侣)活动逾滥,所以政府不得不制定禁限措施。不同时期这种限制的情形不同。例如玄宗本以崇道著名,但在他即位后,鉴于武后到中、睿朝僧、道干政的弊端,曾一再发布关于限制活动的诏令。如开元"十年(722)二月庚寅诏曰:释、

---

① 〔唐〕长孙无忌等撰《唐律疏议》卷一二,235—236 页。
② 〔宋〕王钦若等编纂《册府元龟》卷一五九《帝王部·革弊》,1926 页。
③ 〔唐〕长孙无忌等撰《唐律疏议》卷三,66 页。

道二门,施其戒律,缁黄法服,众亦崇尚,苟有逾滥,是无宪章。如闻道士、僧尼多有虚挂名籍,或权隶它寺,或侍养私门,托以为词,避其所管,互相掩匿,共成奸诈,甚非清净之意也。自今以后,更不得于州县权隶,侍养师主父母,此色等并亦括还本寺观。"[1]又开元十九年"六月己未诏曰:……惟彼释、道,同归凝寂,各有寺、观,自合住持。或寓迹幽闲,潜行闾里,陷于非辟,有足伤嗟。如闻远就山林,别为兰若,兼亦聚众,公然往来;或妄托生缘,辄有俗家居止,即宜一切禁断"[2]。如此等等的规定,也从侧面反映了当时道士在社会上活动的情形和造成的社会问题。当然,如上所说朝廷所设限制的程度和范围各个时期有所不同。

《名例律》有"诸称道士、女冠者,僧、尼同"的规定,是说涉及道士、女冠的条款同样适用于僧、尼。其《疏议》举例曰:"依《杂律》云:'道士、女官奸者,加凡人二等。'……诸道士、女官时犯奸,还俗后事发,亦依犯时加罪,仍同白丁配徒,不得以告牒当之。"这是说处理通奸罪,在量刑时对待僧、道比对俗人更加严格。以下《律》曰:"观、寺部曲、奴婢于三纲,与主之期亲同;余道士,与主之缌麻同。"注:"犯奸、盗者,同凡人。"这是规定如果部曲、奴婢和一般道士侵犯了三纲,处罚上分别同于对待期亲和缌麻亲的处罚。《疏议》中举例子:"部曲、奴婢殴主之期亲者,绞;詈者,徒二年。"[3]寺、观内侵犯三纲也同样处置。这里值得注意的是,世俗的伦理关系被比同于寺、观内三纲和普通道士、部曲、奴婢的关系了。有些纯粹关联到教团内部的问题,同样也按世俗法律处理,对僧、道的处罚也同样更严酷,如《贼盗律》规定:"诸盗毁天尊像、佛像者,徒三年。即道士、女冠盗毁天尊像,僧、尼盗毁佛像者,加役流。"《疏议》说"不同俗人之法"[4],实际

---

① 〔宋〕王钦若等编纂《册府元龟》卷一五九《帝王部·革弊》,1924 页。
② 同上,1925 页。
③ 〔唐〕长孙无忌等撰《唐律疏议》卷六,143—145 页。
④ 〔唐〕长孙无忌等撰《唐律疏议》卷一九,353 页。

这是增加宗教裁判的意味了。从上述几项规定可以看出，当时在处置僧、道过犯时，世俗的法律完全适用，制定《道僧格》是以世俗伦理和法律为依据的，而实际量刑则往往比对待俗人更加严格。据《三藏法师传》："永徽六年(655)，先有敕：'道士、僧等犯罪情难知者，可同俗法推勘。'边远官人不闲敕意，事无大小，动行枷杖，亏辱为甚。法师每忧之……至〔显庆元年(656)四月〕二十三日，降敕曰：'……前令道士、女道士、僧、尼有犯依俗法者宜停。必有违犯，宜依条制。'"①所谓"条制"应即是《道僧格》。当时是出于对玄奘的尊重而采取了变通措施对此刑罚加以减缓，大概以后不久就恢复原状了。文献上记载僧、道犯法被严惩的例子比比皆是。

由于长安道观规模一般较佛寺为小，人数较少，相应地占有土地也较少。按均田法，僧侣和道士每人授田三十亩。武后、中宗时期，寺院扩张，非法占田非常严重。当时很多朝官向朝廷上疏反佛，集中的一点是佛寺占有大量土地和劳动力，影响了国计民生。相对照之下，这些论疏基本未涉及道观。"开元十年正月二十三日敕祠部：天下寺、观田宜准法据僧尼、道士合给数外，一切管收，给贫下欠田丁。其寺、观常住田，听以僧、尼、道士、女冠退田充。一百人以上，不得过十顷；五十人以上，不得过七顷；五十人以下，不得过五顷"②。这也主要是针对寺院的。而如睿宗女代国长公主"封分一半施寺、观家……"③也主要应是把土地施舍给寺院。但对道观占田同样有所限制，则是明确的。

如上所述，唐代道教本已带有浓重的贵族性格，长安的道观又具有"御用"性质，加上朝廷对教团活动如此严密的管束，使得它更严格地被纳入社会统制体制之中了。首都长安本是辇毂之地，在朝廷直接管辖之下，有关律条当然能更有效地执行。道教对于朝

---

①〔唐〕慧立、彦悰《大慈恩寺三藏法师传》卷九，193页。
②〔宋〕王溥《唐会要》卷五九《祠部员外郎》。
③〔唐〕郑万钧《代国长公主碑》，〔清〕董诰等编《全唐文》卷二七九，2827页。

廷的这种隶属关系,直接促成了道观的性质与社会作用的演变。一个显著后果是,它的服务于朝廷的职能增强了,相应地其群众性则大打折扣了。

五 道教教理的研究机构

道教学术内容十分丰富。徐倬云指出:

> 中古以来,道教内容无所不包,于医药、方术诸类,无不有所关涉,内容比儒家的关怀现世秩序,远为丰富与复杂。①

长安道观里培养集中了一批具有相当高的学养和教理水平的道士,加上朝廷对于道家和道教教理研究的重视和提倡,一些道观遂成了这方面的研究中心。特别是对于《道德经》的研究更十分兴盛。道教徒的有关研究本是其教理论证的一部分,使得这种研究的学术价值受到限制,但客观上取得的成果也是不可否定和低估的。特别是当时《老》《庄》乃是文人的必读书,比起多数名相艰深的佛教论著来,它们在文人间更为普及,对于一代思想和文化也发挥了更大的影响。

刘勰在《灭惑论》里曾说:"道家立法,厥品有三:上标老子,次述神仙,下袭张陵。"②是说道教的内容,上焉者是老子《道德经》代表的教理,其次是神仙思想与神仙术,最下是五斗米道的方术之类。《道德经》本来即被当作道教的根本经典。到唐代,由于尊老子,朝廷特别推重《道德经》,使得教内、外对它的研究十分隆盛。至开元二十年(732)有制:"老子《道德经》宜令士庶家藏一本。每

---

① 《万古江河:中国历史文化的转折与开展》,193 页,上海文艺出版社,2006 年。
② 〔南朝·梁〕僧祐《弘明集》卷八,《大正藏》卷五二,51 页中。

年贡举人量减《尚书》、论策一两条，准数加《老子》策，俾尊崇道本，弘益化源。"①二十三年，玄宗"御注"《道德经》成，姑不论其本身的价值，更重要的是皇帝的这一举动大为提高了它的地位；二十九年，朝廷设立崇玄学，这是道家著作的专门研究机构。这样，玄宗朝把《道德经》的研究推向极盛。《唐阙史》记载："明皇朝崇玄元圣祖之教，故以道举入仕者，岁岁有之。"②《道德经》的研究普及到士大夫阶层，对当时的思想文化和人们的精神世界的影响是巨大的。

　　长安一些大的道观成为宣扬和研究《道德经》的中心。据杜光庭《道德真经广圣义序》，历代注释《道德经》的达六十余家，其中唐人居其半，可考唐代曾注释过《道德经》的长安道士有尹文操（昊天观观主）、尹愔（肃明观观主）、申甫、何思远、李含光（另一些活动情形不明的道士如安丘、韦禄、王玄辩、车弼等也注过《道德经》，很可能也在长安道观居住）③等人。价值较高的有高宗朝李荣的《老子道德经注》二卷，《道藏》存残本，在晚唐强思齐的《道德真经玄德纂疏》里有佚文，又敦煌文书 P. 2577、P. 2594、P. 3237、P. 3277、S. 2060 等为其残卷写本；活动在高宗和玄宗朝的成玄英有《老子道德经注》二卷、《开题序诀义疏》七卷，后者同样在晚唐强思齐《道德真经玄德纂疏》留有佚文，敦煌文书 P. 2353、P. 2517、P. 5887 留有残卷；而现存杜光庭《道德真经广圣义》是一部五十卷的大著，主要内容是敷衍玄宗御注，可看作是一代《道德经》研究的总结性著作。这些注疏的基本内容是对道教教理进行论证，其成果主要在两个方面：一方面是成玄英、王玄览等人关于所谓"道体""道性"的研究，发展出"重玄"之学；另一方面是司马承祯、吴筠等人注重心性养炼的新一代"仙学"。《道德经》形容"道"，说是"玄之又玄，众妙之门"，成玄英等人借鉴佛学（主要是宗派佛学天台宗、三论宗的学理和方法）有无双

①〔宋〕王钦若等编纂《册府元龟》卷五三，590—591 页。
②〔唐〕高彦休《唐阙史》卷下《太清宫玉石像》条。
③《道藏》第 14 册，309 页。

遣的观点和方法以阐发"道性"与"道体",让人忘言绝觉,境智双亡,以达到虚空的境界,这即是修道的终极状态。司马承祯、吴筠等人的"仙学"则与当时新兴的禅宗宗义多所契合,讲"存想""坐忘"的修道方法,乃是后来兴盛的"内丹术"的滥觞。而关于"重玄之道"的理论,其中反映的"三教调和"倾向更代表了当时道教以至整个思想界发展的大势,对于后来宋人理学的建设提供了理论资源。

除了《老子》之外,其他道家著作也受到重视。"天宝元年(742)二月二十二日敕文:'追赠庄子南华真人,所著书为《南华真经》;文子、列子、庚桑子宜令中书门下更讨论奏闻。'至其年三月十九日,宰臣李林甫等奏曰:'庄子即号南华真人,文子请号通玄真人,列子号冲虚真人,庚桑子号洞灵真人。其《庄子》、《文子》、《列子》、《庚桑子》并望随号称。'从之。"①不过当时除了《庄》《列》之外,其他如《文子》等都是附会上去的,在唐时书已流传不广。虽然朝廷有令校定、抄录、颁行流通,实际上并未广泛流行。但朝廷的这一措施对于子书的发掘和提倡是起了作用的。中唐时期的古文家重视子书,如韩愈、柳宗元都校订过子书并受其影响。诸子书被重视,对后代思想学术的影响甚大。

长安道观里进行了多种供奉和宣扬《道德经》和其他道教经典的活动。其重要方式有:

供养和转读经典:"(开元)二十四年八月庚午,都城道士于龙兴观设斋,发扬御书《道德经》。"②孙逖《开元二十七年册尊号大赦天下制》:"天下观、寺六斋日,宜转经读典,惩恶劝善,以阐文教……"③除了《道德经》外,当然也转读其他道教经典,如"(天宝元年)十月诏曰:……去年具有处分,令天下诸观转《本际经》……宜令

---

① 〔宋〕王溥《唐会要》卷五〇《杂记》。
② 〔宋〕王钦若等编纂《册府元龟》卷五三,592页。
③ 〔清〕董诰等编《全唐文》卷三一〇,3149页。

天下道士及女道士等待至今岁转经迄,各于当观设斋庆赞……"①
《本际经》全称《太玄真一本际妙经》,敦煌写卷里留有仪凤和开元
年间写本,是当时甚为流行的经典。该经是模仿佛教的《涅槃经》
制作的,记述太上道君、太极真人等"最后咐嘱"的"十二法印""十
种行法"等,明显带有三教调和的色彩。

"道讲":由佛教的讲经发展出"俗讲",道教也同样有"道讲"。
这是道观里的重要法事,也是与佛教争夺群众的手段之一。韩愈
的《华山女》生动地描写了僧讲和道讲斗争的情形:

> 街东街西讲佛经,撞钟吹螺闹宫庭。广张罪福资诱胁,听
> 众狎恰排浮萍。黄衣道士亦讲说,座下寥落如明星。华山女
> 儿皆奉道,欲驱异教归仙灵……②

到晚唐,这种道讲更由朝廷敕命与僧讲同时举行。日僧圆仁《行
记》记载"开成六年(841,本月十日辛巳改元会昌)正月一日……九
日五更时,拜南郊了,早朝归城,幸在丹凤楼。改年号,改开成六年
为会昌元年。又敕于左、右街七寺开俗讲……又敕开讲道教,左街
令敕新从剑南道召太清宫内供奉矩令费于玄真观讲《南华》等经;
右街一处,未得其名";至会昌元年"五月一日,敕开讲:两街十寺讲
佛教,两观讲道教"③。

刻石供奉:"(开元)九年三月置石柱于景龙观,令天台道士司
马承祯依蔡邕石柱三体书写老子《道德经》。"④这是雕造《道德经》
的石经,对于经典的流传和普及起到一定作用。杜光庭《道德真经
广圣义》卷一说"(玄宗)御书四石幢注经,立于左街兴唐观,右街金

---

① 〔宋〕王钦若等编纂《册府元龟》卷五四,598页。
② 〔唐〕韩愈《韩昌黎全集》卷六。
③ 〔日〕圆仁《入唐求法巡礼行记》,147、151页。
④ 〔宋〕王钦若等编纂《册府元龟》卷五三,589页。

仙观"①。河北邢台开元寺北今存玄宗"道德经石台",八角形,存台座、柱身、宝盖三部分,南面上部篆刻共四行每行四字"大唐开元圣文神武皇帝注道德经台记",下刻经注,正书,经文前有玄宗序和敕造年月,经文后有"玄元皇帝道德经注,御书,右检校道门威仪、龙兴观道士司马秀奏:望□两京及天下应修官斋等州,取尊法物,各于本州一大观造石台刊勒,及令天下诸观并令开讲"等字样②。可知唐时不只两京道观,地方亦雕造有这类石经。

道、释论辩及"三教论衡":释、道论辩或三教讲论在佛、道流行后早已出现,这在客观上也是统治者所采取的在中国思想传统基础上协调二(加"儒"为三)者关系的措施。唐时这种辩论不只在寺、观进行,也在宫廷所设"内道场"举行。这在道宣的《集古今佛道论衡》里有详细记载。不过那是佛教方面的记录。在道观里举行的,如"(肃宗)上元二年夏,于景龙观设高座,讲论道、释二教,遣宰臣百僚悉就观设斋听论,仍赐钱有差"③。唐时的这种论辩在内容和形式上都发生了重要变化。一方面,本来这种辩论是基于激烈思想冲突的论争,但到唐代逐渐演变为具有祝贺性质的礼仪,特别是在皇帝诞辰所举行的这类活动。如"德宗诞日,御麟德殿,召给事中徐岱、兵部郎中赵需、礼部郎中许孟容与(韦)渠牟及道士万参成、沙门谭延等十二人讲论儒、道、释三教,渠牟枝词游说,捷口水注,上谓其讲耨有素,听之意动……"④韦渠牟本人做过和尚和道士,又出来做官,是统合三教的典型人物。白居易有《三教论衡》一文(《白氏长庆集》卷六八),就是这种仪式的记录。具体形式是三个方面两两分别论难,最后得出"三教合一"的结论。这也是迎合统治者的意志。另一方面,这种论辩又逐渐带上了谐谑的色

①《道藏》第 14 册,313 页。
②参阅刘慧达《河北邢台地上文物调查记》,《文物》1963 年第 5 期。
③〔宋〕钱易《南部新书》丁卷,37 页。
④〔后晋〕刘昫等《旧唐书》卷一三五《韦渠牟传》。

彩。例如关于著名道士李荣的两条记载：《大唐新语》上说："京城流俗，僧、道常争二教优劣，递相非斥。总章中，兴善寺为火所焚，尊像荡尽，东明观道士李荣因咏之曰：'道善何曾善，云兴遂不兴。如来烧亦尽，唯有一群僧。'时人虽赏荣诗，然声称从此减。"①又《启颜录》："唐有僧法轨，形容短小，于寺开讲。李荣往共论议，往复数番。僧有旧作诗咏荣，于高座上诵之云：'姓李应须李，言荣又不荣。'此僧未及得道下句，李荣应声接曰：'身长三尺半，头毛犹未生。'四座欢喜，伏其辩捷。"②这是出自道教方面的记录，表现道士的胜利。这种辩论显然又具有供统治者娱乐的性质了。

　　唐代长安道观集中了一大批对于道教斋醮科仪有研究的道士。这方面的研究是纯宗教学术的内容。有关成果除了对于道教本身的发展具有意义之外，间接地还有一般文化（特别是伦理、艺术以及一般精神史）上的价值。人所共知的司马承祯、吴筠等都在这方面有所建树。另如太清观道士张万福，曾住清都观，称"张清都"，曾参与《一切道经音义》的编撰，张有关科仪的著作有多种流传至今，如《传授三洞经戒法箓略说》《三洞法服科戒文》《洞玄灵宝导师受三洞经戒法箓择历日》《洞玄灵宝三师名讳形状居观方所文》等；与张万福大体同时的朱法满，为玉清观道士，编有《要修科仪戒律钞》一书，为道教科仪的类钞，录书五十余种，主要有《太平经》《本际经》《本相经》《太真科》《明真科》《登真隐诀》《玄都律》《九条生神章》等；又有刘知古，"高宗龙朔中出家为太清观三洞道士，至于八公宝章、三简秘箓、丹经脉诀之旨，出死入生之术，罔不洞晓"③；又"开元中召（王）旻至京师，颇优恩礼。明皇先于茅山并得杨、许七真及陶隐居所写上清诸经真迹，既诣司马白云受三洞宝箓，后遥诣李元靖受《真迹上经》，其所阙杨君笔札十数幅遣旻赍诏书信币就

────────

① 〔唐〕刘肃《大唐新语》卷一三，188页。
② 〔宋〕李昉等编《太平广记》卷二四八，1925页。
③ 《历世真仙体道通鉴》卷三二，《道藏》第5册，282页。

紫阳观，请元靖先生补之"①。而晚唐时的杜光庭更是著作等身，今存科仪方面的著述近二十种。至于这些斋醮科仪的执行，作为当时道教中心地的长安宫观，亦为各地做出了典范。

　　佛、道二藏的结成在宗教史和学术史上都是有重要意义的事。除了所集录的大量文献本身所具有的价值之外，在古代文献学和目录学等领域也做出了直接的贡献，影响十分深远。没有大的寺、观集中大批人力、物力，这项工作是不可能进行的。二藏的结集工作大体同步进行，均草创于六朝时期，完成于唐代。这个工作得到了朝廷的支持，更有学养有素的专业人才来主持。关于《道藏》的结集，在唐代以前，《抱朴子·遐览》篇的"郑隐藏书"被看作是草创②；陆修静的《三洞经书》总千余卷，已具有相当规模。其后随着道教经籍的大量出现，教内外积极进行搜集、整理，出现了北周《玄都经》《三洞珠囊》等几部道书总集。在一般目录书如梁代阮孝绪《七录》里也著录道经为专门一类。隋、唐作为统一大国，加之唐代又大力崇道，编辑《道藏》更是时势之所需，也有了更好的条件。唐高宗时昊天观兼宗圣观主"尹文操《玉纬经目》藏经七千三百卷"。唐玄宗曾命太清观观主史崇玄领衔编著《一切道经音义》和《一切道经目》。"音义"本是古代经学训诂的方式，也受到佛家重视，特别因为佛典大量运用外来语，注音释义就显得更为重要。道经的音义显然受到了这两方面的影响。而撰著音义的先决条件就是原典搜集齐备。"玄宗先天中，敕京太清观主史崇玄及京太清观、玄都观、东明观、宗圣观、东都大福唐观、绛州玉京观大德，昭文馆、崇文馆学士修《一切道经音义》。开元中，发使搜访道经，纂修成藏，目曰《三洞琼纲》，总三千七百四十四卷（或曰五千七百卷）。天宝

---

① 《历世真仙体道通鉴》卷三二，《道藏》第 5 册，283 页。
② 陈国符《道藏源流考》论《道藏》编纂，则以《汉书·艺文志》为起点。

七载,诏传写以广流布。"①玄宗《一切道经音义·序》说:

> 爰命诸观大德及两宫学士,讨论义理,寻绎冲微,搜《珠丛》、《玉篇》之众书,考《字林》、《说文》之群籍,入其闑阈,得其菁华,所音《见在一切经音义》凡有一百四十卷。②

据史崇玄所作《妙门由起序》(实即其领衔所编《一切道经音义》的序),是据京中藏内见在经二千余卷以为音训,并具体列出参与整理这二千余卷道藏并为之音义的人,有太清观史崇玄、张万福、刘静俨、田君楷、阮孝波、孙文儇、时居贞、单大易、高贞一、张范、田克勤、范仙厦,玄都观尹敬崇,东明观寇义待,宗圣观侯元爽,东都大福唐观侯抱虚、张至虚、刘元良,玉京观席抱舟等十九位③。其中太清观道士显然是主力,其他几个参与工作的道观,在当时道教学术研究中也占有重要地位。玄宗大力崇道,曾派遣官员到各地广搜道典,并亲为校勘、注释。在他统治时期还编成了《三洞琼纲》和《三洞玉纬》两部新的道藏,后来被称为《开元道藏》。《新唐书·艺文志》著录《三洞琼纲》为道士张仙庭所撰,他也应是长安某观的道士,是编纂该书的总负责人。这部书的卷数记载上差异很大,最少的是《文献通考》卷二二四引据《宋三朝国史志》的三千七百四十四卷,多者有称七千三百卷的。《三洞玉纬》据推断约二千余卷。"安史之乱"时两京秘藏多被焚毁,后逐渐加以恢复。杜光庭《太上黄箓斋仪》卷五二记载:"上元年中所收经箓六千余卷;至大历年申甫先生海内搜扬,京师缮写,又及七千卷;长庆之后、咸通之间,两街所写才五千三百卷。"④申甫是光天观道士、检校殿中监,也是著名的道教学者。他也为道典的搜集、流通做出了重要贡献。

---

①陈国符《道藏源流考》上册,114 页。
②〔清〕董诰等编《全唐文》卷四一,448 页。
③同上卷九二三,9623 页。
④《道藏》第 9 册,346 页。

另外,马端临《文献通考·经籍考》上说:"道家之术,杂而多端。"《仙传拾遗》记载一个唐代道士说:

> 术之与道,相须而行。道非术无以自致,术非道无以延长。若得术而不得道,亦如欲适万里而足不行也。术者虽万端隐见,未除死箓,固当栖心妙域,注念丹华,立功以助其外,炼魄以存其内,内外齐一,然后可适道,可以长存也。①

道教基于成仙的目的,特别重视"技术",成为推动古代科学发展的重要动力,取得许多具有重大价值与意义的成果。讲中国古代科学技术史,道教占据一席重要地位。特别是唐代道教外丹制作与养炼技术,总结汉代以来长期发展的成果,均达到鼎盛阶段。许多总结丹法的经典如楚泽先生《太清石壁记》、清虚子《铅汞甲庚至宝集成》、独孤滔《丹方鉴源》等在矿物、药物、金属的分析、冶炼、制备、应用等方面都取得可观成果(例如火药,就是中国古代科学的重大发明),推动了原始化学、冶金学等领域的进步。中国古代医药家本与神仙家相出入,医药学与神仙术有密切关系。唐代被称为"医王"的孙思邈从年轻时期就致力于养生长寿之术,所著《千金方》《千金翼方》纳入很多道家、道教的内容,所讲药物包括许多丹药、仙方。唐代医书和本草类著作大体如此。道观,特别是成规模的大型道观为从事这种具有原始科学意义的活动提供了环境和物质上的保证。

六 道观的文化性质和文化活动

古代的都城,主要由宫廷、皇家苑囿和民居、商市构成,民众以

---

①〔宋〕李昉等编《太平广记》卷二四《张殖》,162页。

至一般士大夫的公共交流和娱乐场所很少。隋、唐所建新都长安，规划出和民居分离的规模广大的东、西市，还有公园绿地（曲江池）等，乃是古代城市建设上的重大成就。而大量寺、观的建设，则在群众生活中发挥着重要作用。寺、观当然主要是从事宗教活动的场所，但在唐代长安丰富的文化生活里，它们却起着某种文化活动中心的作用。当时佛教更为普及，佛寺也更为众多，其具有文化意义的活动也更为丰富多彩。道观里的活动有些是和寺院相同的，也有些具有与道教相关的特殊内容。由于唐代道教表现出前面讲到的"贵族性"，道士人数较少且更多地和宫廷以及官僚士大夫阶层相交往，其在社会文化生活中的作用和影响也就受到一定的限制。不过在这方面的重要性是不容忽视的。

　　关于道教宫观在士大夫生活中的作用，前面已有所涉及。总体说来，长安道观是文人士大夫重要的活动场所。尤其是昊天观、玄都观、开元观、景龙观、玉真观、九华观、玉芝观、唐昌观等有一定规模的道观，更是人们群聚之处。其活动主要有以下内容：

　　文人士大夫在这里结交道友，访道谈玄，自然是重要的活动之一，不烦赘叙。特别是长安道观里集中了许多学养精深的道士，好道的人自不必说，一般文人士大夫也会和他们进行广泛的交流。如玄都观，高宗时观主牛弘满是"帝里高门，尤多胜侣"，"帝城豪杰，戚里贵游，仰喻马之高谈，把如龙之盛德"①。又东都弘道观道士张乘运居于精思院，也是"王公卿士，请益丐论，日有万计，门盈驷牡"②。这是洛阳的情况，长安应该相同。李群玉《游玉芝观》诗说："寻仙向玉清，独倚雪初晴。木落寒郊迥，烟开叠嶂明。片云盘鹤影，孤磬杂松声。且共谈玄理，归途月未生。"③戴叔伦《新年第二夜答处

①《大唐故朝散大夫开府仪同三司玄都观观主牛法师墓志铭》，《唐代墓志汇编》上册，542—543 页。
②《大唐故东京大弘道观三洞先生张尊师玄宫志铭》，同上，1541 页。
③〔清〕彭定求等编《全唐诗》卷五六九，6594 页。

上人宿玉芝观见寄》诗说:"阳春已三日,会友闻昨夜。可爱剡溪僧,独寻陶景舍。"①这表现的都是与道士谈玄的情况。戴诗所写参加者还有僧侣。张籍《同韦员外开元观寻时道士》诗说:

> 观里初晴竹树凉,闲行共到最高房。昨来官罢无生计,欲就师求断谷方。②

张籍本是反对神仙迷信的,但却也去访问道士寻求寄托了。

道观也是士大夫间进行社交活动的地方。如昊天观是长安最大的道观,尽占保宁坊一坊之地。保宁坊为南数第二列城坊,居人稀少,为野游之所。权德舆的《晚秋陪崔阁老张秘监阁老苗考功同游昊天观,时杨阁老新直未满以诗见寄斐然酬和有愧芜音》诗说:

> 方驾游何许,仙源去似归。萦回留胜赏,潇洒出尘机。泛菊贤人至,烧丹姹女飞。步虚清晓籁,隐几吸晨晖。竹径琅玕合,芝田沆瀣晞。银钩三洞字,瑶笥六铢衣。丽句翻红药,佳期限紫微。徒然一相望,郢曲和应稀。③

武元衡有《夏日陪冯许二侍郎与严秘书游昊天观览旧题寄同里杨华州中丞》诗说:

> 三伏草木变,九城车马烦。碧霄回骑射,丹洞入桃源……④

他又有《和杨三舍人晚秋与崔二舍人张秘监苗考功同游昊天观时中书寓直不得陪随……》诗。姚合的《游昊天、玄都观》(一作《裴考功、厉察院同游昊天、玄都观》)诗中有"围外坊无禁,归时踏月明"之句。这些诗都抒写游历中的情趣。而如著名的景龙观,本是名

---

① 〔清〕彭定求等编《全唐诗》卷二七四,3097—3098页。
② 同上卷三八六,4355页。
③ 〔唐〕权德舆《权载之文集》卷七。
④ 〔清〕彭定求等编《全唐诗》卷三一七,3564页。

道士叶法善所住,而叶又在朝野红极一时,必然是士大夫聚集之所。张九龄《景龙观山亭集送密县高赞府序》说:"所谓长女之宫,郁为列仙之馆,其后尝有好事,以为胜游。今日芳辰,携手联袂,往往而在,只取乐焉。"①苏颋《景龙观送裴士曹》诗说:"昔日尝闻公主第,今时变作列仙家。池旁坐客穿丛篠,树下游人扫落花。雨雪长疑向函谷,山泉直似到流沙。君还洛邑分明记,此处同来阅岁华。"②白居易的《首夏同诸校正游开元观因宿玩月》诗写游历开元观的心情:

> 我与二三子,策名在京师。官小无职事,闲于为客时。沉沉道观中,心赏期在兹。到门车马回,入院巾杖随……终夜清景前,笑歌不知疲。长安名利地,此兴几人知。③

有时候道观成为进行政治活动的地方。前曾引录张鷟记载:

> 道士史崇玄,怀州河内县缝鞾人也。后度为道士,侨假人也,附太平为太清观主。金仙、玉真出俗,立为尊师。每入内奏请,赏赐甚厚,无物不赐。授鸿胪卿,衣紫罗裙帔,握象笏,佩鱼符,出入禁闱,公私避路。神武斩之,京中士女相贺。④

这里"太平"指太平公主,"神武"指唐玄宗。太平公主和玄宗一起谋夺"诸武"权力,立睿宗,是很有政治活动能力的女人。她的崇道,当有与武则天崇佛相对抗的意味。后来她又和玄宗相冲突而被杀,同时被杀的还有薛稷、贾膺福、崔湜、卢藏用等,都是和史崇玄一起编著《一切道经音义》的人。这些迹象都表明,当时长安的某些道士曾参与了朝廷政争。又如天宝年间,李林甫专政,有意动摇太子李亨,韦

---

①〔清〕彭定求等编《全唐诗》卷二九〇,2947 页。
②同上卷七三,805 页。
③〔唐〕白居易著,朱金城笺注《白居易集笺校》卷五,271 页。
④〔唐〕张鷟《朝野佥载》卷五,114 页。

坚为太子妃兄,皇甫惟明入朝献捷,二人相会于景龙观道士之室,被林甫谗害①。能利用道观从事密谋,也是因为在这里交往不会引人注意。

道观还成为宴乐之所。前录白居易诗里所游开元观是大型道观,本名清都,为了祝贺玄宗加尊号而改称开元,所以这也是具有特殊地位的道观。许敬宗《游清都观寻沈道士得清字》诗里有"或命余杭酒,时听洛滨笙"②之句,可知道观里可以歌酒娱乐。同时游览的还有刘孝孙、赵虚中、陆敬等人,大家分韵赋诗。韩翃也有《题玉清观李秘书院》诗说:

> 白云斜日影深松,玉宇瑶坛知几重。把酒题诗人散后,华阳洞里有疏钟。③

权德舆有《九华观宴饯崔十七叔判官赴义武幕兼呈书记萧校书》诗,是在道观里宴客饯别;而《上巳日贡院考杂文不遂赴九华观祓禊之会以二绝句申赠》,则是道观中举行上巳祓禊。白居易《玉真观张观主下小女冠阿容》诗说:

> 绰约小天仙,生来十六年。姑山半峰雪,瑶水一枝莲。晚院花留立,春窗月伴眠。回眸虽欲语,阿母在旁边。④

从诗中的描写看,这位小女冠阿容是陪侍客人的。前面已经提到唐代道观里的某些女冠行为同于倡伎。

特别是中唐时期,长安寺、观竞植花木,成了都城中的主要绿地。在花木繁茂节期,到这些地方赏花也成了城市的一大胜事。其中尤以玄都观的桃花、唐昌观的玉蕊花、洞灵观的冬青、金仙观的竹等最

①〔宋〕司马光编著《资治通鉴》卷二一五,6870—6871页。
②〔清〕彭定求等编《全唐诗》卷三五,464—465页。
③同上卷二四五,2758页。
④〔唐〕白居易著,朱金城笺注《白居易集笺校》卷一九,1293页。

为有名,九华观也是赏花的好处所。诗人们留下了许多关于这一题材的作品。章孝标的《玄都观栽桃十韵》诗说:

> 驱使鬼神功,攒栽万树红。薰香丹凤阙,妆点紫琼宫……求师饱灵药,他日访辽东。①

蒋防也有《玄都楼桃》诗(《全唐诗》卷五〇七)。而刘禹锡自连州贬所归来有《游玄都观》诗,成了他再次遭贬的原因,更是唐史上的掌故。张籍的《九华观看花》诗说:

> 街西无数闲游处,不似九华仙观中。花里可怜池上景,几重墙壁贮春风。②

而前面已经提到过的《剧谈录·玉蕊院真人降》一节,更以安业坊唐昌观玉蕊花开时节为背景,记录了女仙降临的传说,严休复、元稹、刘禹锡、白居易等人都有诗传世。张籍也有《唐昌观看花》诗(《全唐诗》卷三八六)。

　　道观或成为居停之所。在有的时候,朝命对于寺、观居住俗客曾加以限制。如开元初年、贞元初年均有诏令③,但实际上并不能严格执行。文人们留下了不少留宿道观的作品,如韦应物的《雨夜宿清都观》、杨凭的《长安春夜宿开元观》等,都对观居情景作了描绘。杨诗说:

> 霓裳下晚烟,留客杏花前。遍问人寰事,新从洞府天。长松皆扫月,老鹤不知年。为说蓬瀛路,云涛几处连。④

---

① 〔清〕彭定求等编《全唐诗》卷五〇六,5759 页。
② 同上卷三八六,4355 页。
③ 开元初玄宗有《禁天下寺观停客制》,见〔宋〕宋敏求编《唐大诏令集》卷一一三;又《册府元龟》卷五四:"德宗贞元五年三月诏曰:……自今州府寺、观不得俗客居住……"
④ 〔清〕彭定求等编《全唐诗》卷二八九,3294 页。

这是游览道观被留宿的。也有较长时期借住在道观里习业的,如白居易在贞元末、元和初曾居住在永崇里的华阳观,他的《策林》就是和元稹一起在那里准备制举考试,居住数月所拟的考卷,详见《策林序》。又《历世真仙体道通鉴》卷三二:

> 许栖岩秀才,家于歧山下,唐德宗贞元中举进士,不第,于长安昊天观习业月余……①

《神仙感遇传》:

> 进士王璘,大中乙卯岁游边回京师……入丰邑坊,诣景云观,僦一独院。②

而欧阳詹《玩月》诗序说:"贞元十二年,瓯闽君子陈可封游在秦,寓于永崇里华阳观。"③这种情形则是出游暂住。此外道观内当然要容纳一些学道的人居住。其中有些是女性。如滁州司马萧谦(梁武帝六世孙)的夫人刘氏晚年寡居,开元二十二年(734)"终于东都弘道观"④;独孤及的《唐新平长公主故季女姜氏墓志》说"姜氏卒于京师昊天观"⑤。

长安道观是道教艺术的中心。而唐代高水准的道教舞乐、美术与世俗艺术的发展有着密切关系,相互间有重大影响。道观里的艺术也有一定的群众性,成为整个城市文化生活的重要部分。

斋醮仪式里普遍地运用乐曲。前面已言及步虚声韵,就是道调音乐的一种。这是一种宗教音乐,在唐代发展到相当高的水平。这也和朝廷的提倡有关。"高宗自以李氏老子之后也,于是命乐工制

---

① 《道藏》第 5 册,284 页。
② 《神仙感遇传》卷四,《道藏》第 10 册,898—899 页。
③ 〔清〕彭定求等编《全唐诗》卷三四九,3899 页。
④ 《大唐故萧府君墓志铭》,周绍良主编《唐代墓志汇编》下册,1447 页。
⑤ 〔清〕董诰等编《全唐文》卷三九一,3978 页。

《道调》"①。当"初置奉天宫,帝令所司于逍遥谷口特开一门,号曰仙游门,又于苑北面置寻真门,皆为师正立名焉。时太常奏所造乐曲,帝又令以《祈仙》、《望仙》、《翘仙》为名,前后赠诗凡数十首……"②玄宗"喜神仙之事,诏道士司马承祯制《玄真道曲》,茅山道士李会元制《大罗天曲》,工部侍郎贺知章制《紫清上圣道曲》"③。他本人艺术素养很高,亲自指导教坊舞乐,其中也包括教习道调:"(天宝十载)四月,帝于内道场亲教诸道士步虚声韵,道士玄辨等谢曰:'……陛下亲教步虚及诸声赞,以至明之独览,断历代之传疑……'"④据传是他从天上传来著名的《霓裳羽衣曲》。郑嵎《津阳门诗注》说:

> 叶法善引上入月宫,时秋已深,上苦凄冷,不能久留,归。于天半尚闻仙乐,及上归,且记忆其半。遂于笛中写之。会西凉都督杨敬述进婆罗门曲,与其声调相符,遂以月中所闻为之散序,用敬述所进曲作其腔,而名《霓裳羽衣法曲》。⑤

虽然传闻并非事实,但反映了玄宗在制作这首道教内容的乐曲时所起的重要作用。《霓裳》舞曲常在道观表演,白居易有《嵩阳观夜奏霓裳》可证。贞元九年(793)博学宏词科考试,赋题为"太清宫观紫极舞赋"⑥,现存张复元和李绛文。《紫极舞》是太清宫举行仪式所用舞蹈,从文中可以略窥舞容之盛大,如:

> 其始也,顾步齐进,蹁跹有序,既乍抑而复扬,遂将坠而还举。始蹑迹而盼睐,每动容而取与,陈器用之煌煌,曳衣裳之楚楚。观夫俯仰回旋,乍离乍联,轻风飒然,杳兮俯虹霓而观

①〔宋〕欧阳修、宋祁《新唐书》卷二一。
②〔后晋〕刘昫等《旧唐书》卷一九二《隐逸传》。
③同上卷二二《礼乐志一二》。
④〔宋〕王钦若等编纂《册府元龟》卷五四,604 页。
⑤〔清〕彭定求等编《全唐诗》卷五六七,6563 页。
⑥〔清〕徐松《登科记考》中册,486—488 页,赵守俨点校,中华书局,1984 年。

列仙;飘飘迁延,或却或前,清宫肃然,俨兮若披云雾而睹青天……①

这些描写也表现了舞蹈的艺术水平。戎昱有《开元观陪杜大夫中元日观乐》诗:

> 今朝欢称玉京天,况值关东俗理年。舞态疑回紫阳女,歌声似遏彩云仙。盘空双鹤惊几剑,洒砌三花度管弦。落日香尘拥归骑,好风油幕动高烟。②

这是"三元"里的"中元"即七月十五日,写的是开元观"演出"舞乐的情景。羊士谔又有《上元日紫极宫观州民然灯张乐》诗(《全唐诗》卷三三二),可知在地方州府也有这样的仪式,则长安举行的当更为盛大。《大唐新语》卷七记载:

> 李嗣贞尝与朝列同过太清观,道士刘概、辅俨为设乐。嗣贞曰:"此乐宫商不和,君臣相阻之征也……"居数月,章怀太子果为则天所构……③

由此可见道观设乐不限于一定的节日。道观里的步虚声韵更为人们所赞赏。张仲素有《上元日听太清宫步虚》诗:

> 仙客开金箓,元辰会玉京。灵歌宾紫府,雅韵出层城。磬杂音徐彻,风飘响更清。纤余空外尽,断绪听中生。舞鹤纷将集,流云住未行。谁知九陌上,尘俗仰遗声。④

殷尧藩也有《中元日观诸道士步虚》诗(《全唐诗》卷四九二)。

道观里的壁画和造像则是道教美术的成果。杜甫有《冬日洛

---

① 〔唐〕张复元《太清宫观紫极舞赋》,〔清〕董诰等编《全唐文》卷五九四,6009 页。
② 〔清〕彭定求等编《全唐诗》卷二七〇,3024 页。"好"字据〔宋〕蒲积中《岁时杂咏》补。
③ 〔唐〕刘肃《大唐新语》卷七《知微》,126—127 页。
④ 〔清〕彭定求等编《全唐诗》卷三六七,4135 页。

城北谒玄元皇帝庙》诗,庙有吴道子画五圣图,诗曰:

> 画手看前辈,吴生远擅场。森罗移地轴,妙绝动宫墙。五
> 圣联龙衮,千官列燕行。冕旒俱秀发,旌旆尽飞扬。①

这是洛阳的情况。当时两都的寺、观乃是著名艺术家发挥才能的
主要场所。由于这些地方是供公众活动的,他们在那里的创作也
就可以被更广泛的群众所接受。资料中留下了许多艺术家在道观
进行创作的事实。仅据《历代名画记》的记载,如太清宫殿内有吴
道子画玄元真,开元观有杨廷光、杨仙乔画,咸宜观有吴道子、解
倩、杨廷光、陈闳画,玄都观殿内有范长寿画,玄真观有陈静心、程
雅画,等等。杜光庭《道教灵验记》卷一《上都昭成观验》说:

> 有百尺老君像在层阁之中……皆吴道子、王仙乔、杨退之
> 亲迹……京师法宇,最为宏丽,唯玄都观殿可以亚焉。②

可见绘画在道观里的地位。朝廷有时把图像赐给道观,如元和九
年(814),"内出道教神仙图像经法九辇以赐兴唐观"③。这也是道
观中艺术品的来源。

道观里的斋醮仪式十分盛大,类似艺术表演。如公主入道就
要举行庄严华丽的仪式。张万福《传授三洞经戒法箓略说》卷下详
细记载了金仙、玉真二公主入道的情况:

> 窃见金仙、玉真二公主以景云二年岁次辛亥春正月十八
> 日甲子于大内归真观中,诣三洞大法师、金紫光禄大夫、鸿胪
> 卿、河内郡开国公、上柱国、太清观主史尊师受道,破灵宝自然
> 卷,受中盟八帙经四十七卷、真文二箓,佩符策杖,乃埽土为坛
> 三级,高一丈二尺。金莲花纂紫金题榜……其夜四更,老君降

---

① 〔唐〕杜甫著,〔清〕仇兆鳌注《杜少陵集详注》卷二。
② 《道藏》第 5 册,802 页。
③ 〔宋〕王钦若等编纂《册府元龟》卷五四,606 页。

坛，与公主语。传法之日，瑞云五色，香烟八引。传法既毕，二
公主各舍床卧、几褥、音乐器具及在俗衣服各五百副，绢一万
匹，罗锦钱彩并供养法具等价逾万贯，镇坛法物仍不在其
数……万福自惟凡鄙，戒行无取，谬承恩旨，滥预临坛大德、证
法三师……①

可见这种仪式综合了从服装、道具到音乐、舞蹈多方面的艺术成
就，集中显示了一代道教艺术的水平。

唐代道教在学术上也做出了多方面的贡献，长安道观当然起
了巨大作用。除了前面已经述及者外，值得注意的还有历法的改
订。唐代历法改订了八次，其主要成就表现在武德二年（619）的
《戊寅元历》《麟德甲子元历》和《开元大衍历》里。这其中第一次是
道士傅仁均和太史令庾俭参议制定的；第二次的主持者是李淳风，
他的父亲是道士，颇有文学，自号黄冠子，淳风明天文、历算、阴阳
之学，颇有家学渊源。历法的改订反映了天文学的成就。

总之，长安道观多种多样文化活动的意义远远超出了宗教的
范围，成为当时社会文化的重要组成部分，不仅在当时造成了多方
面的影响，而且作为文化遗产，对以后的文化发展也起了相当大的
作用。

---

① 《道藏》第 32 册，196—197 页。

"三教调和"思潮与唐代文学

一 "三教调和"的社会和思想基础

　　研究道教与唐代文学的关系,不能不涉及唐代"三教调和"(或称为"三教合流")思潮问题。与这一问题密切相关的现象是:一方面,唐代的道教在这一潮流中发展,已经容纳了儒家和佛教的许多内容,从而显示出许多新的特色;另一方面,唐代文人生活在"三教调和"的潮流中,在接受道教时是依据当时个人的理解,往往是从调和"三教"的角度出发的。所以,不了解唐代思想、学术领域中"三教调和"潮流的发展形势,是很难全面、正确地认识当时的文人接受道教的真实形态的。

　　儒、道、佛三教①的斗争与交流是中国思想史、文化史、宗教史上的重要现象,对于整个社会和文化的发展影响至巨。在历史上,

---

①关于是否由儒家形成了作为宗教的"儒教",是学术界争论的问题。在儒家或儒术的发展中,有两次重要的"宗教化"的努力。一次是西汉以后伴随着"独尊儒术"而被神学化、谶纬化;再一次是两宋后随着尊孔潮流的高涨而对孔子的偶像化、祭祀化。但就严格的学术意义说,儒学或"儒术"还不能说已演变为真正意义的宗教。

这三方面之间既存在着宗教和反宗教的斗争,也有着不同信仰和教义、教理层面的分歧和冲突;对于佛教来说,还存在着中土固有传统和外来文化的矛盾。这种矛盾、斗争既表现在一般的政治和文化、学术层面上,又有经济方面的利害关系在起重要作用;而矛盾、斗争的形式主要是理论、思想层面中的论辩,但也常常受到政治强权的干预,以至某些时期封建王朝采取灭教的激烈行动。

儒、佛、道三者间的矛盾与冲突更集中地表现在儒、道与佛教之间。儒与佛的冲突早在佛教传入中土时即已出现,两晋后更加突出。道教和佛教的矛盾则在东晋教团道教形成以后更形尖锐,而且作用于思想史、文化史也更为深入和广泛。促使佛、道矛盾激化的现实因素,首先是二者要争夺宗教神权的主导权;再就是在中国发展的佛、道二教,很快形成巨大的经济势力,寺、观成为封建经济实体,从而使佛、道二者间产生了日益严重的经济利益方面的冲突。而如从宗教教义和教学方面看,则二者间的相互交流和相互包摄则一直是主导倾向。这主要是因为在中国这样的具有悠久文化传统的国度里,无论是外来宗教,还是新建立的本土宗教,都必须适应固有的思想土壤才能生存、发展。所以佛、道二教在中国弘传都必然向本土的儒家传统靠拢;在此前提下二者就必然会相互影响与融合。例如佛教在中土初传,就表现出明显的"道教化"的倾向,外来的佛、菩萨被赋予了"神仙"性格;佛教的法术则被混同于神仙方术。而众所周知,许多道典是抄袭佛教经典编纂的,道教的戒律、仪轨也多是参考佛教制作的。这样,尽管南北朝时期三教间的争论、斗争连续不断,时起时伏,有时演变得十分激烈,但表现在思想领域中,三者间一直在不断地交流,相互间也在不断地容摄。至于士大夫间,出入三教的人物更不鲜见。而当时南北各王朝,一般情况下又都采取"三教齐立"政策。这对于促进三者的交流也起了决定性的作用。

唐王朝创立,在社会阶级关系和思想文化领域都发生巨大变化的形势下，三教的关系也出现了新的局面，即三教间经过南北朝数百年的斗争和交流，矛盾的方面进一步缩小，而互补的方面更形突出。结果三者间的关系由主要是相互攻击、冲突演变为更加主动地相互摄取和包容，从而三教的融合也成了主导潮流。而从当时士大夫阶层的状况看，他们主要是在儒家学术和思想传统中培养起来的，从主要倾向看对宗教的信仰心本来就相当淡漠；而就唐代思想领域的具体发展形势而言，在南北朝宗教思想泛滥之后，又正在进入一个比较理性的反思时期，这些都使得当时的知识阶层能够以更具批判性的眼光来对待宗教现象。而这种宗教信仰心的"蜕化"又使得他们更自由、更主动地对待三教。结果他们普遍地依据个人的理解和需要来接受和运用佛、道二教，"周流三教"从而成为一时风气。在文学领域，这一潮流对作家的思想和生活都产生了相当巨大的影响，并或隐或显地表现在他们的创作之中。

形成中国文化中的"三教调和"思潮的决定性因素首先是统一集权的政治体制在起作用。在中国古代专制政治体制下，宗教的神权从来没有取得超越于世俗政权之上或独立于其外的地位。相反地，是世俗政权君临于宗教之上，决定着它们的存在和发展（一些反政府的秘密宗教也只是反对它们所存在时代的现实政治体制，实际上还是代表并受制于一定的政治势力的）。这也是为什么外来的佛教和本土产生的道教都要向现实统治力量靠拢的根本原因。"不依国主，则法事难立"，这不但是佛教徒的自觉，也是所有欲求在中土发展的宗教必然要走的道路。在佛教未传入中国、道教没有形成以前，中国不存在组织化、制度化的教团宗教，还处在某种宗教真空状态；先秦"百家争鸣"的理性思潮直到后来一直对宗教的发展起着巨大的抵制作用，也形成了整个民族宗教意识相对薄弱的状态。后来佛教输入、道教形成，统治阶级对待它们往往是"利用"重于"信仰"。这种种现实条件，使得六朝时期南北各王朝和佛、道二教之间逐渐调整关系，世俗政权崇重、利用宗教，宗教则借助它的荫庇以求生存和发展。这样，在集权的环境下，佛、道二教都必须也必然取更主动地适应现实政治需要的姿态。南北各王朝则基本执行以儒术为主导的"三教齐立"政策。这也就形成了三教不管如何矛盾、冲突但基本趋于调和的大趋势。

唐代是新兴的强大、统一的专制王朝。它在历代积累的统治经验基础上立国，执行着更加完善、成熟的统治政策和策略。在对待佛、道二教的态度上也是如此。无论是历史经验，还是现实环境，都要求唐代统治者重视佛、道二教的存在，充分发挥其辅助现实统治的作用；无论是历史形成的潮流，还是统治者自身的认识，又都要求他们积极协调三教关系，引导它们到统一的、有利于"致治"的方向上来。因而唐王朝继承了前代"三教齐立"政策，而且在态度和措施上都更为主动和积极。唐代各朝帝王的具体宗教观念不同。有些皇帝如高祖、太宗的宗教意识很淡漠；也有一些皇帝对待两教的态度有所偏重，如武后极力提倡佛教，玄宗和武宗则更热衷于道教，等等。但不论他们个人的信仰如何，有唐一代朝廷对佛、道二教的总的政策基本上是兼容并重的，对于两教间的斗争则采取仲裁、协调的立场。这也是兴盛局面下相对自由、宽松的文化政策的具体体现，是促进三教进一步交流和融合的一个有利因素。

唐王朝建立伊始，就复兴隋末战乱毁坏的寺、观，度僧、尼、道士；礼敬高僧、高道，把他们接引到朝廷之中，给某些著名的道士加以官爵，对僧侣则给以赐紫、赐师号等荣誉（后来少数僧侣也有给以官爵的，如不空）；正式规定佛、道在朝廷礼仪中的地位和作用，并大兴"内道场"；帝王亲自受菩萨戒、受道箓，这在形式上就算是入佛门或道门为弟子；规定僧、道隶属，制定规范僧、道行为的《道僧格》；在均田法中规定僧、尼、道士、女冠授田，从法律上保障了他们生存的经济条件；相应地制定僧、道出家和僧、道籍管理制度。等等。这样，一方面，佛、道二教被纳入新政权的统治体制之中，对其管理实现了前所未有的法制化和规范化；另一方面，唐代历朝基本上（武宗毁佛是例外）都肯定佛、道二教的地位，并大体平等地对待二者。佛、道二教从而也就成为现存政治体制下的重要的、具有特殊地位和意义的"教化"力量。在实际生活里，儒、佛、道三者有时畸轻畸重，也常常发生矛盾，但其实际表现已没有南北朝时期的那种激烈的对抗性质。例如佛、道间曾有在朝堂上排班时位置先后之争，但也只是有限度地争地位的高下，而争论的评判权掌握在朝廷手里。如从发展趋势看，就是这样的冲突也越来越微弱。这样，佛、道之间矛盾的实质意义已经不大，求共存成了主要倾向。结果佛、道二教在李唐统治者的加护和崇重之下，同样迅速地兴盛，分别达到了它们发展的极盛阶段。在朝廷的一些实际活动中，僧、道则往往是齐行并立的。佛、道二教对于儒家则更多地取依附、容摄态度，无论是教理、教义，还是制度、戒律都纳入了大量儒家内容。总之，统治者的态度和做法，促进了三教的进一步交融；而三教不断地接近、交流，对于维护王朝的统治也起到了巨大的作用。

在李唐统治者采取的调和儒、佛、道的措施里，所谓"三教讲论"或"三教论衡"是具有典型、象征意义的。由帝王主持，儒、佛、道或佛、道在朝堂或寺、观里进行辩论，自晋、宋以来即曾不间断地进行过。这种由世俗统治者组织、裁决的辩论形式本身，就表明了宗教神权屈服于世俗政权的现实状况。唐代建国伊始，高祖就主持了这样的辩论：

> 高祖尝幸国学，命徐文远讲《孝经》，僧惠乘讲《金刚经》，道士刘进嘉（喜）讲《老子》。诏陆德明与之辩论。于是诘难锋起，三人皆屈。高祖曰："儒、玄、佛义，各有宗旨，刘、徐等并各当今杰才，德明一举而蔽之，可谓达学矣。"赐帛五十匹。①

---

① 〔唐〕刘肃《大唐新语》卷一一《褒锡》，165 页。此次论辩亦记录于《旧唐书》卷二四《礼仪志》，谓在武德七年（624）。

这次讲论是在国学里进行的,其结论是以儒学统摄佛、道,这实际也反映了唐统治者在思想、文化领域的基本立场。同样,张九龄的《贺论三教状》反映的是玄宗朝的情况:

> 右伏奉今日墨制,召诸学士及道、僧讲论三教同异。臣闻好尚之论,事踬于偏方;至极之宗,理归于一贯。非夫上圣,孰探要旨。伏惟陛下道契无为,思该玄妙,考六经之同异,诠三教之幽赜,将以降照群疑,敷化率土。屏浮词于玉殿,辑精义于金门。一变儒风,再扬道要。凡百士庶,罔不知归。臣等幸侍轩墀,亲承至训,忭跃之极,实倍常情。望宣付史馆,谨奉状陈贺以闻。谨奏。①

这里同样是讲论三教而归于儒道,并以实现朝廷教化的目的为指归。

这种讲论经常在内道场举行,辩论又主要在佛、道之间进行。唐前期,由于佛、道二教地位的高下关系到各自的利益,这种辩论的内容主要集中于二教的优劣,尚有一定的实质内容。例如贞观十二年(638),时为太子的李治在弘文馆主持的一次辩论,参加者佛教方面有慧净,道教方面有蔡晃,朝官有孔颖达等,都是一时名流,辩论内容涉及对《法华经》"序品第一"的解释和佛教的"平等"观等。又如显庆三年(658)在宫内的一次论议,僧有会隐、神泰等,道有黄赜、李荣等各七人,论题涉及佛教的"五蕴"义、道教的"道生万物"义等。然而从实际情况看,这些辩论中佛、道间互相讥嘲,往往已缺乏学理论争的严肃性,结果往往使得在场的人"怡然大笑,合座欢跃"②。这显然已没有论定教理是非的敌对气氛。而如高宗时"京城流俗,僧、道常争二教优劣,递相非斥。总章中,兴善寺为火灾所焚,尊像荡尽,东明观道士李荣因咏之曰:'道善何曾善,云

---

① 〔清〕董诰等编《全唐文》卷二八九,2934—2935页。
② 〔唐〕道宣《集古今佛道论衡》卷丙。

兴遂不兴。如来烧亦尽，唯有一群僧。'时人虽赏荣诗，然声称从此
而减"①。这种"流俗"更是缺乏论争的严肃性。另如中宗时的一
次，"唐孝和帝，令内道场僧与道士各述所能，久而不决。玄都观叶
法善取胡桃二升，并壳食之并尽。僧仍不服。法善烧一铁钵赫赤，
两手欲合老僧头上，僧唱'贼'，袈裟掩头而走。孝和抚掌大笑"②。
这虽然有小说家的夸饰形容，但总反映了这类活动的具体情形和
社会上对待它们的一般态度。后来到中唐时，辩论定型为"三教论
衡"，更进一步被仪式化，成了祝贺皇帝诞辰礼仪的一部分。如贞
元十二年(796)四月，"庚辰，上降诞日，命沙门、道士加文儒官讨论
三教，上大悦"③，这应是仪式确立的一次。当时的情况是：

> 德宗降诞日，内殿三教讲论，以僧鉴虚对韦渠牟，以许孟
> 容对赵需，以僧覃延对道士郗惟素。诸人皆谈毕，鉴虚曰："诸
> 奏事云：玄元皇帝，天下之圣人；文宣王，古今之圣人；释迦如
> 来，西方之圣人；今皇帝陛下，是南赡部洲之圣人。臣请讲御
> 制《赐新罗铭》。"讲罢，德宗有喜色。④

后来人形容辩论的结果是"初若矛楯相向，后类江海同归"⑤，即归
到歌颂"王化"的主题上来。在白居易文集里存留有《三教论衡》⑥
一篇，是文宗朝一次论争的记录。正如陈寅恪所说："其文乃预设

①〔唐〕刘肃《大唐新语》卷一三，188 页。
②〔宋〕李昉等编《太平广记》卷二八五《叶法善》，2271—2272 页。
③〔后晋〕刘昫等《旧唐书》卷一二《德宗本纪下》。反映德宗朝三教讲论的材料
　还有韦处厚《兴福寺内道场供奉大德大义禅师碑铭》，〔清〕董诰等编《全唐
　文》卷七一五，7352—7354 页；〔唐〕裴休《唐故左街僧录内供奉三教谈论引
　驾大德安国寺上座赐紫方袍大达法师玄秘塔碑铭》，同上卷七四三，7694—
　7695 页，等。
④周勋初校证《唐语林校证》卷六，下册 519 页。
⑤〔宋〕钱易《南部新书》乙卷，12 页。
⑥〔唐〕白居易著，朱金城笺注《白居易集笺校》卷六八，第 6 册，3673—3684 页。

问难对答之言,颇如戏词曲本之比。又其所解释之语,大抵敷衍'格义'之陈说,篇末自谓'三教谈论,承前旧例',然则此文不过当时一种应制之公式文字耳。"①到晚唐时,"每年至皇帝降诞日,请两街供奉讲论大德及道士于内里设斋行香,请僧谈经,对释教、道教对论义"②。则这种"应制"的"谈论"更已不被认真地当作具有宗教神圣性的活动了。唐文宗已对之表现出冷落态度,不再亲自参与:

> (大和七年)十月……壬辰,上降诞日,僧徒、道士讲论于麟德殿。翌日御延英,上谓宰臣曰:"降诞日设斋,起自近代,朕缘相承已久,未可便革。虽置斋会,唯对王源中等暂入殿,至僧道讲论,都不临听。"③

后来这种仪式化的活动更加戏剧化,带上了更多的娱乐性质。如懿宗时的情况:

> 唐咸通中,俳优人李可及,滑稽谐戏,独出辈流。虽不能托讽喻,然巧智敏捷,亦不可多得。尝因延庆节,缁黄讲论毕,次及倡优为戏,可及褒衣博带,摄齐以升座,自称"三教论衡"。偶坐者问曰:"既言博通三教,释迦如来是何人?"对曰:"妇人。"问者惊曰:"何也?"曰:"《金刚经》云'敷座而座',或非妇人,何烦夫坐,然后儿坐也。"又问曰:"太上老君何人?"曰:"亦妇人也。"问者益所不喻。乃曰:"《道德经》云:'吾有大患,谓吾有身;及吾无身,吾亦何患?'傥非为妇人,何患于有娠乎?"上大悦。又问曰:"文宣王何人也?"曰:"妇人也。"问者曰:"何以知之?"曰:"《论语》曰'沽之哉,沽之哉,我待价者也',向非妇人,待嫁奚为?"上意极欢,宠赐颇厚。④

---

① 陈寅恪《白乐天之思想行为与佛道关系》,《元白诗笺证稿》,331 页。
② 〔日〕圆仁《入唐求法巡礼行记》卷四,176 页。
③ 〔后晋〕刘昫等《旧唐书》卷一七下《文宗纪》。
④ 〔宋〕李昉等编《太平广记》卷二五二,1958—1959 页。

这样,"三教论衡"竟成了俳优讥嘲的对象。从三教讲论发展到仪式化的"三教论衡"的过程,显示了唐代统治者对于宗教的真实态度:一方面普遍地缺乏信仰的虔诚,另一方面则调和佛、道的关系以求纳入到服务于现实政治的轨道上来。

三教调和思潮还有着伦理方面的基础。这在中国重伦理的思想文化传统中,也是个起重大作用的条件。

中国古代传统伦理中占主导地位的是儒家观念。其内容又是以天命的君权至上为核心的。本来,宗教神权从性质上是绝对的,与这种伦理必然产生矛盾。就佛教来说,这一外来宗教产生在和中土完全不同的思想文化环境里,在伦理观念方面必然和中土传统有许多根本矛盾的地方。特别是它要求剃除须发而出家,和中国传统的重理性、重忠孝、重人生等意识正相反对。道教是本土宗教,但它最初流传于民间,带有鲜明的反现实统治体制的性格。它在伦理观念方面也多有和西汉以来流行的"儒术"相悖以至相对立的地方。自东晋起十分激烈的佛、道之间的论争,以及坚持儒家正统的人士和佛、道二教的斗争,这方面的分歧也是主要的内容。

在南北朝的三教论争中,无论是世俗士大夫反佛,还是道教攻击佛教,往往以其有悖于中土伦理为口实;而道教也存在着如何适应现实体制的问题。在这一矛盾中,不管是佛教还是道教,一般是处于守势的。它们一方面以有助于"王化"为理由替自己辩护,另一方面则努力改变自己的面貌以适应中土传统的要求。典型的表现是佛、道二教在这一时期都主动地向王权归附,争取帝王的支持,在统治阶级上层发展势力;同时把儒家的伦理观念纳入自己的思想体系之中。如道教史上被认为是从民间道教向教团道教转变的关键人物抱朴子葛洪①,就努力把儒家伦理纳入道教神仙思想体

①关于葛洪在道教史上的地位,参阅胡孚琛《魏晋神仙道教——抱朴子内篇研究》第三章《葛洪和〈抱朴子内篇〉》,77—122页。

系之中。他在被认为是当时道教教理的总结性著作《抱朴子内篇》的《对俗》篇里就引用《玉钤经》说:"立功为上,除过次之。为道者以救人危使免祸,护人疾病,令不枉死,为上功也。欲求仙者,要当以忠孝和顺仁信为本。若德行不修,而但务方术,皆不得长生也。"下面说到积善则增算,作恶则夺算,又指出:"积善事未满,虽服仙药,亦无益也。"①这样讲仁德,说忠孝,是把谨守儒家伦理当作修习仙道的前提条件了。在《微旨》里又说道:"览诸道戒,无不云欲求长生者,必欲积善立功,慈心于物,恕己及人,仁逮昆虫,乐人之吉,愍人之苦,赒人之急,救人之穷……"而接着举出的恶行中则有"虐害其下,欺罔其上,叛其所事,受恩不感""憎拒忠信,不顺上命,不敬所师,笑人作善"②等等。后来陆修敬、陶弘景等"清整"道教,进一步清除"三张伪法",其重要内容也是按照统治阶级伦理道德的要求,肃清民众道教的"悖乱"内容。而佛教本来在中土就没有根基,在和中土传统的冲突中更要处于守势。它拿来作为对抗儒家和道教攻击的主要口实的,就是强调佛教伦理不但不和中土传统相冲突,而且能起到辅佐它的作用。早期信佛的中土人士如晋孙绰即说:"周、孔即佛,佛即周、孔,盖外、内名耳。"③刘宋宗炳说:"孔、老、如来,虽三训殊途,而习善共辙。"④

颜之推则说:"内、外两教,本为一体,渐、积为异,深浅不同。"⑤在当时的佛典翻译中,相当普遍地把儒家的伦理内容掺入其中⑥。

---

① 王明《抱朴子内篇校释》卷三《对俗》,53—54 页。
② 同上卷六《微旨》,126 页。
③〔唐〕孙绰《喻道论》,〔唐〕释道宣《广弘明集》卷三。
④〔南朝·宋〕宗炳《明佛论》,同上卷二。
⑤ 王利器集解《颜氏家训集解》卷五《归心》,339 页,上海古籍出版社,1980 年。
⑥ 早期如康僧会译《六度集经》,已把仁德之类的言辞、观念掺入到译文里;后来如鸠摩罗什这样的大译家,也为适应中土伦理而增删译文,参阅中村元《基于现实生活的思考——鸠摩罗什译本的特征》,《世界宗教研究》1994 年 2 期。

　　而这一时期所创作出来的数量巨大的伪经，更充斥着中土传统伦理的说教①。佛教方面显然已清楚地意识到，适应以儒家为主导的伦理传统是它在中土存在的前提条件。

　　在魏晋南北朝时期，当佛、道二教在为自己辩护的时候，主要是强调其各自有着特殊的伦理价值，往往从儒、佛、道三家各适其用的角度立论。普遍的思路是儒以治外、佛以治心、道以治身；儒家是世间法，佛、道是出世间或超世间法。而发展到唐代，三者进一步相互交融、相互包摄，则更强调其伦理内容的一致性，所谓"三教调和"从而进入了更高的层次。

　　从佛教方面看，如上所述，有唐一代的佛教大德，从著名的玄奘开始，以后的华严法藏，禅宗的神秀、神会，密宗的金刚智、不空等，都对朝廷表示忠顺，并以实际行动支持现实统治体制。唐代佛教各宗派，除了像慈恩宗那样的纯粹传述印度思想之之外，其宗义都具有浓厚的儒、释调和色彩，此不具述。特别是唐代大为流行的净土法门，主张修习"持念"即称名念佛，同时又要求奉行一切诸善，其中更把"孝顺于父母，敬奉于师长"②这样的世俗伦理作为修持的重要方面。唐代佛教新流行起来三部佛经，一部是《仁王般若经》，这是宣扬护国思想即以维护朝廷为目的而制作的经典，本经是否译本，殊多可疑之处；一部是《梵网经》，这是一部大乘戒经，一般认为是出于六朝时期的中土伪经，其中所讲的十重戒、四十八轻戒乃是佛教戒律的条文，其中的止恶修善、防过止非的内容多符合中土伦理的要求③；再一部是《盂兰盆经》，也被认为是中土伪经，其主题是把佛教的救济和儒家的孝道相结合，典型地表现了两大伦

---

① 参阅〔日〕牧田谛亮《疑经研究》第一章第五节《疑经撰述の意义》，40—84页，京都大学人文科学研究所，1976年。

② 〔唐〕道绰《安乐集》卷下。

③ 关于《梵网经》，参阅游侠《梵网经》，《中国佛教》第3辑，206—209页，知识出版社，1989年。其产生年代参阅〔日〕望月信亨《佛教经典成立史论》。

理体系的交融①。而自北魏即已流行的伪经《提谓波利经》，明确比
拟五戒为五常②。颜之推则说"内典初门，设五种之禁，与外书仁义
五常符同"③。而到了唐代，这已是普遍的认识。中唐时的宗密可
作为代表。他在著名的《原人论》的序文里已说："孔、老、释迦，皆
是至圣，随时应物，设教殊途，内外相资，共利群庶。"其《斥偏浅》一
章更明确指出：

> 天竺世教，仪式虽殊，惩恶劝善无别，亦不离仁义等五常，
> 而有德行可修……不杀是仁，不盗是义，不邪淫是礼，不妄语
> 是信，不饮酒啖肉，神气清洁，益于智也。④

他在《圆觉经大疏抄》卷七里具体解释了这五者相合的理由，其中
更多使用儒家的语言。宗密一身兼祧菏泽禅和华严，是当世主要
的佛教理论家，他的观点代表了当时佛教的发展倾向。

道教在和佛教的辩论中经常强调的一点，就是其伦理上遵循
中土传统的优越性。道经里宣扬忠孝之类儒家传统观念的内容很
多。唐代乃是道教经诫的总结时期。本来众多的道典是规仿佛典
制作的，但它们主要是从佛经借鉴了形式，内容方面则更注重吸取
传统的儒家伦理。唐代南山律宗兴起，《四分律》被确定为佛门普
遍遵行的戒律。作为其信证的是所谓"三归依"（归依佛、法、僧）；
一般信徒则要守五戒、八戒，沙弥是十戒，比丘、比丘尼是具足戒

---

① 关于《盂兰盆经》及其信仰在中国的产生和流传，参阅〔日〕岩本裕《目连传说
  と盂蘭盆》第一章《中国における目連救母伝説の展開》，9—49 页，京都法
  藏馆，1968 年。
② 《提谓波利经》初见僧佑《出三藏记集》卷五《新集疑经伪撰杂录》，久逸。在敦
  煌遗书中发现，有 S.2051、北霜 15 和苏联亚细亚民族研究所藏本。最初的研
  究成果见〔日〕塚本善隆《支那の在家佛仏教特に庶民仏教の一経典——提謂
  波利経の歴史》，《東方学報　京都》十二の三。
③ 《颜氏家训》卷五《归心》。
④ 《华严原人论》，《大正藏》卷四五，508 页下。

（分别是二百五十戒和三百四十八戒）。道教仿效佛教，也制定了起心入道的"三归戒"，再根据道士的不同阶级而要求接受不同的戒条。如初入道的学徒箓生要受五戒、八戒，在俗男女要受无上十戒，再以上各级道士要受更多的戒条，如十四持身戒、老君百八十戒、三百观身戒等。道典中最早总结出戒条的是北周时形成的道教类书《无上秘要》；到唐代出现了系统阐述戒律的《三洞众戒文》（原书二卷，《道藏》本一卷，张万福撰，武后、玄宗时期人）、《传授三洞经戒法箓略说》（二卷，张万福撰）、《要修科仪戒律钞》（十六卷，朱法满撰，为玉清观道士，年代不详）等。这些戒律的儒道色彩都十分明显。如《无上秘要》卷四六和《三洞众戒文》卷下所录"洞神八戒"：

> 学解五行，补习五德；勤习五事，不可无恒；平理八正，行藏顺时；明识五纪，与气同存；精审皇极，上下相和；修行三德，期会三清；决定疑惑，化伪为真；考校征验，消祸降福，炼凡登圣，无负三尊。①

这里"五行""五德""八正""五纪""皇极""三德"等用的正是《洪范》"九畴"的词语。其内容则是把道教的修行和儒家的修养糅和在一起了。敦煌文书里有《十戒经》②，据考证相当于《三洞众戒文序》里所说的"清信弟子十戒十四持身品"，据 S.6454 号文书的内容是：

> 天尊言：善男子、善女子，能发自然道意，来入法门，受我十戒十四持身之品，则为大道清信弟子，皆与勇猛飞天齐功；于此而进心不解退者，则超陵三界，为上清真人。
>
> 次弟子对师而伏（以下原件分行）：一者不煞，当念众生；二者不淫，犯人妇女；三者不盗，取非义财；四者不欺，善恶反

---

① 录文据〔日〕楠山春樹校订，参阅《道教と儒教》，〔日〕福井康顺等监修《道教》第二卷，78—79 页，东京平和出版社，1983 年。
② 敦煌遗书 S.794、4561（作《十诫经》）、6454、P.2347、2350、3770、散 192、691。

论；五者不醉，常思净行；六者宗亲和睦，无有非亲；七者见人善事，心易欢喜；八者见人有忧，易为作福；九者彼来加我，志在不报；十者一切未得道，我不有望。

次说十四持身之品（以下原件不分行）：与人君言，则惠于国；与人父言，则慈于子；与人师言，则爱于众；于人兄言，则悌于行；与人臣言，则忠于上；与人子言，则孝于亲；与人友言，则信于交；与人夫言，则和于室；与人妇言，则贞于夫；与人弟言，则恭于礼；与野人言，则勤于农也；与沙门、道士言，则正于道；与异国人言，则各守其域；与奴婢言，则慎于事……

像这样的戒律，完全是把世俗伦理的要求当作宗教修持的基本内容了。

佛、道二教在伦理上向中土传统的儒家伦常靠拢，不仅进一步泯合了它们和中国固有传统意识和行为的矛盾，而且二者之间的差距也大为缩小了。三教间伦理上的交流和融摄，使得士大夫和一般民众较少感受到它们之间的抵触，而有可能同样地把它们当做"善法""善行"来接受和奉行。

唐代佛、道二教自身发展形态的变化，也给三教的进一步交融提供了条件。

南北朝时期佛、道二教的发展情况，就佛教说，北方大兴开窟造像之风，注重修禅作功德；南方则盛行讲经、造寺，佛寺成为兴盛的义学研究中心。虽然南、北方风气不同，但都是以僧团为中心，以信仰为纽带，在统治集团的积极参与和支持下，盛行大规模的法事。北方的邑义，规模动辄在数百人千人以上。也只有在朝廷、大领主和有势力的僧侣的主持之下，才能聚集起巨大的人力、物力，兴造起云冈、敦煌、龙门、麦积山等地那样的大型石窟寺。而南方的法社，其核心是官僚士大夫；由高僧主持的讲经法会同样有成百上千人参加①。在道教方面，则急剧地走向贵族化、官僚化。南、北道教都极力向统治阶级上层靠拢。道教的养炼，如炼制丹药等，需要更多的经济条件，非一般贫苦人所能参与。这样，在南北朝时期，紧密围绕寺、观的集团式的宗教活动是佛、道二教形态上的共同特征。这一特征的形成，是和当时势家巨族统治的社会结构相关联的。

但到了唐代，一方面，社会结构变化了，士族专政被打破，庶族的地位上升、加强了；另一方面，在新的时代条件下，人们的宗教心理也变化了。例如佛教，南北朝时期那种以"邑""法社"形式为主的活动形态被家庭和个人的修行所取代。唐代朝廷的御用佛教、道教进行着规模盛大的礼仪化、祭祀化的活动，但就这些活动的实质看，宗教所特有的信仰内容已很淡薄；而在士大夫和一般民众间，虽也还有净土结社之类的集团活动，但不仅其规模远较南北朝时期为小，而且内容和形式也都有所变化。当时宗教信仰的形式主要已是个人的念佛、修道，也有造像、造经幢、写经、绣像以至凿窟等活动，但规模一般也都比六朝时期小得多，而且主要是在个人或家族、乡党的较小的团体间进行的。相应地，宗教修行的目的则更加世俗化了。

这种宗教形态方面的变化，在现存碑刻、造像铭、写经题记等材料里明显地反映出来。由于佛教具有更广泛的群众性，留存至今的这方面的材料较多。

据近年大量出土的造像铭分析，从信仰内容看，在隋代以前，祈请的一般对象是皇帝陛下、诸天圣贤、群僚百官、亡过父母、现存眷属、法界众生、己身及师僧等，而内容则主要是国祚永固、常与善会、同受斯福、家口平安、永与苦别、无病长寿等；但到了唐代，一方面有关净土的内容显著增加了，如多有提出"往生净土""上品往

---

① 参阅宁可《述"社邑"》，《北京师范学院学报》1985 年第 1 期，12—24 页。

生"等的;另一方面则更注重家庭和个人的现实福祉,如家口平安、免灾祛病等①。就是说,这时人们所关注的,已主要是个人和家庭的现世福利或来生之计了。在龙门石窟唐代造像兴盛期即高宗、武后时期,出现了许多一般士大夫和民众个人出资所造小型窟像,其铭刻鲜明地反映了信仰的现实化和世俗化的趋势。首先看士大夫阶层的:《纪王典卫王行宝记》,造像者是太宗第十子纪王李慎的典卫,其中说"愿他乡□庶,早得□宁,一切行人,平安孝养",其目的是"盖因之任,在途发此诚念也"②;《秘书少监韦利器等弥陀赞》,这是"韦利器等为亡母造像,以资冥福"③的;《户部侍郎卢征观音像铭》,是卢征其人"再贬得还,造像酬愿"④的。像这类铭刻,其祈愿内容纯粹是个人或家族的现实福利。而更多的是没有官位甚至是姓名不可考的平民所施造的佛像,则主要是祈请免除疾患、保佑自身或行人平安或为家人祈福祝愿等等。又,当时造观音像大盛,也正是因为这位菩萨具有捷如影响的救苦与乐的功能。

碑志中也表现出同样的倾向。从现存的大量墓志看,当时人归心佛乘有的是家族环境使然,有些则是个人的原因,如遭遇变乱、宦途失利、老年退官、自己或亲人患病、亡殁等。妇女中孀居后信佛的人很多,突出显示了寻求精神寄托的心态。如隋齐府录事参军潘某,是"隋政版荡,丧乱弘多,栖志丘园,敬崇三宝"⑤。武后和中宗朝任宰相的张柬之,被武三思所构陷罢为襄州刺史,其孙𫐐"幼及成童,奏为梵苑沙门,配居龙兴精舍……夫人安阳邵氏……

①参阅李锡经《河北曲阳县修德寺遗址发掘记》,《考古》1955年第3期;河南省文物工作队《巩县石窟寺》,文物出版社,1963年;丁明夷《谈山东博兴出土的铜佛造像》,《文物》1984年第5期。
②〔清〕武忆《授堂金石文字续跋》。
③〔清〕陆增祥《八琼室金石补正》卷三二。
④同上。
⑤《大唐故潘君(隋齐府录事)墓志》,《唐代墓志汇编》上册,141页,永徽一七号。

早岁专德于公宫,晚载修心于释典"①。这都是家族方面的原因。同是反映家族信仰实态的,如莘县尉王养一家,他卸任归里,即参加法社,"与邑子同一追福社,乃戒彼熏辛,回心修道。竹林精舍,行悟一乘,甘蔗禅房,坐观三昧",死后,其夫人"谓诸子曰:罪福之因,其同连锁,汝父平生之社,岂可忘乎? 纵不能身作千灯,犹冀耳闻七觉。自后所造功德,具如别录。夫人以粪扫为衣,数麻麦为食,一日一夜,即求解脱之因;三十三天,实冀攀援之路"②。曾任庄州都督的李敬"锐于坟典,博于经史",而"晚年焚香加趺,修菩提法,苦心自练,菜食而已"③。元和年间太常卿李良"年将知命,齐议道门,求持净戒,舍名职,归法地,弃世宠,期梵天,白衣苦源,□□超迹"④。这些和王维、白居易晚年更加栖心释氏的情况是类似的。开元年间的国子司业开休元是因为"丁府君忧,誓不近薰血,心经口佛,日有常纪"⑤。天宝年间东京皇城副留守姚和章的女儿"爰自受病之初,誓心□域,将不退转,行陀罗尼"⑥,出家后法号功德藏。这和柳宗元在永州时女儿和娘患病出家是类似的⑦。这乃是当时风俗。同样,天宝年间任吏部侍郎的慕容珣的女儿:"疾□之日,发心出家,□尘舍□及□□□□念□□超于彼岸⋯⋯夙怀四德,晚悟三乘。"⑧取法

---

① 《唐故河南府参军张君墓志》,周绍良主编《唐代墓志汇编》下册,1609页,天宝一一一号。

② 《大周故魏州莘县尉太原王府君及夫人中山成氏墓志铭》,同上上册,1010页,长安二八号。

③ 《唐故庄州都督李府君志铭》,同上下册,1303页,开元二一〇号。

④ 《唐故任氏夫人(太常卿李良妻)墓志铭》,同上下册,1982页,元和四七号。

⑤ 《唐故朝散大夫国子司业上柱国开君墓志》,同上下册,1427页,开元三九〇号。

⑥ 《唐上殇姚氏墓志铭》,同上下册,1541页,天宝一五号。

⑦ 〔唐〕柳宗元《下殇女子墓砖铭》,《柳河东集》卷一三。

⑧ 《唐故慕容氏女神护师墓志铭》,周绍良主编《唐代墓志汇编》下册,1655页,天宝一七七号。

号神护。同时代的右卫仓曹参军郭密之妻韦氏"尝自伤早孤,悉心禅悦,首不饰而衣以褐"①,则是因为父母双亡而需求精神寄托。唐代士大夫家世习佛的也不少。唐初萧瑀一族本是萧梁后裔,佛教信仰是家族的传统,一姓中多有出家的,有名于史籍②。一般的文人士大夫,如王维、柳宗元等,都是出身于习佛的家庭,自幼就受到熏染。见于碑刻的材料如垂拱年间邢府别驾程丞,其"父凝心净域,托意慈船,专读大乘,室无虚月",他本人则"心捐三界,不食五辛,意仗法绳,恒披内典"③。家庭中夫妇一同热衷习佛的也不少,如中唐时的常俊,"早岁悟道……谢名知幻,亡忧乐天,默语行藏,常处中道,而有妻子,俱修梵行,□处尘劳,恒莹真性。府君形同于无形,心存于无相,净于无为,味于无事,知我不知,学而无迹,修之无因,果何能测……夫人太原王氏,同修梵行,尤精妙理。彼美淑人,德佐君子"④;曾任左龙武军将军的曹景林,"惊宠辱之地,发厌离之心,禁荤绝膻,戒酒寡欲,履精纯以养浩素,蕴诚明而际空奥,度生灭于识性,视形骸如逆旅……太夫人太原王氏……通修禅寂,善不异俗……"⑤而寡妇归心佛乘的更比比皆是⑥。

宗教更加世俗化,更加贴近人生,在信仰的表现形态上也鲜明地反映出来。前面说过,在唐代士大夫和民众间,凿窟、造像、筑塔寺那样的大规模的功德已不再是主要的表达信仰的方式。即如唐代龙门、敦煌的造像群中,个人所施的小龛、小像已占绝大多数。

①《大唐右卫仓曹参军摄监察御史太原郭密之故妻京兆韦氏墓志铭》,周绍良主编《唐代墓志汇编》下册,1600 页,天宝九八号。

②参阅〔日〕爱宕元《隋末唐初における蘭陵蕭氏の仏教受容——萧瑀を中心にして》,〔日〕福永光司编《中國中世の宗教と文化》,京都大學人文科學研究所,1982 年。

③《大唐故乡长程君墓志铭》,《唐代墓志汇编》上册,777 页,垂拱六七号。

④《唐故居士河内常府君墓志铭》,同上下册,1817 页,大历七九号。

⑤《大唐故赠扬州大都督曹府君墓志之铭》,同上下册,1831 页,建中一五号。

⑥参阅墓志里的一些例子,均见《唐代墓志汇编》。

女工的绣像、石刻的经幢等则正在流行起来。而更主要的修持形
式则是在家庭里礼佛、诵经、参禅、修道。众多的官僚"迹官公朝,
心冥禅悦"①,参禅习佛和世俗的官僚生活并行不悖。他们多数是
"孝家忠国,约礼遵诗,虚己膺物,罕有荣羡。法心悟一,常窥甘露
之门,知色相俱空,慈夺猛风之海"②,出世间法和世间法对于他们
显得完全没有矛盾;还有些则是"安排顺命,晦迹丘园,拨樊笼,遵
佛理,念念勿舍,六行修行,信以接朋,虔而后已"③,在佛乘中寻求
避世之路。总之,宗教的形式已趋于简易,这也正和信仰淡化的趋
势相一致。

　　道教较佛教具有如前所说的"贵族化"的倾向,但其养炼内容
和形式同样趋于"世俗化"。即修道的目的更加现实,形式更趋简
易,宗教修行和日常生活更紧密地相结合。这些和当时佛教发展
的趋向完全一致。佛、道二教的这一共同趋势,同样为与儒家伦理
相统合创造了条件。

　　这样,上有朝廷的倡导和支持;而佛、道二教自身,无论是内
容还是形式,相互交流、融合的趋势在进一步发展;接受它们的士
大夫与民众的宗教心理趋于世俗化、功利化,这都使得到唐代,三
教间的分歧、对立进一步消泯,而相互调和、容摄则成为主要的
潮流。

---

① 《唐故通议大夫守太子詹事上柱国源府君(光乘)墓志铭》:"迹官公朝,心冥
　　禅悦,口誓薰肉,而本之以仁,行惟空寂,而辅之于性。"周绍良主编《唐代墓
　　志汇编》下册,1605 页,天宝一〇五号。
② 《唐元功臣故冠军大将军右龙武军大将军张公(登山)墓志铭》,同上下册,
　　1720 页,天宝二七〇号。
③ 《大唐故吏部长选王府君(爽,父烈,信安郡太守,子楚封吏部尚书、通兵部尚
　　书)墓志铭》,同上下册,1585 页,天宝七六号。

二 调和"三教"的契合点——心性的体认

众所周知，唐代发展到极盛阶段的佛、道二教，表现形态非常复杂。佛教中众多的宗派和修行法门繁兴，道教中金丹道教和神仙道教均已发展到了高峰。但对于当时的士大夫阶层来说，这些宗派或派系并不是具有同样的吸引力的，他们接受儒家思想和佛、道二教是站在不同的立脚点，出于不同的需要：一方面，唐王朝是经过几百年动乱后建立起的兴旺发达的统一的大帝国，庶族士大夫阶层地位上升，在他们面前展现出进入统治集团上层、成就经国大业的广阔前途。无论是传统，还是这种现实形势，都决定了出身于这一阶层的人们（当时的文人主要出身于这一阶层）基本上是以儒学经世观念来指导自己的立身行事的。他们兼容佛、道，必须以无悖或有助于实践这种基本的思想观念为前提。另一方面，六朝以来，佛、道二教在知识阶层间广泛传播，已形成思想传统的重要部分；而宗教体现了对于宇宙和人生的所谓"终极关怀"，也适应着人们的精神需要，特别是处在矛盾和困顿之中的时候。这样，作为具体的个人就可以通融地接受三教，往往各取所需、各适其用。但同时接受三者，把三者统合起来，要有一个基本的契合点。就唐代的情况来说，这一契合点就是对心性的体认和张扬。就是说，这一时期的佛、道二教，在心性问题上都发展出一套新的观念和理论；这些观念和理论不仅改变了其自身的发展方向，亦是对于儒家传统心性学说的补充和发挥。这样，三者间这一基本的契合点，共同体现了时代思想发展的大方向，适应了思想意识领域的现实需要，因而也就能够被唐时的士大夫阶层所认同、重视，并热心地加以汲取。

在唐代发达的佛教宗派里,在士大夫间影响巨大的是天台宗、禅宗和净土宗。慈恩宗、华严宗都曾受到朝廷的支持而隆盛一时,但在士大夫间却很少影响。慈恩宗是印度瑜伽行派佛学在中国的翻版,其烦琐的名相、艰深的义理自难于为中土人士所接受;华严宗本是较多吸收中土传统意识的宗派,但其突出的成绩在学理的阐发,特别是其"事理圆融"的"法界观"对后来理学的形成起了巨大作用,可是在唐代士大夫间却鲜见流传。密宗也是具有强烈外来色彩的宗派,曾在宫廷中流行一时;律宗的学问则主要关系教团内部的戒律问题,这两个宗派的性质决定它们也不可能在士大夫间产生大的影响。而相比之下,天台宗、禅宗则都对于心性问题做出了新的阐述,无论是其理论层面还是实践层面,都对士大夫阶层多有启发;净土宗是追求所谓"来生之计"的,也是提供一种简易的、通俗意义上的心灵哲学。这应是三个宗派在士大夫间特别受到欢迎的根本原因。

天台宗基于"一念三千"的宇宙观发展出"性具善恶"的人性论。认为"四圣"(声闻、缘觉、菩萨、佛)、"六道"(天、人、阿修罗、畜生、饿鬼、地狱)"十界"互具,因此佛、魔不二,五逆即是菩提,贪欲即是道。这样,一方面肯定俗界和圣界相一致,"恶中有道"[1],肯定热衷官宦的士大夫"带妻挟子,官方俗务皆能得道"[2];另一方面则强调个人修养心性的必要和可能,要求人们转迷成悟,邪僻心息。这种人性论是吸取了中土传统人性理论(特别是荀子一派的"性恶"说和"善恶具"观念),对外来的佛性说加以发挥,同时充分显示了肯定现世、肯定人生的精神,在此基础上把心性修养当作转凡成圣的关键,并指出了这种转变的途径。天台的修道方法是定、慧双修,止、观并重,反照心源,体得中道。对于这一法门,智𫖮及其继

---

[1]〔隋〕智𫖮《摩诃止观》卷二下,《大正藏》卷四六,17页下。
[2]〔隋〕智𫖮《法华玄义》卷四上,同上卷三三,17页下。

承者大力加以阐发,他有一段话做了特别精辟的表述:

> 若夫泥洹之法,入乃多途。论其急要,不出止观二法。所
> 以然者,止是伏结之初门,观是断惑之正要;止是爱养心识之
> 善资,观则策发神解之妙术;止是禅定之胜因,观是智慧之由
> 借。若人成就定、慧二法,斯乃自利利人,法皆具足。①

这样,修道的关键即在降服结习,断除惑念,爱养心识,启发"智
慧",即是所谓"观心"。从而也就把得道成佛归结到心性修养的功
夫上来。

天台智顗及其弟子灌顶弘法于江南,由于受到隋帝的礼重而
兴盛一时。但其后的百余年间却并未大显。直到荆溪湛然(711—
782)出来"中兴台教",不仅对宗义做出了重大发展,更扩大了在社
会上的影响。湛然"家本儒、墨",对中国传统学术有着良好素养;
他起初也是"以处士传道"的。他依据依、正不二、色、心一如之理,
主张佛性遍于法界,不隔有情,提出"无情有性"说,即草木、砖甓、
瓦石等无情物皆有佛性。这是对于心性学说的重大发展。他行化
于江南常州(今江苏常州市)、吴郡(今江苏苏州市)、兰陵(今江苏
武进县)、天台(今浙江天台县)一带,声望甚大,自天宝到大历年
间,朝廷诏书连征,辞疾不就;有"缙绅先生高位崇名、屈体承教者
又数十人"②。他能在士大夫间造成比智顗远为巨大的影响,客观
上的条件一方面是当时江东一带的经济、文化已更为发展,和中原
的联系也更为密切,知识阶层的许多人活动在那里;另一方面是他
的佛性新说融入了儒学"性善论"的内容,更适于士大夫的精神
需求。

唐代文人的佛教信仰在理论上普遍显得空疏、浅陋,但颇有人
对天台教理有所领会。李华是在一代文学发展中起过重大作用的

---

① 〔隋〕智顗《修习止观坐禅法要》,同上卷四六,462 页中。
② 〔宋〕赞宁《宋高僧传》卷六《湛然传》。

人物。独孤及曾说:"帝唐以文德勷祐于下,民被王风,俗稍丕变。至则天太后时,陈子昂以雅易正,学者浸而向方。天宝中,公(李华)与兰陵萧茂挺、长乐贾幼几勃焉复起,振中古之风,以宏文德……"①他被认为是古文运动的重要先驱者之一。而他又曾写过湛然之师玄朗的碑文。其中他并举禅宗的南北各系和天台法门,并特别指出玄朗"因恭禅师重研心法",把玄朗当作禅与天台二宗的融合者;而提到湛然,则肯定他"见如来性,专左溪之法门"②。可知他推重这一派佛法的重点在"心法"。湛然的弟子中有著名的古文家、在中唐文坛上占有重要地位的梁肃。他研习天台教观,颇有心得,以智颛的《摩诃止观》文义弘博,加以删定,成《删定止观》(又名《天台法门论》)六卷(今本三卷);又述《止观统例》一卷。这直到今天仍是天台教理的重要的入门书。而他认为天台止观本是"圣人极深研几、穷理尽性之说","《止观》之作,所以辨异同而究圣神,使群生正性而顺理者也;正性顺理,所以行觉路而至妙境也"③。这样,他出入儒、释,重点发挥天台的心性学说。对天台教观深有体会的还有著名的思想家、文学家柳宗元。由于他贬柳州时曾住在龙兴寺,那里的住持重巽是天台学人(其师为元浩,元浩则得湛然嫡传),他甚至被佛教史家编在天台传法系统之中。这虽然是佛教徒为了张大门庭的做法,但他的作品里确实可以看出天台思想的影响④。而他也主要是从"心性"修养的角度来评价和接受佛教的。

　　唐代佛教各宗派里最为发达、也最受知识阶层欢迎的是禅宗。这是一个具有鲜明的反传统性格的宗派,其宗义融入了大量儒家

①〔唐〕独孤及《检校吏部尚书员外郎赵郡李公中集序》,〔清〕董诰等编《全唐文》卷三八八,3946 页。
②〔唐〕李华《故左溪大师碑》,同上卷三二〇,3241—3242 页。
③〔唐〕梁肃《止观统例议》,同上卷五一七,5257 页。
④参阅拙著《柳宗元传论》第九章《崇信佛教"统合儒释"》,283—309 页,人民文学出版社,1982 年。

和道家的思想内容。因此这也是一个彻底中国化的佛教宗派，从而也成为最受中国士大夫欢迎的宗派。这个宗派宗义的核心是所谓"明心见性"，因而被称为"心的宗教"。它把佛、道、儒的心性理论加以融合，创造出全新的、具有鲜明现实性和实践性的心性学说，对困于儒学章句的知识阶层有着巨大的吸引力。它本身就具有"三教调和"的性格。

作为宗派的禅宗的形成应从四祖道信在蕲州黄梅双峰山传法算起。道信入山大约在武德年间。当初这个宗派一直隐伏在远离朝廷政治中心的南方僻远地区。至武则天朝，这个宗派的禅师陆续有人进入中原。被朝廷礼重。久视元年（700），神秀被迎请入京，造成了巨大轰动，以至武则天说"若论修道，更不过东山法门"①。得到朝廷的礼重和支持，成了这个宗派得以弘扬的推动力。而朝廷的支持是有其社会基础的。此后，这个宗派的宗义不断地发展，其总的方向是更加紧密地向中土传统靠拢，与儒、道思想更进一步调和。

禅宗以行化于北魏的菩提达摩为宗主。现在学术界一般肯定被录入《续高僧传》和《楞伽师资记》的《二入四行论》出自达摩亲传，其所讲"理入"和"行入"分别提出了新的禅观和禅法。"理入"谓"深信含生同一真性，客尘障故。令舍伪归真，凝住壁观，无自无他，凡圣等一，坚住不移，不随他教，与道冥符，寂然无为，名理入也"②；其"行入"则讲报怨行、随缘行、无所求行和称法行。从道信，经过弘忍到神秀，所谓北宗一系的观点，主张"净心""观心""守心"，以达到对清净自性的体认，基本在沿着这一思路发展。这种思想和儒家的"良知""良能""致诚返本"之说相通是很显然的。和道家的联系，如胡适所说："达摩的四行，很可以解作一种中国道家

---

① 〔唐〕净觉《楞伽师资记》，《大正藏》卷八五，1290页中。
② 〔唐〕释道宣《续高僧传》卷一六《菩提达摩传》。

式的自然主义的人生观:报怨行近于安命,随缘行近于乐天,无所求行近于无为自然,称法行近于无身无我。"在谈到后来被认为是二祖的慧可的思想时,他又说"和魏晋以来的老庄思想不无关系"①。可知早期禅宗的心性观是佛教传统的"性净"论和儒家、道家心性理论相结合的产物。

　　禅宗的发展经过几个大的阶段。以慧能、神会为代表的南宗开辟了一个新的时期。这一派是开元、天宝年间经神会的弘扬而发展起来的,并很快成为禅宗的主流。到中唐时期大历、贞元年间,以马祖道一为代表的"洪州禅"是又一个阶段。这每一阶段的新发展主要都集中表现在围绕心性理论做出新的发挥,同时又都进一步与中土传统相融合。神会批评北宗是"凝心入定,住心看净,起心外照,摄心内证"②,即认为坐禅求净仍是外骛,还不算了解反照心源、觉悟自己本来面目的真谛。慧能提出"无念为宗,无相为体,无住为本"③,主张"顿悟见性",从而把北宗的心性修养功夫变成了对"自性"的体认。他认为,佛不假外求,只须求自身的"觉悟",一念悟众生是佛,一念迷佛是众生。这种简洁便易的求道理论和方式,完全和中土学术求简易的精神相合;而其"顿悟""见性"的神秘的内证方法,又与孟子的"不虑而知""求其放心"④和庄子的"绝圣弃智"⑤、"心斋"⑥、"坐忘"⑦有共通之处。马祖道一的"洪州

①胡适《楞伽宗考》,《胡适文存》第四集第二卷《神会和尚传》,60—61页,台北远流出版公司,1986年。
②〔唐〕神会《菩提达摩南宗定是非论》,《胡适校敦煌唐写本神会和尚遗集》,287页,台北胡适纪念馆,1982年。
③敦煌本《南宗顿教最上乘摩诃般若波罗蜜经六祖慧能大师于韶州大梵寺施法坛经》,〔唐〕慧能著,郭鹏校释《坛经校释》,31—32页,中华书局,1983年。
④《孟子·尽心上》。
⑤《老子》第十九章。
⑥《庄子·人间世》。
⑦《庄子·大宗师》。

禅"更把南宗的强调内心体验的禅转变为人生践履的禅。他明确提出"平常心是道",因此"道不用修,但莫污染"①,主张"著衣吃饭,言谈祇对,六根运用,一切施为,尽是法性"②。这样,禅就被等同于平常的人生,而无为无事的闲人就是真正体得禅机的大丈夫。在这种从根本上否定宗教目标和修持行为的禅观的指导下,形成一派背经离教、呵佛骂祖的宗风,实际是把宗教权威的神圣性扫除净尽。这也就把南宗禅的纯任主观的心性说发展到了极致。这样的禅,已大为淡化了它的宗教性质,因此更易于被世俗所接受。而它所主张的纯任主观的、任运随缘的人生方式,又和老子所提倡的"绝圣弃智""抱朴""无为"③、庄子所谓"安时而处顺""无所可用"④的"齐物""逍遥"观念取同一指向;儒家的"独善"观念也有与之相通之处。洪州禅受道家的影响特别显著。道家的顺应自然、游心于淡、无知无识以及"无言之教"等等,不仅在观念上,而且在语言上都给它提供了借鉴。"洪州禅"可以说是进一步"老庄化"的禅⑤。

到武后晚年,北宗禅传入长安,得以迅速地弘扬开来,又和当时朝廷宗教政策的转变直接相关。武后以"释教开革命之阶"⑥,在朝廷的支持下,佛教势力急剧地膨胀,但从而也暴露出其严重的政治、经济等方面的危害,有众多的朝官出面论谏;加之年事渐高的武后本人的信仰心态也发生了变化。在天册万岁元年(695),曾帮助武后篡权、又得到她的宠幸的白马寺僧薛怀义被处死,接着她去

---

① 〔宋〕释道元《景德传灯录》卷二八《诸方广语》。
② 〔宋〕赜藏主《古尊宿语录》卷一《马祖大寂行状》。
③ 《老子》第十九章、六十三章。
④ 《庄子·大宗师》《逍遥游》。
⑤ 禅与道家思想相通主要表现在所追求的人生形态和归宿上,二者一个是宗教,一个是哲学,内容有着本质的不同。参阅〔日〕村上嘉实《老莊の自然と禅》;〔日〕福永光司《禅の無心と莊子の無心》,均见〔日〕久村真一、西谷启治编《禅の本質と人間の真理》,东京创文社,1969年。
⑥ 〔宋〕司马光编著《资治通鉴》卷二〇四,6473页。

"慈氏越古"等佛教色彩明显的尊号①,同时又流露出转而倾心道教的倾向②。正是在这样的情况下,神秀被迎请入都。这时的禅宗作为新兴起的佛教宗派,显然是取代了檀施供养的寺院经像佛教而被推重的。同时,武后朝庶族阶层地位进一步上升,大量没有等级名分的士大夫进入并活跃在政治和文化舞台,禅宗的平等的心性观念和发扬主观个性的要求,也正适应了这个阶层的意识。

由于唐代朝廷崇重佛教,官僚士大夫亲近佛教的机会很多。例如前面提到三教讲论的法会,朝官代表了一个方面。另外自唐初大规模的译经在国家译场里进行,朝廷指派朝官中有威望、文采者为润文、总阅使。如建立玄奘慈恩寺译场,即有敕"既新翻译,文义须精,宜令太子太傅尚书左仆射燕国公于志宁、中书令兼检校吏部尚书南阳县开国男来济、礼部尚书高阳县开国男许敬宗、守黄门侍郎兼检校左庶子汾阴县开国男薛元超、守中书侍郎兼检校右庶子广平县开国男李义府、中书侍郎杜正伦等,时为看阅,有不稳便处,即随事润色。若须学士,任量追三两人"③。后来如菩提流志翻译《大宝积经》时,润文官有卢粲、徐坚、苏晋、崔璩等,监修则有郭元振、陆象先等人④。几乎所有的一时朝廷名流如李峤、张说、韦嗣立、韦巨源等都参与过这种工作。这也是朝官士大夫接触、亲近佛教的机缘。不过,从深层次说,无论是玄奘翻译的《唯识经论》,还是像《大宝积经》这样的大乘要典,对于这些朝廷大员几乎不见什么影响;有关三教辩论的材料,在他们的作品里也十分鲜见。而一时间禅宗的巨大影响却非常显著。神龙二年(706)神秀卒,张说为

---

① 〔宋〕司马光编著《资治通鉴》卷二〇五,6502 页。
② 参阅饶宗颐《从石刻论武后之宗教信仰》,《饶宗颐史学论著选》,504—531 页。
③ 〔唐〕慧立、彦悰《大慈恩寺三藏法师传》,179 页。
④ 〔唐〕徐锷《大宝积经述》,〔清〕董诰等编《全唐文》卷二九五,2992—2993 页。

制《唐玉泉寺大通禅师碑铭》,赞扬他是"两京法主,三帝国师"①。
开元二十七年(739),神秀弟子普寂卒,李邕为作《大照禅师塔铭》,
说他的影响是"闻者斯来,得者斯止。自南自北,若天若人,或宿将
重臣,或贤王爱主,或地连金屋,或家蓄铜山,皆毂击肩摩,陆聚水
咽"②。开元二十三年,神秀的另一个弟子义福卒,严挺之为作《大
智禅师碑铭》,说在龙门举行葬礼时"缙绅缟素者数百人,士庶丧服
者有万计"③。这都生动地反映了新的禅宗法门所受欢迎的程度。
正是得到了广大士大夫阶层的认可,禅宗这个出自教团底层的小
小派别才能迅速地扩展势力,其声势很快地凌驾于其他所有宗派
之上。唐代的文人、官僚几乎都和禅宗有这样那样的交涉④。

在唐代士大夫作品中反映较多的还有净土信仰,包括大量观
音信仰的文字。这时正是净土信仰在社会各阶层广泛流行的时
期,这种信仰特别广泛地普及到家庭之中,在较少文化的妇女间广
为流行。净土信仰在教理上十分简单,和天台、慈恩、华严等宗义
内容丰富、复杂的宗派相比较,这一特征显得十分突出。这一宗派
又缺少中土知识阶层所热衷的文化内容。它被容纳和接受,主要
由于它具有安慰心灵的作用。如王维习禅,对禅有精解,他并不相
信"有相净土"实际存在。所以他说:"法身无对,非东、西也;净土
无所,离空、有也……故大雄以不思议力,开方便门……究境达于
无生,因地从于有相。"⑤就是说,他认为所谓"西方净土"不过是佛
陀的方便说法。这也是依据佛教的般若空观必然得出的认识。可

---

①〔清〕董诰等编《全唐文》卷二三一,2335页。
②同上卷二六二,2659页。
③同上卷二八〇,2843页。
④参阅拙作《唐代文人的习禅风气》,《禅文化研究所纪要》第15号,89—106
  页,京都禅文化研究所,1988年;收入论文集《诗与禅》,83—108页,台北东
  大图书公司,1994年。
⑤〔唐〕王维《西方变画赞》,〔清〕赵殿成笺注《王右丞集笺注》卷二〇。

是他也写出了《赞佛文》等宣扬净土的文字。同样,白居易也是西方净土的热烈的宣扬者和净土法门的实践者。但他对庄、禅同样地热衷。从作品里可以看出他对净土的存在也并没有真挚的信仰,净土在他的心里也只是一种面临老病的精神寄托而已。

以上叙述的情形表明,在唐代知识阶层中流行广泛的佛教这三个宗派——天台、禅、净,之所以被接受,或者说人们接受它们的出发点,主要在于它们具有心性理论方面的新内容,体现了当时思想发展和安顿身心的实际需要。

道教在唐代的发展及其被士大夫阶层所接受,情况较为复杂;但发展了心性理论和心性修养的方法,则是重要原因。唐代炼丹术流行,从王公贵族到普通士大夫,热衷于此道的人非常之多。但道教各派中在教理上得到大的发展、对社会产生大的影响的,主要是提倡存神服气而不重符箓、斋醮和丹药的上清派。中唐的李渤所作《真系》,描述了茅山道教自杨羲以来上清经箓的传承体系。唐代这一派宗师型的道士主要是发挥了上清经的心性理论,适应时代的思想潮流,促成道教史上从外丹向内丹的巨大转变。也主要是道教这一派的思想受到士大夫阶层的欢迎。

合炼丹药之风是唐代道教兴旺的重要表现,这主要是由道士们所提倡、鼓动的。文人嗜丹药的很多,前面已有说明。但如已经指出的,当时嗜好丹约的人并不一定信仰道教;炼丹的也并不限于道教徒,佛教的和尚也有炼丹的。如韩愈那样的反对佛、道的人也服用丹药。对一些人来说,丹药是求得长生或只是单纯的祛病强身的手段;而对更多的人来说,是怀抱着寻求寄托甚至是玩赏的态度来研习炼丹术或实际操作的。事实上当时的许多人已认识到得道成仙的前景渺茫,甚至根本没有信心。当时外丹术的风行和道教信仰并没有绝对的联系。

唐代道教的神仙思想,特别发展了以心性修养为核心的新的神仙术。本来在唐代社会文化高度发达的情势下,道教教理也必然得到重视和发展。一方面,当时道教学者特别注重对于《道德经》的研究;另一方面,随着外丹术的危害和危险被人们所认识,内丹理论也发展起来。中国自古就有导引、行气、存神、胎息等方术,并早已被道教所吸取。从东汉时期的原始道教到魏晋时期上清派经典,都已注意到存神内养之功①。被天台宗立为祖师的陈代和尚慧思曾经借鉴这些方术来修习禅定,提出"藉外丹力修内丹,欲安众生先自安"②。这是文献里最早见到的"内丹"一语。青霞子苏元朗明确提出了"身为鼎炉,心为神室,津为华池……自形中之神,入神中之性,此谓归根复命,犹金归性初,而称还丹也"③;玄宗时的著名道士张果著有《气诀》一书④,表明他是兼修内、外丹的。这样在唐代,内丹术发展起来。而内丹正是兼融道、释、儒的心性理论形成和完善起来的。

据五代道士杜光庭的统计,历代注解《道德经》的六十余家,而出于隋、唐者居半,这在前面已经说过。在当时对《道德经》的理解和解释中,往往突出有关心性修养的内容。下面举唐代几位著名的道教思想家为例,看看他们是如何调和三教而深入进行心性理论的探讨的。

成玄英是唐初著名道士,曾于贞观五年(631)被召入都,加号"西华法师",得到朝廷的礼重。他有"《注老子道德经》二卷、又《开题序诀义疏》七卷、注《庄子》三十卷、《疏》十二卷"⑤,今存《南华真经注疏》三十卷,蒙文通辑校《道德经义疏》,在敦煌文书里发现有

① 参阅陈国符《中国外丹黄白术考论略稿》,《道藏源流考》下册,389—391页;胡孚琛《道教史上的内丹学》,《世界宗教研究》1989年第2期;收入胡孚琛《魏晋神仙道教——抱朴子内篇研究》,337—392页。
② 《南岳思大禅师立誓愿文》,《大正藏》卷四六,791页下。
③ 转引李养正《道教概说》,298页,中华书局,1989年。
④ 〔宋〕郑樵《通志》卷六七《艺文略第五·道家》。
⑤ 〔宋〕欧阳修、宋祁《新唐书》卷五九《艺文志》。

《老子开题残》。他解释老子论道所谓"玄之又玄"之义说：

> 有欲之人唯滞于有，无欲之人又滞于无，故说一玄，以遣
> 双执。又恐行者滞于此玄，今说又玄，更祛后病。既而非但不
> 滞于滞，亦乃不滞于不滞，此则遣之又遣，故曰玄之又玄。①

这里所使用的有、无双遣的思辨方法，显然对大乘佛教中观学派和中土的天台宗、三论宗有所借鉴。在成玄英的著作里大量借用了佛教的语汇。而他认为体道不但不能"有欲"，也不能执着于"无欲"，正是一种绝对清净的精神境界，是和佛教的"性净"论相通的。

王玄览曾遍研释、道，中年后始出家为道士，著有《遁甲四合图》《真人菩萨观门》等，今存弟子所辑语录《玄珠录》二卷。他也借用大乘佛教真空、假有二谛的理论来论证"道"的"可道"（"无常"）和"常道"两个方面相生相灭的统一。他特别发挥了修道论，一方面认为："众生与道不相离。当在众生时，道隐众生显；当在得道时，道显众生隐。只是隐、显异，非是有、无别。"②这显然也是借鉴了佛教的"心性本净"说；另一方面他提出"形养"和"坐忘养"两种修道方式："形养将成仙"，这是较低级的；而"坐忘养舍形入真"③，这才是真正得道。他指出："识体是常是清净，识用是变是众生。众生修变求不变，修用以归体，自是变用识相死，非是清净真体死。"④这里则借鉴了唯识学的"识体"和"转识成智"说，把修仙得道的根本归结到意识的转变了。

司马承祯活动在武后到玄宗朝，闻名于朝野，玄宗曾亲从受道箓；其弟子众多，显赫者有李含光、薛季昌等。著有《天隐子》《坐忘论》《太上升玄经注》等。他特别提倡"安心""坐忘"之法，以期达到

---

①蒙文通辑校《道德经义疏》。
②〔唐〕王玄览《玄珠录》卷上，《道藏》第23册，621页。
③同上卷下，628页。
④同上卷下，625页。

“神与道合”。这和当时流行的北宗禅的思路是一致的。在《坐忘论》里,他提出修道有七个层次:信敬、断缘、收心、简事、真观、泰定、得道。六朝时期的道教经典宣扬得道成仙的艰难,不但要有赤诚心,还要有名师指点,又要经过许多考验和磨难。但司马承祯却提出了“至道无难”的简易成仙之道:“凡学神仙,先知简易。”“神仙亦人也。在于修人虚气,勿为世俗所沦折;遂我自然,勿为邪见所凝滞,则成功矣。”他又把学仙过程分为五个阶段:斋戒、安处、存想、坐忘、神解;到了“神解”,则“信、定、闲、慧,四门通神”,“在人谓之仙矣”①。这种修仙方法,也已和禅宗的“安心”“守心”之法十分相似。

吴筠早年举进士不第,传上清经法。天宝初,和李白同隐居于剡中,被玄宗召至长安,待诏翰林,后归茅山。他著有《玄纲论》三篇、《神仙可学论》一篇、《形神可固论》一卷、《心目论》一卷等,诗文收入《宗玄先生文集》。他的《神仙可学论》批评那种神仙乃禀受异气自然而成、非修炼可致的观点,也反对“独以嘘吸为妙,屈伸为要,药饵为事,杂术为利”的只重“养形”一派的做法,提出人性里有“远于仙道”和“近于仙道”各七个方面,而修仙就是要“取此七近,放彼七远,谓之拔陷区,出溺途,碎祸车,登福舆,始可与涉神仙之津矣”,其具体方法则要“虚凝淡漠怡其性,吐纳屈伸和其神”,守静去燥,忘情全性,形神俱超,那么“虽未得升腾,吾必知挥翼丹霄之上矣”②。这和禅宗的“明心见性”说也是相通的。

到中、晚唐,流行了数百年的外丹术终于衰微,内丹术更加盛行起来。中唐时期的著名道士施肩吾主张养生、识物、炼形、化气。他说“惟人也,以精为母,以炁为主,五藏中各有精,精中生炁,五藏中各有炁,炁中生神。欲寿无穷,长生住世,炼精为丹,养炁为神。

①《天隐子》《简易》《神仙》,《道藏》第 21 册,699—700 页。
②〔唐〕吴筠《神仙可学论》,〔清〕董诰等编《全唐文》卷九二六,9651 页。

真仙上圣,修真补内不补外也"①,即要求因心明道,用道守心,从而得仙。晚唐五代的杜光庭是新一代道教教理的组织者,他著有《道德真经广圣义》五十卷、《太上老君说常清静经注》一卷、《历代崇道记》一卷、《墉城集仙录》六卷等,诗文收入《广成集》。他的修道论,也是强调清心寡欲,舍恶从善。他说,成仙之道数百,非一途所限,有飞升、隐化、尸解、鬼仙等各种情况,而他特别强调"仙者心学,心识则成仙;道者内求,内密则道来……常能守一,去仙近矣"②。这样的"内功",三教调和的色彩是很明显的。

　　总之,在唐代,无论是佛教还是道教,在其多方面、多层次的发展中,对心性理论都给予了更充分的重视,在这一领域进行了相当深入的探讨并多所建树。这是适应了当时思想、学术发展的大趋势的。而无论是佛教的"明心见性",还是道教的"静心守一",都已把心性修养放在了宗教修证或养炼的中心位置上。成仙或作佛当然仍是修道的目标,不过体道契真的心性修养功夫已被视为主要途径,在一定程度上它本身甚至成了目的。而这种心性修养的内容和方式,不但佛、道二教间相通,更和儒家传统的修身养性功夫和道德伦理相应。唐代儒、佛、道三教间的调和或交融,这是最主要的方面,也是它们的主要契合点。在学术史上,唐代是从以讨论"天人之际"问题为主的汉学向以讲"性理"为核心的宋明理学过渡的时期。唐代佛、道二教对心性问题的探讨和发展,也为建立统合三教的新儒学即理学做了准备。

　　这样,佛、道二教各自发展出新的心性理论,这种理论又和传统儒家的心性观念具有内在的一致性,就使得三教的矛盾、对抗大为削减了。三者间不仅可能并行不悖,更得以相互融摄。唐代以庶族知识阶层为主要成分的士大夫,正需要新的心性理论来作为

①〔唐〕施肩吾《西山群仙会真记》卷三《补内》,《道藏》第4册,430页。
②〔唐〕杜光庭《墉城集仙录序》卷一,《道藏》第18册,167页。

开拓社会势力的理论武器和安身立命的精神支柱；儒、佛、道三教的心性学说是适应了士大夫阶层的这一需要的。

还应当注意到，心性问题是唐代思想、学术领域面临的主要问题，但"惟唐不重经术"①，唐代儒家经学在解决这一领域的问题方面鲜有重要进展。中唐时期提倡"儒学复古"的韩愈、李翱的心性理论是一个值得重视的成果，但那主要又是接受和借鉴了佛学取得的。这也就使得唐代佛、道二教在心性理论方面的新进展显示出更重要的价值和意义。这也是唐代知识阶层热心接受佛、道的重要根据。

三　佛、道二教对唐代文人影响的深入

古代文人是以儒家思想为安身立命的依据的。即使是那些真挚地信佛、好道的人，在人生的出处大节上也要坚持儒家的政治、伦理原则。宗教，不论是佛教还是道教，对于他们的影响主要表现在个人生活和精神领域。这种影响体现在具体人身上的形态和程度有所不同，不同时代的情况亦表现各异。就唐代文人的情况而论，一方面，当时佛、道二教发展到极盛，文人们接触它们的机会增多，更普遍、更深入地受到其影响是必然的。另一方面，唐代佛、道二教在发展中又形成了新的趋势和特点，特别是表现出更强烈的文化性质，内容和形式都更加世俗化、更接近人生了，从而与文人的生活更接近了。这在前面论述道教的发展形势时已提到过，佛教的情况也是一样的。再有一点，就是强大的"三教调和"的潮流

---

① 〔清〕皮锡瑞《经学历史》七《经学统一时代》，周予同注释，212页，中华书局，1963年。

也给文人们提供了接受佛、道二教的便利条件。

首先，唐代文人"周流三教"①成为一时潮流。就是说，这一时期佛、道二教在文人间不只流传得更为广泛，而且绝大多数人对于二者是无隔碍地同等看待、同样接受的。在六朝时期，文人间有不少人是虔诚地信佛或修道的，也有坚决反对（如范缜）或抵制（如陶渊明）佛、道的；还有佛、道双修（如沈约）的，但更多的是信佛则毁道（如太原王氏、兰陵萧氏等）或崇道则辟佛（如琅琊王氏）。这是总的思想发展趋势所决定的：当时虽然"三教调和"的倾向已经出现，但在三者关系中矛盾、斗争还是主要方面，交流与融合仍是在冲突、斗争的形式下进行的。处在这样的环境中的文人们，必然在矛盾中有所选择：或护法，或党道，或坚持中土儒学传统取反对宗教的立场（这是就主要倾向而言，同时兼容二者或三教的也不是没有）。他们很难在三者间取不偏不倚的中庸态度。但到了唐代，思想环境大不相同了。三教的交流、融合已经是主要趋势，其间的矛盾、对立已渐趋消泯。这客观上也表现在佛、道二教自身的演变之中：一方面，它们在政治上同样都更紧密地依附于国家政权，带上了浓厚的御用、附庸的属性；另一方面，在观念上和形式上都更积极主动地向儒学传统靠拢，特别是在心性理论方面。从而三者表现出内在精神上的明显的一致性。在文人们的主观意念上，也就更有可能依据各自的需要和理解来综合地汲取和利用三教。这个时期当然也还有偏向道教或偏向佛教的，也有反对佛、道的。但就这一时代的知识阶层总体情形来说，坚持儒家立功扬名、经世治国之道，同时兼容佛、道已是普遍的情况。就是一些反对佛、道的人，也在潜移默化地受到它们的影响。这样，在唐代，文人们更平等地结交僧、道，出入寺、观，不加分辨地颂扬佛、道，接受其影响就成了普遍现象。这也就使得佛、道二教对文人的浸染大为强化和深入

① 〔宋〕计有功《唐诗纪事》卷四八《韦渠牟》。

了。这一时期也就成为历史上佛、道二教在文坛最为普及、在文人间最有市场的时期。

可以举出最有名的人物为例。李白的崇道是众所周知的,他一生中用了大量精力去求仙访道,亲受道箓为道士,亲自合炼丹药;道教思想和道教徒的生活实践对他的创作产生了决定性的影响。但他终生为活国济人而奋斗,他内心里潜藏的忠君爱民的意识,都表明他并未失去古代文人一般的儒生本色。所以龚自珍说:"庄、屈实二,不可以并,并之以为心,自白始;儒、仙、侠实三,不可以合,合之以为气,又自白始也。"①因而他虽是道教信徒,又写有不少释氏文字。这些文章表明他对佛教义理确有相当精深的体会。他并曾自比为大乘佛教的著名居士维摩诘②。所以宋人葛立方指出:

> 李白跌宕不羁,钟情于花酒风月则有矣,而肯自缚于枯禅,则知淡泊之味贤于啖炙远矣。白始学于白眉空,得"大地了镜彻,回旋寄轮风"之旨;中谒太山君,得"冥机发天光,独照谢世氛"之旨;晚见道崖,则此心豁然,更无凝滞矣。所谓"启开七窗牖,托宿掣电形"是也。后又有谈玄之作云:"茫茫大梦中,惟我独先觉。腾转风火来,假合作容貌。问语前后际,始知金仙妙。"则所得于佛氏者益远矣。③

在李白的作品里,看不出道与佛有任何的矛盾。

和李白并列为盛唐诗坛上的双璧的杜甫,不论其自视,还是古今评论,都以为是以儒术立身的典范。但他同样既信佛,又崇道。

---

① 〔清〕龚自珍《最录李白集》,《龚自珍全集》,255页。
② 〔唐〕李白《答湖州迦叶司马问白是何人》:"青莲居士谪仙人,酒肆藏名三十春。湖州司马何须问,金粟如来是后身。"〔唐〕李白著,〔清〕王琦注《李太白全集》卷一九。
③ 〔宋〕葛立方《韵语阳秋》卷一二,何文焕辑《历代诗话》下册,576页。

他亲近当时正在盛行起来的禅宗,曾明确表示"余亦师粲、可,心犹缚禅寂"①,"身许双峰寺,门求七祖禅"②;同时晚年对净土信仰又表示浓厚的兴趣③。而他终生对道教也相当地热衷。他年轻时的作品已有些流露出道教色彩的,如《题张氏隐居二首》《巳上人茅斋》等;后来和李白结交,二人曾一起到王屋山、东蒙山求仙访道,这是他一生中十分热衷道教、受其强烈影响的时期。他对炼丹术也曾不懈地追求,屡屡见之于诗作。直到临终时写诗仍说道:"葛洪尸定解,许靖力难任。家事丹砂诀,无成涕作霖。"④杜甫一生发扬了儒家思想中的忠爱国家、民胞物与的传统,自许稷、契,以"致君尧、舜"为职志,体现在创作里,写出了流传千古的诗篇。但他对佛、道二教都曾热烈地加以追求,思想上受其感染,精神上得其安慰。他除了写作出许多直接表达佛、道观念的作品之外,如他入川以后的某些抒情之作,也是禅意、道情相交融的。他的创作成就确和佛、道的影响有一定的联系。但在一般的评论中,他身上的这些方面,往往被他创作的主导倾向、被他"诗圣"的名声所掩饰而不被人们所注意了。

王维向以佞佛著称,与杜甫、李白相并列,分别称为"诗圣""诗仙""诗佛",被认为是盛唐诗坛上儒、道、佛诗人的代表。他自幼习佛,中年后受到主、客观环境的影响,对佛乘更加精进。他对南宗禅颇有精解,亲接一代禅宗大德神会音尘,所作《能禅师碑》,是有关早期禅宗的重要史料。晚年居长安终南山,过亦官亦隐的生活,礼佛斋僧,焚香静坐,俨然佛门中人。但他也写了不少关系神仙和

①〔唐〕杜甫《夜听许十一诵诗爱而有作》,〔清〕仇兆鳌注《杜诗详注》卷三。
②〔唐〕杜甫《秋日夔府咏怀奉寄郑监审李宾客之芳一百韵》,同上卷一九。
③参阅吕澂《杜甫的佛教信仰》,《哲学研究》1978年第6期;郭沫若《李白与杜甫》,181—195页。
④〔唐〕杜甫《风疾舟中伏枕书怀三十六韵奉呈湖南亲友》,〔清〕仇兆鳌注《杜少陵集详注》卷二三。

一般道教题材的诗。早年他即写过羡慕神仙生活的诗如《桃源行》，出官山东时还写过《鱼山神女祠歌》那样的直接表现神仙祭祀、歌颂神仙的作品；他更多有和道士交往、颂扬道教养炼之作，如《和尹谏议史馆山池》，就是与开元年间被朝廷所礼重的著名道士尹愔交往、唱和的作品；《赠李颀》《李居士山居》写炼丹，《送高道弟耽归临淮作》《送张道士归山》写隐居修道，如此等等，实际上他的所谓"好道"，他的亦官亦隐的生活实践，也是佛、道相通的。而如许多评论所指出的，他又始终没有忘情世事。他终于不能脱卸尘滓而遗世就是证明。他在"安史之乱"中写凝碧池诗，透露出忠于君国的心迹。他终究还是遵循儒家道德传统的文人。

杜甫、李白、王维是唐代文人中分别畸重儒、道、佛的代表人物，但他们同样具有三教交融的倾向。朝廷的"三教齐立"的统治政策，思想、学术领域"三教调和"的潮流，决定了他们可能取兼容三者的通融态度。佛、道二教是被他们同样地理解并加以接受的。下面还将介绍其他人的情况，表明这三个人的表现是具有普遍意义的。中国古代儒家的理性主义传统对于宗教本来起着强有力的抵制作用。这是在某些朝代的文人间形成强大的反宗教潮流的重要原因。但在唐代，这一传统未能普遍地发挥作用。

唐代士大夫对待宗教还有一个相当典型的表现，就是涉及国计民生的"公"的方面往往对它们表现出坚决批判、否定的姿态；而在个人生活中，即"私"的方面却又热衷于结交道友，阅读经典，表现出对佛、道二教的倾心和迷恋。马克思认为宗教是那些还没有获得自己或是再度丧失了自己的人的自我意识和自我感觉，是被压迫生灵的叹息，是无情世界的感情；爱利亚德（M. Eliade）则说宗教的本质乃是神圣事物的显现，在宗教里人与神圣事物相交会。这些看法虽然不同，但都肯定宗教体现人对于宇宙和人生奥秘的追求；就其现实性而言，宗教则成为人安顿身心的寄托。正是由于这个道理，宗教对于人的心灵往往起着不可或缺的作用，并有着巨大的吸引力。结果某些唐代士大夫或出于政治、经济方面的原因，或基于儒家伦理反对佛、道，但在观念、感情上却又受到佛、道二教的熏染。有些人则在不同环境下提出矛盾的看法。如一生倾心佛、道的白居易，在所作《策林》里论释教，曾尖锐地抨击其蠹国害民的祸患；李白等一些好道的人也曾批评神仙之说以讽刺求仙之愚妄等等。而他们本人又是信仰佛、道的典型。特别值得注意的是，另有一些相当坚定地站在儒家理性主义立场、坚决为维护中土固有传统而反对宗教的人，其意识深层也受到佛、道的影响，有时并直接表现出肯定或容纳佛、道的态度。

官僚的例子可以举出姚崇。他开元初期任宰相，当时玄宗初即位，锐意致治，发出了一系列诏令限制佛、道，即是在他当政时期，据推测可能出自他的手笔。他主持行政，力反一切迷信，是造成"开元盛世"的一大因素。在中宗时，他即曾谏造寺度僧说："佛不在外，求之于心……但发心慈悲，行事利益，使苍生安乐，即是佛身。何用妄度奸人，令坏正法。"①因为他当时主要是着眼于造寺度僧的危害，所以这样退一步从维护"正法"立论。但如此重视求佛于"心"，却和当时正在兴盛起来的禅宗不重经教偶像而重视心性修养的观念相一致。他临终时的《遗令诫子孙文》告诫后人不要大规模地祭祀追福，也说："佛者，觉也，在乎方寸。假有万像之广，不出五蕴之中，但平等慈悲，行善不行恶，则福道备矣。何必溺于小说，感于凡憎，仍将喻品，用为实录……汝等各宜警策，正法在心，勿效儿女子曹终身不悟也……"②这里他又在讲"正法在心"。其所谓"法"的内容暂且不论。他所表述的思想，甚至语言却都是和禅宗一致的。与姚崇同时期批判佛教的政治家，大体态度也一样。如武后时造大像，张廷珪上疏谏曰："夫佛者，以觉知为义，因心而

①〔后晋〕刘昫等《旧唐书》卷九六《姚崇传》。
②〔唐〕姚崇《遗令诫子孙文》，〔清〕董诰等编《全唐文》卷二〇六，2083 页。

成,不可以诸相见也……陛下信心归依,发宏誓愿,壮其塔庙,广其尊容,已遍于天下久矣。盖有住于相而行布施,非最上第一稀有之法……臣以释教论之,则宜救苦厄,灭诸相,崇无为。伏愿陛下察臣之愚,行佛之意,务以理为上,不以人废言。"①又辛替否谏净中宗营造佛寺也说:"臣闻于经曰:'菩萨心住于法而行布施,如人入暗,即无所见。'又曰:'一切有为法,如梦幻泡影,如露亦如电。'臣以减雕琢之费以赈贫下,是有如来之德;息穿掘之苦以全昆虫,是有如来之仁。"②像这样反对佛教势力无限制地扩张,实际并不是反对佛教所宣扬的教义,却更显出对其教义有相当的理解和同情。

文人方面可以韩愈、李翱为例。这两位都是反对佛、道的健将,在中国思想史上被认为是一代"儒学复古"的旗帜。而实际上他们的行为、思想都不能摆脱当时正在盛行的佛、道的影响。他们与佛教的关系,历来存在争论;有一些相关记载确也难于考实,如禅宗灯录所述韩愈与潮州大颠、李翱与药山惟俨的交谊等,其间应多有僧徒捏造或夸饰之词。实际上,他们和僧侣、道士均多有交往,乃是当时文人间的习俗,不能作为信仰的证明。但通过这种交往,他们总不能不受到一些熏染。而当时佛、道兴盛的总的思想潮流,更是关心时代动向的知识分子所不能逃避的。陈寅恪论韩愈,特别注意到"以退之之幼年颖悟,断不能于此新禅宗学说浓厚之环境气氛中无所接受感发",并进而分析说:

南北朝后期及隋唐之僧徒亦渐染儒生之习,诠释内典,袭用儒家正义义疏之体裁,与天竺诂解佛经之方法殊异(见拙著《杨树达论语义证序》),如禅学及禅宗最有关之三论宗大师吉藏天台宗大师智颛等之著述及贾公彦、孔颖达诸儒之书其体裁适相冥会,新禅宗特提出直指人心见性成佛之旨,一扫僧徒

① 〔后晋〕刘昫等《旧唐书》卷一〇一《张廷珪传》。
② 同上卷一〇一《辛替否传》。

繁琐章句之学，摧陷廓清，发聋振聩，固吾国佛教史上一大事
也。退之生值其时，又居其地，睹儒家之积弊，效禅侣之先河，
直指华夏之特性，扫除贾、孔之繁文，原道一篇中心旨意实在
于此……①

这就表明，韩愈的儒学复古从精神到方法都对禅宗有所汲取。李
翱更发展出系统的"复性"论，发挥了儒家思孟学派诚意、正心以反
本之说，认为"人之所以为圣人者，性也；人之所以惑其性者，情
也……情既昏，性斯匿矣"，因而提出"妄情灭息，本性清明"的"正
性命"之旨，要求人达到"无思无虑"的"正思""动静皆离，寂然不
动"的"至诚"②境界。这从观念和语言都是明显地与禅与道相通
的。如果说韩、李的儒学复古开宋代新儒学的先河，那么他们的理
论则具体体现了"三教调和"的方向。宋代的新儒学也正是"三教
融合"的产物。道教对于韩、李没有佛教禅宗那样大的影响，但在
他们身上也不是绝无痕迹的。韩愈最后就是服丹药致毙的。

　　可以毫不夸大地说，唐代的整个思想、学术界是处在佛、道二
教的笼罩之下的；在中国历史上，佛、道二教也从没有像唐代那样
在知识阶层中广泛地普及过。就文学领域而言，大多数作家都和
佛、道二教有一定的关系，受到它们的或深或浅的熏染，并在其创
作中有所表现。

　　在唐代，佛、道二教对于文人影响普及、深入的又一表现，是其
已深浸到人们的日常教养、生活、心理、习俗的广泛层面之中。就
是说，对这个时代的知识阶层而言，佛、道二教已不仅仅是观念和
信仰的事，更转化为情感、伦理、人生态度和生活方式等等层面，即
已融入人们的人生践履之中，成为他们现实人生的一部分。这样，
尽管在这一时期从信仰层次看，文人们的宗教观念是大为"蜕化"、

---

①陈寅恪《论韩愈》，《金明馆丛稿初编》，287 页。
②〔唐〕李翱《复性书》上、中，《李文公文集》卷二。

淡化了,宗教的神圣性和绝对性在逐渐地销蚀(这也是宋代理学兴起的准备),但就佛、道二教对于文人意识和生活的作用而言,却又大为加强和深化了。

如上所述,佛教和道教在士大夫间的流行是在东晋以后。当时一方面社会动乱,人命危浅,人们急需精神上的依恃;另一方面,自汉末以来,曾作为社会精神支柱的儒家经术和伦理已被动摇,丧失了固有的权威。东汉以前的中国又处在一种宗教的某种真空状态,这也使佛、道二教获得了急速传播和发展的有利条件和广阔天地。当时的人们对于宗教寄托的主要是救济的希望。他们怀抱着一种全然不同于中土传统理性的诚挚而热烈的信仰心。这一时期的佛、道二教的信徒们,表现出空前的信仰热忱。无论是佛教的涅槃境界,还是道教的神仙幻想,宗教提供了对于人完全是与现实世界相对立的、对后者加以补救的另外一个世界。当时的一些世家大族,往往阖族习佛或崇道。他们建法会,造寺、观,倾尽心力与资财,以至倾族出家或入道。如东晋以后的庐江何氏(何充、充弟准,何尚之、尚之从孙敬容等)①,陈郡谢氏(谢尚,后面将讲到的谢灵运、谢举等)②,太原王氏(王坦之、王元规等)③,宋齐时的吴郡张氏(张演及其堂兄弟畅、敷,敷父邵,演子绪,畅子融等)④,建立齐、梁王朝的兰陵萧氏(特别是齐高帝萧道成、明帝萧鸾、和帝萧宝融、竟陵王萧子良、梁武帝萧衍、简文帝萧纲、元帝萧绎、昭明太子统,直

---

① 〔唐〕房玄龄等《晋书》卷七七《何充传》;〔唐〕姚思廉《梁书》卷三七《何敬容传》。
② 〔唐〕许嵩《建康实录》卷八;〔唐〕姚思廉《梁书》卷三七《谢举传》。
③ 同上卷八;〔唐〕房玄龄等《晋书》卷七五《王坦之传》。
④ 拙校傅亮、张演、陆杲《观世音应验记(三种)》,中华书局,1994年;〔南朝·梁〕沈约《宋书》卷四六《张邵传》、卷五九《张畅传》、卷六二《张敷传》、《南齐书》卷四一《张融传》。

到唐初的萧瑀一族)①等,都是著名的信佛世家。而东晋的郗愔及其弟昙则信奉天师道,时有"二郗谄于道,二何(何充与弟准)佞于佛"②之说;琅琊王氏世事五斗米道,以献之、凝之尤甚③,可作为早期氏族崇道的代表④。刘宋以后,道教在士大夫间不如佛教那样兴盛。一个重要原因是道教教理和教团正处在清整过程之中;再一点是它缺乏佛教那样丰富的文化内容,从而对于知识阶层较少吸引力。但士大夫间好道者仍不乏人。如吴兴沈氏(沈攸之、弟雍之等)⑤、会稽孔氏(孔灵恭、孔稚珪等)⑥、吴郡杜氏(杜京产及其子恭等)⑦等。世家大族子弟出家为僧、为道的也不少。有影响的人物如竺法深应出自士族家系⑧;宋竺道生本姓魏,巨鹿人,寓居彭城,家世士族⑨;僧宝亮本姓徐,为东莞胄族⑩;法云本姓周,为晋平西将军周处七世孙⑪;著名道士葛洪出身于世家,祖上世代为官,自从祖父葛玄从左慈受道法⑫;陶弘景为丹阳秣陵人,齐高帝为相时引为诸王侍读,除奉朝请,后来才出家为道士⑬。如此等等,当时士大

---

① 参阅〔南朝·梁〕萧子显《南齐书》、〔唐〕姚思廉《梁书》有关本纪和列传;又参阅〔日〕爱宕元《隋末唐初におけゐ蘭陵蕭氏の仏教受容——萧瑀を中心にして》,〔日〕福永光司编《中国中世の宗教と文化》,539—573页,京都大学人文科学研究所,1982年。

② 〔南朝·宋〕刘义庆《世说新语》卷下之下《排调》。

③ 同上卷上之上《言语》;《晋书》卷八〇《王羲之传》。

④ 参阅陈寅恪《天师道与滨海地域之关系》,《金明馆丛稿初编》,1—40页。

⑤ 〔南朝·梁〕沈约《宋书》卷七四《沈攸之传》;《南史》卷三七《沈攸之传》。

⑥ 《南齐书》卷四八《孔稚珪传》。

⑦ 同上卷五四《杜京产传》。

⑧ 〔南朝·梁〕释慧皎《高僧传》卷四《竺道潜传》谓为晋琅琊王敦之弟,不确。

⑨ 同上卷七《竺道生传》。

⑩ 同上卷八《释宝亮传》。

⑪ 〔唐〕释道宣《续高僧传》卷五《释法云传》。

⑫ 〔唐〕房玄龄等《晋书》卷七二《葛洪传》。

⑬ 〔唐〕姚思廉《梁书》卷五一《陶弘景传》。

夫间的宗教信仰,无论是对佛教还是道教,其突出的特点是信仰的诚挚和因之进行的修道实践的认真。这样,当时人的宗教生活是作为与世俗生活相对立或并行的另外一个人生领域而显现其意义和价值。

这一时期文人的佛、道信仰也是同样的形态。中土文人中较早接受佛教的孙绰、许询对于佛教教义都有相当深入的理解(当然是就当时的水平而言)。著名的高僧支遁讲《维摩经》,许询为都讲,成为儒、释交流史上的佳话①。谢灵运是文学史上第一位深受佛教影响的大作家,他与诸道人游,精通佛理,写过《辨宗论》等在宗教史和思想史上均有重大价值的著作,参与过南本《涅槃经》的"改治"②。宋颜延之,齐竟陵王萧子良的"西邸学士"中的多数人③,陈徐陵、江总等,都虔信佛说,精通释典,或早晚礼忏,或亲受菩萨戒。而如刘勰,曾出家为僧④。道教徒中有郭璞那样的著名诗人⑤,孔稚珪也曾亲受道法⑥,而沈约同时也以慕道著名⑦。文人们的宗教心态和行为是和当时的社会趋势相一致的。

但到唐代,情况明显地不同了。唐代文人里也有出家、受菩萨戒、入道、受道箓的,也有许多人礼接僧、道,参与各种法事。但从总的趋势看,这一时期人们宗教信仰已主要表现为个人的人生追求、精神寄托和道德修养等日常行为。在这一时期,文人们参与凿窟、造寺观等大型功德和大规模的法会的稀少了;相对应地人们与佛、道的联

①〔南朝·宋〕刘义庆《世说新语》卷上之上《言语》。
②〔南朝·梁〕沈约《宋书》卷六七《谢灵运传》;又参阅汤用彤《谢灵运〈辨宗论〉书后》,《汤用彤学术论文集》,288—294页。
③〔唐〕姚思廉《梁书》卷一《武帝本纪》:"竟陵王子良开西邸,招文学,高祖(萧衍)与沈约、谢朓、王融、萧琛、范云、任昉、陆倕等并游焉,号曰'竟陵八友'。"
④〔唐〕姚思廉《梁书》卷五〇《刘勰传》。
⑤《晋书》卷七二《郭璞传》。
⑥《南齐书》卷四八《孔稚珪传》。
⑦〔唐〕姚思廉《梁书》卷一三《沈约传》。

系更为普遍和多样化,宗教行为主要表现为个人形态:阅读佛、道经典;参禅,论道;礼佛斋僧,修道养炼;与僧、道往还,诗文唱和;游览寺、观更成为风习。如此等等,宗教变成了平凡人生的内容,已融合到实际生活之中,成了一种精神"享受",成了安身立命的安慰和寄托。这样,宗教也就不再与世俗相对立,而成了世俗生活的一部分,是它的不可少的补充;在日常生活里,则如上所述,佛、道二教间也不再那么对立,或起码不再是势不两立的了。

可以看一些墓志里表现的当时人的宗教生活,资料均见周绍良主编的《唐代墓志汇编》:

显庆一六五号《□唐故□□□君墓铭》:碑主朱琳是"光华历代"的世家出身,但一生为处士,他是"释典玄风,偃仰丘园,轻脱干禄。每至□□竹□,□真客于玄微;爽月澄秋,论桑门于空教。□□□□名利,取恣心神,是故邑里羡其清通,交友钦其雅操……铭曰……好道慕仙……谈玄论释"。有趣的是龙朔一〇号《大唐故处士宋君墓志》,是处士宋虎的墓志,所用形容其生活的词句完全相同,可补前志的缺文(如"每至清风竹浦,谈真容于玄岩","所以忘其名利")。在现存唐人墓志里,志文多有同样的,据周绍良先生指教,应是埋葬死者时仓促使用了现成文字。但这些习用的志文本身却正体现了当时人的观念。

乾封二号《大唐故处士王君(延,父则,隋洛阳县丞)墓志铭》:碑主名王延,出身于太原王氏,父亲任洛阳县丞,也是处士。文中说"属隋季分崩,弟兄孤露",是由于隋末动乱而隐身不仕的。当时有许多人与他处境相似,抱有同样的态度。他是"金藏郭穴,玉种阳田。陈鼎击钟,优洽过于许、史;韬形曳尾,放旷逸于老、庄。崇释教于四禅,歌启期于三乐。灵鉴归其孝敬,里闬挹其风规",他度过的是世俗伦理和宗教追求完全和谐的优游的地主生活。

乾封二五号《唐故清河郡张先生墓志铭》的碑主张爽(父贵,隋德州司马,文中说他"无情干禄,有志躬耕……遵六度以长趋,摄五

情而远骛,控二乘而独举……妙辩玄宗,尤精庄、老")、咸亨九九号
《大唐故处士侯君墓志铭》的碑主侯彪(父敬,隋南阳郡守,文中说
"君独昧荣利,陋巷萧然,乐巢、许之逢时,□园、绮之嘉遁。遂留心
十部,如置二瓶,妙绩五图,若指诸掌。毗城居士,空有两忘;壶丘
丈人,芝术成性。沉迹隐耀,优游而已")、景龙三五号《唐南阳居士
韩君墓志铭》的碑主韩神(祖敏、父良并为处士,文中说他"闻诗礼
得敬爱之节,读老庄晓齐一之旨,寻内典悟生灭之义。乃息意常
务,专心空门,般若玄关,即能尽了,樊奥义,靡所不通")等人也都
是同样"思义玄宗,游心释部",同时又是坚守儒家伦理的儒士。

　　圣历二八号《大周故瀛州文安县令王府君墓志铭》,碑主名德
表,算是低级官吏。他是"博综经史,研精翰墨,冠冕五常,被服六
艺。至于释教空相,玄门宗旨,莫不澄源沺澜,必造其极。凡所莅
任,皆著异能……尝注《孝经》及著《春秋异同驳议》三卷,并注《道
德上下经》、《金刚般若经》,有集五卷,并行于世";神龙三号《大唐
朝议郎行澧州司户参军事上柱国卜君之墓志铭》,碑主卜元简,同
样是下层官吏,他是"持身训俭,待士思恭,有言必□,无难不拯。
书藏万卷,儒家之用心也;庾积千斯,农者之为政也;奉道奉佛,则
耽玄索妙而不倦;或语或默,则随时应物而有适";开元一五六号
《唐故银青光禄大夫博州刺史柱国李君墓志铭》,碑主名尚贞,文为
贾曾所作,这已是有一定地位的人物,其中说他"博观群书,殚讨众
术,四彻三阁之奥,七籍九流之旨,梓灶先识之微,京、管众占之妙,
迦维异域之典,混成前人之录,一以贯之";开元四一〇号《唐故太
原府太原县丞萧府君墓志铭》,碑主名令臣,出身于佞佛的兰陵萧
氏,曾祖岑,梁吴王;但到他这一代,却是"至于六经正始之道,九钥
凝神之术,四禅绝谓之教,罔不精该,洞与心悟";大历六二号《有唐
朝散大夫守汝州长史上柱国安平县开国男赠卫尉少卿崔公墓志》,
碑主名皜,他"尤好老氏《道德》、《金刚般若》,尝诫子监察御史浑、
陆浑主簿沔曰:吾之《诗》、《书》、《礼》、《易》,皆吾先人于吴郡陆德

明、鲁国孔颖达重申讨覈,以传于吾,吾亦以授汝"。崔沔官至中书侍郎,能文章,李华为文集作序,曾极力加以推崇①;乾符一三号《唐故朝散大夫汉州刺史赐紫金鱼袋李公墓志铭》,碑主名推贤,他"首列班行,未尝以一言干于时政而欲图身,是以并处于闲散。在儒家执谦光之义,在道门□□然之宗,在佛书究真如之理,是以势交咠利,莫可易其心矣"。这几例可以代表士大夫阶层的情况。

　　值得一提的是当时士大夫家族间的宗教信仰也有同样的趋向。这在妇女身上明显地表现出来。唐时属于这一阶层的妇女具有较高的文化水平,有可能接触儒书、释典、道经。她们对于三教也往往是一以贯之地加以领会,许多人也是出入佛、道,兼容并蓄的。还是看墓志中的表述:如开元一五二号《唐朝散大夫绥州别驾刘君故夫人范阳县君张氏墓志铭》,其中说:"夫人讳十一娘,字号上品,盖因神仙为名也……又崇重波若,精于勤奉,□如给园,□□日之灵偈,纯陀□□之文,《维摩》问疾之品,莫不书写读诵,端心信持";天宝七四号《大唐颍川郡夫人三原县令卢全善故夫人陈氏墓志铭》,夫人名照,父希冲,怀州司士参军,她"女功余力,而乃学文,五行俱下,一览不忘。雅好《史》、《汉》、《诗》、《礼》,略通大义,尤重释典、道经,颇诣宗极";天宝一三八号《大唐故前济阳郡卢县令王府君并夫人裴氏墓志铭》,王名同福,卢名雍熙,她是"风范水清,心目虚洞。言容四行,遵礼义而莫差;道、释二门,悟希微于无我";天宝二四二号《唐太子左赞善大夫裴公故夫人陇西县君李氏墓志铭》,裴名遒,李氏是"早游禅域,深入妙门,出有为而持心印,外法相而无枝叶,既博达一乘,欲该通二教,遂迹探负扃,志慕悬壶,同毛女却粒,蹈麻姑前武"。这些妇女的情况显示了家庭的宗教环境和信仰的实况。这种三教融通的环境是和六朝时期世家大族的信

――――――――――

① 〔唐〕李华《赠礼部尚书清河孝公崔沔集序》,〔清〕董诰等编《全唐文》卷三一五,3196—3197页。

仰形态不同的。

佛、道二教已经融入到士大夫的生活之中，体现在现实人生的各个方面，其作用也就大为深化了。这又给二教的进一步融合提供了条件；而对于文学创作来说，这种世俗化、人生化的宗教是更为适于在作品中加以表现的。

四　文人中的"三教调和"潮流

在整个思想意识领域三教调和的潮流中，在佛、道二教自身形态发生巨大变化和它们更加深入地影响思想、文化的情况下，唐代有更多的文人采取兼容三教的立场。他们自由地"周流三教"，往往根据各自的理解取其所需，随意地加以运用和发挥。这一方面显示了宗教影响的扩大和加深，同时在客观上也促进了思想的自由与开放。

前面已经简单地讲到李白、杜甫、王维的情况，再举一些例子。

隋末唐初的东皋子王绩是扭转六朝以来诗坛颓风的先驱人物，一般把他看作是隐逸诗人。但四库馆臣已指出他"身事两朝，皆以仕途不达，乃退而放浪于山林，《新唐书》列之《隐逸传》，所未喻也"①。从他的作品看，他本质上是热心于世事的。但他好佛，又好道。他有诗说："人生讵能几，岁岁常不舒。赖有北山僧，教我以真如。使我视听遗，自觉尘累祛。"②他又喜读道书，"床头系素书数帙，《庄》、《老》及《易》而已，过此以往，罕尝或披"③。而实际上他既

---

① 《四库全书总目提要》卷一四九《集部·别集类·东皋子集三卷》。
② 〔唐〕王绩《薛记室收过庄见寻率题古意以赠》，《王无功集》卷中，《丛书集成》本。
③ 〔唐〕王绩《答冯子华处士书》，《王无功集》卷下。

不信神仙丹砂之术(《赠学仙者》:"相逢宁可醉,定不学丹砂。"《田家三首》之一:"回头寻仙事,并是一空虚。"),也不信轮回报应(《山中叙志》:"直置百年内,谁论千载后。")。他等观并用儒、佛、道,以求度过任心委运的生活。他说:

> 且欲明吾之心,一为足下陈之:昔孔子曰"无可无不可",而欲居九夷;老子曰"同谓之玄",而乘关西出;释迦曰"色即是空",而建立大法。此皆圣人通方之玄致,宏济之秘藏,实寄冲鉴。君子相期于事外,岂可以言行诘之哉!故仲尼曰:"善人之道不践迹。"老子曰:"夫无为者,无不为也。"释迦曰:"三灾弥纶,行业湛然。"夫一气常凝,事吹成万,万殊虽异,道通为一。故各宁其分,则何异而不通;苟违其适,则何为而不阂。故圣人者非他也,顺适无阂之名,即分皆通之谓……①

这样,他明确指出"道通为一",把儒、释、道等同起来,谓之为"通方之玄教";而等同的核心则是万物"顺适无阂"的自然观和由此推演出的自由放达的人生态度。他的上述观点,受到后来人的批评,说是"以释迦厕于孔子之后,可谓拟人不伦"②。但实际上这正是他的思想观念的杰特之处。在这一点上,他同样也开了唐代文人的先河。

　　"初唐四杰",如闻一多所说,"是唐诗开创期中负起了时代使命的四位作家,他们都年少而才高,官小而名大,行为都相当浪漫,遭遇尤其悲惨(四人中三人死于非命)"③。而这四位所生活的时期,正是唐王朝兴旺发达的时代,又是佛、道二教发展正在进入高

---

① 〔唐〕王绩《答陈道士书》,《王无功集》卷下。
② 〔清〕孙星衍《东皋子集序》,同上卷首。
③ 闻一多《四杰》,《闻一多全集》第三卷,23 页,生活·读书·新知三联书店,1982 年。

潮的阶段。他们作为具有雄心壮志而又积极入世的庶族文人①，都是兼容佛、道的。这在当时的时代条件下也是具有典型意义的。当然他们四个人的具体情况并不相同。比较起来，卢照邻的信仰最为诚挚，王勃次之，杨炯、骆宾王则较为淡漠。

卢照邻中年起倾心道术，和当时著名道士李荣、黎元兴等有密切交往。所作有《赠李荣道士》诗和《益州至真观主黎君碑》等不少有关道教的作品，表现了他对道教的热烈信仰。他在长安还结交了著名道士、也是一代医学泰斗孙思邈。他一方面称赞孙"道洽今古，学有数术。高谈正一，则古之蒙庄子；深入不二，则今之维摩诘"，另一方面赞扬他"飞炼石之奇，洗胃肠之妙"②的高超炼丹术和医术。他去官后隐居于太白山，曾长期服方士药。所以到晚年，他曾悲悼自己"当高宗时尚吏，己独儒；武后尚法，己独黄、老；后封嵩山，屡聘贤士，己已废"③。晚唐时的杜光庭曾说到"披文则刘美才、卢照邻，金玉相宣；阐教则黎元兴、蔡守冲，英奇间出"④，把他视为写作道教文章的代表人物。但他自述却又说"晚更笃信佛法，于山下间营建，所费尤广"⑤。他同样写过许多佛教文字，如《石镜寺》《游昌化山精舍》《益州长史胡树礼为亡女造画赞》《相乐夫人檀龛赞》等。晚年所作《五悲文》的最后，更拿儒、道二家和佛作比较，以

①唐代的士、庶之分，已不以门第为标准，因为当时门第出身已不能反映一个人的实际社会地位和思想面貌。那些已经没有等级名分、依靠政能文才进身的知识分子即应算作"庶族"。这是讨论有关问题时应注意的。

②〔唐〕卢照邻《病梨树赋》，〔唐〕卢照邻著，任国绪笺注《卢照邻集编年笺注》卷一，36—37页。

③〔宋〕欧阳修、宋祁《新唐书》卷二〇一《文艺传》。这样的意思见卢照邻《释疾文》，同上卷五，291—337页。

④〔唐〕杜光庭《威仪道众玉华殿谢土地醮词》，《广成集》卷一四，《道藏》第11册，295页。

⑤〔唐〕卢照邻《寄裴舍人遗衣药直书》，〔唐〕卢照邻著，任国绪笺注《卢照邻集编年笺注》卷七，442页。

表示归心于佛：

> 若夫正君臣，定名色，威仪俎豆，郊庙社稷，适足夸耀时俗，奔竞功名；使六义相乱，四海相争，我者遗其无我，生者哀其无生。孰与乎身肉手足，济生人之涂炭，国城府库，恤贫者之经营。舍其有爱以至于无爱，舍其有行以至于无行。

> 若夫呼吸吐纳，全身养精，反于太素，飞腾上清，与乾坤合其寿，与日月齐其明，适足增长诸见，未能永证无生。孰与夫离常离断，不始不终，恒在三昧，常游六通，不生不住无所处，不去不灭无所穷，放毫光而普照，尽法界与虚空，苦者代其劳苦，蒙者导其愚蒙。施语行事，未尝称倦，根力觉道，不以为功……①

这样，又是把佛道当作人生的归宿了②。

王勃生命短暂，但才华杰特，经历波折，心态上对于宗教十分敏感。他是王绩的侄孙，举"幽素科"及第，对道家的偏重有家学的渊源。他写过游历宫观的诗（如《寻道观》《观内怀仙》等），也写过神仙题材的诗（如《八仙径》《忽梦游仙》等），对离世绝俗的神仙境界表现出热烈的向往。但他出身的太原王氏又有悠久的信佛传统。他于总章二年（669）入蜀，自述说："我辞秦、陇，来游巴蜀，圣地归心，名都憩足。"③在蜀地他写过一批释教碑和其他佛教题材的诗文。杨炯称赞他说"西南洪笔，咸出其辞，每有一文，海内惊瞻"④。他在蜀地所作诗文主要是关系佛教的，在当时已有很大影响。他和律宗的代表人物、著名一时的道宣有交谊，曾为其所著

---

①《五悲文·悲人生》，〔唐〕卢照邻著，任国绪笺注《卢照邻集编年笺注》卷四，284—285页。

②参阅〔日〕兴善宏《唐初の詩人と宗教——盧照隣郷の場合》，〔日〕吉川忠夫《中国古道教史研究》，417—470页。

③〔唐〕王勃《梓州郪县兜率寺浮图碑》，《初唐四杰文集》卷八。

④〔唐〕杨炯《王勃集序》，《初唐四杰文集》卷一一。

《四分律宗记》作序①。当时道宣已是年高德劭的佛门领袖,王勃则只是二十岁左右的青年人,能为道宣的著作作序,亦可见其声望。他还写过《释迦如来成道记》那样的普及佛说的作品②。

杨炯和骆宾王虽然对宗教的态度相对地淡漠,但也写过些佛、道内容的诗文,表现出相当的兴趣。杨炯甚至在《游废观》诗里表示过"悠然出尘网,从此学神仙"③的志愿;他也曾写过《梓州惠义寺重阁铭》那样的释氏文字。他为如意元年(692)在洛阳举行的盂兰盆法会所写的《盂兰盆赋》,则是详细记录唐代这种流行的佛教法会面貌的仅有的作品,其中说到法会"宣大乘,昭群圣,光祖考,登灵庆,发深心,展诚敬"④,道出了盂兰盆信仰把佛道和儒家伦理的孝道相统合的精神。这也是当时佛教民间信仰的一大特色。骆宾王在所作《晦日楚国寺宴序》中表示"情均物我,缁衣将素履同归",要求"忘怀在真俗之中,得性出形骸之外"⑤,在特定的环境里也萌发出归心佛乘的欲念。他还写过《于紫云观赠道士》《秋日饯陆道士陈文林》等道教题材的诗。而他的《代女道士王灵妃赠道士李荣》,是一篇表现男、女道士间的爱情的长篇歌行。李荣是前面一再提及的著名道士,诗里写出了当时道观中的生活情态的一面。

高宗、武后时期佛、道二教斗争激烈,这对促成其各自的繁荣是起了一定作用的;而朝廷总体看来是二者并重的。在"四杰"的身上正反映了这一趋势,稍后的陈子昂也是如此。

陈子昂是唐代文学发展史上的关键人物,是诗文全面革新的

①《四分律宗记序》说该书为"西京太原寺索律师"所作,"索"为"素"之讹,其时怀素正住西太原寺弘扬《四分律》。
②参阅〔日〕荒井健《初唐の文学者と宗教——王勃を中心として》,〔日〕福永光司编《中国中世の宗教と文化》,575—588页。
③〔唐〕杨炯《杨盈川集》卷二。
④〔唐〕杨炯《盂兰盆赋》,《初唐四杰文集》卷一〇。
⑤〔唐〕骆宾王《晦日楚国寺宴序》,同上卷二一。

先驱。他以出身微贱的"草莽臣"的身份,靠文才政能进入武后朝,
受到器重。其所作诗歌和论事书疏慷慨有风骨,扭转了一代文坛
风气。他自幼好道,"居家园以求其志,饵地骨、炼云膏四十余
年"①,这和他的家庭有关系。他自己也说"余家世好服食,昔尝饵
之"②;又自叙说"林岭吾栖,学神仙而未毕"③。后来他作有《续唐
故中岳体玄先生潘尊师碑颂》,是著名道士潘师正的碑铭。他和潘
的弟子司马承祯交好,文章可能是受后者的请托而作。但他在长
安又和晖上人结下了密切的交谊,留下了不少表现这一交谊的诗
篇。他在《夏日晖上人房别李参军崇嗣并序》里说:

> 讨论儒、墨,探览真玄,觉周、孔之犹迷,知老、庄之未悟。
> 遂欲高攀宝座,伏奏金仙。开不二之法门,观大千之世界……
> 色为何色,悲乐忽而因生;谁去谁来,离会纷而妄作。俗之迷
> 也,不亦烦乎?……④

这又是极力颂扬佛教的。顺便说一句,卢藏用是陈子昂的知交,为
陈子昂作传,为其文集作序。他的这些文字替陈子昂在文学史上
的高度评价奠定了基调。他在思想倾向上也和陈子昂大体相同。
他"初举进士选,不调……寻隐居终南山,学辟谷练气之术"⑤。他
的朋友毛杰说他"饵艺术以养闲,坐烟篁而收思"⑥。司马承祯对他
说隐居乃"终南捷径"的掌故,当就是在这个时候。但他同样也倾
心佛教。他搜集慧思等曾活动在南岳的十八高僧的资料,作《衡岳
十八高僧传》,在序文里说:"藏用早游斯道,颇涉艺文,承日真之恩

① 〔唐〕卢藏用《陈子昂别传》,〔清〕董诰等编《全唐文》卷二三八,2412 页。
② 〔唐〕陈子昂《观荆玉篇序》,徐鹏校点《陈子昂集》卷一,13 页。
③ 〔唐〕陈子昂《晖上人房饯齐少府使入京府序》,同上卷七,162 页。
④ 〔唐〕陈子昂《夏日晖上人房别李参军崇嗣并序》,徐鹏校点《陈子昂集》卷二,
　　37 页。
⑤ 〔后晋〕刘昫等《旧唐书》卷九四《卢藏用传》。
⑥ 毛杰《与卢藏用书》,〔清〕董诰等编《全唐文》卷二三九,2423 页。

奖,闻众公之故事。心存目想,若见期(斯)人。倘兹理或存,亦旦暮之斯也。"①

与陈子昂大体同时的沈佺期、宋之问,在创作倾向上和陈不同,但在兼容释、道上却和他有一致处。思想潮流显然比个人品格、文学风气具有更大的制约力。沈佺期有诗说"吾从释迦久,无上师涅槃。探道三十载,得道天南端"②;但他同时和道士交往,写《哭道士刘无得》诗。宋之问热衷于新兴起的禅宗,写过《为洛下诸僧请法事迎秀禅师表》;但又和司马承祯交好,写过《寄天台司马道士》诗。他们二人对佛、道都取兼容并蓄的态度。

张说、张九龄都是一代名相,诗文创作也卓有成就。他们在位时更能以其政治地位起到领袖文坛的作用,在唐初文学发展方面做出了贡献。三教调和思想同样鲜明地表现在他们的思想和行为之中。张说的《益州太清观精思院天尊赞》文中说:

> 蜀山刘尊师,上清品人也。兄学儒,弟奉佛,乃画三圣,同在此堂。焕乎有意哉,达观之一致也。张说闻其风而乐之,作《天尊赞》:
>
> 正气生神,结虚为实,上清尊帝,中黄首出。华彩衣裳,虚无宫室,紫气乘斗,赤炉锻日。十天从化,万灵受律,莲花释门,麟角儒术。法共不二,心同得一,道心惟微,守而勿失。③

这短短的文字明确地表述了他平等地对待三教的姿态。武后朝修《三教珠英》,他和徐坚构意撰录,以功得以升迁。这本书的编撰也正反映了当时朝廷的思想动向,并在朝野产生了广泛影响。他写了众多的释氏文字(如《龙门西龛苏合宫等身观世音菩萨像颂》《卢舍那像赞》《蓝田法池寺二法堂赞》《大唐西域记序》等)。神秀入

---

①〔唐〕卢藏用《衡岳十八高僧序》,〔清〕董诰等编《全唐文》卷二三八,2403 页。
②〔唐〕沈佺期《绍隆寺》,《全唐诗》卷九五,1024 页。
③〔清〕董诰等编《全唐文》卷二二六,2280 页。

都,他"尝问道,执弟子之礼"①。神秀死后,他写了《唐玉泉寺大通禅师碑铭》。这是在禅宗史上具有重大价值的文章。但他也和司马承祯有交往,写过《寄天台司马道士》诗;而如《道家四首奉敕撰》那样的作品,也表明他作为朝官不能不接受朝廷崇道的影响。

　　张九龄在《贺论三教状》里说"好尚之论,事踬于偏方;至极之宗,理归于一贯"②;在《贺御注金刚经状》里又说"陛下至德法天,平分儒术,道已广度其宗,僧又不违其愿,三教并列,万姓知归"③。这都直接表述了他的调和三教观念。张九龄主要活动在崇道的玄宗朝,因此与张说比较更倾心于道教,有关的文字也比较多。

　　武后一朝行政所促成的社会阶级结构的进一步变动,奠定了唐王朝以后政治发展形势的基本格局。思想文化领域包括文学创作也是如此。开元以后诗文创作的繁荣,基本上是对陈子昂、张说、张九龄等人成就的继承和进一步的开拓;他们统合三教的方向同样也被延续下来。

　　李白、王维、杜甫三个人在三教中各倚重一方,而兼容三教则是一致的。这在上一节已有说明。和他们同一时代的作家大体也是一样。如李颀、孟浩然、王昌龄等显然更加倾向道教。王维有《赠李颀》诗,说"闻君饵丹砂,甚有好颜色。不知从今去,几时生羽翼"④等等;辛文房说他"慕神仙,服饵丹砂,期轻举之道"⑤。他写的作品亦多谈玄理。孟浩然多结交道士,其隐逸生活正实践了道家的人生理想。王昌龄则用心于道典,这从他的诗作如《就道士问〈周易参同契〉》《武陵龙兴观黄道士房问易因题》等可以知道。但他们又和佛教僧侣都多有联系,也写过不少宣扬佛理的作品。盛

---

①〔后晋〕刘昫等《旧唐书》卷一九一《神秀传》。
②〔清〕董诰等编《全唐文》卷二八九,2934 页。
③〔清〕董诰等编《全唐文》卷二八九,2935 页。
④〔唐〕王维著,〔清〕赵殿成笺注《王右丞集笺注》卷二。
⑤傅璇琮主编《唐才子传校笺》第 1 册,356 页。

唐诗坛的主要人物大体是三教并重的。

　　散文创作领域也同样。"古文运动"的先驱萧颖士是"儒、释、道三教，无不该通"①的。另一些人如李华、独孤及等更倾心佛教。从李华写的有关佛教的文章里可以知道，他对天台、密、律各宗都有相当深刻的了解。独孤及作《舒州山谷寺觉寂塔隋故镜智禅师碑铭》《舒州山谷寺上方禅门第三祖璨大师塔铭》，表扬禅宗三祖僧粲在禅宗构造其法系的活动中起了重要作用②。但独孤及也写过《唐故浙江东道节度掌书记越州剡县主簿独孤丕墓志》那样的宣扬黄老之道和炼丹术的作品；李华则写过《隐者赞》，其中表扬"默养真气""微妙玄通"的严君平、"绝粒谢时，方追赤松"③的张良之类仙道人物。而如稍后的颜真卿，也是同样热衷于佛、道的。他在大历年间任湖州刺史，结交了一时名流，其中有皎然这样的著名诗僧，也有陆羽、张志和等道门人物。他集中一时儒、道、释中有才华的文人，进行《韵海镜源》这样大型工具书的编撰工作。而具有象征意味的是，他在任抚州刺史时既写过《抚州宝应寺律藏院戒坛记》等，也写过《抚州南城县麻姑山仙坛记》等，后一篇是道教史上的名篇，也是书法史上习书的名作。后来辟佛、老的欧阳修批评他"不免惑于神仙之说"，并慨叹"释、老之为斯民患也，深矣"④。

　　到了贞元、元和年间，儒学复古思潮兴起，思想界掀起了一股反对佛、道的浪潮。如前所述，像韩愈、李翱等人都高举批判佛、道的旗帜。可是他们本人实际上也抵制不了弥漫社会的佛、道二

---

① 〔宋〕钱易《南部新书》卷庚，84 页。
② 禅宗相传的传法统绪是达摩、惠可、僧粲、道信、弘忍，以下分为南、北二宗的慧能和神秀。学术界认为这一"法统"是北宗一系所捏合的，在早期资料里不见道信承续僧粲的记载。参阅〔日〕柳田圣山《初期禅宗史料の研究》第二章《北宗における燈史の成立》，京都法藏馆，1967 年。
③ 〔唐〕李华《隐者赞七首》，〔清〕董诰等编《全唐文》卷三一七，3218 页。
④ 〔宋〕欧阳修《唐颜真卿麻姑坛记》，《集古录跋尾》卷七，《欧阳文忠公集》卷一六，《国学基本丛书》本。

教的影响,只不过这种影响接受在潜移默化之中,这在前面已说明过。

在当时的士大夫阶层中,许多人对于佛、道流传的弊病已经认识得相当清楚。例如前面提到的白居易早年为应制举考试练习所作的《策林》,其中《议释教》一篇,即曾尖锐地指出"道、释二教不及于三王。殆乎德既下衰,道又上失,源离派别,朴散器分,于是乎儒、道、释之教,鼎立于天下矣";接下来特别分析佛教之害,一方面指出"西方之教与天子抗衡,臣恐乖古先唯一无二之化",另一方面则告诫"僧徒月益,佛寺日崇,劳人力于土木之功,耗人利于金宝之饰,移君亲于师资之际,旷夫妇于戒律之间",会造成"天下凋敝"①的后果。在这种为朝廷行政策划的场合,他对宗教为害的认识是相当清醒的。杜牧在武宗灭佛后、宣宗恢复佛教时写了《杭州新造南亭子记》,同样表现了对佛教祸患的深刻认识。他尖锐地揭露"今权归于佛,买福卖罪,如持左契,交手相付……若如此,虽举寰海内尽为寺与僧,不足怪也",文中大力肯定武宗灭佛的功绩,说"佛炽害中国六百岁,生见圣人一挥而几夷之"②,批评当朝不能继承这一事业。但他们两个人在生活里不同程度地都肯定佛、道。白居易对禅和净土的信仰是著名的,晚年居于龙门香山寺为居士,是被列入灯录、被看作是护法檀越的人。而他同时又曾热衷道教,热衷丹药。在他的诗里,佛道、庄禅被等同视之,如说"七篇《真诰》论仙事,一卷《坛经》说佛心"③、"八戒夜持香火印,三元朝念《蕊珠》篇"④、"身委《逍遥篇》,心付《头陀经》,尚达生死观,宁为宠辱

① 〔唐〕白居易《策林·议释教(僧尼)》,朱金城笺注《白居易集笺校》卷六五,第6册,3545—3546页。
② 〔清〕董诰等编《全唐文》卷七五三,7810—1811页。
③ 〔唐〕白居易《味道》,朱金城笺注《白居易集笺校》卷二三,第3册,1577页。
④ 〔唐〕白居易《白发》,同上卷三四,第4册,2378页。

惊"①,如此等等,乃是他晚年诗歌经常表现的基本观念②。而杜牧的生活和创作,与佛、道也有密切的关联。他写了不少充满了禅趣或道意的作品。他还一再表示:"清时有味是无能,闲爱孤云静爱僧。"③"谢却从前受恩地,归来依止叩禅关。"④他给道士的诗又对修道生活表示无限向往:"刘根丹篆三千字,郭璞青囊两卷书。牛渚矶南谢山北,白云深处有岩居。"⑤白居易、杜牧身上表现出的对于宗教的矛盾态度是具有一定典型意义的:即使某些士大夫能够从经世角度明确地反对佛、道,但在生活中和感情上也不可能割断与它们的联系、摆脱它们的影响。

柳宗元、刘禹锡又是一种情况。他们二人都更虔信佛教,但他们又都是具有实践精神的著名思想家。他们的思想相当开阔,理论上达到了很高的水平。柳宗元广泛研习诸子之学,他说尊孔的"扬子(雄)之书于《庄》、《墨》、《申》、《韩》皆有取焉"⑥;他更推崇"《老子》亦孔氏之异流"⑦。所以他也多与道士交往,写了些歌颂隐遁生活或道教题材的作品,如《送娄图南秀才游淮南将入道序》《送元十八山人南游序》等。而他更热衷于佛教。他受到家庭的影响,自幼习佛,热情终生不渝。特别是流放到永州后,更系统地发挥了"统合儒、释"的理论,并就此和反佛的韩愈进行过争论。他比较亲近天台宗,因而被台教列入传法体系之中⑧。刘禹锡的情形和他也

---

① 《和答诗十首·和〈思归乐〉》,同上卷二,第 1 册,110 页。

② 参阅陈寅恪《白乐天之思想行为与佛道关系》,《元白诗笺证稿》附论,321—331 页。

③ 〔唐〕杜牧《将赴吴兴登乐游原一绝》,〔清〕彭定求等编《全唐诗》卷五二一,5962 页。

④ 〔唐〕杜牧《将赴京留赠僧院》,同上卷五二六,6028 页。

⑤ 〔唐〕杜牧《赠朱道灵》,〔清〕彭定求等编《全唐诗》卷五二二,5975 页。

⑥ 〔唐〕柳宗元《送僧浩初序》,《柳河东集》卷二五。

⑦ 〔唐〕柳宗元《送元十八山人南游序》,同上。

⑧ 参阅拙著《柳宗元传论》第九章《崇信佛教"统合儒释"》,283—309 页。

大体相同。

　　前面已论及晚唐另一位诗坛领袖李商隐好道的情形，他一生中对道教神仙观念保持着浓厚的兴趣，曾说过"嵩阳松雪有心期"①之类的话。但他后来又倾心佛教。特别是在妻子王氏去世之后，他自述说："三年以来，丧失家道，平居忽忽不乐，始剋意事佛，方愿打钟扫地，为清凉山行者。"②他曾向当时著名的高僧悟达国师参学；他所作的《梓州慧义精舍南禅院四证堂碑铭》是禅宗史上的重要文献；他还写了不少佛教题材的作品。他有诗说："白衣居士访，乌帽逸人寻。佞佛将成缚，耽书或类淫。"③"白衣居士"出《维摩经》，是佛教徒；"乌帽逸人"指"隐居道素之士"，是道教徒。他是在佛、道间优游自在地生活的。

　　以上举出了足够的例子，可以说明唐代文人是如何把佛、道二教融合到以儒家思想观念为指导的人生践履之中，又是如何把本来相对立的两个宗教的教义在观念中调和起来的。唐时曾任虔州刺史的李丹有书信给他妹妹说："释迦生中国，设教如周、孔；周、孔生西方，设教如释迦。天堂无则已，有则君子生；地狱无则已，有则小人入。"据说当时"闻者以为知言"④。即是说，这是一时人们普遍赞同的看法。又有："罗浮王先生，人或问为政难易。先生曰：'简则易。'又问：'儒、释同道否？'先生曰：'直则同。'"⑤王先生应是道士，他的回答已和早年三教辩论时佛、道一争高低的情形完全不一样了。因为在这个时期，佛、道二教已成为普遍的生活方式、处世

---

① 〔唐〕李商隐《七月二十九日崇让宅宴作》，〔清〕冯浩笺注《玉溪生诗笺注》卷二。
② 〔唐〕李商隐《樊南乙集序》，〔清〕冯浩注《樊南文集详注》卷七。
③ 〔唐〕李商隐《自桂林奉使江陵途中感怀寄献尚书》，〔清〕冯浩笺注《玉溪生诗笺注》卷三。
④ 〔唐〕李肇《唐国史补》卷上，24页。
⑤ 同上卷中，38页。

态度、社会教养、人生伦理等等平凡生活实践的一个组成部分,更加深刻地作用于文人的日常生活和思想意识的深层,分歧的教义则显得并不重要了。这样,出世的或超世的宗教,对文人们基本上已变成人生的宗教、伦理的宗教、美学的宗教了。

五 "三教调和"思潮对文学创作的影响

以上已经相当广泛地接触到"三教调和"思潮在唐代作家生活和思想中的具体表现。从中也可以清楚地了解到,身处这一潮流之中的唐代作家们普遍地接触佛、道二教,大多数人曾受到它们不同程度的熏染。当然不同人亲近或接受哪一个宗教,其背景和原因、其接受的态度和角度以及信仰的真诚程度、理解的深度、实践的状况等是不相同的;但就一般的情况而言,像唐代那样佛、道二教在文人间造成如此广泛、深入的影响,在中国历史上是仅见的。阅读唐人文集,会得到一个直观的印象,就是绝大部分作家都写过有关佛、道二教的作品,并且他们中大多数人常常是以平等的态度对待儒、佛、道三者的。从隋末唐初的王绩、"初唐四杰"这些开拓唐代文学风气的人,到晚唐的杜牧、李商隐等一代辉煌文学成就的总结者,中间如李白、杜甫、韩愈、柳宗元这样的文坛泰斗,无例外地都是如此。当时文人们对待、处理"三教"关系还有两方面的情况值得注意,这也是在当时宗教的积极作用得以发挥的保证:一是在中土高度发达的文化传统中弘传的佛、道二教,发展到唐代,其文化性格表现得更为突出,唐代文人多能够坚持传统儒家的理性精神,有力地抵制、抵消宗教的狂热和迷信,这就使得他们在接触和接受宗教时能够在相当程度上扬弃它们的消极成分,吸取其有价值的内容为我所用;二是当时的所谓"三教调和"是指总的趋向,实际上三者间有交流、调和，也有矛盾、斗争。体现在具体作家身上，三者的关系表现得很不相同，甚至某个具体作家在生活的不同时期，或同一时期针对不同情况对三者采取的态度也不一样。而正是这种"三教"在矛盾、斗争中交流、融合的复杂形势，显示着时代精神的开阔和相对的自由。这也有助于形成唐代作家生存和创作的相当有利的思想环境。在这样的环境下，唐代文人们得以广泛地接触和了解儒、佛、道三家长期积累的思想文化成果，根据自己的理解对之加以接受或批判，进而依据创作上的需要加以借鉴和应用。这样，"三教调和"思潮就成为造成一代文学繁荣局面的重要因素。

佛、道思想更广泛、深入地渗透到文人生活和意识之中，形成了他们基本上兼容"三教"并融通地加以接受和运用的态度，这就大大地开阔了他们的精神视野，丰富了他们的思想境界。这对开拓艺术表现领域、提高作品的内涵是有极其巨大的作用的。以下就"三教调和"思潮在唐代文学创作中的具体反映（不是分别讨论三者的影响，也不是讨论佛教、道教的影响）概略地加以阐述。

首先从思想观念方面看。传统儒家是富于现实精神的，其所关注的主要是现实的世界，集中在社会政治、伦理领域；而宗教所关怀的却远远超出现世之外。佛家讲过、现、未"三世"，讲业报轮回，特别关心"来世"的果报。道教相信存在一个超越、永恒的神仙世界，追求飞升成仙或长生久视。这样，在中国传统固有的天堂、地狱之外，佛、道二教又构想出净土和仙界。这当然都属于宗教幻想，但却把宇宙观念大为扩展了。而且佛、道二教不仅把幻想的净土、仙界景象及其中活动的"人物"描绘得无比清晰，且给以细密的论证。唐代作家们对佛、道二教所宣扬的现世之外的那些幻想境界的存在，态度和看法并不相同。正如本书前面在讨论一些作家时所分析的，当时许多人并不真地相信现世之外存在净土或仙界之类，他们也不是真地追求涅槃或成仙。但那些关于来世或仙界的幻想,在他们之间又确实广有影响,对他们中的许多人有着巨大的吸引力。即使是那些相当理性地对待宗教的人,那种幻想的来世或仙界也往往给他们提供了创作灵感与素材,活跃了他们的思想,丰富了他们的思维方式。例如前面分析的李白、李贺、李商隐就都不是对神仙世界抱有真挚信仰的人,但他们却都耽于神仙幻想,都构想出美妙的神仙境界并在作品中加以描写。又如前已指出的,他们所描绘的神仙和神仙世界各有具体的内涵与意义,而可以确定的是,没有道教的神仙思想,也就没有"三李"的这一类创作及其卓越成就。

更重要的是对作家人生观的影响。文学作品从根本上说是表现人和人生的。一个作家的人生观的变化和他的创作面貌关系极大。儒家和佛、道二教的人生观本来是不相同的,在许多方面甚至是完全对立的。基本是以儒家人生观为安身立命依据的唐代文人们,接触并不同程度地接受佛、道二教的人生观,他们面前也就展现了人生的另外一种境界。汤用彤分析唐代净土信仰的流传情况时说:"有唐一代,净土之教深入民间,且染及士大夫阶层。溯自两晋佛教隆盛以后,士大夫与佛教之关系约有三事:一为玄理之契合,一为文字之因缘,一为生死之恐惧……及至唐时帝王公卿以至士人,虽与释子文字之因缘犹盛(如韩文公亦作送浮屠序),而谈玄之风尚早已衰灭。自初唐之唐临至晚唐之白居易,几专言冥报净土,求其如姚兴、萧衍、谢灵运、沈约等之能谈玄理,已不可见。文宗朝,白居易官太子少傅时,劝一百四十八人结上生会,行弥勒净土业。晚岁风痹,遂专志西方……盖当时士大夫根本之所以信佛者,即在作来生之计,净土之发达以至于几独占中华之释氏信仰者盖在于此。"[1]这里对唐时士大夫阶层佛教信仰特点的说明是相当深刻的,只是对信仰的诚挚程度似应作具体分析。确如汤用彤先

---

[1] 汤用彤《隋唐佛教史稿》,193—194页,中华书局,1982年。

生所说,尽管唐代宗派佛教十分发达,但文人对佛教的"玄理"并没有多少兴趣,大多数人对纷繁的教义或宗义的了解毋宁说是相当浅薄的。当时人接触佛教的出发点,多数是寻求精神上的安慰和寄托,即"作来生之计"。对待净土信仰如此,对当时在士大夫间广有市场的禅宗也是如此。对待道教神仙信仰以至养炼实践的态度也一样。因为归根结蒂,宗教所要解决的是人的精神世界的苦恼和矛盾,即所谓宇宙和人生的"终极关怀"问题。这是每一个人不可能逃避的。而这却又正是中国儒家传统思想较少关心的问题。如上所说,传统儒家思想的主要内容是政治、伦理学说。其人生理想以"学优则仕"的"官本位"为支柱,以修身、齐家、治国、平天下为目标。儒家要求人"达则兼济天下,穷则独善其身"。仕途不顺利,则隐居以求其道;但"身在江湖",却又要"心存魏阙"。在这种观念指导下的文学,是经天地、正人伦、明教化的文学,是现实的、功利的、褒贬讽喻的文学。作为这种文学经典的《诗》《骚》早已确立起一种榜样和传统,一直长远地影响到后来。这种影响当然是有重大积极意义的,但其局限也是明显的。而宗教信仰与修养则是纯属个人的,说到底它要解决的是安顿身心的问题。佛经上说佛陀以一大事因缘出现于世,直接表明佛教面对的根本问题是个人的生死大事。实际上道教也同样。道教追求长生久视,企图达到永生,也是要解除人们对于生死的困惑。佛、道二教的长期发展形成复杂的教理、教义,创造出庞大的佛、道二藏,千言万语就是让人认识生命的短暂、现世的没有价值,体察到人生的隐忧,在此基础上给人们提出"彼岸"的幻想,设计出当下的人生取向。随之也就形成了和儒家理论全然不同的价值观。这样,无论是佛教还是道教,对于如何认识生存的价值和意义,如何看待人生的欲望、追求,如何面对人世的矛盾、苦恼、挫折等等,就有着全然不同于儒家传统的观念和态度。身处唐代"三教调和"潮流中的文人们,能够无隔碍地接受儒家的经世之道和佛、道二教的"出世"之道,并进而交融地并用三者,这无疑大为开阔了他们的人生视野和精神境界。从总的发展趋势看,比起另一些朝代来,唐代的社会环境又为知识阶层实现经世治国的理想开辟了更为广阔的天地,所以当时的文人们一般都信守儒家的政治和道德理想。但在他们广泛接触佛、道二教的情况下,往往会在坚持经国济民、"致君尧舜"的大目标的同时,用佛、道的超越追求和心性养炼来指导和安慰人生。应当注意的是,唐代文人中当然有些是在困顿或衰老时归心佛、道二教的,也有人则是在这类状态下求道之心变更为热切和虔诚;但也有不少人热衷于宗教并不是因为个人处境不利。像陈子昂、李白、李商隐等人都是早年学道。对他们来说,求仙、访道、炼丹等并不是悲剧人生的精神安慰,而是超越儒家传统的另外一种人生追求,甚至是为了入世大用做准备。杜甫、白居易也都不是到了老年沦落时才习佛、学道的。杜甫早年在长安时就热心地结交赞公等僧侣,他的友人中多有如房琯那样的佛教素养高深的人[①];他和李白结交、一起学道也是正当壮年时期。白居易则是在长安为官的年轻时就热心于习禅和学道了。王维、柳宗元都是家世习佛,从幼小时起已接触佛说,随着年事渐长而更加精进。这样,佛、道对唐时的众多文人来说,并不是和入世理想相对立的。从当时文人的现实表现看,许多人可以一方面热衷于世事,求举做官,奔竞于仕途;同时习佛、修道,以至把这些当作人生教养的一部分。他们或者从佛、道中寻求对于人生意义的不同于传统的理解,或者企图求得面对现实矛盾的出路,或者是为了得到对于苦难心灵的安慰,当然也有人确是想在宗教信仰中求得"来生之计",甚或也有人是利用宗教作为批判现实的依据。宗教观念和行为有时当然会使人们悲观和消极,指引人走向颓唐、逃避现实矛盾的道路;但在儒家思想占统治

---

① 参阅拙著《禅思与诗情》第三章《王维、杜甫与禅》,64—99页,中华书局,1997年。

地位的环境下,它们又往往会给人以冲破传统的激励,发挥出具有
积极意义的观念。例如柳宗元说过:"佛之道,大而多容,凡有志乎
物外而耻制于世者,则思入焉。"①这里所谓"耻制于世",即不愿被
当代的统治体制和思想观念所束缚。他表示正是为了逃避这种限
制,所以要亲近佛理。这是对宗教的意义和作用的一种相当积极
的理解。在他看来,佛、道一方面和百家之说一样,有着"有以佐
世"而不与儒道相矛盾的内容;另一方面,他在和韩愈辩论佛教的
作用时又指出,"浮图诚有不可斥者,往往与《易》《论语》合,诚乐
之,其于性情奭然,不与孔子异道……且凡为其道者,不爱官,不争
能,乐山水而嗜闲安者为多。吾病世之逐逐然唯印组为务以相轧
也,则舍是其焉从?"②他是明确地意识到佛教观念会起到批判和抵
制名缰利锁的作用的。这也正体现了柳宗元超越儒家传统的人生
追求。"不爱官,不争能",对利禄表示蔑视,这是摆脱现实统治体
制、取得精神自由的重要一步。摆脱了高官厚禄之类的精神束缚,
可能会走向消极,但也可能激发起否定权威和传统的观念,开拓出
精神和人生的另外一种新境界,从而也为创作开辟出新境界。苏
辙曾评论白居易说:

> 乐天少年知读佛书,习禅定。既涉世,履忧患,胸中了然
> 照诸患之空也。故其还朝为从官,小不合,即舍去,分司东洛,
> 优游终老。盖唐世士大夫达者如乐天寡矣。③

这是对白居易的精神世界及其诗歌创作的一种相当有眼光的理
解,也是对他乐天安命的人生态度的深探肺腑之言。白居易一生
始终坚持儒家经世济民的理想,同时又受到佛、道两方面的相当深
刻的影响,曾长时期从事佛、道的修道实践。正是这后一方面的教

①〔唐〕柳宗元《送玄举归幽泉寺序》,《柳河东集》卷二五。
②〔唐〕柳宗元《送僧浩初序》,《柳河东集》卷二五。
③〔宋〕苏辙《书白乐天集后二首》,《栾城后集》卷二一。

养,对于形成他不忮不求、知足保和的人生态度,对于他创作出别具特色的"闲适诗"起了决定性的作用。这些作品的思想、艺术价值已越来越被人们所认识和重视了。还有如王维,正因为他接受了佛教,特别是当时正在兴盛的南宗禅,他又有长时间的参禅修道经历,才能体察大自然的超然意趣,写出那些明丽如画、意味隽永的山水诗佳作。同样,没有道教"存心""守一"的养炼功夫,没有对清静心性的追求,也不会有贺知章、张志和那些委顺自然、安闲高妙的诗作。儒、佛、道提出了对于人生意义的三种不同的理解,提供了三种不同的人生取向供人们选择,这使得唐代作家人生观的内容大为开阔、充实和丰富了。这作用于他们的观念,也影响到他们的感情。他们在抒写生活体验、人生感慨时必然表现出新的、更开阔、丰富的内容。

还有一点对于艺术创作十分重要,即佛、道二教提供了不同于儒家传统的思维方式。而思维方式本是作家进行艺术构思和想象的决定因素。儒家富于理性精神,重现实,重人事。孔夫子"不语怪、力、乱、神",成为牢固的传统。东汉的王充充分发挥儒家的理性精神,所著《论衡》,力疾"虚妄"①,特重"效验"②。他的时代道教还没有形成,但神仙思想早已盛行。他专作《道虚》一篇,否定神仙的存在和长生久视的可能。这种儒家传统思想的价值和贡献是不言而喻的。比较之下,佛、道二教的认识论当然是唯心的、先验的;但其内容和价值却不能全部否定。特别在涉及对文艺的影响时,情形更为复杂。佛经本以"深妙靡丽""虚无难信"③著称,特别是大乘经,充分地发挥了玄想的特点。以道教作为理论依据的道家本来就有玄想的性格。道教徒多借鉴佛书构造道典,也继承和发挥了其大胆想象的思维方式。它所宣扬的神仙境界,天堂、地狱的构

①〔汉〕王充《论衡·书虚篇》,55页。
②同上《语增篇》,116页。
③〔汉〕牟子《理惑论》,〔南朝·梁〕僧祐《弘明集》卷一。

想,同样地大言无稽,骇世惊人。对于佛、道二教的宗教幻想,如从理性角度加以批判,只能看作是无稽的臆说,是迷信的产物。但它们所表现的思维方式,在认识形式上却不是全无价值的。特别是宗教的认识形态,性质与形式都和艺术构思有相通之处。从儒家的政治、伦理观念出发,必然要求文学创作重现实、重人事;推重理性思维方式,强调"征实";又必然提倡"饥者歌食,劳者歌事"、圣贤"发愤"而作的文学。但这也就大大束缚了作者的想象力。佛、道二教则以其恢弘的想象,发展了一种中土本来贫乏的幻想、玄想的思维方式。提供给文艺创作加以借鉴,使艺术构思开拓出更广阔、更自由的天地。本书开头写到的白居易《长恨歌》可以做具体例子,如果没有其后半仙界幻想的部分,也就没有流传到今天这样的动人的长诗。不只是唐人那些佛、道题材的作品多用宗教玄想的思维方式,这种思维方式更渗透到一般创作之中。

在唐代"三教"齐立、"三教调和"成为潮流的情势下,佛、道二教已成为社会生活中的十分重要的内容。由于密切接触佛、道二教,作家们自会得到有关的丰富印象和知识;不少人亲自参与宗教实践,会具有宗教修习的亲切体验。这样,佛、道二教的观念、形象(包括"人物"形象如宗教传说中的神明如佛、菩萨、神仙、女仙和现实的僧人、道士等等,还有佛、道二教的建筑如寺、观,寺、观中的造像、壁画等等)、礼仪、风俗、概念、语汇等也就被他们所了解和掌握。他们灵活地把这些纳入到创作之中,大为丰富了作品的内容。即以寺、观题材而论。中国古代的寺、观随着佛、道二教的发展而发展、变化,数量众多,功能也多种多样。到唐代,通都大邑中的大型寺、观不只是宗教活动的中心,更成为地方的文化中心、文人活动的重要场所、文人接触佛、道二教的主要媒介。寺、观的特殊环境、景物,带给文人特殊的感触。他们在其中的活动又有着独特的内容和气氛。描写道观的作品本书前面已专门讨论过。唐代同样有众多的描绘寺庙的优秀之作。例如杜甫题慈恩寺塔(《同诸公登慈恩寺塔》)、孟浩然题融公兰若(《题融公兰若》)、常建题破山寺(《题破山寺》)、白居易题仙游寺(《送王十八归山寄题仙游寺》)、杜牧题宣州开元寺(《题宣州开元寺水阁阁下宛溪夹水居人》)等,都是抒情名篇。唐代文人之接受佛教,也特别得力于寺庙功能的变化。史称"天宝后,诗人多为穷苦流寓之思及寄兴于江湖僧寺"①。当时佛寺成为士人寄居、习业、游览的场所。典型的如中唐时张祜,"性爱山水,多游名寺,如杭之灵隐、天竺,苏之灵岩、楞伽,常之惠山、善权,润之甘露、招隐,往往题咏唱绝"②。他的《孤山寺》等诗就是这一题材的优秀之作。中、晚唐的许多文人都有留宿寺、观的体验。像姚合、贾岛以下所谓"武功派"的诗人们,更喜欢借寺、观景色来表现其凄苦、冷漠的情怀。正如人们经常指出的,就是反佛的韩愈也多与僧侣往还,见于其作品中和他有关系的僧人就达二十多位。他自己也有诗说"久惭朝士无裨补,空愧高僧数往来"③。从他的《山石》《游青龙寺赠崔大补阙》等游历佛寺的诗作,同样可感受到他得自宗教的体验。唐人以游历或描写寺、观为题材的作品,宗教色彩的浓度大不相同:有的更多地抒写了宗教体验,有的则只是当作游历风景的赏心乐事来表现。如此等等,其中所体现的思想感情是相当丰富的。又唐代文人继承了六朝以来士大夫结交僧、道的传统。特别是当时有众多出身士大夫的人出家为僧、为道,使教团的文化品格大为提高了,出现了大量诗僧(道)、艺僧(道)之类人物,吸引文人接近他们。描写僧、道生活,表现与他们交往的感受,也成为文人经常使用的题目。涉及道士的作品前面也已讨论过。涉及僧侣的优秀作品也很多。如杜甫《因许八奉寄江宁旻上人》(有句曰:"棋局动随幽涧竹,袈裟忆上泛湖船。")、刘长卿《寄灵一上人》(有句曰:"新年芳草遍,终日白云深。")、韩翃

---

① 〔宋〕欧阳修、宋祁《新唐书》卷三五《五行志二》。
② 傅璇琮主编《唐才子传笺校》第 3 册,174 页。
③ 〔唐〕韩愈《广宣上人频见过》,《韩昌黎集》卷一〇。

《题荐福寺衡岳禅师房》(有句曰："僧腊阶前树,禅心江上山。")、贾岛《送无可上人》(有句曰："独行潭底影,数息树边身。")等。至于那些直接表现礼佛、求仙、斋僧、访道以至宣扬禅理、道意的作品,虽然多数较少艺术情趣,但也有值得一读的佳作。当然,涉及佛、道二教内容的作品,受到题材本身的限制,不少比较平庸,艺术表现显得程式化,但富于新意的作品也不少。而从总的形势看,这一题材确实充实了一代文学的表现内容。特别是许多作者善于把宗教体验和宗教追求有机地融入到所表现的境界之中,就能在艺术上有所开拓。例如李白一生"五岳寻仙不辞远",他对自然山水的描写是和求仙访道的愿望与行迹紧密相关联的。在他的山水诗里,不只描绘优美的自然风光,更把宗教体验转化为洋溢的热情和超迈的胸怀,创造出飘逸豪放的意境。又如李邺嗣曾指出过:

> 唐人妙诗若《游明禅师西山兰若》诗,此亦孟襄阳之禅也,而不得峏谓之诗;《白龙窟泛舟寄天台学道者》诗,此亦常征君之禅也,而不得峏谓之诗;《听嘉陵江水声寄深上人》诗,此亦韦苏州之禅也,而不得峏谓之诗。使招诸公而默契禅宗,岂不能得此中奇妙?①

这里举出的作为例子的诗,都确能把禅意融入诗情之中,是所谓不用禅语而得禅趣的佳作。这样的例子表明,佛、道二教的影响确能够推动艺术境界的开拓。在佛教史上,唐人的有些诗句如王维的"行道水穷处,坐看云起时"②、杜甫的"水流心不竞,云在意俱迟"③等,后来被禅师们直接应用于参禅,成为公案,也正因为它们诗情和禅意融合无间,是含义深远、情趣盎然的好诗。而如李颀的诗"发调即清,修辞亦秀,杂歌咸善,玄理为长,多为放浪之语,足可震

---

① 〔清〕李邺嗣《慰弘禅师集天竺语诗序》,《杲堂文抄》卷二。
② 〔唐〕王维《终南别业》,〔清〕赵殿成笺注《王右丞集笺注》卷三。
③ 〔唐〕杜甫《江亭》,〔清〕仇兆鳌注《杜少陵集详注》卷一〇。

荡心神"①；张志和的诗"曲尽天真""兴趣高远"②等，也是由于他们善于把修道的体验用鲜明、生动的意境表现出来。

六朝时期的文人们受到佛、道的影响，已把相关内容大量纳入到作品之中。但即以艺术功力深厚、手法相当杰出的谢灵运为例，在他的诗里，玄理、禅思还没有真正融汇到所描写的景物形象之中，往往在作品后面附上一个说理的尾巴。因此他的作品模山范水，"名章迥句"迭出，但意境终欠浑融。当时一般作者所写佛、道题材的作品，更多的是直接宣扬义理，还不能创造出浑融的意境。这和当时知识阶层对宗教的接受和理解程度直接相关。只有宗教的义理被深刻地领会，并融入作者的内心，成为他们的血肉，他们才能"举足下足，皆在道场"，才能把禅思、道意转化为真正的诗情而创造出具有新鲜意境的作品。唐代文学的一个重大优长，也是它超越前人的重要成就，在于作品中充实着饱满的感情，并善于把这感情表现为情景，创造出浑融的意境。这一特点在涉及宗教题材的作品里，表现得同样相当充分。这样，唐人在扩大了宗教题材的表现的同时，艺术上多方面的开拓也是有成绩的。

在促进文学创作内容的充实和丰富方面，应特别注意到宗教体验使得作家对于心性的抒发和表现更加深刻了。儒家传统重视天人关系、人际关系的认识与调整。孔门后学的思孟学派比较重视人的心性问题。然而思孟学派的思路是要人们"致诚返本"，回归"善"的本性即先验的伦理标准上来。而宗教则要解决人生的"终极关怀"问题，必然把个人心性的完善当作最为重要的课题。人们要超凡而成圣，必须使自己的心性向神圣的"绝对"靠拢。这神圣的"绝对"在佛教是佛、真如、涅槃圣境等等；在道教就是道、神仙等。刘宋时期的"范泰、谢灵运每云：'六经典文，本在济俗为治

---

①傅璇琮主编《唐才子传校笺》第1册，357页。
②同上卷三，695页。

耳。必求性灵真奥，岂得不以佛经为指南耶？'"①。这两位当时具有代表性的文人已明确意识到佛教在解决心性问题方面的优长。后来人们在认定"三教"可以并立、各适其用的理由中，有一种说法是儒以治国，道以治身，佛以治心。实际上道教的"治身"也是以治心为基础的。宗教本来就是对苦难心灵的安慰。唐代又正是佛、道二教对心性理论大加发展的时代。特别是唐代佛教中发达的禅宗，明确地以"明心见性"为修习目标，被称为"心的佛教"；而在贵族士大夫间广有影响的上清派道教，同样注重心性的养炼，不重外丹和符箓，乃是后来内丹一派的先驱。当时文人们倾心佛、道二教，重要原因也在欣赏或赞同其有关心性方面的内容。这首先表现在作品内容里。李白称赞"逸兴壮思"②；杜甫要求"陶冶性灵"③；诗僧皎然论诗说："但见性情，不睹文字，盖诗道之极也。向使此道尊之于儒，则冠六经之首；贵之于道，则居众妙之门；崇之于释，则彻空王之奥。"④王昌龄的《诗格》上提出诗有三境，物境之外还有情境、心境，要求作诗时"文用精思，未契意象，力疲神竭；安放神思，心偶照境，率然而生"，"神之于思，处身于境，视境于心，莹然掌中"⑤。唐人的文学观，一方面基于儒家思想观念，当然要强调创作的政治性和现实性；但另一方面更普遍地注重心性的表达和发扬。在创作实践上，如王维的山水田园诗，不只是其中的风光景物美好动人，其所描摹的物象中更体现出内心空寂、闲适的境界。他的山水田园诗乃是个人心性的投影，给人提供的是心灵的境界。

---

① 〔南朝·宋〕何尚之《答宋文帝赞扬佛教事》，〔南朝·梁〕僧祐《弘明集》卷一一。
② 〔唐〕李白《宣州谢朓楼饯别校书叔云》，〔清〕王琦注《李太白全集》卷一八。
③ 〔唐〕杜甫《解闷十二首》之七，〔清〕仇兆鳌注《杜少陵集详注》卷一七。
④ 〔唐〕释皎然《诗式》卷一《重意诗例》。
⑤ 署名王昌龄的《诗格》是否确为王所作，学术界尚有争论，但它出于中唐以前，反映了当时的文学思想则是没有疑问的。

白居易那些抒写乐天适意、摆脱世情羁束的心态的诗作,或隐或显地流露出庄、禅合一或称佛、道交融的观念。他的这类诗按传统的经世致用的文学观是不被高度评价的。但这些作品却以其委婉细密的情致而感动人心。这都是佛、道心性观念影响诗歌创作的著例。而实际上,广泛的、潜移默化的影响更普遍地表现在众多作家的作品里,而且不一定有意和表现佛、道观念相关。如杜甫被称赞为"诗史"的《奉先咏怀》《北征》那些诗,其中内心矛盾的刻画非常细腻、深刻,同样注重心性表现;他流落到四川时写的那些倾诉心曲的抒情诗,诗情、禅意相交融,咀嚼内心矛盾,追求类似禅悦的超然境界,宋人罗大经评论说:

> 杜少陵绝句云:"迟日江山丽,春风花草香。泥融飞燕子,沙暖睡鸳鸯。"或谓此与儿童之属对何以异。余曰不然。上二句见两间莫非生意,下二句见万物莫不适性。于此而涵咏之,体认之,岂不足以感发吾心之真乐乎![1]

叶梦得又评论说:

> 杜子美云:"水流心不竞,云在意俱迟。"吾尝三复爱之。或曰:"子美安能至此?"是非知子美者。方至德、大历年间,天下鼎沸,士固有不幸罹其祸者。然乘间蹈利,窃名取宠,亦不少矣。子美闻难间关,尽室远去,及一召用,不得志,卒饥寒转徙巴峡之间而不悔,终不肯一引颈而西笑。非有"不竞"、"迟留"之心安能然?耳目所接,宜其了然自与心会。此固与渊明同一出处之趣也。[2]

这都是从杜甫的心性修养功夫的角度论其诗。这类诗也正是诗人心性的流露。唐人的许多优秀的抒情之作,可能一语不及佛、道,

---

[1]〔宋〕罗大经《鹤林玉露》乙编卷二。
[2]〔宋〕叶梦得《避暑录话》卷上。

但其中表现的那种对于人世沧桑的感怀,那种人在茫茫宇宙里无以自主的淡淡的哀愁,也确乎让人发现一缕宗教情怀。这种诗的成就,和诗人对心性的重视和领会有着密切关系。在艺术表现和艺术风格上,一般认为唐代诗歌创作的重要成就和主要特征是富于兴象、感兴,韵味深厚。这一特点突出地表现在抒情之作里。严羽即曾评论说:"唐人好诗,多是征戍、迁谪、行旅、离别之作,往往能感动激发人意。"①这是因为作者往往利用这类题材来抒写自己的心态变化。而那种细腻的感情得以激发并被表达出来,亦和当时诗人普遍地重视心性抒写相关联。这样,佛、道心性观念的影响,就是形成唐代卓越的抒情艺术的重要因素。

　　唐代文学中"三教调和"影响的广泛、深远还有其他许多方面。例如语言。唐代文人大都熟读佛、道二典。在当时,许多佛、道典籍乃是读书人的必读书。因此大量佛、道二教的语汇被运用到创作之中,丰富了语言表达手段。又如事典。佛、道典籍中积累了大量事典,比如道教的神仙传说就形成了许多典故。这些也都被文人们所借鉴,成为有效的表现手段。再如文体,翻译佛典运用的是华、梵结合,韵、散结合,雅俗共赏的文体。其中的韵文"偈陀"(诗偈)乃是一种独具风格的诗体,对唐人的创作产生了相当大的影响。早年饶宗颐就曾作专文谈北凉昙无谶译马鸣菩萨所著《佛所行赞》对韩愈诗的影响②,就是一个例子。唐人写古文和小说也借鉴了翻译佛典的行文和表达方法。还有如文学体裁。佛教从讲经和"唱导"中发展出俗讲和变文,道教借鉴佛教的俗讲又有道讲,成为叙事文学的新形式。这是一种相当灵活的、富有表现力的群众性的艺术形式。唐代许多文人熟悉、喜爱俗讲。有些人在创作中也吸收了俗讲的艺术成果。如此等等,都表明在"三教调和"的潮

---

① 〔宋〕严羽著,郭绍虞校释《沧浪诗话校释》,182 页。
② 饶宗颐《马鸣佛所行赞与韩愈南山诗》,《梵学集》,313 —318 页,上海古籍出版社,1993 年。

流中,唐代文人多方面地接受和吸取佛、道二教,对一代文学创作是起了巨大的、多方面的积极作用的。

唐代是中国历史上文化大繁荣的时代,而在众多的文化领域里,尤其突出的是文艺和宗教的繁荣。这二者间的相互影响和借鉴乃是造成其各自繁荣的重要因素。从以上的介绍可以看出,唐代文人普遍地接触、接受佛、道二教,对他们的世界观、人生观、思维方式的影响是十分巨大的。这种影响进而更促成了他们在创作内容、风格、方法等领域的多方面的发展和创新。唐代文学大家辈出,群星璀璨,形成各种风格、多种流派竞相争胜、百花齐放的局面,三教齐立、"三教调和"的思想环境无疑是起了重要作用的。

鲁迅先生当年赞扬中国历史上成为民族脊梁的人物,其中提到"舍身求法"的人。这指的是那些优秀的宗教人士。历代出于信仰而追求宗教目标的高僧、高道们,在他们所生存的具体环境和条件下,创造了辉煌灿烂的宗教文化。这些文化成果成为文化史上宝贵的精神财富,有着不朽的价值。历代的宗教文化和世俗文化相互借鉴,相交流,相融合,结成了丰硕的果实。本书所讨论的唐代道教文化和文学的交流只是其间的一例。在这种交流中,中华传统的重视现世、关注人生的文化精神得到了充分体现,具体到道教,所取得的有价值的思想文化成果也得到了充分的发扬。这种交流中所取得的宝贵成果及其经验,作为文化财富,直到今天仍保持着不朽的生命力,在建设和发展现代文明的事业中仍在起着巨大的作用。

2001 年版后记

　　本书是对道教影响唐代文学的几个重要侧面的初步而简略的描述。唐代是佛、道二教发展的全盛时期。众所周知，中国历史上的这两大宗教对于文学造成了重大影响，而以唐代为甚。近年来，佛教影响于唐代文学的问题已引起学术界相当广泛的注意，并有一批相关论著问世；但涉及道教，这一领域的研究还十分薄弱。基于笔者的一贯看法，对历史现象的研究应从弄清事实的本来面目入手，所以"描述"工作是首先要做好的。又鉴于道教学术的范围十分广大、艰深，笔者更受到学力的限制，所以本书只能就道教影响唐代文学的几个重要侧面进行"描述"，而且这种描述又只能是初步、简略的。

　　笔者的专业是隋唐五代文学，因为研究工作所需，涉足于宗教领域。这些年曾就佛教与古典文学，特别是唐代文学的关系课题发表过一些浅见。实际上对于道教与文学关系的有关现象亦早已注意。但自知这一领域的工作十分艰难、繁杂，不敢妄献刍议。可是多年来积累了一些材料，也形成些看法，读书人又难免"敝帚自珍"之病，总觉得或可供有志者做进一步研究的参考。所以终于大胆总结出来，形成了这样一本书。在写作的过程中，先后得到人民文学出版社诸先生的关注，并约定由该社予以出版。这就更使笔者欲罢不能，而且篇幅越写越长——当初是并不想说得那么详细的。

古代道教派系纷繁,在道教史研究中,至今也没有整理出一个众所认可的完整、严密的系统。但从历史现象看,道教影响于人们思想和生活的,主要是两方面的内容:一是神仙思想和神仙追求,二是炼丹术。所以又有"神仙道教"和"金丹道教"之称。这些显然不能算是严格科学意义的概念。不过道教发展到唐代,给一代文化、文学造成巨大影响的,又确是这两个方面。所以本书前两章分别讨论唐代文学与当时发达的炼丹术、神仙术的关系。又唐代是道观文化最为发达的时代。因为唐代朝廷崇道以及道士出家制度形成等多种原因,当时的道观建设十分繁荣,众多的道观成为一代文化活动的中心,也是文学活动的重要场所。本书以长安道观为典型,探讨了当时道观的发展形态及其在文化、文学活动中的作用。是为本书的第三章。最后一章讨论唐代的"三教调和"思潮。这也是中国历史上思想、文化发展中的重要现象。这一思潮的发展、演变与中国宗教的发展以及一般学术、文化的发展关系绝大。这一章从一定意义上说也可以看作是本书的一个小结。

前面说到"描述"。笔者在写作拙著《佛教与中国文学》时就志在"描述",并在《后记》里加以说明。当时曾受非议,被认为不重视分析、批判。这也确实反映了笔者学力上,特别是理论思想方面的缺陷。但如果做自我辩护的话,也可以指出,笔者所进行的"描述"也不是纯客观、没有观点的。例如本书在"描述"中就力图阐明发展到唐代的道教的丰富的文化内容;当时的文人主要是从观念、感情、知识、生活的文化内容等方面接受道教的;当时的作者又善于把道教的某些观念转化为审美意识从而创作出具有更高思想、艺术价值的作品,等等。这些都涉及道教历史发展的规律及其影响于文学的内容、特征、成就等问题。敝以为这些看法又都关系到道教史和文学史研究的重大理论问题。当然,笔者的有关看法得当与否,尚希得到批评。

前面已经说到人民文学出版社诸位先生在写作本书中给予笔

者的关注和支持。回想笔者的第一个研究成果《柳宗元传论》就是该社出版的。当时"文化大革命"结束不久,正是所谓拨乱反正、百废待兴的时候。出版社约稿时,笔者还是一个小城师范学校的默默无闻的教员。正是该书的出版,给笔者在学术领域继续耕耘以极大的鼓舞和激励。现在又经过了二十年,当年刚刚摘掉"牛鬼蛇神"帽子、在懵懂中急于寻求出路的笔者已垂垂老矣。这部不成熟的拙作再次得在该社出版,实在令人感慨不已。在借此机会表达对于出版社各位的感谢的同时,也由衷地感谢几十年来给我无限关爱的前辈、学友、同人和学生们。

又,在本书写作过程中,经日本早稻田大学松浦先生安排,得到在该校从事研究的机会,得以利用日本以及世界各国的有关研究成果;该校国际交流中心、图书馆在研究和生活上给予细致、周到的关照,在这里亦应表示衷心感谢。

孙昌武

1998. 11. 17 于南开园